Alfred Döblin:
Pardon wird nicht gegeben
Roman

Deutscher
Taschenbuch
Verlag

dtv

Von Alfred Döblin
sind außerdem im Deutschen Taschenbuch Verlag erschienen:
Berlin Alexanderplatz (295)
Die Ermordung einer Butterblume (1552)
Ein Kerl muß eine Meinung haben (1694)
Der Überfall auf Chao-lao-sü (10005)
Babylonische Wandrung (10035)

Ungekürzte Ausgabe
September 1990
Deutscher Taschenbuch Verlag GmbH & Co. KG,
München

ISBN 3-530-16604-9
Umschlaggestaltung: Celestino Piatti
Gesamtherstellung: C. H. Beck'sche Buchdruckerei,
Nördlingen
Printed in Germany · ISBN 3-423-02433-X

Das Buch

Die Witwe eines leichtfertigen Schuldenmachers zieht aus der Provinz in die Großstadt und versucht sich dort mit ihren drei Kindern redlich durchzuschlagen. Nachdem sie von ihrem ältesten Sohn vor dem Selbstmord bewahrt wird, erwacht in ihr ein glühender Lebenswille. In zähem Ringen erobert sie für sich und ihre Kinder ein neues Glück. Der älteste Sohn, der auf der Jagd nach Geld bereits eigene Wege geht, wird das Werkzeug ihres Ehrgeizes. Er bringt es zum erfolgreichen Kaufmann. Doch die große Wirtschaftskrise stellt auch seine Existenz in Frage... ›Pardon wird nicht gegeben‹ ist der erste Roman, den Döblin nach seiner Flucht aus Deutschland im Exil verfaßt hat. Das 1934 in Paris konzipierte, ein Jahr später in Amsterdam erschienene Werk trägt stark autobiographische Züge. Über das Los des Einzelnen hinaus schildert Döblin in einer Fülle epischer Details das Schicksal einer ganzen Epoche. »Er hat dem Zeitalter seine Geschichte geschrieben: Dokumente, die keinesfalls untergehen können. Man wird doch immer hören wollen, wieso ganze Generationen um ihr bißchen Glück betrogen wurden.« (Heinrich Mann)

Der Autor

Alfred Döblin, geboren am 10. August 1878 als Sohn einer jüdischen Kaufmannsfamilie, war Nervenarzt in Berlin; dort Mitbegründer der expressionistischen Zeitschrift ›Der Sturm‹. 1933 Emigration nach Paris. 1940 Flucht nach Amerika und Konversion zum Katholizismus. Nach dem Krieg Rückkehr als französischer Offizier nach Deutschland. Herausgeber der Literaturzeitschrift ›Das goldene Tor‹ (1946–1951) und Mitbegründer der Mainzer Akademie (1949). 1953 Rückkehr nach Paris. Er starb am 26. Juni 1957.

Alfred Döblin
Werkausgabe in Einzelbänden

Bereits erschienen:
Jagende Rosse/Der schwarze Vorhang und andere frühe Erzählwerke (2421)
Die drei Sprünge des Wang-lun. Chinesischer Roman (2423)
Wadzeks Kampf mit der Dampfturbine. Roman (2424)
Wallenstein. Roman (2425)
Der deutsche Maskenball von Linke Poot/Wissen und Verändern! (2426)
Reise in Polen (2428)
Manas. Epische Dichtung (2429)
Unser Dasein (2431)
Der Oberst und der Dichter oder Das menschliche Herz/ Die Pilgerin Aetheria. Zwei Erzählungen (2439)
Hamlet oder Die lange Nacht nimmt ein Ende. Roman (2442)
Drama, Hörspiel, Film (2443)
Briefe (2444)

Alle Bände sind einzeln erhältlich

Diese Werkausgabe Döblins ist textidentisch mit der von Walter Muschg begründeten und von Anthony W. Riley – in Verbindung mit den Söhnen des Dichters – herausgegebenen Ausgabe des Walter-Verlags, Olten.

Entbehren sollst du, sollst entbehren

INHALT

ERSTES BUCH

ARMUT

ZWEITES BUCH

KONJUNKTUR

DRITTES BUCH

KRISE

ERSTES BUCH

ARMUT

ABFAHRT

IN ihren schwarzen Kleidern warteten sie auf dem kleinen ungedeckten Bahnsteig, die Mutter unbeweglich in der heißen Sonne zwischen zwei Bauersfrauen, die sich ihre bunten Kopftücher in die Stirn zogen und nach den Fliegen schlugen, die um ihre nackten Unterschenkel schwirrten, sie spähten die Hand über den Augen nach dem Zug aus, aber er kam noch nicht, noch immer nicht, man war viel zu früh aufgebrochen, man war schon seit dem Morgen unterwegs, um endlich den Jammer und den Abschied hinter sich zu haben.

Die Mutter stand in ihrem dichten Witwenschleier, Blumen und Taschentuch preßte sie in der linken Hand, in der rechten trug sie die kleine Handtasche mit dem Geld und den Papieren. Das Töchterchen mit dem schwarzen Käppchen, sonntäglich aufgeputzt, hielt sich hinten an ihrem Rock fest und sah, den Daumen im Mund, den beiden Brüdern zu, dem großen und dem jüngern, die unermüdlich den Schienenstrang entlang patrouillierten, in ihren neuen billigen Jacken, den zu strammen langen Hosen, auf den Rundköpfen die ungewohnten Strohhüte mit dem Trauerband. Manchmal gönnten sie sich Ruhe, um hinter dem Rücken der Frauen über die Kisten zu diskutieren, die da zu einem kleinen Bollwerk aufgestapelt lagerten, hier war das Geschirr, hier noch Geschirr, hier Mutters Sachen, hier Mariechens, hier ist die alte Uhr.

Dann surrten die Schienen, die Mutter griff nach dem Kind, zwei einfache Männer mit Beamtenmützen zogen rauchend aus dem Stationshäuschen, der eine packte einen leeren Karren und schob ihn hinter die Kisten, die Burschen stürmten an, sie hatten hinten auf den Schienen den schwarzen anwachsenden Punkt entdeckt, polternd und rüttelnd kam er näher, die Lokomotive hob ihr schwarzes Eisenschild höher und höher, im Takt ihrer Stöße schmetterten die Gleise, dampfschleudernd rollte der Zug an, gewaltig, verlangsamte seinen Atem, schwer keuchend zwang er sich zur Ruhe, hielt knirschend.

Die beiden Bäuerinnen rieben sich die Waden, sie verzogen schmerzlich ihre alten verbrannten Gesichter. Ein Beamter rief den Namen der Station aus, winkte den Frauen, riß vorn am Zug eine Coupétür auf, die Kisten wurden nach hinten gefahren, die Bäuerinnen schleppten hinter der Frau einen schweren Reisekoffer her, der mit schwarzem Wachstuch bezogen war. Die Burschen kletterten zuerst rein, der jüngere kniete schon strahlend auf der Bank und sah zum Fenster hinaus. Die Mutter wanderte mit dem Kind langsam an. Man reichte ihr das Kind in den Wagen, alles hob und schob an dem Koffer, die Burschen lärmten nach den Kisten, aber die waren schon im Packwagen verstaut. Dann pfiff es, die Tür knallte, die beiden Bäuerinnen auf dem Bahnsteig traten zurück, die Zipfel ihrer Kopftücher zogen sie sich vor die Augen.

An ihnen vorbei schob sich das schwere Eisengehäuse und schnaufte hinaus. Sie sahen das selige Gesicht des kleinen Jungen und darüber das trübe verschlossene des älteren. Die Witwe saß auf der Mitte der Bank, stumm, das Töchterchen im Arm neben sich, Blumen und Taschentuch auf dem Schoß.

Dann lagen die blanken Schienen wieder frei. Die Bäuerinnen verließen den heißen Bahnsteig, zogen durch das mittagsstille Dorf, marschierten lange auf der gewundenen Chaussee, bis sie in die Felder einbogen. An einer kleinen Birkenschonung wanderten sie vorbei, an einer Wiese, einem Hof, dessen Tore weit offen standen. Enten schwammen in einem Tümpel daneben, aus dem Hof kam das Blöken von Rindern, Hämmern und Menschenstimmen. An der Flanke des Gutes, nach der Chaussee zu stand der zweistöckige Gasthof mit dem hohen roten Dach. Er war mit einem Gerüst verkleidet, leuchtete frisch weiß über die Schonung. Ein blaues Schild wurde grade über seinem Dach errichtet und trug zur Landstraße herüber strahlend die Goldbuchstaben: ‚Zum Wiesengrund, Gasthof, Wirtschaft'. Darunter bauschte sich ein Leinenstreifen: ‚Neuer Bes˙ zer'.

Die, denen dieses Gut zuletzt gehört hatte, fuhren jetzt weit weg von hier, zwischen den endlosen hohen Getreidefeldern.

Im Grab auf dem Ortsfriedhof ließen sie zurück den Vater. Er streckte sich da so selig, wie er es Zeit seines Lebens zur Freude seiner Freunde, nicht immer seiner Familie getan hatte. Der Mann, von dem sie sich jetzt los rissen und dessen Lebensrechnung sie bezahlen mußten, war ein Unhold und ihrer aller Liebling gewesen. Er war ein korpulenter fröhlicher helläugiger Mensch, nur Pächter auf diesem Boden, aber eine Art Kavalier, ein unruhiger Geist, ein Gernegroß, ein Phantast. In zwei Tagen und zwei Nächten hatte er zuletzt sein Leben ausgelöscht, das diesen Inhalt hatte: ein kleines Pachtgut bewirtschaften, eine strenge wohlhabende Frau heiraten, drei Kinder erzeugen, einen unmäßig großen Hof kaufen und noch während der Neueinrichtung sterben. Er nahm seiner Frau das Geld ab unter der Drohung, sonst seines Weges zu gehen, hatte sich wenig um sein Stück Land gekümmert, nur mit unfruchtbarer Spielerei, Drechseln und Patentsachen beschäftigt. Von dem Geld der Frau kaufte er dann fröhlich und frei den verkommenen Herrenhof, ritt mit Freunden auf den Feldern herum, ließ Ställe abreißen, neue aufrichten, den zugehörigen Gasthof und die Wirtschaft renovieren, die Gerüste, die jetzt standen, hatte er mit aufstellen sehen. Er nahm Schulden über Schulden auf. Dann trug man den munteren Planer eines Morgens vom Feld herein, sein Nierenleiden hatte ihm den Streich gespielt, er lag im Kartoffelacker schräg unter dem Pferd, das Gesicht nach unten, einen Fuß im Steigbügel, das Pferd stand wiehernd da und drehte den Hals nach ihm. Zum Bewußtsein kam er erst am nächsten Morgen, da lächelte er die Frau in seiner herzlichen Weise an und fragte nach den Anstreichern. Er dämmerte noch zwei Tage und zwei Nächte hin und lag da mit einer aufmerksamen heiteren Miene, als ob er einer spaßigen Geschichte lauschte. Am zweiten Tage verstärkte sich dieser lustige pfiffige Ausdruck noch. So daß man, wenn man unvermutet ins Zimmer trat, den Eindruck hatte, der Mann spiele Theater, man brauchte nur etwas zu warten, dann wird er selber genug haben und loslachen. Aber ohne auch nur eine Bewegung zu machen, lag er genau so am dritten Morgen, jetzt aber starr und weiß, und hatte sogar das Atmen aufgegeben. Man konnte es nicht für möglich halten, daß man einen solchen Menschen gewissermaßen lebendig in den Sarg legte. Er war in seiner Art gestorben, ein Vogel, den man nicht fangen kann.

Im schüttelnden Eisenbahnwagen saß die Frau auf der Bank. Zwischen den gelben Getreidefeldern schnaubte der Zug, trug sie von dem Boden weg, auf dem sie geboren war und wo ihr ganzes Leben verlaufen war. Sie nahm mit die drei Kinder, ein gelähmtes Herz und die Armut. Sie hatte die erste Partie ihres Lebens verloren. Es war fraglich, ob noch eine zweite kam. Den Mann hatte sie geliebt, und die erste Zeit ihrer Ehe war wie in einer andern Welt. Dann zeigte sich sein Charakter. Er bürdete ihr die Wirtschaft auf, sie mußte es annehmen, sie wollte es ihm nicht schwer machen. Sie rang um ihn. Er sollte ihr die Freude geben, die sie nicht kannte. Aber es nützte nichts, sie lebte nur noch von den Brosamen, die er ihr zwischen seinen Spielereien und Vergnügungstouren zuwarf. Und zuletzt mußte sie ihm ihr Erbe, ihr Geld in die Hand drücken, geängstigt, er sollte es nur nehmen, wozu sei es denn da. Das Leben, was für sie Leben war, drohte endgültig an ihr vorbeizurauschen. Nach einigen herrlichen, fast taumligen Monaten mit Ausflügen in die Stadt, Fahrten auf Güter, Besichtigungen und Kalkulationen, nach der Abgabe der Pacht und dem Umzug – da lag er. So donnerte das Geschick. Nun war das Leben vorbeigerauscht. Als sie am Grabe stand, war ihr noch nicht alles klar. Sie dachte nur an ihr eigenes ersticktes Herz. Aber der Hof stand da, die schrecklichen Gerüste, die Fundamente der Ställe, die Maurer, Maler, neuen Maschinen. Es erschienen alle Menschen, die sie vor Monaten mit einladenden Mienen gesehen hatte, sie sprachen eine ungeduldige Minute lang ihr Beileid aus, dann nahmen sie die Maske ab und waren dürre Gläubiger, die Papiere aus der Tasche zogen. Die Schulden, die Schulden, die Schulden, jeder Klingelzug ein Gläubiger. Nachts lag sie schlaflos allein in dem großen Zimmer, klagte sich an, daß sie das Glück gewollt hatte, zerbiß sich die Finger, schämte sich, sie konnte es keinem sagen, sie war schuld an allem, jetzt mußte sie büßen. Hof und Wirtschaft gingen in andere Hände, eine kleine Summe hielt sie wie eine Wilde fest, aber der Kampf war noch nicht zu Ende. Sie wäre auch ohne den Hohn der Leute und die frechen Anschuldigungen gegen ihren Mann nicht hier geblieben. Sie wollte den Anblick dieses Ortes, diese Landschaft, diese Luft nicht mehr. Es war, sie gestand es nur sich, das Gesicht ihres Sündenfalles. Und der Zug nahm sie auf, sie floh, schwarz verhüllt, das Land, wo sie geboren war, Liebe und Glück gesucht hatte, und ging in die fremde Stadt, die Wüste.

Den Kopf am Fensterrahmen schlief in der Ecke der Ältere, Karl, den Strohhut auf dem Schoß. Er war so groß wie die Frau, über sechzehnjährig, rotbäckig, braunblond wie der Vater, mit dem gleichen runden weichen Gesicht, er atmete durch den Mund, sie sah seine Zahnlücke im Oberkiefer, da fehlten zwei Zähne, die hatte ihm der Vater ausgeschlagen, als er damals das Weite suchen wollte. Bei dem Streit hatte die Frau den Mann bei den Schultern angefaßt und ihn geschüttelt, damit er sich besinne, er hatte sie zurückgestoßen, da war mit einmal der Sohn, dieser junge Mensch, der nie etwas von den Streitigkeiten der Eltern bemerkt zu haben schien, todblaß und mit einem völlig irrsinnigen Ausdruck im Zimmer gewesen, hatte sich, ohne ein Wort hervorbringen zu können, vor dem Vater aufgepflanzt. Der sah verblüfft einen Augenblick in das fremde Gesicht, dann wischte er es mit einem Faustschlag bei Seite. Daß sie sich noch am selben Tag mit dem Vater versöhnte, hatte sie als Verrat an dem Sohn empfunden. Der sah es freilich anders, er war glücklich, daß die Mutter in seine Stube kam, ihm das Gesicht verband, ihn spülen ließ, ihn bedauerte, vor ihm weinte. Seit da war, ein Hoffnungsschimmer, ein Rückhalt, der Junge in ihren Gesichtskreis getreten. Es gab geheime Fäden zwischen ihm und ihr. Sein Kopf schaukelte jetzt am Fensterrahmen mit den Stößen des Wagens, ihr gemeinsamer Gegner war tot, aber wie merkwürdig, dieser Karl hatte am wildesten am Grab des Vaters geweint.

In der anderen Ecke, dicht neben ihr, schlief der siebenjährige Erich. Auf der Bank ihr gegenüber, mit dem Mantel der Mutter bedeckt, die dreijährige Marie. Diese drei nahm sie aus dem Schiffbruch mit.

ANKUNFT

ES war Nacht, als sie in der großen Stadt ankam. Auf dem Bahnsteig empfing sie ein Angestellter ihres Bruders, ein grauer einsilbiger Mann, der bei dem Anblick der vier Personen, die sich aus dem Wagen entwickelten, stumm den runden steifen Hut hob, der Mann sah ziemlich schäbig aus, ein Gepäckträger griff zu, der graue Herr führte sie, ohne ein freundliches Wort oder eine Frage an die Kinder zu richten, gradeswegs zur Treppe und zu einer Droschke. Das schwere Gepäck, die Kisten, den großen Koffer würde er morgen abholen lassen. Die Kinder, aus dem Schlaf geweckt, entgeistert von der Weite des Bahnhofs, dem Lärm, der Menschenmenge, wollten nicht die Treppe herunter, er drehte sich um und pfiff, wie man Hunden pfeift. Sie ratterten durch helle und durch finstere Straßen, die Kinder hingen an den Scheiben, nur das Töchterchen weinte auf dem Schoß der Mutter. In einer breiten Straße, vor einem Haus, an dem eine rote Laterne brannte, hielten sie, der Mann schloß auf, sie stiegen vier enge Treppen hinauf, so hohe Treppen waren die Kinder noch nie gegangen, an dem Flur gab es viele schmale Türen mit Briefkästen, eine öffnete er, es war eine ganz kleine finstere und wüste Wohnung, die Küche gleich am Eingang, dann eine Stube. Der Angestellte, der den Hut aufbehalten hatte, steckte eine Kerze auf dem Küchentisch an, fand, daß es muffig roch und öffnete das Fenster, dann legte er die Schlüssel auf den Tisch, lüftete ohne ein Wort den Hut und ging. Die beiden Jungen, überwach, wollten noch im Finstern auf der Treppe spionieren, wieviel Stock das Haus hatte, die Mutter jagte sie in die Stube, sie mußten sich im Finstern ausziehen und auf die Matratzen am

Boden legen. Gleich wie aber die Mutter mit dem Kind in der Küche verschwunden war, standen sie in Hemden wieder auf und quetschten ihre erregten Gesichter an das Fenster. Die schwarze Masse der Häuser mit den vielen stummen Fenstern, mit verschlossenen Läden zog sich wie eine einzige Mauer hin. Es war eine Riesenburg. Wenige Laternen brannten auf der Straße, in keinem Haus war mehr Licht, aber alle diese Häuser mußten voller Menschen stecken. Das war die Straße, oh welche große geheimnisvolle Stadt.

In der Küche hatte die Mutter das Kind neben sich gebettet. Als es schlief und sie seine Händchen von sich löste, setzte sie sich still am Boden auf. Sie saß lange. Langsam wurden die Konturen des Herdes vor ihr sichtbar, die Stuhlbeine neben ihr, das Handtuch quer vor das Fenster gespannt. Was auf dem Herd eine Rundung zeigte, war der Handkoffer mit dem Bügel. Morgen sollte sie hier für die Kinder kochen. Wie die Trümmer eines Schiffbruchs betrachtete sie alles, ohne Empfindung. Sie hatte vieles erwartet, dies betäubte sie.

Nach acht Tagen war die kleine Wohnung eingerichtet, die Betten aufgestellt, Gardinen gezogen, Stühle und Tisch standen mit einem Schein von Freundlichkeit in der Stube beieinander, eine Gaslampe hing von der Decke und streckte zwei Arme aus, nur in der Küche stapelten noch ungeöffnete Kisten. Da kam spät abends die Mutter wieder. Erich, der Jüngere, der schon in der Volksschule untergebracht war, lag im Bett in der Stube, die Mutter kam im Hut noch zu ihm herein, löschte das Licht aus und ging mit dem Älteren, Karl, in die Küche. Er fragte gleich: «Wo ist Mariechen?» Die Frau blickte sich in der Küche um, ja, da waren die Kisten, die das Kleine beklopft hatte, die aus dem Dorf mitgekommen waren, aus dem ‚Wiesengrund', sie mußte sich setzen. Sie hob Hut und Schleier ab, legte sie vor sich auf den Tisch, saß, beide Arme aufgestützt, die kräftige Frau mit dem gescheitelten dunkelbraunen Haar, am Küchentisch, auf dem der Rest einer Kerze in einer Bierflasche flackerte. Der

Junge sah sie ängstlich an. Ihr schwarzer Schatten stieg gebrochen über der Wand mit der Wasserleitung an die Decke. Da an der Decke hockte über dem Raum die finstere Erscheinung, sie lauschte, gebot dem Gespräch.
«Mariechen habe ich zur Tante gebracht. Sie haben ja kein Kind, Mariechen hat ihnen gefallen.»
Sie sah ruhig in die Kerze. Der Junge verstand nicht gleich, dann legte er das Kinn auf die Brust, sein Gesicht zog sich zusammen, er setzte sich stumm hin, der Mutter gegenüber, weinte in seine verschränkten Arme.
«Sie ist gern dageblieben. Was sie da gleich alles kriegt: so viel hat sie zu Haus nie gehabt. Und hier schon garnicht. Was sollen wir auch mit ihr. Wir haben ja alle keine Zeit. Ist ganz blaß geworden von dem vielen Rumschleppen auf der Straße, das Kleine.»
Der Junge hob den Kopf nicht. Die Frau redete weiter: «Hat keinen Zweck zu heulen, Karl. Damit kommen wir nicht weiter. Hier schon garnicht. Das wirst du noch lernen. Geschenkt wird einem nichts, du kannst froh sein, wenn du hier sitzt und sie dich leben lassen.»
Sie stieß über den Tisch seinen Ellbogen weg: «Nicht weinen, hörst du doch, Karl. Fang bloß damit nicht an, tust ihnen bloß einen Gefallen. Wenn du weinst, dann bist du schon reif für sie. Mußt dir ein Beispiel an mir nehmen. Ich weine nicht. Nein, ich nicht, bestimmt nicht. Räume den Tisch ab, fix, stell alles auf den Herd.»
Er arbeitete, den Kopf zwischen die Schultern gezogen, das Gesicht glührot. Er wollte immer losplärren. Sie benutzte die Zeit, um angestrengt und kalt die braune Bierflasche zu studieren: «Marie ist weg und jetzt kommst du ran, Junge. Bleibt nichts weiter übrig, ihr müßt verdienen. Wir haben keine Zeit mehr. Was ich in der Tasche habe, kannst du nachzählen. Es reicht für ein halbes Jahr, aber sie haben es schon gerochen, ein halbes Jahr ist ihnen zu viel, die sind jetzt drauf und dran, uns das auch wegzunehmen. Keinen Pfennig sollen wir behalten, bloß betteln und weinen. Wenn es ihnen paßt, werden sie dann so gut sein. Die

geben keinen Pardon. Die rechnen, bis ihre Sache stimmt. Kuck dich hier um, Karl, geht's uns nicht schlecht genug, haben wir schon in solchen Löchern gesessen? In so einem Haus, ohne Licht, der Fabrikrauch weht einem ins Fenster, das wissen sie, ich sag's ihnen jeden Tag, tut uns leid, liebe Frau, ja, liebe Frau sagen sie, die lieben Herren, aber Ordnung muß sein, wir müssen auch sehen, wo wir bleiben, und ziehen ihre Schulden ein, ziehen dir das Fell ab und verfluchen dich, weil du ein Betrüger bist, weil du nicht mehr hast. Da hab ich heut in einem Büro gesessen und hab alles gesagt und gezeigt, und habe geweint und geheult, bis sie mich rausgeschmissen haben, und sie verlangen Abzahlung, und nächstes Mal holen sie die Polizei.» «Wer ist es denn, Mutter?» «Für die bist du ein Knochen. Und einer beißt nach dem andern.»

Er räumte am Herd. Sie wartete, stierte in die Kerze. Es dauerte lange, bis sie wieder den Mund aufmachte: «Ich hab jetzt keinen andern, Karl, setz dich mal, du bist ja groß, du verstehst schon alles, ich muß mich mit einem aussprechen, du hast ja auch zu Hause alles gesehen, mit Vatern und mit der Versteigerung [mit dem hab ich auch kein Wort sprechen können, aber es ist nicht mehr auszuhalten, und wenn es die Wand ist, ich schreie]. Es muß mir einer helfen, es geht nicht so weiter» [sie blickte auf ihre geballte Hand, er hat mich im Stich gelassen, er hat mich ausgebeutet, nie war er für mich da, nie, nie, nun hat er mir das auch aufgehalst].

Und was der Schmerz nicht fertig gebracht hatte, tat die Wut, und sie brach, ohne die Haltung zu ändern, in ein störrisches Schluchzen aus. Der Junge kam herüber und faßte sie am Arm, sie wunderte sich nicht, sie duldete es. Zum ersten Mal ließ sie ihren Zorn los. «Hat alles keinen Zweck», stammelte sie in ihr Schluchzen hinein, «nimmt einem doch keiner was ab [der Schuft, so läßt er mich sitzen mit allen Kindern, wenn es eine Hölle gibt, müßte er büßen], Menschen sind Verbrecher, das mußt du wissen, Karl. Was der Pfarrer dir in der Kirche sagt, kein Wort ist davon wahr, der redet das, weil er dafür bezahlt wird,

das kommt aus seinem geschmierten Maul heraus, davon kannst du dir keine Semmeln backen, aber er hat seinen fetten Tisch, da setzt er sich dann hin, wenn du weg bist, und macht die Tür zu. Und dann geben sie dir Zettel, Ratschläge, immer einer an den andern, und jeder sagt ein schönes Wort oder ist nicht zu Hause, und dann kannst du rennen in der Hitze und sie sagen, Frauchen, wie sehen Sie aus, Sie müssen sich pflegen. Menschenschinder, Fellabzieher. Und lügen, und lügen, pfui.»
Ahnungsvoll, geängstigt stand der Junge mit einem Handtuch neben ihr und spannte die Ohren. «Wann komme ich in die Lehre, Mutter?» «Geld, Geld, Junge, nichts als Geld. Er hat mir meins durchgebracht. Sie pfänden uns alles weg.» «Wo soll ich denn hin?» «Geld, Geld. Die Stadt ist groß. Brauchst dich nicht zu genieren. Zugreifen. Ich weiß auch nicht.»
Sie bewegte den Kopf und sah den schweren schwarzen Schatten, gebrochen über Wand und Decke.
Er breitete ihre Matratze in der Küche aus. Dann wanderte er unsicher hin und her und legte, was er nie getan hatte, seinen Arm um den Hals der Mutter: «Kommen wir ins Gefängnis, Mutter?» Er sah ihr gehetztes Gesicht, es war schlimmer, als wenn sie den betrunkenen Vater zu Bett brachte. «Ich denke, Mutter, es wird schon gehen. Wenn sie uns nicht ins Gefängnis bringen, find ich schon Arbeit, ich nehm alles an. Onkel wird doch ein bißchen geben?« «Nichts vom Onkel. Geld, Geld.» Sie sah den großen Burschen an aus ihren irren Augen, eine Ertrinkende, dann schluchzte sie, und dann war ihr Gesicht wieder ganz starr. Er hatte Angst, wie sie so leer vor sich hinblickte.

DIE GROSSTADT

MORGENS brachte er den Kleinen zur Schule. Die Mutter hatte, wie er in die Küche kam, vergrämt am Gasherd gesessen, die Matratze stand schon an der Wand. So grau und elend war das

Gesicht der Mutter, so still ihre Bewegungen, daß er, wie er den Jungen in der Schule abgegeben hatte, wieder nach Hause lief, zitternd die vier Treppen hinauf, was wollte er denn sagen, ach, er hätte kein Taschentuch, er hätte seinen Hut vergessen.
Sie war nicht in der Küche, sie lag in der Stube, auf dem ungemachten Bett des Kleinen. Sie raffte, als Karl aufklinkte, das Kissen beiseite und flüsterte: «Was ist denn?» «Ich hatte bloß meinen Hut vergessen.»
Der Hut lag auf einem Stuhl, Karl nahm ihn nicht. «Was stehst du rum?» «Steh doch auf, Mutter.» «Du sollst gehen, sag ich dir.» Er leise, ohne sie anzusehen: «Nein, ich geh nicht, du sollst aufstehen.» Sie fuhr hoch, hatte ihren strengen Ausdruck. «Ich geh nicht runter, Mutter, wenn du nicht aufstehst.»
Sie ließ ihre Beine herunter, faßte ihn um die Schultern, nahm im Gehen den Hut vom Stuhl und führte den Jungen umschlungen durch die Küche zur Tür. Die öffnete sie, schob ihn hinaus, stülpte ihm draußen den Hut fest auf den Kopf, gab ihm die Hand. Er sah sie bettelnd an. Wie sie ihn mühsam anlächelte, bezwang er sich und ging.

Draußen war es noch so heiß wie vorige Woche, als sie abfuhren. Das Mähen hatte er noch mitgemacht, jetzt wird wohl schon das Einfahren begonnen haben, das schöne große Gut, wir haben nichts mehr. Er stand vor der Haustür, was soll ich machen, Mutter weiß sich keinen Rat, sie hat den Kopf verloren, an wen soll ich mich wenden. Er setzte sich in Bewegung, marschierte los. Irgendwohin lief er. Die Menschen sah er an, bei jedem die Frage, wovon lebt der, wovon der, woher haben die's. Woher hatte es der Vater. Wenn ich jetzt auf dem Land wäre, würde ich mich vermieten, jetzt ist viel Arbeit, warum ist die Mutter nur hierher gekommen.
Nach einiger Zeit hatte er die enge ärmliche Gegend seiner Straße hinter sich, ein anderer Menschenschlag ging hier herum, die Straßen waren oft mit Bäumen besetzt, es waren Alleen mit richtigen Bäumen, dann Plätze mit Kindern und Steinfiguren.

Er sah sich um, blickte dahin, dorthin, dachte immer: ich muß zugreifen, ich muß was finden, wie machen sie's nur. Aber wie war hier alles so bequem! Alles war da. Das Brot lag fertig in den Geschäften, grobes Brot, feines Brot, Kuchen, Semmeln, das hatte den ganzen schweren Weg hinter sich, da war schon alle Arbeit getan, das Jäten, Pflügen, die Aussaat, das Mähen, Einbringen und das Dreschen und die Mühle und der Handel mit der Genossenschaft und die Mehlsäcke und das Schleppen. Sie hatten nur damit zu tun, zu backen, es süß und fein zu machen, zu bestreuen und in die Fenster zu legen. Manche Bäckereien hatten Marmortische und Stühle hingestellt, und da saßen schmucke Leute und vor die schoben Mädchen mit weißen Schürzen Kuchen und die fertige Sahne, das hatte viele Muskeln und Schweiß gekostet, die feine Sahne zu machen, das Warten der Kühe, das Futterfahren, das Melken, Kübelschleppen, das Dungabfahren und dann die Plage mit der Molkerei. Davon merkten sie hier nichts, die Leute bekamen hier alles vorgesetzt, sie saßen in den schattigen Läden, nippten an den blanken Löffeln, und nachher zogen sie das Portemonnaie und zahlten.
Lange stand der Bursche vor einer Konditorei. Zu Hause hatte ihr Bäcker auch einen kleinen Verkauf gehabt, aber das war eine Art Handwerker, der ihnen ein Stück Arbeit abnahm. Eine kleine mit Bäumen bestandene Grünfläche war in der Nähe, der Bursche setzte sich auf eine Bank, behielt die Konditorei im Auge. Da quälte man sich auf dem Land und hatte noch die Trockenheit und den Hagel und das Unkraut, das kümmerte sie hier alles nicht. Sie wußten vielleicht nicht mal, welche Arbeit es auf dem Land gab. Was sollte er hier mit seinen Muskeln? Zugreifen? Was denn? Über dem kleinen Platz an den Sitzbänken vorbei fuhr ein Mann einen zweirädrigen Wagen und rief Eis aus. Der und jener ließ sich die kleine Biscuittüte geben, Karl hatte keinen Appetit danach, er sah nur, wie alles reif vor die Leute geschoben wurde. Über ihm wölbte eine mächtige Buche ihr Laubwerk, ihre Blätter waren vom Straßenstaub bepudert, so zieht unsere Chaussee von der Bahn zu den Feldern,

wir schinden uns und die haben's gut und zu Hause liegt Mutter auf dem Bett und ich soll Geld verdienen.
Und die Ängstlichkeit setzte ihn wieder in Bewegung. Er ging. Woher haben sie's nur. Aber da öffnete sich plötzlich die Straße wie ein Fluß, der ein Gebirgstal durchflossen hat. Die Straße nahm eine doppelte Breite an und war rechts und links besetzt von großen Geschäftshäusern, zwischen ihnen gab es Restaurants, die mit Wimpeln geschmückt waren, weiter hinten erhob sich weiß ein Denkmal mit vielen Figuren auf einem zurückgeschobenen Platz, das breite säulenverzierte Gebäude hinter dem Denkmal war ein Theater. Aber was Karl vor allem verblüffte, waren an der Ecke die beiden Kaufhäuser. Sie waren die ersten in der Stadt, ihr Erscheinen hatte die gesamte Kaufmannswelt in der Stadt heftig erregt.
Wie wuchtige Schildwachen in blitzender Uniform postierten sie schon an der Ecke. Die Magazine hatten eine riesige Breite, prunkvoll waren sie ausgestattet mit Fahnen, Girlanden und goldener Verzierung wie zu einem Jahrmarkt, Musik blies aus einigen Fenstern. Karl wollte noch darüber nachdenken, wie die Menschen in der Stadt zu Geld kämen, aber da war er in das verwirrende Abenteuer dieser Magazine gezogen und staunte und sah und ging herum. Die Riesenströmung nahm ihn auf. Es wurde ausgerufen, musiziert, gekauft. Tausend Dinge waren ausgebreitet von den Dächern bis zum Boden, und über den Boden quoll es bis zu den Bordschwellen vor.
Als der Bauernbursche, den Strohhut mit dem Trauerband in der Hand, die Stirn rot und schweißig, das zweite Warenhaus verließ, war schon Mittag vorbei. Er kam an einer engen wagenverstopften Hinterstraße heraus. Mühsam schlängelte er sich zwischen den Fuhrwerken hindurch. Durch die Hauptstraße fuhr die neue Straßenbahn, sie war elektrisch, Wagen fuhren auf Schienen unter langen Drähten, es war ganz unwahrscheinlich, wie sich das ohne Pferd bewegte, der Kutscher stand vorn an einer Kurbel, er stand gewissermaßen in der leeren Luft und drehte, es sah gradezu komisch aus, aber der Wagen bewegte

sich doch. Hier in der Seitenstraße aber trabten noch die lieben alten Tiere, die Pferde, die braunen und schwarzen, die guten mit ihren stillen Augen. Im Herüberschlüpfen strich er einem über die Schnauze, du bist auch hier.

Und der junge Mensch, der Tag aus, Tag ein zehn Stunden mit allen Muskeln gearbeitet hatte, lehnte neben einem Zeitungsausrufer an der Häuserwand und fühlte sich müde, schlaff, verlangte Augen und Ohren zu schließen und sich auf den Boden niederzulassen. Weil das Schreien neben ihm ihn quälte, schleppte er sich noch ein paar Straßen weiter, der Lärm der großen Alleen und Warenhäuser schlug hier wie von einer fernen Schlacht herüber. Obwohl es übel roch, war es hier angenehm schattig, er war verwirrt, sein Gehirn beladen wie die Straße, wo die zwanzig Wagen sich ineinander verfahren hatten. Er putzte seinen Strohhut, setzte ihn sich auf, er hatte das mahnende schwarze Band gesehen, und ungeheuer weit lag irgendwo in dieser Stadt seine Mutter in einer Stube, den kleinen Bruder hatte er heute in die Schule gebracht, er war ausgegangen, um Geld, Geld zu verdienen.

Dieser Bursche, der jetzt den Bordrand entlang pendelte, den Blick zu Boden, hatte schon die hängenden müden Schultern vieler, die hier standen und gingen, sein Blick war glanzlos wie vieler, die hier suchten. Ein Eisenbrunnen stand an der Straßenecke, er trank das laue Wasser aus der hohlen Hand auf Vorrat. Dann merkte er, daß er Hunger hatte, sein Brot in der Tasche war dumpf geworden, er aß es im Gehen, keiner sah ihn an, keiner beachtete hier ja den andern, seine Schultern hoben sich wieder, seine Füße wanderten wieder dahin, von wo das dumpfe Tosen kam.

Noch einmal nahm er die prächtige Parade ab, sie war schwächer in diesen frühen Nachmittagsstunden, dann lief er über eine Stunde, bis er die schwärzlichen leeren Mauern, die ärmliche Straße fand, wo er wohnte. Hier war er also jetzt zu Hause, in einer Stadt mit Elektrizität und Kaufhäusern. Seine Augen blickten vertrauter auf die kleinen Lebensmittel- und Kohlen-

geschäfte hier. Ja, sie waren alle arm, sie waren aus derselben Familie. Er stieß die Tür zu dem dumpfen und dunklen Flur seines Hauses auf. Sein erster Gang in die Stadt war zu Ende.
Lächelnd schwatzten oben die Flurnachbarn mit ihm, von denen er den Schlüssel holte, die Mutter war nicht da, Erich war eingeschlossen.
In der frühen Dämmerung trat sie dann in ihrem schwarzen Kleid über die Schwelle, das Gesicht verhängt wie immer, und zog die Tür hinter sich zu. Er hatte erzählen wollen, wie er dem Kleinen erzählt hatte, der hatte den Mund aufgesperrt und gebettelt, ihn bald mitzunehmen. Aber die Mutter, furchtbar stumm, mit bleigrauem Gesicht, räumte, kaum daß sie Hut und Schleier abgelegt hatte, in der Stube auf, der Junge sprang hinzu, um zu helfen, sie wies ihn eisig in die Küche zu dem Kleinen. Als sie nachher hereinkam, stand sie mit dem Rücken zu ihnen am Herd. Da fürchteten sie beide zu gleicher Zeit, sie würde sie weggeben, wie sie Marie weggegeben hatte, und erst fing Erich am Tisch über seinem Schreibheft krampfhaft zu schluchzen an, dann zitterten auch Karl die Backen. Die Frau drehte das Gas ab, legte den Löffel hin und wandte sich zu ihnen. Sie schob das Heft beiseite, wischte dem Kleinen mit ihrem Taschentuch die Tränen, nahm ihn, als er nicht aufhörte, auf den Schoß, fragte ihn nach der Schule aus. Er beruhigte sich. Und als es dunkel geworden war, erlebte der Kleine sogar etwas, was ihm ganz neu war. Die Mutter legte ihm sorgfältig die Kissen zurecht und blieb bei ihm neben dem Bett sitzen, erzählte von Marie, die sie bald besuchen würde, und von ihren vielen neuen Spielsachen und in zwei Wochen würde Mariechen mit Onkel und Tante ans Meer fahren und da bekäme sie einen bunten Strandanzug und ihnen bringe sie auch was mit. Der Kleine erzählte wieder, was er von Karl gehört hatte, er gähnte, die Mutter blieb bei ihm, wie sie immer bei dem Töchterchen hatte bleiben müssen. Dann schlich sie in die Küche.
Karl hatte schon aufgeräumt, auch ihre Matratze ausgelegt, aus der langen Geschichte, die er ihr erzählen wollte, wurde nichts

als: «Morgen geh ich wieder runter.» Sie am Tisch stützte den Kopf auf und gab keine Antwort.

Was Karl aber am nächsten Morgen erlebte, nach einer herrlich durchträumten Nacht, übertraf noch den vorigen Tag. Heute hatte er nur im Beginn, als er die Treppe herunterstieg, die Ängstlichkeit: ich soll Geld verdienen, ich muß mich beeilen, ich muß mich umsehen. Heute, nachdem er den Bruder in der Schule abgesetzt hatte, ging er auf die Wanderschaft, erst noch einmal in die Gegend der großen Magazine, dann irgendwohin. Es würde sich schon etwas finden. Er war in einem Durcheinander von Angst und Neugier.
Die Stadt versetzte ihn in Entzücken. Gott, ist das schön, daß wir hergekommen sind. Wenn ich mal hier unterkommen könnte, und wenn's als Kohlenträger wäre! Er wurde heute noch tiefer in das Zentrum der Großstadt hineingetrieben, ein gewaltiges Geschrei lockte ihn vor ein breites niedriges Gebäude, auf dessen Steintreppen Menschenscharen brüllten, gestikulierten, und einige schrieben und plauderten, am First trug das Haus das Wort ‚Börse'. Nicht weit davon arbeiteten Scharen von Straßenkehrern; folgte man ihnen, kam man an einen Komplex dunkler Hallen, ihre Umgebung strotzte von Obst- und Gemüseresten und Zeitungspapier; Händler beluden ihre Wagen mit den leeren Körben und Kisten. Durch die weit offenen Tore sah Karl in diese abenteuerlichen Riesengewölbe, die nach vielen Dingen rochen. Dies sollten die Markthallen sein. Nachher lief er über eine Stunde, bis er auf breite stille Straßen kam mit vornehmen geschlossenen Wohnhäusern, es war, als ob hier noch alles schlief, nur Lieferanten und Dienstboten sah man, hinter den Gittern der Häuser lagen zierliche Gärten mit Kieswegen.
Und dann öffnete sich der Bezirk der Schlösser, Museen, Denkmäler. Nicht einmal nach den Bildern hatte er solche Herrlichkeit vermutet. In diesen starken Schlössern, vor denen Schildwachen auf und ab gingen, wohnte der König, die Königin, die Prinzen. Hier schlossen sich an die grauen einfacheren Ge-

bäude, in denen – die Eingrabung über den Torbogen zeigte es an – Minister und Generäle ihre Arbeit für das Land taten. Die Generäle, die Staatsmänner, das waren die, die der König ernennt, die ihm dienen, ihr Leben weihen, die die Siege erringen und ihr Auge auf allen Dingen haben, und wenn sie tot sind, stellt man sie in Stein oder Bronze hin und in der Schule lernt man von ihnen. Eine ungeheuer weite, mit herrlichen Ulmen bepflanzte Allee zog sich mitten durch diesen Bezirk, den sich der Staat ausgesucht hatte. Wenn man von der Stadt durch eine der Hauptstraßen auf diese Allee stieß, hatte man eine breite Marmorbrücke, einen Platz und dann einen gewaltigen Triumphbogen zu passieren, auf dem die Siege des letzten Krieges mit Namen und Figuren eingegraben waren. Vor dem Triumphbogen ruhte ein mächtiger Steinlöwe, er war weit in den Platz vorgerückt und blickte von seinem Sockel einsam und gefährlich nach der Stadt herüber.

Lange stand Karl, während Schülergruppen, von Lehrern geführt, an ihm vorbeizogen, vor der Siegeshalle, bis er Mut faßte und auch hineinging. Ein weites Eingangsgewölbe mit Kanonen, Fahnen, dann rechts und links, von einer Marmorbalustrade eingefaßt, eine hohe Treppe, mit einem Purpurläufer belegt. Sie führte zu einem prunkenden Bildersaal hinauf. Da herrschte tiefes Schweigen. Ein alter Mann, ein Invalide in Uniform mit Krückstock, führte die Aufsicht. Erwachsene und Kinder drängten sich ehrfürchtig vor den Riesenbildern von den Schlachten und Triumphen.

Karl steht vor einem Schlachtenbild und ist überwältigt von den prunkenden Farben und dem, was da vorgeht. Er sieht einen König mit langem Bart auf einem edlen weißen Roß, er ist umgeben von Generälen und Fürsten, die alle bestaubt sind. Sie halten auf einem Hügel, eine Königsfahne weht hinter ihnen. Den Hügel aber geht ein einzelner Mann hinauf, den Kopf bloß, man kennt sein trauriges Gesicht, es ist auch ein König, in blanken kleinen Schuhen geht er, die hinten silberne Sporen tragen. Es ist der Besiegte. Was von ihm übrig geblieben ist, sieht man, die umgeworfenen Kanonen zur Seite, die brennenden Häuser hinten. Das war sein, das und das geschlagene Heer, das man nicht sieht, hat er eingesetzt. Er will seinen Degen dem Sieger auf dem weißen Roß übergeben.

Maßlos breit bedeckt das Bild die Längswand, die Menschen stehen stumm davor, sie atmen kaum, das Bild springt sie an. Sie kriechen mit dem einsamen Besiegten den Hügel hinauf, demütig.

Als Karl sich abwendet, sieht er in der Mitte der Halle einen schmalen Marmorsockel und darauf erhebt eine Steinfigur mit einem stolzen Marschallstab die Hand. Das ist wieder der große König, der Sieger, er ist überall, alles lebt in seinem Reich, es geht von Meer zu Meer, er hat sich alles untertan gemacht.

Scheu geht Karl um den Sockel herum. Er lugt noch einen Augenblick in den angrenzenden Saal, wo in einem Glasschrank das weiße Lieblingspferd des Königs ausgestopft steht. Er hat jetzt nicht seinen Bauernblick für das Pferd. Dies Pferd ist ein gewaltiges Wesen, das zu den Generälen und Fürsten gehört und mit keinem Gaul zu vergleichen ist.

Erschüttert und geheiligt verließ unser Wanderer dieses weite Quartier der Schlösser, das wie eine Insel und eine Festung in der Mitte der Stadt lag, reiche Parkanlagen schlossen sich nach der andern Seite an. Das weltliche Treiben um die Geschäftshäuser berührte ihn heute wenig. Und wie er am Spätnachmittag nach Hause kam, war die Mutter zu Hause geblieben und machte mit dem Kleinen Schularbeiten. Sie setzte ihm zu essen vor und sah ihm mit einem merkwürdigen Lächeln zu, das ihn beunruhigte. «Und wo bist du gewesen, Junge?» Obwohl ihm das Wort in der Kehle stecken blieb – er dachte, ich komme drüber weg –, fing er an von den Schlössern zu sprechen, die es in der Stadt gab, Erich spitzte gleich die Ohren, die Mutter lächelte, er solle nur weiter erzählen. Aber es ging schlecht. Wenn er mit Erich allein wäre, hätte er alles sagen können. Da fing die Mutter an, immer mit dem peinlichen Blick, ihn stückweise nach den Schlössern auszufragen, sie hätte noch keine Zeit gehabt hinzugehen, und da sprach er von dem Triumphbogen mit dem Wagen darauf, und von der Siegeshalle und der großen Treppe. Aber nichts stimmte recht. Kopfnickend und nun deutlich höhnisch fragte sie nach den Bildern. «Hat's keinen Eintritt gekostet?» Er verneinte. Sie lachte auf: «Das glaub ich dir! Da lassen sie dich rein. Damit du sie bewunderst. Wenn wir lange hier sind, werden wir auch Steuer dafür bezahlen dürfen.» Er legte den Löffel hin. «Iß nur ruhig auf, Karl, von mir kriegst du Suppe, von ihnen kriegst du nichts, nur schöne Worte, oder Bilder, das kenne ich. Na, hast du etwa heute ein Stück Brot gekriegt?» «Aber das sind doch die Schlösser.» «Versuch mal da von ihnen ein Stück Brot zu kriegen, da werden sie dir kommen.» «Da sind auch keine Bettler, Mutter.» «Glaub ich. Die kommen garnicht erst rein. Na, hast du etwa was geschafft?» Ihm stiegen die Tränen in die Augen. «Ich weiß doch nicht, wie ich's machen soll.» «Geht mir ja grade so, Junge. Wir sind hier ganz überflüssig. Die brauchen uns nicht. Die wirtschaften, und was ein armer Mensch ist, soll seiner Wege gehen.» Er hielt sie bei der Hand fest. «Ich verdiene doch bald was, Mutter.» «Mit Bilderankucken.» Er bekam Mut: «Komm doch mit, Mutter.»

EINE SCHLIMME NACHT

ES gelang ihm wirklich, die Mutter zu einem Spaziergang in die Stadt zu bewegen. Sie war schon, als er sich zur Begleitung des kleinen Erich zurechtmachte, angezogen, sprach nicht, räumte den Tisch ab, war im Begriff, den schwarzen Hut und Schleier aus dem Schrank zu holen, als er sich umdrehte, Erich an der Hand, und die Mutter fragte, ob sie nicht heute mit ihnen kommen wolle. «Erst bringen wir Erich zur Schule, dann gehen wir in die Stadt.» «Wozu», fragte sie und zog sich den Schleier vor ihr hartes Gesicht. In keinen Spiegel sah das Gesicht, seit der Mann tot war. Alt und leblos war es geworden, eine lebende Gruft war sie hinter ihrem Schleier geworden. Er war kühner, seit sie ihn eingeweiht hatte: «Uns begleiten, Mutter, dann spazieren wir in die Stadt, und ich zeige dir was.» Sie stand. Drückte fest seine Hand. Die Mutter stopfte Papiere in ihre Tasche: «Geht doch schon.» Karl ließ den Kleinen los, stellte sich neben sie: «Komm mit, Mutter. Einen Tag kannst du dir gönnen.» Da wurden ihre Hände plötzlich still, ließen die Tasche los, die Rechnungen fielen auf den Tisch, sie sagte tonlos, ihr Gesicht war nicht zu sehen: «Einen Tag? Alle Tage. Ich lauf ja auch heute wieder umsonst.» Sie sank auf einen Stuhl. Er zog an ihr: «Komm, es ist Zeit für Erich.» «Geht.» «Komm.» Er streichelte ihre Hand, packte entschlossen die Papiere in die Tasche, dann faßte er – was war in ihn gekommen – die Frau um die Schultern – wann hatte sie einer so um die Schultern gefaßt, wie lange war das her, mit Staunen nahm sie's wahr – und suchte sie hochzuheben. Und als es nicht gelang, rief er Erich: «Komm, du hilfst, Mutter kommt mit.» Und so von beiden Seiten gehoben und geschoben, von einem festen Arm um die Schulter, der den starren Schleier zerknautschte, und zwei Kinderhänden, die an ihre Hüfte stießen, mußte sie sich bequemen, halb fallend, sich aufzurichten und schließlich aufzustehen. «Ach Gott», sagte sie und wehrte den Kleinen ab, der noch weiter stieß, «wie richtet ihr einen her.» Da hatte sich Karl ihre Tasche unter die Achsel geklemmt, nahm sie beim Arm, der Kleine hängte sich vergnügt an der andern Seite an, und so wurde das schwere Schiff durch die enge Tür bugsiert. Sie wollte noch einmal zurück, um Wasser zu den Kartoffeln zu gießen. Aber sie hatte keinen Willen mehr und stand auf der Treppe. Karl schloß ab. Ihre Gedanken, aber es kam zu keinen deutlichen Gedanken, waren: Da steh ich, warum auch nicht, gut, daß einen einer zieht und stößt.

Sie gingen durch die morgendlich hellen Straßen. Die Stadt war ein merkwürdiges Uhrwerk; auf ein bestimmtes Signal, zu einer bestimmten Zeit surrte eine Partie nach der andern los und setzte sich in Trab. Die Straßenreiniger begannen, dann räumten die Arbeiter an den Schienen der Elektrischen die Strecke,

dann fuhren Gemüsewagen, die Bettler auf den Schwellen und in den Torbögen drehten sich um und sahen, es war wieder Tag, sie würden weggescheucht werden.
Jetzt klingelten die Elektrischen, waren voller Leute, die zur Arbeit wollten. Aber sie drei wollten nur spazieren. Und als Erich in der Schule abgegeben war, nahm die Frau Karl ihre Handtasche ab, sie ging nicht zu den Leuten, heute würde es nicht Betteln und Barmen geben, sie spazierten, ja spazierten. Und als ob das noch zu unterstreichen wäre, blickte sie an einer Haltestelle ein Herr an, so daß sie zurückfuhr, es war ein Angestellter einer Baufirma, der sie etwas schuldete, er erkannte sie, grüßte: «Wenn Sie etwa heute zu uns kommen wollten, mir fällt ein, wir haben Sie irrtümlich bestellt, der Chef hat eine Reise vor.» Sie stand – Karl beobachtete sie bestürzt – mit stokkendem Atem, rote Flecken stiegen an ihrem Hals hoch, ihre Backen bekamen rote Flecken, sie stammelte etwas, bat um Entschuldigung. Aber es war doch nichts zu bitten! Karl nahm rasch die Mutter beim Arm und ging mit ihr, wie war sie zerstört, wie fiel sie vor diesen Leuten hin, war es denn so schlimm, aber es konnte doch nicht so schlimm sein, denn der Mann hatte sehr höflich gesprochen, und sie benahm sich wie ein Verbrecher, ein Angeklagter. Er war bedrückt, rasch weg führte er die Mutter von der Stelle, sie sollte die lustigen lauten Straßen sehen.
Wir kennen diese Straßen und Magazine. Die Frau hatte schon oft durch diese Gegend gemußt. Um Gotteswillen, was sollte sie hier, warum zeigte er ihr das? War das ein Bösewicht, ein Niederträchtiger, der sie noch verspotten wollte? Sie fühlte ihre Schritte nicht unter sich, sie sah aus den Wolken dies alles, die hastigen fröhlichen Menschen, die glitzernden Auslagen. Alles in eins. Das Reich der Erde und ihre Herrlichkeiten. In dieses Glück-Unglück war sie vor Jahren mit ihm gefahren, der jetzt tot lag, aus ihrem Leben durch einen eisigen Spruch weggerissen, hier war auch er mit ihr gegangen, der Junge, der sie am Arm führte, blickte genau so fröhlich hell, strahlte genau so offen vor

sich. Sie horchte auf ihn, sie zwang sich, ihn so zu hören, wie sie wollte, in seiner Stimme klangen Töne von dem Andern. Sie krampfte sich fest an seinen Arm, er hielt es für einen innigen Gruß und streichelte ihre Hand, sagte leise: «Mutter.» Ach ja, Mutter, es hat sich bald ausgemuttert, ich hab nichts mehr zu suchen auf eurer Welt, ihr werdet es ohne mich besser haben. Ich werde nicht mehr betteln gehen.

Und wie er sie durch die fröhlichen Straßen führte – er wollte sie doch zerstreuen –, wurde ihr klarer, als wie sie zu Hause saß: Ich kann nicht mehr! Ich kann den Schlag, der auf mich gefallen ist, nicht aushalten! Es ist Wahnsinn, daß ich mich hier noch bewege. Ich will das alles nicht mehr leiden.

Ich will – das alles nicht mehr.

Es ist stärker als ich. Ich habe die langen Monate ausgehalten, ich habe die langen Jahre ausgehalten mit dem Mann, an mir ist nichts mehr heil, ach, ich darf doch ausweichen.

Da ließ der Krampf nach, der Entschluß tat ihr wohl, sie lüftete den Schleier vor ihren Augen, fühlte wieder ihre Schritte. Und da ging plaudernd Karl, den Strohhut auf dem Kopf, neben ihr, und sie sah ihn an, kalt und fremd prüfend, wie sie ihren Mann angesehen hatte, den Strolch, wenn er von einer Lumperei heimkam. Dieser Karl, ja, er war aus seinem Blut, ein Kindskopf, ein Schwärmer, wen wird er einmal unglücklich machen, welche Frau, welche Kinder.

Sie machte sich von seinem Arm los, trat mit ihm an ein Schaufenster, sie mußte hart und scharf mit ihm sein, sie müßte ihn fühlen lassen, wer er war. «Wo ist also das Schöne an diesen Knabenanzügen da? Wie gefallen sie dir, he? Ich will dir sagen, an denen ist nichts. Nichts... Das ist teuer. Das ist schlechte Ware wie alles hier. Die Leute fallen darauf rein. Hier ist alles Betrug, für die Augen, sie machen den Leuten was vor, Gimpelfang. Verstehst du?» Er verstand nicht, die Mutter war ärgerlich. Sie zogen noch stumm eine Weile durch das Gedränge. Es war ein Lärm. Sie nickte: «Hörst du, wie die Leute schreien müssen, um zu ein paar Pfennigen zu kommen?» Er sah sie hilflos an, was wollte die Mutter von ihm, er wollte sie doch zerstreuen. Er wollte sie aus dem Gedränge heraussteuern, aber mit einer inbrünstigen Gehässigkeit blieb sie grade hier, sie atmete stärker. Bis sie an einen weiten Platz kamen, wo die großen Geschäfte aufhörten, da stand eine mächtige altersgraue Kirche mit einem ungeheuren Turm. Die Kirche läutete grade aus irgendwelchem Grund, die Tore standen offen, einige Menschen gingen hinein. «Willst du nicht hineingehen, Karl?» «Warum?» «Mußt ihm doch danken für unser Leben. Er hat alles gemacht, wie es ist, und es ist gut, du sagst es doch.» Er murmelte, ein Windstoß wollte ihm seinen Hut abwehen: «Mutter.» Er dachte an den Vater, und wie hilflos er war, was sollte er mit der Mutter tun. Sie wanderten auf Seitenstraßen zurück. «Sei nicht böse», flüsterte einmal die Mutter und legte wieder ihren Arm in seinen. Er führte sie nach Hause, sie kam, von einer Müdigkeit befallen, zuletzt nicht von der Stelle. «Ich schlafe fast ein», lächelte sie den Jungen an.

Und in dieser wattedichten Müdigkeit, die sie den Tag über nicht losließ, verabschiedete sie sich am Abend von den Kindern, die sie freundlich behandelt hatte, und zog sich gähnend in ihre Küche zurück. Da saß sie freundlich vor der weißen neuen Kerze, gähnte viel, war wie narkotisiert. Schließlich holte sie, immer wie träumend, von dem Geschirrahmen einen Bleistift und das Notizbuch herunter und schrieb am Tisch gähnend und in einem ungewohnten Wohlbefinden:

«Lieber Oskar [das war ihr Bruder], wo ich nun nicht mehr bin, wirst du dich wohl der beiden Jungen annehmen. Ich dank dir und Lippchen, daß ihr so gut zu Marie seid. Deine dankbare Schwester.»

Das Blatt riß sie heraus, kniffte es sorgfältig, liebevoll und schrieb außen die Adresse des Bruders auf. Und dann löschte sie das Licht, rutschte mit ihrem Stuhl zum Herd, zog den Gasschlauch vom Rohr und drehte das Gas auf. Das Gas wehte gegen ihr Gesicht, es roch häßlich, sie ließ es sich in den Mund strömen, schluckte, ihr wurde übel, ihre Ohren klangen, ihr Kopf wurde groß, immer größer, unheimlich groß, sie wollte würgend den Schlauch bei Seite schieben mit ihren Händen, die plötzlich riesengroß und weich geworden waren.

In der zweiten Hälfte der Nacht [der Tag war heiß gewesen, es dämmerte] gab es ein Gewitter. Die Jungen flüsterten von Bett zu Bett miteinander. Der Kleine, dem man auf dem Land Angst vor Gewittern eingeprägt hatte, fing an zu weinen. Der Größere stand auf, suchte ihn zu trösten, der Kleine wollte zur Mutter. Karl flüsterte, es sei noch so früh, man könne sie nicht wecken. Der weinte unverändert weiter. Da zog sich der Große Hosen und Strümpfe über, wartete noch etwas, ob sich der Kleine beruhigte oder der Sturm nachließ, dann schlich er in den langen Korridor und horchte an der Küchentür, ob die Mutter nicht auch aufgewacht war von dem Donner, vielleicht hatte sie den Erich auch schon selber gehört. Er ließ die Tür zum Zimmer offen, damit sie das Schluchzen des Jungen hörte. Aber, er hatte es am Anfang nicht beachtet, was war das nur, es roch so eigentümlich, er schnüffelte Gas. Er lief in die Stube zurück, bei ihnen war es nicht, er riß, obwohl der Kleine stärker brüllte, in der Stube die Fenster auf, der Sturm blies die Vorhänge hinein. Er rannte erregt in den Korridor zurück, schloß leise die Wohnungstür auf, schnüffelte auf dem Korridor, auf der Treppe, die im Morgendämmer schon ihre Stufen zeigte: nichts, von hier kam es nicht. Wieder in den Korridor zurück, die Wohnungstür offen gelassen. Sein Grauen: der Geruch kam aus der Küche! Die Mutter hatte das Gas aufgelassen! Die Mutter meldete sich nicht!
Er klopfte gegen die Tür: «Mutter!» Er klopfte im Augenblick mit beiden Fäusten, er schrie: «Mutter, wach auf.» Der Kleine im Zimmer wurde still vor Angst. Karl schlug gegen die Tür, er brüllte: «Aufmachen, Mutter, es ist Gas, Mutter.» Draußen auf der Treppe gingen Türen, man klopfte gegen die Wand. Wie ein Besessener, weinend, schreiend, tobend arbeitete der Junge gegen die Tür, lief auf den Flur: «Hilfe, kommen Sie, die Tür

geht nicht auf, Mutter hat das Gas aufgelassen.» Die Nachbarfrau, in Hemd und Unterrock, erst mürrisch, holte ihren Mann, vom fünften Stock kam ein Mann mit einer brennenden Kerze herunter, die Hosen hatte er an, die Hosenträger, nur hinten befestigt, hielt er mit der Hand nach hinten fest, schimpfte im Heruntersteigen, torkelnd: «Also das ist eine Schweinerei, das soll Sie aber eine Stange Geld kosten, die Leute vergiften einen», und wollte, benommen wie er war, erzählen, wie es ihm in der Nacht gegangen war, daß er zweimal gebrochen hatte, aber er hatte überhaupt nicht gebrochen, ihm war nur übel gewesen, und seit gestern abend Schlag neun Uhr hatte er den Geruch gemerkt, obwohl er die Fenster sperrangelweit aufgerissen hatte, die Dielen in diesem alten Haus sind natürlich undicht, da war er aber, statt von seinem Kummer zu erzählen, in einen großen andern hineingerissen worden. Man blies ihm unten gleich das Licht aus, wie kann man so leichtsinnig sein, da können wir alle in die Luft fliegen, das merken Sie doch, daß hier Gas ausströmt. Zu dritt, zu fünft drängten sie sich in dem engen kurzen Korridor, die Treppenfenster rissen unten welche auf, neben dem Flüstern und Reden hörte man das Türschlagen und schluchzende Schreien des Jungen, dem sich jetzt auch das Klagen des Kleinen in der Stube beigesellte. Dann drängte sich ein älterer großer Mann, ein Arbeiter in der Mütze, der schon fertig angezogen war und seinen Fabrikgang antreten wollte, zwischen die Leute, er hatte ein Küchenbeil in der Hand, den Jungen schob er bei Seite, versuchte erst mit seinem Rücken die Tür aufzustoßen, dann sagte er: «Alle weg aus dem Gang», nahm das Beil und schlug Füllung auf Füllung heraus, preßte mit dem Knie und einem Fußstoß unter Krachen das Mittelkreuz durch und stieg in die Küche, während alles auf dem Gang zurückwich unter dem Anhauch des Gases.

Es war ganz still drin. Man hörte den Mann durch den Raum laufen, Fenster aufreißen, dann bewegte er sich, kam aber nicht heraus. Dann hörte man ihn sprechen und fragen: «Na, na?» Aber es war nur seine Stimme ohne Antwort. Die Nachbarsfrau hielt Karl zurück, der, beide Fäuste vor dem Mund, wimmerte und stöhnte. «Du bleibst hier, Junge, ist nichts für dich.» Der Arbeiter rief aus der Küche: «Ein Mann rein, anfassen helfen.» Derselbe, der vorhin geschimpft hatte und noch immer die Hosenträger in der Hand hielt, knöpfte sie sich an, drängte sich durch den Korridor, na, wer steht denn hier alles, sie arbeiteten drin langsam, schleiften etwas über den Boden, dann lief die Wasserleitung, der alte Arbeiter rief: «Einer muß zur Feuerwehr oder Rettungswache, aber fix.» Mehrere setzten sich auf der Treppe in Bewegung. Dann wurde endlich Licht in der Küche, sie hatten die Kerze angesteckt, die beiden Männer erschienen im Türrahmen und der ältere sagte: «Der Gashahn war losgegangen, aber das Fenster war offen oben.» Karl hob die Hände zur Brust des alten Mannes: «Was macht meine Mutter, was macht – ?» «Ich bin kein Doktor, Junge. Sagen kann sie jedenfalls nichts. Na, wenn man stundenlang in der Luft liegt. Der Herr hier hat schon Kopfschmerzen, wo er ein Stock höher wohnt.» Karl bettelte: «Ist nichts passiert?» «Junger Mann, Sie haben einen festen Schlaf, daß Sie das nicht riechen.»

Das Gaslicht auf der Treppe brannte, schreckliche Minuten verliefen, dann rasselte ein Wagen vor, zwei Männer kamen die Treppe heraufgerannt, Feuerwehrleute drangen in die Stube, einer rannte bald wieder zurück, die schwarze Sauerstoffbombe wurde angeschleppt, die Wohnungstür blieb offen, die Treppe war von Menschen belagert, die sich flüsternd unterhielten. Nach einer halben Stunde erschien ein Doktor, er war ein paar Minuten in der Küche, dann hörte man das gelle Schreien der Frau, erst nur «Ah, ah», dann «ich will nicht, ich will nicht.» Das Schreien gellte durch das ganze Haus, die Kinder auf der Treppe sahen zitternd die Großen an. «Ich will nicht, ich will nicht mehr, laßt mich zufrieden.» Die Frauen wischten sich die Augen und nickten trübe.

Man machte den beiden Feuerwehrleuten Platz, sie kamen mit einer Tragbahre wieder, die Nachbarn zogen Karl zu sich in die Wohnung hinein, man trug die Frau herunter. Sie lag bis über den Kopf zugedeckt und stöhnte unter der Decke: «Ich will nicht, ich will nicht mehr», immer dasselbe. Die Menschen, an die Türen gedrängt, hörten es mit Furcht. «Sie muß nicht richtig sein, es ist das Gas, paß auf, sie tragen sie in eine Anstalt.»

Inzwischen hatten die Nachbarn den kleinen Erich zu sich genommen. Karl rannte am Morgen mit dem Zettel der Mutter zu dem Onkel. Der hatte seine Wohnung nicht weit von ihnen, in einem der Hinterhöfe war seine Möbelfabrik, er wohnte in dem gewaltigen Vorderhaus im zweiten Stock. Als Karl auf dem blanken Messingschild draußen seinen Namen sah, den Mädchennamen seiner Mutter, brach er in Tränen aus, schluchzend fragte er nach dem Onkel, das Mädchen ließ ihn auf der Treppe stehen, dann blickte jemand durch das Guckloch, die Kette war vorgeschoben, eine dicke Frau mit unordentlichem Haar im geblümten Morgenkleid sah durch den Türspalt und fragte, was er wolle. Weil er nicht sprechen konnte, schob er das Blatt Papier hinein. Die Tür wurde darauf zugemacht. Die Frau entfernte sich.

Plötzlich wurde drin eine Tür aufgerissen, jemand schimpfte, brüllte, humpelnd im Galopp näherte er sich, schleuderte die Kette ab, riß die Tür auf, ein kleiner Mann mit einem kurzen Bein in Hemdsärmeln stand vor Karl, er hatte ein viereckiges blaurotes Gesicht, die grauen Schnurrbarthaare sträubten sich, er packte mit der linken Hand Karls Arm: «Wer hat dir den Zettel gegeben?» Karl gluckste: «Ich bin ja Karl. Auf dem Tisch.» Mit einem Ruck zog der Mann den Burschen in den Korridor, auf dem nebeneinander die dicke Frau und das Mädchen standen. Die Tür krachte. «Wo ist Mutter? Was ist mit ihr?» Der schiefe Mann glotzte Karl an, er hatte eine merkwürdige Gebärde, die linke Hand hochgehoben, als wenn er auf Karls Hals zustoßen wollte. Den braunen Kopf auf die Brust gesenkt, weinte Karl bitter und ließ die Tränen über sein Gesicht fließen: «Im Krankenhaus.» «Sie lebt?» Karl schluchzte und nickte. Der Mann nahm die Hand herunter: «Na also. Na also. Ein Schreckschuß. Ich bin noch ganz erschrocken.» Die Frau an der Tür sagte: «Gottlob. Gottlob. Ich bin auch ganz erschrocken.» Das Dienstmädchen weinte in ihre Schürze hinein. «Na, nu mal rein», damit humpelte der Onkel, dessen Hinterkopf eine fette Glatze bedeckte, den langen Läufer des Korridors entlang. Scheu sah das Dienstmädchen Karl an sich vorbeigehen. In dem schmalen, dick von unförmigen Möbeln vollgestopften Eßzimmer unter einer Gaslampe setzten sie sich hin, für zwei Personen war gedeckt, das Mädchen brachte eine Tasse für Karl. Und da saß er, wischte sich das Gesicht, und das war der Morgen nach der Gewitternacht und nachdem die Mutter das gemacht hatte. Er mußte Kaffee trinken, sie sprachen ihm zu, lobten den Kaffee, die Frau ließ sich Brotscheiben rösten. «Es geht jetzt fix mit dem Rösten, das Mädchen versteht sich jetzt endlich darauf», meinte sie zu dem Mann, und dem Burschen erklärte sie: «Ich muß nämlich immer Brot rösten, wir vertragen beide das frische Brot nicht. Woher kommt das eigentlich, daß hier das Brot einen so auftreibt? Du bist doch halber Bauer.» Der Mann kaute: «Laß ihn zufrieden, das kann er dir ein andermal erzählen.» Darauf aßen und tranken sie schweigend, sehr langsam, sehr aufmerksam, ermunterten häufig Karl, lobten die Marmelade. Die Frau blickte Karl an: «Wie einen sowas trifft. Ich kann mich noch immer nicht erholen.» Auch der Mann nickte. Die Frau wischte sich den Mund. «Hast du gesehen, Oskar, die Anna hat geweint, sie ist ein gutes Mädchen.»

Karl trank. Wann würde er aufstehen können. Plötzlich äußerte der Mann nach andachtsvollem Kauen: «Man könnte eigentlich mal bei dem Krankenhaus anfragen, wie es ihr geht.» Die Frau fuhr hoch: «Ich denke, es geht ihr gut?» «Na ja, man muß sich aber erkundigen.» Darauf hinkte er, den Mund noch voll, aus dem Eßzimmer, Karl und die Frau, allein gelassen, saßen sich gegenüber hinter ihren Tassen, warteten und sagten kein Wort. Vom Korridor her hörten sie dann bald das Stampfen des Mannes und sein beruhigendes «Also, also.» Er trat ein: «Also, also. Alles halb so schlimm. Der Doktor ist nicht da. Die Schwester meint: wir sollten uns nicht Sorge machen, bloß keine Sorge, es ist eine leichte Leuchtgasvergiftung – Leuchtgasvergiftung sagt sie –, das gibt sich schon.» Er hatte aber keinen freundlichen Ausdruck, er blieb hinter dem Stuhl der Frau stehen, flüsterte mit der Frau, Karl schnappte einiges auf: «Einer soll hinkommen, nähere Angaben machen, die Polizei will auch wissen –» Er wandte sich verstimmt an Karl: «Wo ist denn der Andere, ihr seid doch zwei?» «Nein, wir sind drei. Die Marie hat doch Mutter weggegeben.» Er hatte wahrhaftig nicht gedacht, daß die kleine Schwester hier im Haus lebte. «Das wissen wir. Soll aber noch einer da sein, ein Junge.» «Der ist bei den Nachbarn.» «So. Also, ich habe den Vormittag zu tun. Dann gehst du ins Krankenhaus, Lippchen, der Karl kann dich begleiten.» Er war wütend, setzte sich gedankenlos an seine Brotschnitte. Lippchen bat: «Iß langsam, Oskar, schling nicht, es bekommt dir nicht.» Sie sah vorwurfsvoll Karl an. Die große Standuhr schlug volltönig metallisch acht Uhr, Karl fiel ein, heute bringt keiner den Kleinen zur Schule, er hat ja auch die ganze Nacht nicht geschlafen. Der Mann stand auf, wischte sich mit der Serviette den Mund, dachte nach: «Also schreib mir mal genau eure Adresse auf, und mit der Polizei, das mache ich schon. Haben die denn meine Adresse gelesen auf dem Brief?» Der Junge war auch aufgestanden, nur die Frau trank noch und schenkte sich frisch ein. Karl schüttelte den Kopf: «War kein Schutzmann da, nur die Feuerwehr.» «So, so.» Und finster humpelte er hinaus, ließ Karl und die Frau zurück, die trank und vorwurfsvoll, ja anklagend Karl anblickte. Wie sie das Türwerfen des Alten hinter sich hatten, sagte die Frau: «Aufregungen am frühen Morgen verträgt der Onkel schon gar nicht. Das schlägt gleich auf seinen Magen, und gar die Polizei.»

Darauf erschien Anna, um abzudecken, und bei ihrem Anblick stieß die Frau Karl an: «Na, nun erzähl uns noch mal, wie's gewesen war. Nachher gehen wir ins Krankenhaus, wir nehmen auch ein paar Blumen mit.» Das Wasser trat ihm in die Augen, die Frau erklärte dem Mädchen: «Sie sind alle zusammen vom

Land, seine Mutter ist die Schwester vom Herrn, wenn Leute vom Land in die Stadt kommen und es ist kein Mann dabei, dann geht das eben nicht einfach.» «Ach, was hab ich mich verlaufen die erste Zeit», bestätigte Anna mitleidig. Darauf nötigte Anna wieder den Burschen, sich zu setzen, es wird ja doch noch dauern, bis Madame sich fertig gemacht hat.
Und da saß Karl allein in dem fremden Haus, auf dem hohen Stuhl an einem jetzt sauber mit Plüsch bedeckten Tisch, und wartete. Er hörte ein kleines Stimmchen, das ist unser Mariechen, sie ziehen sie jetzt an, wenn sie sie reinbringen, ach Gott, fang ich wieder an zu weinen. Aber sie brachten sie nicht; auf eine Frage Annas kräuselte Madame geringschätzig die Lippen und schüttelte einfach den Kopf.
Was mach ich hier, fragte sich Karl, was macht Mutter, ich muß hier raus. Er stand schon an der Zimmertür, horchte, das Kind plapperte. Auf dem Korridor vor dem Spiegel aber stand die Frau. Er war von Glut übergossen, als sie sich nach ihm umblickte. Sie lächelte: «Noch eine kleine Minute, Kind, eine ganz kleine Minute.» Aber er konnte sich nicht halten, nein, er wollte nicht, er stammelte, sie kam erstaunt näher, und wenn er die Frau umwerfen sollte, er stammelte: «Ich, ich, ich kann –» Sein Gesicht war wild und blaß, sein Blick nach der Tür gerichtet. Die Frau rief erschrocken: «Anna, Anna, kommen Sie doch!» Anna sah ihn noch, wie er an ihnen vorbeizog, er bekam die Tür nicht auf, sie half ihm, er stammelte, dann war er draußen, stürzte die Treppe herunter und lief, lief auf der Straße, ohne zu sehen.

Inzwischen klärte der angesehene Möbelfabrikant auf dem Polizeirevier, das auch zu seiner Wohnung gehörte, die Beamten über die Sachlage auf, zeigte den Brief. Die Leute seien von der Provinz hereingekommen, überschuldet, der Mann sei etwas auffallend rasch gestorben, es sei eben eine verzweifelte Situation, in die er sich hineinmanövriert habe durch seine Plänemacherei, der Wirrkopf hat nicht nur das Geld der Frau, meiner Schwester, verpulvert, sondern auch das anderer Leute, eine völlig unwirtschaftliche Anlage kann sich nicht rentieren, ich habe gewarnt, habe natürlich keinen roten Pfennig dazu gegeben. Und jetzt ist die Frau da, mit den Kindern, man nimmt ihr ein Kind ab, aber sie verliert die Nerven. «Also wirtschaftliche Notlage», notierte der Kommissar. «Sorgen natürlich, die Frau hat auch Grund, sich Sorgen zu machen, aber die Nerven sind die Hauptsache. Andere Leute leben noch schlechter. Die Frau ist aus dem Weinen nicht herausgekommen, wenn sie bei einem war. Ich habe meine Frau schon ins Krankenhaus geschickt. Sie erledigt die Kosten, auch den Transport.» «Es kommt noch der Arzt hinzu, den sie geholt haben, und die Feuerwehr.» Dem Mann traten die Augen hervor, er glotzte: «Natürlich.» Ein Unterbeamter, der neben dem Kommissar stand, bückte sich zu dem Kommissar am Pult: «Dann hat man die Küchentür einschlagen müssen.» Der Fabrikant räusperte sich. Er fand kein Wort. Dann giftete er: «Ein teurer Selbstmordversuch. Was sagen Sie dazu? Mit der Tür, das werde ich mir ansehen. Eine Füllung ist noch keine Tür.» «Gewiß. Die Tür ist ganz und gar durch, ein Loch.» «Was», glotzte der Möbelfabrikant, «Füllung und Mittelkreuz?» «Soviel ich mich erinnere. Hängt bloß noch der Rahmen.» «Das ist ja unerhört. Da sehen Sie die Leute. Eine Affenschande ist es. Die Leute verdienten –.» «Aber man mußte doch reinkommen.» «Erstens war das Fenster offen.» «Aber Herr, das konnten sie vorher nicht wissen, hören Sie mal.» «Gut, aber das Mittelkreuz einbrechen, vielleicht mit dem Fuß, wenn die Füllungen schon raus sind. Das waren ja Wahnsinnige.» Der Kommissar lachte: «Vielleicht war der Mann einfach zu dick und kam durch die Füllung nicht durch.» Der Fabrikant wütete: «Sie lachen und ich soll blechen. Wir haben schon genug Steuern. Nachher wird noch der Mann kommen, der die Türe eingeschlagen hat, und wird von mir einen Stundenlohn verlangen.» Der Kommissar richtete sich auf und lachte herzlich: «Aber natürlich wird er kommen! Lebensrettung! Der Mann wird eine Belohnung verlangen, die er doch auch verdient hat.»

Der hinkende Mann ließ sich los: «Ach was, das Fenster stand offen, Sie haben es selbst festgestellt, Herr Kommissar. Dieser Selbstmord, Selbstmordversuch ist ja bloß eine Erpressung gegen mich! Weil es mit Jammern nicht ging, macht sie es so. Diese Leute mit ihrem liederlichen Leben sollen mir nur kommen, das ist dann das Ende vom Lied.» Die Beamten wurden stiller, tauschten Blicke: «Na, da mischen wir uns nicht ein. Also von uns aus ist die Sache erledigt.»

Der Herr hinkte schäumend hinaus. Er kletterte fluchend die vier Treppen der nahen Wohnung seiner Schwester hinauf, auf jedem Absatz spuckte er aus: «Pack.» Oben ließ er sich von der Nachbarin, ohne nach Erich zu fragen, die Wohnungstür öffnen, besah sich lange die wenigen Reste der Küchentür. Sie bewegte sich noch in den Angeln, trauriges Symbol eines Daseins, ein Rahmen ohne Inhalt. Er sagte der Frau, nachher würde einer seiner Leute kommen, die Tür herausheben: «War denn das nötig, hier so das Kreuz durchzubrechen? Durch die Füllung kommt man doch auch schon durch.» «Der Herr von oben war so in Rage, der wollte schnell rein.» «Man geht aber nicht so mit Sachen um, der Mann hat ja geradezu wie ein Wilder gearbeitet.»

Die Frau verhielt sich still. Dann besichtigte er noch die Stube, blickte zum Fenster hinaus, strich sich den Schnurrbart. «Ganz schön, man wohnt hier gut. Platz ist ausreichend.» Als die Nachbarin lockend fragte, ob sie den Kleinen holen sollte, der spielt nebenan, winkte er ab. «Ein andermal.» Und stelzte ohne ein Dankwort ab.

Am späten Nachmittag – so lange hatte er entschlußlos das Krankenhaus umwandert – kaufte Karl, der nicht Hunger noch Durst spürte, einer Frau ein Veilchensträußchen ab und stand vor dem geschlossenen eisernen Portal. Da kam eine Schwester heraus, schwarzer Mantel über dem weißen Kleid, Buch unter dem Arm. Sie erhielt einen unsicheren Blick von dem Burschen mit den Veilchen, ging an ihm vorüber, dann drehte sie sich um und fragte, ob er etwas wolle. Er wolle sich nach seiner Mutter

erkundigen. Er nannte seinen Namen. Sie fand, es sei eigentlich zu spät, ging aber in das Torhaus zurück, und bald trat da ein Pförtner heraus und winkte Karl. Im breiten Treppenflur stand die Schwester im schwarzen Mantel, die Karl gesprochen hatte, mit einer andern, die einen Korb mit Medizinflaschen im Arm hatte. Die war sehr freundlich und fragte Karl, wer er wäre, und er könne seinen Strauß ruhig bei der Mutter abgeben. Unterwegs beim Gang durch den weiten, von spazierenden Kranken erfüllten grünen Garten erzählte die Schwester, es ginge der Mutter gut, sie sei völlig klar [Karl staunte, was heißt das: klar, Mutter ist doch nicht verrückt], er solle sie aber nicht aufregen, und ob sie vielleicht vorher sehr traurig gewesen sei [er gab auf nichts eine Antwort, er hörte nur zu, wo war denn die Mutter], ob sie schon öfter auffällig gewesen sei. Alles das verstand Karl nicht – bis er in dem Vierbettenraum neben dem Bett der Mutter stand. Die Schwester ließ ihn allein, die beiden andern Mitkranken saßen am Fenster. Ein großer Blumenstrauß stand neben dem Bett der Mutter auf dem Tischchen, der war von der Tante, er hielt seine Veilchen in der Hand, die Mutter hatte die Bettdecke über den Kopf gezogen. Als er so eine Weile bestürzt gestanden hatte und sie auf seine Worte: «Mutter, ich bin's» nicht antwortete, trat eine der beiden Frauen vom Fenster und riß ihr die Decke heftig vom Kopf weg: «Aber Sie sollen doch nicht so liegen! Die Schwester wird wieder schimpfen, seien Sie doch nicht unvernünftig. Hier, Ihr Sohn ist da, sehen Sie die hübschen Veilchen.» Sie lag mit zugekniffenen Augen, Karl hörte sie flüstern, er bückte sich über sie, es waren dieselben Worte, die sie morgens auf der Treppe geschrien hatte, als die Feuerwehrleute sie heruntertrugen. «Ich will nicht mehr, ich will nicht mehr.»
Mit einem widerwilligen Ausdruck trat die Frau wieder zu der andern ans Fenster: «Das will eine Mutter sein, hat zwei Kinder, und der Junge steht da.»
Die Andere, eine Ältere, Schmale, riß das Fenster auf und zischelte, ein fernes Glockenläuten klang in den Raum, in dem die weißen unbeweglichen Eisenbetten standen: «Für so was gibt's nur eins,

das wird Ihnen der Pfarrer bestätigen: eins über. Das Theater macht sie nicht lange. Hört sie nicht auf, kriegt sie's von mir.»
Als die Mutter mit dem verkrampften geschlossenen Gesicht lag, die Welt und sie alle ablehnend, senkte Karl seinen Kopf, dann drehte er sich um, wieder die Tränen, stand mit dem Gesicht gegen die Tür. Er wandte sich zur Mutter, legte ihr hilflos den Strauß auf die Decke, bettelte: «Mutter.» Da zuckten ihre Lider, sie hob sie ganz wenig, ihr Blick fuhr an ihm hoch, sie warf den Kopf herum zu ihm und ihre beiden Hände umklammerten sofort seine rechte Hand. Er fragte zärtlich: «Na, Mutter?», ließ sich, von ihr gezogen, auf den Bettrand nieder. Sie rang, drückte, würgte an seiner Hand, sie tastete seinen Unterarm ab und preßte ihn, sie hielt seine Hand fest vor ihrem Hals. «Sehen Sie», flüsterte die Alte am Fenster, «was sie wieder für Theater macht. Mit dem Jungen auch. Und so was will Kinder erziehen.»
Es erfolgte bei diesem Besuch, der sich nur einige Minuten ausdehnte, weiter nichts, als daß Karl, während die Mutter seine Hand hielt, mehrfach flüsterte, er komme morgen wieder und hole sie ab. Sie sagte nichts. Dann – er schämte sich vor den Frauen – ging er rasch. Schlaflos lag er die halbe Nacht, es geschah zuviel bei Tag, es ging alles über ihn, er faßte keinen Gedanken, nur: der Mutter helfen.
Als er sie am nächsten Mittag im stillen Krankenhausgarten mit der Schwester traf, lief er glücklich auf sie zu, dachte, sie käme schon mit. Er hatte viel Plage mit dem Kleinen, der bei den Nachbarn war und den Schreck der Nacht nicht vergaß; der Kleine schrie öfter wild und brüllte geradezu vor Entsetzen, sie hätten seine Mutter weggebracht, sie hätten sie geschlagen, er verstand nicht, was die zerbrochene Küchentür bedeutete. Die Mutter war heute ganz sanft, nahm ihn beim Arm, als die Schwester sich entfernt hatte, ging langsam mit ihm zwischen den herrlichen Rosen spazieren. Sie würde erst morgen nach Hause kommen, sagte sie, einen Tag wolle sie sich noch gönnen. Er solle ihr von Hause erzählen. Als er von Erich erzählte, lächelte sie unbewegt: «Ich werde ihm etwas mitbringen.» Er

wunderte sich, daß sie es so wenig eilig hatte. Er erzählte von seinem Besuch beim Onkel, fürchtete, sie würde sich über den Onkel ärgern. Statt dessen zog sie die Stirn kraus und meinte, es sei nicht recht gewesen, daß er da weggelaufen sei, die Tante hätte es schon erzählt; man muß sich zusammennehmen, man muß sich schon etwas bieten lassen, wenn man weiterkommen will. Er ging, perplex über ihre Kühle, nach Hause.

WIEDER ZU HAUSE

DANN war der Nachmittag da, wo er die Mutter abholte. Sie stiegen die hohen Treppen hinauf, hier war sie hinuntergetragen worden, der entsetzliche nächtliche Lärm hallte ihm noch in den Ohren und preßte sein Herz zusammen, sie hielten sich aneinander, sie waren oben, klopften bei den Nachbarn, ein freudiges «Ah» von dem Mann, der öffnete, dann die Schritte seiner Frau, und ein schmutziges Knabengesicht sah sich ungläubig und zweifelnd von weitem die Mutter an. Dann – ein Schrei des Kindes, die Mutter umschlingt es, hebt es auf, drückt es – aber das Schreien des Kindes hört nicht auf! Bestürzt, entsetzt schüttelt die Mutter an ihm. Sie tragen ihn in die Stube. Er läßt sich nicht von der Mutter ablösen. Auf dem Sofa wird er endlich leiser und ruhiger, die blaurote Gedunsenheit seines Gesichtes läßt nach; er stammelt schließlich, lächelt, er freut sich, daß die Mutter da ist, er hat sich so gefürchtet, die Mutter sitzt neben dem Sofa auf dem Stuhl, ganz wie ein Laken weiß ist sie bei dem entsetzlichen Schreien des Kindes geworden. Und wie es still ist, vergräbt sie ihr Gesicht in den Händen.
Sie füttert drüben den Jungen, als wenn er drei Jahre alt wäre, auf ihrem Schoß, legt ihn langsam und mit vieler Zärtlichkeit ins Bett. Er läßt es sich glücklich gefallen. Und morgen braucht er nicht in die Schule gehen, morgen bleibt die Mutter den ganzen Tag bei ihm.

Bevor die Frau das Licht in der Stube löschte und die Vorhänge mit Stecknadeln zusammenzog, ging sie mit einem verschleierten Ausdruck durch die Stube, betrachtete die Tischdecke, fuhr mit der Hand drüber, rückte die Stühle einen nach dem andern an den Tisch, blickte zu der alten Zuglampe auf. Karl dachte, sie prüft alles, ob es sauber sei. Aber – sie nahm es nur in Besitz, mühte sich, es wieder in Besitz zu nehmen.

Dann kam die Stunde, vor der sich Karl fürchtete, wo sie mit ihm in der stillen Küche am Tisch saß. Die wiederhergestellte, frisch gestrichene Tür strömte ihren Farbengeruch aus, stumm saßen sie vor einer Petroleumstehlampe, die neu in den Raum eingezogen war, ihr Becken war aus schwerem Eisen, hatte wilde Schnörkel, mit vier eingerollten Beinen lastete sie auf der Tischplatte, durch ihre Milchglasglocke gab sie ein neblig weißes Licht her. Der Onkel hatte sie mit der Tür heraufschicken lassen, sie war grade vor einigen Stunden angekommen, auch das Gestell eines alten Eisenbettes stand neu vor der Fensterwand, wo dachte der Onkel wohl, sollte man das Eisenbett aufstellen?

Als sie eine Weile stumm das Singen des Petroleumdochtes angehört hatten und der milde Schein aus der Milchglasglocke sie lange genug gewärmt hatte, blickte die Mutter Karl, die Miene immer verschleiert, an. «Nun, da bin ich wieder, Karle. Willst du mich denn auch wieder? Könnt ihr mich brauchen?» Er senkte den Kopf. «Erich braucht mich, das hab ich gemerkt. – Wer hat mich eigentlich gefunden?» «Wir konnten nicht schlafen. Erich hat geweint, es war Gewitter, und dann wollte ich dich holen.» «Und ich hab nicht aufgemacht. Und dann hast du die Leute alarmiert.» Er bettelte: «Laß doch, Mutter.» «Weißt du, Karle, ich hab euch in die Welt gesetzt, und ich hab mir Vorwürfe gemacht, daß ich's getan habe, in diese Welt. Warum hast du mich zurückgerufen? Es ist doch so schwer, so schwer, wenn du wüßtest.» «Ach, ich helfe, Mutter, ich versprech dir, ich tue alles, was du willst, für dich und für Erich.» «Ich werde Erich auch weggeben.» Angstvoll drang er auf sie ein: «Tu's nicht, Mutter, wo willst du ihn denn hingeben, wir werden ihn schon durchbringen, ich werde ja alles tun.» «Er ist krank, Karl, siehst du's nicht. Wie er geschrien hat. Er muß zu ruhigen Leuten.» «Nein, er soll hier bleiben, er wird schon wieder besser werden, das bißchen Schreien, es war ja bloß, weil er dich mit einmal sah.» «Er hat mir erzählt, er hat geglaubt, sie hätten mich totgeschlagen in der Nacht.» «Das war die Tür. Ach, das vergißt er schon wieder. Bleib bloß bei ihm.» Sie sprach mit der eigentümlichen Schwäche und Gedämpftheit, die Karl schon im Krankenhaus bemerkt hatte: «Wir werden sehen. Ich hab nie gewußt, was Armut ist. Du weißt ja, Karle, wie's bei uns war. Ich glaube nicht, daß ich weiter die Bettelwege gehen kann. Was wir haben, davon geb ich nun keinen Pfennig ab. Ich wollte ihnen alles in den Rachen schmeißen, aus Ehrlichkeit, aus Anstand. Da, ich habe ihnen heute noch im Krankenhaus einen Brief geschrieben, auf Heller und Pfennig sollen sie alles haben, was ich besitze, dann sollen sie noch meinetwegen kommen und mir die Rippen aus dem Leib schneiden, denn dazu sind sie ja berechtigt. Aber – ich schicke den Brief nicht ab! Man muß ihnen antworten, wie sie's verdienen. Karl, ich hab nie gewußt, was Menschen sind. Wenn man ruhig lebt wie wir, dann sieht man ihr Gesicht nicht. Dann weiß man überhaupt nichts. Barmherziger Gott, was habe ich in diesen Monaten gelernt. Nur ein Armer weiß, was Menschen sind. Karl, sie sind unter den Tieren. Wenn ein Tier satt ist, dann hat es genug und läßt ein anderes auch ran. Der Mensch rafft und rafft, und beißt um sich. Er sitzt auf einem Thron von Stein, hat ein Schwert in der Hand und schlägt herunter. Kein Mensch kennt den andern.» Sie dachte, wie sie hier lag und das giftige Gas atmete, das hatten sie getan.

Ganz flach atmend saß der Junge daneben, sein Gesicht suchte sich nach ihrem zu formen. «Ich werde den Brief nicht abschicken. Ich habe nichts. Ich zahle nichts. Sie bekommen nichts von mir. Ich hasse sie. Sie sollen nur wissen, daß ich sie betrüge. Sie denken, sie können's allein. Ich kann es auch. Ich geh morgen auf die Bank und hole ab, was da noch liegt, zum Leben zu wenig, zum Sterben zu viel.» «Und wenn sie's merken, Mutter?» «Ich hoffe, sie merken's. Sie werden sich doch sagen, für nichts und wieder nichts ist die Frau nicht herumgelaufen und hat gebarmt um Stundung. Ich behandle sie als Verbrecher, die sie sind. Oh, wie freu ich mich, ich werde den Offenbarungseid leisten.»

Sie straffte sich und bewegte ihren Kopf langsam und stolz wie eine Katze in der Sonne. Er horchte, wie sie sich das Lied vorsang. Er fühlte, es tat ihr gut. Zum ersten Mal sah er neben sich nicht die Mutter, sondern – in einem eigentümlichen Schimmer – eine Frau. «Wenn sie's aber merken, Mutter», sagte er, ohne den Blick von ihr zu lassen. «Haben wir eigentlich noch viel?» «Für ein halbes Jahr oder für ein Jahr», sie lächelte höhnisch, «vielleicht ist es auch für mehr, ich würde mich freuen, wenn es sehr viel ist, was sie nicht bekommen.» «Ach Mutter, ich weiß nicht, ob du's tun sollst.» «Unrechte Wege, nicht wahr? Ich geh unrechte Wege. Ich leiste den Offenbarungseid.»

Sie fühlte die hellen staunenden Augen des Sohnes auf sich gerichtet. Wahrhaftig, diese hellen braunen Augen richteten sich auf sie wie bei dem Spaziergang durch die Magazine. Wieder genoß sie, daß ein Mensch neben ihr war, es war nicht das Kind, das sie aufgezogen hatte, das schon gleichgiltig gewordene Stück der Familie, sondern ein Mensch mit einem eigenen Wesen. Es war ihr eine Lust, sich vor diesem neu entstehenden Menschen gehen zu lassen. Wie schön war es, keinen Widerstand zu finden!

Nein, der leistete keinen Widerstand, der widersprach nicht, der hörte sie an, bestaunte und bewunderte sie. Sie wurde ordentlich gesünder, als sie das merkte. Sie fühlte, wie in ihr eine Kruste sich löste.

Stolz, ja aufgebläht wiederholte sie das von dem Offenbarungseid, sie wußte, daß er nicht verstand, was das war, nur daß es etwas Furchtbares war. Das Rachegefühl tat wohl und diese scheue Bewunderung. Wie lange hatte sie das entbehrt. Ja, hatte sie das jemals gekannt? Der Mann war ihr immer entlaufen. Unvermutet, während dieser schlimmen Stunden, wurde ihr dies Geschenk: einer haftete an ihr und erhob sie, sie. Sie fühlte

es im Sprechen, Wiederholen. Sie ließ das Gespräch auf keine neue Bahn gleiten, um nicht dies Gefühl, das sie wie der Schlag eines Schmetterlingflügels berührt hatte, zu verscheuchen.
Sie gähnte. Wieder, wie an dem Tage, wo sie zum Gas griff, zog sie sich in den Schutz der Müdigkeit zurück. Sie hatte in ihrer Ehe gelernt, mit der Müdigkeit umzugehen, wenn sie allein war und die Bitterkeit über sie fiel. Die Müdigkeit gehorchte ihr leicht. Wie ein Tier, das sich belauert sieht, glitt sie in ihren Bau, um ungestört über ihrem Fund zu liegen.
«Ach, gestern nacht habe ich mich gewälzt und nicht gewußt, wie liegen; heute wirkt das Schlafmittel nach; was haben die einem eingegeben.»
Als sie aufstand, klopfte es noch, sie sahen sich an. Karl lief hinaus, es gab ein Flüstern an der Tür, er kam mit der Nachbarfrau zurück, die Mutter ging ihr entgegen. «Bleiben Sie nur sitzen und entschuldigen Sie. Wie gemütlich es bei Ihnen ist. Ich meinte nämlich zu Ihrem Karl, weil er ein junger Mann ist, und ein Mann weiß nicht, wie's mit Frauen ist, ob ich Ihnen heute nacht behilflich sein soll. Sie sind doch noch schwach. Die erste Nacht nach dem Krankenhaus.» Unsicher blickte die Mutter zwischen Karl und der alten freundlichen Person hin und her. Sie lächelte gezwungen, dankte, suchte die Frau zum Sitzen zu bringen, aber die plauderte noch eine Weile im Stehen, die Mutter verschloß die Ohren, dann zog die Nachbarin ab. «Wo sollte sie auch hier bei uns schlafen, in der Küche», fragte die Mutter, als sie weg war und sann nach, «aber es sind gute Leute.» Zärtlich fragend und kopfschüttelnd sah sie Karl an: «Hast du sie eingeladen, bei uns zu wohnen?» Sie lachte: «Ich schlafe ja wie eine Ratte.» Sie nahm, zufrieden mit ihrem Gefühl allein zu sein, seinen Kopf und streichelte ihn; wie er ihre Matratze auslegte, fragte er, ob sie dabei bleibe, mit dem Gelde. Das gefiel ihr, es klang in ihr, sie nickte, er sorgte sich um sie.

Sie schlief. Sie – sie konnte schlafen.
Die aber, die sie berührt hatte, die Kinder, schliefen nicht gut.

Es wurde in dieser ersten Nacht nach der Rückkehr der Herrscherin des Hauses in der Stube nicht still. Ihre beiden Schützlinge drehten und warfen sich. Zweimal schrie der Kleine auf, aber Karl war sofort bei ihm – merkwürdig, die Mutter hatte es nicht gehört –, flüsterte ihm zu, drückte ihm das Kissen vor den Mund.
Karl zergrübelte sich den Kopf. Was sollte er tun, um der Mutter zu helfen. Als er den Kleinen beruhigt hatte, fiel ihm ein: wie er mit der Schwester durch den Krankenhausgarten ging, hatte die Schwester gefragt, ob etwas mit der Mutter sei, sie hielt sie für verwirrt. Was hatte die Mutter mit dem Geld vor? Was wollte sie mit dem Eid? Er verstand nicht. War sie wirklich durch das Unglück durcheinander geraten? Es stand ihnen niemand bei, was war dieser Onkel und die Tante! Sie nahmen ihnen Mariechen weg, sonst wohnten sie in der Nachbarstraße, meilenweit entfernt. Zugleich floß an seinen Augen das Gewimmel der Warenhäuser vorbei, die große Freitreppe, der König auf dem Schimmel, die Generäle um ihn. Welche fremde Welt!
Die dunkle stumme Stube, die schlafende Mutter, der kleine kranke Erich. Im Finstern bekam er plötzlich Angst, weil er nichts von der Mutter hörte. Er ließ die Beine aus dem Bett, stand auf dem kleinen Gang, horchte. Nichts. Er legte das Ohr an die Tür. Nichts. Er war mit einmal von Entsetzen gepackt, schon dabei, die Tür zu öffnen, da raschelte drin die Matratze, ein Seufzen kam, ein paar tiefe Atemzüge. Er schlich zurück.

JAGD NACH GELD

ER jagt dann den Tag durch die Stadt. Er ist erst in der Gegend der Warenhäuser, dann der Markthallen. Oh wie anders sehen jetzt die Warenhäuser aus! Es sind nicht mehr bunte farbenquellende Wolken. Sie haben gute Form angenommen, stecken

voller Ecken, Spitzen, Kanten gegen dich! Sie wissen nichts von dir. Das Brot, die Reihen von Kuchen, Torten erinnern gar nicht mehr an Wiesen, Äcker, Mühlen. Du siehst die Menschen, die, wie du selber, herumstreichen, Preise studieren und sich in die Taschen fassen. Du siehst die Wagenburgen, die Strohhaufen, Kistenstapel um die Hallen, es riecht scharf nach Fischen, nach Obst. Du blickst auf die Berge Obst, die man ratternd in den finsteren Raum fährt, kein Gedanke kommt dir an die breiten, unter ihrer Last brechenden Birnbäume, Äpfelbäume, an die grünen Spaliere der Tomaten, du betrachtest nur die Menschen, die die Wagen schieben, die dicken Männer in Leder und ihre hochgeschürzten fetten mächtigen Frauen, die Listen in der Hand haben und laut zählen und ausrufen und plötzlich miteinander streiten. Solche dicken Gesichter bekommen sie, du verstehst nicht, warum das Geschrei ist.
Aber noch andere gehen herum, die nicht so fett, rotwangig und speckhüftig sind, die sehen – es kommt dir vor – mehr wie du aus, sie ziehen herum, sie spähen, manche gleichgiltig mit den Händen in den Taschen, manche mit einem grauen Sack über der Schulter, manche ziehen Wägelchen und gehen, Männer und Frauen, oder zwei Männer, zwei Frauen zusammen, einer zieht, der andere hebt auf. Was hebt er auf? Was von den Wagen abfällt und zerfahren ist, was sie in den Kisten, die sie umkippen, finden, was in großen Haufen überall zusammengefegt wird. Es ist nichts vor ihnen sicher. Aber wie sehen diese Männer und Frauen aus; auch Jungens sind dabei! Du betrachtest sie mit Schauern und Angst. Du bist, fühlst du, auch einer von ihnen, du trägst noch den sauberen heilen Anzug, du wirst bald wie sie aussehen, schmierig, grau, wirst auch so spähen und deine Hände werden in Bewegung sein. Trotzdem du sie mit Schauern betrachtest, spähst du schon jetzt, wie sie's machen. Sie leben doch immerhin.
Er trollte durch die Hallen. Um Mittag – er aß und trank nicht, er wußte über den Hunger und Durst hinwegzukommen, es waren Regungen aus einer Zeit, die hinter ihm lag –, um Mittag

kam er, er wußte nicht wie, in den heiligen, jetzt ganz stummen, fremden, toten Bezirk der Marmorbrücken, Marmortreppen, der Museumssäulen, der Gärten und Gärtner, der breiten Alleen, Schlösser und der Siegeshalle.
Es war dunkel, als er zu Hause ankam. Inzwischen war er von einem Jungen, den er nach dem Weg fragte, weit im Norden auf einen Wochenmarkt geführt worden, hatte einer Schlächtersfrau, die sich erst einrichtete, aus ihrem Wagen eine Stunde zutragen helfen, im Kittel eines Schlächters, hatte ein belegtes Brot und ein paar Pfennige dafür bekommen, hatte Gespräche mit älteren und jüngeren Jungs geführt, die wie er herumstrichen und nachher gemeinsam abzogen, war zum Lüften seiner Jacke eine Stunde herumgegangen. Er sagte der Mutter, die ihn verwundert ansah, er hätte sich umgesehen, und zeigte sein Geld. Sie ließ sich bestürzt auf den Schemel: «Wo warst du, Karl?» Sie hielt ihn mit den Blicken fest: «Gott, sieh dich nur vor, Karl, ich hatte Nachmittag so Angst um dich.» «Und, Mutter, was ist bei dir gewesen?» Sie winkte apathisch ab: «Ich war mit Erich bei Marie. Tante war auch da. Ich hab für den Blumenstrauß gedankt. Und für die Tür und den Arzt.»
Sie legte ihm Würstchen mit Kartoffeln vor. Sie stand mit untergeschlagenen Armen am Herd, aufrecht groß, das Gesicht offen, mit bewegten Zügen, die braunen Haare mit breiten Strähnen Grau – wie wenn eine Egge ihr Haar durchfuhr –, und er freute sich, sie lebte, er hatte sie gerettet. Von ihrem Geld, so wenig es war, würde sie keinen Pfennig an die Gläubiger abgeben. Sie hatte kräftige Backenmuskeln, die in starken Wülsten rechts und links am Unterkiefer ansetzten, dazwischen trat beinah spitz das Kinn hervor. Sie sah gewiß nicht nach Milde und Liebe aus. Aber wie sie jetzt dastand, zeigte sie, beinah unschuldig, daß ihr Gesicht in seiner Härte und Strenge sich nicht selbst geformt hatte. Wer sah nicht, wie sie jetzt den Nacken zurückbog, daß sie eine Gefangene war, die sich in Kampf und Fluchtversuchen verhärtet hatte, und hier waren die Zeichen des Kampfes, die Erbitterung des Zurückgeworfenwerdens, aber auch die nie aus-

zulöschende menschliche Sehnsucht. Ihr Gesicht war vielleicht ein Steinanger, aber einer, den Blumen durchbrachen. Karl träumte: wenn er nur Geld hätte!

NEUE FREUNDSCHAFT

FÜR elf Uhr am nächsten Tag hatte er sich mit einem älteren langen Burschen verabredet, dem er auf dem Markt in die Arme gelaufen war. Der Markt war heute leer, der Große hatte sich verspätet. Karl strolchte noch durch die Nachbarschaft und wartete.

Es gab Straßen, die sahen vorn wie gewöhnliche Straßen mit Häusern aus, aber es waren Burgen, die nur ihr Vorkastell zeigten. Kam man durch den Torweg, war man in einem ersten engeren Hof, Stock über Stock hausten die Menschen, Blumentöpfe stellten sie auf ihre Fenster, Wäsche wehte heraus, ein Müllkasten stand an der Ecke, Kisten lagen herum, es gab Kellereingänge, da stiegen welche herunter, wohnten unten in dem Gemäuer, die Frauen riefen sich von Fenster zu Fenster zu. Aus diesem Hof führte ein breiter Torweg in einen zweiten, und wieder blickten sich von allen vier Seiten steile Wände an, Fenster waren geöffnet, und überall lebten Menschen, stiegen winklige dunkle Treppen herunter, saßen auf Stühlen auf dem Hof. Scharen von Kindern jagten wie gescheuchte Kaninchen von einem Hof in den andern. In hinteren Höfen lagen noch Stallungen und Warenlager. Von der Straße durch die Portale über alle Höfe fuhren große und kleine Wagen, die Kutscher drohten den Kindern, die nicht Platz machten. Eine Kirche stand auch eingepfercht zwischen diesen Häusern. Sie hatte kein Grün um sich, stand Wand an Wand in einer Reihe mit den finsteren Menschenbauten. Sie war geschlossen. Es ließ sich schwer denken, daß die Menschen hier sich auf Kirchenbänke setzten und ihre Stimme zu einem Gesang erhoben, um Gott zu loben. Sie wür-

den alle Plätze schmutzig machen, man müßte die Fenster hinter ihnen aufreißen. Aber sie gingen wohl gar nicht erst hinein.
Da kam der Große, schlank und lustig, wunderte sich über Karls Arbeitsanzug. Karl erzählte, daß er vom Land komme und Geld verdienen wolle, nur wisse er hier nicht Bescheid. Es war ein schlacksiger Mensch, achtzehn Jahre alt, rauchte Zigaretten, die er sich auf dem Knie rollte, war blond und frisch, zeigte ein mutiges und höhnisches Wesen. Er hieß Paul. Karl schien ihm zu gefallen. Daß Karl vom Land kam und glaubte, sein Geld zu verdienen, amüsierte ihn. Karl erzählte von seinem Onkel und daß sein Vater tot sei und sie hätten nichts. Da meinte der andere, man müsse einfach den Onkel hochnehmen. Karl zuckte die Achsel.
Paul machte bei einem sehr beschäftigten Obsthändler den Ausrufer und Verkäufer und konnte das ausgezeichnet, er schrie merkwürdige trällernde Tonfolgen, über die die Passanten sich wunderten, lachten und stehen blieben. Sein Herr war mit ihm zufrieden, sie verkauften gut, aber Paul zog, wenn er genug hatte, auf einen andern Markt oder vermietete sich, wenn er sich mit seinem Herrn zankte, an seinen Konkurrenten gegenüber, um Spitzen über den Gang zu werfen. Karl war unbehilflich, aber robust, er kam an mehreren Ständen, wo Frauen waren, beim Abtragen unter. Es war nicht viel, was er erntete, er war unglücklich darüber, wie sollte er es steigern.
Es geschah vieles auf dem Markt.
Eines Nachmittags zog Karl mit mehreren Jungens aus einer Ecke des Marktes, der auf einem Vorstadtplatze war, gemeinsam los. Es hieß, sie wollten etwas beraten. Es war eine Horde Jungens, die Karl mitlaufen ließen. Wir gehen, hieß es, zu Mutter Bertha. Sie zogen eine viertel Stunde lang durch große Straßen und waren dann auf einem Gelände, an dessen Hinterwand neue Wohnhäuser errichtet wurden. Das Gelände war teilweise eingezäunt, einige Partien waren mit Gras bewachsen, einige sogar abgezweigt und mit Gemüse und Sonnenblumen bepflanzt, aber dicht vor den Steinbauten zog sich eine Reihe von Baracken,

Lauben hin. Da wimmelte es von Menschen. Aus bloßen Latten und Kistenbrettern waren Buden errichtet, Ofenrohre streckten oben ihre blechernen schwarzen Hälse heraus. Mehrere dieser Baracken waren einfach alte Wagen, deren Räder bis zur Mitte in dem Schutt, der hier den Boden bildete, vergraben waren. Die Jungens, zu denen sich ein paar Mädchen ihres Alters gesellten, marschierten hier durch, bis sie, ohne beachtet zu werden, ein etwas zurückliegendes phantastisches Bauwerk erreicht hatten, das sich auf einem Blechschild ‚Hotel' nannte und ‚Frisches Bier und Tee' verhieß.
Eine Holztreppe führte zu seinem Eingang, oben saß ein struppiger böser Hund. Aber der Junge, der von jedem seiner Begleiter vor dieser Treppe ein paar Pfennig einkassierte, ging langsam unter Pfeifen an dem Tier vorbei, dem er den Hals kraute. Bald erschien er wieder an der Tür, der Hund wurde von einem lumpigen Weib, das aus der Tiefe des Wagens auftauchte, zurückgehalten, sie zogen zu acht, davon zwei Mädchen, ein, durch das ‚Restaurant', das eine leere niedrige Stube mit zwei Tischen und einigen Schemeln war, über ein Laufbrett, unter dem der Abgrund gähnte und übel heraufroch, zu einem neuen schmalen Raum, welcher das Innere eines andern dicht herangeschobenen Wagens war. Der Raum hatte eine breite Fensteröffnung, die mit Papier verklebt war, man stand oder setzte sich, auf die Schemel, den Tischrand. Das klägliche Eisenbett wurde den beiden Damen und dem Hordenhäuptling überlassen. Es wurde sofort geraucht. Die Hotelbesitzerin schob einige Becher Bier auf den Tisch, für die sie sofort einkassierte. Dieser merkwürdigen Sitzung konnte Karl nicht lange beiwohnen, man unterhielt sich über Geschäfte, sang schamlose Lieder, einige flüsterten untereinander, der Häuptling hatte Wichtiges mit seinen Damen zu verhandeln, von denen die eine sich eine Zeitlang auf seinem Buckel plazierte und von da herunter, huckepack, die Beine in die Luft gestreckt mit der andern stritt.
Beim zweiten Male [die Mutter hatte ihn nur ungern gehen lassen] saß Karl verstimmt da, er hatte wenig verdient, ob er hier

was hörte. Man hatte das ‚Fenster' dicht mit einer Jacke überhängt, eine Küchenlampe brannte auf dem Tisch, zehn Burschen und die Mädchen waren beieinander.
Da wurde es Karl klar, daß er einer richtigen Vereinssitzung beiwohnte. Eine von Halloh erfüllte Debatte zog sich endlos hin bei einer Sache, die einer von den großen Burschen vortrug. Der sollte heute in den Verein aufgenommen werden und mußte Extrastärken beweisen. Karl, den man als Unschuld vom Land mit Schonung behandelte, verstand davon wenig. Was erzählte der kleine stämmige Bursche mit den Wulstlippen und den großen glotzigen, scheinbar dummen Augen? Von einem alten Weib, die früher sehr reich war, und dann hatte sie alles verloren, wahrscheinlich weil sie nicht mehr so hübsch war – «die konnte nicht mehr», kreischte ein Mädchen –, und dann ist sie natürlich auch krank gewesen, hat aber noch immer reiche Verwandte, und jetzt nimmt sie Morphium, spritzt. Sachverständig hörte sich die junge rauchende Bande das an. Nun will ihr keiner genug Morphium geben, einen Apotheker hat sie auch noch nicht, aber sie stiehlt, sie versteht's, nicht Morphium, aber mal Kleider, mal Bücher. Die muß nun einer verkaufen. Allgemeines «Ah so!», Flüstergespräche, ähnliche Geschichten, dann eine Kraftprobe, ein Ringkampf mit dem Häuptling, bei dem schließlich niemand mehr etwas sah, denn die Lampe mußte in den Eingang gerettet werden, der Tisch war schon auf das Bett verladen. Von dem Eingang, wo man sich drängte, mußte man sich vor der Wut des Kampfes auf das Laufbrett flüchten, schließlich stand die Mehrzahl der Ratsversammlung im Restaurant zwischen den beiden Tischen, die jetzt stark besetzt waren von älteren dicken und dünnen Frauen, die sich als junge Damen aufmachten. Der Sitzungswagen krachte, die Besitzerin hörte sich das gleichmütig an, hockend neben der Tür vor einem Spind, dem sie gelegentlich farbige Schnapsflaschen und Gläser entnahm. Dann wurde es drin ruhiger, man drängte zurück, die Lampe wurde von einer Hand über den Köpfen zurückgetragen, die Frau latschte mit, untersuchte, ohne eine Person eines Blicks zu

würdigen, Bettinventar, Stühle, Tisch. Die beiden Kämpfer, erhitzt, nur mit Hemd und Hose bekleidet, dienerten: es sei alles geschont, worauf sie wieder über den Abgrund an ihr treues Spind latschte. Und jetzt, auf Anweisung des Vorsitzenden, der mit seinen Damen wieder das Bett besetzt hatte, streifte der Prüfling mit zwei Bewegungen noch Hemd und Hose ab, und wie er da boxerartig stämmig nackt paradierte [zwei Burschen postierten an der Tür] –, tänzelte eins der Mädchen zu ihm, er grinste, der Schweiß rann an seinem braunen Körper herunter. Außer sich schlängelte sich Karl, unter dem Vorwand, sich Bier zu holen, hinaus.

Das war sein erster abendlicher Ausgang in der Großstadt. Er konnte erst wieder atmen, als er nach einer unruhigen Nacht den langen Paul fröhlich beim Verkaufen von Gemüse wieder traf, und konnte den Mittag, den Marktschluß, nicht erwarten, wo sie auf einer Bank zusammen ihr Mitgebrachtes verzehrten. Paul fragte ihn belustigt nach den Teilnehmern der Sitzung, einige traf man auch auf dem Markte, es zeigte sich, daß er sie samt und sonders kannte, und er blieb beim Lachen, als Karl unverändert ein bitterböses Gesicht zeigte. «Man sollte dich photographieren, Junge.»

Übrigens schimpfte er, wie sie zusammen weiterzogen, doch mächtig auf die Horde und warnte Karl vor ihnen: «Sie brauchen einen Dummen wie dich. Wer zuerst drinsitzt, das bist dann du.» Aber merkwürdig, wie dann Karl von der alten Frau erzählte und daß sie die Wäsche, die sie gestohlen hatte, verkaufen wollte, wurde Paul einsilbig. Erst sagte er: «Sie schlagen sich damit durch.» Als Karl aber die Sache beim richtigen Namen nannte und stolz die Worte der Gerechtigkeit ‚Diebstahl, Hehlerei' gebrauchte, wurde Paul rot bis unter die Haare, spuckte aus und befahl ihm [Karl erschrak], sofort das Maul zu halten, und ging wütend ein paar Schritte neben Karl. Er fing drohend wieder an. «Du wärst zum Beispiel im Stande hinzugehen und die Jungs anzuzeigen.» «Was?» Karl stotterte. «Na, dafür danken wir auch, daß der Herr Gnade üben will. Junge, Junge. Sag mal,

wenn ich den Spieß umkehre?» Karl wurde blaß. «Wenn ich zum Beispiel einem Mädel oder Jungen stoße, was du mir erzählt hast und was du für einer bist? Daß die Jungs einen Feinen wie dich einfach mitnehmen, sieht übrigens nach ihnen aus.» Karl taperte hilflos neben ihm, er wolle doch nichts weiter sagen. «Warum läufst du eigentlich mit mir, du Feiner!» Als Paul weitermarschierte, standen Karl die Tränen in den Augen. Der Lange pfiff. «Weil du doch bloß ein Esel bist, kann man dir's ja sagen: wenn die nichts zu fressen haben und keine Bleibe haben, was sollen sie tun? Blinden Mann spielen und den Tag um einen Sechser betteln? Oder sich den Strick um den Hals binden? Was sollen sie machen?» Karl wußte nichts zu antworten, wie war denn seine Lage. «Da findest du keine Antwort. Da findet keiner was, und deswegen hat keiner was dagegen zu sagen, wenn sie auch Strolche sind. Du am allerwenigsten, Muttersöhnchen.»
Karl ging verängstigt neben ihm. Wenn ihn Paul nur nicht laufen ließ. Als sie eine ganze Weile stumm nebeneinander getrottet waren, gerieten sie in einer schlimmen gewundenen Straße in einen Auflauf. Es waren fast nur Weiber und Kinder. Ihr Zorn richtete sich gegen ein Haus, dessen schmalen Eingang zwei stämmige Männer versperrten. Aus dem Durcheinandergerede, Schimpfen und Drohen ergab sich, daß in der kläglichen einstöckigen Baracke, einem wackligen Mauerwerk, zwei Parteien wohnten, die im ersten Stock eine Familie mit vier Kindern, die parterre mit zwei Kindern. Die Parteien lagen in einem ewigen Streit wegen der Benutzung und Reinigung der einen Toilette, wegen der Lagerung ihres Brennvorrats, der Treppensäuberung und tausend anderer, täglich neuer Dinge. Die Männer hatten beide Fabrikarbeit, kümmerten sich wenig um die Familie, gingen gemeinsam trinken, um gemeinsam auf ihre Familie zu schimpfen, bisweilen schimpften auch sie sich freilich auf der Treppe aus. Heute war etwas Besonderes geschehen. Die Männer, die die Tür versperrten, waren nicht die Männer dieser Familien, sondern zu Hilfe gerufene fremde, die die Frau im

ersten Stock vor einer Lynchjustiz schützen mußten. Es war Sommer, die unglückliche Zeit der Ferien, dieser grausamen Erfindung der Begüterten, die den Armen ihre Kinder zurück in die Häuser, Höfe, auf die staubigen Straßen schickt. Dieser Tag hatte eine Hausschlacht zwischen den Kindern der beiden Parteien auf der Treppe gebracht. Der Beginn war das wacklige Treppengeländer gewesen, von dem eines der größeren oberen Kinder eine Stütze hatte abbrechen können. Nachdem einmal dieses runde Stück Holz in den Besitz der oberen Kinder gekommen war, hatten sie für diesen Vormittag zweifellos die Oberhand. Die unglückseligen Kinder unten suchten durch Drohungen und Schmähungen die Größe des Sieges herabzusetzen. Da polterte das Stück Holz, schlecht bewahrt von einem Kind der Oberpartei, die Treppe herunter, fuhr mit seinem abgebrochenen Ende einem unteren Kind gegen das Bein, schlug es und machte eine Rißwunde, was zu einem ungeheuren Gebrüll unten und einem ängstlichen Rückzug oben führte. An die Stelle der Kinder traten jetzt die Mütter, die sich auf halbem Wege begegneten, die eine Mutter, um ihre Kinder hereinzuholen, die untere, um mit dem Holz in der Hand brüllende Klage zu führen. Wie immer bei diesen Debatten hielt man sich nicht lange bei dem eigentlichen Anlaß auf, sondern ging rasch auf ergiebigere ältere Vorfälle über. Es waren jämmerliche Dinge, die aus dem Elend ihrer Existenz stammten. Sie konnten sich nicht lange so gegenüberstehen, das verletzte untere Kind wollte verbunden sein, und drohend mit einer Arztrechnung, Anzeige bei der Polizei, beim Wirt zog sich die untere Mutter zurück, die jetzt zweifellos im Besitz aller Atouts war.
Oben begann dann eine Tragödie. Die Mutter sperrte zunächst ihre Kinder ein, nachdem sie eins nach dem andern windelweich geschlagen hatte, besonders die Drohung mit der Arztrechnung und dem unerbittlichen Wirt hatte ihre Wut zum Kochen gebracht. Die unteren Kinder hörten rachsüchtig das Geschrei, dann vernahmen sie ein besonders gelles Gebrüll der Mutter, dann ein ängstliches Kinderkreischen und einen dumpfen Sturz.

Oben hatte die Frau dem kleinsten vierjährigen Mädchen, das vor Angst auf die Diele machte, einen Tritt von hinten gegeben. Als das Kind entsetzt wieder hinkauerte, bekam es einen scharfen Fußtritt von der Seite, der den Bauch traf. Es stürzte schwer und blieb liegen. Die anderen Kinder standen dabei. Die Frau riß noch mal die Tür auf, um ihrem Zorn nach unten Luft zu machen. Da wurde sie durch Schreien ihrer anderen Kinder mobilisiert. Die Kleine lag da, wimmerte, wand sich und brach. Sie gab keine Antwort. Jetzt griff es der Mutter ans Herz. Sie legte das Kind auf ihr Bett, Hals über Kopf stürzte sie in hellem Entsetzen durch das jetzt ganz stille Haus, an dem herrenlos herumliegenden Stück Holz vorbei auf die Straße zu einem Arzt, zu einem Arzt. Der kam bald, es war eine Darmzerreißung. Das Kind war in einem hoffnungslosen Zustand. Es war vor einer Stunde von einem Krankenwagen abgeholt. Die Straße war in Aufruhr, die Kinder der Mutter selber, die neben ihr unten am Krankenwagen standen, hatten gesagt: «Mutter hat gestoßen, Mimmi hat in die Stube gemacht.» Die Frau mußte sich ins Haus retten.

Jetzt wußten sie es also, auch Karl und Paul. Manchmal sah es aus, als ob die schimpfenden Weiber die beiden Männer herunterreißen würden, die da mit sachlichem Ernst die Haustür bewachten. Da setzte sich Paul in Bewegung. Er drehte sich im Gehen eine Zigarette, schnüffelte und seufzte. Karl sprach aus, was er fühlte: «Es ist ein viehisches Weib. Jetzt stehen die Männer da und passen auf. Heut abend kommt aber ihr Mann, wenn nicht die Polizei vorher kommt. Bei uns wäre das Weib nicht mehr am Leben, da hätte sich auch kein Mann hingestellt.»

Paul paffte und stierte vor sich: «Was hätten sie denn gemacht?»

«Na, Paul, ein kleines Balg, das nicht artig ist, hinstoßen, in den Bauch, daß es liegen bleibt.» «Die Leute haben genug Kinder. Wo die hintreten, läuft ein Göhr.» Er blieb stehen und schrie Karl an: «In den Bauch stoßen, in den Hintern stoßen, an die Nase stoßen. Esel! Den Quatsch hab ich eine Stunde lang genug gehört. Ist etwa die Frau kein Mensch, darf man die Frau stoßen?» Was ist das nun wieder. «Wer denn? Das Kind hat in die Stube gemacht.» «Schweinerei, ja, und die Frau hatte genug davon und von allem. Die andern haben die Frau gestoßen, und darum hat sie wieder gestoßen.» «Wer?» «Das Göhr ist ihr in die Quere gekommen. Hätte auch ein anderer sein können. Etwa du.» Und er nahm die Zigarette aus dem Mund, spuckte auf den Boden, tippte Karl auf die Stirn: «Esel! Setz dich auf die Bahn, fahr wo du hingehörst.» Machte kehrt und ließ Karl stehen. Der hatte einen langen Tag damit zu tun, ihn zu suchen. Seine Mutter, der er den Fall erzählte, war außer sich über die Roheit und Gemeinheit der Frau und glaubte den schrecklichen Vorfall erst, als sie die Zeitungsnotiz las. [Sie wollte es nicht glauben. Aber es werden keine langen Wochen vergehen, da wird das Jahr, für sie alle voll an schweren Ereignissen, noch um eins bereichert sein: sie selber wird ihrem Ältesten, mit dem sie jetzt so freundlich plaudert, bei vollem Bewußtsein in aller Ruhe und Selbstverständlichkeit einen Schlag, einen unsichtbaren, gegen sein Herz, versetzen, von dem er sich sein ganzes Leben nicht mehr erholt.]

Unerwartet traf Karl Paul am nächsten Abend ganz in der Nähe seiner Wohnung. Es war, nach dem staubigen heißen Tag, kühl geworden, alles lungerte draußen, auch Karl wollte nach Hause, seine Mutter abholen, um mit ihr vielleicht auf einem der großen Plätze zu sitzen, wo um Denkmäler herum unter den verkümmerten Buchen die kleinen Leute hockten und die Bettler Musik machten. Aber bevor er sein Haus erreichte, trug ihm der Menschenschwarm den langen Burschen zu. Karl schwankte verschüchtert, aber dann wagte er es doch und hängte sich an ihn. Sie marschierten ohne viel zu sprechen die Straße entlang. Es war wundervoll, neben dem großen Jungen so in der Kühle ziellos zu marschieren, wundervoll, er wußte nicht warum, obwohl er die Mutter im Stich ließ und unruhig darum war. Die Hände hatten beide in den Hosentaschen, einige Gruppen zogen die Straße entlang, sie beide hier, sie gehörten zu der Stadt und dem Abend und zu den Menschen. Nach einer Weile führte

Paul im Zickzack durch schmale leere Straßen, er schien ein Ziel zu haben, und da landeten sie vor einem großen grauen Gebäude, das sich hallenartig lang hinstreckte und einen traurig ernsten Eindruck wie ein großer Sarg machte. Das Haus hatte ein niedriges Tor, das geschlossen war, vor ihm stand ein Schutzmann, und auf der Straße, wenige Schritt entfernt von ihm, ein einfacher alter Mann mit einer Beamtenmütze. Die beiden bewachten das große stumme Haus, denn vor dem alten Mann in der Beamtenmütze reihten sich die ganze Straße entlang und noch um die Ecke herum viele ruhige Männer, viele alt, alle arm und bettlerhaft, manche mit Hüten. An die Hausmauer gedrückt hielten sie aus und warteten, daß das Signal zum Eintritt gegeben würde, denn dies war ein Asyl für Obdachlose. In den Haustüren gegenüber standen einige Männer und Frauen und Kinder beieinander. Kinder trieben Reifen, niemand beachtete die dunkle Reihe der Männer, die vor dem Schutzmann und dem Beamten wartete.

Sie strichen, Paul und Karl, wie sie hier einbogen, die Reihe der Männer entlang, Paul suchte einen, eine Hand streckte sich ihm, als sie fast an der Ecke waren, entgegen. Mit einem nicht ganz jungen Mann, der eine schwere Pelerine trug, unterhielt Paul sich flüsternd, die Hintermänner schoben sich zusammen, sie fürchteten, daß sich Paul einschmuggeln wollte. Nach wenigen Minuten trennte sich Paul von dem Mann, der ihm einen Zettel gab und auf die andere Seite der Straße wies. Da zogen sie beide herüber. Drüben suchte Paul in einem der Häuser, das mehrere Höfe hatte, er fand eine Frau mit mißtrauischen Blicken auf einer Treppe, die nach einigen Flüsterworten Pauls den Burschen erschreckt ansah, aber er zeigte den Zettel, da lächelte sie verwundert und froh, sah sich um, sie traten auf den Hof, Karl blieb zurück. Schließlich drückte die junge Person, die wie eine müde Fabrikarbeiterin aussah, Paul kräftig die Hand, warf im Vorbeihuschen auch Karl einen hellen Blick zu.

Darauf war Paul sehr friedlich, blickte zum ersten Mal auf dieser Tour Karl an und demonstrierte ihm den großen Hof. Sie standen wieder am Torweg und blickten zu den Männern herüber. Da fing Paul an: «Die Frau von gestern ist übrigens im Gefängnis, hab ich festgestellt, die Kinder sind im Waisenhaus, weil der Mann keine Zeit hat. Man kümmert sich heutzutage um Menschen.» Er grinste. Karl hatte nie ein Nachtasyl gesehen, er fragte: «Bekommen die Leute etwas zu essen?» «Doch, für ein paar Pfennige. Sogar brausen können sie. Auf Läuse werden sie geradezu angesehen. In das Haus darf keine Laus rein, sonst wird sie verhaftet. Sie bauen jetzt ein gewaltiges neues Asyl, dies reicht nicht, ein ganzes Schloß; ich glaube, das neue wird mit Marmorkacheln, Fliesen gebaut, großartig, man kriegt ordentlich Lust, obdachlos zu werden.» Diese Unsicherheit Karls vor dem Burschen. Er meinte wirklich, dies wäre gut, aber er wagte kaum etwas zu sagen. «Ich war noch nicht drin», meinte er vorsichtig. «Oh, ist nicht schlecht drin. Ich hab schon schlechter geschlafen. Ist alles ordentlich, laut darf keiner sein.» Karl nickte. Da lachte Paul: «Die drin meinen's auch, frag sie, die meisten. Wenn sie's nicht meinten, wären sie auch nicht da und stände das ganze große Haus nicht. Die sind nämlich größtenteils noch dümmer als die Weiber gestern. – Hast du schon mal einen Mülleimer gesehen? Wenn du den lange genug angesehen hast, dann weißt du, was ein Nachtasyl ist. Aber lange ansehen, Karl, reinriechen! Deckel abheben!»

Er marschierte mit Lachen in den Hof zurück, Karl mußte folgen, Paul wollte ihn offenbar zu einem Mülleimer auf dem schon recht dunklen Hof führen. Karl bockte aber, dies war denn doch beleidigend. «Nun, Karl, du sollst bloß verstehen, wozu sie Nachtasyle bauen. Sie wollen den Dreck von der Straße haben. Und der Dreck sagt auch fromm: Ich bin nicht schön, und fließt den Rinnstein lang, den sie gemacht haben.»

Er stand, kniff die Augen zusammen und dachte nach. Vor ihnen, auf dem weiten Hof, gegen dessen rasch hereinfallende Finsternis eine einsame rötliche Windlaterne kämpfte, sprangen zwei etwa zehnjährige Mädchen. Sie hüpften in einem Quadrat, das sie mit Kreide auf die Pflastersteine gemalt hatten, mit fanatischer Aus-

dauer hin und her. Paul pfiff, eine rannte an, die andere bewachte das Quadrat, er nahm sie bei den Zöpfen, flüsterte ihr etwas ins Ohr, sie nickte und rannte ins Haus, wobei sie der andern zurief: «Komm gleich wieder, bloß was bestellen.»
Sie zogen gemächlich durch die abendlichen, schon tiefdunklen Straßen. Und da kamen sie nun – Paul mit einer eisigklaren Miene – in dem zunehmenden Menschengetümmel in einen tiefgelegenen Teil der großen Stadt, und es zeigte sich ihnen etwas vom Himmel, was Karl noch nicht erblickt hatte. Viele Passanten warfen einen Blick darauf. Es war weit hinten vor dem rosenroten hellen Himmel, eine schwarze Silhouette. Das waren die Konturen der stolzen Paläste der großen Stadt, der hochgelegenen Herren- und Siegesgebäude. Ein Schweigen legte sich für Sekunden auf alle, die aus den wimmelnden Straßen hinblickten. Paul hatte seinen Arm um Karls Nacken: «Fata Morgana. Der Wanderer in der Wüste verschmachtet und sieht eine Wasserstelle mit Palmen in den Wolken. Da sitzen sie auf dem Berg, und hier liegen wir im Sumpf. Wir sind bloß eine kleine Zeit noch Sumpf. Dann ist hier aufgeräumt, und wir sind ausgestorben. Denn du hast ja gesehen, sie tun uns nichts, sie lassen uns leben.»
In tiefer Erregung hörte ihn Karl. «Von Zeit zu Zeit aber kommen sie herunter, mit Brandfackeln, und sengen uns aus, wenn es bei uns zu ärgerlich und zu ekel ward. Das muß man tun, weil die Nachtasyle nicht mehr genügen und der Dreck schließlich sich nicht mehr an der Mauer anstellen will und in die Straßen läuft.» Jetzt war Pauls Ausdruck deutlich: kalte Feindschaft. Er ließ den Arm auf Karls Schulter.

EINE NEUE WELT

SIE hatten noch einen solchen abendlichen Spaziergang. Was Paul an diesen Tagen trieb, ermittelte Karl nicht, jedenfalls auf den Märkten und in den benachbarten Straßen war er nicht zu finden. Karl übte seine regelmäßige Zutragetätigkeit bei der Schlächtersfrau und bei zwei Gemüsehändlerinnen. Paul wurde entbehrt, hätte massenhaft Arbeit finden können, aber er erschien nicht. Sein Gemüsehändler meinte ernsthaft: «Wenn der Junge sich nur nicht einen eigenen Laden aufgemacht hat.» Die Burschen und Mädels von der Clique, unter die sich Karl zum Forschen mischte und die er sogar einen Abend in ihrem ‚Hotel' besuchte, behandelten ihn als Luft, er war ihnen nach seiner Flucht verdächtig. Ihre Meinung über Paul, der eine gewaltige Respektsperson war, an die sie sich mit keinem abfälligen Urteil trauten, war: er wird ein Mädel gefunden haben, mit der er sich amüsiert, er taucht bald wieder auf.

Wie ihn Karl suchte. Nie war ihm solche Freundschaft begegnet. Oder wie nannte man das, was so aufregte und geradezu ängstigte? Aber Paul war auch ein zu merkwürdiges Geschöpf. Auch anderen fiel er auf. Sie betrachteten ihn nicht als ihresgleichen. Er hatte eine souveräne Art, Menschen zu behandeln. Neben ihm zu gehen galt als eine Auszeichnung, immer traf man ihn mit irgendwelchen Jungen oder Mädchen, die sich an ihn heranmachten. Seine Anziehungskraft auf Menschen war sichtbar. Dabei konnte man ihm durchaus keine Herzlichkeit nachsagen, er hielt sich eigentlich immer isoliert.

Es machte Karl Kummer, daß jetzt seine Sorgen um die Mutter, er wußte nicht warum, in den Hintergrund gerieten. Ging er überhaupt vormittags noch weg, um Geld zu verdienen? Es hatte sich zu Hause nichts geändert, nur daß die Mutter nach der schrecklichen Nacht und dem Krankenhaus doch friedlicher und sanfter war, aber es kam nichts ein, sie aßen ihr bißchen Geld auf, keine Hilfe kündigte sich an, und auf ihn setzte die Mutter alle Hoffnung. Und statt dessen, was trieb er?!

Paul tauchte auf ihrem Rendez-vous-Platz eines Abends auf, und da traf ihn Karl, wie er immer war, im sauberen Anzug mit einer leichten Mütze, nur etwas abgelenkt. Karl war traurig und beschämt, daß sich Paul so wenig aus ihm machte und nicht sagte, wo er gewesen war. Er wagte nicht zu fragen. Als Paul Karl auf sich zukommen sah, hob er die Hand: «Da ist ja unser Feiner», schob nach einigem Herumstehen unter den Bäumen den Arm unter Karls und sie schwammen ab, die Straßen entlang, über Plätze, aus dem Kreis ihrer Märkte, Wohnungen heraus.

Eine breite, von Fabriken und mächtigen Wohngebäuden eingefaßte Allee führte nach Norden ins Freie. Elektrische und Autos sausten auf dem Pflaster, Baum neben Baum reihte sich auf den menschenleeren schwachbeleuchteten Gehsteigen.

Einmal drehten sie sich nach der Stadt um. Der Himmel war da, aber nicht der große schwarze schweigende Nachthimmel, die schwere feierliche Nacht, die funkelnde Girlanden schwang und so, selig und erhaben, die Landschaft ansah, ihr Kind. Der Himmel war von dieser Erde hochgeworfen, aufgerissen, mit Tausenden und Tausenden Lichtern angeloht. Eine Flammenwölbung von rötlichem Licht hatte die Stadt in der Nacht über sich gerundet, um sich auch in der Nacht von dem Himmel und seinem Geheimnis abzusetzen und Stadt, Stadt, Stadt zu sein. Wie einen Körper, den das Leben verlassen hat und der verwesend phosphoresziert, konnte man die knurrende, rumorende große Stadt im Finstern sehen.

«Verstehst du jetzt», fragte Paul, «wie die Frau dazu kam, das Kind zu stoßen? Die Frau kennt auch das Leben. Du kannst hier auf den Bäumen die Spatzen fragen, jeder kennt das Leben und will es haben. Und wenn er es nicht haben kann, schlägt er um sich. Er flattert, kratzt dich und stirbt. Und ein Mensch. Die Frau läßt sich von keinem vorreden, daß es ihr gut geht oder daß es so sein muß. Manchmal tut sie's, aber nachher geht's doch mit ihr durch. Jetzt ist sie die entartete Mutter und sitzt für die Verbrechen der andern.»

Arm in Arm gingen sie die breite Chaussee. Der Charakter der Häuser änderte sich, die Beleuchtung wurde stärker, Gärten und Villen kamen. Darauf geschah etwas, was Karl in das größte Erstaunen versetzte. Im Freien dort, in der Gartenlandschaft, leuchtete gegenüber einem freundlich stilisierten Vorortbahnhof ein elegantes Café, Autos hielten davor. Feingekleidete Herren und Damen, auch Kammerzofen mit Hunden, flanierten auf und ab, blickend und plaudernd, stiegen in das Strahlenbereich der Lampen, tauchten in das Walddunkel zurück. Paul öffnete sein Gesicht: «Schön ist es hier. Und ruhig.» Und als wenn es eine Selbstverständlichkeit wäre, machte er gegen Karl eine Handbewegung und ging vor ihm durch den sandknirschenden Vorgarten die Stufen zu dem Gartenpavillon des Cafés hinauf. Er drehte sich zu Karl um, nachdem sie eingetreten waren: «Schade, daß heut keine Musik ist.» Da saßen sie, nach diesen Gesprächen, in dem von Flüstern und Löffelklappern, leisem Gläserklirren durchwehten teppichbedeckten Lokal. Junge schwarzgekleidete Kellnerinnen mit koketten weißen Schürzen bedienten die Gäste, trugen auf glänzenden Nickelplatten kleine Porzellankannen und Flaschen und hohe schlanke Gläser, die mit Eis oder einer dunkelroten Flüssigkeit gefüllt waren. Die beiden saßen nebeneinander, senkten sich vor einem kleinen Rundtisch, der mit einer kleinen geblümten Decke geschmückt war, in breite Polstersessel und blickten, wie alle, durch die offenen Fenster auf die Bäume und die Flammen, die flanierenden grell beleuchteten Herren und Damen, die Zofen und Hunde. Vorsichtig trank Karl den feierlich kredenzten, herrlich duftenden heißen Tee, jetzt am späten Abend, was tat jetzt die Mutter, und löffelte Sahne. Paul war meilenweit von jeder Unsicherheit entfernt. Er lag in seinem Sessel. «Ein neues Lokal, wenig besucht, nachmittags ist hier die Zeit.» Karl fiel ein, aber es war ungeschickt: «Mein Vater hatte auch einen Gasthof, er war schon fast fertig, aber natürlich so war es nicht.» Paul betrachtete ihn freundlich. «So, du hast mir noch gar nichts davon erzählt. Die Bauern haben dann nicht bezahlt, oder die Fremden sind nicht gekommen?» In Karl zog es sich zusammen. Aber Paul wartete nicht auf die Antwort, ließ sich von der Kellnerin eine Zigarette anzünden. Sie stand viel in seiner Nähe und strahlte den frischen ernsten Burschen mit dem freien Blick wie verzaubert an. «Du wunderst dich, daß ich mich hierhersetze. Das Lokal ist schön. Also. Darum setze ich mich her. Ich überlasse ihnen das Schöne nicht. Das ist für sie nicht mehr wie für uns da. Das mußt du dir merken. Fall nicht auf den Schwindel unserer Spießer rein. Wir müssen alles haben, freie Luft, Musik, Vergnügen, Tanz, Frauen. Nur nicht neidisch werden, weil die andern es haben. Man nimmt es sich auch. Jetzt haben sie das Schöne in der Hand. Aber es gehört ihnen nicht. Eines Tages werden wir alles haben wie sie, nicht bloß am Abend hier sitzen als Gäste, sondern ans Meer fahren. Ich will weit reisen. Wenn es sein muß, laß ich mich für die Kolonien anwerben. – Von Frauen weißt du natürlich noch nichts?» Karl wurde blutrot. «Bloß nicht Dummheiten in der Stube machen, Junge, du weißt doch. Das ist albern, hat man nicht nötig. Sie bewahren ihre Mädchen wie Goldstücke, als wenn sie ihnen gehörten, die Mädchen denken anders darüber. Vor nichts haben die andern so Angst, als wenn's einer macht wie sie und ungeniert zugreift. Haha.» Er trieb sich den Rauch seiner Zigarette an die Nase: «Karl, sie schämen sich nicht. Nicht mal vor ihrem Gott, an den sie doch glauben. Sonst würden ihre Städte anders aussehen.» Lange saßen sie still beieinander, Paul schien zu dem Café zu gehören, so sicher blickte er um sich und fixierte die Menschen. Karl kam sich wie im Märchen vor, mehr, wie ein Einbrecher. Wenn er doch so fühlen könnte wie Paul. Paul zahlte, die Kellnerin blühte rosig an ihrem Tisch auf. «Jetzt nehmen wir die Elektrische und verkaufen unsere Runkelrüben.» Sie trennten sich lachend.

Wie Karl den jungen Burschen liebte! Der Mutter erzählte er oberflächlich von seiner Bekanntschaft. Ihm kam vor, sie würde nicht alles billigen, was sie erfuhr, und auch sonst wurde es ihm schwer, von Paul zu ihr zu sprechen. Die Mutter betrachtete ihn. Er entwich ihr nicht immer. Er saß ihr zerstreut, mal erregt, mal niedergeschlagen gegenüber. Was er erzählte, war nicht von Bedeutung, von Arbeit, Begegnungen mit einigen, deren Namen ihr nichts sagten, und irgendwie fesselte sie nur der Name Paul. Und was hörte sie von diesem Paul? Karl verriet sich wenig. War er auf Abwegen? Aber das wäre lange nicht so schlimm, wie daß er ihr entschlüpfte, daß er etwas wurde hier in der großen Stadt, wo sie nicht folgen konnte.

Als sie das Spiel seiner Erregtheiten eine kleine Zeit verfolgt hatte, war ihr klar, daß ihn etwas beschäftigte, dem sie auf die Spur kommen mußte. Ich bin es ihm, gaukelte sie sich vor, als Mutter schuldig. Eines Morgens sagte er harmlos, er käme zu Tisch nicht nach Hause, er treffe wieder seinen Freund Paul auf dem Markt. Da brachte sie mittags rasch den kleinen Erich zur Tante, sie selbst machte sich mit Herzklopfen auf den Weg, den Jungen zu suchen.

Sie war überzeugt, ihn nicht an dem großen umzäunten Platz bei dem Reiterdenkmal zu treffen, von dem er oft gesprochen hatte. Aber siehe, da war der Platz, das Denkmal, die vielen Bänke und Menschen, arme Leute, und da, das Herz zitterte ihr vor Freude, es war beinah ein seliger Schreck, da saß er wirklich, ihr Karl, ruhig, ernst, und neben ihm ein älterer Bursche, blonder kräftiger junger Mann, der eine Zigarette rauchte und in die blaue Luft blickte. Das waren also die beiden. Diese beiden. Sie beobachtete sie von weitem, setzte sich auf eine Bank, sah ihnen zu. Wegen dieser hatte sie sich aufgeregt. Liebevoll betrachtete sie die beiden, ihren Karl und seinen Freund. Der war ja wirklich schon ein Erwachsener. Und so, überwältigt von Freude und Dankbarkeit und sich anklagend wegen ihrer Sorgen, erhob sie sich und ging, bevor sie sich noch etwas klar machen konnte, ein Segler mit vollem Wind, auf die beiden zu. Sie mußte bis dicht an die Bank treten, bis Karl sie sah. Er sprang auf, zusammenzuckend, tief erblassend. Er griff mit weiten angstvollen Augen nach ihrer Hand. Was dachte er nun schon wieder; das war genau so, als wenn Erich schrie. Aber sie fand ein Lächeln. Das Blut trat wieder in sein Gesicht, auch sie war erregt, der Vater, die Selbstmordnacht, das Krankenhaus, alles war in diesem seltsamen Augenblick aufgeschwemmt und wurde rasch von der Freude, da zu sein und sich die Hand zu geben, verschlungen. «Ich hab dich nur gesucht», sagte sie und lächelte zugleich erfreut Paul an, der aufgestanden war, «weil ich nachher weggehen muß, und ich möchte Erich nicht so lange bei Onkel lassen.» Karl wollte im Sturm mit ihr davon, aber sie setzte sich ruhig zwischen die beiden jungen Leute.

Und das war ihr nun eine eigene Empfindung, an einem hellen arbeitsamen Tag auf einem Platz der bitteren Großstadt zu sitzen, Ruhe an der warmen Luft zu genießen, nichts zu tun und zu wollen, und die zwei jungen Leute neben sich. Karl sah, wie wohl seine Mutter aussah, wie schön, ja schön sie war, die schönste aller Frauen, die er je gesehen hatte, daß ihm dies zugefallen war, seine Mutter, wie froh er war.

Paul betrachtete im Gespräch die Frau neben sich. Sie fand ihn sehr reif, über sein Alter hinaus, er schien aus einer guten Familie, aber warum bewegte er sich auf Märkten, warum sprach er nicht von seiner Familie? Sie war immerhin beruhigt, als sie ihn sah. Und damit Karl auch mehr bei ihr saß und nicht zu viel auf der Straße liege und weil auch Erich mehr von ihm haben wollte, lud sie Paul ein, öfter zu ihnen herauf zu kommen. Der sagte höflich zu, Karl dachte, er wird ja nicht kommen, die Mutter hätte eigentlich nicht kommen dürfen, warum ist sie gekommen. Er fühlte, sie wollte ihn festhalten. Aber trennte er sich denn von der Mutter? Ach, wie gut sie manches ahnte. Er ging mit der Mutter nach Hause.

Wie er sich auf dem Platz umdrehte, sah er Paul auf der Bank aufrecht sitzen. Er blickte gespannt hinter ihnen her.

GERICHTSBESCHLUSS

ES hatte sich wenig bei der Mutter geändert. Nach der schlimmen Selbstmordnacht hatte sie die Besuche bei den Gläubigern aufgegeben, es war ein Krampf in ihr gewesen, der sie preßte, sich schuldig für den alten Sündenfall zu fühlen; einmal Glück gefordert, dem Mann dafür ihr Geld hingeworfen. Das war abgelebt. Sie hatte ihr Äußerstes getan, war erhalten geblieben, die Hülle, dieses Gesicht, dieses Fleisch, diese Haare, die täglichen Gewohnheiten waren erhalten geblieben, und sie wollte sehen, was nun noch kam, was in ihrer Haut lebte. Nein, sie ging nicht mehr zu den Gläubigern. Die Kinder waren nun da, das war wie das angenehme Aufgehen und Untergehen der Sonne, dann der Besitz einer Wohnung, das Besorgen der Küche, das Einholen: eine gute tägliche Sache, ein Ding, worum man sich ranken kann, wenn es auch kein tiefer Boden war. Aber einen tieferen Boden gab es nicht.

Die Gläubiger taten ihr nichts, ihr Bruder hatte richtig vermutet, zweimal erschien ein Gerichtsvollzieher an ihrer Tür, ging durch die Stube und Küche, ein älterer ruhiger Mann, er unterhielt sich mit der Frau, beim zweiten Mal sagte er, es sei eine bloße Form, und dann kam er nicht wieder. Sie öffnete nicht die amtlichen Schriftstücke, die bei ihr einliefen, und siehe, es ging auch so. Sie schob sie in den Kasten des Küchentischs neben die Löffel und Messer und las sie erst nach Wochen, bevor sie sie wegwarf, zur Hälfte, pickte einen Namen heraus, es waren abgestorbene Sachen, laß ruhen.

«Willst du mich immer so allein lassen?» fragte sie eines Morgens den großen Jungen, als sie Erich die Schulmappe anschnallte und ihn an die Hand nahm, «für Paul hast du noch nachmittags oder am Abend Zeit genug.» Darüber war er erstaunt, denn er wollte auf Arbeit und die Mutter wußte es doch, aber sie blickte ihn an und lockte ihn und schien es nicht für wichtig zu halten, die Mutter war so launenhaft, seltsam. Da nahm er dann seine Mütze, bürstete seine Jacke und folgte ihr auf die Treppe.

Die Mutter sagte, wie sie Erich hinter das düstere Schulgitter geführt hatte und der Kleine mit andern kleinen Mappenträgern fröhlich winkend in der strengen Schulkaserne verschwunden war, das Jahr ginge rasch vorüber, man wisse kaum mehr, wie eine Wiese oder ein Wald aussehe, aber zu einem Ausflug reiche es nicht, da wolle sie einfach auf der Straße spazieren. Dazu konnte Karl nur ‚ja' sagen, es war ja ihr erster Spaziergang nach der schlimmen Nacht, es war, sie sprachen es beide nicht aus, eigentlich ein festlicher Spaziergang, wie ein Dankbesuch in der Kirche nach schwerer Krankheit. Zum Kummer Karls lenkte sie ihre Schritte nach dem Zentrum der Stadt.

Straßen, Plätze, Menschenmassen. Sie war hier auf ihren Hetzjagden durchgestreift. Jetzt war es anders, und einer hielt sie. Während die Frau ging, fühlte sie nur dies eine, in Zweifel, Unglaube: ich gehe hier und es geht einer neben mir, zeigt mir was, es freut ihn, wenn ich was Gutes sage.

Sie mischten sich unter die Menschen, die vor einem Waffelladen zusahen, wie sie den Teig preßten, sie atmete den angenehmen Geruch. Sie schloß, während sie standen, die Augen. Die furchtbare Bitterkeit der vergangenen Monate floß durch sie, ihre Lippen wurden kalt, aber es steht ja einer neben mir, einer ist tot, er hat ihn mir hinterlassen. Und der ferne Haß auf den toten Mann zitterte wieder in ihr und setzte sie in Bewegung. Sie zog den Jungen mit sich, dies ist mein Erbe, mein Leben ist nicht zu Ende, ich kann Rache nehmen, du sollst nur tot liegen, es ist noch nicht alles vorbei. Karl war groß und stark wie sie, breitschultrig. Sie nahm fest seinen Arm, er war stolz und blickte zur Seite, er konnte ihre Augen hinter dem dichten Schleier erkennen, diese Augen mit dem harten, leidenschaftlichen Ausdruck, den er aus ihren Streitigkeiten mit dem Vater kannte, aber er antwortete ihnen zärtlich. Sie zog neben dem Sohn, einmal war ihr das geschehen mit dem Vater, gut, daß das Leben weiterging, diesen hier hatte sie, noch einmal würde es ihr nicht passieren. Darauf folgte sie ihm aufmerksam und lauschte und suchte zu verstehen, was er dachte, was er hier sah.

Die Geschäfte in den Straßen des Stadtinnern rührten sich. Sie rüsteten sich zu tun wie eine Liebende, die geschlafen hat und die ersten Stunden des Tages leer vor sich sieht. Sie füllt sie damit aus, von ihm, der nicht da ist, zu träumen, wo er ist, mit wem er spricht, wie ist er angezogen, wie war es noch gestern abend mit ihm, wird er heute anrufen. Und dann beginnt sie die neuen Fäden zu ihm herüberzuspinnen, das Netz des kommenden Tages wird ausgelegt, indem sie lange badet, die Glieder badet, die ihm wohltun und darum ihr wohltun, die ihn reizen und fesseln sollen – indem sie am Toilettentisch sitzt und die beiden Visitenkarten ihres Ichs betrachtet, ihr Gesicht und die Hände; sie spiegelt sich von allen Seiten. Sie denkt an ihn, füllt sich mit der Sehnsucht nach ihm und fällt ihn von weitem an. Sie beginnt sich ihm anzubieten und flüsternd zu küssen, indem sie sich bereitet, salbt, bemalt.

Nicht anders taten diese Luxusgeschäfte und die Magazine, nachdem sie am Abend ihre schweren Läden und Gitter hatten fallen lassen. Mit den Besitzern, Angestellten, mit den hunderten junger Männer und Frauen, die in die Geschäfte drangen, war das Leben in die verschlafenen Räume und über die Tische und Auslagen geschossen. Das Sonnenlicht zwängte sich durch die Glaswand und reizte die Stoffe, die Vorhänge, Teppiche, Möbel, Lampen, Kleider, Hüte, ihre Formen und Farben zu zeigen. Der Tag war schön. Die Türen an großen Läden wurden ausgehoben, es sollte hier nicht Haus und dort Straße sein, es sollte alles Straße sein. Wenn du dort spazierst, du kannst auch hier spazieren, du gehst nicht allein, deine Einsamkeit, trauriger Freund, wird dir abgenommen.

Als die Frau neben ihrem Sohn durch dieses erwachende Quartier streifte, sah sie weder Läden noch hörte sie Lärm. Sie hörte sein Hören und sah sein Sehen. Ihr Verlangen nach einem Menschen, nach diesem Menschen, so jung, voller Zukunft und Kraft, der Wille, ihn für sich zu behalten als ihren Schützer und Schildträger, stürmte plötzlich auf sie ein. Wie eine Biene über ein neuentdecktes Blumenbeet, bezaubert von vielen offenen Kelchen, schwirrte sie. Es wurde ein aufregender Weg. Sie fühlte den Schleier störend vor ihrem Gesicht, sie sagte zu Karl, sie müsse den Schleier zurückschlagen, es sei heiß im Gedränge, und nachdem sie einen stilleren Torbogen gefunden hatte, warf sie das schwere schwarze Gewebe rückwärts über die linke

Schulter. Ihr gerötetes volleres Gesicht kam zum Vorschein, sie lächelte und atmete befreit. Sie konnte jetzt ihren Begleiter – bisher nur Sohn – besser betrachten. Sie nahm seine weitschweifigen Erklärungen an. Er steuerte sie in einem Magazin von Stockwerk zu Stockwerk. Vor den Wurstreihen, den Bataillonen von Schinken kamen die Erinnerungen an ihren Kuhstall, die brüllenden Rinder. Und weil sie mit ihm zusammen denken und hinter seine Natur kommen wollte – diesen habe ich geboren, das ist mein Fleisch, der Tote hat ihn mir hinterlassen müssen –, so ließ sie sich schmeicheln von seinem Einfall: wir wohnen in dieser Stadt, wir gehören zu dieser Menge, dies steht alles, ist auch für uns da [Karl dachte an Pauls Worte in dem Gartenlokal]. Was brach in der Mutter auf. Wieder und wieder: wie lange war sie nicht mit einem so gegangen.
Sie hatten den Vormittag verbracht. Sie tranken eine Limonade auf dem Platz, auf dem Karl neulich die Konditorei beobachtet hatte, teilten ein Brot und gingen nach Hause, um den Kleinen von der Schule abzuholen. Mit dem aufgeregten Bericht und Verhandeln zu dritt verschwärmten sie den Nachmittag. Es war eine völlig unwirkliche Situation. Die Frau war nicht fähig, etwas zu tun, nach dieser Wendung. Müde und friedlich streckte sie sich im Dunkeln auf ihrer Matratze am Boden aus. Es gab ein Zuhaus für sie, wie unglaublich, sie war mit ihren Kindern zusammen. Und im Traum nahm es kein Ende. Sie ging Arm in Arm mit ihrem Mann durch ihr neues Besitztum, sie hing an seinen Lippen, er soll dein Herr sein [aber er war es nie gewesen].
Von der Veränderung, die sie betroffen hatte, war sie am nächsten Tage so mitgenommen, daß sie nicht ausging. Sie ließ Karl den Kleinen zu seiner Schule bringen und herumstrolchen, wie sie sagte, er solle erst mittags wiederkommen. Während sie in ihrer kleinen Wirtschaft herumarbeitete, putzte, ausbesserte, kämpfte sie mit sich, ohne zu wissen womit, unterdrückte mit Mühe etwas, aber was – ihre alte Sehnsucht nach dem Mann. Und als die beiden Söhne zu Mittag wiederkamen, war sie noch

lange nicht fertig und schickte Karl mit dem Kleinen weg, wohin sie wollten. Und dann kämpfte sie wieder, suchte es abzuschütteln, sie setzte sich einmal den Hut auf und griff nach dem Schleier, um kurz entschlossen wegzugehen, aber ihre Hand glitt von der Türklinke herunter, sie mußte wieder an dem Herd stehen und auftrumpfen, aber es kam nichts, es offenbarte sich nichts in ihr. Wie von einem Polypen, der in einer Felsvertiefung des Meeres liegt und von da seinen weißen glatten windenden Arm ausstreckt, war sie erfaßt, und das zerrte an ihr und ließ sich nicht abschütteln. Nur das eine bemerkte sie bei ihrem dunklen Ringen und Umherstehen, daß sie ihren Mann haßte. Es war vorbei. Ja, sie war allein.

Der Nachmittag, den sie einsam in ihren zwei Räumen zubrachte, nahm einen schlimmen Verlauf. Sie weinte gemartert und flüsterte schluchzend auf dem Bett des Kleinen, wie verlassen sie wäre. Wäre sie doch gestorben mit ihrem Mann, der Kinder hätten sich schon Leute angenommen, nun saß sie in der großen Stadt, allein, eben vierzig, und ihr ganzes Leben war nur ein fremder Kerl gewesen. Und ihre alte Gabe in schweren Stunden, die Schlafsucht, versagte sich ihr auch jetzt nicht. Während sie über ihre Knie gebeugt im Halbdunkel saß – sie mußte bald Erich von der Tante abholen –, legte sich der Schlafzwang über sie, und sie wurde in einen Traum versenkt. Der Traum führte sie vor etwas Schwarzes, Lebendiges, das borstenhaarig und langhaarig wie ein wüster Tiermensch vom Kopf bis zu den Füßen war, das drängte sich wie ein Gorilla an sie, umfaßte sie, es war entsetzlich, unheimlich bis zu einer Grenze, die nicht zu übertreten war; dann brachte es sie zum Erliegen in einer grausig wütenden Lust. In Schweiß aufgelöst fand sie sich in dem finsteren Zimmer auf dem Stuhl. Sie fühlte sich getröstet und beruhigt. Sie mußte aufstehen, es hatte geklopft. Erich wurde gebracht, Karl erschien hinter ihm.

Was Karl am nächsten Morgen, als er aufwachte und in der Küche half, nicht wußte, war, daß in dieser Nacht über ihn ein

Beschluß gefaßt war, wirksam und giltig für sein ganzes Leben. Und wenn er später, viel später mit Gewalten ringt, die er nicht nennen kann, so denkt er nicht an diese stille Nacht, die wie jede andere war. In dieser Nacht wurde das Urteil über ihn gesprochen, dem er, der jetzt schlief, sich nicht entziehen konnte. Der Nachbarraum war eine Küche. Aber sie war im Geheimen höher gewölbt als ein Dom. Und da wurde entschieden von einem schlaflosen, wollenden Menschen über sein ganzes folgendes Leben und damit über viele andere Leben, die in seinen Kreis treten werden. Und gegen diesen Beschluß gab es keinen Appell. Es wird jetzt ein Mensch, älter, kräftiger, erfahrener als dieser Karl und sein Bruder, den Beschluß wie ein Schwert mit sich herumtragen, und er wird diesen Beschluß als eine Tatsache ansehen und hinnehmen müssen.

Denn dieser andere Mensch ist seine Mutter.

Sie hatte die Einflüsterungen der Verzweiflung verworfen. Sie war durch das Eiswasser der Verzweiflung geschwommen. Damit war es jetzt vorbei. Stundenlang stierte sie im Finstern vor sich, bis das Morgengrauen die ärmliche Küche, die Umrisse des Herdes zu zeichnen begann. Sie wollte leben bleiben. Es gab noch Möglichkeiten. Sie war mit Karl gegangen. Den will ich festhalten. Ganz festhalten. Der Mann, der tot ist, hat falsch gerechnet. Ich habe noch einen Menschen, und der bleibt mir. Das sag ich. Und das wird sein. Von Rachebildern war diese Nacht erfüllt. Ruhig und stark saß die Frau und hielt Gericht. Ihr Leben fing wieder an, ihr altes Leben.

In der Stube aber stiegen am Morgen aus dem Schlaf Karl und Erich, und Karl, ein taufrischer freudiger junger Mensch, sah vergnügt zu, wie der blasse zarte Bruder sich von der Mutter hätscheln und waschen ließ.

Rascher als die Mutter es erwartet hatte, zeigte sich Paul in ihrer Wohnung, eines Mittags, als Karl nicht da war. Karl wußte später, daß Paul es extra so eingerichtet hatte. Über eine Stunde saß er mit der Mutter und Erich in der Küche und trank mit ihnen Kaffee, ließ sich von Erich ihre Stube und seine Schularbeiten zeigen. Sonderbar berührte die Mutter die Aufmerksamkeit, mit der Paul auf Erich einging, sie hatte noch nie gesehen, daß sich ein Großer so mit einem Kind abgab. Er nahm das Kind völlig ernst, erzählte nicht das kleinste Märchen. Über Pauls Familie vermochte sie nichts zu erfahren, er sagte, daß er mit vierzehn Jahren allein aus einer Mittelstadt hierher gekommen sei, zu Hause seien sie zu viele gewesen, es sei ihm dann hier bald geglückt, so weit man davon sprechen könne. Sie fragte ihn mehrmals nach seinen Plänen, weil er doch irgendetwas Festes, Dauerhaftes, Sicheres, einen richtigen Beruf ergreifen müsse; er sei bald achtzehn Jahr, also vier Jahre treibe er es schon so, sie könne das nicht verstehen. Nein, meinte er, was er wohl für Pläne fassen solle, alle Berufe seien doch schwer und überfüllt, was Richtiges, Handfestes gelernt hätte er auch nicht, und ob sie sich wohl denken könne, daß er noch einmal die Schulbank drücke. Er lachte, nein, er wolle keinem Konkurrenz machen, er könne eine Aushilfe leisten; übrigens sei es gut, meinte er, indem er auf den Boden blickte und ihr dann rasch und scharf in die Augen sah, daß sich auch Leute außen tummeln, man sieht mehr, hört mehr, kann sich besser ein Urteil bilden, es gibt schließlich noch mehr in der Welt als einen Schusterladen, eine Tischlerei bedienen und Sonntags mit einem Kinderwagen spazieren fahren.

Wo hatte sie so etwas schon gehört? Der Bursche saß schlank und ruhig, den kleinen Erich zwischen den Knien, auf dem Stuhl in ihrer Stube. Ja, so hatte ihr Mann gesprochen, und dann hatte sie alles verloren. Die Ängstlichkeit machte sie wach, Paul hatte da nichts Gutes gesagt, sie wurde reservierter. Während er irgend etwas erzählte, wobei sie schon nicht mehr hinhörte [denn die Bilder ihres Gutes – ein Pferd, das im Kraut stand und den Kopf nach dem toten Mann unten drehte, er wurde jetzt durch die weit geöffnete Tür in das Herrenzimmer getragen, auf das Sofa gelegt –, die Bilder wurden in ihr hochgeworfen und lagen ihr um die Kehle herum], sie sagte, während er noch

sprach, mit geschnürter Stimme sehr leise, so daß er es beim ersten Mal nicht verstand: Karl würde es aber nicht so treiben, sie hätte für ihn schon gesorgt, er würde beim Onkel bald, sie denke Anfang Oktober, als Lehrling antreten. Sie sprach damit aus, was noch nicht sicher war, aber nach dem, was sie jetzt hörte, wollte sie, daß es bald sicher sei.
Ihre Augen und Ohren mußten sich nach diesem Teil des Gesprächs sehr geschärft haben, denn wie Paul friedlich dazu bemerkte, das sei ja sehr schön und für Karl sicher das Beste, glaubte sie einen Unterton von Hohn zu vernehmen. Oder war sie nur gereizt und unterlegte ihm etwas? Er zog das Gespräch noch in die Länge, indem er vorgab, auf Karl zu warten. Dann stand er auf, nachdem er Erich, den er sich zuletzt auf die Schulter gehoben hatte, abgesetzt hatte, und sie staunte über den großen starken Menschen, der frei und freundlich, gewinnend blickte. Ob sie nicht falsch über ihn dachte und Karl einen guten Kameraden raubte? «Kommen Sie bald wieder», bat sie. Als sie mit Erich allein saß, war sie aber doch beklommen, und Erich schimpfte auf sie, weil sie solche finstere Stirn machte und ihr Kinn wieder spitz wurde.

DIE ATTENTATE

DAMALS war die große Stadt, in die vor zwei Jahrzehnten nach einem gewaltigen Sieg der alte König an der Spitze seiner Truppen eingezogen war, schon mächtig entwickelt und vermehrte von Jahr zu Jahr die Zahl ihrer Bewohner und die Masse ihrer Gebäude und Einrichtungen. Der greise Herrscher hauste wie auf einer Insel prunkvoll und drohend, abgesondert in dem Quartier der Siegeshalle, umgeben von seinen Söhnen, Generälen und obersten Behörden, denen er Paläste in seiner Nähe gestattet hatte. Das gehorsame Volk, dem er seinerzeit zum Dank für die Mannhaftigkeit im Krieg einige Freiheiten gewährt hatte, machte von ihnen in alter Biederkeit den allerbesten Gebrauch: es arbeitete und arbeitete und ließ es sich – man kann fast sagen: von oben bis unten – angelegen sein, die Macht und den Reichtum des Staates zu mehren, um auch seinerseits zu danken und ein in jeder Hinsicht königliches Volk zu sein. Fabriken auf Fabriken schossen um die Stadt herum in die Höhe, sie rissen ungeheuer viel Menschen vom Land an sich heran, sie glichen den neuen wissenschaftlichen Instituten, den Museen, Akademien, dem Generalstab der Armee, die alle darin wetteiferten, den Fahnen des Staats auch im Frieden Glanz zu verleihen.

Da hatte sich nun in den letzten Jahren etwas Besonderes ereignet. Wie ein Fremder, der durch die gepflegten Alleen der Stadt ging, nicht wissen konnte, was hinter den Wohnfassaden sich ereignete, wovon einiges auch in den Zeitungen stand, so konnte er den wüsten Schatten nicht sehen, der neuerdings ihre siegessichere Schönheit belästigte. Das Land, dessen Hauptort die große Stadt war, hatte natürlich auch Parteien, und da es ein stark industrielles Land war, auch seine Arbeiterpartei. Die Arbeiterpartei bestand schon lange, sie war fest organisiert wie alles im Land, sie hatte ihre bekannten Forderungen, die sie verkündete und verbreitete, sie drillte als getreue Partei eines militärischen Landes ihre Jugend. Aber sie war, im letzten Jahrzehnt besonders, mit der Erweiterung der Industrie und bei dem lange anhaltenden Frieden in der Welt, im Begriff, immer stärker in die übrige Bevölkerung, der sie sich eigentlich gegenüberstellen sollte, hineinzuwachsen. Ihr schönes flammendes herzerhebendes Ideal wagte gewiß keiner herabzusetzen, aber man trug es mit gewisser Beschwichtigung vor, angesichts des zweifellos auch nicht zu verachtenden herzerhebenden Ideals eines königlichen siegreichen Staates, in dem alles prosperierte und man selber tapfer mitprosperieren wollte. Da gab es nun im Lande, vornehmlich aber in der großen Stadt, Elemente, die mit dieser Entwicklung nicht einverstanden waren. Häufiger und häufiger zeigten sich eigensinnige undisziplinierte Personen, die auf

längst abgelebte Phrasen der Parteilehre zurückgriffen und zum Beispiel von ‚Handlungen' sprachen, und was das Schlimmste war, sogar ‚Handlungen' verübten. Es waren Elemente, die jeder ruhige und geschulte Arbeiter ablehnte. Sie sprangen im Land herum, verleumdeten und kompromittierten die geschlossene große Massenorganisation, die naturgemäß alleiniger Träger einer Bewegung sein konnte, und richteten verbrecherisches Unheil an. Mit der Frage von Armut und Reichtum ist man natürlich zu keiner Zeit fertig geworden. Aber man hatte doch schon Alters-, Krankheits-, Arbeitslosenversicherung. Man baute Asyle für die gänzlich Obdachlosen, man schickte Kinder der Armen – natürlich nicht alle – in Ferienkolonien, man gab dem Volk nach dem Grad seines Einkommens ein gewisses Mitbestimmungsrecht bei der Verwaltung. Da setzten es sich nun, trotz aller so zu Tage liegenden Bemühungen, eine kleine Anzahl Leute, die man erst für bloße Verbrecher hielt, in den Kopf, zu stören. Sie behaupteten, mit dem bestehenden Staat des siegreichen Königs und seiner Soldaten sei keinerlei Verständigung möglich und die sogenannten Freiheiten, die dieser Despot und Nachfolger alter Despoten gewähre, dürfe man nur benutzen, um den Staat ins Gedränge zu bringen. Mit dem Staat warfen sie in kränkender Absicht die alte erprobte Arbeiterorganisation zusammen, die sie verhöhnten. Sie verhöhnten übrigens jede Organisation in diesem Lande als Soldatenspielerei und waren selber eine Geheimbande von Terroristen und Nihilisten, fremd in dem Staat, der unter eisernen Regierungen friedlich gewachsen und väterlich beaufsichtigt war.
Wieder war ein Ausbruch der Seuche erfolgt. Wieder hatte sich eines dieser sinnlosen Attentate ereignet, die sogar die Ruhigen und Verständigen zu einer blinden Wut erregten. Ein sehr reicher Mann, in letzter Zeit hervorragend wohltätig, hatte seine Sommerreise unterbrochen und war in seiner städtischen Villa eingekehrt, um der Einweihung eines Altersheims beizuwohnen. Das Haus stand fix und fertig, Behörden hielten sich bereit, diese Feier mit Dankreden, Verteilung von Medaillen zu bege-

hen, da wurde an einem Morgen die halbe Front der Villa des Stifters durch eine Explosion, die man erst für eine Gasexplosion hielt, aufgerissen, der Herr selbst durch Mauerwerk schwer verletzt. Ein besonderer Glücksfall ermöglichte noch am selben Tag, zwei Männer, die sich an der Villa verdächtig zu schaffen gemacht hatten, zu verhaften. Die Zeitungen hatten zu tun, um Einzelheiten von einer groß angelegten Verschwörung zu berichten, auch in herkömmlicher Weise die organisierten Arbeiter zu beschuldigen, die sich verteidigen mußten. Man war in dem langweiligen Sommer froh, von den Bankskandalen, Fälschungen, Diskussionen über Steuererhöhung auf ein saftiges Wildwestkapitel übergehen zu können, an das sich ungezwungen moralische Betrachtungen und grelle Schilderungen aus der Verbrecherwelt anschließen ließen.

Seinen großen Freund traf Karl in diesen Tagen regelmäßig auf den Märkten, nur war er nicht sehr gesprächig. Und Karl hätte doch gern gewußt, welchen Eindruck seine Mutter auf ihn gemacht hatte, auch ob ihn die Mutter nicht vielleicht als zu kindlich vor Paul hingestellt hätte. Er fürchtete, daß die Mutter das vielleicht getan hatte, und darum wiche ihm auch Paul aus, und er hatte doch von Morgen zu Morgen große Sehnsucht nach dem Jungen. Mit ihm zusammen zu sein, waren die schönsten Stunden des Tages. Es war ihm schon eine Freude, den Großen auf demselben Markt zu wissen, auch ohne ihn zu sprechen. Aber eine Qual und beschämend war es, ihn so vorbeistreifen zu sehen, als wären sie nicht Freunde und wirklich Herz mit Herz verbunden. Ach, wenn er nur wirklich wüßte, wie Paul von ihm dachte.

Singend trat eines Mittags nach Marktschluß Paul unerwartet von rückwärts an Karl heran, der sich eben seine Jacke überzog. Sie saßen in einem großen Lokal dicht am Markt. Viele Marktleute aßen hier. Daß dies ein solch glücklicher Tag werden würde, hatte Karl am Morgen nicht gedacht. Es saß am Tisch neben Paul und konnte ihn immer betrachten, seine niedrige Stirn, die blonden Locken, die drüber fielen, die langen hellen

Wimpern, die seidenweiche helle Linie seiner Augenbrauen und den strengen schönen graden Mund, über den sich ein Schnurrbartflaum zog. Sie aßen, tranken, wechselten wenige Worte. Nach einer halben Stunde verließen sie das laute niedrige Lokal, das keine Spur von sichtbarer Schönheit hatte und in Glanz gehüllt schien.
«Und was tun wir jetzt, Jungchen?» fragte Paul, der wieder die Zigarette in die Mundecke geschoben hatte. Karl sagte mehr, als er gefragt war: «Wohin du willst. Ich hab den ganzen Nachmittag frei.» Paul lächelte: «Wenn nun aber der Nachmittag noch nicht genügt? Wenn ich auch den Abend und die nächsten Tage haben will?» Karl – sie spazierten schon langsamen Schritts – blickte zu Paul auf, er war aufgerührt, Paul hatte ihn also erkannt: «Ja, was soll ich dann machen? Was wollen wir denn tun?» «Das laß meine Sorge sein; zu tun gibt's genug. Aber erst mußt du wollen.» Karl murmelte, sein Herz konnte es nicht zurückhalten: «Aber ich will ja.» Der andere lachte und schüttelte ihn bei der Schulter: «Will doch, möchte doch, Karl, was bist du für ein Held. Natürlich willst du, warum sollst du nicht wollen. Aber können. Das große Kunststück ist – können.» Karl murmelte und hielt Pauls Arm: «Warum soll ich nicht können? Du hast es doch noch nicht versucht.» Es kam ihm, ohne daß er es wollte, über die Lippen. Paul schritt ruhig mit seinen langen Beinen, so daß Karl sich beeilen mußte. Der Große sagte da vor sich, und Karl wußte erst nicht, an wen er sich richtete: «Der Gott, der dich bei Tag bewacht, ist auch dein Hüter in der Nacht.» Als Paul es wiederholte, blickte er Karl an, der nichts verstand: «Ja, was meinst du?» «Schläfst du dabei, in der Nacht, unter dem Spruch?» Und da fiel Karl ein, daß es der Spruch des Haussegens war, der seit seiner Kindheit über seinem Bett hing, ein einfaches Brett mit Brandmalerei, die Mutter hatte es auch jetzt über sein Bett genagelt, Paul hatte es also gesehen. «Ach, es ist mein alter Haussegen», meinte Karl verlegen und vorwurfsvoll, «warum soll er nicht da hängen, Mutter ist dran gewöhnt.» «Deine Mutter ist eine kluge Frau, und tüchtig. Was hat sie

eigentlich mit dir vor? Ihr habt keine Einnahmen, der Onkel hält die Tasche zu, du mußt helfen.» «Ich tu ja schon.» Paul lachte: «Da müßtest du ganz anders ran, mein Junge.» «Ja wie denn?» «Ich kann nicht raten. Du hast ja deinen Hüter bei Tag und bei Nacht. War es früher bei euch anders zu Haus?» «Ach ja, was soll ich dir da erzählen, Paul?» «Alles, wir haben ja Zeit.»
Karl sah, Paul wollte etwas wissen, und da fing er, mit dem andern Straße nach Straße, Plätze auf Plätze wechselnd, stokkend, als wäre es eine Beichte, von Hause zu erzählen an, erst mit einem bittenden entschuldigenden Unterton, dann in seinen Stoff versunken. Hingerissen erzählte er, was er von seinem Vater wußte, wie er, ohne es sagen zu dürfen, ihn geliebt habe, wie der Vater sich so wenig um sie gekümmert habe, auch nur sprunghaft in der Familie erschien, dann die Schlägereien zwischen ihm und der Mutter, wobei ihm selber, wie er dazwischenwarf, die beiden Zähne hier ausgeschlagen wurden; er hätte die Mutter vor dem Vater beschützen müssen, aber die Mutter hätte nie über den Vater geschimpft, es drehte sich alles und immer zu Hause um den Vater, obwohl er meist nicht da war. «Und dann wurde ich groß, wir kamen auf das Gut, das er gekauft hatte, da hat er etwas Großes draus machen wollen, wir hatten Pferde, Rinder, Schweine, hundert Hühner und dann den Gasthof. Der Vater hatte den ganzen Tag zu tun, jetzt blieb er bei uns, ich bin schon geritten mit ihm zusammen, aber meist waren seine Freunde bei ihm, ach wir hatten es gut. Und dann die Geburtstage, wie die gefeiert wurden, Mariechens und Erichs, sogar meiner.»
Er hatte Tränen in den Augen, war aufgewühlt von den alten Dingen, und jetzt sollte er von der Mutter erzählen, wie sie abfuhren und die Gläubiger und die schlimme Nacht. Er wußte nicht, wie Pauls Gesicht jetzt aussah. Er wollte es sehen. Der ging einen halben Schritt vor ihm. Karl faßte ihn beim Arm. Paul blickte kalt gradeaus. Was habe ich falsch gemacht, hab ich ihn gekränkt, ich hab mich gehen lassen. Paul sagte nach vorn in die Luft: «Und dann solltest du Geld verdienen.» «Ich muß ja, Paul,

es ist ja keiner sonst da.» Der warf ihm einen Blick zurück, der Karl erschreckte: «Das Verfluchte ist, daß sie einem noch die Gedanken stehlen. Wenn du einen Hund fängst und willst ihn binden, dann beißt er dich, er weiß, was du ihm tun willst. Wenn du einen Menschen bindest, so weiß er nichts. Er leckt dem andern die Hand. Du sitzt im Dreck, siehst den Dreck zu Hause, siehst ihn noch besser als andere, denn dir ist es mal gut gegangen, das Gut, der Gasthof; war so ein kleiner Ausbeuter, dein Vater, machte sich aber keine Gedanken darüber, und da sitzt du nun, es hat euch erwischt und du kriegst den Stock von der andern Seite zu sehen, es setzt Hiebe, und du, was machst du jetzt? Greifst du nach der Peitsche, weil du sie fühlst, du und deine Mutter und der kleine blasse Junge, und ein Mädel habt ihr ja weggeben müssen? Nein! Du wimmerst, jammerst, wie's euch ergangen ist, und es wär so schön gewesen, es hat nicht sollen sein.»

Er verlangsamte seinen Schritt, packte den andern beim Arm, kniff ihn, blickte Karl dabei nicht an, sein Gesicht war gespannt, er zog Karl wie der Gendarm einen Dieb neben sich her: «Und schämst dich nicht, schlechter Kerl, und machst vor mir noch den Mund auf. Sie haben dich bei den Ohren, du, und du winselst mir deinen dämlichen Jammer vor. Ihr habt doch noch eine Stube und Küche, was, so weit stimmt es doch noch alles? Du hast doch den Mülleimer gesehen, bist du mehr als die? Sag mir und sieh mir ins Gesicht: bist du mehr als die?»

Es war ein furchtbarer, mörderischer Ausdruck, mit dem er Karl sein Gesicht hinhielt. Karl flüsterte: «Nein.» «Mehr ist nur, wer mehr weiß und danach tut. Aber du schläfst unter deinem Haussegen. Dich kriegen sie noch ganz, Junge. Dich wickeln sie mit Mutter und Bruder und Schwester ein. Wie sie es immer fertig kriegen, einem die Vernunft zu stehlen. Die Menschenfresser. Weil du dumm bist und heute noch was begreifst, sag ich es dir. Morgen wirst du mich nicht mehr verstehen.»

Er schob nach einer Weile besänftigt seinen Arm unter Karls. Karl atmete wieder auf. Sie zogen die Bordschwelle entlang.

«Was machen sie mit dir, Karl? Deine Familie, die sogenannte Familie? Hast du dir das überlegt? Du willst deiner Mutter und deinem Bruder helfen, schön, wie wirst du's machen? He? Du kannst ja gar nicht anders, du mußt den Stock anfassen, wie man ihn dir hinhält. Also heute oder morgen rein in die Tretmühle, bis du selbst einer von ihnen bist und bist, der tritt. Dann hast du's geschafft. Ich sage dir offen, Junge: wir, ich und andere, wir sind im Krieg mit denen! Verstehst du's, oder verstehst du's nicht? Du bist im Begriff, mit denen da zu gehen. Du willst ein Verräter werden. Blick mir ins Gesicht. Willst du mein Feind sein? Willst du das?» «Nein.» «Dann laß deine albernen Schwärmereien. Das von vorhin. Das kommt von denen, damit leimen sie dich. Oh, sie sind solche Fälscher. Wenn man sie nur in ihrer ganzen Niedertracht aufdecken könnte. Du würdest heulen. Wenn du siehst, wie sie sich im Sattel halten mit Hilfe ihrer eigenen Feinde, denen sie das Gehirn herausreißen. Also sag, wo du hinwillst. Sag's gleich.»
«Aber ich will doch bei dir bleiben.»
«Dann komm. Dann kannst du nicht drüben bleiben. Du kannst nicht zu Hause bleiben. Du gehst zusammen mit mir, in den Kampf, und ich sage dir: Pardon wird nicht gegeben. Also. Jetzt geh. Ich hab keine Zeit.»
Er drückte ihm die Hand.
«Wir sehen uns bald, Karl. Ich werde dich rufen.»

UNVERGESSLICHE TAGE

DAS war ein Gespräch am hellen Tag. Es hatte herrlich und glanzvoll in dem Speiselokal begonnen, so nahe waren sie noch nie beieinander gewesen, noch nie hatte er durch den Anblick, die Nähe eines Menschen solche Beglückung erfahren, auch durch die Mutter nicht. Und jetzt – irrte er eiskalt in einer unbekannten Straße herum, sah nicht die Straße, fühlte nicht die warme sanftwehende Luft. Er ging im Bodenlosen. Er sprach, um sich zu finden, sich leise das Wort ‚Mutter, Mutter' vor. Aber auch daran konnte er sich nicht halten. Ein großes Unglück war über ihn gefallen. Die Gedanken in ihm waren ausgelöscht. Und als er nach einer Stunde hilflos seinen verwirrten Körper durch irgendwelche Straßen getragen hatte, fand er sich, wie ein Vogel, der aus dem Nest gefallen ist, in der Nähe seiner Wohnung und ging nach oben.

Es war gut, daß nur Erich da war und daß er im Gespräch mit ihm seine Stimme wieder finden konnte. Aber ganz mußte er doch auch jetzt nicht seiner Herr sein, denn Erich gab ihm öfter einen unwilligen Klaps: warum er denn so dumm brumme, er sei doch kein Bär. Er hatte gestöhnt. Da konnte es nicht ausbleiben, daß die Mutter ihn erkannte. Und er hatte auch den Wunsch, daß sie es tat, denn er wollte sich zum Kampf stellen, um irgend etwas wollte er kämpfen, an irgend etwas wollte er sich stoßen, um wieder seine Beine unter sich und seinen Kopf und seine Schultern am richtigen Platz zu fühlen. Erich empfing schon die Mutter – die übrigens wegen der Hitze, wie sie sagte, und weil es auch in der Großstadt nicht üblich sei, selten mehr mit dem Trauerschleier ging, an manchen Tagen ihn aber doch anlegte, obwohl man ihr sagte, es sei ungewöhnlich warm –, der Kleine empfing sie schon mit den Worten: «Karl brummt wie ein Bär», was sie im Moment als Bericht von einem Spiel auffaßte. Sie wurde dann aber, weil Karl widersprach und der Kleine dabei beharrte, aufmerksam. Und wie sie nun mit Erich in der Stube Schularbeiten machte und Karl sich in der Küche aufhielt, hörte sie es auch. Karl stöhnte. Dann schien er es zu merken, und um darüber hinwegzutäuschen, räusperte er sich.

Sie ging hinaus und fragte, was sei. Er redete von Kratzen im Hals. Nach einiger Zeit kam es wieder, Erich lachte sie an: «Siehst du, er brummt.» Da lenkte sie den Kleinen ab, erklärte ihm, Karl hätte eben Kratzen im Hals. Und erst nach dem Abendbrot, als der Kleine vor dem Schlafengehen noch für sich in der Stube neben dem Bett spielte, stellte sie den großen Jun-

gen in der Küche. Die Unterhaltung zog sich hin, und der Kleine, der sich mäuschenstill bei seinem Spiel mit zerbrochenem Wagen und der Bettdecke verhielt, kam heute später zum Schlafen. Sie bemerkten beide nicht, daß das zarte Kind, das jetzt nur gelegentlich noch seine ängstlichen Schreianfälle hatte, drin von Zeit zu Zeit mit dem Spiel aufhörte und an der offenen Tür horchte. In dieser Nacht schrie er wieder, so schlimm, daß die Mutter hereinkam und ihn eine halbe Stunde auf ihrer Matratze bei sich behielt, bis er wieder eingeschlafen war.
Karl, ihr Junge, saß dicht bei ihr am Küchentisch und legte ihr mit einer völlig unverständlichen Erregtheit wirre Dinge vor. Paul sei sein Freund, und sie kenne ihn doch. Er hätte ihm erzählt, woher alles Unglück kommt, auch ihres. Er meint, die Reichen wären schuld. Karl redete hin und her, seine Hinweise waren heftig und wiederholten sich, er benutzte Wendungen, die wahrscheinlich Paul gebraucht hatte, die aber in seinem Mund fremdartig klangen, hier vor der Mutter, die Worte von der Peitsche mit den beiden Enden und anderes. Sie wußte sofort, was von ihm war und was von dem andern, diesem Paul. Also sie hatte richtig auf diesen Paul getippt. Das war ein Gefährlicher. Der war schlimmer als Mädchen. Die Sätze selbst verstand sie gut. Sie biß die Zähne zusammen, als sie sie hörte, sie wollte an die schlimmen Wochen nicht erinnert sein. Hätte man ihr vor der Selbstmordnacht, als sie noch gehetzt herumirrte, diese Reden gebracht, sie hätte stürmisch zugestimmt. Um ihrer Verzweiflung Luft zu machen, hatte sie ja ungefähr dieselben Anklagen erhoben. Auch sie wäre mit Brandfackeln auf die andern, die Harten, Grausamen losgegangen. Schrecklich wahre Worte, gestern wahr und heute wahr und immer wahr. Wie Paul ihren Karl zu nehmen wußte. Aber er sollte ihn nicht nehmen. Was ging diesen Paul ihre Armut an, es war ihr persönliches Unglück, sie würde schon herauskommen. Sie lachte Karl ängstlich aus. Sie zitterte. Sie flüsterte ihm, sich ganz entblößend, zu: «Und so sieht mein Lebensretter aus?» Er küßte ihre Hand, ließ sie nicht los und sprach im Gefühl ihrer Hand eine Weile nichts.

Dann redete er wieder, aber ihm kam immer vor, er traf nicht das Richtige, die Mutter hatte recht – und doch nicht recht. Was sie sagte, war gut und besänftigte ihn doch nicht. Es war noch etwas da, was sich nicht ergab. Dennoch wurde ihm wieder wohler, das entsetzliche fremde Gefühl um seinen Körper herum wich; wenn es doch nicht wieder käme. So falsch kam alles heraus, was er sagte, daß sie am Ende geradezu zusammen lachten, wenn er ausgeredet hatte: «Ja», sang sie, «jämmerlich ist die Welt und schlecht sind die Menschen, und da werden wir armen Häscher, die froh sind, noch ein Dach über uns zu haben, die Menschen bessern wollen. Das haben schon andere versucht. Wir wollen zufrieden sein, daß wir leben.» Er nickte. Sie sagte: «Kein guter Freund, den sich mein Ältester da ausgesucht hat! Dich in solchen Zustand bringen, für nichts und wieder nichts. Siehst du's nicht ein?» Er sah alles ein, da er bei ihr saß.
Dann war es dunkel und alle lagen. Sie sann angestrengt und mit Angst und Haß, was sie gegen den andern tun könne. Sie konnte ihn nicht verjagen. Sie konnte ihren Jungen nicht kontrollieren. Aber es durfte so nicht weitergehen. Man mußte einen Entschluß über Karls Zukunft fassen. Da war nur die Lehre als Tischler und beim Onkel. Wie es ihr peinlich war, mit ihrem Bruder zu verhandeln. Er hielt ihr immer ihre Ehe, ihren Mann, ihre frühere Lebensweise vor. Er war ja, in einer Art Rachsucht, völlig einverstanden, daß Karl Handlanger auf den Märkten wurde, was sie ihm klagend vorgetragen hatte. Aber dazu durfte es nicht kommen. Nach dem, was sie heute hörte, schon gar nicht. Sie selbst hatte vor, auf irgendeine Weise, vielleicht mit Zimmervermieten, etwas zu verdienen. Zuerst jetzt Karl unter Dach bringen. Und immer der Haß auf Paul, der ihr den Jungen nehmen wollte.
Karl lag mit offenen Augen. Jetzt fühlte er sich als Verräter. Die Mutter – gehörte zu den andern.

Er stieg ein paar Tage später vormittags – seine Meisterin brauchte ihn erst nachmittags – die Treppen seines Hauses hinauf, da tänzelten vor ihm im raschen Schritt zwei Damen. Sie waren elegant gekleidet, in hellen Sommerkleidern mit hohen Schuhen, die Treppe duftete nach ihnen. Zu seinem Erstaunen hielten sie an seiner Tür und klingelten. Er näherte sich, zögerte. Aber wie war er verblüfft und fuhr zurück, als die größere der beiden Damen, eine kräftige wundervolle blauäugige Person mit herrlichem Teint, die lange weiße Handschuhe trug, sobald er auf dem Treppenflur erschien, auf ihn zurauschte, eine Hand auf seine Schulter legte und flüsterte: «Mach auf.» «Wer?» Sie kniff ein Auge, Gotteswillen, es war Paul! Karl schloß mit zitternden Fingern.

Die Küche war zur Rechten, er führte sie, bloß um sie vom Flur zu entfernen, gleich in die Küche. «Schließ die Tür ab», sagte Paul halblaut. Karl tat es. Als er zurückkam, saßen die beiden da, der eine auf dem Schemel, der andere oben auf dem Küchentisch, zogen sich Schuhe und Strümpfe aus. Handschuhe und Perücke lagen schon auf dem Tisch. Paul ließ sich ebensowenig wie der andere in seiner Arbeit stören, die feinen Strümpfe flogen auf die Erde. «Deine Mutter ist doch nicht da, oder doch?» «Nein», stammelte Karl und machte die Küchentür hinter sich zu. Sie arbeiteten an ihren Sachen. Paul lachte Karl vom Tisch aus an. «Was stehst du, Karl? Hast noch keine Männerbeine gesehen? Ist gut, daß deine Mutter nicht da ist, sie hätte uns vielleicht hinauskomplimentiert. Was machst du eigentlich jetzt hier?»

«Die Frau braucht mich erst Nachmittag.» «Inzwischen spielst du Kindermädchen.» Paul wandte sich an seinen Gefährten auf dem Schemel, der schon in Hose und Jacke dastand – die hatten sie unter den Kleidern: «Karl hat nämlich einen kleinen Bruder.» «Hab ich auch», brummte der, «aber ich eigne mich nicht für den Beruf mit Göhren.» Und nach einer Pause fügte er hinzu: «Aber Gott, wenn man's so haben kann.» Sie hatten in ihren großen Damentaschen eine Art Turnschuhe, die sie sich anlegten. «Was du hier siehst, Karl, bleibt unter uns. Deine Mutter hat uns nicht gesehen, folglich sagst du nichts. Wir haben, damit du's

bloß weißt, keinen umgebracht, auch nichts gestohlen. Wir haben für einen von uns gearbeitet, und hoffentlich klappt's.»
«Hoffentlich», sagte mit seiner tiefen Stimme der andere, ein gedrungener Bursche, schon über zwanzig, «schade, daß mein Schnurrbart daran hat glauben müssen.»
Karl befiel eine Wut auf sich, wie er so dastand. Sie wickelten schon sorgfältig ihre leichten Kleider und Schuhe zusammen, er mußte laufen, Papier und Bindfaden suchen, die Perücken wickelten sie extra. Er stand wie ein dummer Junge da, nichts war er, sie verlachten ihn. Ja, da sah er sie arbeiten, hörte sie sprechen und flüstern, was sie vor ihm verheimlichen wollten, der eine sein Freund, der andere ein klares ehrliches Arbeitergesicht, das ihm gefiel, und er machte nicht mit und sie flüsterten vor ihm.
Da schämte er sich. Ihre Arbeit war auch seine. Sie konnten ihn nicht ausschließen.
Es gab einen Ruck in ihm. Ihm wurde im Augenblick besser. Ich bin kein Lump. Ich bin kein kleines Kind, sie sollen das nicht denken, und wenn ich auch eine Stube habe und noch bei Mutter wohne. Und fing an, wie er die Verblüffung überwunden hatte, sich mit einem zornigen Übereifer in die Sache zu stürzen. «Ihr wollt doch nicht so zusammen auf die Straße gehen, mit Paketen? Die Pakete laßt mal hier. Dann geht einer nach dem andern auf den zweiten Hof, da ist ein mächtiger Keller, ihr seht schon, der führt ins Nachbarhaus, ich zeig euch, ihr wartet.» Das gefiel ihnen. Karl zog zuletzt mit einer Markttasche, in der Pakete lagen, und einem Netz für die Perücken ab. Im Keller führte er sie. Sie trennten sich mit stummem Händedruck.
Die beiden hatten als Braut und Schwester einen alten Häftling in dem Gefängnis besucht, in dem die neu eingelieferten sehr gefährdeten Attentatsverdächtigen saßen. Sie hatten von dem alten Häftling, der Kalfaktor war, einen Schlüsselabdruck von der Zelle dieser beiden bekommen. Das Spiel war noch nicht zu Ende, man mußte ihm in einigen Tagen den fertigen Schlüssel abliefern.
Diese kurze Begegnung in ihrer Stube brachte eine Wendung in

Karls Gedanken. Die Mutter erfuhr nichts von dem Besuch. Als sie Karl sah, war er frisch, aufgeweckt. Sie sah, es war ihr guter Sohn, auf den würde sie bauen können. Die neue Unterhaltung mit ihrem Bruder, um Karl anzustellen, nahm einen guten Fortgang. Es war ihr gelungen, die dicke Schwägerin zur Bundesgenossin zu gewinnen. Karl aber hatte alle Unsicherheit abgelegt. Die Gefahr, die Tätigkeit der beiden, die ihn besucht hatten, hatten ihn mehr überredet als die Worte Pauls. Er fühlte, dies war sein Weg. Wie gern wäre er das zweite Mal in das Gefängnis mitgegangen, in irgend einer Funktion, aber sie konnten ihn nicht brauchen; es war möglich, daß sich jemand der Gesichter der ersten Besucher erinnerte.

Als sie erfuhren, daß der Nachschlüssel im Besitz des Attentatsverdächtigen war, machten sie, da man nun abwarten mußte, es war Sonntag, eine Ruderpartie zu dritt auf einem Vorortsee. Die prächtigen Motorboote und Segler der feinen Leute umgaben sie, besetzte Vergnügungsdampfer mit Musik fuhren vorbei, sie ruderten fröhlich, legten sich ins Gras. Dabei erzählten sie allerhand. Jetzt endlich erfuhr Karl mehr. Es waren Berichte von Armen, Reichen, von Industrie, von Arbeitern. Der Kleinere, Gustav, erklärte: «Sie sollen auf uns nur schimpfen. Um in die Parteien zu gehen, muß man viel Gripps haben. Und den haben wir armen Deibel nicht. Da muß man noch mal in die Schule gehen. Da mußt du wissen, was der gesagt hat und der geschrieben hat, und wenn du das alles gelernt hast, weißt du noch immer nichts, denn die Gelehrten sind sich selbst nicht einig. Da kann sich unsereins nicht einmischen. Bis die raushaben, was das Richtige ist, sind wir alle tot.»
Paul [neben ihm streckte sich Karl aus, der dachte nicht an Mutter und Bruder, freute sich des Waldes, war selig, mit seinem Freund zu sein] warf vergnügt die Arme hoch und spottete in seinem herrischen, leutnantsmäßig schnarrenden Ton: «Es ist auch nicht einfach, mit den hohen Herren fertig zu werden. Ich habe mit Pfaffen Erfahrungen, da ist dasselbe. Du denkst, besser

als solche Pfaffen wirst du doch deine eigenen Sachen schon wissen, der mit seinem Beten, Rosenkranz und Heiligen. Ja, leichter angetanzt als abgetanzt. Du sagst, es sieht belämmert in der Welt aus, die einen fressen sich satt, bis sie platzen, die andern hungern, die Gauner, Wucherer und Gewaltmenschen setzen sich in Villen und Paläste und das kleine Volk muß beten, daß es so bleibt. Ja, nickt der und schneidet ein betrübtes Gesicht. Es ist so, es ist schlimm, es ist sehr schlimm. Und dann legt er seinen fetten Kinnbraten auf seine Brust und sieht aus, als wenn er verzweifelt. Tatsächlich verdaut er. Dann sagst du, es muß was gemacht werden, es muß was geschehen. Er nickt, nickt, bleibt im Nicken, blickt dich innig an und flüstert: Wie recht Sie haben, wie recht, und gibt dir die Hand. Damit ist dir noch immer nicht gedient, und du sagst etwas, du forderst etwas mehr Mitbestimmungsrecht, die Arbeiter im Betrieb, im Magistrat. Die Freiheit, wie junge Hunde rumzulaufen, nutzt uns nichts, wir wollen was ausrichten. Wenn wir auch den Krempel nicht gleich auf den Kopf stellen, wenigstens das Schlimmste wollen wir beseitigen.»

Der Kleinere hob den Kopf und knurrte mißbilligend: «Du bist ja ein schöner Leisetreter.» «Ist ja nur, um dem Mann auf den Zahn zu fühlen.» Der Kleine blieb dabei: «Soll man so einem Mann gegenüber schon gar nicht sagen.» Paul lachte: «Also, was antwortet er? Ausdrücke wie Betrieb, Magistrat, Mitbestimmungsrecht sind ihm von vornherein unsympathisch. Er zieht ein Schnäuzchen, wiegt das Köpfchen und flüstert: Davon versteh ich nichts, diese speziellen Fragen wollen wir mal beiseite lassen. Er faßt dich bei dem Wort Freiheit, das du hast fallen lassen, und meint, damit sei er ganz einverstanden, mehr Freiheit, viel mehr Freiheit müsse den Menschen gegeben werden. Er bestätigt alles durch die Bank. Darauf fängt er an zu kitzeln: welche Freiheit du meinst? Du sagst es so, die im Unternehmen oder beim Militärdienst. Er macht ein freundliches Gesicht, völlig ein Herz und eine Seele, er wartet ab, ob du noch mehr sagst, dann kratzt er sich sein gelehrtes Haupt und murmelt: Ja, das genügt aber nicht. Damit, junger Freund und Dachdecker, stehen Sie erst am Anfang. Wenn Sie auch diese Freiheiten errungen haben, und es sind zweifellos Freiheiten, notwendige, er schmiert dir beliebig viel Butter aufs Brot, denn es kostet nichts, so tauchen neue Unterdrückungen auf von anderer Seite, und Sie bemerken bald, daß Sie es anders, entschlossener, tiefer, ausgedehnter, ganz ausgedehnt anfassen müssen.» «Entschlossen?» fragte der Kleine. «Jawohl, das sagt er, du mußt den Kampf gegen die Unterdrückung auf der ganzen Linie führen. Und dazu mußt du wissen, woher die Unterdrückung überhaupt kommt, wo die Schlechtigkeit ihren Ursprung hat, um sie gleich zu packen und ihr wirklich endgiltig und ein für allemal den Garaus zu machen.» «Ach so», gähnte der Kleine, «der Sündenfall. Eva hat Adam den Apfel zu fressen gegeben.» «Das ist es. Darunter haben wir alle zu leiden. Darum laufen wir wie junge Hunde rum, und der hohe Chef kann wirklich nicht anders, als dem Arbeiter den Lohn um sieben Pfennig kürzen und wenn er es gut meint, nämlich mit sich, um acht oder neun.»

«Hör mal, Junge», erklärte der Kleine und setzte sich resolut hin und wandte sich an Karl, «du riechst hier eben rein, aber das sollst du gleich wissen: bei uns gibt's keine großen Debatten. Entweder du gehst mit uns oder nicht. Du mußt wissen, zu welcher Klasse du gehörst und wer dein Klassenfeind ist. Wer dein Feind ist, den bekämpfst du. Auf alle Weise. Deinen Leuten stehst du auf alle Weise bei.» «Und wie steht's mit dem Gesetz, Gustav? Sag's ihm noch.» «Sie haben ein Gesetz, und wir haben unsers. Jeder hält seins.»

Paul klopfte Karl neben sich auf den Rücken: «Also, Karl. Und nun schlafen wir eine halbe Stunde.»

Schmal und lang wie ein unregelmäßig gesäumtes Band zog sich der See hin und öffnete sich da hinten, wo der Turm stand. An seinen umbuschten Ufern, zwischen den Schilfstauden bewegten sich Spaziergänger. Lag das nicht so wie sonst? Nein, so grün hatten die Blätter noch nie geleuchtet, so offen hatte sich das Grün noch nie als Abkömmling des Lichts bekannt. Dehnte sich über den See nicht derselbe Himmel, der auch über der Stadt lag, lastete und gleichmäßig den Arbeitslosen für ihren bekümmerten Trott, den Kindern für ihr Hopsen, den Satten für ihr gemächliches Schlendern diente? Er war von weißen jagenden Wolken bedeckt, der heftige Wind riß sie von ihrem Ort und schleuderte sie auseinander, warf sie in die blaue Tiefe des Himmels, wo sie verschwanden, schweißte sie mit Flocken zu einem Ball, den er schon wieder glättete und zerfaserte. Und das war ein Tanz, ein Atmen, ein Leben, das man schon tausendmal erblickt hatte, aber nie erfühlt, nie so erfühlt hatte, – so als ginge dieses Aufschrecken, Jagen und Ballen, Zerfasern und Auflösen in der eigenen Brust vor, als wäre man es selber, dem dies alles geschah und der dies war, scharfe Luft und Wolke und blauer Himmel und Baumzacke. Auf dem plätschernden Wasser am Ufer schlackerten die leeren Boote und stießen zusammen. Unsagbar vieles auf einmal war in diesem Anblick und Gefühl. Und plötzlich rauschten nebeneinander die Bäume auf, und von unten bis oben waren sie durchglitzert von dem umherirrenden Licht, das Blättchen nach Blättchen ansprach, dazu riefen und segelten Schwalben vorüber. Das war zusammen Sehnsucht und Erfüllung, Dunkelheit und Wissen, Traum und volle Wirklichkeit. Es war so dicht wahr und zugleich durchscheinend, daß Karl, indem er es fühlte, sich auch schon die Hände winden sah und klagen hörte: Nie wieder! und die Stunde ahnte, wo er sich dieses Tags am See neben den Freunden im Gras erinnern würde und wo er zitterte und selig wäre, wenn er den Tag nie gelebt hätte.

DER RUF

NACH Tagen wie solchen kam er, wie ihm schien, um Jahre gealtert zurück. Die Welt war wie aufgewacht. Zu Hause betrachtete ihn die Mutter mit einem Gemisch von Stolz und Mißtrauen, ob Paul dahinter steckt. Aber Karl leugnete alles ab. Er

sprach von irgendwelchen Kameraden. Er log nicht, über das Wort ‚lügen‘ war er hinweg. Denn die Mutter, eine brave Frau, war auf der andern Seite. Sie hatte ein Gesetz und er ein anderes. Paul sah auf ihrem Promenadeplatz Karl ironisch an. Es war nach einem Regen, Paul saß, lang wie er war, da im gelben Gummimantel, hochgeschlossen, eine Ledermütze auf dem Kopf, Hände in der Tasche und die Beine von sich gestreckt. Er machte das feine und herrische Gesicht, das ihm den Beinamen ‚der Leutnant‘ verschafft hatte. Dieser Paul, in dessen Fußstapfen jetzt Karl ging und dem er sich schon recht nahe fühlte, meinte, seinen Freund betrachtend, der wie er selbst rauchte: «Du bist mir ein Rätsel. Was verstehst du eigentlich von Armut? Hast du schon einen Tag wirklich gehungert, weil du nichts verdient hast, oder hast du schon auf der Straße gelegen? Wie lange seid ihr arm, was ihr so nennt? Fünf Monat, meinetwegen ein Jahr. Aber es ist Armut mit Rückversicherung. Was tust du also bei uns?» Karl wußte schon, daß er damit kommen würde. Paul drehte sich zu ihm: «Du stehst auf wackligen Füßen, mein Junge. Sei einmal richtig arm, es würde dich von uns wegblasen. Du bist Amateur, Zuschauer. Sieh dir Gustav an. Er ist aus Stein und Eisen. Der kann nicht anders. Darauf kommt es an. Nicht anders können. Bist du sicher, daß es mit dir nicht geht wie mit den andern: wenn sie erst wirklich in Hunger, Kälte und schändliche Behandlung rutschen, dann hören sie mit Redensarten auf und gehen ehrlich dahin, wo sie hingehören, wo man ihnen zu essen und zu schlafen gibt, also zu ihren Leuten nach Haus. Man kriecht zu Kreuz, das ist sehr gnädig, besonders gegen die reuigen Sünder.»
Karl hatte lange nicht ernsthaft an Zuhaus gedacht, das Haus war aus seinen Gedanken weg, obwohl er sie alle täglich sah und sprach. Etwas zitterte, obwohl er den Mund zum Widerspruch öffnete, in ihm, als Paul ihn so ironisch anblinzelte. Eine kleine ängstliche Kälte stieg ihm zum Hals auf, Erinnerung an den Tag, wo Paul ihn angesprochen und von Haus weggerissen hatte, Gespräch mit der Mutter. Er lächelte stolz: «Nein, Paul, ich

nicht.» Paul sagte, entsetzliches Wort, und lächelte weiter: «Wir werden es ja erproben.»
Also der Kampf stand ihm noch bevor. Die innere Kälte ließ nicht nach. Er zog die Beine an, Paul ließ sich von ihm umfassen, er hörte nickend die Bitte in Karls Stimme, der sprach: «Ich nicht, doch nicht ich.»

Karl stieg die Treppe hinauf. Auf dem dritten Stock hörte er singen. Er stieg höher. Es war seine Mutter, die sang.
Er stand auf dem leeren Treppenflur zwischen den vier Türen. Sie mußte mit dem Kleinen in der Küche sitzen. Nein, der Ton war entfernter. Sie saß in der Stube. Es war ein Kinderlied, ein Volkslied, das sie sonst immer Mariechen vorsang, aber Erich hörte es auch noch gern. Es war ihre tiefe ruhige Stimme. Auch im Singen hatte ihre Stimme noch etwas Strenges. Karl erblaßte, schloß die Augen. Er sah sie dasitzen. Er tastete, rückwärts gehend, nach dem Treppengeländer. Ruhig und gleichmäßig sang die Mutter. Diese tiefe, feste, sichere Stimme. Und wie sie weitertönte und er das Geländer hielt, stand plötzlich ein Traum aus einer der letzten Nächte vor ihm, eine Frau saß da, ein schweres starkes Weib mit mächtigen Schenkeln, hatte sie einen Kopf, was für einen, er wußte es nicht, aber die starken weißen Schultern und Arme sah er. Und dann stand sie – wüste zermalmende Erscheinung – auf ihren gewaltigen Säulen und bewegte sich nicht, aber – er sah – es war kein Weib. Es war – ein – Mann.
Die Stimme sang noch. Er flüchtete abwärts, was ist mit mir, und hielt sich am Geländer fest; er hatte eine Neigung hinzufallen, was sucht mich alles heim, ihm war übel, das Wasser lief ihm im Mund zusammen. Abscheu, Entsetzen, Scham. Und vor der Haustür fand er sich taumlig wieder. Die Bilder verschwanden, wie er um sich blickte und atmete. Das Lied klang noch in seinen Ohren.
Und dann wankt er wieder die eine Treppe hinauf, zu ihr, und steht auf dem letzten Treppenabsatz und denkt mit trübem Blick gegen die Tür: daß es das gibt, und geht hinein. Und dann

empfängt sie ihn freundlich, beachtet ihn wenig, bereitet das Essen. Er lächelt verzerrt, abwesend. Die Probe, die Probe, was wird es sein. Er hat geflüstert: «Die Probe.» Die Mutter dreht sich um: «Welche Probe?» Er fragt: «Warum?» Dann erklärt er mühsam etwas, was er morgen zu proben hätte. «Zum Essen?» fragt die Mutter; nein, zum Schleppen, ob er es schleppen könne; sie versteht nicht, betrachtet ihn aufmerksam, setzt ihm das Essen vor. Das war doch wie neulich das Brummen. Woran dachte er? Sie beobachtete ihn. So hab ich auch den Mann beobachtet und gefragt, was er hat, was in ihm steckt, was er vorhat. Wie Menschen sind! Immer muß man sitzen und sie belauern. Ist es Paul oder ein Mädchen? Aber dieser hier war nicht ihr Mann. Vor ihm würde sie nicht so wehrlos sitzen oder sich gar nachwerfen. Sie hatte schon alles gerichtet, Karl würde rechtzeitig erfahren, was er zu tun hätte und welchen Weg er zu gehen hätte, er sollte nur ruhig seine freien Tage haben, nachher kommt die Arbeit und dann ist es vorbei mit den Gedanken; die Arbeit, mein Junge.
Sie saß vor ihm und sah ihm bei seinem zerstreuten Essen zu. Des Lebens Ernst, mein Junge. Mit einer Art grausamer Entschlossenheit betrachtete sie ihn.

Karl brauchte auf seine Probe nicht lange zu warten.
Eines Nachts hatte ihn die Mutter nicht zu Haus. Es war Sonnabend, er hatte von einem Nachtausflug, einem Nachtmarsch gesprochen. Aber das war die Nacht, wo die Freunde ihn auf sein eigenes Verlangen mitnahmen, um die drei Inhaftierten, eben Ausgebrochenen abzuholen. Paul hatte sich dazu einen Gemüsetransportwagen für die Nacht entliehen, ihn in einem Nachbardorf leicht beladen lassen. Sie versteckten dann die drei, wie sie aus einer Seitenstraße des Gefängnisses anliefen, unter den Körben, drin fanden sie Anzüge zum Wechseln, man fuhr in die Stadt hinein, zur Halle, lud ab. Es war Karl, der zum ersten Mal, seit er in der Stadt war, mit einer Kunst, die er auf dem Land gelernt hatte, glänzte [zu welchem merkwürdigen Zweck

diese fromme ruhige Kunst, er hätte es sich auf dem Land nicht träumen lassen, aber heute pries er sich darum]: er lenkte und fütterte das Pferd und führte den Wagen gegen vier Uhr morgens allein mit Paul wieder in den Stall. Die drei Flüchtlinge waren inzwischen schon längst in der Stadt untergebracht und von Gustav versorgt.
Wie stolz war Karl auf dieses Stück. Auch daß er kein Wort der Anerkennung von den beiden andern bekam, beglückte ihn, es war eben alles selbstverständlich. Das Herrlichste, Stärkste aber war die zweimalige kurze Begegnung mit den Befreiten, zuerst bei ihrem sprungartigen Einstieg in den Gemüsewagen und dann bei ihrem unbemerkten Herausgleiten mitten im Menschengewimmel bei den Hallen. Es waren nur Blicke aus der Entfernung an den jungen Kutscher, von diesen einfachen kräftigen Menschen, die ihren Weg wußten, den richtigen Weg, und er hatte ihnen geholfen. Im grellen Lampenlicht, im Getümmel der Körbe und Träger, verschwanden sie unbeachtet. Die Tapferen. Er nahm ihr Bild mit. Es war eine Erschütterung, die in sein Innerstes ging.
Das Ende kam unheimlich rasch. Der warme September war bald vorbei. Die Straßen hatten noch ihr sommerliches Gesicht, sie waren bis in die Nacht voller Menschen, in diesem Jahr schien der Sommer nicht aufzuhören; die Vogelbauer hingen noch vor den Fenstern der kleinen Leute, vor den Lokalen spazierten Geigenspieler und warteten, daß sich die Tische besetzten, damit auch für sie etwas abfiele, und nachts spannte sich rosenrot der Himmel über der Stadt und schwarz und herausfordernd reckten die kostbaren Gebäude ihre Giebel auf, drohend blickten sie, die Triumphatoren, in das arme Gedränge herunter, das sich nur gegen sie aufbäumen möge.
Da bemerkte Karl, der regelmäßige Arbeit bei seiner Schlächtersfrau hatte und Paul eine lange Reihe Tage nicht sah, daß die Burschen und Mädel der Horde, die gewiß kein gutes Gewissen markieren konnten, sonderbare Fragen stellten: was Paul triebe, ob er nicht wisse, wo er sei, Karl würde seinen Liebling so bald

nicht sehen. Es schien, daß man ihn gefaßt habe. Karl hatte keinen Augenblick um sich selbst Furcht. Nur wurde er von einer rasenden Unruhe ergriffen, er wollte und mußte etwas tun, mußte mit Paul in Verbindung kommen, wo konnte er etwas über ihn erfahren. Er brauchte nicht lange zu suchen.
Im Dunkeln, nachdem er vergeblich auf ihrem Platz und in der Nähe von Pauls Wohnung gegenüber dem Asyl gewartet hatte, sah er in der Nähe seines Hauses ein Mädchen, das ein Straßenmädchen zu sein schien, hin und her wandern. Sofort hatte er den Gedanken, daß die Polizei ihn beobachte. Aber das Mädchen hatte ihn schon bemerkt, machte leise Kopfbewegungen zu ihm, bog in eine Nebenstraße ein. Karl stand unschlüssig, was war das, plötzlich berührte ihn eine Ahnung, Erinnerung an neulich, mit einer Hitzewelle schlug es über ihn, war das nicht Paul? Sie stand in einem Torbogen, er strich an ihr vorbei. Ah, das ironische Lächeln, die einladende graziöse Handbewegung. Er war bei ihr. Es war Paul. Sie hatten eine flüsternde Unterhaltung in der dunklen Tornische.
«Daß sie hinter uns sind, weißt du schon. Ich bin aus meiner Stube raus. Sie sind zu spät gekommen. Du brauchst für dich nichts zu fürchten, Junge. Wir haben dich nur zu unseren Besprechungen eingeladen, keiner kennt dich weiter, auf Gustav und mich kannst du dich verlassen. Gustav ist schon weg. Zwei von uns haben sie gefaßt. Wer schuld war? Mußt dir merken: immer ein Mädel. Die Gustav das Kleid geliehen hat. Ein anderer war hübscher als Gustav, hat auch was von der Polizei verdient dabei.»
Sie standen beieinander. Karl zitterte. Er zitterte um Paul. Wie der neben ihm stand, ruhig, mit dem feinen leicht höhnischen Gesicht, als wenn es ihn nichts anginge. Im leichten Frauenkleid. Paul bot ihm mit einem schmeichelnden Blick den Arm, flüsterte: «Kommen welche, wir spielen Liebespaar.» Und da kamen zwei Männer aus dem Haus, rauchten und sprachen laut, gingen achtlos an dem Pärchen vorbei, das sich zärtlich umschlungen hielt. Karl hatte noch nie eine Frau umfaßt. Jetzt atmete er in der

Nähe den Duft des Kleides, fühlte den weichen Stoff und hielt – Paul. «Aber was soll aus dir werden, Paul?» Der flüsterte und spielte spöttisch Frau: «Ja, was soll aus mir werden, Liebling? Du weißt doch, unsereins verkommt so leicht, ohne männlichen Schutz.» Dann änderte er rasch den Ton, griff Karl an den Schultern und blickte ihn dicht an: «Aber du? Du bleibst doch hier, nicht wahr? Oder was hast du vor?» Karl stammelte: «Ich? Ja – was.» «Sie jagen uns, sie wehren sich ihrer Haut, natürlich, sie haben die Polizei, uns steht keiner bei. Das macht alles nichts. Sie schlagen uns die Köpfe ab. Sie werden noch tausend Köpfe abschlagen, eines Tages schlagen wir sie ihnen ab, es soll keiner von den Verbrechern auf den Beinen bleiben. Denn ich sage dir», und er schüttelte Karl und hatte völlig sein Frauenkleid vergessen, «sie bringen es nicht weiter, niemals, die Rache wird nur größer! Was ich jetzt tun werde, weiß ich noch nicht. Sie werden den beiden die Köpfe abschlagen wollen, wir müssen sehen, sie herauszuholen. Und wenn wir die halbe Stadt in die Luft sprengen.» Karl hing an seinen Lippen, fieberte: «Ich geh ja mit.» «Du wirst Geld beschaffen, bis morgen, von wem ist egal, aber ohne Aufsehen, du hast ja Verwandte, deine Mutter hat auch was.» «Mein Gott, Paul, sie hat fast nichts.» Der preßte seinen Arm, glühte ihn an, er sprach vor Wut einige Sekunden nicht: «Das nimmst du ihr. Was sagst du, du willst mit uns gehen? Da hast du die Probe, die ich dir angekündigt habe. Nun sag nein.» «Ach Paul, sei doch nicht so streng zu mir. Bin ich nicht mit zum Gefängnis gefahren, hab ich nicht?» Er fand keine Worte. «Willst du heulen?» «Warum mußt du so heftig zu mir sein. Ich werde kommen.»

Paul ließ ihn los, atmete auf, strich sich die Stirn: «Also morgen abend um neun Uhr, ich werde vor deinem Haus sein, auf der andern Seite, ich bin pünktlich. Schlag neun, ich warte fünf Minuten. Ich bin Pfadfinder mit Stock und Rucksack. Wenn du kannst, du auch. Und das Geld! Vergiß nicht!» Er faßte Karls Hand. Als er den aber mit gesenktem Kopf stehen sah, drückte er ihn an sich: «Ich wollte dich doch nicht kränken, Junge.» «Paul,

verlaß mich nicht. Ich bitte dich, Paul, lieber Paul, tu das nicht.»
«Laß mich los.»
Auf der Straße, zehn Schritt entfernt, winkte das Fräulein mit ihren weißen Handschuhen und verschwand rasch.

DIE FLUCHT

KARL im dunklen Torbogen reckte sich. Die Straße, dieselbe, die Paul gegangen war, nahm ihn auf. Jetzt war Paul nicht mehr zu sehen. Seltene trübe Laternen brannten. Und ein schneidendes schreckliches Weh befiel ihn, ein Weh, das furchtbares zukünftiges Weh verkündete. Paul ist weg, ich werde ihn nicht mehr wiedersehen, dies wird alles vorbei sein.
Doch, morgen. Morgen? Aber obwohl er sich vorsagte: morgen, morgen und wieder morgen, blieb die Furcht und der schneidende Schmerz. Das holprige Pflaster unter den Füßen fühlte er nicht, die Baracken, die baufälligen Häuser, in das Dunkel gedrückt, passierten ungesehen vorbei, der letzte abendliche Sommerhauch spielte gegen seinen empfindungslosen Hals. Er stand vor seinem Haus. Es war spät, schon elf Uhr. Es blieb noch ein Tag, ein ganzer Tag, weniger zwei Stunden, zwanzig Stunden, davon werde ich sechs oder acht Stunden verschlafen, wenn ich schlafen kann, bleiben zwölf Stunden. Zwölf Stunden muß ich sitzen und auf ihn warten. Zwölf Stunden hab ich das noch. Dann geh ich mit ihm. Ich will mit ihm gehen. Ich bleibe nicht in diesem Haus, niemals. Wenn sie ihn und die andern jagen, sollen sie mich auch jagen.
Und ruhig schloß er das Tor auf und dachte: zum letzten Mal. Er ging nach oben. Kein Klang von dem Schrei der Mutter, die einmal hier heruntergetragen war, wehte heute an seine Ohren. Es war eine dumpfe heiße finstere Treppe, die er nicht kannte. Oben war alles still. Still legte er sich zu Bett, schlief fest ein.
Es war schon Tag. Die Mutter lächelte ihn an, er hatte friedlich

geschlafen, sie hatte schon Erich gewaschen und angezogen, er hatte schon getrunken, sie band ihm grade die Schulmappe um. Sie lächelte, Erich gab ihm seine kleine Hand. Sie gingen und warfen die Tür zu.

Gut, sagte er sich, ein guter Tag, ich habe Zeit. Wie er allein den Kaffee trank und die Stunden standen vor ihm, wurde er unruhig. Soll ich noch auf den Markt gehen, was soll ich auf dem Markt, das ist doch vorbei, ich bin heut zum letzten Mal hier. Er blickte durch die Scheiben auf die Straße, die finsteren Mietshäuser drüben, es ist aus mit euch. Finster tauchte von der Straße der Gedanke ‚Geld' auf. Mutters Geld, ich muß es irgendwo in der Stube oder in der Küche suchen, sie hatte ja alles abgeholt, es wird irgendwo versteckt sein. Da saß er auf seinem ungemachten Bett. Ich will es nachher holen, ich hab noch Zeit, viel Zeit. Und er brütete: ihr das Geld wegnehmen, was soll sie nur machen, mit Erich, sie hat schon alles verloren, ich geb ihr dann auch nichts mehr. Er zog sich rasch an. Ich muß es schnell machen, suchen und dann weg.

Er fing an, in der Stube zu kramen, im Wäscheschrank, im Kleiderschrank, hinter dem Spiegel, auf dem Spiegel, unter den Betten, hinter den Bildern. Nach ihrem Geld. Nach Mutters Geld. Es war eine Arbeit. Er geriet in Schweiß. Er zog in die Küche. Da schlief sie, es waren nicht viel Gegenstände da, er sah mit Entsetzen die Möglichkeit schwinden, er suchte nach dem Geld, hob die Teller und Schüsseln im Küchenschrank hoch, räumte ihn unten aus, was für Gerümpel sie unten in dem Schrank aufbewahrte, kleine Kästen, große Kästen, Briefe, Vaters Handschrift, da sind die verfluchten Papiere, die sie immer geschleppt hatte, Bilder vom Vater, von uns allen, eine kleine Schachtel mit der Aufschrift ‚Marie', was ist es denn, ein alter Gummilutscher, eine weißblonde Locke, dann lag da noch eingewickelt in Seidenpapier ein silbernes Halsband mit einem großen Kreuz, das hatte die Mutter oft getragen, wieder Photographien und Briefe, Papiere. Wo war das Geld, wo hatte sie das Geld versteckt? Sie konnte es doch nicht mitschleppen. Hatte

sie überhaupt eine Handtasche mitgenommen? Aber sie wird doch nicht das Geld mit sich schleppen, wenn sie Erich in die Schule bringt. In dem kleinen Schrank war nichts mehr. Unter dem Schrank sehen. Hinter dem Schrank. Er leuchtete mit Streichhölzern, nahm einen Stock, fuchtelte unter dem Schrank. Nichts. Sie konnte es auch irgendwo hinter der Tapete in der Stube oder im Gang verschoben haben. Er spähte die Stube, den Gang ab. Er schwitzte! Es war solche Niedertracht. Es war doch nicht ihr Geld allein, es war für alle, warum wußte er nicht, wo es war. Wenn sie nun damals umgekommen wäre in der Nacht, sie hätten nichts gehabt. Ah, vielleicht in ihrer Matratze, wieder in die Küche hinaus, die Matratze visitiert, hat sie's vielleicht wo eingenäht, vielleicht in ihren anderen Kleidern.
Und da hingen in dem Kleiderschrank in der Stube ihre schweren schwarzen Kleider, da war das düstere Gesicht ihres Witwenschleiers, er war doch scheu, als er daran tastete, er suchte rasch, schloß den Schrank rasch, suchte noch unter ihm, dann trollte er herum, bürstete sich finster ab, trocknete sich den nassen Hals, wusch sich die Hände, seine Hose war vom Knien und Liegen schmutzig, er klopfte sich sauber. Was nun, kein Geld, wo sollte er es herschaffen. Ich brauch es, ich brauch es.
Und er zog sich an und rannte auf die Straße. Er lungerte vor dem Haus des Onkels herum, ein paarmal kehrte er dahin wieder zurück, dann kam ihm ein Einfall; er lief auf den Markt, nicht stehlen, ich bin ungeschickt, aber wo die Jungs sind, da traf er das eine Mädchen, das damals im ‚Hotel' bei der Versammlung mitgespielt hatte, die Freundin des Häuptlings, sie tat sehr fremd, und als er nach dem Burschen fragte, tippte sie ihm auf die Stirn und streckte die Zunge heraus. Ich habe kein Glück, alles zieht sich um mich zusammen, es ist solch schönes Wetter, die Menschen sind so lustig, heut morgen war solch guter Tag. Und lief auf einen anderen Platz, setzte sich auf eine Bank und verdämmerte den Mittag zwischen Arbeitslosen und Kindern. Von einer Schlägerei neben sich wurde er erweckt, man beschuldigte einen, die Leute auf den Bänken zu bestehlen. «Sie

hat er auch vorgehabt.» Karl sprang verblüfft auf, befühlte sich, nein, er hatte sein Portemonnaie, er ging weiter. Erst wie er lange lange gelaufen war, wie spät ist es denn, über drei, merkte er, seine Uhrkette hing, aber die Uhr war da, der Mann hatte es versucht, was, ihn auch noch zu bestehlen, er hatte Tränen in den Augen, und so schlich er herum, kaufte sich ein paar Semmeln. Und wie es schon anfing dunkel zu werden, gab er sich wieder einen Ruck. Es waren seine Füße, die klüger waren als er und ihn nach Hause trugen. Zerschlagen stieg er hinauf. Ich muß Geld haben, ich muß das Geld haben, Mutter wird schon da sein, ich werd es ihr sagen, sie wird's mir geben, nicht viel, aber soviel sie geben kann. Ach wenn sie's mir gäbe, wenn sie's gäbe, ach wär das schön.

Der Treppenflur, sonst so laut, wie ruhig. Er stand vor ihrer Tür, schloß noch nicht. Mutter, wirst du mich weglassen? Ich werde dir so dankbar dafür sein. Laß mich gehen. Ich muß weg. Ich geh mit Paul und den andern. Was wir machen, weiß ich nicht, aber laß mich weg. Wir werden nichts Böses tun. Es kommt darauf an, daß du stark bist. Mutter, ob du's tun wirst?

Er schloß. Es war dunkel. Er horchte. Es war niemand da. Sie war wieder mit Erich bei Marie. Er ging in die Stube, machte Licht. Da sah er zu seinem Staunen – den Kleiderschrank offen. Hab ich ihn offen gelassen? Ich denke doch, ich denke doch, ich hab ihn geschlossen? Er schloß ihn nachdenklich, unruhig. Er ging in die Küche, das brennende Streichholz in der Hand. Und – da – saß gebückt am Tisch – die Mutter, lag mit dem Kopf auf dem Tisch, bewegte sich nicht. Er ließ das Streichholz fallen, stürzte auf sie zu, packte sie bei den Schultern. Da bewegte sie sich, stöhnte. Er sprang auf den Schemel, steckte die Gasflamme an, drang auf sie ein, suchte ihr Gesicht zu erkennen. Sie richtete sich nicht auf, schüttelte den Kopf auf der Tischplatte, er verstand zwischen dem Stöhnen: «Bestohlen, Karl, alles weg, unser Geld ist weg.» Dann hob sie den wüsten Kopf, ihr Gesicht war dick, die Haare hingen hinein: «Nun ist es weg, das auch. Das Letzte, was wir hatten, Karl.»

Er blickte sich um, begriff nichts, was war hier geschehen. «Wo lag es denn?» Sie zeigte unten in den Küchenschrank, wo er gesucht hatte. Er fragte: «Wie sah es aus?» «Ein gelbes Kuvert.» Ein gelbes Kuvert hatte er in Händen gehabt. Die Schranktüren waren offen, der Inhalt halb ausgeschüttet, Karl kniete und suchte, und nach kaum einer Minute hatten seine zitternden Hände das Kuvert gefaßt. Sie saß mit dem Rücken zu ihm, er hätte das Papier ruhig einstecken können, aber er kam nicht zu der Überlegung. Kaum hatte er das Kuvert, als er auch schon rief: «Ist es das hier?» Und sie wendet sich auf dem Stuhl um, blickt darauf, steht auf, nimmt es ihm aus der Hand, der es ihr zureicht, und hebt beide Arme hoch, ihr Gesicht offen, vor Freude strahlend, und dann stürzt sie auf ihn, der von unten kommt, und umarmt und drückt und küßt ihn und lacht und weint: «Wie hast du's denn gefunden, ich hab's gesucht und gesucht, du hast eine gesegnete Hand, bin ich froh, bin ich froh», und preßt ihn und streichelt seinen Kopf an ihrer Brust. Dann steht sie auf und reckt sich, als wenn sie aus einem schweren Schlaf aufgewacht ist: «Karl. Ich dachte schon, der Herr hat uns alle verflucht für unser ganzes Leben.»

Er wollte am Boden Ordnung machen, sie hinderte ihn aber. Sie war so munter, fing an das Abendbrot zu bereiten, es sollte warm sein, sie hatte solchen Hunger. Erich sei bei Marie, vielleicht hole sie ihn nachher noch ab, vielleicht aber ließe sie ihn drüben bei Tante, Marie wäre so glücklich darüber, wenn Erich einmal in ihrem Zimmer schliefe, und heute sei ja Sonnabend, er geht morgen nicht zur Schule. Sie arbeitete, deckte den Küchentisch für sie beide, er log etwas von seiner Beschäftigung, sie sagte: «Heute gibst du mir nichts ab, heute behältst du alles, Finderlohn, Karl, zugeben kann ich dir leider nichts.» Erst als sie abgeräumt hatte und sich den Papieren und Kästen am Fußboden zuwenden wollte, fiel ihr sein zerstreutes, verkrampftes Gesicht auf. Er sprach so wenig, bisher hatte nur sie gesprochen. Sie hatte es in ihrer Freude gar nicht bemerkt. Das Wiederfinden des Geldes hatte ihn nicht beglückt. Vielleicht hatte sie sich vor ihm eine Blöße gegeben mit diesem lächerlichen Diebstahl. Da fing sie mit ihm ein Gespräch an, alte Unruhen regten sich wieder. Sie saßen in der Küche, auf dem Tisch brannte die Petroleumlampe, die der Onkel damals geschenkt hatte und die die schreckliche Kerze im Flaschenhals ersetzte, vor der sie ihr schweres Gespräch in diesem Raum geführt hatten. Sie hörte das Singen des Dochtes. Tastend bat sie ihn um Verzeihung für den Schreckschuß vorhin, sie hätte einen kleinen Betrag herausnehmen wollen, und das Kuvert lag sonst ganz unten in dem kleinen Holzkasten und jetzt fand sie's nicht, wirklich es war ganz durcheinander, man hätte wirklich glauben können, es wollte uns einer bestehlen, aber vielleicht hab ich's selbst einmal so hingelegt, die Gedanken sind einem manchmal ganz durcheinander.

Jetzt stark sein, stark sein, jetzt nicht falsch beginnen, ach, daß mir dies passiert ist, daß ich sie hier getroffen habe.

«Waren die Sachen durcheinander, Mutter? Ich will dir sagen, ich habe da gesucht.» So, jetzt habe ich's gesagt. Sie lehnte sich zurück. «Ich habe – nach meinen Papieren gesucht. Ich wollte auf die Wanderschaft. Bei meiner Meisterin ist es aus. Ich verdiene nichts mehr.» «Und...» «Ich hab gesucht. Ich wollte rasch machen, es hat ja doch keinen Zweck.» «Was denn, Karl? Ich versteh nicht, warum so eilig, du mußt mir doch was sagen, Karl? Hörst du zu?» «Ich muß weg.» «Wohin?» «Wandern.» «Allein?» «Nein.» «Mit wem?» Karl schwieg. «Mit Paul?» Karl nickte. «Ich wußte ja. Und was habt ihr vor, wovon wollt ihr unterwegs leben, wollt ihr betteln?» «Ich wollte dich bitten, du sollst uns Geld geben.» Jetzt war das auch heraus, das Geld. Sie standen auf. Sie stellte sich an den Herd. Sie schüttelte sich, stieß ein Lachen aus: «Du gehst hinterrücks an meine Sachen, kramst, bringst mir alles durcheinander, und willst weg. Du bist der Älteste, kümmerst dich nicht, was aus uns allen hier, Erich, Marie und mir, wird, und willst noch Geld von mir?»

So hab ich doch schon einmal gestanden, der Zorn stieg in ihr auf, der andere, der große kam herein, er tobte, er mußte weg,

ich hab ihm alles hingegeben, er hat uns ins Elend gebracht, das ist sein Sohn, schrecklich, sein leibhaftiger Sohn, ich erwürge ihn.
Sie schrie: «So gib doch eine Antwort! Was hockst du? Kannst du mir nicht ins Gesicht sehen? Hast du nicht so viel Anstand, daß du mir sagst, was du eigentlich willst? Du läufst immer noch mit dem Strolch, mit dem Verführer, ich werde die Polizei hinter ihm herschicken.» «Es hat keinen Zweck, Mutter, daß wir sprechen. Ich will weg, ich muß weg, du mußt mir was geben; was du kannst, gib mir, du wirst ja nicht untergehen, Onkel ist auch da.» «Wenn es keinen Zweck hat, du Feiner, warum redest du dann überhaupt mit mir, da liegt ja das Kuvert, warum stiehlst du es nicht; und warum kommst du nicht einfach rauf mit deinem Spießgesellen, wie sie's hier in der Stadt machen, und schlägst einem auf den Kopf, dann hast du ja das Geld.» Es ist ein unglücklicher Tag, ich hab das Geld in der Hand gehabt, jetzt sitz ich in der Falle. Sie redete am Spind heftig weiter: «Und was wollt ihr auf der Landstraße? Solche Lausbubeneinfälle. Hast du nicht zu Hause genug davon gesehen, wie sie bei uns anklopften, erfroren, verhungert, und waren froh, wenn sie in der Scheune eine Nacht unterkommen konnten, und der Gendarm hat sie auf den Trab gebracht, weil sie nicht weiterwollten. Schämst du dich nicht?» «Ich will nicht mehr hierbleiben, Mutter, reg dich nicht auf, ich bin ja nicht bös mit dir. Wir sind doch nicht mehr zu Hause, wir haben alles verloren, du weißt ja, die paar Pfennige, die du hast, helfen uns auch nichts. Bettle ich, mußt du auch betteln. Aber, aber [und er suchte nach Waffen, aber kann ich denn die Mutter so lassen, was soll ich ihr sagen, ich sitze in der Falle]. Mutter, ich bin kein Kind mehr, wir sind hier in das Elend reingekommen, du möchtest wieder raus, du möchtest wieder eine gute Stube und Küche und alles, und ich will's nicht mehr. Ich hab die gute Stube von der andern Seite gesehen, du hast sie mir auch gezeigt, die schönen Straßen und Geschäfte, wo ich durchgehetzt bin, und dich haben sie auch gejagt mit deinen Papieren, und es hat uns keiner geholfen

und du weißt ja, dann hast du nicht weitergewußt. Jetzt bin ich noch jung und kann was anderes versuchen, ich weiß noch nicht was, ich will aber nicht hier verkommen.»

Sie hörte ihm atemlos zu: «Und was willst du denn?» Er sah sie am Tisch näher an: «Ich will nicht gemein und niederträchtig werden, ein bißchen bin ich's schon, ich hab's gemerkt, man kann nichts dafür, aber schließlich weiß man's nicht mehr. Ja, Paul hat's mir gezeigt, er ist nicht schlecht, er ist der Beste, der Allerbeste, den ich draußen gefunden habe. Und er will mit mir gehen, er will mich mitnehmen, Mutter, und sag selbst nach dem, was uns passiert ist, ob es nicht besser ist, wenn wir's tun, als wenn wir drinsitzen mit den Niederträchtigen, die kein Erbarmen kennen, den Blutsaugern, und wie sie werden.» Sie war unsicher: «Das redest du doch nicht, Karl, das bist du doch nicht, das hat dir dein Paul erzählt.» «Und du auch, Mutter.» Sie schluchzte auf und setzte sich: «Und darum willst du mich verlassen. Hättest du mich damals liegen lassen, wie ich lag, Karl. Und du bist mein Kind, mein Ältester, und du sollst uns beschützen, und du nimmst deinen Hut und gehst deiner Wege.» Ich sitz in der Falle, in der Falle, Sprechen nutzt nichts. «Ich verlaß dich nicht, Mutter, ich muß weg, was wir erfahren haben, weiß ich, und du mußt mir recht geben. Und was ich tue, tu ich auch für dich.» Ach, wie er ihr gefiel, der war doch besser als der Vater, der hier wollte nicht weg, um Trubel zu suchen. Sie hatte nicht gewußt, wie erwachsen der Sohn war. Und um so weniger wollte sie ihn verlieren! Und auch er erwachte erst im Reden aus seiner Verbissenheit, seine Herzlichkeit für die Mutter war wieder da, aber auch die ganze Liebe für Paul und gab ihm, fühlte er, Unbezwinglichkeit, Un-be-zwing-lich-keit.

Sie sprachen und sprachen. Sie umwanderte ihn wie ein Jäger sein Wild. Noch saß er da, noch war sie hier, noch war er nicht weggegangen, noch hatte sie ihn nicht verloren, ihre Stunde war gekommen. Das Gespräch verlief stockend, manchmal ging es stoßweise weiter und wiederholte das Alte. Er bohrte und bohrte: «Ich brauche Geld, Mutter.» Und sie fing wieder an:

«Was willst du damit machen?» und dachte ihn auf ein Geleis zu bringen, wo sie ihn schwach machen konnte. Die Zeit aber rückte vor. Sie hatten eine kleine Weckeruhr auf dem Herd, Karl blickte oft hin, die Mutter verfolgte seine Blicke, er wurde immer unruhiger, ängstlicher, stand auf; sie ahnte, er wollte um neun gehen. «Was ist mit dir, Karl, du machst mir Angst, du bist krank.» «Ich bin nicht krank. Ich muß bald runter. Gib mir Geld, nicht viel, Mutter, mach doch.» «Und du willst so gehen, heute schon, und willst dich nicht von Erich und Marie verabschieden, und was hast du denn an.» «Alles hab ich an, was ich brauche.»

Jetzt ging er aus der Küche, in der Stube öffnete er das Fenster, sah herunter. Die finsteren schweren Mietskasernen, die trübe Laterne unten, wenig Leute gingen. Sie war ihm gefolgt, ach, Paul würde ihn also unten erwarten. Sie hatte nichts mehr zu sagen, ihr Gehirn war leer und verzweifelt, sie war mit ihm in der Stube und tat das Erste, was ihr einfiel, als er wieder zum Fenster ging: sie schloß heimlich die Tür ab, den Schlüssel schob sie unter Erichs Bettdecke. Jetzt kam ein schwer bepackter Mensch die Straße herauf, auch sie hörte seinen gleichmäßigen kräftigen Schritt, er hielt. Karl schob den Arm hinaus, winkte, fuhr zurück, er faßte die Mutter bei den Händen, sein Gesicht freudig, wild, erwartungsvoll, dringend: «Er ist unten, Mutter, wir gehen. Nun?» Sie umklammerte seine Handgelenke: «Ich laß dich nicht weg.» «Unsinn.» «Nein, Karl, ich laß dich nicht weg.» «Dann geh ich ohne Geld.» Und er riß sich von ihr los, stürmte auf die Tür zu, packte die Klinke, zerrte: «Die Tür ist zu! Die Tür ist zu, Mutter.»

Sie war still an der Wand gewesen: «Ich weiß.» «Was? Du hast zugeschlossen? Gib den Schlüssel her, Mutter!» «Nein.» «Wo hast du den Schlüssel, Mutter, mach keinen Unsinn, spiel nicht mit mir.» Er war bei ihr, tastete ihre Hände ab: «Wo hast du den Schlüssel, um Gotteswillen, wo ist er denn?» «Ich weiß nicht, Junge.» Voller Angst, in Entsetzen stand er vor ihr. «Ich muß doch weg, Mutter, ich muß doch.» Er schrie, rannte ans Fenster, ein Blick hinunter, er steht da, er steht auf demselben Fleck. Karl bettelte: «Auf, aufmachen», er trommelte gegen die Tür, warf sich gegen die Tür. Die Mutter kam unruhig näher: «Junge, die Nachbarn werden kommen.» «Ich will raus.» Er stemmte sich mit dem Rücken gegen die Tür, wimmerte: «Es ist ja nicht möglich, Mutter, daß du mich nicht wegläßt. Du tust unrecht an mir, Mutter, du – tust unrecht, das ist ein Verbrechen.» Er arbeitete, arbeitete, würde er sie schlagen, würde er sie totschlagen, sie suchte seine Hände, wie er keuchte.

Da stürzte er wieder zum Fenster. Er neigte sich hinaus, blickte rechts, links, kam zurück, todblaß, Speichel vor dem Mund: «Er ist weg.» Er hatte einen wahnsinnigen leeren Blick. Er keuchte noch einmal wie ein Stier an der Tür: «Mach auf, Mutter.»

Er warf sich mit einem gequetschten Schrei an den Boden. Sie mußte ihn, wie er noch einmal aufsprang, vom Fenster zurückbringen, er schien sich hinausstürzen zu wollen. Es gelang ihr, das Fenster zu schließen. Sie drängte ihn an Erichs Bett, über das er mit dem Gesicht nach unten hinfiel; er winselte, kreischte, stopfte die Fäuste gegen den Mund: «Er ist weg, er ist weg.» Die Mutter saß am Fußende des Bettes: «Ja, mein Junge, er ist weg.» Wie er sich umdrehte und aufrichtete, sagte er: «Du bist schuldig.» Er zuckte, als sie ihn berührte. «Darf ich dich nicht anfassen, Karl?» «Du bist schuldig.»

Und in ein hemmungsloses Heulen und Weinen brach er aus, auf Erichs Bett, der große Mensch. Paul war weg. Es ist aus. Es ist alles aus. «Du bist schuld, Mutter.»

Sie richtete sich auf, wankte an den Tisch und setzte sich, ach, wäre ich nicht geboren. Aber wie sie mit dem Kopf auf dem Tisch lag und sein Ächzen weiterging, wurde sie ruhiger. Es löste sich in ihr. Sie atmete, jetzt ist es gut, jetzt ist es vorbei, diesmal, diesmal habe ich gesiegt.

ZWEITES BUCH

KONJUNKTUR

FÜNFZEHN JAHRE SPÄTER

DIE Wagen fuhren ununterbrochen vor, einige Privatautos, zahlreiche Taxis und auch einfache klappernde Pferdedroschken. Ein feiner nieselnder Regen fiel. Vor dem modernen fünfstöckigen Haus, dessen Tür geöffnet war – man sah eine blumengeschmückte, mit blauem Teppich bedeckte Treppe hinauf –, warteten mit großen Regenschirmen zwei befrackte barhäuptige Lohndiener. Wenn ein Wagen anrollte und hielt, sprangen sie aus ihrem Hinterhalt an die Bordschwelle und fingen die festlich geschmückten zerknautschten Menschen ab, die sich aus dem Wagen entwickelten, solide breitschultrige Männer hinter weiß aufgeplusterten Frauen, die sich im Aussteigen sorgfältig auflockerten und trotz des Regens noch Zeit gewannen, unter dem gewaltigen Schirm neben dem Diener einherschreitend die jenachdem bewundernden oder bloß kritischen Blicke des Spaliers in Empfang zu nehmen. Es klapperten Droschken an, aus denen Kinder, Knaben in Matrosenanzügen und eitle Mädchen wie Vögel aus Käfigen schwirrten. An der Tür drehten sie sich gerettet vor dem Regen um und lachten das Spalier an. Aus einem Auto wälzte sich schwer wie ein Nilpferd, in schwarzem Talar mit Bäffchen, der Herr Pfarrer. Er schnaufte, wie er sich zwei Schritte bewegt hatte, heftig und war so rot wie die Speckmasse, die er an Stelle eines Gesichts hatte, als hätte er das Auto mit seinen eigenen Beinkolossen geschoben. Er stampfte mit einer Verzerrung seines Gesichts, die ein Lächeln ersetzen sollte, dem Lohndiener den Schirm entreißend, der blumengeschmückten Treppe zu, und alle draußen wußten, daß es, wenn auch kein Altar, so doch eine wohlbesetzte Tafel war, der er sich näherte.

Ein braunes starkes Privatauto hielt, der Chauffeur sprang ab, lief um den Wagen, wo schon die Beschirmer ihre Opfer erwarteten. Es war diesmal etwas Besonderes. Man hatte zahlreiche Familien hinter sich, Hochzeitsgäste, die durch Fröhlichkeit ihre angenehme, nämlich passive Teilnahme an dem Ereignis kundgaben. Die drei aber, die jetzt schwerfällig nach und nach aus dem Dunkel des Coupés auftauchten, waren ernste ältere Leute, zwei Frauen und ein Mann, die hier sichtlich nicht zum Spaß erschienen. Man sah ihnen eine Art finsterer Feierlichkeit an. Man konnte an Richter oder Inquisitoren denken, die einer Hexenverbrennung beiwohnen wollten, und unwillkürlich verbreiterte sich das Spalier vor ihnen. Der hagere ältere Mann in Frack und Zylinder gab, wie er draußen war, rechts der einen Frau, links der andern seinen spitzwinkligen Ellbogen hin, und so bewaffnet zog er vorwärts, das Kinn scharf angehoben, den Hinterkopf daher in den Nacken geworfen, den Blick wie eine Lanze gegen das armselige Haus, das doch nur Wohnzwecken diente, und gegen die unschuldige Treppe. Den beiden Frauen, mit denen er sich beladen hatte, brauchte er aber keine Gewalt anzutun, sie hatten selbst einen männermordenden Schritt am Leibe, und so zogen sie, ein würdiges Kleeblatt, durch die erschreckte Gasse dem Kampfplatz zu. Den Dienern blieb angesichts der gewaltigen Breitenausdehnung dieser Front seitlich kein Platz, daher sammelten sie sich in ihrem Rücken, um ihren Schutz wenigstens dem nach rückwärts vorspringenden Zylinder angedeihen zu lassen. Alle ihre dem Objekt entsprechend würdige Bemühung hatte nur den bedauerlichen Erfolg, daß die glitzernde Angströhre den vereinten Tropfguß beider Schirme empfing. Es war Heimtücke, aber, wenn man die Vorder- und Kehrseite dieser Front betrachtete, ein nicht unangenehmes Symbol für das Erdenwallen möglichst sämtlicher Inquisitoren. Und noch geraume Zeit, nachdem das dreiteilige Gewimmel im Hausflur verschwunden war, lachte das Publikum und, o Jammer, auch die Lohndienerschaft über den herzerfreuenden Vorgang, der ihnen Gerechtigkeit, Lohn und Strafe in dieser Welt verhieß; sie lachten noch, als die Meistbeteiligten vertieft oben an der improvisierten Garderobe im Wohnungskorridor standen und die Garderobenfrau, die keinen Blick in die Zusammenhänge tun konnte, wegen eines eventuellen Schadenersatzes besorgt dem entblößten Herrn den Zylinder

zeigte. Aber der Herr hielt den Schaden offenbar nicht für beträchtlich angesichts des Schadens und Unglücks, das er und seine weibliche Kompanie selber in der Welt anrichten wollten.
Man hatte unten nicht lange auf neue Unterhaltung zu warten. Es fuhr eine andere Schicht der Bevölkerung an, die Klasse der Offiziere und Beamten. Die Bürgerschaft, Handwerker, Kaufleute, hatte es eiliger gehabt. Was Uniform trug, ließ nicht viel Zeit zur Betrachtung, das sprang aus dem Auto, klirrte mit dem Säbel, rückte Helm und Mütze zurecht und schon mußte es, Kreuz hohl, gradeaus marschieren, um Elastizität, Entschlossenheit, eventuell trotz höheren Alters, zu zeigen. Die zugehörigen Damen konnten unter diesen Umständen nicht viele Blicke ergattern, sie raschelten als Folie unter den Schirmen, und man konnte nur hie und da feststellen, daß die Herren Offiziere auch ihre schwache Seite und schwere Stunde hatten.
Alsdann gab es ein ‚Ah'. Und nach den Nutznießern, Zuschauern und Exekutoren stellten sich die Opfer ein. Unter dem nebligen Regen, der sich auch jetzt nicht abschwächte, rollte der von zwei Schimmeln gezogene Hochzeitswagen an. Die Diener hielten sturmbereit an der Tür, die Schirme waren abgespritzt. Da stand nun der Hochzeitswagen, sein galonierter Begleiter ließ es sich nicht nehmen, seine weißen Handschuhe in Erscheinung treten zu lassen und mit ihnen den Verschlag zu öffnen. Die Tür klaffte, der Wagen gab her, was er in sich hatte, kein lieblich lächelndes Pärchen, sondern in Hochzeitsgala, die Myrte im Knopfloch, zuerst den Bräutigam, einen jungen starken eleganten Mann mit kleinem braunem treuherzigem Schnurrbart. Der arme Sünder hatte etwas selig Beruhigtes in seinem Ausdruck, und die Art, wie er ihr, von der man lange nur den weiß bekleideten Arm sah, aus dem Wagen half, rührte jedermann. Sie raffte drin offenbar viel zusammen und legte Wert darauf, mit allem diesem noch Verborgenen völlig geordnet vor der Welt zu erscheinen. Und dann war sie als himmlisch weiße Braut da, ein Wesen, das diesen Zustand als Unnatur empfand. Sie hatte ein rötliches angehauchtes, leicht empörtes Gesicht und

die Bewegungen eines Draufgängers. Pikiert stand sie umgedreht, bis der Galonierte ihre Schleppe richtig gerafft hatte; sie sah nach der Tür, wo im Haus schon zwei der eitlen weißen Mädchen sich auf dieselbe Schleppe spitzten. Dann faßte sie den lange bereitstehenden Arm des Mannes, und fort aus dem schnöden Regen in das Haus. Dieselbe scharfe Kontrolle gegen die Schleppenträgerinnen, und während sich unten die Tür schloß und von oben die Harmoniumklänge herunterhallten, hatte man die Treppe zu passieren, wo Stufe um Stufe bis zum ersten Stock ein Junge und ein Mädchen Blumen streuten, ein ängstliches Theater, da die Kinder mit dem Körbchen rückwärts nach oben gingen und stolperten.

Dies ist eine andere Treppe, Karl, als die, die du vor fünfzehn Jahren Tag um Tag zu erklettern hattest, vier hohe Stock, bis du an eine von den fünf Türen auf dem Korridor kamst, ein Gang, eine Küche, eine Stube, die Mauer der Mietskaserne vor den Fenstern. Das hier ist das neue Wohnhaus des Onkels. Er stürmt dir nicht entgegen in Hosenträgern und reißt nicht kauend die Tür auf, vor der du stehst, ein plärrender Dorfbursche, der eben einen schrecklichen Zettel hineingereicht hat: ‚Lieber Oskar, wo ich nun nicht mehr bin, wirst du dich wohl der beiden Jungen annehmen. Ich dank dir und Lippchen, daß ihr so gut zu Marie seid. Deine dankbare Schwester.' Der Onkel steht, im Frack wie alle Herren, vor der Tür seiner Wohnung, die er dir für deine Hochzeit eingeräumt hat, denn du wirst heute Teilhaber seines Geschäftes. Er steht auf der Treppe neben der Tante und sieht dich mit der Braut strahlend heraufziehen hinter den beiden Kindern, die glücklich oben gelandet sind zu aller Erleichterung, und sogar die Braut hat jetzt aufgegeben, sich nach ihrer Schleppe umzusehen. Der Onkel humpelt einige Schritt näher, sie legt einen Augenblick ihr Gesicht an sein graues altes, Karl und der Onkel schauen sich in die Augen, sie schütteln sich kräftig die Hände.

Damit ist die erste Sperre passiert, das Harmonium gibt sein Knurren und Winseln nicht auf, das Hochzeitspaar hat die drei

Herrschaften zu bestehen, die das braune Privatauto hergebracht hat. Hier liegt man sich in den Armen, und was Weib ist, weint. Rasch und wie entrüstet durch Dinge, die sie eben erlitten hat, bewegt sich die Braut auf die eine der Frauen zu, die behaglich breit und ihr unähnlich jetzt die Braut mit einer gewissen bedauernden Herzlichkeit anlächelt. Es ist ihre Mutter. Die Braut nimmt ungewöhnlich lange in ihren Armen Platz, der Schmerz scheint beiderseits groß. Dann passiert die Braut zu dem bisher leerstehenden Herrn, dem der Zylinder beschädigt war, es ist ihr Vater, aber sie hat wenig davon gemerkt. Als sie sich umarmen, denken sie, daß dies noch nie vorgekommen ist und daß es voraussichtlich lange dauern wird, bis es sich wieder ereignet, und ob man wohl etwas fühlt? Aber bevor man sich darüber klar ist, trennt man sich, aus gesellschaftlichen Gründen.
Neben ihm hat inzwischen die Umarmung Karls und seiner Mutter stattgefunden. Die Mutter trägt ein graues Seidenkleid und um den Hals das alte Silberkettchen mit dem Kreuz, das Karl damals bei dem Suchen nach Geld in dem Küchenschrank in die Hände geriet. Es stammt aus ihren ältesten Zeiten, noch von damals, wo sie in ihrem Zuhause sauer mit dem Sauern wurde und sich nach Freiheit und Wärme zu sehnen begann. Aber dieser Mann hier ist ihr Werk. Sie hat mit ihm etwas erreicht. Es ist ihr großer Tag. Ihr Kleid ist dunkel, denn es sind kaum vier Jahre nach Mariechens Tod, an dem sie noch leidet. Die Mutter hält den Bräutigam Karl fest umschlungen und weint nicht viel, sie ist stolz und fühlt sich hart und sicher als Lenkerin seiner Geschicke. Ihre Haare sind ganz grau, aber voll, ihr Gesicht ist kräftig ausgearbeitet, dabei nicht ohne Wohlwollen, sie hat einen männlichen Blick, man sieht, was ihr gehört, erkämpft sie sich. Ihr Gegner Karl hält sich leicht vorgebeugt, er fühlt den Druck ihrer Arme, er denkt an seinen alten, unvergeßlichen, in der Tiefe rasselnden Haß gegen sie und wie sich dennoch, unfaßbar, unglaublich alles gewendet habe; er verläßt ja auch jetzt das Haus der Mutter, wir wollen nicht von der Vergangenheit sprechen, wir sind alle Sünder.

Wie sie sich loslassen und Hand in Hand voreinander stehen, ist ihr Gesicht tränenverdunkelt und nach unten geneigt. Ja, denkt er, es ist viel geschehen, wir wollen Frieden schließen. Und dann streichelt er noch die Hände und den Rücken eines einzeln dastehenden bläßlichen jungen Mannes, der eine schwammige Fülle hat und melancholisch in die Festesstunde blickt. Es ist Erich.

Im weiten Salon mit dem am hellen Tag strahlenden Kronleuchter, die Vorhänge sind herabgelassen, drängt sich auf dem blauen Teppich die zwitschernde Hochzeitsgesellschaft, geladen mit Hochzeitsgedichten, Toasten, Deklamationen einzeln und zu zweit, einer Hochzeitszeitung und mit Hunger. In ihrer Mitte bäumt sich das schwarze Nilpferd auf, der Pfarrer, er ist noch nicht geplatzt, wie manche der jüngeren Gäste hofften, er hält noch ein paar Jahre.

Zwei Lager besetzen den Salon, ein militärisches und ein ziviles. Von Seiten der Braut ist die in Waffen strahlende Verwandtschaft erschienen, ihre Frauen und Kinder sind zahlreich, besonders stark sind überlebensgroße Töchter vorhanden, man nimmt von dem zivilen Lager hier wenig Kenntnis. Die Zivilisten sind deutlich eine niedere Klasse, sie hat der Onkel, die Tante und die sonstige Familie des Bräutigams mobilisiert, es sind vierschrötige Personen, ihre kleinen und großen Söhne können nicht genug das hohe Militär anstarren. Als im Vorraum, wo die nächsten Verwandten das Brautpaar erwarten, die beiden Glastüren geöffnet werden, wälzt sich der Pfarrer näher, einige Kinder kommen ihm zuvor, über ihre Köpfe hinweg streckt er dem Brautpaar seine Pranken entgegen solange, bis sie zugreifen und damit die Gefahr von den Köpfen der Unschuldigen abwenden. Während sich das Harmonium gewaltig anstrengt, weil der Höhepunkt der Ereignisse, die Besetzung der Festtafel, naht und es überdies zu Gunsten eines kleinen Orchesters abdanken muß, setzt sich der Hausherr, seine Frau am Arm, in Bewegung, der Knäul der Gäste entwirrt sich, formt sich zu einer Schleppe, und schwatzend lachend bewegt sich der Hoch-

zeitszug aus dem Salon in das geheimnisvolle Dunkel des Speisezimmers, in dem wie in einem Himmel die Sterne verstreut Kerzen funkeln auf dem mächtigen Oval des Tischs, zwischen Blumen, Gläsern, Tellern, Servietten, an der Wand zwischen Buffet und Bildern, von der weißen glatten Decke her.
Eingerahmt vom Onkel und der Tante sitzt das Brautpaar, die Eltern und der Bruder umlagern den Herd, von den beiden mit Jugend besetzten Polen der Tafel strömt ihm Heiterkeit zu. Welches Geschick sie auch erlitten haben und welches sie erleiden werden, Brautpaar, Eltern, Verwandte fühlen sich davon losgelassen und geben am heutigen Tage der Erde, was der Erde ist: sie essen, trinken, hören Musik, lachen. Nachher werden Karl und Julie allein auf der glatten Fläche des Salons unter dem Jubel der Gesellschaft das Tanzbein schwingen, für sechs Uhr abends ist das Auto des Onkels bestellt, das das junge Paar zum Umkleiden in ein Hotel, dann zur Bahn auf die Hochzeitsreise bringt.

DIE FAMILIE MAHLT MENSCHEN

WER den Onkel vor fünfzehn Jahren mit dem von heute vergleicht, sieht trotz seines gutsitzenden neuen Fracks, was inzwischen mit ihm geschehen ist: er ist zusammengeschmolzen. Der robuste knurrige Fünfziger ist geschrumpft zu einem leicht zittrigen Sechziger mit furchtbar schweren Falten des Gesichts, mit Wülsten von der Nase zu den Mundwinkeln und einer gelblichen Blässe. Diese Figur, die Wangen, die unruhigen Blicke hinter einem rutschenden Kneifer zeigen, wieviel Leben ihm inzwischen abgehackt ist.
Aber dem straffen Dreißiger, der heute hier den Bräutigam spielt, sieht man nichts an. Er hat auf der Treppe mit einem Schreck dem Onkel, dem er seit einigen Wochen nicht begegnet war, die Hand gegeben. An sich hat er dabei nicht gedacht. Denn einige Dinge sind sichtbar, andere unsichtbar, einige liegen offen

zu Tage, andere sind zwischen starken Muskeln und Knochen vergraben und in Fett eingewickelt.
Er war, wie man sagt, durch die Schule des Lebens gegangen.

Nach jenem Abend stand die Tür ihrer Wohnung wieder offen. Die Mutter ließ Karl ruhig laufen, sie war ihrer Sache sicher, nahm nur das Geld und seine Papiere an sich. Sie dachte richtig, er wird Paul suchen. Er fand keinen. Alles vom Erdboden verschlungen. Ein Mädchen sah ihn, hielt die Hand vor den Mund, flüsterte ihm ins Ohr: «Du suchst wohl Paul? Paß lieber auf dich auf.» Machte eine lange Nase und war weg.
Wie Karl in diesen Tagen unbekümmert herumspähte, verlief hinter seinem Rücken eine Tragödie. Zwischen Paul und der Horde bestand nicht gerade Freundschaft, aber eine Achtung mit Reserve. Da waren nun einige von der Clique, besonders ihr Ältester, der Häuptling, wegen einiger Vorfälle der Polizei verdächtig. Sie hatten Grund, wenn sie sich nicht plötzlichen Verhaftungen aussetzen wollten, gute Luft um sich zu machen. Der Gruppenhäuptling wußte, wie scharf alle Welt auf die politischen Attentäter und ihren Anhang war, es waren hohe Preise auf ihre Ergreifung gesetzt. Da taperte Karl hier ahnungslos herum. Er war eine bequeme Beute. Der heimtückische entschlossene Gesell, der Häuptling, tat nun das, was man in diesem Kreise überflüssig viel tat: er beriet mit seinen Vertrauensleuten, wie man die Sache am besten machen könnte, wer das sicherste Material gegen Karl hätte und wie man den Preis verteilen wollte. Dies war aber, wie andere bemerkten, ein ungeheuer gewagtes Stück, Karl gehörte ja mit Sicherheit zu dem Anhang der Politischen. Die waren jetzt zwar von der Bildfläche verschwunden, aber konnten morgen wieder auftauchen, wer bürgte dann, was mit einem geschah? Keiner war vor ihnen seines Lebens sicher.
Sehnsüchtig, verkrampft, innerlich tief verwundet irrte Karl in diesen Tagen herum, die Polizei hat schon unbestimmte Winke bekommen, beobachtet den Markt, faßt dies und jenes Mitglied

einer Clique, fahndet bei den Marktaushelfern. Der Verdacht verdichtet sich aber nicht, und mit einem Schlage verliert man jede Fährte. Und dieser Verlauf hing zusammen mit dem Tod des Gruppenhäuptlings, er wurde erschlagen in dem düsteren Slumgebiet von einem Kutscher gefunden, der hier frühmorgens zum Schuttabladen anfuhr, das unberechtigterweise hier noch immer stattfand. Der große Bursche lag da, von einem Rudel der zahlreichen Hunde dieser Gegend umgeben, sie fraßen Reste aus einer Küchentüte, die bei dem Toten lag, und zerrten ihm eine mächtige Trockenwurst aus der Tasche. Zwei Mädchen ermittelte man, die gaben an, sie seien am Abend mit noch einem Herrn, den man auch gleich feststellte und der es bestätigte, hier spazieren gegangen; man hatte vor, auf einen Rummel zu gehen, da war eine Gruppe fremder Männer angekommen, es hatte eine Streitigkeit gegeben, sie seien weggelaufen. Weiter war nichts festzustellen. Die Polizei hatte kein Interesse an dem Vorfall, Schlägereien mit und ohne tödlichen Ausgang waren in dieser Gegend keine Neuigkeit. So hatte die Gruppe mit einigen zu Hilfe geholten Älteren ihren Häuptling, der sie gefährden wollte, ohne Bedenken zur Ordnung gerufen. Es war die Rettung für Karl. Er wußte und erfuhr nichts davon. Er verschwand ja dann auch bald von den Märkten, zu oft wurde ihm zugeflüstert: «Mach Beine, mach dich dünn!» Er ging nicht sofort, in seiner Verfinsterung hoffte er, man würde ihn verhaften, es wäre die Rache an der Mutter. Aber es geschah nichts. Er war zu andern Dingen aufbewahrt. Er sollte nicht wie jener Häuptling durch einen Schlag mit dem Sandsack fallen, sondern langsam über einem kleinen Feuer gebrannt werden.

Die Menschen sind verschieden fest. Einige, wie das Mariechen, verschwinden wie Schmetterlinge schon in der frühen Jugend, andere erliegen mitten in ihrer Arbeit einem Unfall. Andere haben ein langes Leben vor sich, halten wie Elefanten durch, und ihnen ist beschieden, sich keiner Konsequenz zu entziehen, sie müssen den ganzen Einsatz zahlen. So sehr sie auch mit sich sparen, sie müssen herausrücken mit dem Letzten.

Es war ein Tag, wo die Mutter sich verfluchte für das, was sie getan hatte, jener Morgen, an dem Karl, ohne sich zu erklären, angekleidet stöhnend in der Stube stundenlang am Fenster hin und her lief. Es war der Morgen, an dem die Zeitungen meldeten, daß heute in aller Frühe auf dem Hof des Zentralgefängnisses die beiden zuletzt gefaßten Attentäter geköpft seien. Der eine gehörte zu den beiden, die Karl mitbefreit hatte. Ach, sie waren damals mit einem Sprung in den Gemüsewagen Pauls eingestiegen, sie waren es, die im Menschengewühl bei den Hallen unbeachtet herausgeglitten; Karl hatte Blicke aus der Entfernung von ihnen bekommen, er sah diese kraftvollen ruhigen Menschen, die ihren Weg wußten, den richtigen Weg, und hatte ihnen geholfen. Er hatte sie verloren, für ewig und immer verloren. Im Gewimmel der Körbe und Menschen waren sie verschwunden, die Tapferen, deren Blick ihm ins Herz geschnitten hatte. Er hatte ihnen nicht geholfen.

Ihre Köpfe waren gefallen. Hier saß er. In der Stube.

Die Mutter mußte vor seinem zerweinten, wild fletschenden Gesicht zurückweichen. Das war schlimmer als ein Zornausbruch des Vaters. Bei dieser entsetzlichen Szene kam ihr die grausige Angst, ob dieser Paul vielleicht gar mit den politischen Dingen zusammenhing, von denen die Zeitungen sprachen. Sie setzte Karl mit Fragen zu, es war aus ihm nichts herauszuholen. Endlich würgte er ein böses Nein heraus. Blutschuld!

Nachdem er nicht mehr auf den Markt durfte, war es eine Wohltat für ihn und die Mutter, daß der Onkel ihn als Lehrling in seine Fabrik aufnahm. Die Mutter hatte alles präpariert. Sie hatte, die Wohnung war zu klein, Mariechen weggegeben und untergebracht, hatte sich damit den geizigen Bruder verpflichtet, sein Haus wurde durch die Kinderstimme freundlicher, wenn auch dieses Kind lange nach der Mutter weinte und im fremden Haus nicht zu Bett wollte. Karl, dem Ältesten, erkämpfte sie den Platz in der Möbelfabrik des Bruders. Karl bekam seinen Ort, und die Familie, verbunden mit dem Onkel, würde wieder aufsteigen.

Die Mutter setzte durch, daß man die kleine Wohnung im vierten Stock verließ und in derselben Straße eine Dreizimmerwohnung im zweiten Stock bezog. Die Möbel gab der Onkel, sie selbst steckte ihr Geld in die Miete, es glückte, sie fand Untermieter für zwei Zimmer und wohnte mit einem kleinen Gewinn in besseren Räumen. Ihr Bruder gehörte zu den Männern ihrer Familie, die hart im Gefühl waren, erst langsam erweicht werden mußten, aber für das Vergnügen seiner Frau, mit Mariechen zu spielen, tat er etwas. Kärglich blieb ihr Leben viele Jahre lang, ohne das Almosen des Onkels kamen sie nicht aus.

ERINNERUNG OHNE ENDE

DIE Zeit der Straßen, Plätze, Märkte war vorbei. Die Mutter begleitete Karl zum ersten Male zur Fabrik, es war in ihrer Nähe, sie gab ihm am Portal einen kleinen Silberreifen, den sein Vater getragen hatte, er kannte ihn. Sie blickte ihn bittend an: «Nun bist du gelandet, Karl. Das Schlimmste haben wir hinter uns.» Ohne zu antworten, die Zähne beißend, stieg er die Eisentreppe herauf, den Ring in der Tasche. Abends um sechs, als er wieder vor dem Portal stand, erinnerte er sich an ihn, drehte ihn, schob ihn in die Tasche, das ist Vater, alle tot. Blutschuld, die schreckliche Blutschuld!

Und als nach Wochen seine Augen wieder heller wurden, geschah es, daß abends nach der Fabrik unwillkürlich seine Schritte sich statt nach Hause woanders hinlenkten, in Straßen, die er kannte, auf Plätze, die ihn wieder grüßten. Wie er sich in diesen wimmelnden Straßen fand, sie waren noch dieselben, seit er sie passiert hatte, da kam ihm vor, als hätte ihn ein böser Geist niederträchtig in diese Gegend geführt. Er war verflucht, ausgestoßen, lief nach Hause mit geballten Fäusten. Den nächsten Abend aber lockte es ihn wieder. Wo sollte er auch hin, fragte er sich. Es war schließlich der einzige Ort, wo er zu Hause war.

Und wie er noch etwas weiter ging, war – sein Markt, sein Markt da, er war noch da, er war noch nicht von der Welt verschwunden, es schien ihm unfaßbar. Der Platz war leer, er konnte ungestört durch die Gänge spazieren, Bretter lagen herum, an dem Budenbauen hatte er sich auch beteiligt. Und von einem Schmerzkrampf befallen setzte er sich auf eine Bank, neben Frauen und Kinderwagen, und konnte nicht glauben, daß dies alles vorbei sei, die Ruderpartie am Sonntag, Paul, und es sei nun hoffnungslos, hoffnungslos alles zu Ende! Warum war Paul weg, warum hinterließ er ihm kein Zeichen? Ach, vielleicht daß er doch plötzlich irgendwo, im Frauenkleid oder anderswie, auftauchte! Hier sitze ich und warte auf dich. Du kannst mich nicht verstoßen. Was soll aus mir werden. Und er erbarmte sich seiner, sein junger Körper zitterte, er weinte seinem Freund wütende Sehnsuchtstränen nach.
Seine täglichen abendlichen Gänge durch die nördlichen und östlichen Straßen, seine Heimat. Und erst jetzt öffneten sie ihm, dem Wühlenden, Finsteren, ganz ihr Inneres. Man hält uns mit Krallen fest, man stößt uns in den Dreck. Wir sind alle elend und stehen da und können uns nicht wehren. Und er knirschte in sich hinein: ich bleibe bei euch, ich gebe euch nicht her, ich trage euch, wo ich gehe, mit mir herum, ich bin ein schlechter Mensch, man hat mich vergewaltigt, wie man euch vergewaltigt, ich muß etwas tun, damit wir frei werden, meine Freiheit kommt mit eurer.
Er strich vorbei an dem armseligen einstöckigen Häuschen, in dem die beiden zänkischen Familien wohnten, wo die eine Mutter ihr Kind gestoßen hatte. Damals war ein Auflauf und ein Lärm und ein Klatschen, Paul und er hatten ein langes Gespräch danach. Jetzt zog er wie ein müder Spaziergänger durch die dunkle Gasse, die abbruchreif war. In einer halben Stunde gehe ich nach Hause, und wie einer einen Körper hat, der ihm nicht gehorcht, so zerrte er sich, beide Arme am Geländer, Stufe um Stufe die Treppe die vier Stock hinauf, schlich zu seiner Tür, die er im Dunkeln fand, die Schande, die Schande, da bin ich,

ich melde mich als Verräter. Aber er – schloß auf, ging in die Stube auf Zehenspitzen, um keinen zu wecken, und was da stand, nannte er sein Bett. In geradezu körperlicher Sehnsucht nach Paul, im allerinnigsten Verlangen nach ihm lag er, seine Nächte waren von Erscheinungen der Sehnsucht angefüllt. Es war ein Fieber. Es ging bis zum Lebensüberdruß. Und als es vorüber war, näherte er sich denselben Menschen in jenen Straßen mit hilflos suchender inbrünstiger Spannung.

Straßen und Plätze blieben, abendliche heimliche Spaziergänge und Unterhaltungen blieben – aber auch die Mutter und Erich und Marie und die Fabrik! Und die Mutter, die Fabrik blieben stärker. Jahrelang zog es sich hin, das Hin und Her eines zermürbenden Stellungskriegs. Je mehr sie in die Armut einsanken, je mehr Armut und Entbehrung ihnen zur Natur wurden, um so tiefer befestigte sich sein Widerstand. Er wollte nicht, wollte nicht. Noch als er Gehilfe war, suchte er Verbindung zu den Männern von damals. Aber alles blieb verschollen. Als er einen traf, der, wie er wußte, die Namen der damals Befreiten kannte, tat der ahnungslos, wußte nicht, wovon die Rede war. Damals hatte sich die ganze unorganisierte Kampfesweise ausgelaufen. Es war vorbei mit den Attentaten, es war eine Welle gewesen, die Polizei und – die Zeit war damit fertig geworden. Karl konnte lange suchen.

Von dem Tag aber, wo Paul verschwand, hörte Karl für lange Zeit überhaupt auf, richtig vorhanden zu sein. Er nahm, was vorkam, für provisorisch, und da es nicht das Eigentliche war, nahm er es nicht ernst. Er wartete auf etwas. Er würde eines Tages dieses Haus verlassen und seiner Wege gehen. Wenn er die Wohnungstür aufschloß, so dachte der Besiegte an den Knall, mit dem er sie eines Tages zuwerfen werde, und der Gedanke war voller Süßigkeit. Aber er legte sich in sein Bett. Sein ganzes Leben bekam einen schwebenden, lauernden Charakter. Er hörte einmal das Wort von einem ‚lebenden Leichnam'; ihm kam vor, er wäre einer.

IN der Fabrik pulsierte ein anderes Leben. Der Onkel hatte eine geachtete Luxusmöbelfabrik, sie war für diese Zeit vor der gewaltigen Konjunkturperiode [oder in ihrem ersten Beginn] groß. Sie hatte solide Ateliers für Holzschnitzerei, bestimmte Polstermöbel. Karl lernte die Arbeit und die Stoffe; die Stoffe waren das Holz, immer das Holz, das Holz, und die Möbelstoffe, das Roßhaar, die Spiralen. Das Holz kam von den Bäumen, es wurde von aller Welt hertransportiert, wuchs in den Eichen, Tannen, Kiefern in den Wäldern der Heimat, auf den Gebirgen. Da gab es starke Männer, die in Kolonnen den Wäldern zu Leibe gingen mit Beilen, Sägen, Seilen, und auf Schlittwegen, Schleifwegen, Rutschen [man zeigte es abends auf Bildern den Lehrlingen in dem theoretischen Unterricht] fuhren die gefällten Stämme zu Tal, schwammen auf Wasserriesen herunter, glitten auf Drahtseilen, alles um für die Menschen die Häuser und Betten, Tische, Stühle zu bauen. Sie wurden von den Ästen befreit, gespalten, gesägt, manche ganz fein, um die schönen Fourniere zu bilden, mit denen man das gröbere Holz bedeckt, und stapelten in der Fabrik unten im Schuppen und wurden in die Werkräume getragen. Da warteten ihrer die Zeichner mit Entwürfen und die Meister, Gehilfen, Lehrlinge; sie hatten die Stemmeisen, Bohrer, Sägen, Hobel, die Drehbänke zum Drechseln, die Schleifbänke, Fournierpressen und die Trockenräume, Räume zum Beizen, Polieren, Lackieren, Bronzieren. Das war eine reiche, kräftige Arbeit, die Aufmerksamkeit verlangte, die Augen und feinen Muskeln wollten geschult sein, man lernte, was Menschen können und was Arbeiten für eine gute Sache ist.

Man lernte und arbeitete mit anderen. An die Stelle Pauls, Gustavs traten die Lehrlinge, Gehilfen, Meister.

Sie waren Arbeiter, eine ruhige ordentliche Sorte, wie sie das Land hervorbrachte und der Betrieb verlangte. Sie brauchten ähnliche Worte wie Paul und Gustav, hatten über viele Dinge

dieselbe Auffassung, aber waren zahm. Denn es hieß: wenn der Unternehmer nichts zu tun hat, haben wir keine Arbeit, ohne den Kapitalisten sind auch die Arbeiter nichts; man muß sich nicht alles gefallen lassen, muß seine Interessen vertreten gegen Lohndrückerei, man muß Unfall- und Krankenversicherung haben, für die Frauen in den Betrieben muß gesorgt werden, die Krankenkassen müssen Wochenbettunterstützung gewähren. Man saß alle zwei Wochen, manchmal nur alle Monate in einer Kneipe in einem Hinterzimmer beisammen, Meister, Gehilfen und auch Stifte, die Lehrlinge, besprach Betriebsangelegenheiten, Lüftung und Sauberkeit der Räume, die Sicherheit an einigen Maschinen, an die man Lehrlinge nicht ranlassen dürfe. Dann wurden Gewerkschaftsbeiträge gesammelt für den Fall eines Streiks, wenn der Lohn gedrückt werden sollte. Es kann sich, sagte man, eventuell auch um politischen Streik handeln, wenn's die Regierung zu bunt treibt [dabei spitzte der und jener die Ohren, aber es war nicht schlimm gemeint].
Karl tat einmal dumm und fragte nach der Tätigkeit der berüchtigten Attentäter, er wollte hören, wie man hier über sie dachte. Er kam damit gut an. Der Meister selbst legte sich ins Zeug. Er meinte, diese grünen Jungs, eine Schande für die menschliche Gesellschaft, die Arbeiterschaft hätte nichts mit ihnen zu tun, es seien Verbrecher, wenn es nicht – und damit erntete er Beifall – Provokateure und Spitzel wären, beziehungsweise gewesen wären. Denn hin ist hin, und besser ein Kopf bei denen mehr ab, als die ganze Arbeiterschaft versaut [das Blut gerann in Karl]. Er verstieg sich zu dem gewaltigen Satz, daß den herrschenden Klassen die Arbeiterschaft anfange zu stark zu werden, da fange sie nun an, Verbrecher unter sie zu schicken, natürlich bezahlte, um die Einheit der Arbeiterschaft zu sprengen und um gegen sie vorgehen zu können. [«So ist es!» «Ruhe!»] Der Meister, ein kräftiger ernster Mann mit Brille, der einen eisgrauen struppigen Schnurrbart strich, schob sein leergetrunkenes Bierglas von sich: «Diese Methoden werden bei uns kein Glück haben. Unser Arbeiter hat Schulung. Vor allem

die Gewerkschaft. Da sitzen die Männer, die wir gewählt haben und die wir alle kennen und die unser Vertrauen haben. Die wissen, wie Forderungen durchgesetzt werden. Was wir durchsetzen, setzen wir durch unsere Masse und Geschlossenheit durch. Denn die herrschende Klasse ist faul, durch und durch, bis in die Knochen.» Der älteste Gehilfe bestätigte: «Sie ist dem Untergang geweiht.» Der Meister endete: «Wir müssen bereit sein, wenn es so weit ist, ihr Erbe anzutreten. Dazu Einheit, Einheit und kaltes Blut, und keine Dummejungsstreiche.»

Darauf mußte Karl ihm ein neues Bier und dem ältesten Gehilfen eine frische Blutwurst holen, die allgemeines Aufsehen erregte und von Karl unter Halloh noch für fünf andere gebracht wurde. Ein Gehilfe wurde zum Schluß beauftragt, in die Wohnung zu einem kranken Lehrling zu gehen und nachzusehen, ob der unsichere Kantonist wirklich krank sei.

An einem Sonntag zog sich Karl sein Bestes an, die Gewerkschaft feierte ihren zwanzigsten Gründungstag, man versammelte sich im größten fahnengeschmückten Saal des Gewerkschaftshauses, und Karl bekam ein eindrucksvolles Bild von dem Umfang einer Organisation. Im Saal und auf den Galerien waren zweitausend Menschen, aur dem Podium saßen Bläser und ein gemischter Chor, Frauen in weißen Kleidern mit Blumen an der Brust, dahinter schwarz die Männer. Sie sangen ein feierliches Willkommenlied. Dann sprach der Vorsitzende der Gewerkschaft unter Benutzung von Lichtbildern. Und immer wieder wurde der Riesensaal verdunkelt und man sah, unter dem Jubel der Masse, wie sich die Gewerkschaft seit zwanzig Jahren entwickelt hatte, erst eine kleine Gruppe von zwanzig Arbeitern, die sich zur Wehr setzten gegen Ausbeutung und Unterdrückung, gegen den Terror der Unternehmer, gegen die Willkür, und dann unsere Gewerkschaft, die das große Werk des Tarifschutzes schuf, der dem Ansturm der Unternehmer trotzt. Wie es auch kommen würde, man sei gewappnet. Und wieder schwirrten Zahlen, Hauptverband, Ortsverbände, Steigerung der Mitgliederzahl, Steigerung der eingegangenen

Beiträge, Ausbau des Gewerkschaftshauses. Ein zweiter Redner – einer von der Partei, ein Lehrergesicht mit goldener Brille – schilderte die internationale Lage der Arbeiterschaft, wie sie in die Parlamente eindringe, wie die Zahl ihrer Zeitungen und Broschüren stiege und welchen großen Anteil die Gewerkschaftsentwicklung an der Gesamtentwicklung der Arbeiterschaft habe. Man habe festen Boden unter den Füßen, unaufhaltsam schritte die Arbeiterschaft wie eine Lawine in der ganzen Welt vorwärts, man kommt in allen Ländern zu den gleichen soliden Kampfprinzipien. Für den Arbeiter, für die Unterdrückten dieser Erde gibt es nur ein Wort: Organisation. Die Welt wehrt sich krampfhaft gegen uns, der Sieg wird unser sein.

Darauf Mandolinenvorträge und zwei wuchtige Chorgesänge. Die Scharen strömten heraus, steckten sich Blumen in das Knopfloch, nachmittags war auf einer Wiese ein Kinderfest, abends traf man sich unter Lampions in einem Riesengarten der Peripherie zu Tanz und Geselligkeit.

WENN DIE TOTEN ERWACHEN

GEKNECHTET in einer Knechtsfamilie, vertrocknend in dem halb leibeigenen Lande und ihrer Provinzkaste, bettelnd hinter ihrem Mann, mißbraucht und unterdrückt, erholte sich die Mutter in der Großstadt. Sie hätte wie eine bittere Eichel im welken Gras zerfallen können, aber sie überlebte.

Sie hatte die Arme frei, zum ersten Male in ihrem Leben. Sie war Ende dreißig. Sie klagte oft, wenn sie allein saß, Karl in der Fabrik, Erich in der Schule, zwischen den Möbeln, in denen ihre Untermieter wohnten: «Wie habe ich mein Leben vergeudet. Was hat man aus mir gemacht. Was hat mich dieser tote Mann gequält, der nicht zu mir paßte und zu dem ich nicht paßte und dem ich die drei Kinder geboren habe. Zwanzig Jahre meines

Lebens, die schönsten, hab ich dafür hingegeben. Und jetzt bin ich allein.» Sie blieb nicht beim Weinen. Sie war stark. Sie erhob sich. Er war das spät aufblühende Leben der Vierzigjährigen.
Sie hatte von ihrem Ortspfarrer die Adresse eines Pfarrers mitbekommen, der mit ihm studiert hatte; der Zettel war in ihrer Tasche liegen geblieben, sie erinnerte sich an ihn, als sie allein oben saß, und holte ihn heraus. Sie besuchte den Mann. Er ließ sich alles von ihr erzählen, sie hielt mit vielem zurück, aber daß sie in der großen wilden Stadt allein sei und niemand ihr beistehe, bekannte sie ehrlich. Er hatte volles Verständnis und wußte Abhilfe. Er war ein kerniger Mann, streitbarer Diener seiner Kirche mit Sinn für die Wohltaten dieser Erde. Er hielt auf fröhliche Gesellschaft, bei der er auch einen herzhaften Zug Bier nicht verschmähte. Mit seiner Frau machte er die Mutter bekannt, und durch diese Frau lernte sie andere kennen, es waren lustige dabei. Sie bedauerte, daß sie Karl, der doch schon ein großer Bursche war, nicht ab und zu mitnehmen konnte, der Pfarrer hatte auch Jugendgruppen, und gerade auf einen jungen Mann wie Karl, der aus der Provinz in die Großstadt und in die Fabrik kam, war er scharf. Aber Karl verhielt sich ablehnend, es war mit dem Jungen nichts anzufangen. Allmählich hörte das Bedauern der Mutter, ihn nicht an ihrer Seite zu haben, auf, es ergaben sich auch allerhand Umstände, bei denen sie lieber allein war, und Karl merkte nur gelegentlich Sonntags nachmittags von ihren Besuchen beim Pfarrer und bei anderen, wenn die Mutter Erich, so gut es ging, herausputzte, auch mit Sachen, die man ihr geschenkt hatte [ja, man war arm, man arbeitete die alten Sachen des Onkels um, die Mutter freute sich über einen Mantel, den ihr die Tante schenkte, er war nicht neu, nicht schön, aber warm]. Man zog dann zu einem Kaffeeklatsch, von dem Erich Kuchen nach Hause brachte.
Es waren gediegene Leute, die sich in dem nördlichen Teil der Stadt um den Pfarrer versammelten, auch einige alte Offiziere, denn in der Familie des Pfarrers gab es Pfarrer und Offiziere. «Es ist schließlich ein und dasselbe», meinte einmal der Pfarrer,

«wie man Gott und dem Vaterland dient, mit dem Wort oder mit der Waffe.» «Das Wort tut aber nicht so weh», antwortete ihm eine Dame. «Das sagen Sie nicht, meine Gnädige, das Wort kann sehr weh tun – wenn man sich nur nicht dem Wort entzieht.» Dann gab es würdige Leute aus der Waisenfürsorge, einen Bankier, den man zu Stiftungen benötigte und der seine nicht einwandfreie Herkunft zu reparieren suchte, bald den, bald jenen aus der Gemeinde, und immer die pastoralen Verbindungen durchschossen von bloß Mitgebrachten. Übrigens hatte der Pfarrer auch eine poetische Ader, und dazu lockte er Künstler, wenn auch nur einfache Vortragskünstler, zu sich, die er entflammen wollte, seine eigenen, wie er sagte ‚selbstgebakkenen' mannhaften Balladen zunächst im engsten Familienkreis vorzutragen; allmählich würde auch die Kritik auf ihn aufmerksam werden, und dann stellen sich natürlich die Herren Verleger ein.
Solche gediegene und zugleich heitere Menschlichkeit hatte die Mutter natürlich nicht in der Provinz gefunden, und wenn es sie gegeben hätte, sie hätte weder Auge noch Sinn dafür gehabt. Sie bewegte sich hier wie in einem Naturbad, es sind die ersten Jahre ihres Aufenthaltes in der Großstadt, während Erich heranwächst und Karl in die Fabrik reift. Die Mutter gefiel durch ihre Zurückhaltung, sie wurde im geheimen Vertrauenswürdigen vom Pfarrer ans Herz gelegt als die Witwe einer alten guten Familie der Provinz, einst wohlhabend, jetzt an den Bettelstab gebracht durch Spekulanten, die der Frau nach dem Tod des Mannes Hab und Gut buchstäblich weggerissen haben, übrigens hat sie mehrere Kinder, eine Art moderne Hekuba. Man tröstete sie, nahm sie mit, zunächst um ihren Kummer nicht zu verletzen in Kirchenkonzerte, dann wagte man eine Aufheiterung mit Symphonieabenden. Die Mutter war glücklich, man kümmerte sich um sie, es war eine völlige Verzauberung. Nachdem man sie durch die Straßen gejagt hatte, daß man sich ihrer annahm! Ach, seufzte sie für sich, wird es denn möglich sein, mich alten Stein noch weich zu machen? Aber man ließ nicht

nach, es mußte gelingen, die gequälte Frau wieder zum Leben zu erwecken, und sie wollte so gern und – es gelang! Mit der Entschlossenheit eines Erben, dem man seinen Besitz vorenthalten hat, griff sie zu. Sie wurde nicht rachsüchtig, es war noch nicht zu spät für sie, sie wurde jung.

Wenn die Toten erwachen, kommt es zu Tragödien, manchmal aber nur zu Burlesken. Talente kamen ruckweise bei der Mutter zum Vorschein, an die sie die trüben Jahrzehnte ihres Lebens nicht gedacht hatte, so, daß sie malen, Maskenkleider improvisieren konnte. Beim Geburtstag der Pfarrersfrau, wo sie erst spät, nachdem sie Erich schlafengelegt hatte, erschien, zeigte sich, wie niedlich sie, wenn auch altmodisch, tanzte, man denke, Hekuba, die Mutter, vor einem Jahr erstarrt unter dem schwarzen Schleier, tanzend! Man legte ihr nahe, Tanzstunde zu nehmen, mehrere Damen und Herren wollten ihr behilflich sein; die Mutter, glücklich über die Entdeckung des Abends, sie küßte am nächsten Morgen den kleinen Erich wild ab und er bekam eine neue Schülermütze, kaufte sich wirklich ein paar Tanzschuhe, heimlich vor Karl, und ließ ein altes, aber noch gutes helles Kleid großstädtisch modernisieren.

Ach, waren die Unterhaltungen mit der Schneiderin, zu der sie am Sommerbeginn eine Vortragskünstlerin führte, erfreulich, diese Einblicke in die Großstadt! Wäre sie hier geboren! Was für ein Mensch wäre aus ihr geworden, jetzt begannen die Vierziger. Man kann sich aber auch schmücken und zurechtmachen, wenn man älter ist, erfuhr sie von der Schneiderin, die ihr einen Coiffeur empfahl, der ihr alles zeigen und raten würde; es sei unglaublich, daß eine Frau wie sie sich gehen lasse wie eine Bauersfrau [ach ach, eigentlich bin ich's ja]. In der Großstadt ist alles jung, die Mutter solle in das Theater in der Nähe gehen, wo eine Sechzigjährige den Hauptanziehungspunkt bilde. Das Stück sah die Mutter, geführt von der Vortragskünstlerin, ein klassisches Stück, die Schauspielerin spielte eine Hosenrolle und wirkte bezaubernd. Die Mutter war abgestoßen, daß sich dies hier zur Schau stellte. Aber die Sechzigjährige erregte doch ihren

Neid. Und bei einer glänzenden Feier im Herbst, die der Bankier in seiner Villa arrangierte, die Villa lag dort draußen, wo Paul und Karl zusammen im Café gesessen hatten, in dem Gartenvorort nahe dem koketten Bahnhof, wagte sie es, ‚zurechtgemacht' zu erscheinen und mit dem Bankier und vielen anderen zu tanzen. Der Pfarrer, der da war, riß sich die Zigarre aus dem Mund, als seine auserkorene Interpretin, die Künstlerin, ihm mit Stolz auf ihre Leistung die auffallende Frau vorstellte, die Mutter, Hekuba, die niedergebrochen einmal bei ihm mit dem Schreiben eines Kollegen erschienen war. Siehe da, was manche Menschen für Karriere machen. Unwillkürlich nannte er sie ‚meine Gnädige' und küßte ihr die Hand. Er hatte ihr sonst nur ‚warm' die Hand gedrückt. Im Gespräch zu Hause über diese Begegnung aber zog der Pfarrer die Augenbrauen hoch, und die Mutter merkte bald, sie war zu weit gegangen.

Karl beobachtete sie zu Hause öfter. Der offenstehende Kleiderschrank zeigte ihm helle neue Dinge, ein Duft kam manchmal daraus, sie verschloß ihn auch gern. Aber einmal, es war im zweiten Jahr seiner Lehre, saß er eines stillen Winterabends am Tisch ihr gegenüber, die Untermieter randalierten ausnahmsweise nicht; sie drängte ihn, ihr zu erzählen, was er triebe [sie brauchte es für den Pfarrer, für den sie die ‚Mutter' blieb], da lagen seine Augen lange auf ihr. Sie hatte das Kinn auf ihren linken vollen bloßen Arm gestützt und sprach ruhig und warm zu ihm, völlig ohne Hintergrund, das Grau ihres reichen schönen braunen Haares war eben sichtbar, aber das Haar lag schön gewellt gleichmäßig auf ihrem starken Kopf; ihr Gesicht, kräftig und sinnend und ausdrucksvoll, hatte nicht übermäßige Rundungen, eine zarte Röte bedeckte sie, ihr breiter Mund war deutlich weniger streng als sonst. Wie sich die Mutter verändert hatte, gut sah sie aus, jünger. Nur um ihr noch weiter so gegenübersitzen zu können, erzählte er, was sie wollte. Dies wiederholte sich am nächsten Abend, und in diesem zweiten Gespräch wurde ihm klar: es ging ihr gut, sie geht unter Menschen, zu

feinen Leuten, sie lebt mit ihnen, und ich? Und darum alles? Sie verstand sein hartes Mundpressen, setzte sich neben ihn, ob er nicht endlich Frieden mit ihr schließen wolle. Da fragte er einfach: «Wozu war alles, Mutter?» Sie sagte zärtlich: «Du bist mein Lebensretter gewesen, Karl. Willst du mich jetzt verstoßen, wo ich es doch gut mit dir gemeint habe? Und war es nicht gut?» Er stammelte, sein ganzes Inneres erzitterte in Erbitterung [ich habe sie gerettet, damit sie mich umbringt]: «Ich weiß nicht.» «Es war gut, Karl, keine Mutter hätte anders gehandelt, und wenn du's nicht heute siehst, siehst du's morgen.» Wie gut sie frisiert war, war es denn denkbar? Dazu ihn ersticken, um – nachher so auszusehen?
Aber sie hatte seinen starren wilden Blick und wie er sich zusammenzog, bleich wurde und die Zähne fletschte, schon bemerkt; ein Schuldgefühl tauchte auf, sie faßte in derselben ängstlichen Bewegung, mit der sie einmal dem Vater in den Arm gefallen war, nach seiner Schulter: «Beharr doch nicht dabei, Karl! Sei doch nicht immer und immer so streng zu mir. Hab ich denn an mich gedacht?» Sie legte ihr weinendes Gesicht auf den Tisch: «Ich hätte dich ruhig laufen lassen können. Bestraf mich doch nicht so. Ich bin doch deine Mutter, und du hast mir geholfen, Junge. Verzeih mir doch endlich, Karl, Karl.» Das Weinen reizte ihn noch mehr, es war ihr Geständnis; dann schluckte er, was bleibt einem übrig, wir können's nicht mehr ändern, geschehen ist geschehen, ich war der Lump, der schwache, ich hab mich nicht durchgeschlagen und jetzt sitz ich da. Und obwohl noch zusammenfahrend in Haß und Widerwillen gegen die Berührung ihrer Haut, streichelte er ihren Arm und klappte plötzlich über ihrem Arm in voller Schwäche zusammen, er von sich selber angespieen, und heulte und heulte, und sie mußte ihn trösten, es würde ja alles gut werden, sie würden zusammengehen. Und merkwürdig, plötzlich weinten sie gemeinsam, Hand in Hand sitzend – über den Vater und das Schicksal, das sie hingeworfen hatte! Als sie aufstanden zum Schlafengehen, war sie wieder die Mutter und er der Sohn, der

sie und die Familie beschützen wollte. Es war gut, daß er bei ihr geblieben war, es war schon das Beste. Sie brachte es fertig, um ihren Triumph ganz zu vollenden, daß er mit ihr zum Pfarrer spazierte, und fühlte sich so sicher, daß sie offen ihr helles Kleid anlegte und leicht zurechtgemacht, wie sie sich nie vor ihm gezeigt hatte, erschien. Ihm kämmte und bürstete sie sein Haar, hatte einen neuen Schlips für ihn: «Aber Karl, warum denn nicht, du bist ein Kavalier und mußt mich führen.» Er wußte nicht, was er fühlen sollte, er lächelte, aber ihm war zum Vergehen vor Scham. Der Pfarrer kam an dem frostigen Abend erst spät, Karl wurde der liebenswürdig neugierigen Pfarrersfrau vorgestellt, er sah seine Mutter in dem kleinen Kreis dieser Herren und Damen. Wie fein sie sich bewegte, wie sie heißen Punsch tranken, sich Geschichten erzählten und lachten, wie sicher sie war. Und wieder [während er sie bewunderte] kam es herauf: Was hat sie mit mir gemacht, sie hat mit mir gespielt. Gräßlich klar bis zur Raserei war es ihm, wie er sie da fröhlich unter den andern sah.

ES GEHT AUFS GANZE

ER stürzte sich in die Arbeit. Sein Eifer in der Fabrik verdoppelte sich. Zum ersten Mal kümmerte er sich um seinen Beruf. Er lernte für die Fachschule, seine Regsamkeit in der Fabrik fiel auf, man hatte ihn bisher für einen armen Verwandten vom Land genommen, den man zum Vergnügen des Chefs mitschleppte. Man glaubte, es wäre nur ein Anlauf, aber er blieb zäh, es ging auf Tod und Leben, er wollte Entscheidung, er wurde älter, es mußte etwas erfolgen [und die Schlacht mit Paul war ja doch verloren und es blieb ja garnichts anderes übrig, und außerdem wollte er, ja wollte er die Mutter, die sich so schön machte und ihn beschämte, er wollte vor ihr bestehen, wollte der Sohn dieser Mutter sein, der schönsten Frau, die es gab]. Und von der qualvollen Furcht gepreßt, die Mutter schiebe ihn auch beiseite und er bliebe ganz allein [man hat angefangen zu leiden und muß immer weiter leiden], nahm er eine volle Schwenkung vor. Er wurde der folgsamste, fleißigste, ernsteste Lehrling und Schüler. Der Onkel freute sich, daß der Junge ehrgeizig wurde. Er sagte: «Es schadet nichts, wenn das Schicksal die Menschen derb beim Wickel nimmt.»

Sein Stern war im Aufgehen.

Der Onkel warf einmal einen seiner Reisenden hinaus, denn man begann stärker in andern Städten zu werben und die erste Filialgründung fand statt, und in derselben Wut fuhr er Karl an, der schon Gehilfe und zufällig bei ihm im Büro war, ob er gar keinen weiteren Ehrgeiz hätte, ob er ihm vielleicht auch in ein paar Jahren Konkurrenz machen wolle mit einer neuen Fabrik in der Nachbarstraße? Karl verstand. Den Alten grämte der Betrag, den er noch monatlich seiner Schwester, freilich gegen Schuldverschreibung, geben mußte für den Haushalt, besonders auch für Erich, den jüngeren Sohn, den die Mutter auf die höhere Schule geschickt hatte. Der Alte brüllte Karl an: Er solle sich bezahlt machen und sich regen. Der Alte schmähte über das Bettelpack mit den großen Rosinen im Kopf, damit war allerhand gemeint, auch die Vorliebe der Mutter für Gesellschaften, wovon ihm [neidisch] seine Frau erzählt hatte. Karl fühlte den Haß in sich hochgehen, es wird zu viel, ich spucke ihm vor die Füße und gehe. Da erfolgte eine Drehung, der Alte kam damit heraus, was er eigentlich gewollt hatte: Karl solle den Arbeitskittel ausziehen und ihm im Büro helfen. In dieser Form servierte er seinem Neffen die Anerkennung. Die Mutter hatte den Übergang in die ‚gehobene' Stellung betrieben, ihre Wünsche hatte die Tante dem Alten ins Ohr geträufelt, heute präsentierte der Alte Karl die Versetzung ins Büro als seinen tyrannischen Befehl.

Karl war betäubt. Es kam ihm unerwartet, die Mutter, die wußte, daß es gefährlich war, ihn zu beeinflussen, hatte ihm nichts gesagt, es schien ihr besser, es kam als Wink von oben.

Sein Meister, dem Karl bei der Rückkehr vom Chef sagte, was vorgefallen war, schüttelte an ihm und gratulierte ihm; nun hätte er es ja geschafft, das sei das große Los, wenn der Alte es wolle, wird er ja wohl auch die Kosten für deine Ausbildung und was noch kommt bezahlen. Der älteste Gehilfe, Otto, klopfte ihm auf die Schulter, er hätte es kommen sehen, also, das wird ein wunderbares Abschiedsfest und ein feierlicher Umzug. So leicht ließen sie ihn ziehen. Und wer im Saal von der Neuigkeit hörte, kam an, bewunderte ihn: «Heute schleppst du zum letzten Mal mit uns.» Karl berichtete der Mutter nur mit zwei Worten von dem Gespräch im Büro des Onkels, sie ahnte, was die Sache für ihn bedeutete, und schwieg [vielleicht freute ihn doch das Avancieren?]. Jedenfalls stritt er nicht mit ihr. In einer Woche sollte sein Übergang in das Büro stattfinden, er sollte zuerst unter das Personal gesteckt werden, aber nur zur Einarbeit, dann sollte er in die Nähe des Onkels kommen, der ihn anlernen wollte. Der Onkel gab einen Zuschuß zu einem neuen Anzug.

Eine bittere Woche. Plötzlich merkte er, was er verlor. Er blickte sich in seinem Saal und den Ateliers um, schnüffelte: dies sollte er also aufgeben, die Arbeit, an die er noch mit dem frischen Schmerz um Paul und seine Freunde gegangen war. Der Leimgeruch, der Sägestaub, die Stapel schöner Hölzer, die feinen Fourniere, das Geräusch des Spaltens, Fräsens, Bohrens, Raspelns, Hämmerns. Er hatte den weißen Mantel übergezogen, sein Stemmeisen in der Hand, blickte zum Modelltisch herüber, wo der Meister an dem Plan Maße nahm; er würde nun nicht mehr den Fuchsschwanz, die Stichsäge, die Brustleier führen, ewiges Abschiednehmen, seit sie vom Land gekommen waren, seit der Vater tot war. Und zu den feinen Herren und Damen im Büro sollte er herüber, sollte er denn nicht mehr arbeiten können? Der Alte beruhigte ihn, er werde noch genug schuften. Es ist ja alles nicht richtig, träumte Karl, ich will es tun, es ist doch alles nur vorläufig. Und es geschah, Karl bekam einen Platz erst bei der Lohnverrechnung, und abends hieß es nach ‚Bildung' gehen. Er mußte mit der Mappe in die Schulen und lernen. Hoch stand die Ruhmeshalle über der Stadt, die Paläste gruppierten sich um sie: das war das Sichtbare, das er haßte. Jetzt kam das Unsichtbare, die Seele dieser Ruhmeshalle, von ihrem Hügel zu ihm herunter und nahm ihn in Besitz.

Da traten, wenn er verstört nach Hause ging aus dem Zentrum der Stadt, wo in einem Gymnasium die Abendschule war, die Gestalten Pauls und Gustavs vor ihn. Nicht hier hatte er sie gesehen, sondern auf dem Marktplatz, bei der Nachtfahrt zum Gefängnis, am See bei der Ruderpartie [schmal und lang zog sich der See wie ein unregelmäßiges Band hin, sie hatten das Boot an einen Pflock gebunden, lagen im Gras und die weißen Wolken jagten oben]. «Das Schlimmste ist», sagte Paul, «man stiehlt uns die Gedanken. Man weiß bald garnichts mehr. Sie haben ihre Dichter und Gelehrten und Philosophen und Religionen, und wir haben nichts. Denn wer keine Macht hat, hat kein Geld und kein Brot, und wer kein Brot hat, der kann keine Gelehrten und Dichter und Philosophen bezahlen, und darum gehen sie nicht mit einem, da gehen sie mit den andern.» Warum geh ich nicht zum Onkel und sage ihm, ich will den Arbeitskittel behalten? Ihre Geschichte, die ich lernen muß, die Gedichte, der Heldenmut mit dem Schwert in der Hand, – als wenn ich nicht auf der Straße gelegen hätte und nicht wüßte, wie hart und eisig sie sind. Wie ich ihre Siegeshalle mit dem blutroten Teppich hasse. Jetzt halte ich meinen Kopf hin, sperre die Ohren auf und lasse mir ihre Lügen einflößen, und morgen werde ich nichts mehr von mir wissen, aber sie sollen sich täuschen, sie werden mich nicht unterkriegen, ach wenn die Mutter nicht wäre, wo finde ich Hilfe.

Es war ein Sturm in Karl, alle schlimmen Dinge der Vergangenheit wachten in ihm auf. Aber er war ein Mann, der schon den Knebel im Mund hatte und am Boden schleifte. Der älteste Gehilfe, ein Mann in den dreißig, Otto – er erinnerte durch seine gedrungene Figur, sein langsames Wesen an Gustav –, stand gut mit Karl. Zum Kummer der Mutter besuchte Karl ihn fast alle

Sonntage [auch nachdem er schon ins Büro gekommen war]. Das war ein Mann, der Karl raten konnte. Sie saßen in der möblierten Stube Ottos, seinen Gast Karl hatte er auf das Sofa gesetzt. «Was sagst du dazu, Otto? Ich hab mich eingearbeitet, die Herren und Damen sehen mich schief an, weil ich in der Fabrik gearbeitet habe, was soll ich machen?» Otto trug seinen zusammenklappbaren gelben Zollstock in der Hosentasche; es geschah ohne weiteres, daß, wenn er etwas überlegen mußte, seine rechte Hand in die Tasche faßte und den Zollstock hervorholte, er dachte sorgfältig nur mit dem Stock in der Hand. «Dazu will ich dir sagen, Kollege [entschuldige, wenn ich dich noch Kollege nenne]: Du kannst natürlich dem Alten sagen, du willst nicht. Darauf wird es Krach geben. Bist du hartnäckig und bleibst dabei, kann er dich raussetzen. Und das tut er jetzt schon aus Prestige. Er hat außerdem seine wilde Zeit. Alle halben Jahre hat er seine wilde Zeit, da geht man besser nicht zu ihm. Also, du fliegst.» Er lächelte Karl an und klopfte ihm mit dem Zollstock aufs Knie: «Das möchtest du doch nicht, den schönen Anzug verlieren und auf die Abendschule gehen.» «Ich kann zu einer andern Firma gehen.» «Kannst du. Bedarf an tüchtigen Gehilfen ist. Aber ob du so gut weiter kommst wie in unserer Bude, das lassen wir offen. Sag mal, nebenbei und ich will mich natürlich nicht in deine Privatsachen mischen – du hast mir mal erzählt, der Alte, weil er euer Onkel ist, unterstützt euch, weil der Vater tot ist, und du verdienst noch nicht genug?» Karl nickte. Da legte Otto, nachdem er sich die Nase gewischt hatte, den Zollstock auf das Knie und griff, als wenn er ein Holz abmaß, mit Daumen und Zeigefinger zehn Zentimeter nach zehn Zentimeter ab: «Das macht die Sache schwierig, Karl, nicht mit deinem Dableiben in dem Büro, bloß mit dem Rübergehen zu einer andern Firma. Weil er doch natürlich nachher keinen Pfennig mehr gibt. Dann wirst du also die Sache erst mit deiner Mutter besprechen müssen oder wenn du andere Verwandte hast.» «Andere hab ich nicht.» Sie schwiegen. Otto klappte das Maß zusammen und schob es in die Tasche: «Soll ich dir eine

Flasche Bier aufmachen?» «Ach laß mal, vormittags.» «Daß du nicht mit den Feinen im Büro sitzen willst, kann ich gut verstehen, Karl. Unsere Arbeit ist auch besser als die ihre. Rechnen und Korrespondenz muß natürlich auch sein. Vielleicht wird dir das Rechnen schwer, dann schickt er dich wieder zurück.» Das wäre noch eine Möglichkeit, vielleicht sollte man das machen.
Kurzum, Karl fing Sabotage an; aber es nahm ihm keiner etwas übel, er galt als Anfänger. Dann gab es endlich Zurechtsetzungen. Das war nun aber beschämend. «Da darfst du dich nicht genieren, Karl», sagte Otto, «ein Hieb auf den Kopf macht einem richtigen Arbeiter noch lange nichts, wenn er was will.» Ein paarmal machte Karl so grobe Schnitzer, daß ihn der Bürochef vor den andern anbrüllte, das erschütterte Karls Widerstand. Das Grinsen des feinen Packs im Raum konnte er nicht ertragen. Er erklärte Otto: «Ich halt nicht durch. Sie beschimpfen mich, weil ich bloß Arbeiter bin. Ich kann's so gut wie sie. Es ist eine Schande für uns.» «Die Arbeiterschaft, Karl, kann's schon ertragen, wenn ein Bürohengst schimpft. Das tut uns nicht weh, Karl. Halt durch, sag ich dir, wenn du's wirklich willst. Aber...» Und er lachte breit und klopfte Karl auf die Schulter: «Im Grunde weiß ich nicht, was du gegen die Büroleute hast. Die Leute, die taugen fast alle nicht, das wissen wir, lauter Bürgersöhne und Bürgertöchter, hochmütiges Gesindel. Aber warum willst du da nicht hineingehen – grade für uns? Arbeiter sind sie schließlich auch, und mit dem Gehalt sind sie auch nicht groß dran. Da kannst du ein gutes Werk verrichten und denen mal ein Licht anzünden.» Karl dachte trübe: Da höre ich es. Ich werde ganz zu denen rübergeschoben.
Die Mutter stellte er am Abend vor die Frage, ob sie die Unterstützung vom Onkel noch brauchten. Die Mutter erschrak. Tatsächlich hätten sie mit dem Lohn Karls und den neuerlichen Zuschüssen, die auf Umwegen von der Tante kamen, schon leben können, aber sie ahnte etwas Schlimmes und bejahte entschlossen. Ob er sich etwa mit dem Onkel überworfen hätte. «Nein, aber ich will nicht Bürohengst werden.» «Was ist das für

ein Ausdruck. Du weißt genau, was der Onkel mit dir vorhat. Bewährst du dich, bist du in ein paar Jahren seine Stütze.» «Ich bewähre mich nicht.» «Was heißt das, Karl?» «Daß ich mich nicht bewähre. Ich bin Arbeiter. Ich bin ein ehrlicher Mensch. Ich bin kein Verbrecher. Ich geh nicht zu den andern.» Ihr schoß das Blut ins Gesicht: «Pfui, und du schämst dich nicht? Bin ich ein Verbrecher? Du sagst zu mir Verbrecher und zu deinem Onkel Verbrecher? Hast du es ihm gesagt?» «Nein, aber...» Sie überschrie ihn: «Hier ist kein Aber. Du hast noch immer deine schlechten Gedanken, die Lumpereien schleppst du noch immer herum. Du bist der richtige Sohn deines Vaters, der uns ins Unglück gebracht hat.» «Schimpf nicht auf Vater, Mutter.» «Weil du sein Sohn bist. Geh doch hin zum Onkel, sag Verbrecher zu ihm und bring uns auch ins Unglück. Du, ich sperr dich doch nicht ein, die Tür ist offen.» «Nein, du sperrst mich nicht ein, Mutter, aber es wäre auch damals besser gewesen, du hättest mich laufen lassen.» Da starrte sie ihn an, zog sich auf das Sofa zurück [er hört nicht auf damit] und brach in ein Weinen aus, das man fast wahnsinnig und tobsüchtig nennen konnte, so daß Erich, schon halb ausgezogen, aus der Nebenstube hereinlief. Karl wollte ihn aus dem Zimmer drängen, aber Erich stieß ihn mit den Füßen, und kaum war der Junge bei der Mutter und sah das zerrissene Gesicht sich aus ihren Händen erheben, als aus seiner Kehle auch schon das bekannte gräßliche stoßweise Weinen kam; die Mutter sprang auf, faßte ihn, aber seine Lippen wurden schon blau, der Blick starr, der schauerliche Schrei des Schreikrampfes gellte zerreißend in den Raum. Sie trugen ihn in sein Bett.

In dem sehr stillen Wohnzimmer stand die Mutter, das Haar zerwühlt, die Bluse am Hals von dem Jungen aufgerissen, und Karl ihr gegenüber. Die Mutter blickte wild zur Tür und sagte, noch ohne Atem, tonlos: «Du erlaubst, daß ich die Tür abschließe.» Er nickte, blieb stehen. Dann trat sie auf ihn zu und schlug ihm rechts und links ins Gesicht. «So, und jetzt schlag wieder, Strolch.»

DIE Mutter trug sich mit dem Gedanken, noch einmal zu heiraten. Mit der gleichaltrigen Frau ihres Bruders war sie in enge Berührung gekommen. Dem Zug der Zeit – die große Zeit der Konjunktur, die damals gerade machtvoll einsetzte –, daß Frauen jung sein müssen, hatte auch die Schwägerin Rechnung getragen. Hals über Kopf war die faule und träge Person zur Verwunderung ihres Mannes merklich schmaler, frischer und lebensfreudiger geworden. Sie wollte ihren Mann, wo es jetzt Jahr um Jahr mit ihm aufwärts ging, bewegen, auch etwas für sich zu tun. Aber da biß sie bei dem alten Knaben auf Granit. Er wollte der solide Vertreter von gestern sein und lachte stundenlang hinter seiner Zeitung über die alten Weiber, die sich künstlich präparieren und aufbügeln ließen. Wenn ihm wenigstens ein neues Bein wüchse. Er sagte, er möchte heutzutage kein junger Mann sein, da könne man ja furchtbar auf seine eigene Großmutter reinfallen. Immerhin, es ging an seinen Beutel. Zu einer verjüngten Person gehörte auch eine verjüngte Umgebung, und wenn er's nicht sein wollte, so wenigstens die Möbel, die Beleuchtungskörper, die Tapeten, sogar die Teppiche. Was die Menschen anlangt, mit denen man umgehen wollte, woher welche nehmen? Die weit vorgeschrittene Mutter war da. Was sie bei dem Pfarrer und anderswo gesehen hatte, trug sie in das wohlhabende, aber spießig verkommene Haus ihres Bruders. Man mußte in Gesellschaften, Teeabende, Musikabende und mußte selber welche arrangieren. Der Onkel mit dem Stelzfuß, immer noch der einfache Tischlermeister, blieb bei einem Händezusammenschlagen. Aber das nutzte ihm nichts, die neue Zeit war nicht aus der Welt zu jagen. Er beobachtete ja auch mit Vergnügen, daß sich die Kaufkraft stark belebte, alle Welt machte Anschaffungen, die Preise zogen an, er brauchte neues Personal, mietete eine neue Etage für seine Fabrik.

Da spielte jetzt die Mutter keine unbeträchtliche Rolle im Haushalt ihres Bruders. Sie wurde eine Art Hausdame, da die

Schwägerin ungeschickt war und blieb. Wahrhaftig, eine neue Epoche war angebrochen! Es war eine andere als damals, wo sie zum Gasschlauch griff.
Zaghaft, vor Glück überschwellend begleitete sie die Tante auf eine Badereise, und da ließ sie sich in ein Liebesabenteuer hineinreißen. Der Mann war nicht jünger als sie, anscheinend etwas Gelehrtenhaftes, das alleine lief, eigentlich war die Tante scharf auf ihn, dann aber war sie zufrieden, daß die Schwägerin ihr die Last dieser Unterhaltung abnahm. Es waren freudige Wochen in dem Gebirgstal, zwischen Gletscherschnee, Wiesen und Wasserfällen. Es ging vorüber. Als die Mutter in der Stadt ein Jahr darauf ein schmerzlich verlaufendes Erlebnis hatte, dachte sie an Heirat. Aber sie dachte nur. Es war kein Zufall, daß sie dachte. Auch dies mußte noch geschehen, daß sie frei, selbständig sich einen Mann nach ihrem Geschmack wählte. Es genügte, daß sie die Möglichkeit hatte und es erwog. Es sättigte sie. Sie wollte es eigentlich nicht. Auch die Schwägerin, die langsam wieder in ihr Fett zurückfiel, riet ihr ab. Man hat mit den Männern in der Ehe keine Freude. Außerdem, wie würde die Mutter nachher zu ihrem Bruder und auch zur Schwägerin stehen? Da hängt vieles vom Mann ab. Ist eine Geldfrage. Der Mutter war es gleich klar. Die Sache wurde zu den Akten gelegt. Was sie gewollt hatte, hatte sie. Sie blieb frei. Und alterte friedlich.
Karl blieb im Büro, besuchte weiter die Abendschule, machte keine Fehler mehr. Er dachte noch mal [und immer seltener]: ich halte durch, alles ist ja nur ein Durchhalten, ich mache das nur mit, aber eines Tages, eines Tages – [er dachte es und wußte, es war nur noch Träumerei].
In der Fabrik drehte es sich um Einkauf, Verkauf, neue Modelle, neue Fabrikationsmethoden, Hölzer, Formen, Gehälter, Arbeitslohn. Man hatte Konkurrenten wie wilde lauernde Tiere neben sich, man engagierte einander die besten Verkäufer weg, um mit ihnen die Kunden wegzuschnappen, man hatte sich gegen seine eigenen Reisenden zu schützen, die eines Tages

übermütig wurden und sich unter Mitnahme von Adressen selbständig machten. Gewaltig war der Bedarf des Marktes, man hätte tausend Köpfe und Arme haben müssen, um alles schaffen zu können.

In solchem Sturm gewöhnt man sich an eine andere Art zu denken, drückt die Lippen kräftiger zusammen, gebraucht die Worte sparsam und planmäßig. Die Gedanken müssen beieinander sein, der Wille muß hinter den Gedanken stehn. Der Wille heißt: verdienen, Konkurrenten schlagen, Absatz steigern. Da ist man unter den Menschen, muß sie scharf und ständig ansehen auf den Nutzen, den sie bringen. In der Fabrik stehen einem die Arbeiter gegenüber, und da gibt's keine Vermengung, denn auch sie wollen verdienen, mehr verdienen, und wenn man ihnen nachgibt, verliert man die Partie. Das drang auf Karl ein, mit Monat und Monat, Jahr und Jahr, da sagt man nicht mehr: ich will nicht, man liegt in einer Strömung. Und langsam merkt man von innen, was man bisher nur von außen gemerkt hat: die Luft der Herrschaft, der Menschenverachtung. Man atmet sie selber, und siehe, sie schmeckt köstlich! Als Columbus mit seinem Geschwader das heimatliche Wasser verlassen hatte, lag er wochenlang auf dem Meer, das Warten wurde zur Qual, schon wollte die Mannschaft meutern und umkehren, da flogen Vögel mit merkwürdigem Gefieder an ihnen vorbei, die Menschen staunten, man machte sich stark, näherte sich mit vollen Segeln einem neuen Land, und nun blickte man nicht mehr rückwärts und streckte die Hände aus und klagte: wäre ich doch zuhause geblieben.

Karl trat nach einer Anzahl Jahren als Prokurist neben den Onkel, genau wie die Mutter es gedacht hatte. Er war in fremde Länder gereist, hatte seinen Horizont erweitert, allmählich eine neue Art angenommen. Er war nun von der typischen Art der Männer, die nicht nur Maschinen bauen, sondern auch von der Maschine gelernt haben. Sein Eintritt in die Fabrikleitung wurde damals nötig, denn die Produktion war in starker Entwicklung und den Onkel kostete sein dilettantisches Vergrößern schweres Geld. Mit Karl kam frischer Wind ins Haus, man machte Schluß mit den Resten eines patriarchalischen Wesens, das in der Gesamtorganisation, im Büro, in dem maschinellen Durcheinander, in der Technik der Arbeitsweise gespensterte. Auch die Arbeiter lernten den Betrieb der großen Welt kennen, verbesserten ihre Ausbildung, konnten ihre Organisationen und Hilfseinrichtungen ausbauen; die Zeit war günstig, die Löhne stiegen, die Kluft zwischen Arbeiter und Chef vertiefte sich nicht, die beiden Mächte konsolidierten sich, lernten mit einander verhandeln, der Ton wurde sachlicher und gleichmäßiger als in der patriarchalischen Periode mit ihren Willkürlichkeiten.

Die Mutter sah ihre Bemühungen um die Familie [und wenn sie auch, sagte sie sich selbst, hart zugegriffen hatte und nicht zu kurz dabei gekommen war] wunderbar belohnt. Auch das Letzte, die Freundschaft Karls, mußte ihr schließlich wieder zufallen.

Ein neuer Karl war da. Er war über den Berg [auf der anderen Seite]. Die Kindheit, die Jugend war vorbei. Er war ein großer junger Mann mit einem flotten Schnurrbart, sein Gesicht war weich und gutmütig – freundlich und lieb, möchte man sagen –, seine Augen, die er gern prüfend und wie kurzsichtig halb schloß, waren sachlich, ja streng. Sie maßen eisig die Welt nach Metern und Zentimetern. Er war ein leidenschaftlicher Billardspieler, tanzte gut, bewegte sich und sprach völlig weltmännisch. Er begleitete die Mutter bei Besuchen, schien sich immer der Frische und neuen Schönheit seiner Mutter zu freuen. Selten beobachtete sie noch etwas Gehetztes und das traurige trostlose Zusammenfallen bei ihm. Er war allein. Wenn er doch ein Mädchen hätte. Aber da haperte es bei ihm. Er hing an der Schürze der Mutter. Er erklärte ihr, was er an Weiblichkeit kennen gelernt hätte, habe ihn nicht verlockt. Sie bliebe die einzige. Was sie nicht hören wollte. Mit dem Gefühl eines Demütigen, mit der Gebärde eines wirklich Unterworfenen küßte er ihr manchmal die Hand. Unerhört, so daß ihr Angst wurde, erhob er ihre Vorzüge und Tugenden vor andern. Sie wurde glührot im Gesicht. «Du brauchst eine Frau», lachte sie und schüttelte ihn von sich ab. Es war für sie ausgemacht, daß Karl Junggeselle blieb, auch der Onkel war damit sehr zufrieden, denn, wie er sagte: «Weiber stören, machen bequem und lenken von der Arbeit ab.»

Es war beinah zuviel Glück, was der Mutter in diesen Jahren widerfuhr. Erich studierte, er sollte Apotheker werden. Daß Karl in die Firma des Onkels als Mitinhaber eintreten würde, war schon ausgemacht. Ein schlimmer Schlag: Mariechen, die der Tante ans Herz gewachsen war, noch nicht fünfzehn Jahre alt, legte sich mit einer Ohrenerkrankung hin und stand nicht wieder auf. Schwer hatte Karl in diesem Jahr mit der Mutter zu tun, die sich vorwarf, Mariechen weggegeben zu haben, um den Onkel zu fesseln, dafür sei sie jetzt bestraft. Es war nun klar, daß Karl ein neues weibliches Wesen in die Familie führen müsse. Man fragte ihn häufiger, es war nicht nötig ihm zuzusetzen, er wußte, er war der Gesellschaft, der Familie und seinem Aufstieg die Ehe schuldig [er hatte sich nur wenig mit Tändeleien abgegeben]. Seine Antwort rechtfertigte das Vertrauen, das man in ihn setzte: «Die Sache will nach allen Seiten hin reiflich überlegt sein.» Und in einer herzlichen Stunde, wo ihm vieles durch den Kopf ging aus den vergangenen Jahren und wo er mit Erich bei der Mutter saß, bat er die Mutter: wenn sie ihn doch wegschicke, so müsse wenigstens sie für ihn auf die Brautschau gehen, an nichts liege ihm so, als an Harmonie in der Familie. Damit bekamen die älteren Familienmitglieder die Legitimation, sich für ihn umzusehen. Der Onkel wies die Richtung. Die Fabrik war erweitert, man war im Aufstieg, mußte neues Geld hereinnehmen, man mußte eine sehr gute, untadelige Familie wählen, die Braut durfte kein flatterhaftes Geschöpf sein, das paßte weder in die Familie noch für den besonders ernsten strebsamen Karl. Die Mutter war derselben Meinung. Man hatte Glück, fand den Regierungsbaumeister und seine einzige Tochter Julie.

Und damit stellte sich Karl der Liebe, der furchtbarsten, unerbittlichen Macht. Sie hatte noch nicht in sein Herz gesehen und ihn geprüft.

Die Welt hob sich wie ein Kuchenteig unter der Hefe in einer wundersamen Prosperität. In die Länder, die munter waren, strömte massenhaft Geld ein, andere verkamen weiter, sie waren dazu bestimmt, eines Tages von den rüstigen Völkern verschluckt zu werden. Man suchte und fand Kolonien, und während Scharen diese ‚Gebiete erschlossen' [die Farbigen, Braunen, Gelben, Schwarzen waren ja unfähig, mit den Riesenschätzen der Natur umzugehen, auf der sie wie Flöhe herumsprangen], währenddessen setzten die Städte immer mehr Häusermassen speckartig an. Die jämmerlichen Baracken der Großstadt von früher, die Kleinhäuser gingen wie unter einem Feuerhauch ein. Dafür stellten sich massive vielstöckige Mietskasernen hin, neue Villenviertel schossen auf. Künstler, Architekten, Maurer, Klempner und Schlosser und viele andere gediehen dabei, tausende hatten mit Straßenarbeiten zu tun, Elektrische waren zu verlängern, eine Untergrund- und Hochbahn zu bauen, Geschäfte und Schulen folgten den neuen Straßenzügen, Ärzte, Anwälte, Kinos, Gerichte, Gefängnisse.
Von ihrer Hochzeitsreise kamen Karl und Julie zurück.
Schön war die Stadt, schön die ganze Welt, wie sie vor ihnen lag, eine lange Chaussee mit hohen buschigen Bäumen; durch einen einzigen wogenden Laubengang schritten sie, und hinten schlug das Grün zu einem geheimnisvollen Busch zusammen, und da winkten die Zauber, immer neue goldene Zauber.
Sie wohnten nicht in der feinen alten Straße des Zentrums, wohin sich der alte Onkel begeben hatte, sondern unweit der Fabrik in einer der neugebrochenen Straßen, die den Platz einer früheren Elendsgasse einnahm. Diese Lage hatte Karl gewählt, es war die praktische Nähe der Fabrik, aber auch sonst konnte er sich dem Ort nicht entreißen. Auf der Rückreise hatte er mit Julie seine Heimat besucht. Es gab keinen Gasthof ‚Wiesen-

grund' mehr, wenig war von Aufschwung in dieser Provinz zu merken. Es geht alles in die Städte, klagte man. Karl strahlte Julie an: «Wir sind damals noch zur rechten Zeit in die Stadt gekommen, was? Himmel, wären wir hier stecken geblieben!» Er suchte zu verdecken, wie geschunden sie schon damals waren. Auf dem Kirchhof entdeckten sie Vaters Grab, es war leidlich in Stand, Julie vermißte eine richtige Marmorplatte mit deutlichem Namen und einem Spruche. Das sollte sofort in die Wege geleitet werden. «Er war mir ähnlich», behauptete Karl im Herumwandeln auf den Wiesen. Manches erkannte Karl wieder, aber wie kläglich und klein sah alles aus. «Der Vater wollte etwas unternehmen», prahlte er, «etwas Großes in die Wege leiten, ein Gut mit Gasthof, vielleicht Sanatorium, aber hier war nichts zu machen, es war ein toter Winkel. Er scheiterte einfach an der Provinz.» «Ihr müßt ihm eigentlich dankbar sein, daß ihr weg seid, Karl.» «Wenn man es richtig nimmt, ja. Und heute bin ich's bestimmt.» Sie spottete: «Du hättest mich auch sonst nicht kennen gelernt.» Der Arrivierte drückte ihren Arm. Sie kicherte: «Denn hier möchte ich, verzeih mir, nicht mal begraben sein.» Er war beschämt vor der Tochter des Regierungsbaumeisters. Sie hätten eben hier gewohnt, Mutter sei hier aufgewachsen. Sie gab ihm einen Klaps auf die Hand und lenkte ein. «Ich weiß ja, Landpomeranze.» Es dauerte aber nicht lange, daß sie so scherzten.

In das neue Heim führte sie Karl wie ein Sieger. Der Wohnraum, aufs modernste ausgestattet, war mit Blumen vollgestopft, Mutter, Onkel und ihre Eltern hatten sich darin geteilt, Julie, mokant wie immer, stellte die Diagnosen: «Die Veilchen und Maiglöckchen im Schlafzimmer sind meine Mutter, sie möchte mich sanft haben, die stolzen Gladiolen im Speisezimmer sind deine Mutter, du bist ihr Held. Der Onkel hat uns die Zimmertanne hingesetzt, das trauliche Familienleben, Karl.»

Sie hatte unrecht, die verwöhnte einzige Tochter des Herrn Regierungsbaumeisters, wenn sie glaubte, in dieser Weise mit ihrem jungen Herrn Gemahl spielen zu können und zu denken, ihn unter den Pantoffel zu nehmen. Er war, wie sie rasch merkte, wenig biegsam.

Denn er wußte, was Ehe ist. Und was denn? Ein Haushalt, eine Familie, die man streng und würdig leitet. Er tauschte sich nicht aus, wenn er vom Zeichentisch oder Telephon wegtrat und im Fahrstuhl nach unten fuhr, um nach Hause zu gehen. Ehe bedeutete Achtung der Gesellschaft und [für ihn] Krönung eines arbeitsamen Lebens. Julie hatte ein zartes feingeschnittenes Gesichtchen, ein wirklich edles Profil, loses goldrotes Haar; zierlich und leicht bewegte sie sich, ihre Augen waren eigentümlich schön, auch wenn sie kalt vernünftig blickten. Aber nicht dies sah er. Er sah das feine Geschöpf aus dem Schoß einer Familie, die ihrer Rolle sicher war, sie war seine Frau, und was konnte er anders als sie beglücken. Julie dachte anzutanzen als Julie, aber so nahm er sie nicht an, ihr bezauberndes Wesen diente nur dazu, um sie leichter auf den Sockel einer Ehefrau zu stellen. Wie der alte römische Staat den Bürgern Büsten seiner Kaiser in die Tempel schickte, so hatte er nun diese Frau empfangen und bemühte sich, ihrer würdig zu sein.

Es war bestürzend, wie er mit ihr umging, mit welcher Weichheit, Zartheit, als wäre sie kein irdisches Wesen. Ihre Mutter lächelte zusammen mit ihr darüber, aber doch nur selten. Und Karls Mutter, wie sie strahlte. Wie sich Karl für die Ehe eignete! Wie er Glück gehabt hatte mit dieser zarten reizenden Frau, einer Nippesfigur, die man auch wirklich nur anbeten konnte. Und Karl drückte innig seiner Mutter die Hand. Er paradierte mit seiner Ehe vor der Mutter. Er gab ihr vertrauliche Berichte von Julie und erntete Lob von der Mutter. Er regierte die neue Familie zu ihrem Wohlgefallen.

Unserer Julie wurde es ganz merkwürdig dabei. Denn ohne grade eine Kratzbürste zu sein, war sie spröde, spitz, ein kleines kokettes Persönchen, die es liebte, sich zu mokieren. Und nun ‚verehrte' sie einer, im echten Sinn des Wortes. Ihr Vater schüttelte sich vor Lachen: «Die kleine Schwindlerin läßt sich in Watte legen. Glaubt er ihr denn ein Wort?» Er wies damit auf eine frühere Schwäche Juliens hin, zu lügen, um sich den zweifelhaften Freuden des Elternhauses zu entziehen. Aber Karl glaubte ihr wirklich, und was sollte sie jetzt lügen? Ja, sie ließ sich in ‚Watte' packen. Was hatte er für Sorge um sie. Sonst hatte man sie munter laufen lassen. Karl kannte ihre Kleider, er sorgte sich um warme und leichtere Sachen; ihr Befinden, ihre Laune, gelegentliche Migräne waren Staatsangelegenheiten. Sie hatte im Beginn, wo sie alles zum ersten Mal erfuhr, Lust, ihm zu entwischen, dazwischenzufahren, wie sie's bei andern gemacht hatte. Dann – war es doch wunderbar! Man sagte ihr, es sei beneidenswert, und sie fühlte es auch so. Sie gab nach, staunte Karl an und ließ mit sich tun. Es war ja nur angenehm. Was machte er aus ihr.

Es war deutlich, daß es Karl war, der sich hier, in Stein und Erz, seine Ehe baute und sie dabei einmauerte. Und wie wollte sie Gnade vor ihm finden, wo er keine gefunden hatte.

Straff und ordentlich verlief ihr Haushalt. Karl gab Julien, damit alles sicher wäre, genau ihre Funktion in der Wirtschaft. Er beaufsichtigte das Ganze. Auf der einen Seite Diener, war er auf der andern ganz Herr. Es gab keinen Winkel der Wohnung, in den er nicht – mindestens Sonntags – hineinblickte. Er konnte über nichts hinwegsehen und wies dabei auf Napoleon hin, der keine Nebensächlichkeiten kannte und seine Siege davon ableitete, daß er sich um die geringsten Kleinigkeiten bis zu den Unterkünften der Pferde und dem Schmieröl der Fouragewagen kümmerte. «Mein Haus ist mein Schloß», das Wort verfehlte Karl niemals Besuchern mitzuteilen, und er war der Schloßherr. Er leitete einen uhrwerkartig geregelten Haushalt. Einen feierlich steifen strengen Ton führte er ein.

Sie hatten im Eßzimmer, das recht geräumig war, die Wohnung war sonst nicht weitläufig, eine Wohnecke, von der er bei geöffneten Türen auch noch in den angrenzenden Salon, das spätere Museum, schauen konnte. Da saß er neben Julie abends, genießerisch. Ihr Blick, der sonst seinem spähenden unruhig folgte, konnte friedlich werden. Der Herr und Meister schwelgte. Die kleine Kaminuhr schlug. Er hielt ihre Hand in seiner. Er kam sich glücklich vor. Sie war es nicht ganz, aber dachte, hier wird sich schon einiges ändern. Manchmal erschien seine Mutter, ‚die' Mutter, wie Julie noch gelegentlich zu spotten wagte, aber es war ihm so sicher, daß sie es wirklich war, daß er sie ruhig spotten ließ. Die Mutter nahm in der Wohnecke Platz auf dem ihr ein für allemal zugewiesenen Ledersessel. Manchmal wurde Julie eifersüchtig und wünschte ihre Schwiegermutter zu allen Teufeln. Wenn Karl so an der Mutter hing, warum hatte er dann geheiratet? Aber ihre Eltern lachten sie aus: Karl sei eben ein Sohn, wie es sich gehöre, ein guter Sohn, er hätte die ganze Familie allein ernährt [Julie nickte ärgerlich: «Arme Leute, ich weiß schon»].

Es ist naturgemäß unter diesen Umständen lange wenig von der Ehe Karls und Juliens zu berichten. Sie war das Musterbeispiel einer Ehe, denn beide verhielten sich so, als ob sie sich liebten, und hatten keinen Wunsch, einander kennen zu lernen. Die edle, gesellschaftlich überlieferte, von Karl angebetete Form ersetzte ihnen persönliche Beziehungen. Daher bemerkte Karl, abgesehen von gelegentlichen Staubansammlungen auf dem Teppich, nicht genug gelüfteten Räumen, in seiner Ehe lange nichts. Sie reisten viel, die Konjunktur trug und behütete sie. Sie hielten sich viel für sich, begnügten sich an dem Umgang mit einigen Verwandten und Geschäftsfreunden Karls, pflegten den Besuch von Theater und Konzert. Übrigens gehörte Erich nicht zu ihrem eigentlichen Verkehrskreis, Karl liebte nicht, seinen Bruder Spaßvogel und Leichtfuß mit Julie zusammenzubringen, obwohl sie ihn mehrmals ‚famos' nannte. Erich spottete: «Karl versteckt mich.»

Und was das eigentliche Liebesleben anlangt, so war es genau so geregelt, man möchte sagen feierlich, rituell, wie alles andere in diesem Haushalt. Es verlief unter Vermeidung aller beleidigenden Erregung, gezügelt als wohltuende Annäherung, die die Familienhäupter sich gönnten. Es war ein Vorgang, der nicht das Mindeste mit den Unflätigkeiten der Gasse oder sogenannter

Liebespaare gemein hatte. Er begann in der Dunkelheit – wir dürfen diese geheimen Punkte, da sie wichtig sind, nicht unterschlagen – mit einer stummen diskreten Begrüßung und endete mit einem fast formellen Handkuß Karls, zu dem sie sich gelegentlich eine Verbeugung träumte. Sie wußte schon am Abend von seinen Vorbereitungen her, daß die Stunde des Liebeslebens nahte: er beendete zwar exakt seine Mahlzeit, saß eine kleine Weile ohne Ungeduld aufrecht mit ihr in der Wohnecke, dann aber befahl er, der jeden Morgen badete, zu dieser ungewöhnlichen Stunde ein Brausebad. Er erwartete darauf, daß auch sie ein Bad nahm, und näherte sich ihr nicht, wenn er feststellte, daß sie dem Wasser auswich. Sie dachte manchmal: ob er nicht weiß, daß manche Menschen sich auch ohne Bad umarmen? Aber sie wußte seine Antwort im voraus: «Ich weiß, daß es geschieht, Julie. Aber es sollte nicht geschehen!»
Ihre Bemühungen um Staat und Familie wurden belohnt, indem sich im Laufe der ersten Jahre zwei Kinder einfanden, die also nach dem Abscheiden ihrer Erzeuger deren Platz in der Gesellschaft einnehmen konnten. Was an ihnen beiden, den Erzeugern, lag, so würde also keine Lücke in der Welt entstehen. Es war ein Mädchen und ein Knabe, Karl und Julie gaben ihnen die Namen Julie und Karl. Es blieb bei diesen beiden, weil Kinderreichtum auch nicht schicklich war.

So war Karl zu Wohlstand, Ansehen und einer glücklichen Ehe gelangt. Fern war die Zeit, da er durch die Gassen, die ehemals diese Gegend besetzten, irrte: «Ich bleibe bei euch, ich gebe euch nicht auf, ich trage euch, wo ich gehe, mit mir herum, ich bin ein Verräter, ein schlechter, schwacher Mensch.» Wo war noch die Rede von der Gesellschaft, die ruchlos die Armen auf die Straße wirft, wo der Haß auf die Unterdrücker, man hat mich vergewaltigt, meine Freiheit kommt mit eurer, wo noch ein einziger Gedanke in ihm an jenen Paul? Wenn ihn einer daran erinnert hätte, wäre er vor Scham vergangen und hätte alles geleugnet. Es waren Verirrungen der Flegeljahre, die Familie war durch das hereingebrochene Unglück bis zur Auflösung betroffen, und die kurze Dummheit hatte er durch ein langes Leben voller Arbeit und Pflichtgefühl wettgemacht. Das Schicksal hatte auch gezeigt, was es dazu meinte: er war gesegnet worden. Er blickte manchmal nach Tisch zum Fenster hinaus: Sie haben ihr Gesetz, wir haben unsers. Ein schöner Phrasenkram, Romantik, womit man sich damals herumschlug. Die Arbeiter sind jetzt klarer. Sie wissen, ihr Schicksal ist an unsers gebunden. Gehen wir zu Grunde, sie mit. Aber was ist das überhaupt für ein unzeitgemäßes Gerede. Raum für alle hat die Erde.

Die Konjunktur bringt Reichtum in alle Scheuern. Es sieht ganz so aus, als ob das dreifache Verbrechen, das hier verübt war, ungesühnt bleiben würde, das Verbrechen der Mutter an dem Sohn, sein Verbrechen an sich selbst [denn auch die Schwäche und Halbheit ist ein Verbrechen], sein Verrat an der Gesellschaft.
Die Kinder sind sieben und neun Jahre, man hat im selben Haus eine größere Wohnung bezogen, noch immer sitzt man in dem alten Gelände eines ehemaligen Slums, Julie drängt oft in die Villengegend, wo ihre Eltern hausen. Aber Karl [in Sicherheit, in Trotz, in Schuldgefühl?] verläßt diese seine Gegend nicht, in die er auch seine Mutter mit einem kleinen Haushalt einquartiert hat. Er gebraucht einmal bei einem abendlichen Gespräch in seiner Wohnung gegen den Schwiegervater, der ihn zum Umzug animieren will, er denkt nebenbei an seinem Schwiegersohn ein Geschäft zu machen, die merkwürdige Wendung: «Ich gehe so wenig aus dieser Gegend, wie draußen mein Vater aus seinem Grab gehen wird.» Die Mutter fährt hoch, das Gespräch ist doch so friedlich gewesen, sie schlägt die Hände zusammen: «Was sagst du, Karl?» Fühlt er sich nicht wohl, stimmt etwas nicht, hat er wieder etwas gegen mich? Er, auf diese Erregung nicht gefaßt, gibt friedlich zu verstehen: «Ich meine nur, ich bin zäh von Natur, ich liebe keinen Wechsel.» Eigentlich richtig, denkt der Schwiegervater, der Architekt, aber sonderbare Ausdrucksweise. Eigentlich richtig, denkt seine Frau, aber wäre ich Julie,

so wüßte ich, daß ich mich hier nicht begraben ließe. Die Mutter blickt unruhig von Karl zu Julie und von Julie zu Karl, aber ihre Gesichter lassen nichts erkennen.

Es ist ein wohlhabendes und gemütliches Heim bei Karl, man ist auf einer Insel inmitten der gewaltigen blühenden lärmenden und erregten Großstadt, hier brechen sich die tobenden Wellen. Nein, wahrhaftig, wie eine Burg mit Wall und Mauer scheint man hier der Zeit und des sogenannten ‚Schicksals' der kleinen Leute zu spotten und sie herauszufordern. Wie wohltuend eine Familie ist! Wie Karl es verstanden hat, sie aufzubauen, die Mutter ist voller Bewunderung. An den diskret tapezierten Wänden hängen an langen Fäden kostbare goldgerahmte Bilder herab, es sind meist idyllische Landschaften, mit oder ohne Getier, die Zauber der stillen einfältigen Natur preisend. Was die Maler an Farben über die kleinen Flächen werfen konnten, um die Süße und Trunkenheit einer in sich versunkenen Erde zu besingen, haben sie getan. Auf einigen Bildern bewegen sich Personen der heiligen alten Bücher, ernst, betend oder zärtlich stehen sie beieinander, die Milde und Demut, die Ergebenheit und Hingabe hat ihre Gesichter und Hände geformt, ihre Kleider sind delikat angeordnet. Alles segnet das Dasein, den Frieden, geordnete Lebensverhältnisse. Dazwischen freilich hängt ein höchst auffälliges Bild, ein regelrechtes Kriegsbild mit knalligen Farben, und wenn wir es näher betrachten, erkennen wir die Schlachtszene der Siegeshalle, die Kapitulation vor dem weißbärtigen König auf dem Pferd. Ja, dies Bild hatte sich Karl aufgehängt, es war ihm eine nachdenkliche Beschäftigung, die ihn nicht ermüdete, seine Augen darübergehen zu lassen und an dem Bild zu trinken – was zu trinken? Julie mochte dies Bild ‚für eine Schulaula' nicht, Karl schüttelte dazu energisch den Kopf: «Welch Irrtum, es ist ein Mannesbild, ein echtes Mannesbild» [wer war er übrigens – der, der auf dem Pferd saß, oder der, der demütig den Degen in den Händen hinauftrug?].

Es ist abends, ein Tag ist friedlich und tätig zu Ende, Julie spielt nebenan am Flügel ein träumerisches Stück von Chopin, ernst und mit Sicherheit thront der Hausherr, die Zigarre rauchend wie der Schwiegervater, und berichtet von der merkwürdigen Wirtschaftsentwicklung: es gibt eine merkwürdige, unüberwindliche Absatzstockung, eine Krise scheint sich anzukündigen. Julie kommt leichtfüßig in das Zimmer, ihr Blick überfliegt die Gesellschaft, sie flüstert von rückwärts Karl etwas ins Ohr. Er erhebt sich und kredenzt, sein Amt, den Gästen Kognak und Liköre, bei welcher Gelegenheit die Herren aufstehen und, die Kognakgläser in der Hand, die Weltlage in einer Ecke der Bibliothek diskutieren. Die Damen rücken zusammen. Es scheint sich nach den Handbewegungen um eine neue Frisur zu handeln.

ERICH

DIE Familie, die vor langer Zeit auf dem kleinen ungedeckten Bahnhof wartete, in schwarzen Kleidern – die Mutter unbeweglich in der heißen Sonne zwischen zwei Bauersfrauen, das Töchterchen hinten an ihrem Rock, festlich aufgeputzt, den Daumen im Mund, die beiden Brüder in neuen billigen Jacken auf der Patrouille den Schienenstrang entlang –, die Familie hat sich in der Großstadt tapfer geschlagen. Allein die kleine Marie, die noch am besten aufgehoben schien, war vor der Zeit weggerissen worden. Das war eins von den elementaren Ereignissen, mit dem man sich wie mit einem Erdbeben abfinden mußte.

Die Familie der Mutter hatte dem Land seit zwei Jahrhunderten kleine Beamte und Handwerker gegeben. Die Handwerker, meist Böttcher, waren immer die Wohlhabenden gewesen, die dann wieder Beamte züchteten. Die Beamten kamen nicht weiter, es war eine schwunglose Rasse, sie vererbten Gehorsam, Sparsamkeit und Hochmut. Die Böttcher frischten den Stamm auf, aber auch sie achteten auf Ordnung und Zuverlässigkeit. Die Furcht hatte ihre Klasse geformt.

Die neue Zeit mit Maschinen und Zeitungen rückte in die Pro-

vinz vor. Der geizige Vater der Mutter hatte es zum Gildenmeister und einem erheblichen Vermögen gebracht, er hatte sich eine Anzahl Gehilfen genommen und mit leidlich modernen Anlagen gearbeitet. Nach ihm wurde der eine Sohn wieder mürrischer Aktenblätterer und Staubschlucker und unterlag der traditionellen Ausdörrung auf der Steuerbehörde. Der zweite Sohn ist der Onkel Karls, der, um bessere Methoden kennen zu lernen, in die Großstadt geschickt wurde und da als Tischler hängen blieb. Auch seine Schwester, die Mutter, wollte die Lethargie ihrer faulenden Schicht los sein. Es war ihre Sehnsucht nach Wärme, Offenheit, Liebe, nach einem freien Wort und einem Lachen, die sie zu dem Vater führte. Aber er ertrug sie nicht. Er brachte sie und die Familie in schweres Unglück. Was an Verwandten in der Provinz lebte, hob hinter ihr in der alten Furcht der Sklaven den Finger: Wärst du uns gefolgt! Die Mutter floh mit dem Rest ihres Besitzes und den Kindern in die Großstadt. Wie eine späte Rose blühte sie da auf. Die Frau behielt ihr spitzes entschlossenes Kinn, aber ihr Gesicht verlor seine verbissene Schärfe, friedlich rundeten sich ihre Backen, das Haar, das sie, als es braun war, fest angeklebt und gescheitelt trug, bedeckte grau und üppig den Kopf und senkte sich über die Stirn wie eine danksagende Wolke. Kräftig trug sie sich, mit einer gewissen Fülle. Ihr Anblick flößte Vertrauen ein.
Aus der Ehe mit dem widerspenstigen Mann waren die Kinder hervorgegangen und trugen den Kampf der Mutter auf dem Boden der Großstadt weiter. Karl, wir wissen es, mußte der Erhalter der Familie werden. Er hat jetzt die Fabrik, auch die Frau, die beiden Kinder und die friedlich strenge Ordnung zwischen seinen vier Wänden und prunkt mit ihnen. Fest und gesichert, verehrungswürdig sieht er die Gesellschaft stehen. Seine Familie unter ihrer kleinen Kuppel ist ihr Ebenbild.

Da ist nun noch ein anderer Sohn in dieser Familie aufgewachsen, der jüngere Bruder Erich. Mutter und Bruder lieben ihn. Er ist ein merkwürdiges Widerspiel Karls.

Sie fanden in ihm ein Objekt, an dem sie sich erholten. Er führte sie, wenn es Schwierigkeiten gab, durch seine Kränklichkeit zusammen. Erich übte in ihrer kleinen Familie eine unersetzliche Funktion durch seine Anfälligkeit.

Ihm selbst kam langsam das Gefühl dafür. Er lernte erkennen, wann er nötig war, wann es für die Familie gut war, daß er zu Bett lag. Es ist das Verhängnisvolle einer Funktion, daß sie schließlich den, der sie ausübt, nicht losläßt, ja ihn selbst verändert. Karl, der neue Vater der Familie, wußte schon ein Lied davon zu singen. Erich nun tat man kein Leid an, aber: man beutete seine Schwächen und Krankheiten aus. Und als wenn er etwas ahnte, protestierte er leise [denn er war zwar schwächlich, aber schon auf dem Dorf unter den Schulkameraden im Begriff, allerhand zu überwinden], aber es war nur ein leiser Protest. Dann trat der Moloch der Familie an ihn heran, nicht mit Feuermaul und eisernen Pranken, sondern mit Koseworten und Geschenken, und stellte ihn – ein für allemal – auf seinen Platz. So wie Mose vom Berg Sinai kam mit den steinernen Gesetzestafeln in der Hand, auf denen stand, wie das Volk Israel sich zu verhalten hätte, so erschienen vor ihm Mutter und Bruder, erklärten ihm, was sein Ort und seine Aufgabe im Dasein sei. Nun, es war eine bequeme faule Aufgabe, die sie ihm stellten. Er sollte sich verhätscheln lassen. Da hatten sie ihn dann, und er hielt still. Sie schlürften, so oft sie wollten, von seinem Lebenssaft und taten ihm dasselbe, was ihnen geschehen war.

Aus der Selbstmordnacht der Mutter nahm Erich die Schreianfälle und Angstträume mit. Er wurde ein stilles und folgsames Kind. Das Gesicht bläßlich, voll, trug er lange Locken bis zum zehnten Jahr, die Augen tiefliegend. Er war zufrieden, daß Marie bei der Tante lebte. Zwischen ihm und Marie entwickelte sich keine Freundschaft, Marie faßte sogar zur Verwunderung von Tante und Mutter einen richtigen Haß auf den sanften Jungen; sie warf einmal mit einem Messer nach ihm, als er sie zu ihrem zehnten Geburtstag besuchte, und Erich erzählte zu Hause seinem Bruder, Marie sei eine Mörderin. Als sie erkrankte und

starb, offenbarte er keinem, was er eigentlich meinte, nämlich daß sie mit Recht bestraft sei und daß er vorzüglich auch ohne sie auskomme.
Die höhere Schule kam, der Aufschwung in der Familie, der Umzug. Erich war und blieb ein Träumer. Was war in diesem Nest der Kämpfer für ein Vogel gewachsen! Dieses freundliche schwammige Wesen, das so aufmerksam zuhörte und verständnisvoll nickte und von dem man, da sein Gesicht immer denselben rührenden sinnenden Ausdruck hatte, nie wußte, ob er einem zuhörte. Er hatte ein starkes Händezittern, und wenn man lange zu ihm sprach oder er selber länger redete, hob er eine Hand und beobachtete den Schlag des Zitterns. «Ich muß mich gut beobachten», erklärte er, «man weiß sonst nicht, was mit einem ist. Und ich bin sehr empfindlich. Meine Hände sind mein Barometer. Zittern sie grob, so geht's mir nicht schlecht, zittern sie aber schnell und fein, so muß ich aufpassen, dann bebt die Erde.» Weil er an alles Mögliche, aber bestimmt nicht an Politisches dachte, und weil er sich für Blumen und Pflanzen früh interessierte, wollte er Botaniker werden, oder Gärtner, Blumenzüchter. Dann kam sein heftiges Interesse für den Tod, aber davon riß ihn die Mutter weg, es war die Zeit nach Maries Tod. Er lungerte gern vor Krankenhäusern, Rettungswachen, Apotheken herum, betrachtete die Personen, die erschienen, sind es Kranke, was tragen sie in den Händen, sind es Abgesandte der Kranken, was tut ein Arzt.
Dann hatte er das Reifezeugnis seiner Schule, die Frage des Berufs wurde akut, er hatte schon viel von der Apothekerei gesprochen. Mutter, Karl, der Onkel wogen es hin und her. Karl gab den Ausschlag. «Möchtest du's wirklich?» «Aber brennend gern, Karl.» Brennend gern! Schwermütig hörte Karl diese glücklichen Worte. Es war nun keine Frage, daß Erich Apotheker würde.
Als Erich studierte, zeigte sich stärker die merkwürdige Ausstrahlung, die schon früher von ihm ausging. Er belebte und erfreute, beruhigte und besänftigte Menschen. Er zog, ohne es

zu wollen, Menschen an. Karl, der abgeschlossen für sich lebte und nur arbeitete, bemerkte es nicht, die Mutter sah es schon früh und freute sich innig darüber. «Weißt du, Karl, was das ist? Es ist vielleicht eine Gabe, etwas Besonderes, aber das braucht es nicht zu sein. Schon wenn einer sich einfach gehen läßt und frei ist, dann kommt das.» Karl lächelte gezwungen: «Ich habe keine Zeit, mich gehen zu lassen.» «Du bist auch unser Beschützer.» Er blickte schräg zur Seite, wir wollen nicht davon sprechen. Erich – man sagte früh ‚der dicke Erich', oder im Unterschied zu Karl, dem ‚Langen', einfach ‚der Dicke' – hatte einmal eine Freundin, ein strahlend schönes Fräulein, das ihre Eltern gern verheiraten wollten und das sich monatelang mit dem Apothekerstudenten in der Großstadt und Umgegend herumtrieb. Sie sagte zu ihm: «Wenn man dich sieht, hat man den Eindruck eines Sybariten, eines Lüstlings.» Er war entsetzt: «Aber ich bin doch kein Lüstling.» «Nein, aber du spazierst so, als ob du immer auf ein Lotterbett sinken möchtest. So wie ein Pascha, ein Sultan.» «Aber ich befehle nicht.» «Nein, das kannst du gar nicht. Aber man gehorcht dir. Nun halt aber schon den Mund.» Er schüttelte den Kopf, wunderte sich über diesen Spiegel, den sie ihm vorhielt, und entthronte das Fräulein nicht zu früh. Er bewahrte ihr in der Reihe seiner Freundinnen später die Freundschaft. Er hätte sich mühelos einen Harem aufmachen können.

Schon ein Jahr nach Karl heiratete Erich. Er war kaum Mitte zwanzig, und es war noch keine Rede davon, daß er sich selbst ernährte. Er hatte sein Apothekerexamen bestanden, lernte in der Stadt hinter dem Ladentisch und im Laboratorium und verdiente sich knapp mehr als ein Taschengeld. Trotzdem war es beinah ein Zufall, wenn er sich nicht schon früher verheiratete. Denn er kannte viele Mädchen und hielt es für seine Pflicht, für ziemlich alle etwas zu tun, sie verdienten es, sie waren immer in niedrigen Verhältnissen und schwach. Karl und die Mutter wurden von ihm, sobald sie Laune hatten zu hören, immer auf dem Laufenden gehalten, ein Geheimnis kannte Erich nicht, und er verbrachte, wenn er zu Hause kein Ohr fand, viel Zeit damit, herumzulaufen und für die guten bedürftigen Geschöpfe, die ihm begegneten, Hilfe zu schaffen, zum mindesten aber sich zu beruhigen, indem er mit andern seine Ansichten über den Fall austauschte. Um in den tausend schlimmen Lagen, die herrenlose Mädchen in der Großstadt befallen, Rat zu schaffen, plünderte er sich und, soweit er konnte, die Mutter und Karl aus. An den Onkel und die Tante ging Erich nie heran. Diese beiden Alten waren bedauerliche Geschöpfe aus der Steinzeit, Personen aus einer Epoche, die man sonst nur aus Denkmälern kannte. Er schröpfte sie nicht ein einziges Mal, sondern kam, wenn die Mutter ihn mitschleppte, nie ohne Blumen, Obst oder andere, manchmal kuriose Geschenke, wie Bücher, so daß die Mutter ihn auslachte: «Wenn du dem Onkel immer was mitbringst, was soll er sich von uns denken? Er glaubt, du verdienst einen Haufen Geld. Er wird nächstens eine Anleihe bei dir machen.» Erich blieb ernst. «Ich kann meine Haltung diesem armen Mann gegenüber nicht ändern. Wenn er mich anpumpen wird, will ich sehen, daß ich ihn zufriedenstelle. Wenn es nicht übermäßig ist, werde ich es auftreiben. Er soll nicht enttäuscht werden.» Durch dieses merkwürdig großartige Verhalten Erichs der reichen Fabrikantenfamilie gegenüber kam es dazu, daß sowohl Onkel wie Tante Erich seinem ernsten Bruder vorzogen und zum Beispiel regelmäßig an Erichs Geburtstag mittags bei ihm in der Wohnung der Mutter vorfuhren [Karls Geburtstag wurde nicht beachtet]. Sie saßen dann eine Stunde bei ihm herum unter zahlreichen andern Gratulanten, Damen und Herren, die den alten Leuten Spaß machten.

Das Zimmer Erichs – wir wollen nach den trüben und schweren Kapiteln dabei verweilen – wurde einer alten Tradition gemäß, die sich aus seiner Gymnasiastenzeit herleitete, am Vorabend des Geburtstages der Horde seiner jeweiligen Freunde und Freundinnen zur Vorbereitung übergeben. Zu einer bestimmten Stunde des Vormittags wurde dann Erich, der die Nacht in einem Hotel zubringen mußte, von Sendboten abgeholt und an den Festort geführt. Er erkannte in der Regel sein Zimmer nicht wieder. Für die Mutter, die noch zwei andere Zimmer in der Wohnung hatte, war Erichs Geburtstag keine Kleinigkeit, denn die gewaltigen architektonischen Projekte griffen weit über Erichs Zimmer hinaus und verwandelten die ganze Wohnung in eine phantastische Höhle. Einmal war die Wohnung der Wald, den Siegfried betritt, um dem Drachen das Gold zu stehlen; der Drache hatte Erichs Zimmer besetzt als grauenhaftes Untier, zu dessen Bekämpfung das Geburtstagskind selber sich mit Schild, Helm und Schwert bewaffnen mußte, die Gäste und Gästinnen standen mit Stöcken und Schirmen daneben und ermunterten ihn, reichten ihm und dem Drachen erfrischende Limonaden. Schließlich erlag der Drache, wurde unter Musik in die Küche geschleppt, es zeigte sich, was er alles an Gaben unter seinem wüsten Körper verborgen hatte. Einmal wurde der Wiedereinzug Tannhäusers in den Venusberg gefeiert nach seiner mißglückten Romfahrt – dies war ein Einfall, den Erichs Freundinnen ausgeheckt hatten, es mußte natürlich alles, da es in der Wohnung der Mutter stattfand, in schicklicher Form geschehen. Der Gefeierte wurde bei Betreten des Korridors von Nymphen ersucht, Stock, Hut und Mantel und welche Kleider ihm sonst überflüssig erschienen abzulegen und sich mit einem Pilgerstab zu bewaffnen. So rückte er durch das in einen Berg verwandelte Wohnzimmer in ein rosig erleuchtetes Gemach vor, das, wie er mit Schrecken feststellte, sein Zimmer sein mußte, aber es war gänzlich entmöbelt. Rosa Gazeschleier und Glühlampen verschiedener Farben, auch Mooslager waren arrangiert, und auf ihnen schliefen traurig seine verschiedenen, zum Teil schon in große Entfernung gewichenen Freundinnen. Als sich unter den gewaltigen Trauerklängen des Pilgerchors die Türe öffnete, erhoben sie ihre ondulierten Köpfchen, blickten verwirrt, erstaunt mit aufklärenden Gesten um sich und erkannten den Pilger, der traurig an der Pforte stand. Er trug einen simplen Pilgerstab in der Hand, sein Begleiter, ein einäugiger Hirt, hielt ein Büschel Rosen im Arm und erklärte: Gebrochen kehre Tannhäuser in den Venusberg zurück, keine Rosen seien

aus dem Stab gewachsen, wie Rom gefordert habe, es sei nicht der richtige Stab gewesen; des langen Wanderns müde kehre Tannhäuser nun zurück mit schönen echten Rosen, die er selbst gepflückt habe. Mögen die Nymphen und Venus ihn gnädig empfangen. Da zeigte sich ein Wunder! Wie die Damen sich mit reichlich zärtlichen Gebärden in Gazeschleiern von ihren Lagern erhoben, erklärten sie einstimmig alle, Venus zu sein! Sie reckten die blanken Arme nach dem verwirrten Pilger, beschworen ihn, ihnen zu glauben. Er murmelte, es war eine kritische Situation, der wahre Ring der Venus war offenbar verloren gegangen. Er erwehrte sich der Damen, seufzte unter dem Übermaß der Liebe, er werde noch mal nach Rom gehen müssen. Die Gäste mischten sich zur Behebung der Schwierigkeit ein. Jedenfalls mittags, als Onkel und Tante eintrafen, fanden sie einen unter Musik und Lärm von Wiedersehensfreude hallenden Venusberg.
Aus der Gruppe dieser sehr gemischten Gratulanten fanden übrigens einige ein begründetes Gefallen an dem wohlsituierten Mann. Sie unternahmen Vorstöße gegen ihn, erschienen hie und da in der Wohnung bei ihm, wurden hie und da zu Tisch eingeladen, und Herr und Frau Fabrikant ergötzten sich an ihnen und sammelten Kenntnisse aus Gesellschaftskreisen, die ihnen sonst verschlossen waren. Besonders die Tante, wie wir uns denken können, legte Wert auf die Anregungen, die ihr von hier zuflossen. Kleine, sehr kleine Zuschüsse erfolgten an die Besucher, jedoch zog sich das alles nur zum Juli jedes Jahres hin – Erichs Geburtstag fiel in den Mai –, dann kam die Sommerreise des Fabrikantenpaars, dem auf dieser Erde die beneidenswerte Rolle zugefallen war, bloß Onkel und Tante zu sein, und nach der Reise wußten sie von nichts mehr. Es war das Schicksal der alten Göttin Persephone, die wieder in den winterlichen Boden fährt, nur für die kleinere Hälfte des Jahres schmückt sie den Boden der Erde.
Man hatte um Erich, den Dicken, herum viele solcher Harmlosigkeiten. Die Mutter plätscherte selig in dem Vergnügen,

wahrhaftig, sie hatte an ihren Söhnen alles, was sie in ihrer Jugend entbehrte: führende Kraft an Karl, Liebe und Heiterkeit an Erich. Sie konnte nicht oft genug Karl, der zu streng zu werden drohte, ach er wird nach mir, es liegt in unserer Familie, zu Erich herüberholen. In der Zeit, wo Karl noch schwer im Büro arbeitete und reiste, gelang ihr das schlecht, Karl fand damals die Entwicklung Erichs bedauerlich, er wollte diesen Unernst nicht ansehen, seine herzliche Liebe zu dem Bruder blieb unverändert. Erst nach der Eheschließung fand die Wendung statt. Karl, von Geschäften überladen, zu Hause Leiter eines feierlichen Haushalts, sah öfter, freilich ohne Julie, Erich, der ja noch mit der Mutter zusammenwohnte.

Was wollte Karl von Erich und seiner Gesellschaft? «Mein trüber Gast auf der dunklen Erde», so begrüßte Erich ihn. Zuerst nur Ablenkung, Zerstreuung, dann ‚Beobachten'. Ja, dies war der unsichere, dann immer mächtigere Drang in Karl: beobachten, sehen, hören. Was sehen, was beobachten, was hören? Er wollte ohne Bewegung und Handlung still hinhalten. In einen Spiegel blicken. Wenn Erich ihn begrüßte: «Trüber Gast auf der dunklen Erde», so meinte er damit auch die Augen Karls, die von Schatten umzogen waren. Aber traurig war Karl eigentlich nie, nur sehr angestrengt. Erich wußte das auch: «Wenn du müde bist, kommst du zu mir, ich bin die Dattelpalme, unter der du ausruhst.» «Jedenfalls sitzt man gut bei dir, Erich. Es ist schon wunderbar, daß du kein Telephon hast.»

DIE HEILIGE GENOVEVA

IN diesem herzlichen Zusammenhang blieben die Brüder auch, als Erich geheiratet hatte, ein knappes Jahr nach Karl. Es war, wie erwähnt, eigentlich Zufall, daß der behäbig freundliche junge Mann, dem alles zum Guten gedieh, nicht schon jahrelang vorher geheiratet hatte, aber die Mutter bremste. «Mutter, man muß es mit der Ehe nicht so ernst nehmen. Ihr übertreibt alle. Ihr habt, entschuldige, noch provinzielle Vorstellungen. Stell dir den dicken Pfarrer, das Mammut, den Wasserturm vor, der Karl und Julie getraut hat, was können solche schwerfälligen Ungeheuer, Vertreter des landläufigen Denkens, für Vorstellungen über Ehe haben. Die Ehe ist für sie ein Schneckenhaus zu zweit, oder ein Erbbegräbnis zu Lebzeiten: hier ruhen sanft August Müller und Frau und bilden eine Familie. Üble Sache, Mutter. Wir brauchen etwas anderes, etwas was hilft, erleichtert, erfreut.»

Die Mutter streichelte ihn wehmütig und dachte allerhand.

So ließ man ihn denn, in Gottes Namen, nachdem mehrere Stürme abgeschlagen waren, die ‚heilige Genoveva' heiraten. Es war Fefa in Person, die eigentlich Inge hieß, von der Erich aber behauptete, daß er sie sich nur mit einer Hirschkuh vorstellen könne. Das Schicksal hatte sie leider in Situationen verwickelt, die von der genannten merklich abwichen und aus denen er keinen andern Ausweg als die Ehe sah. «Es geht alles vorüber», tröstete sie Erich. «Es geht alles vorüber», tröstete Erich die Mutter, als sie sich in das Unabwendbare fügte, «du nimmst die Ehe und Familie zu tragisch, ich muß an Fefa eine Aufgabe erfüllen. Wir müssen Menschen zueinander sein, Mutter.»

Da konnten dann Mutter und Karl in Erichs Wohnung viel Lustiges und Schmerzliches mitansehen. Das blonde Fefchen war durch Erich nun befreit von dem Drachen, der zu Hause über sie wachte, ihrer Mutter, die freilich, nachdem Fefchen verheiratet war und man es sagen konnte, behauptete, Fefchen sei ein Liederjahn, eine Herumtreiberin, die sogar ihre Schmucksachen versetzt habe. Die beiden vertrugen sich aber nach erfolgter Eheschließung Fefchens, und manche meinten, es sei nicht so schlimm mit der Trübsal der Tochter und der Feindschaft mit der Mutter gewesen, eine sei der andern wert.

Erich, der junge Ehemann, kaufte sich eine Drogerie in einer Villengegend – eine Apothekenkonzession bekam er nicht gleich – und hatte seine Wohnung daneben. Es war alles so herzlich und schlumpig wie immer um Erich. Da aber an der Spitze seiner Drogerie ein alter fachkundiger Mann stand, so brauchte man sich über das Schicksal dieser Neugründung nicht zu beunruhigen. Anders freilich stand es um seine Ehe, hier waren wenigstens in der ersten Zeit er und seine Geliebte völlig sich selber überlassen. Er widmete sich mit herzlicher Freude seiner jungen Frau, jetzt in der neuen Umgebung, sogar losgelöst von der Mutter; nun konnte er gewissermaßen aus dem Vollen wirtschaften und besonders die dummen Vorstellungen zerstören, gegen die er vergeblich gekämpft hatte, daß nämlich die äußeren Umstände es sind, die die Menschen verderben und das Elend über sie bringen. Während er, Erich, doch wußte, daß das Elend nur von den Menschen kam. Gewiß, sie sind zum großen Teil durch die Gesellschaft, die schlechte Erziehung, die Familie verdorben, aber sie werden durch das Kämpfen gegen diese Einrichtungen nur noch elender. Dagegen wenn man sich einfach gegenübertritt, offen Mensch gegenüber Mensch, und weiß, woher alles Schlechte kommt, und will das Schlechte nicht dulden, so kann es gewiß nicht anders sein, als daß sich Friede und Freundschaft einstellt.

Natürlich wollte er, nachdem das Experiment geglückt war, Fefchen, das liebende unterdrückte Wesen mit dem Hirschkalb, aus der Ehe entlassen. Fefchen selbst hatte geschworen, sie wolle nur bei ihm bleiben, so lange er es wolle, und wenn er sie wegschicke, werde sie gehen. «Natürlich», sagte sie und hob ihr wirklich zart geschnittenes Gesichtchen, Männerstolz vor Königsthronen. Er sah sie schon wieder mit ihrem Kalb in die Einsamkeit ziehen. Er öffnete die Arme: woran konnte sein Experiment scheitern?

Es ging ihr wirklich gut bei Erich. Sie hatte wenig in die Welt gerochen, ein paar Abenteuer hatte sie hinter sich, dabei hatte sie nicht gut abgeschnitten. Sie rechnete damit, daß sie unternormal dumm war, was ja einen starken Reiz auf Männer ausübt.

Er arbeitete, seiner eigenen Natur entsprechend, nur mit Güte, Gewährenlassen, Aufklärungen. Er machte Reisen mit ihr in schöne und interessante Gegenden, nie ließ er rauhe und häßliche Dinge an sie heran, auch die Natur wählte er so vorsichtig. Man muß sich vor dem Erhabenen in jeder Form schützen, sagte er, es ist nur ein Schritt von dem Erhabenen zum Gemeinen. Sie mußte gestehen, daß sie so freie und vergnügliche Monate noch nicht erlebt hatte. Erich war wirklich ein unwahrscheinlicher Mensch. Bei Reisebekanntschaften zeigte er sich ungemein diskret, sie traf nach der Rückkehr in der Stadt noch den und jenen, nie fragte er bei einem Ausgang, wohin sie ging, sorgte immer, daß sie Geld bei sich hatte und sich nicht erkältete. Er übte sein Amt an ihr, ließ es an nichts fehlen.
Er war sogar bereit, ihr ein Kind zu schenken, «meinetwegen zehn, wenn du dich mit dem Pack rumschlagen willst», brummte er behaglich und leichtsinnig, aber das Glück stand ihm zur Seite. So sehr sie sich anstrengten, sie brachte kein Kind zur Welt. Als sie einmal verweint nach Hause kam, berichtete sie, der Arzt hätte ihr gesagt, in einigen Jahren werde es doch noch werden. Da umarmte er sie zärtlich: «Aber, liebes Kind, in einigen Jahren! Sei gewiß, du hast schon viel früher eins. Es liegt bestimmt nur an mir. Ich schätzte mich in dieser Hinsicht nicht hoch ein.» Sie blickte ihn groß an. «Aber, Fefchen, einige Jahre! Dann bist du doch längst ein freier anderer Mensch und wir sind lange nicht mehr zusammen.» Sie merkte erstaunt: er denkt wirklich, mich wieder zu Muttern zu schicken, was soll ich da. Fefchen hatte sich bis da gut verhalten, jeder aus Erichs reichhaltiger Umgebung gab zu, daß sie nicht wieder zu erkennen war, und das schon nach einem halben Jahr. Da sah sie nun, daß sie sich falsch benommen hatte, und wurde wieder traurig. Sie hatte Grund dazu, denn schwerlich gibt es eine Situation, die ihrer glich: wenn sie fröhlich war, mußte sie traurig sein, daß er sie wegschickte – und wenn sie traurig war, so mußte sie wünschen, daß er sie fröhlich machte, aber das war wieder gefährlich.

Und sie fing an zu weinen und ihm das Herz schwer zu machen. Er rang die Hände: was wollte sie nur mit einem Kind, um alles in der Welt grade mit einem Kind, es könnte doch auch ein Hund oder eine Angorakatze sein, es gibt doch schon so ungeheuer viel Kinder, warum wollte sie auch noch dazu beitragen. Aber es lag nun einmal in ihr; das Hirschkalb hatte sie in Ferien geschickt, sie klagte um ein Kind. Er legte ihr wieder vorsichtig die Frage vor, ob es denn grade von ihm sein müsse, es war nur eine zartsinnige Bemerkung von ihm, aber was hatte er von ihr auszuhalten. Sie beschimpfte ihn, daß er ihre Frauenehre antaste, er trete die natürlichen Gefühle einer Frau mit Füßen. Unendlich zu büßen hatte er für seine Nachgiebigkeit.

Er sah seine wunderbaren Erziehungsresultate in ein Nichts zusammenschmelzen, es gab einen Sturm nach dem andern. Daß man doch bald scheiden müsse, wagte er schon gar nicht mehr anzudeuten. In eine, wie er fand, unnatürliche Situation war er gedrückt; sie fand, daß die Lage endlich natürlich geworden sei.

Man erkannte den fröhlichen Dicken in der Schlinge, in der er lag, nicht mehr.

Karl und die Mutter waren vertraut mit allen Einzelheiten des Spiels. Der Dicke war und blieb ihr Sorgenkind und Herzensliebling. Sie freuten sich am Beginn, wenn er befriedigt und fröhlich war, und als es schlimm wurde, verfinsterten sie sich. Die Mutter, die alte Kennerin, blickte liebevoll in diese Ehe, verfolgte, wie leicht Erich nahm, woran sie wie an einer Zentnerlast gezogen hatte; auch Fefchen machte ihr Freude, dies zarte faule Kind mit den Tränen in den hellblauen Augen. Sie sah, wie Fefchen sich sperrte, sie begriff es gut, und wie Erich stumm wurde. Ach nein, Fefchen, wir sind nicht darum so alt geworden, damit du meinen guten, schwachen Jungen stumm machst.

Es gab eine Szene zwischen Erich und Fefchen. Fefchen weinte wieder einmal, weil ihr halt so traurig zu Mute war, und Erich forschte sie aus. Da brachte Fefchen die großen Worte hervor:

Erich hätte gemein an ihr gehandelt, er versündige sich an ihr, denn er meine es nicht ernst mit ihr. Erich war fassungslos. Es war, als hätte ihn der Donner geschlagen. Er und lieblos? Wo er alles aus Liebe, aus uneigennütziger, barmherziger, tat? Er, kaum einen Tag verbringe er ohne sie, die Drogerie kenne er nur vom Hörensagen, vielleicht unterschlage der Geschäftsführer Tausende, Millionen, er fürchte es. «Erich, Millionen in einer kleinen Drogerie.» «Wer von uns beiden kennt Drogerien, Fefchen, in heutiger Zeit ist alles möglich, man steht reich auf und ist abends arm, es könnte doch auch das Umgekehrte eintreten.» «Aber es ist und bleibt eine gemeine Scheinehe, was wir geschlossen haben», schrie sie, «es ist eine Unsittlichkeit.» «Du wirst doch um Gotteswillen nicht meinen, Fefchen, daß ich dein Ehemann bin!» «Ja, warum denn nicht? Warum kann man nicht mit mir verheiratet sein?» Erich sah sie starr an, erbleichte, seine Hände hob er und betrachtete sie, sie zitterten; er studierte sie, ja, sie zitterten fein. Die Mutter flüsterte einige Worte zu Fefchen. Fefchen zuckte zusammen, stampfte mit dem Fuß auf. Der leidende Sünder, Erich, hauchte: «Aber ich will doch nicht verheiratet sein, Fefchen, um Gotteswillen, tu mir das nicht an, hab ich dir nicht Gutes genug getan, was willst du denn von mir.» Fefchen zischte: «Muttersöhnchen», rannte ins Nebenzimmer.
Karl lehnte sich im Fauteuil zurück. Wie ernst Erich diese Frauendinge nahm, was die kleine Person dachte und fühlte, rührend. Auf dem Teppich umhergehend sprach Erich zu sich: «Es ist nichts für mich. Ich mag Fefchen schon nicht mehr, ich werde mit ihr nicht fertig, ich werde selbst schlecht, wenn sie bei mir bleibt.» Natürlich erlag Fefchen nicht der Hilflosigkeit Erichs, sondern dem robusten Ansturm seiner Verwandten und Bekannten. Der Freundschaftsboykott würde über sie verhängt, man zieh sie des Mißbrauchs von Erichs Güte und der Eheerschleichung – oh, alles, was sie insgeheim mit Erich vorhatte und ihm schon angetan hatte, kam in mehreren, man kann sagen, öffentlichen Debatten im Hinterraum der Drogerie zwischen Fefchen und Erichs Tafelrunde zur Debatte, und wie

klang es hier! Sie wußte, wenn sie mit Erich, dem guten, unter vier Augen war, hätte sie alles wieder einrenken können, aber grade das verhinderte man. Er erhielt, sobald er seiner Runde alles bekannt hatte, einen ständigen Leib- und Seelenwächter. Die Mutter und Karl lachten zusammen mit Julie, als sie von diesem Beschluß hörten, Erich wollte auf Fefchens traurigen Blick dem Meister öfter entrinnen, aber die Wache blieb hart. Die Parteien traten in Verhandlungen ein. Fefchens Mutter tauchte aus dem Hintergrunde hervor. Fefchen verließ nach einer endlosen tränenströmenden Umarmung Erichs, auch Erich schluchzte, sein Haus. Erichs Mutter aber wurde am Abend dieses Tages von dem lustigen Wächter zu ihm gerufen. Erich war in einem der furchtbaren Schreikrämpfe seiner Kindheit zusammengebrochen.

Karl fuhr den Bruder noch an dem Abend in seine Wohnung. Da erholte er sich in den nächsten Wochen wieder, wurde blasser und magerer. Fefchen zog sich mit einer Abfindung kleinlaut zu ihrer Familie zurück aus dieser Ehe, die sie selbst nach einem Jahre prahlend einen gelungenen Raubzug nannte. Der Dicke schwor, seine Mutter nicht mehr zu verlassen. Sie lächelte: «Bis auf weiteres.» «Nein, Mutter, alles, nur keine Ehe. Es ist furchtbar. Ich hätte es nicht für möglich gehalten. Die Menschen draußen sind lieb und erträglich, die Ehe macht sie zu reißenden Tieren. Es ist nichts für einen friedlichen Menschen wie mich.» Er aß von jetzt ab meist zu Tisch bei der Mutter. Wie freute sie sich, als das erste Mal nach Erichs Genesung auch Karl bei ihr hineinschaute und sich eine Viertelstunde hinsetzte. Sie goß ihnen Suppe ein: «Da sitzt ihr. Bei mir werdet ihr immer gut aufgehoben sein, Jungs.»

DRITTES BUCH

KRISE

EINE rauhe Zeit zog herauf.
Das friedliche Zusammenleben der Menschen hätte, wenn man es sich überlassen hätte, noch Jahrzehnte dauern können, mit dieser Wendung, jener Schwenkung, und nur das Altern wäre schließlich über sie gekommen und hätte sie, wie es die Natur will, wagerecht umgelegt. Nun sind aber die Dinge dieser Welt so eingerichtet, daß sie einander brauchen, daß der Mann nicht ohne die Frau, die Frau nicht ohne den Mann, die Kinder nicht ohne die Eltern leben und alle diese kleinen Grüppchen selber nicht ohne größere, noch größere, große. Ist die Welt eng, so leben die Horden auf der Steppe wild unter sich, und was sie bekümmert, ist nur die Weide, das Wetter, das Wachstum der Schafe, der Ertrag des Tierwurfes. Hat man sich aber Eisenbahnen und Schiffe und Flugzeuge, Telegraf, Telefon und Radio angeschafft, so hat man sich des Rechts auf Stille begeben, man hat sich in die Welt ausgestreckt und muß auch erleiden, daß sie zu einem kommt und daß man betroffen wird von allem, was ganz weit weg, an ihren Fingerspitzen, Knien, Fußsohlen geschieht.
Wie reich war man in den meisten Ländern geworden! Wirklich, es war eine Konjunktur gewesen, die sich sehen lassen konnte. Die Großstadt war wie ein gewaltiger Baum aufgewachsen, wie ein Ahorn mit mehreren Stämmen, die ihre Äste in einander verschränkten, der Baum hatte Jahresring um Jahresring angesetzt, sich gedehnt, Blüten ausgeschüttet. Da kamen schlimme Nachrichten, von weit her – ja weit ist die Welt, aber ist sie wirklich noch weit? – von Konkursen, Bankzusammenbrüchen, aber schließlich, wer ist daran beteiligt, ein paar Blessuren irgendwann schaden nicht. Allerhand merkwürdige Namen tauchten von nun an in den Zeitungen auf und verschwanden nicht, ein ärgerlicher Fettfleck.
Man hörte von Aktienkursen und ihren angeblich katastrophalen Senkungen, ja Stürzen, der und jener hätte Millionen ver-

loren, es sei irgendwo ein ungeheurer Schwindel aufgedeckt, wobei von phantastischen Zahlen gesprochen wurde, so daß dem einfachen Lohn- und Gehaltsempfänger die Haare zu Berge stiegen. Es wurden Stimmen vernehmbar, die behaupteten, diese Dinge hingen mit einem erbärmlichen Spekulantentum zusammen, das ganze Börsenwesen wäre verseucht, wobei dann nur ein Schritt zu dem einfachen bequemen Satz war, der dem armen Lohn- und Gehaltsempfänger schon immer sicher war: die Börse selbst ist eine Seuche. Zunächst freilich konnte man sich damit trösten, daß die betroffenen Länder geographisch weit entfernt waren, kleinste Leute vermuteten, man könne etwa die Telefonverbindung dahin abbrechen, eine Art Quarantänegürtel um sie ziehen. Im übrigen vergaß man es. Denn jeder Blick auf die Straße, zum Fenster hinaus, zeigte, daß alles wie vorher war, der Frühling kam, der Sommer kam, wer Geld hatte, verreiste, wer nicht, blieb zu Hause, viele wußten gar nichts von dem furchtbaren fernen Malheur, das war im Grunde das Beste. Das Vernünftigste, richtig gesehen, wäre die Zeitung abbestellen, keine Zeitung lesen, sich nicht nervös machen lassen! Miesmacher sind nicht beliebt, und eine Zeitung, die auf einen guten Abonnentenstrom hält, wird es vermeiden, ihre Leser zu erschrecken. Da erhielt man wirklich eine Weile nur noch eingestreut kleine Nachrichten, die jedoch mehr als betrübliche Nachlese nach einem Unglück aufgefaßt werden konnten; man ließ die Zeitungskäufer noch einen Blick auf das Trümmerfeld hinten werfen, aber nur zu dem Zweck, sein eigenes Selbstbewußtsein zu heben, denn wen man auch fragte, den Zigarrenhändler, den Briefträger, Bekannte, die man im Büro, in der Fabrik traf, er hatte nichts von dem Malheur drüben bemerkt, nichts war passiert, die Telefondrähte konnte man ruhig noch lassen. Mit wahrer Inbrunst und in richtiger Einschätzung der Zeitlage behandelte man gradezu pfleglich die jeweils vorkommenden normalen Mordfälle, Eisenbahnkatastrophen und bloße Flugzeugabstürze. Auch beschäftigte man sich mit dem Funktionieren des parlamentarischen Lebens und

erörterte, welche Qualitäten ein wirklich großer, gewissermaßen vollblütig geborener Abgeordneter haben müsse. Man kannte aber in diesem Sinn nur gestorbene Abgeordnete.
Da drang plötzlich ein leises, jedoch durchdringendes Klagen, vergleichbar Katzenschreien, aus industriellen und kaufmännischen Kreisen. Sie sollten Geld zurückzahlen. An sich wäre das nichts Erstaunliches, und es hätte die Öffentlichkeit nicht erregt, die friedlich ihre Mordfälle und Flugzeugabstürze verdaute. Aber es waren so viele Firmen und so große, und sie alle konnten nicht bezahlen! Es waren so Gewaltige, deren Namen grade in dem letzten Jahrzehnt berühmt geworden waren wegen ihres wahnsinnigen Aufschwungs, ihre Aktienkapitale setzten beinah monatlich hinten eine Null an, man konnte von Namen sprechen, an denen ein Glanz hing. Sie konnten Schulden nicht zurückzahlen, die – sie aufgenommen hatten! Man höre und staune: in den fernen verfluchten spekulierenden Ländern war man auf den Einfall gekommen, das durch Raubwirtschaft ergatterte satanische Gold an andere, aber feine solide Länder weiterzugeben, damit es dort ersprießliche Früchte trage. Man erbat gewissermaßen, und bekam auch, von den soliden Ländern Absolution für die begangenen Verbrechen. Nachdem sie draußen noch immer weiter, noch immer nicht bußfertig ihr wüstes Wesen getrieben hatten und dafür mit noch größerem Bankkrach und Konkurs bestraft waren, verlangten sie von den andern – ihr Geld zurück!
Wozu, konnte sich wohl ein ruhiger Schuldner fragen. Doch wohl nur, um weiter zu spekulieren. Es war, so sagte sich in der Großstadt die gesamte einfache Bevölkerung, nur in der Ordnung, daß man unter solchen Umständen nicht zurückzahlte, man bewahrte die Gläubiger vor weiteren Übeltaten und zwang sie auf den Weg des Rechts.
Immerhin, es gab Kaufleute und Industrielle, die von einer kaufmännischen Moral sprachen und Beträge zurückzahlten, das war ein großmütiger Akt, an dem sie auch bald zu Grunde gingen. So erfüllen manche Insekten an ihrem Weibchen die

Liebespflicht und büßen dabei ihr Leben ein. Die Mehrzahl der heimischen Industrien aber hüllte sich in Schweigen, sie hielt vornehm ihre Anklagen zurück. Sie beschränkte sich darauf, nicht zu zahlen.

Es kam, während die Öffentlichkeit sich wieder in die Morde und Flugzeugabstürze vertiefte, sich auch über die Hefe der Gesellschaft, die Unterwelt der Verbrecher, die Liebe in den Kaschemmen und ihre sonderbaren Riten, Vereine und Liebesbeziehungen belehren ließ, hinterrücks zu einer Verschärfung der Lage. Bisher war man ruhig und geduldig gewesen. Daß man sich aber jetzt, wo man nicht zurückzahlte, draußen weigerte, neues Geld zu leihen, das schlug dem Faß den Boden aus. Es war Rache von drüben, weil man ihnen bedeutet hatte, daß es so wie bisher nicht weitergehen könne. Man erfuhr, daß sie draußen den Schuldnerländern vorwarfen, das geliehene Geld in mächtige Banken, Fabriken, Krankenhäuser, Siedlungen gesteckt zu haben. Ja, wozu hatte man es denn entliehen? Hatten sie übrigens, um einmal den Stier bei den Hörnern zu packen, den andern nicht geradezu ihr Mammonsgold aufgedrängt, um hohe Zinsen zu bekommen, vom Schweiß und Fleiß der andern, eine feine Methode, und nachher warfen sie einem vor, daß man gearbeitet hatte! Man hatte einen unfeinen Gegner vor sich [siehe Shylock]. Jedenfalls, er lieh nichts mehr.

Darauf war alles gespannt, wie es weiter gehen würde. Aber die, die am wenigsten gespannt waren, merkten es zuerst.

Die Bautätigkeit im ganzen Land und in der Großstadt, dieses fröhliche Wachsen, ließ nach. Da trauerten viele Männer, und ihre Frauen und Kinder, und ihre Verwandten, die sie unterstützten, ihre Mutter, die Großmutter. Und wo Mutter und Großmutter noch bei ihnen lebten, suchten sie sie abzuschieben, möglichst in öffentliche Altersheime, Siechenanstalten. Davon hatten die Kaufleute in der Nachbarschaft, die Bäcker, Schlächter, Schuster, Schneider weniger zu tun.

Da die Bautätigkeit nachließ, trauerten mit den Maurern die Zimmerleute, die die Balken behauen und mit dem Beil und

Zollstock umgehen, es trauerten die Glaser, die Bauschlosser, die Klempner, die Anstreicher, Tapezierer, die Ofensetzer, und mit ihnen ihre Frauen und Kinder, ihre Verwandten, die sie unterstützten, ihre Mütter, Großeltern. Und auch sie schränkten sich ein und gaben dem Bäcker, Fleischer, Schneider, Schuster weniger zu verdienen. Dagegen setzten sie sich viel in die Kneipen, waren zu Hause mürrisch, malträtierten Frau und Kinder.
Auch brauchten die Ziegeleien auf dem Land und in den Vorstädten weniger Steine zu brennen und konnten Arbeiter wegschicken.
Dies war der tröpfelnde Beginn der Krise. Es ging mit Pausen und Schüben weiter. Es konnte noch immer im Lande und in der Großstadt Millionen Menschen geben, die nichts bemerkten und kopfschüttelnd sagten, man solle nicht übertreiben, es gäbe doch immer gute und schlechte Zeiten und nun sei eben die schlechte Zeit da, daran sei doch nichts Wunderbares, es würde sich schon geben, man könnte es ertragen, sie jedenfalls bestimmt. Wer ihnen zuhörte, mußte ihnen recht geben. Aber dann ging's ihnen ebenso wie einem Mann, der friedlich in seinem Garten unter einer Buche sitzt, träumt und raucht und die Schönheit der Natur genießt. Ein paar Blättchen segeln an ihm vorbei, er betrachtet nachsinnlich die feinen Blätter mit Stengelchen, die herunterfallen, indem sie sich um sich selbst drehen und drehen, sie machen ein Spielchen im Fall. Mehr Blätter fallen, auf den Rasen vor ihm kracht eine Kastanie in ihrer grünen stacheligen Schale herunter, das wäre eine Sache, wenn man die auf den Kopf bekommen hätte. Man denkt, ja, was ist das für eine merkwürdige Jahreszeit, ich sitze hier geschützt, unten weht kein Wind, oben muß welcher sein. Und man blickt in das Laub, das völlig ruhig steht. Und man stiert in die Höhe, um den Windstoß zu erhaschen, der oben weht und unten nicht weht, man will einem Naturgeheimnis auf die Schliche kommen. Da knackt es plötzlich wieder, Schalenreste, Blattfetzen flattern einem auf die Knie, und da, ein Auffahren, man beschattet sich die Augen, man hat ein Rascheln im Laub bemerkt, es ist ein

Tier oben, ein Tier, wahrhaftig, ein richtiges knabberndes braunes Tierchen, ein Eichhörnchen mit einem mächtigen Zippel-Zappel-Wackelschwanz.
Die Öffentlichkeit fing an nachzudenken. Es läuft nie gut aus, wenn die Öffentlichkeit denkt. Sie greift zu diesem Gewaltmittel auch nur im äußersten Notfall. Man dachte über das Unglück, das heraufzog. Als im Mittelalter der schwarze Tod, die furchtbare Pest, das Abendland befiel, dachte man an vieles, aber nicht an den Schmutz, in dem Städte und Dörfer erstarrten, der sich in den fürchterlichen Quartieren aufhäufte, wo der Kot auf der Gasse lag und Ratten in den Häusern wimmelten. Man bezichtigte Zauberer und Zauberinnen und verbrannte sie zu Dutzenden, man hängte Brunnenvergifter, man zog zu heiligen Reliquien und bekannte seine Sünden, man machte allem Verdächtigen summarisch den Prozeß mit Weib und Kind, den Dreck zu Hause ließ man liegen. Jetzt war man aufgeklärt und hielt sich an die Wissenschaft. Man ließ die Wissenschaft spielen. Man baute Institute [das Bauen war gut], die sich mit der Erforschung der wirtschaftlichen Zusammenhänge beschäftigen mußten, eine Art gesellschaftlicher Wetterkunde, und es zeigte sich, daß die neue Wissenschaft hinter der alten Astrologie und Meteorologie nicht zurückstand. Im Besitz großer Bibliotheken, ständig einlaufender Nachrichten, worunter sich auch richtige befanden, begannen die Professoren der Institute mit ihren zahlreichen Gehilfen Kurven zu entwerfen, wie Ärzte, Bücher zu verfassen und rasend Artikel zu schreiben. Ihr Fleiß ließ nichts zu wünschen übrig, sie zeigten, wie notwendig sie waren. Sie waren eine Konjunktur in der Krise. Sie bewiesen klipp und klar und legten dar, was man im übrigen schon ahnte, aber jetzt hatte man es schwarz auf weiß mit roten grünen blauen Linien, daß es an der Technik lag. Ein Wesen, ein Unwesen, ein Monstrum namens Technik, dessen man sofort habhaft werden mußte, um es des Landes zu verweisen, hatte böswillig die Industrie zu stark entwickelt. Dieses niederträchtige Substantivum hatte mit Hilfe nichtsahnender Ingenieure die Maschine vervoll-

kommnet, den Arbeitsgang modernisiert, und zu allem Unglück hätte alles gut, ja glänzend funktioniert, die Ernten seien hervorragend ausgefallen, die Bergwerke hätten Erstaunliches hergegeben, man hätte es nicht für möglich gehalten, wieviel solche Bergwerke in ihrem Bauch hätten. Und weil so alles in Hülle und Fülle da war, so blieb dem Getreide, Kaffee, Kupfer, Zink nichts weiter übrig, als billiger zu werden, und weil sie billiger geworden waren, waren sie im Preis gesunken, und dann lohnten sie wieder die ganze Mühe nicht, denn dann sprang kein Gewinn dabei heraus, und da verkroch sich das ganze gute und nützliche Geld, verwöhnt wie es war, in den Keller und schmollte, und was die tausend zehntausend hunderttausend Arbeiter anlangt, die man beschäftigt hatte, so wurden sie nun gänzlich überflüssig, und das ist eben der Grund der Arbeitslosigkeit und da ist gar nichts dran zu wundern, es ist klar wie der lichte Tag. Denn natürlich muß man die Betriebe verkleinern, um zu einem geordneten Geschäftsgang zu kommen.
Merkwürdig, sagten die Arbeiter und Angestellten nach einer Pause, um das zu verdauen, zu einem geordneten Geschäftsgang gehört, daß wir auf der Straße liegen. Ihre Führer und Lehrer in der ganzen Welt, die noch im Betrieb und in den Büros saßen, erklärten: leider ist es so.
Ja, ein höchst merkwürdiges, unübersehbares Ereignis spielte sich über den ganzen Erdkörper hin ab, die Krise. Den Erdkreis hatte in der Zeit des Aufschwungs ein fröhlicher wilder Lärm erfüllt, man war wie eine siegreiche Kriegerhorde in einer dröhnenden Halle versammelt, trank und feierte, immer noch schleppte man Gold, Beute und Sklaven herein.
Jetzt legte sich Beklommenheit, Stille über die Welt. In Furcht und Verbissenheit bezog alles, was Kraft hatte, seine Position. Man begann gegen einander zu rüsten. In dem Bau, den der Aufschwung geschaffen hatte, raschelte und knisterte es. Würmer waren an der Arbeit.

DIE Herren in der Möbelindustrie hatten eine gesegnete Zeit hinter sich. Die Firma Karls und des Onkels gehörte zu den modernsten. Die alte Stichsäge, den Fuchsschwanz, den Drillbohrer, die Brustleier, den Schlägel, Hobel, die Schnitt- und Spaltmesser, das Grad- und Krummeisen, das gab es noch alles, aber nur nebenbei, seitlich. Die gewaltige Macht schwerer Maschinen war seit langem in die Räume eingezogen, gleichwie die Artillerie in die großen Heere, und statt der beiden Stockwerke, die Karl noch als Lehrling auf der eisernen Treppe erstieg, im Quergebäude, hatten sie zwei starke Häuser beansprucht, und das Vorderhaus diente für eine ständige Möbelausstellung. Man drechselte auf Drehbänken, als wäre es das weiche Holz, Eisen, Elektromotoren surrten unten eingebaut. Man schliff und putzte auf einer Bandmaschine mit endlosen Bändern. Schon vom Gebirge brachte man das Holz jetzt auf Kraftfahrzeugen und Raupenschleppern her, darauf wurde es unter Spaltmaschinen geworfen, von dem mächtig reißenden Zahnwerk der vertikalen Gattersägen und Quersägen zerlegt. Die scharfkantigen Löcher trieb die Stemmaschine ein, zum Fugen und Kehlen hatte man seine Stahlbänke, in die mächtige Kettenfräsmaschine wurden die Werkstücke eingespannt, sie hatte die Hohleisenvorrichtung und stemmte genau rechteckige Zapfenlöcher aus. Die Firma, die mit solchem Geschütz arbeitete, besaß in verschiedenen Stadtteilen Häuser, die sie zu Magazinen und Ausstellungsräumen für ihre Erzeugnisse verwandte, das Netz ihrer Verkaufsorganisationen war aber über das ganze Land gespannt. Man war bei der früheren Fabrikation von Möbeln für das wohlhabende und mittlere Publikum geblieben, hatte aber Massenware hinzugenommen, die in Serien hergestellt wurde für die Käufer aus der aufsteigenden Arbeiterschaft. Man studierte das Zahlungswesen und lockte durch ein kluges Teilzahlungssystem zum Kauf, ja man durfte sagen: zur Gründung eines Haushalts und zur Eheschließung.

Die Krise hauchte eisig über die Länder. Man ließ nach mit den Bauten. Was reich war, wurde unruhig, was arm war, sah an seinem Fenster das grausige Gespenst der Gespenster, das die Menschheit heimsuchte: die Arbeitslosigkeit.
Bei Karl fuhr der Schlag in das Luxus- und Abzahlungsgeschäft. Man legte Saal nach Saal still, eine Anzahl Provinzgeschäfte wurde, wie man sich ausdrückte, zusammengelegt.
Was sah er von dem Schlag? Die menschenleeren Räume der Fabrik, die stilliegenden teuren Maschinen, den Ausfall an Gewinn. Aber man hatte Reserven. Ausgaben- und Einnahmenseite würden bald wieder in Ordnung kommen.
Was sah er nicht? Die letzten Lohntüten, die die Arbeiter an der Kasse empfingen, zusammen mit ihren Papieren, und wie die Arbeiter sie in die Brieftasche steckten, noch in dem gaserfüllten Saal herumstanden, auf den Boden spuckten und hinauszogen. Er sah nicht ihre noch leidlich frischen Mienen, wie sie dann auf der Straße vor dem Tor beieinander standen, sich die Hände schüttelten und einen letzten grimmigen Blick auf den so prächtigen modernen Fabrikbau warfen – der Stolz der modernen Architektur, die Front war in den illustrierten Zeitungen mit dem Bild des Erbauers und der beiden Chefs, Förderer der modernen Baukunst, zu sehen gewesen –, und wie sich dann einer und der andere ihrer Wohnung näherten, die Blicke immer düsterer auf dem Boden, die Schultern schlaff, den Mund gepreßt. Da legte man dann der Frau die letzte Lohntüte hin, hörte den Kanarienvogel im Käfig zwitschern, die Kinder kamen angelaufen, und stützte die Ellbogen auf dem Tisch auf. Morgen wird man – spät aufstehen, aber man wird schon um sechs aufwachen, nein, man wird schlecht schlafen und schon um drei wachliegen, man wird die Frau und die Kinder im Raum liegen fühlen, atmen hören; es ist noch stockfinster, heute ist keine Arbeit, ich kann lange schlafen, ich muß auf die Gewerkschaft, sie registrieren, aufs Arbeitsamt, stempeln, was werden sie geben, die Frau soll schon sehen wieder eine Aufwartung zu kriegen, auf die Kinder paß ich auf, die

Sachen werden sie einem ja schließlich wegpfänden, wenn man nicht zahlt.

Auf den Stempelstellen kamen sie vormittags zu Fuß und mit ihren Fahrrädern zusammen, warteten, stellten sich an, wurden eingelassen, setzten sich, warteten, stellten sich vor die Schalter, standen, warteten, schoben ihr Buch vor, bekamen einen Stempelschlag, gingen an einen andern Schalter, standen, warteten, schoben ihr Buch hin, erhielten ihren Betrag, und nun war alles gut, jetzt war der Tag frei, sie konnten nach Hause gehen und warten, warten. In die hunderte, tausende, zehntausende, hunderttausend Häuser krochen sie einzeln wieder ein, zogen das Portemonnaie heraus, legten das Geld hin, drei lange Tage war nichts, dann sickerten sie wieder aus den Häusern hervor, rollten in Tropfen, in Rieseln, in Lachen, in einem Strom zu den Arbeitsämtern, aber da brausten und rüttelten sie nicht wie ein Strom, sie schlugen nur kleine Wellen und murmelten, und nach ein paar Stunden rannen sie wieder aus den weiten Toren heraus, schoben ihre Fahrräder, setzten die Mützen fest und versickerten in die Stadt. So viele sie allmählich wurden, sie ersäuften nicht das Arbeitsamt und drangen in keine Häuser ein; sie waren nur leidend, ach ein schweres Leiden.

Als die Krise heraufzog, war Karl ein übermäßig beschäftigter breitschultriger Mann in den Vierzigern, mit den Knochen eines Bauern, raschen Bewegungen. Seine Stirn trug eine senkrechte Querfalte in der Mitte wie von einem Gedanken, der stehen geblieben war. Mund, Kinn und Blick energisch. Sein Gesicht blaß, oft gelbblaß von dem Aufenthalt in geschlossenen Räumen, in Eisenbahnzügen, Hotels, Autos. Sein Haar lichtete sich. Daß einmal ein Rückschlag in der Konjunktur eintreten würde, war ihm wie andern Industriellen klar. Es waren aber genug Reserven da.

Karl hatte, obwohl er grundsätzlich seinen eigenen Weg ging, nicht die Fühlung mit seinem Industriellenverband verloren. Da offenbar in naher Zeit gemeinsame Maßnahmen, unklar welcher Art, erforderlich wurden, tat er wie alle, beteiligte sich an Besprechungen. Am Abendtisch, als er beim Dessert Julie in seiner sachlichen Art einen Bericht von der Lage gab, und daß er noch zu einer Verbandssitzung müsse, er müsse den kranken Onkel vertreten, ihr familiäres frauliches Sitzen und Plaudern in der Wohnecke fiele also heute fort, weiteten sich ihre Augen: «Du willst politisch werden, Karl?» Er schälte seine Birne und knurrte gutmütig: «Wirklich nicht, Julie. Dafür gibt's andere Leute. Wir haben Vernünftigeres zu tun. Es sind Vorbeugungsmaßnahmen nötig. Ich werde dich leider in der nächsten Zeit öfter allein lassen müssen.» Sie war enttäuscht, geärgert, es grenzte an Empörung.

Ihre Ehe war das Jahrzehnt harmonisch, musterhaft geblieben, wie sie anfing. Julie, einem großbürgerlichen Haus entstammend, lebte in ihrem Milieu, unter ihren Gesetzen. Sie hatte längst aufgehört, sich bei ihren Eltern zu beklagen, sie stand vorzüglich zu ‚der' Mutter, der sie sogar den Hof machte, sie fand sich damit ab, in eine ‚kleine Provinzrasse' hineingeheiratet zu haben. Und wenn es manchmal zu eng, zu lähmend wurde, so gab es doch wieder die Kehrseite, Karls Sorge um sie [sie sagte lachend zu ihrer Mutter: «Die Bauern haben immer Sorge um ihr Vieh»]. Da machte sie sich den Spaß und legte sich als krank zu Bett und er war außer sich, ihr Arzt durchschaute das Theater, es war erschütternd, Karl geängstigt zu sehn, wirklich, dieser Mann wird sie vermissen, wenn sie stirbt oder ihn sitzen ließ. In letzter Zeit, unter den geschäftlichen Erregungen freilich zeigte sich Karl erstaunlich als echter Geschäftsmann, er erlaubte sich grundlos gegen sie ein paarmal ungeheuerliche Brutalitäten [in Worten, einmal in Gegenwart ihrer verblüfften Mutter], er setzte sie zurecht, als wäre sie ein beliebiger Fabrikangestellter. Er machte es durch besondere Aufmerksamkeit nachher wett, bat um Entschuldigung. Er konnte auch tagelang stumm und eisig sein und das Haus als Luft behandeln. Julie wußte, die Ehe ist keine Hochzeitsreise [wie Karl auch in der ersten Zeit ihre gelegentlichen Zärtlichkeitsanwandlungen zurückgewiesen hat-

te: «Wenn uns einer sieht, Julie!» Aber es sah sie ja keiner, aber das machte ihm nichts aus, ihr Zusammenleben war keine Privatsache, er mochte um nichts auf der Welt seine Ehe auf das alberne Niveau einer Liebschaft gezogen sehn]. Aber diese fatale, nicht auszurottende Sehnsucht Juliens, diese Gedrücktheit, Leere, man hält es für ein körperliches Unbehagen, geht zum Arzt, der findet nichts, lächelt. Ach, Julie greift oft zum Spiegel. Ich habe zwei Kinder, sie wachsen heran. Man wird älter. Ich werde nicht fett, aber meine Augen gefallen mir nicht. Man sickert in sich zusammen, wie am Herd. In welchem Topf man schmort, ist eigentlich gleich. Es ist wohl das Alter. Wäre ich eine andere, würde ich über das Provinznest klagen, in dem ich versaure. Aber ich lebe glücklich in der Großstadt.
Als Karl ihr an jenem Abend von der kommenden Tätigkeit und den Sitzungen gesprochen hatte, die ihre Abendunterhaltungen unterbrechen würden, plauderten sie weiter, der Kinderaufzug näherte sich durch den Korridor, geführt vom Kinderfräulein, die den kleinen Karl auf dem Arm trug, das junge Fräulein Julie im rosa Pyjama taperte hinterher. Es gab den Gutenachtkuß, die Truppen zogen sich geordnet wieder zurück. Karl stand auf, küßte der Madame die Hand. Dieser unnahbare Mensch. Das war das Wort: der Unnahbare. Und nun ging er, und nicht einmal dies gab er von sich: daß er abends da blieb, das Herumhocken, das er doch so schätzte.
Als Juliens Mutter kam und die Wohnecke verwaist fand, hing Julie im Salon schwatzend, mit lebendigen, fast wilden Augen am Telefon. Die Mutter wollte sie zum Plaudern an die Wohnecke führen, Julie warf den Kopf und machte ein Mäulchen: «Bleiben wir hier.» Ob etwas vorgefallen sei. Julie lächelte, das Gesicht verschließend, vor sich: «Bei mir fällt niemals etwas vor. Es gibt zwischen Karl und mir keinen Streit.» «Die Kinder?» Jetzt fragt sie nach den Kindern. Ob ich auch einmal eine solche Mutter sein werde. «Die sind zu Bett.» «Und gesund?» «Gesund.» «Es gibt nämlich jetzt so viel Grippe, ich fürchte mich vor dem Frühling.» «Das hast du immer getan, Mutter.» Die

Tochter auf dem Ledersofa, die Arme nach beiden Seiten auf der Lehne ausgebreitet, machte einen Gegenstoß: «Wie geht's Vater?» Die Frau im Schreibtischstuhl warf einen erstaunten Blick: «Vater? Wie kommst du darauf?» «Ich dachte nur. Wie geht's ihm?» Die Frau, unklar vor diesem pikierten Gesicht [was hab ich ihr getan], suchte einige Worte, er hätte viel zu tun, morgen verreist er wieder auf acht Tage. Da lachte Julie heraus: «Dann bist du ihn ja eine Woche los.» Was wollte Julie bloß. «Ich meine, Mutter, dann ist mal wieder das Haus frei, man kann gründlich reinmachen, es steht einem keiner im Wege.»

Karl hatte seinen stillen Wohnraum an dem Abend gegen den blau ausgelegten Konferenzsaal eines Hotels, den zwei mächtige Kronleuchter mit Licht überschütteten, eingetauscht. Präsidium, Verbeugungen, Papierrascheln, Stühlerücken. Man sprach von den notwendigen Einschränkungen, ließ sich von den eingeladenen Sachverständigen Kurven vorführen. Es machte den Eindruck, daß die Krise hier nicht einfach passieren würde. Die bösen Konkurrenzstreitigkeiten schwiegen. Der weißbärtige Vorsitzende bei dieser Plenarsitzung erklärte schallend: «Wir stehen in einem Kampf auf Tod und Leben. Da gibt es für alle, die marschieren, nur einen einzigen Schützengraben gegen den gemeinsamen Feind [der nicht genannt wurde]. Wenn wir Schulter an Schulter zusammenstehen...»
Ein riesengroßer Herr, als gewaltiger Redner, der keinen Widerspruch duldete, bekannt, ein jovialer Schlaukopf und Biedermann, hielt eine seiner würdige Rede. Sie rechneten einmütig, Karl jagte es einen Schreck ein, auf eine lange Krisenzeit; natürlich, wir stehen ja erst am Anfang, es regnet sich langsam ein, die Schirmfabrikanten bekommen zu tun, und wer keine Sohlen hat, kriegt nasse Füße, wir werden große Veränderungen erleben, und die sind auch nötig. Karl dachte: eigentlich allerhand, daß die Leute so reden; sie müssen breite Schultern haben. Man hatte deutliche Vorstellungen und machte aus ihnen kein Hehl, morgen werden's ja die Spatzen von den

Dächern pfeifen. Man werfe ihnen vor, auch ihrer Industrie, sich zu groß ausgedehnt zu haben; nun, sie wollten nicht die Gegenfrage erörtern, ob man in einer Zeit des Aufschwungs, der gewaltigen Bautätigkeit, der Vermehrung der Bevölkerung etwa hätte klein bleiben sollen; wir sind einfach schrittweise der Entwicklung gefolgt, haben uns den Ansprüchen angepaßt, das war unsere Pflicht und ist auf eine einfache Formel gebracht alles. Alle nickten. Andererseits seien schwere Ausschreitungen vorgekommen, drüben. Entwicklung und Entwicklung ist schließlich noch zweierlei. Alles muß seinen gesunden Boden behalten. Wie steht es aber mit der sozialen Fürsorge? Es muß alles sein Maß haben. Daß der Gesetzgeber an Fürsorge für Krankheit, Unfall und so weiter gedacht habe, in Ehren. Die Humanität beherrscht das Denken jedes zivilisierten Menschen. Aber wenn das Geschäftsleben von der Humanität beherrscht werden soll, wo kommen wir da hin? Ich muß rechnen und rechnen und kann da nichts zuschustern. Ein Block Holz, ein Stapel Fourniere kostet mich so und so viel, Transport so und so viel, Miete, Lohn so und so viel, da kostet auch das Stück Möbel so und so viel, und dann muß ich es präter-propter für so und so viel verkaufen, da hat mir keine Humanität reinzusprechen, denn sie nimmt mir die Kosten nicht ab. Wenn ich human sein will, dann ist das mein Privatvergnügen und geht auf Sonderkonto. Das Geschäftsleben kann nicht von der Humanität unter Druck genommen werden. So steht es aber, und das erfolgt zum Nachteil des Ganzen. Denn wenn die sozialen und so weiter Abgaben so hoch werden, so müssen zwangsläufig die Preise entsprechend steigen, nimmt man uns dann aber die Waren nicht ab, dann müssen wir entlassen, und was dann? Da sieht man, wohin das bloße Gefühl treibt.

Dieser Redner also – es war ein Temperamentsausbruch – forderte Einschränkung auf Gebieten, wo man wirklich von Luxus sprechen könnte, also bei Schulen, Universitäten, Bibliotheken, Museen. Sie verschlingen unheimlich viel Geld, kein Mensch weiß, wozu die viele Bildung nötig ist, man züchtet ein akademisches Proletariat und setzt den jungen Leuten Raupen in den Kopf. Wir brauchen helle Köpfe und keine Gelehrten. Das alte Griechenland kann uns [sagen wir's offen] gestohlen bleiben, es weht eine scharfe Luft, heute kann man sich nicht mit Zeitvertreib abgeben, der uns teures Geld kostet.

Nachdem man einmal das Thema ‚heilsame Krisenwirkungen' angeschnitten hatte, hielt der anwesende Sachverständige, ein Anwalt, der auch Wirtschaftler war, es für angebracht, mit süßsaurem Lächeln etwas zum Besten zu geben. Ihn quälten die philiströsen ‚mittelständischen Rüpeleien' gegen Universität und Akademie. Er war hier in Lohn und Brot und konnte sich nur durch Kurven und höhere Gesichtspunkte rechtfertigen Er wies in einem Nebensatz auf die kulturelle Bedeutung der Universitäten und der Hochschulen für die Kunst hin, sie hätten, abgesehen von der Prestigefrage – ein großes Land muß auch Universitäten und Bildung haben –, auch die Bedeutung, Fremde ins Land zu ziehen und also den Umsatz zu steigern [«Das läßt sich hören»]. Dann kroch der Anwalt, der gekränkte Lohnempfänger, näher an seine Herren mit einem andern Argument heran, wobei er eine gemeinsame Linie zwischen Fabrikanten und Akademikern herzustellen dachte. Er kam frisch und schlank, um die Ecke herum, zu sprechen auf das nachweisliche [wovon doch?] Anwachsen der Gewerkschaftsbewegung. Parteien müsse es wohl – leider – geben, jedes Tierchen sucht sein Pläsierchen. Wenn aber die Gewerkschafter glaubten, Industrielle kritisieren zu dürfen, was sollen andererseits wir zu dem Anwachsen der Gewerkschaftsbewegung sagen, bei der die Radikalen das Wort führen [Sträuben der Haare]. Was will man damit? Die Gewerkschaften liefen unzweideutig auf einen Staat im Staate hinaus [Hochverrat, piff paff].

Der weißbärtige Vorsitzende, gewohnt dem Anwalt das Wort abzuschneiden, hob die Hand, der Anwalt kuschte und erlosch prompt hinter seinem Bierseidel. Der Weißbart bedeutete allen [um den Sieg über Akademiker vollständig zu machen]: «Mit Politik befassen wir uns nicht.»

Karls sachliches Eingreifen fiel auf, man kam zu einigen Abmachungen in der Taktik der Lohnreduktion. Man merkte sich diesen Mann, der sich bisher nur durch sein geschäftliches Draufgängertum als unangenehmer Konkurrent bewährt hatte. Es war guter Nachwuchs, verschlagen, liebenswürdig, kalt.
Bei einer Unterhaltung in der Wohnung des kranken Onkels, des Schatzmeisters des Verbandes – er war aus seinem Bett gehoben worden und kam gelb, mager, ein Aschenhaufen, in eine Sofaecke, Kissen im Rücken und neben ihm, es fehlte nicht viel, so hätte man den Armen selber mit Kissen ausgestopft –, erklärte der Weißbart, da sie ja ganz unter sich seien, könne man es ruhig aussprechen: der Kampf werde hart sein [er sagte nicht mit wem]. Wer weiß, wie viele von uns noch auf den Beinen stehen nach zwei Jahren. Dann setzen wir uns wieder die Mütze auf, gehen als Gehilfen, wenn uns einer nimmt, oder gehen stempeln. Möglich ist alles, wer will heute prophezeien. Also: man müsse an Unterstützung der Industrie denken. Produktive Hilfe besteht einzig und allein in der Stützung der Industrie, die Leute beschäftigt und entlohnt. Das ist klar wie das Einmaleins. Haben die Leute Arbeit, kriegen sie Geld in die Hand und können kaufen; wie können sie aber Arbeit kriegen, wenn man uns auspumpt? Daher: wir müssen die Zersplitterung in unseren Reihen beseitigen, brauchen Subventionen, steuerliche Entlastung und so weiter. Die Regierung windet sich vor den Gewerkschaften und Parteien, ein Schuß Mut wäre besser. Statt daß unser Herr Syndikus bei uns die große Flöte bläst, soll er mit seinen Kurven ins Ministerium und da Dampf machen.
Der Onkel mit dem kindlich kleingewordenen Faltengesicht, dem rutschenden Kneifer auf der Nase schüttelte betrübt den Kopf. Dann nickte er, es war unklar, wozu er nickte und den Kopf schüttelte. Er dachte: ich fahr bald in die Grube, das Sitzen bekommt mir nicht, wie lange sie reden.
Die Herren, wie sie da im gelben Salon des Onkels – es war eigentlich der der Tante – neben dem Flügel, den längst keiner mehr öffnete, und zwischen künstlichen Palmen in einem re-

spektvollen Halbkreis [der auch mit Furcht vor Ansteckung geladen war] um den Kranken auf viel zu graziösen Goldstühlchen saßen, entstammten sämtlich jener freundlichen und halb leibeigenen Philisterschaft, die in diesem Land die Hauptmasse der Bevölkerung ausmachte. Die Gesichter unentwickelt, platt, die Mienen wenig rege, schleppten sie die Eierschalen ihrer Herkunft mit sich herum, und wenn ein Fremder, gar ein Ausländer vor ihnen hätte ein Schnupftuch fallen lassen, durfte er gewiß sein, daß noch mindestens die Hälfte von ihnen in einem ärgerlichen alten Instinkt zusammenfuhr, um aufzuspringen und ihm das Tuch zu überreichen. Dabei war mit ihnen nicht zu spaßen, sie hatten einiges gemerkt, zum Beispiel die Wichtigkeit ihrer Geschäfte für das Land, mit den alten Raubrittern konnten sie es an Energie und Schlauheit schon aufnehmen.

Ein untersetzter Mann mit grauem Schnauzbart und langer spitzer roter Nase, der sich gern an seiner Nase vorbei auf den Schoß sah [vielleicht um den eventuellen Tropfenfall zu berechnen], fing an zu brummeln. Er blickte den todkranken Onkel feucht an: Jetzt wo die Krise und die Zeiten schwer werden, könne er ja wohl sagen, daß er alles habe kommen sehen. Diese Genußsucht, Vergnügungssucht. Alles will leben. Als wenn wir nicht gelebt hätten, aber anders, wir brauchen uns nicht zu schämen, weil wir in kleineren Verhältnissen gelebt haben und den Groschen auf die hohe Kante gelegt haben [lieber Freund, wir sind doch hier keine Sparkassenbank]. Man soll auch ausgeben, aber mit Maß. Alles will jung werden [er blickte den Onkel an, mit dem er schon öfter dieses Gespräch geführt hatte, aber den Onkel drückten die beiden seitlichen Kissen]. Jetzt geht's nicht mehr. Übermut tut selten gut. Und die Gerechten büßen mit den Ungerechten [die Gerechten sahen betreten an einander vorbei]. Wer denkt heute an Häuslichkeit, Frau, Kind, Eltern? Die Herren, die sich mit Neueinrichtung und besonders mit Kindermöbeln befassen, wissen davon ein Lied zu singen, es ist das unrentabelste Geschäft geworden. Wer hat denn noch Kinder? Zwei sind schon viel, zu unserer Zeit liefen sie wie junge

Hunde in den Straßen herum, scharenweise, jetzt rennen die Leute in die Bars und Kinos und sehen sich schweinische Filme an, von Kinderkriegen keine Rede. Im Kirchenvorstand in meiner Gemeinde wurde darüber geklagt, unsere Jugend ist angefault, der Pfarrer klagte, Konfirmanden und Konfirmandinnen haben nur Sport im Kopf [ist auch gesund, Kollege, wir wollen hier keine religiösen Gespräche führen]. Der Rotnasige, gebeugt, brummelte unartikuliert weiter, dann hob sich seine Stimme, er blickte den Onkel an, der an seinem Kneifer arbeitete. «Sie wollen heute bloß zu fressen haben. Das ist das ganze Geschrei. Dem andern gönnen sie nichts. Die Wurzel des Übels ist der Futterneid. Als wenn unsereins was vom Leben hätte. Ordnung muß geschaffen werden, Sauberkeit.» «Na, zum Beten werden Sie die Brüder kaum kriegen, alter Freund. Das Pack pfeift auf den lieben Gott.» Sie lachten.

Unentwegt der mit der langen traurigen Rotnase: «Wir sind keine Umstürzler. Ohne Moral geht's nicht, das haben unsere Eltern und Voreltern gewußt. Und wenn der Staat uns Arbeitgeber nicht stützt, bricht er in sich zusammen. Denn schließlich: wer erhält den Staat?» «Na ja, das wissen wir alles, lieber Freund.»

Darauf berieten sie, zur Errichtung eines Kampffonds, über eine neue Verbandsumlage. Man wollte Aufklärung der Öffentlichkeit, Propaganda, Unterstützung nahestehender Politiker, geht's nicht mit Biegen, geht's mit Brechen.

Der Onkel in der Sofaecke, von dem Kissenhaufen gestützt, schüttelte seinen armen geschrumpften Kopf; sein Kopf, sein Gesicht und Hals waren dürr wie ein Feld, auf das kein Regen mehr fiel. Der kleine Kopf dachte: die Augen wollen einem zufallen, der Mund ist einem trocken, wie viel die Leute reden können, ich war auch mal jung, jetzt sind mir alle Kleider zu weit, ich hab gewiß den Krebs.

ES war die letzte Verhandlung, an der der Onkel, das älteste Vorstandsmitglied, teilnahm. Das Bett, in das man ihn trug, verließ er nicht mehr.

Ein längst vergessener Bruder der Tante, ein pensionierter Schullehrer, kam zu seiner Beisetzung aus einer Mittelstadt herüber, die Tante zahlte die Reise, er führte sie bei der Trauerfeier am Arm. Hinter ihm ging Karl mit der Mutter. Die Mutter im dichten schwarzen Trauerschleier, wie vor langen Jahren, als sie dem Mann an die Grube folgte, wie vor nicht langer Zeit, als sie das junge Mariechen heruntersenkten.

Ein Chor sang hinter Büschen, sie standen am Grabe.

Karl war nun der alleinige Leiter der Fabrik. Wie hoch sie ihn heraufgeführt hatte; auch Erich, dem lieben Jungen, ging es gut. Was sie für Widerstände zu beseitigen hatte, wie bitter es gewesen war, wie sie an die Tür dieses Mannes geklopft hatte. Jetzt lag er da, und ihre Kinder standen neben ihr. Wenn ich einmal soll scheiden, so scheide nicht von mir. Kalt wehte es aus dem Grab, sie warf von der Schippe eine Handvoll Erde herunter, es schallte. Erich mußte herbeispringen, um sie festzuhalten. Ja, weg von diesem Ort, ich habe noch viel, viel zu tun, ich will mich noch lange meiner Kinder erfreuen.

Es war dann ein schweres Ding, das nach dem Tode des Onkels an Karl herantrat. Die Witwe führte Besprechungen mit ihm. Sie wollte erst einige Monate reisen, mit einer engagierten Begleiterin, dann wollte sie sich in der Mittelstadt niederlassen, wo ihr Bruder wohnte, Karl sollte ihren Anteil an der Fabrik auszahlen. Es war ein großer sofortiger Betrag und dann die Restzahlungen. Karl konnte ablehnen. Wenn er an die unübersehbare Krise dachte und mit seinem Prokuristen im Büro kalkulierte, so war und blieb es ein riskantes Geschäft. Die Auszahlungen waren vielleicht mit Vorbehalten und Krisenklauseln zu versehen. Er konnte ja oder nein sagen. Mit nein war nichts verloren, das Risiko blieb dann auf der Schulter der Tante. Aber

sie hatte das Recht, in der Fabrik mitzusprechen oder einen Vertreter hineinzusetzen. Das war der Punkt, an den Karl nicht ohne Wut denken konnte: einer neben ihm, seine Entschlüsse kontrollieren, in dieser Zeit, ein Mann ihrer Verwandtschaft.
Als er der Mutter und Erich in der Wohnung der Mutter die Situation darlegte, bekam er die Antwort, die er erwartet hatte: keinen in die Fabrik hineinlassen, ruhig die Alleinverwaltung übernehmen. Sie vertrauten ihm unbeschränkt. Die Mutter war Feuer und Flamme, ja, dies war der volle Triumph: «Der Tag, an dem du unterschreibst und die Fabrik allein hast, wird dein zweiter Geburtstag, Karl.»

Er zögerte noch, ging noch einmal Rechnungen durch; bei der Bank gab es keine Schwierigkeiten, aber wer kann für die Krise gut sagen. Es war eine verantwortungsvolle Sache. Wen konnte man noch fragen? Plötzlich fiel ihm Julie ein, natürlich nicht in diesem Zusammenhang, denn mit solchen sachlichen Dingen beschäftigte man sie nicht. Theater, Musik, Bücher, Bilderausstellungen, ja. Julie lebte mit den Kindern erfreulich, edel wie der Schwan auf blauem Gewässer, neben ihm. Aber da waren einige Blicke von Julie, ein Tonfall ihrer Worte in ihm haften geblieben. Nachträglich, zwischen allerlei Geschäftsdingen, hatten ihn diese Blicke, dieser Tonfall beschäftigt. War sie unzufrieden, hatte er etwas versäumt? Was konnte Julien fehlen? Vielleicht konnte er auch einmal mit ihr diese ernste Sache besprechen, aber nein, es ging nicht, es ist entwürdigend, was soll sie sich denken, Karl schämte sich im Gedanken an die Mutter. Burlesker Einfall. Aber immerhin: Julie beschäftigte ihn, das Wesen, das über ein Jahrzehnt neben ihm ging, stand, lag und mit ihren Geburten, Gesprächen, Vater, Mutter, Kindern zu seiner Existenz gehörte. Lange war vergessen, daß man sich einmal begegnet war, daß man sich einmal nicht kannte. Aber die Krise brachte alles durcheinander, alle Ordnung war gestört. Es blieb in ihm sitzen: man müßte einmal mit Julie sprechen.
Aber als er am Abend zu Hause war, durch die Räume ging,

sein ‚kleiner' Inspektionsgang, als er die Gesichter des Personals gesehen hatte, war es – unmöglich. Und gar von Geschäftsdingen sprechen, unmöglich, es wäre eine Bankrotterklärung. Das Essen, obwohl er das Wort führte, verlief mit schicksalsmäßiger Gesetzmäßigkeit. Es gab Fragen nach der Schärfung der Messer, und daß man die Tischwäsche zu Hause waschen wolle. Andere Fragen verstießen gegen die Rolle Julies auf dieser Welt.

Man ging über den Teppich in die Wohnecke, wo die Kaffeemaschine stand, die er neuerdings bediente, daneben der Brotröster, dessen Bedienung Julie zufiel. Er reichte ihr im Gehen zärtlich den Arm, sie dachte, was ist mit ihm, verwechselt er mich mit seiner Mutter. Dann steckte das Mädchen, das unhörbar anhuschte, den Docht unter dem Kaffeeapparat an, blitzend stand er auf einem Seitentischchen; das Mädchen steckte den Kontakt zu dem Brotröster, flüsterte mit der gnädigen Frau, die schüttelte den Kopf, der Herr griff links neben sich nach dem Zigarrenkasten. Das Flämmchen wehte blau, der Röster gab einen warmen, würzigen Geruch. Karl dachte, sie waren beide still, wie unmöglich es war, hier etwas zu durchbrechen. Er wurde es gewahr, während sein Blick auf dem hellen Glaskolben lag, in dem das Wasser schon helle Perlen aufsteigen ließ. Dann blickte er zum Röster hin, den Julie mit einer kleinen Zange auf- und zuklappte; zartgebräunte Brotscheiben kamen zum Vorschein, die sie in eine silberne Schale legte. Dann sah er ihre Hände an, wie sie mit der Zange arbeiteten, betrachtete sie aufmerksam, während sie nach unten blickte. Da war sie, seine Frau, sein lebender Besitz, sie, die mit ihm diese Familie bildete, die beiden Kinder gehörten dazu. Diese Frau gehörte ihm, die Hausfrau in ihrem hellblauen leichten Kleidchen [siehe da, das Kleidchen kenne ich noch nicht, oder doch, ich werde mir keine Blöße geben und danach fragen], mit ihrem fahlroten Haar, heute in der Mitte gescheitelt, mit ihrem Kopf und ihren Gedanken, zu denen ich, ihre Mutter, die Kinder gehören. Es ist die Familie des Regierungsbaumeisters, der merkwürdigerweise gerade jetzt einen großen Auftrag hat, seine unerschöpflichen guten Beziehungen.

Das Wasser sprudelte, Julie fragte etwas, ja, ich werde mir eine Zigarre anstecken. Ich muß staunen über die Regeln der Gesellschaft, die Einrichtungen. Was das für ein merkwürdiges Ding ist, wie Schienen, die man einmal gelegt hat; sie haben eine gewisse Breite, laufen in gewisser Richtung, und jetzt sind sie da, ich komme des Wegs daher mit meinem Wagen und kann nicht anders, ich muß die Schienen und die Richtung nehmen. Warum? Sie sind doch nicht wie der Zigarrenrauch, der blau von Natur ist und in die Höhe zieht aus physikalischen Gründen. Diese Regeln hier habe ich doch selbst gemacht, zusammen mit ihr, sie sind kein Naturgesetz. Und dennoch, sie sind da, besetzen den Raum, auch wenn man sie nicht sieht. In diesem Raum läßt sich nur einiges sagen. So kann ich Julie zum Beispiel nicht fragen, was sie zu der Auszahlung der Tante meint. Ich könnte dann vielleicht das Zimmer hier nicht mehr betreten, ich würde keine Lust haben, mich hierhin zu setzen. Es wäre alles zerstört. Das Wasser war sprudelnd aus dem Bassin das Rohr hinaufgestiegen, braun wirbelte es oben im Trichter, gemischt mit gemahlenem Kaffee, sank in das Bassin, sprudelte, stieg wieder auf. Man atmete den herzerfreuenden Kaffeegeruch. Julie rückte das Täßchen vor.

Während sie von einer Gemäldeausstellung plauderte, auf der sie heute an dem schönen Frühlingstag mit ihrer Mutter war, dachte Karl, den heißen Kaffee schluckend: Undurchbrechbar, nicht zu zerreißen. Sie würde lachen, wenn ich es sagte. Es sind Dinge hier in der Stube, die mich zwingen, zu reden und zu schweigen. Andererseits sind sie auch gut, denn es läuft nun alles von selbst, das erleichtert das Leben. Ob ich es ihr einmal sage?

Und während er die Brotscheibe zerbrach, betrachtete er die Rüschen ihres Ärmels – auch sie sind Gesetzgeber – und fragte Julie, seinen fleischernen Besitz, Gebärerin seiner Kinder: «Ist dir schon aufgefallen, Julie, wie bequem, ruhig wir hier sitzen? In der Wohnung? Wenn du nur die Tür öffnest und eintrittst, merkst du es?» Sie nickte, was sind das für Töne, er feiert die Familie, er ist zufrieden. «Und wenn ich mir überlege, woran das liegt, Julie, so kommt das [jetzt lachte er und sein Gesicht, sonst so streng, war schalkhaft kindlich] von den Möbeln. Mir ist es eben klar geworden, welche große Rolle unsere so geschundene Möbelindustrie im Leben der Gesellschaft spielt. Kleider machen Leute, das ist gewiß, aber Möbel machen Familien. Man kann beinah nichts gegen ein Büffet, eine Kredenz, eine Garnitur Ledermöbel, wenn sie auf einem ausgesuchten Teppich um einen stehen. Sie schreiben dir den Gang, die Miene, sogar Gedanken vor.» Er erwartete ihre Antwort, sie gab sie zwischen zwei Schlucken Kaffee: «Ich bin sehr für die Möbelhändler, Karl, das versteht sich. Aber Möbel, die was vorschreiben oder verbieten, wenn ich dich recht verstehe, Möbel, die die Gesellschaft erhalten, nein. Das ist ein neuer Reklametrick von dir. Ich sehe dich schon inserieren: Möbel machen Familien, die staatserhaltenden Möbel. Ihr seid schlaue Leute.» «Also du hältst nichts davon? Du denkst, du bist frei, du möchtest lieber frei sein?» «Du doch auch, Karl» [es gab ihm einen Stich]. «Das ist unmöglich, das wäre nicht zu leisten, man kann nicht immer von vorn anfangen. Man hat etwas eingerichtet, und nun steht es da und führt einen.» Es war ein Wunsch, eine Beschwörung. «Aber um Gotteswillen, man wird doch Schluß damit machen können, wenn es so ist, Karl.» «Aber wir sollen im Gegenteil dankbar dafür sein, daß wir nicht können.» «Was, wir können nicht?» «Nein, versuch's mal, Julie. Wir können's nicht. Zuerst kommt's einem wie eine Behinderung vor, nachher ist es aber doch Sicherheit und Ruhe, Bequemlichkeit.» [Sonderbar, wovon redet er, spricht er davon, was er mit mir macht?]

Das Radio, von ihm spielend berührt, gab einen süß stöhnenden Walzer von sich. Sie legten sich, die Augen schließend, in die Töne. Als er den Blick wieder hob, hing drüben an der Wand eine friedliche Erntelandschaft, aber die Landschaft wurde rasch überdeckt von einem Bild, das sich aus seinem Geist erhob, das Heldenbild, das lagerte sich über Wipfel und See der Landschaft,

er sah den siegreichen König zu Pferd auf dem Hügel zwischen breitwipfligen Bäumen. Und so ist das Land begründet und gefestigt, der König lebt nicht mehr, aber was damals geschaffen ist, ist vorhanden, sichtbar und unsichtbar, und breitet seine Fäden über das Land, und zwischen diesen Fäden bewegen wir uns, und das ist so, und daran wage keiner zu rühren. Karl fragte Julie nichts. Nachher zog er zu ihrem Erstaunen Arm in Arm mit ihr durch die vorderen Räume. Er war auf der Höhe der Gefühle. Sie ließ sich von ihm über die Läufer und Teppiche führen, aha, diesmal keine Inspektionspromenade.
«Du sagst, mein Heim, meine Festung. Dann hast du eigentlich zwei Festungen, mein Herr Kommandant, die Fabrik und das Haus.» «Die Fabrik ist keine Festung, Julie, die ist offenes Kampffeld mit Schützengräben, Schwarmlinie. Da kann man wer weiß wie bald getroffen werden.» «Oh! Du bist in Gefahr? Brauchst du mich? Oder die Festung?» Sie will mich verlocken zu sprechen, sie will unsere Stellung verschieben. «Dich und die Festung brauch ich immer, Julie. Du mußt aber wissen, welche Wohltat es grade ist, daß unsere Festung – es ist ja auch deine – unabhängig von uns existiert, unabhängig von unsern Launen und von dem Ärger draußen. Es ist die Ehe, die Familie.» «Und wie wir sie uns einrichten, Karl.» «Ja, wir haben etwas, woran sich die Wellen brechen. Ich war einmal ein junger Bursche und hab gesehen, wie mein Vater gegen seine eigene Festung gewütet hat, wir hatten schlimme Zeiten. Und dann hab ich es beinah gemacht wie er, ich wollte meiner Mutter weglaufen, die Welt erobern, weiß ich. Da hat sie mir ein paar Ohrfeigen gegeben, und dann war alles gut.» Sie zogen in das Prunkzimmer, das Museum ein, er warf mit der linken Hand die schwere Portiere zurück. Julie blickte zu ihm auf: «Sie hat dich geschlagen?» Er lächelte stolz: «Es hat mir nichts geschadet, obwohl ich schon ein großer Bursche war. Wer nicht hören will, muß fühlen. Die Mutter wußte, was sie tat. Es ist dafür gesorgt, daß einer immer das Notwendige tut.»
Sie zogen an dem Ritter mit der eisernen Hand vorbei, das

blecherne Klappergestell, jetzt versteh ich, warum er sich das in die Stube stellt, er betet die eiserne Faust an, sie sind kleine Leute, Provinz, Herr Böttchermeister, Herr Rechnungsrat. «Ich würde mich nie einer Familie unterwerfen, überhaupt keiner solchen Ordnung, wie du sagst. Wir haben das zu Haus nie gehabt. Nun hast du ja dein Heim, Karl. Der schöne Schrank, der wunderbare Sessel, die byzantinische Lampe, jetzt ist deine Mutter nicht da, jetzt ist die Wohnung da mit den Möbeln, die Festung. Ich bin wohl die Gefangene, Herr Kommandant.» «Aber, Julie.» «Ich werde mich nie unterwerfen lassen. Da hast du deine Möbel. Was bin ich noch da. Es geht auch ohne mich.» «Aber, Julie.» «Natürlich, Karl, es geht auch ohne mich. Du hast es selbst gesagt. Und wenn es mir etwa nicht gefällt, tust du das Notwendige und schlägst mich.»
Ihre Lippen zitterten, sie zog ihren Arm aus seinem, stand für sich, die Arme hängend, ihre Nasenflügel blähten sich. Was war das? Nie war so etwas in diesem Raum gehört worden. Wie war das möglich. Standen die Möbel noch? Sie wagte an dem Gesetz zu rütteln? Sie war auch eine Revolutionärin? Er griff nach ihrer Hand. Der Sklave, er ließ sich schlagen, wäre er doch bei seinen Onkeln und Tanten geblieben. Sie zog ihm die Hand weg. «Du brauchst mich ja nicht. Es geht auch ohne mich.» Eine Sekunde, fünf Sekunden, zehn Sekunden befiel ihn eine Wut. Sie wollte ihm in den Rücken fallen. Auch sie. Sie wollte ihn in dieser Stunde verraten. Wo sie zehnfache Pflichten hatte. Das Weib. Was wollte das Weib. Dieses Weib. Wer war dies Weib an seiner Seite. Sie hatte die Augen niedergeschlagen und zitterte am ganzen Körper, wegen der Schande, die er ihr angetan hatte. Seine Wut, von ihr nicht gefühlt, hätte sie eingeäschert. Er riß sich zusammen, in einem Moment von Feigheit und Schwäche, er zwang sich zu sagen: «Aber Julie, wir sind verheiratet, wir haben Kinder, es ist doch nicht die Wohnung, du bist meine Frau, ich bin dein Mann.» Sie warf den Kopf zu ihm herum: «Ja, denk daran, Karl. Wenn ich es doch öfter fühlen könnte. Du bist mir etwas schuldig.»

Wie sie sprach, wie sie sprach. Der Zorn rann ihm bis in die Zähne und machte die Zähne schmerzhaft. Er zog ihren Arm an sich, bog ihn, führte ihre Hand an seinen Mund [Ah, der Sklave unterwirft sich, ich hätte Lust, ihn an den Haaren zu fassen und ihn auf den Boden zu werfen, hier in seiner stillen herrlichen Wohnung]. «Julie, wir wollen öfter zusammen ausgehen, vielleicht kommst du mit mir auf eine Reise.» Sie fühlte sich voller Qual: «Ich kenne dich ja gar nicht, Karl», und lief aus dem Zimmer.

Ihr Spiegel. Sie erschrak vor sich, nahm einen Kamm, strich über die Haare, puderte sich, goß Parfüm in das Taschentuch. Er steht jetzt in seinem Museum vor dem Blechritter. Der Tyrann. Ach was, Tyrann. Ein unglaublicher Mensch, ich diene ihm hier, sein Theater zu machen. Pfui, schlagen hat sich das lassen als Erwachsener. Sie ließ sich auf die Chaiselongue nieder, ihre Augen wanderten durch den Raum, über ihre zärtlich geliebten japanischen Bilder, die weißen Möbel, ihre Jungmädchenecke. Jetzt steht er vor seinem Blechritter. Das Kindermädchen ging über den hinteren Korridor, flüsterte dem Kleinen durch die Tür, jetzt aber wirklich schlafen. Ob Kinder fühlen, wenn Eltern sich streiten? Sie klopfte ihren Rock, schlüpfte hinaus ins Museum. Er ging auf und ab. Sie – bat ihn um Entschuldigung. Was wird er wohl jetzt sagen, er müßte zärtlich sein. Sieh da, ich wußte es ja, Weiberlaunen. Und er zog sie an sich, streichelte ihr Haar. Das ist schon etwas, aber kein Kuß, das tut er nicht, das bringt er nicht über sich, das ist er seinem Blechritter schuldig.

Und sie fuhr hoch, preßte ihren Mund auf seinen, biß ihn in die Unterlippe. Er wollte zurückfahren, aber sie hielt seine Lippe fest, ich prügle ihn, den Schuft, ich prügle ihn auch, sonst wird er nicht. Schließlich ließ sie los. «Aber, Julie, nimm dich doch zusammen, was sind das für Kindereien, ich habe morgen Geschäfte, meine Lippe wird anschwellen.» «Dann wirst du bei deinen Geschäften an mich denken.» Sie sah mit brennendem Vergnügen, wie er sich die blutende Lippe hielt. Sind das Kin-

der, diese Frauen, und sie hätte ich beinah um Rat wegen der Auszahlung gefragt.
Aber bald saßen sie in der Wohnecke, er unter ihrem spöttischen Lächeln mit dem Taschentuch am Mund, aber beruhigt, die Festung hatte sich gehalten – sie zufrieden, er hat es gespürt.

Wahrhaftig, diese Unterhaltung hatte eine Wirkung auf Karl. Nein, keine Silbe über die Transaktion mit der Tante würde er Julie sagen, und die Sache könnte noch so verantwortungsvoll sein. Immerhin hatte Karl einige verworrene verfinsterte Tage und Nächte, er brauchte Energie und Zeit, um sich wieder einzurenken. Er blieb gereizt, ja, je länger er darüber nachdachte, um so unerhörter, unverschämter schien ihm das Benehmen Juliens; er konnte den tollen, vom Himmel heruntergefallenen Vorgang nicht aus seinem Innern beseitigen, die Schamlosigkeit war noch größer, wenn man bedenkt, wie sie sich nachher anstellte, das mit der Lippe, sie war ihm noch geschwollen, durchprügeln müßte man so etwas.
Der kritische Entschluß, die Auszahlung, bekam für ihne eine unerwartete Bedeutung. Ich würde mich vor ihr bloßstellen, ich kann jetzt noch weniger einen in der Fabrik neben mir zulassen, – aber ich muß mich grade jetzt auch vorsehen, daß ich nicht die Fabrik riskiere. Mein Haus, meine Festung. Wie gut war es, daß ich Julie nicht gefragt hatte. Er schob aber die Entscheidung eine Woche hinaus.
Ihm kam plötzlich vor, als er durch die stillgelegten Räume seiner Fabrik ging, als wenn die Krise eine Karte geworfen hätte, die ihn anging. Es hing mit Julie zusammen. Er fühlte sich im Ganzen – betroffen [er fühlte: bedroht]. Wie ihn die Empörung packte bei dem Gedanken an den Vorfall, er müßte eigentlich Rache nehmen.
Wie war es denn jetzt mit ihm nach dem Gespräch?
Als wenn einer in einer Höhle liegt, eingeschlafen ist, es war alles ruhig und gut, und plötzlich fährt er hoch, vorn am hellen Eingang der Höhle raschelt es im Astwerk, die Äste bewegen

sich, fallen durcheinander; da ist etwas. Ein Bauer hat seinen Hof an einer Bergwand liegen, es gab reichlich Schnee dies Jahr, es ist Frühling geworden, ein warmer Föhn bläst durch die Täler, es regnet fein, der Bauer dreht sich um, schnüffelt in die Luft, reibt den Schnee; wann wird die Lawine rutschen, werden die Dämme und die Wälder halten?

Als er lange genug gezögert hatte, suchte er seinen ‚guten' Tag für die Entscheidung aus, ließ sich in seinem Auto langsam ins Freie, dann kreuz und quer durch die Stadt fahren. Es war ein ganz heller Apriltag, in Scharen schleppte man Kinder an die Luft, an die fast zu scharfe Sonne. Frauen und Mädchen ließen die ersten hellen Kleider wehen. Das Auto fuhr in das Zentrum der Stadt hinauf, langsam ging es in dem Gewimmel der Wagen, selten hatte er hierauf in den letzten Jahren einen aufmerksamen Blick geworfen, es waren ja immer dieselben breiten menschenwälzenden Straßen, in denen sich der Verkehr staute. Und dann rollte man über Brücken und man war in der königlichen Gegend, als wäre man in einer andern Stadt. Wenig Wagen hier, kein Lärm, Gartenanlagen, Denkmäler, überall das ganz junge Grün und die ersten Blumenanpflanzungen des Jahrs. Die Springbrunnen. Vor den Herrscherpalästen standen rechts und links die Schildwachen. Und da der Riesenbau mit zahllosen Säulen, der Rundbau der Siegeshalle, die die Stadt überragte. Langsam ließ Karl sich hin und her durch die gewundenen Gartenwege und die riesenbreiten, für Heereszüge offenen Alleen fahren, deren Bäume noch ihre schwarzen nackten Äste ausstreckten. Es war ein festlicher Tag. Worum sorgte er sich eigentlich? Weil Krise war und weil er Geld mobilisieren mußte? Aber die Bank weigerte sich ja nicht. Er war im Gegenteil im Begriff, den weitesten Schritt zu tun, den er bisher gemacht hatte, zum Alleinbesitzer der Fabrik. Die Mutter hatte schon recht, es würde sein zweiter Geburtstag werden. Es wäre die Höhe seines Triumphs. Neben ihm die zarte schöne Frau aus der feinsten Gesellschaft, niedliche Kinder, ein edles ruhiges Heim, Macht und Herrlichkeit, der König auf dem Schlachtenhügel nach dem

Sieg. Wie stark und ernst und ehrfurchtheischend hier alles ruhte. Man fühlte die Jahrhunderte alte Gewalt, die sich in diesen Bezirk zurückgezogen hatte. Sollte einer wagen, sie zu reizen! Konnte hier etwas unsicher werden? Brauchte man zagen, wenn dies hier stand? Wer, was sollte das erschüttern? Die Krise? Es war sein Blut, das hier rollte, – warum wollte er zaghaft sein? Wenn alles sinkt, sink ich auch. Und wenn dies alles sinkt, warum soll ich, grade ich, noch stehen bleiben. Und während er noch einmal die Säulen der Siegeshalle grüßte, tönte in ihm das Motiv, das mit dem Beginn der Krise in ihm erwacht war: «Man soll es wagen!» [Das Schlachtpferd hörte das Signal].

Noch eine halbe Stunde fuhr ihn der Chauffeur, wie er wollte. Der Mann sah sich nach dem Herrn um, da sah er, daß er in der Ecke des Wagens tief eingeschlafen war. So wohl war ihm, so gut aufgehoben fühlte er sich, daß er dies konnte.

Man blieb minutenlang vor dem Haus des Notars, der Chauffeur verstand, der Herr wollte sich erst vom Schlaf erholen. Dann stand Karl auf, nahm Hut und Handschuh, stieg aus, nickte lächelnd dem Chauffeur zu. Oben warteten der Anwalt und die Witwe mit ihrem Vertreter. Der Notar rief die Parteien hinein, sie setzten sich, er las das Schriftstück vor, die Anwälte gaben bekannt, daß für die späteren Zahlungen nach Karls Wunsch ein Krisenschlüssel festgesetzt sei, und ließen den Paragraphen einfügen. Dann bitte die Unterschrift, die Witwe, Karl, die Zeugen, der Notar selbst. Die Tante hielt ihm schluchzend die Hand hin, er drückte sie, die Frau war durch den Todesfall im Fundament erschüttert, ihr Leben war immer mit dem Mann verlaufen, und wie es auch verlaufen war, es war ihr Leben gewesen. Jetzt war sie schwach, in ihrer ungeheuren Üppigkeit ertrunken, sie blickte aus dem quellenden Fett unsagbar ängstlich, kindlich hervor. Das war die Tante.

Als sie mit ihrem Vertreter gegangen war, sagte der Notar: «Ich kenne Ihre Frau Tante schon seit Jahrzehnten. Sehen Sie, in den letzten zehn Jahren ist sie so wohlhabend geworden, aber der Mann ist nicht aus seiner Krankheit herausgekommen. Was hat sie von dem Geld? Was hat jetzt überhaupt Bestand.» Karl klopfte ihm auf die Schulter. Der Notar zeigte seine Finger: «Dieselbe Gicht wie Ihr Onkel hab ich.»

KRISE MIT VOLLDAMPF

DIE Krise trieb ihr Wesen weiter. Sie war noch immer die große Musterung für die Geschäfte, Unternehmungen, Fabriken. Was nicht niet- und nagelfest war, ging aus den Fugen. Ein Orkan, der langsam seine Stärke steigerte, er riß Dachziegel ab, drückte Scheiben ein, brach im Forst dicke Äste.
Es kam alles heran, eins nach dem andern kam an die Reihe. Läden, die sich hier und da dicht an den Boden drückten, wenig Miete zahlten, kleine Geschäfte, die sich grade erhalten hatten und vor Anschaffungen bewahrt waren, hielten sich noch. Auf den Straßen, auf den Märkten schossen wie Pilze die wilden Händler hoch, neben ihnen standen die offenen Bettler, die Zahl der Bettler auf den Straßen wuchs unheimlich. Die Geschäfte wurden leer, die herrlichen Warenhäuser, der bunte lärmende Prunk der Großstadt, verödeten. Sie gingen nicht ein, sie waren langsam in Jahrzehnten gewachsen, Fabriken hingen an ihnen, aber grade sie griff jetzt der alte Haß an: sie hätten die kleinen und mittleren Händler erstickt, sie drückten die Preise, das große Kapital, das hinter ihnen stand, könne sich das leisten. Die gepriesenen Magazine, die Wunder der Großstadt, was sind sie anders als Raubburgen? In ihren Gassen blendet man die Passanten, plündert ihnen die Taschen aus, zu gleicher Zeit kann der Handwerker, der solide Arbeiter, der über solches Blendwerk nicht verfügt, Hunger leiden und – für diese Magazine Frondienst leisten! Zu allen Zeiten, wenn die Menschen leiden, suchen sie Schuldige, sie können schlecht denken, sie sind zufrieden, wenn ihnen rasch ein Opfer genannt wird, womit sie

sich befreien können. Jetzt warf sich der Haß auf die großen Banken und Warenhäuser.
Warum die Banken? Es war das dunkle Geschäft mit dem fertigen Geld, um das der Arme im Schweiße seines Angesichts kämpfte, es war das verruchte rätselhafte Hin- und Herschieben von verruchten Papieren, Aktien, Obligationen, womit der kleine Mann nicht fertig wurde. Er konnte darin nur Betrug sehen. Er sah, daß diese Leute sich in den Zeiten der Konjunktur in den feinen Geschäftsstraßen der Großstadt Riesenhäuser erbaut hatten, Paläste, für deren Bau man die ersten Künstler heranzog. Vor diesen Palästen mit ihren Schalterhallen – manchmal standen schon Statuen in ihrer Mitte – rollten täglich die feinsten kostbarsten Autos in langen Reihen an, aus den blitzenden Gehäusen stiegen ältere und jüngere Herren, elegant gekleidet, ließen ihre Wagen einige Stunden warten, dann fuhren sie wieder ab. Was hatten sie inzwischen geleistet in ihren Palästen? Gespräche geführt, telefoniert, mit einigen Personen gerechnet, ihre Schlauheit, ihren Witz spielen lassen, und davon – hatten sie sich draußen in den vornehmen Vororten Villen errichten, diese Burgen auftürmen können, beschäftigten ein Heer von Beamten, die sie mäßig bezahlten.
Man sah auch die Börse, in die sie fuhren, das klassische Gebäude im Zentrum der Stadt mit seiner Säulenhalle, Treppe. Aber was diese altgriechische Ehrwürdigkeit erfüllte, war nicht Philosophie, Sinnen über Leben und Tod, über menschliches Glück, Natur und Ewigkeit. In den Hallen, auf den Treppen preßten sie sich und tobten, Hüte auf dem Kopf, Zigaretten im Mund. Sie schrien und überschrien sich. Und was war es denn, womit sie handelten und was sie von einer Hand in die andere laufen ließen? Geld, immer wieder Geld! Und das war die schwere, mühsame, in einen elenden Goldklumpen, in schmutziges Papier gepreßte Arbeit derer in der Fabrik, auf den Bürostühlen, auf den Feldern! Was die zwischen Sonnenaufgang und Untergang, bei Regen und Trockenheit säten und ernteten im Schweiße ihres Angesichts, was sie in dem Gleichmaß der

Maschinenarbeit frondeten – was geschah hier damit? Sie gaben ihr Fleisch und Blut, ihre Nerven, ihren Glauben, Gesundheit, Seligkeit und ewiges Heil hin, sie hatten um sich die harte Erde, die schwer zu brechende Winterscholle, die Frühlingsgewitter, den Hagel und den heißen, ach oft zu heißen Sommer, die schreckliche Feuchtigkeit des Herbstes, sie kamen an mit dem Wald, mit Getreide, mit Rindern, Kühen, Hühnern, rangen mit den feurigen Hochöfen, mit Bergwerken, in denen man kilometertief unter der Erde auf dem Bauch lag und den Bohrer hielt, die Wand konnte auf einen fallen, wie oft donnerte es und man zitterte vor dem Schlagwetter. Ach, und nicht zu reden von den Heimarbeitern, den hohlbrüstigen Näherinnen, Schreibern im Büro, Verkäufern auf der Straße, den Fahrern und Schaffnern in Autobus, Metro, Straßenbahn – sie alle und viele andere kannten nur Arbeit und Arbeit, die ihnen langsam das Leben, das nur einmal gegebene, zur Freude, zur Liebe, zum Frieden gegebene, wegfraß.

Was taten damit die Schreihälse, die Bankherren und ihre Söldnerbande? Wenn Priester vor dem Altar stehen, sprechen sie dunkle Worte in verschollenen Sprachen, verneigen sich, üben Zeremonien, die man nicht versteht, sie sind vielleicht gläubig, oder wollen helfen. Aber hier, an Bank und Börse, ist frecher Hohn auf alles, was Arbeit ist, schändliche Entwürdigung ihrer Mühsal [So dachten die kleinen und mittleren Leute immer, und wenn die Not kam, sprachen sie es aus].

Die Not brütete den Groll aus, die Krise ging ihren Weg. Es dröhnten furchtbare Alarmzeichen, sie erschreckten um so mehr, als man ihren Sinn nicht verstand: kleine Bankkrache, da freute man sich über den gestraften Betrüger, ein großer Bankzusammenbruch, da waren Tausende um ihre Ersparnisse gekommen. Statt des fröhlichen alltäglichen Aufmarschs der Zehntausende zu Besorgungen auf den Straßen jetzt Gruppierungen, Diskussionen um Anschlagsäulen, die Schlangen der Sparer, die sich zum Run auf die Bankhäuser aufmachten, die Polizei sperrte die Gebäude ab.

Weil die Fabriken glänzend eingerichtet waren und die Kenntnisse eines modernen Arbeitsprozesses beherrschten, weil Fabrik über Fabrik entstanden war, weil die Lager in vielen Ländern von Waren und Gütern strotzten, nahm keiner dem andern etwas ab.
Weil keiner dem andern etwas abnahm, konnte man nichts mehr erzeugen, legte Zug um Zug die Fabriken still und schickte Arbeiter und Angestellte nach Hause. Weil auf den Eisenbahnen die Transporte geringer wurden, entließ man Arbeiter und brauchte weniger Kohle. Darauf häufte sich die Kohle auf den Halden der Bergwerke, man entließ Bergarbeiter, die Schächte senkten für die Übrigbleibenden den Lohn.
Weil diese Länder nicht brauchten, was jene erzeugten, diese die Rohprodukte, denn wer nahm ihnen die Fertigwaren ab, jene die Fertigwaren, denn wie sollten sie sie bezahlen, da man ihnen ihre Rohprodukte nicht abnahm, so hatten die Dampfer nichts zu fahren. Darauf verödeten die Meere, die Häfen lagen voller feiernder Schiffe, die Matrosen und Arbeiter schickte man weg, einige Leute betreuten die trauernden Fahrzeuge mit den arbeitswilligen blitzenden Maschinen, mit ihren mächtigen Speichern, die so sehnsüchtig nach Erz und Getreide riefen. Sie waren wie schwere große Tiere mit mächtigen dicken Beinen, harten Muskeln; sie fühlten sich nur wohl, wenn sie traben, die Last auf dem Rücken tragen und losstampfen konnten. Da lagen die Elefanten, die Schiffe im stillen öligen Wasser, schlingerten, man putzte sie, malte ihre Namen neu, todkranke, ermordete Geschöpfe. Die Häfen mit ihren hunderten Schiffen wurden weite Friedhöfe.
Das Leiden, das man die Krise nannte, war so schön im Gang, daß es schon gar keine Lust mehr hatte, zu weichen. Mit förmlichem Behagen wühlte es sich in den Ländern ein, wo ihm die Konjunktur so sorgsam das Bett bereitet hatte. Da hatten welche geglaubt, die Krise ginge nur die andern an, aber sie war ein mitleidloser Gott, der ohne Ausnahme alle strafte. Es wurde langsam ein wirklicher Totentanz.

Der Staat verarmte bei dem Rückgang des Steuereinkommens, er setzte Beamte über Beamte vor die Tür, die übrigen zwang er den Riemen anzuziehen. Da lag eine Masse Lehrer, die keine Schüler mehr hatten, die Schulen wiederum strotzten von Schülern. Die Gerichte hatten wenig zu tun, die Anwälte konnten Anwälte bleiben, aber nur, um auf den Gerichten herumzustelzen und Schach zu spielen. Die jungen Ärzte hatten reichlich Zeit, sich untereinander zu behandeln und den Geisteszustand zu diagnostizieren, der sie geheißen hatte, Arzt zu werden. Nur die Preise für Brot, Fleisch, Butter, Käse, Milch blieben, wie sie waren. Sie trotzten wie ein Erzblock der Welt und gehörten in dieser erregten Zeit zu den bemerkenswertesten Beispielen von Beständigkeit.
Die Armut aber zeigte ihre vertrockneten Arme, ihre hohlen Backen. Sie erschien in tausenden, tausenden Wohnungen, die noch nicht ihren Besuch empfangen hatten, und gab ihre Ratschläge:
Wenn das Bettlaken gerissen ist, so kann man auch ohne Bettlaken schlafen.
Wenn man keine Butter hat, so kann man Margarine essen.
Wenn man keine Margarine hat, so kann man Marmelade essen, und schlimmstenfalls tut es trockenes Brot auch.
Wenn man friert und hat nicht zu heizen, so lege man sich früh hin, bepacke sich mit alten Lumpen, das wärmt.
Von drei Zimmern ziehe man in zwei, von zwei in eins, von eins in keins.
Vor allen Dingen warte man, warte, warte.
Man warte. Denn dem Tod wird man nicht entgehen.

DIE ERSTEN BLÄTTER FALLEN

ZU Karls häuslicher Gesellschaft gehörten seit seiner Verheiratung mit der Tochter des Regierungsbaumeisters Leute aus gehobenen Schichten, die einzeln oder familienweise antanzten. Da war der Bruder des Baumeisters, ein abgedankter Major mit seiner Frau und zahllosen Töchtern, ein junger Botschaftsrat, zwei Direktoren aus der Eisenbranche, beide mit Frauen, aber sparsam entwickelter Familie, mehrere Damen aus Juliens Schulbekanntschaft, die gelegentlich auch ihre Männer vorzeigten, um die man sich aber nicht kümmerte, ein stiller Physiker und andere. In den langen Jahren der Konjunktur hatte er sich, auch wegen der gewaltigen Arbeitsanspannung, gesellschaftlich zurückgezogen gehalten, die Herrschaften wurden nur nach Landesbrauch, besonders winterlich, mehrmals zu feierlich steifen Abfütterungen oder zu sonntäglichen Zirkeln zusammengerufen. Man selber erschien ebenso wieder bei den andern. Es ergaben sich aus diesem Zusammenleben Anregungen für gemeinsame Sommerreisen, auch für herbstliche Jagdfahrten bei einem der Eisenherren, der in der Gegend von Karls Heimat einen Forst besaß. Karl frischte da seine Liebe zur Natur auf, besuchte auch regelmäßig im Auto das mit einem mächtigen Marmorblock gedeckte Grab seines Vaters.

Ach, der alte Bruder Liederlich, der da unten schlief! Was hätte er zu seinem Sohn gesagt, der übrigens schon lange nicht mehr die Zahnlücke aus jenem wilden Rencontre zwischen dem Vater und der Mutter hatte. Die Lücke war geschlossen, die künstlichen Zähne waren von den natürlichen nicht zu unterscheiden. Der Vater, in den Schaftstiefeln des Landwirts, hätte diese martialisch straffe Figur als Wesen aus einer andern Welt angestarrt; seinen Sohn, den sturen fleißigen gehorsamen Sprößling, hätte er sich mühsam aus diesen Augen, der Nase, der Kopfform zurechtkonstruiert, aber war der Familie inzwischen eine Millionenerbschaft geworden, oder, halt, hatte das neue Grundstück, der Hof mit der Wirtschaft, schließlich doch so viel abgeworfen? Nein, alter Freund, du schläfst schon lange, in der jetzigen Zeit rechnet jedes Jahr zehn, dein Hof mit der Wirtschaft hat nichts abgeworfen, er hat der Familie beinah den Hals gekostet, der Kauf war ganz in deinem Stil, und daß du getanen

Werks dich einfach davonschlichst, sah auch nach dir aus. Aber es hat ihnen auch nicht zu sehr geschadet. Im Gegenteil, sie sind groß und stark dabei geworden, das machten ihre guten Nerven und die rührige Zeit. Was würdest du zu der Mutter, deinem kleinen knechtseligen liebebedürftigen Weibchen sagen, das du mit einem leichten Bedauern und ohne sonstige Erregung zu Hause ließest? Sie ist einen Kopf über dich hinausgewachsen. Aus einem Knecht ist ein Mensch geworden [sie ist freilich noch mehr geworden, ein Herr, daran bist du schuld, der ihr keine Menschlichkeit bewilligt hat, aber sprechen wir nicht davon]. Und nur bei Erich würdest du nicht staunen, und, nachdem du dich an seine Fülle gewöhnt hättest, würdest du nicken und lachen: «Das ist wirklich mein Blut und mein Fett, an euren Früchten sollt ihr euch erkennen.» Alter Freund, immer sachte, auch Erich, der träge mit den zittrigen Fingern, ißt die Suppe aus, die du eingebrockt hast. Leg dich schlafen unter deinem komfortabeln Marmorblock, wir kämen sonst in die Lage, auch einmal mit dir abzurechnen und die Schuldfrage aufzuwerfen, wobei du Haare lassen müßtest.

Seit die Krise begonnen hatte, plätscherten Karl und Julie stärker in der Gesellschaft. Was sie taten, taten viele, es war ein allgemeiner Zug, man suchte Fühlung. Wie das Wasser unter der Winterluft, so zog sich ihre Klasse zusammen. Und obwohl man nicht wußte, warum man immer neue unwichtige Dinge mit einander besprach, mit immer neuen Leuten zu einer andern Gelegenheit, so folgte man dem alten Instinkt der Herde und erkannte sich, es war schon nicht mehr komisch, an der gleichen Furcht.

Die Krise saß da als ein gestrenger Herr Lehrer, er hob den Finger auf, und alle Kinder blickten hin.

Julie, unverändert zart, noch zarter als früher, mit ihrem ganz durchgeistigten Gesicht, in dem allerfeinste Bewegungen spielten, das Gesicht eines Menschen, den man zu einem übertriebenen Innenleben verdammte – die rothaarige Julie zeigte sich viel, mit und ohne Karl, unter den Menschen. Sie zeigte sich und wurde gesehen. Auch Karl, stärker aufgerührt, von eben dieser Julie beunruhigt, bewegte sich. Julie hatte keine bestimmte Absicht, aber viele unbestimmte Wünsche, sie war Karl nicht gut und nicht böse, es lag an ihm, sie zum Guten oder zum Bösen zu bewegen, sie wollte nicht zum Bösen, sie wollte sich nicht von ihm befreien – sie wollte, ja was? Entlastung von sich. Sie wollte wie jedes menschliche Wesen anderes menschliches Leben, um sich zu erneuern. Sie wollte die strengen düsteren Gefängnismauern, die ihr Herr und Meister um sie und sich aufgerichtet hatte und die er seine Ehe nannte – aber es war nur ein Dienst –, sprengen. Sie wollte dasein! Dasein! Sie fühlte den Wunsch bis zur Erbitterung. Dasein als lebendiger Mensch, und wenn es als Verbrecher wäre. Wie würde dieser Tag wieder verlaufen. Was würde er bringen, oder eigentlich nicht bringen? Sollte sie nicht aufgeben zu hoffen?

Das hätte Karl, das gebrannte Kind, doch verstehen können, aber gerade er – verstand es nicht! Er ahnte es, witterte es in diesen Krisenmonaten nach dem Gespräch zum ersten Mal. Aber er sagte ein hartes Nein dazu. Seine schwere Hand lag auf ihr, und das bedeutete: einmal will auch ich einen Platz haben, und dies ist mein Platz, ich habe ja eben das erlebt, worüber du klagst! Er mußte ihr folgen, um zu sehen, was ihm geschah. Es klirrte in ihm. Er dachte sich zu wehren [und im Hintergrund: sie will mich bloßstellen, sie verachtet mich, was will sie von mir, was wird sie mit mir tun, das freche Tierchen, ich laß es nicht zu].

Sie trafen allerhand Menschen. Man sprach scheinlebhaft über vieles. Julie erfuhr wieder und wieder, wie es in andern Ehen zuging, das billige Zeug, das auch Theaterstücke zeigten, worüber ein blödes Publikum wieherte. Und wie war es in den guten Ehen, was tut die Sitte, Ordnung der Gesellschaft mit dir, die Gesellschaft der Männer? Es gab in Mexiko geweihte Jungfrauen aus edlen Familien, sie wurden vorbereitet und geweiht, damit man sie dem Gott, dem heiligen, übergebe. Was aber taten sogar sie, wenn man sie morgens mit Posaunenschall in den Tempel und nach der Segnung an den geheimnisvollen Bergsee führte, in dem der Gott wohnte, der sie umarmen sollte? Sie schrien, sie sträubten sich, es gab nur wenige, die selbst hineinsprangen zu ihm; die meisten, trotz aller Vorbereitung, mußte man hineinstoßen, und noch aus dem Wasser hoben sie ihre weißen Arme hoch.

José, der Attaché der Botschaft, war ein Mann von Karls Alter. Wenn man bei einem ungeheuer reichen Eisenindustriellen eingeladen war – und das ging hin und her –, traf man ihn, er war Handelssachverständiger, Kunstfreund. Da er frisch und zugreifend war, gefiel er Karl, und er schloß sich ihm an. In den Gesprächen mit Julie war José freilich nicht zurückhaltend. Er hatte einen großen Kopf mit wilden Haaren, trug eine goldene Brille, war nicht grade schön durch seine abstehenden Ohren. Er galt als Unikum wegen seiner Vielseitigkeit. Mit Julie unterhielt er sich einmal astronomisch, es war bei einem Empfang in seiner Wohnung, die Julies Vater, der Architekt, eingerichtet hatte. Man achtete und schützte sich, und verdiente aneinander. Sie streckte sich in ihrem gelben Seidenkleid auf dem Fauteuil, den Karl geliefert hatte, blickte auf die zart getönte Decke, Vaters Werk – nur der graue Herbsthimmel, der durch das offene Fenster blickte, war aus einer andern Branche –, und sagte: «Ich kann mich also eigentlich hier wie zu Hause fühlen, es ist wirklich freundlich bei Ihnen. Haben Sie eigentlich in allen Städten, wo man Sie hinschickt, solche Wohnung?» «Sie würden eine Mietswohnung mit fremden Möbeln vorziehen?» «Offengesagt ja. Aber das darf mein Mann nicht hören.» José lachte: «Es wäre gegen das Geschäftsinteresse.» «Auch. Aber er ist da sehr empfindlich. Sie kennen ja sein Museum und wie er für Hölzer schwärmt. Er hält fremde Möbel für ebenso unmöglich, man kann sagen: unanständig, wie fremde Kleider. Nun, fremde Kleider, das versteh ich schon, obwohl es mir schon Spaß machen würde, mich da zu verstecken.» Er drohte mit dem Finger: «Die Zeiten sind ernst, gnädige Frau, wer denkt an Maskeraden.» «Aber Möbel. Ich könnte mir heute da und morgen da etwas kaufen und es übermorgen wegwerfen. Eigentlich ist es unmodern, sich dauerhaft einzurichten.» «Wir führen ein rechtes Krisengespräch, Gnädige. Ich muß mich also verteidigen.» «Bin neugierig. Daß Sie schön eingerichtet sind, hab ich schon zugegeben.» «Erstens, Gnädige, bin ich für mein ganzes Leben auf der Reise. Mein Beruf ist ein Handwerk im Umherziehen. Mein Vaterland ist nicht groß, aber eine Art Polyp und ich an der Spitze eines der langen Polypenarme, die es in die andern Länder ausstreckt, um sie zu bewegen. Das ist schon ein unruhiges Dasein. Dann kommt ein anderer Kummer hinzu, aber lassen wir das. Es scheint jedenfalls hier allgemein verbreitet zu sein, die eigene Häuslichkeit abzulehnen.» «Herr José, wie klingt das: die Häuslichkeit ablehnen, ich, mit Mann und Kindern! Aber sagen Sie, Kummer? Bin ich indiskret?» «Warum Kummer?» «Sie sprachen von Kummer, von einem geheimen Kummer, weswegen Sie die Wohnung brauchten.» «Der Kummer ist nicht geheim. Es ist meine Frau.» Sie richtete sich auf: «Sie sind verheiratet? Aber das weiß ja niemand.» «Doch. Ich bin verheiratet.» «Und...» «Wo meine Frau ist, meinen Sie. Ich weiß nicht.» Er sah auf seine Stiefel. Julie sank auf den Stuhl zurück. «Ich bitte um Entschuldigung.»

«Aber bitte. Kennen Sie übrigens Eddington?» «Nein.» «Es ist ein Astronom. Seine Lehren beunruhigen mich. Eddington behauptet, die Welt sei eine Art Granate, die platzt. Früher hatten wir die einfache Vorstellung: die Erde dreht sich um die Sonne, es war ein behaglicher, etwas langweiliger Vorgang, er verschaffte uns Frühling, Sommer, Herbst und Winter und so weiter. Jetzt kommt Eddington und stellt nach exakten Beobachtungen und Berechnungen fest: das Weltall dehnt sich aus, es läuft auseinander mit allem, was es hat, mit Sternen, Nebelhaufen. Ja, das muß ich – auch feststellen.» «Das sind Witze, Herr José.» Er will von seiner Frau ablenken. «Gnädige, es ist kein Witz, leider nicht, es verliert sich alles. Weltwirtschaftskrise, Weltkrise, und auf diese Weise bin ich wahrscheinlich auch meine Frau losgeworden.» Er hob die Brille und lächelte sie an. «Das ist häßlich. Wenn Ihre Frau das hörte.» Wie sie mich aushorchen will, die neugierige Eva. «Gnädige, wenn ich alles glaubte, dies glaube ich nicht.» «Aber wo ist sie denn?» Jetzt fragt sie bald: wie heißt sie. «Ich weiß nicht, ich weiß nur, daß ich verheiratet bin. Die Frau selbst habe ich ja noch nicht kennen gelernt.» Er bewegte wieder seine Brille und stieß ein leises Kichern aus. Wer er war? Ein gebildeter übergescheiter Mann, er hatte sich bisher nur mit Wissenschaften und Büchern befaßt, da kannte er sich aufs genauste aus und machte die feinsten Unterschiede – mit sich aber hatte er sich noch nie befaßt, zynisch ließ er da alles laufen, was Spaß machte, machte Spaß, sonst war ja alles nichts. Julie machte, als er von seiner ihm unbekannten Frau sprach, große Augen: «Das ist bei Ihrem Volk noch Sitte?» «Nein, nur bei Menschen meines Schlages. Wir sind verheiratet, wissen nicht, mit wem, und richten die Wohnung ein, damit diese Frau mit ihrem bestimmten Geschmack, wenn sie kommt, gleich ihr Zuhause hat. Es ist eine kleine Träumerei.» Er scheint zu lügen, entweder ist er verheiratet oder er ist nicht verheiratet. Sie kniff die Lippen und stand auf. Was geht mich eigentlich dieser Mann an. Aber ist denn so etwas wahr?

Ihrem Mann, der im selben Zimmer mit dem Vater stand, sagte sie: «Dieser José, ist er eigentlich verheiratet?» «Julie, er ist nicht verheiratet. Hat er dir wieder ein Märchen aufgebunden?» «Nein. Mir kam nur vor, als ob er einen Trauring trägt.» Der Vater lachte: «José, dieser unverschämte Eulenspiegel.»

José aber hatte die Witterung des feinen Wildes aufgenommen. Sie ging ihm aus dem Weg. Da ermittelte er, wer ihr Coiffeur war. Und als sie einmal vormittags in dem Geschäft erschien, las man im Empfangsraum; der massive wirrhaarige Herr Attaché rauchte und fuhr verblüfft bei ihrem Eintritt hoch. Daß man sich hier traf. Wo die Welt so groß ist. Er habe grade einen Parfümeinkauf gemacht und ließe ihn einpacken. Ob es erlaubt sei, auf die Gnädige zu warten, da man ja das Vergnügen nicht oft habe. Wenn er über grenzenlose Zeit verfüge, warum nicht. Sie ließ sich ihren Mantel abnehmen, blickte in dem Spiegel an ihm vorbei, nickte ihm höflich zu und verschwand hinter der Portiere.

Nach einer Stunde kam sie aus dem Damensalon. Er dachte inzwischen, jetzt sind eigentlich Dienststunden, ich diene dem Vaterland, ist das Vaterland mein Vorgesetzter, ich bin auch mein Vaterland, geht es mir gut, geht es auch dem Vaterland gut. Sie sah entzückend aus, rotes Haar in Wellen, weiß gepudertes kleines Gesicht, man sah, daß sie sorgfältig auf ‚entzückend' hergerichtet war, und wie er sich erhob und nach dem Hut neben sich griff, erfreute er sie durch ein paar Bemerkungen; sie war mißtrauisch und begierig danach, und dann ließ sie sich, nachdem sie den Wagen für eine halbe Stunde später bestellt hatte, auf der herbstlichen Straße den Schluß ihres Gesprächs erzählen. Der glückliche Zufall wollte es, daß es zu regnen anfing, und so saßen sie, sie stellte es entsetzt fest, bald in der nächsten Konditorei, die sich mit andern flüchtigen Straßenpassanten füllte. «Was denken Sie jetzt von mir, Herr José? Daß ich hier sitze. Was soll ich meinem Mann sagen?» «Daß es geregnet hat.» «Und wie kamen wir zusammen?» «Ich weiß nicht» [sie sagte: wir, schönes Wort, zauberhaft aus ihrem Mund]. «Würden Sie es ihm an meiner Stelle erzählen, Herr José?» Er tat staunend: «Man wird doch in der Stadt auf mich stoßen können. Wenn man mich auch verachtet, so bin ich doch immerhin ein physikalischer Körper, der einen gewissen Raum einnimmt.» Sie aß ihren Kuchen mit dem Blick auf den Teller: «Erzählen Sie mir also Ihre Geschichte weiter, wer Ihre Frau ist und warum sie Ihnen weggelaufen ist.» Er legte den Löffel hin: «Gnädige, ich bin doch nicht verheiratet.» «Dann bin ich auch nicht verheiratet.» Er berührte ihren Arm, flüsterte: «Ist das wahr?» Sie schob die Hand beiseite: «So wahr, wie Ihre Behauptung ist.»

Er sah sie von der Seite an, was hat das feine Vögelchen vor, hab ich recht gehört. Sie bröckelte ihren Kuchen, schnitt eine schnippische Miene: «Jetzt möchte ich in Sie hineinschauen und wissen, was Sie denken. Also wie hieß sie, die's mit Ihnen nicht aushalten konnte?» Sie ist nicht schwer zu erobern, das ist ge-

radezu eine reife goldene Frucht, bleibt nur die Frage, wie wir sie brechen. Was mag sie wohl lieber: dämonisch, romantisch, einfach liebevoll? Sie haben zu wählen, Gnädige. Darauf probierte der alte Sünder Innigkeit. Er schluckte und betrachtete seine Finger. Sie dachte: jetzt ist er ergriffen, er trägt übrigens heute seinen Trauring nicht, mir zu Ehren. Er dachte: ich weiß nicht, wie lange ich noch auf meine Finger sehen soll, wie lange dauert Ergriffenheit, meine Erfahrungen darüber sind gering, ich werde mir meine Nägel lackieren lassen. Er lugte zu ihrer Hand herüber, ob sie lackierte Nägel hatte, ja, also laß ich meine auch lackieren. Sie glaubte bei seinem Blick auf ihre Hand, er wolle sie ergreifen, und schob sie ihm näher, um seine Beichte zu erleichtern. Dann erzählte er leise [er kam nicht auf den Einfall, die Hand zu ergreifen, er studierte nur mit Zärtlichkeit beim Erzählen ihre einzelnen Finger, es war eine interessante Schaustellung, es hat etwas Dumm-Unschuldiges, wie sie ihre Finger hinhält, die liebe Anfängerin, ich sollte mich schämen]: seine Frau sei ihm in der Tat davongelaufen, sie seien sehr jung verheiratet worden, er hätte sie öfter wiedergesehen, bald mit dem, bald mit dem, er zweifle aber nicht, daß sie die ganzen dummen Burschen eines Tages laufen lassen werde. Wenn nur das Leben nicht so verrinnt. Er blickte treu auf: «Geschieden bin ich nicht. Warum soll ich leugnen, daß ich hie und da Freundinnen habe. Ich bin schließlich kein Heiliger. Aber ich warte. Sie kehrt bestimmt zu mir zurück.» «Sie glauben?» «Ich weiß.» «Sie lieben sie.» Er ließ seine Hand resigniert auf die Marmorplatte fallen: «Sie ist mein Schicksal» [das haben wir gut hingelegt].
Der Kuchen war aufgegessen, Julie öffnete ihr Täschchen, nahm Spiegel und Puderdose hervor und machte sich zurecht. «Gnädige treten den Rückzug an?» «Der Regen läßt nach. Rückzug ist ein drolliger Ausdruck. Wovon sollte ich mich zurückziehen?» «Also ich kann hoffen?» «Bitte?» «Sie wiederzusehen?» «Natürlich. Rufen Sie mich an, ich werde Ihnen sagen, wann wir zu Hause sind.» Sie stand auf, ließ ihren kleinen Stirnschleier herunter. Wie reizend die kleine Frau ficht.

«Manches, meine Gnädige, kann ein Mann nicht sagen in Gegenwart eines Mannes.» «Das ist auch manchmal nicht schade.» Sie fühlte, sie konnte wieder spaßen und Männer malträtieren, es hatte ihr in der entschwundenen Zeit vor Karl so viel Vergnügen bereitet. Ihr Wagen war draußen, sie wollte José mitnehmen, er dankte.

Es ist nichts, sagte sie sich, wie ihr Auto rollte und sie das Fell, das Karl ihr geschenkt hatte, über die Knie zog. Rechts und links am Fenster waren frische Blumen in dem Behälter, man war schon zuhause, wenn man die Wagentür hinter sich zuzog. Ich weiß nicht, was daran wahr ist, was solch Mann erzählt. Vater hält ihn für einen Eulenspiegel. Es ist ein angenehmes warmes Bad. Sie schloß die Augen, pfiff vor sich. Ich kann nicht leugnen, es tut mir wohl. Sie pfiff friedlich und kräuselte die Nase.

Rascher, als Karl gefürchtet, kam es an ihn. Er hatte sich morgens von ihr verabschiedet, stand unten und blickte, wie kam er nur darauf, noch einmal zum Fenster hinauf, bevor er auf das Auto zuschritt. Da stand sie im Morgenkleid am offenen Fenster, hatte die Hände auf das Brett gestützt und – sah keineswegs nach unten. Sie hatte die Augen bis auf einen zuckenden zwinkernden Spalt geschlossen, ihr feiner schmaler Mund war offen, sie lächelte ganz leicht und dachte an – etwas. Die Sonne fiel grade mit einem Strahlenbündel auf ihr rötliches Haar, das golden leuchtete. Was war das? Nur einen Moment sah er diesen Ausdruck. Der Chauffeur öffnete die Wagentür. Karl hatte den Hut in der Hand, um zu ihr hinauf zu grüßen. Aber sie stand unbeweglich. Karl nickte dem Chauffeur zu, er stieg ein, die Tür knallte, der Wagen zog an.

Er saß. Merkwürdig. Herr Kommandant, wenn es Ihnen nicht paßt, tun Sie das Notwendige und schlagen. Es geht auch ohne mich. Ich kenne dieses Lächeln nicht. Ich habe Julie nie so gesehen. Wie sie mir die Lippe gebissen hat. Die Gefangene in meiner Festung. Sie will ausbrechen. Vielleicht ist sie schon ausgebrochen. Und ihretwegen, ihretwegen, ihretwegen hab ich mich entschlossen, die Tante auszuzahlen, den ungeheuren Betrag, für sie hab ich diese schreckliche Last übernommen, die mich vielleicht erdrückt. Aber dann soll sie mit zu Grunde gehen.

Er kaute in aufrasender Wut an seiner Oberlippe. Ich hätte zurückgehen sollen. Ich hätte sie nicht so stehen lassen sollen. Schamlos, wie sie gestanden hat. In meiner Wohnung. Meine Frau. Und vorher hat sie mir den Kaffee eingegossen und die Handschuhe hingelegt. Ich hätte sie nicht stehen lassen sollen.

Aber man war schon vor der Fabrik. Karl stieg aus, fuhr nach oben, arbeitete finster. Zwischen der Korrespondenz, dem Diktieren, der Durchsicht der Lohnlisten – lächerlich: das Fenster, der Sonnenstrahl, die schamlose Frau. Man geht in der Wohnung herum, duldet nicht das kleinste Stäubchen, und dann stellt sich das hin.

Als die Sekretärin sich mit den Diktaten zurückzog, gönnte er sich Zeit, um zu verschnaufen. Er stellte sich ans Fenster. Ja, so stand sie. Sie sah nicht herunter, sie blickte vor sich. Er ging im Büro zwischen dem Wandregal und seinem Stuhl hin und her, er mußte sich wieder an das Fenster stellen. So war es. Es war ihm eine Genugtuung, zu stehen in ihrer Haltung, so lächelte sie, den Mund offen. Wenn ihn einer überraschte. Befriedigt setzte er sich hin. Es war etwas in ihm gestört. Die Wut war immer dran, hervorzubrechen. Bin ich eifersüchtig? Unsinn. Es ist Hausfriedensbruch. Sie stört mir meinen Frieden, den der Familie, den hier in der Fabrik. Es ist eine Schande.

Als er aber die Diktate durchgelesen hatte, das Fräulein mit einigen Änderungen wieder hinausging – der Chef war heute unwirsch und zerstreut –, hockte er wieder da. Ich liebe? Ich liebe Julie? Er nahm aus seiner Brieftasche ihr Bild. Diese Nase, diese Stirn, laß einmal sehn, das Haar, ich muß vergleichen, ob ich sie liebe, wenn ich andere Bilder nehme. Er schlug in der Zeitung die Modeseite auf, aber das waren ärgerliche Puppen. Er ging an das Regal, aber vorher wurde er doch gezwungen und erlag der Versuchung, er mußte – wieder einen Moment

still am Fenster in ihrer Pose stehen! Es besänftigte ihn. Er stand vor dem Regal, da waren Fachbände, Zeitschriften; ich meine Julie, Romeo und Julie, nein ich liebe nicht, Romeo bin ich nicht, verflucht, sie hat mich dennoch in der Hand.
Und mittags war er zu ihrer Überraschung zu Hause, man nahm ein kleines Dejeuner, ein Buch lag aufgeschlagen am Fenster, siehe, das war noch das Fenster, persische Märchen, er blätterte darin. Ob sie solche Träumereien liebe. Sie lachte unbefangen, sie war heiterer als sonst. Einen Augenblick zuckte ein merkwürdiges Gefühl durch ihn vor ihrem offenen, so seltsam aufgeschlossenen Gesicht: ob ich sie einmal lieben könnte? Sollte es wirklich sein, daß ihr Mund weich geworden war – vor einem andern Mann? Ein Schmerz, Beschämung, Traurigkeit überkam ihn. Still verabschiedete er sich.
Er arbeitete scharf in der Fabrik. Als er nach Hause fuhr, dachte er: es ist nicht Eifersucht, es ist ein Schmerz in meiner Kehle, wenn ich an sie denke, es könnte mir alle Arbeit leid machen. Und als er in den hellen warmen Korridor seiner Wohnung eintrat und das Zimmermädchen ihm Paletot, Stock und Hut abnahm, wischte er sich über die Stirn: jämmerlich, daß das auch in meine Wohnung eingetreten ist.
Julie hatte nichts Aufsässiges. Sie war im Gegenteil aufmerksam, bemühter, gesprächiger als sonst.

DER ALTE MAJOR

ALS Karl sich auf die Spuren Juliens machte [was prüfte er, ihre Treue, Liebe? nein, die Festigkeit des Gebäudes, das er sich errichtet hatte], lernte er etwas kennen, das er nicht gesucht hatte. Es war Karl eine Genugtuung, in diesem Winter, dem schweren Krisenwinter, Anschluß an sehr würdige und zuverlässige Kreise [dabei auch gerade Juliens Verwandte – die Offizierskamarilla, wie Erich sagte] zu finden. Zu denen, die ihm besonders wohltaten, gehörte die Familie des Majors, eines Bruders des Regierungsbaumeisters. Es waren strenge sichere Leute, die Frau nicht grade schön, aber aus stolzem Adel. Man wußte, die Majors waren erst arm gewesen, dann fiel unerwartet eine Erbschaft an die Frau, der Mann ließ sich darauf pensionieren, sie lebten teils in der Stadt, teils in eben der Provinz, aus der Karl stammte und wo die Familie der Frau ihren Stammsitz hatte, deren Namen Karl schon in seiner Kindheit mit großer Ehrfurcht hatte aussprechen hören. Töchter bildeten den stillen Kummer des Majors, die Töchter groß und stark, aber erstens alles Töchter und zweitens ohne praktische Ausbildung, eine schwer absetzbare Ware. Auch ihre Schönheit ließ, wie es Familientradition war, zu wünschen übrig. Man sah in diesen Kreisen der Krise interessiert, aber mit Ruhe entgegen, wirtschaftliche Dinge konnten schwierig sein, der wirkliche Ernst lag aber nicht beim Geld, sondern bei dem Säbel. Das, grade das hörte Karl gern. Er hatte geschäftliche Sorgen, seine Partner beim Billardspiel wurden der Major und ein Militärpfarrer aus dem Regiment des Majors.

Eines Tages regte der Major beim Billardspiel einen gemeinsamen Besuch der Fabrik Karls an. Die Führung fand statt, Julie und Frau Major beteiligten sich. Die gewaltigen modernen Anlagen machten Eindruck auf die Besucher, Karl freute sich darüber, auch im Hinblick auf Julie. Sie gingen zusammen durch die Holztrockenanlage, standen an den Fournierpressen, beobachteten die Leimauftragmaschinen. Die Besucher staunten, wie sie sahen, daß man Holz mit Wasserdampf behandelte, um es biegsam zu machen. In einem kleinen Raum war Holz erwärmt, und man preßte es zwischen Walzen, um ein Relief zu gewinnen. Da wurden Nachahmungen von Ledertapeten aus Fournieren hergestellt. Und wie ihnen die Helle und Sauberkeit der Räume imponierte! Schutzhauben, Drahtgitter waren an vielen Maschinen, Karl demonstrierte ihnen [er wußte schon, was Laien interessiert] den Spänetransport, die Entstäubungsanlage: die Saughauben dicht am Werkzeug, eine verzweigte

Rohrleitung, die zu den einzelnen Maschinen führte und ganz entfernt in einem starken Sauger endete, den Späneabschneider, der Späne und Staub trennte und von wo die Späne direkt in einen Wagen verladen werden, denn sie sind ja noch gebrauchsfähig. Tags drauf fand eine Unterhaltung nach Tisch zwischen dem Major und seiner Gemahlin statt. Die Frau lobte die Fabrik und ihren Besitzer. Sie meinte: «Wir nützen unsere lieben Verwandten nicht recht aus.» Es drehte sich um Geld. Die Frau klagte über den alten Justizrat, der sie bisher beraten hatte. «Ich hab kein Vertrauen zu ihm. Er wird immer schwerhöriger, schon die Unterhaltung mit ihm ist lästig. Und mit der Zeit kommt er nicht mit. Wir brauchen eine frische Kraft.» Der Major war einverstanden, er goß sein Schnäpschen hinter. Er hielt seine Frau in Schach, aber hier ging er mit ihr konform: «Der alte Herr hat keine Vorstellung, was eine Abwertung der Währung für uns bedeuten könnte. Er hält sie für unmöglich bei einem Land wie unserm. Aber wer weiß.» «Pfui, Mann, wie kannst du so sprechen. Sieh dich vor.» «Jedenfalls ist dieser Karl ein tüchtiger Herr. Schließlich können wir wegen solcher blöden Währungsgeschichten nicht unser Geld verlieren.» Der Gedanke, mit seiner Frau und vier Töchtern auf der Straße zu liegen beziehungsweise bloß von der Ehre und Pension zu leben, jagte dem Major eine gräßliche Angst ein.
Der große wohlgenährte Herr saß schon nach zwei Tagen morgens in Karls Privatbüro und schwatzte munter: «Haben Sie die Memoiren unseres Verehrten, des Diplomaten, gelesen, jetzt nach seinem Tode erfährt man es. Der Mann hat an der Börse gespielt. Na, war nicht schön. Immerhin.» «Eine peinliche Sache, lieber Major. Man hätte diese Partien in dem Buch besser unterdrückt.» Ich darf mir keine Abfuhr holen, meine Gnädige reißt mir die Ohren ab. «Um es glatt heraus zu sagen: ich zerbreche mir den Kopf, wohin mit meinen Papieren. Sie wissen, ist eigentlich Besitz meiner Frau. Die Kurse gehen rauf und runter, rin in die Kartoffeln, raus aus die Kartoffeln. Ich brauch einen Dreh.» «Sehr ehrenvoll, Herr Major. Ich versteh

grade schlecht und recht mein Handwerk, das Bankgewerbe ist nicht meine Sache.» «Wissen wir. Habe Sie nie für einen Bankhengst gehalten. Grade darum. Wer hilft einem heute gegen das Rutschen, das ist die allgemeine Frage, da muß jeder Kamerad neben jeden Kameraden treten. Keine Müdigkeit vorschützen.» Karl lächelte verbindlich: «Nochmal, sehr schmeichelhaft, daß Sie mich um Rat fragen, aber wenn ich Ihnen einen Rat geben soll: hören Sie nicht auf meinen Rat.» «Werden wir alles bestens besorgen, lieber Freund. Die Verantwortung nehmen wir Ihnen ab.» Und dann hörte Karl einen Vorschlag, der tropfenweise, vorsichtig vorgebracht ihn erst erstaunte, zuletzt erschütterte [der Säbel, das Geld]. Als der Major nach vielen Windungen alles klargelegt hatte, schwieg Karl, aber nicht, wie sein Besucher [der zuletzt flüsterte] glaubte, um nachzudenken, sondern um sich zu erholen. Karl erhob sich: «Jetzt verstehe ich», und stellte sich an das Fenster. Ich kann mich verhört haben, ich möchte wünschen, daß ich mich verhört habe, aber – da sitzt er, er macht keine Witze. Es ist ihm ernst. Mein Gott. Ich soll sein Geld ins Ausland verschieben. Das war die Enthüllung, die an Karl herantrat, als er auf den Spuren Juliens [um zu sehen, ob sein Gebäude fest war, um seine Enthüllung zu verhindern, um Julie festzuhalten, denn auch ihn hatte man festgehalten] sich in diesem Krisenwinter in der Gesellschaft bewegte. Die Schande. Ein unverschämter Bursche. Er beleidigt mich, ich bin ein Kaufmann, und das ist für ihn ein Betrüger. Der Major steckte sich seine Zigarre an, die ausgegangen war. Was er sagte, war ihm nicht leicht von der Zunge gegangen, seine Finger mit dem Streichholz zitterten, er wiederholte, Karl hatte ihn hoffentlich nicht mißverstanden [Verdammt schwere Aufgabe, die ihm die Gnädige aufgetragen hatte, aber dieser Karl kam ihm auch gar nicht entgegen].

Eine drückende Stimmung, vielleicht überheizter Raum, das Telefon schnarrte. Und während Karl noch am Seitentisch neben den Adreßbüchern sprach, schlüpfte die Sekretärin mit dringenden Unterschriften herein, bald klopfte es, die Sekretä-

rin, während Karl noch sprach, lief zur Tür und flüsterte. Der Bann wich. Karl mußte mit dem Meister, der an der Tür stand, ins Lager, zu einem neuen Entwurf, sein Gast begleitete ihn. Und erst im Lager, wo der Chef mit dem Meister einige Minuten abseits rechnete, kam dem Major, der unglücklich an seinem schwarzen Gehrock putzte, eine Erleichterung in seiner Pein. Und oben im Büro war er wieder ganz der Alte, und er entwickelte plötzlich Karl einen erfreulichen Plan. Ob er Karl nicht helfen könne, diese verdammten leeren Säle in der Fabrik zu füllen. «Da ist mir was eingefallen. Wissen Sie, ein alter Gaul wie ich hat wirklich steife Beine. Daß ich erst jetzt darauf komme. Faktisch Aderverkalkung. Also da macht doch die Regierung jetzt einen Plan für Arbeitsbeschaffung. Die Sache ist noch nicht reif, aber ich bin zufällig im Bilde. Die Sache kommt zu mir früher als zu Ihrem Verband, haha. Für die Holzindustrie fällt da auch was ab, neben Wegebau, Flußregulierung und so weiter.» Er bot sich an, mit seinem Freund im Arbeitsministerium und einigen andern die Sache zu besprechen, wirklich jammerschade, wenn man Ihre Einrichtungen hier sieht, und das feiert, gradezu ein Verlust für das Land. Na ja, ohne Beziehungen geht das nicht.
Das war also der Gegenwert, den er Karl bot. Karl blieb starr, der Mann will abschwächen, aber er wird nun ganz schamlos. Es war wie ein Blitz vor ihm eingeschlagen. So ging es also hier, am grünen Holz, man hatte Illusionen vor Uniformen. Karl war so vor den Kopf gestoßen, daß er sich keinen Rat wußte, als zu der Kognakflasche im Spindchen des Regals zu greifen und zusammen mit seinem Gast einige Gläschen herunterzustürzen. Der Major sagte: «Wohlsein! Man muß sich leider gegen allerhand Gefahren wappnen. Man darf sich nicht überrennen lassen.» Gut gesprochen, alter Schurke. Der Kognak wärmt. Ihr seid alle aus einem tollen Geschlecht. Wenn es über euch nicht bald Schwefel regnet! Um zu beenden, erklärte Karl, sich die Sache durch den Kopf gehen zu lassen, der Major war höchlichst erfreut, Gott sei Dank, es war nun gesagt, es war Höchstleistung

gewesen, lieber sich die Zunge abbeißen als das nochmal. Er drückte jovial Karl die Hand, er werde sofort rüber ins Ministerium, mal horchen, wie Ihre Aktien stehen: «Mir liegt daran, Kameraden wie Ihnen behilflich zu sein, wir stehen zusammen.»

Immer langsam, dachte Karl, wie er allein vor den leeren Kognakgläsern stand. Der Fahrstuhl mit dem Gast surrte abwärts. Er will mich zu Schiebungen benutzen, macht Versprechungen. Und er setzte sich und dachte: das ist alles scheußlich, scheußlich. Was kann ich von Julie erwarten, wenn das möglich ist. Seine Frau Majorin stammt von dem Schloß bei unserm Dorf, das sind unsere Idole, das ist die Siegeshalle und der Palast und die Herrlichkeit des Staates, auf die ich baue, die mich tragen, für die ich mein Leben eingesetzt habe, und das ist so wurmfaul, und da öffnet sich eine Tür und sie schicken einen heraus und er verbeugt sich vor mir und fragt: wollen Sie mir nicht meine Papiere verschieben? Karl stand auf, spazierte über den Läufer. Er lachte prustend laut auf. Da sind wir ja furchtbar reingefallen. Das sollte mir helfen gegen Julie, das ist meine Rückzugslinie. Da sind wir ja ganz gewaltig reingeschliddert.

Er trat fest auf. Aber man fühlt die Füße nicht unter sich, wenn der Boden schwankt. Man hat keine Klinke in der Hand, wenn die Gesetze wanken. Man hat keinen Hut auf dem Kopf [wenn die Frau zu Hause –]. Man hat keine Knie, wenn –. Und er lehnte mit dem Rücken gegen die Tür, die Lippen blaß. Er blies vor sich. Schwefelregen. Das Donnerwetter.

Er saß am Tisch, stützte den Kopf auf, weit sind wir gekommen, lieber Karl, man könnte das Spiel fast aufgeben, verflucht.

Julie hörte er manchmal schon auf der Treppe mit den Kindern lachen. Das hatte ihm sonst Freude gemacht, jetzt gefiel es ihm nicht. Julie war mit keinem aus der Familie mehr befreundet als mit Karls Mutter. Die lebenslustige, elastische Frau konnte sich nicht genug über ihr ‚Töchterchen' freuen. «Ihr habt das erste Ehejahrzehnt hinter euch», sagte sie einmal, «da ist man jung und verliebt, kennt keinen Menschen und schließt die Türen zu. Gott sei Dank, daß ihr das laßt, besonders du, Karl. Sogar mich hast du beinah nicht mehr angekuckt.» Und sie umschlang Julie, das Töchterchen, und spiegelte sich in ihr. Es war ein Stich gegen Karl, ihm blieb nichts weiter übrig als zu nicken und zu lächeln.

Es war nichts geschehen, aber es zeigte sich bald, daß etwas geschehen war. Wenn Karl und Julie manchmal still abendlich herumsaßen und plauderten, schien völliger Frieden in der Welt zu sein; er erhob sich, küßte ihre Fingerspitzen, träumend sah sie ihn hinausgehen, er wird heute Abend zu mir kommen, welch merkwürdiger Mensch, wieviel ich schon gelernt habe, seit ich mit ihm zusammen bin, aber warum muß er immer herrschen? Als ich ihn heiratete, fand ich es wonnig und drollig, mich führen zu lassen, ‚in Watte packen', sagte Mutter, jetzt mag ich es nicht mehr, warum kann er mich nicht nehmen, wie ich bin. Ja, wie bin ich eigentlich? Wenn ich eine Arbeiterin wäre, würde ich es rascher merken, man kann seine Hände bewegen.

Und sie lag in den Armen des kräftigen Mannes, und es war das Durcheinander: mich hält mein Mann, es ist Karl, und mich hält ein Mann, den ich nicht kenne. Er hat sich noch nicht mit mir vermählt. Ob er es will? Vielleicht will er es überhaupt nicht; er will immer nur sein liebes Lämmchen an einem Strick. Vielleicht muß ich noch ein Jahrzehnt mit ihm liegen, bis er sich mit mir vermählt. Und sie wich diesen Begegnungen aus, sie waren ihr zu erregend, zu erbitternd, sie rang mit ihm und mit sich, sie biß ihn wieder in die Lippe, sie wußte im Dunkeln, jetzt lächelt er; er streichelte ihren Hals, es war umsonst, sie wollte sich ihm nicht geben, und wenn sie doch erlag, weinte sie, sie fühlte sich entehrt, erniedrigt, was geschah ihr hier, und er kam nicht hinter das Geheimnis dieses nassen Gesichts, das sich zur Seite drehte.

Und er hielt sie: seine Frau, den Besitz, die Krönung seines Lebens, aber es war nicht mehr das wunderbare Wesen, das ihm zur Anbetung verliehen war, die goldene Wolke, die sich auf ihn gesenkt hatte, es war die zitternde Julie. Sie war die, die am Fenster gestanden hatte, und die reizte ihn, verhöhnte ihn, er mußte sie festhalten, sie entzog sich ihm. Aber er wollte den alten Traum beschwören, wenn sie in seinen Armen lag, ihre Münder drückten sich aufeinander, sie nahm ihren weg – es gelang nicht. Still lag er in seinem Zimmer auf dem Rücken, von der Straße schollen Wagengeräusche hervor. Die Welt ging weiter, obwohl Krise war. Aber – es hatte sich etwas verändert.

DAS HAUS LEERT SICH

DAS waren ihre letzten Liebesbegegnungen. Ohne daß man ein Wort darüber verlor, hörten sie auf. Und das war nun ein schweres Faktum. Es war eine umstürzende greifbare, zugleich unbegreifliche Tatsache aus dem scheinbaren Nichts ihrer Gefühle gewachsen, die den Raum ihrer Wohnung ausfüllte und sich neben die Kinder, die Möbel stellte. Keiner sah diese Tatsache, aber ihnen drängte sie sich schon beim Öffnen der Tür auf. Karl wußte, daß es nicht dabei bleiben würde.

Aber er erschrak doch eines Sonntagvormittags, als er sich um neun Uhr an den Kaffeetisch setzte und es hieß: die Gnädige schlafe noch. Sie schlief, heute, am Sonntag. Es war sein Sonntag. Er konnte sich in seiner Ordnung nicht stören lassen, er gedachte nicht, Julie in seinem Haus nachzugeben, die Welt draußen war schlimm genug. Er trank seinen Kaffee allein, stand auf, klingelte nach dem Hausmädchen, und nun nahm er mit ihr den sonntäglichen hausherrlichen Inspektionsgang durch die Wohnung vor; das Mädchen war erschrocken, wollte die gnädige Frau wecken, aber Karl schüttelte stumm den Kopf. An Julies stillem Zimmer ging man vorbei, Karl sagte, man werde da nachmittags besichtigen. In seinem Museum berührte er die Blechhand des Ritters: was sagst du nun zu mir, alter Freund? Nachher kam ihm der regelwidrige Einfall, in das Kinderzimmer zu gehen, nun aber nicht, um nach Staub, Ordnung und Abnutzung zu sehen, sondern – um sich zu den beiden Kindern zu setzen. Das Mädchen, Klein-Julie, war elf Jahr, der Junge, Klein-Karl, neun. Der Gang zum Kinderzimmer war mit einem dicken Läufer belegt, die Tür stand offen, er hörte die Stimme des Fräuleins, sie las von einem König Blaubart, der viele Frauen hatte und eine nach der andern beseitigte, bis eine schlaue kam, mit der er's nicht machen konnte. Er hörte dieses Ende der Geschichte, das Fräulein wurde oft von Klein-Julie unterbrochen, die nicht schnell genug hören konnte und erst schimpfte: «Pfui, aber der kriegt's, nicht wahr, Fräulein, der kriegt's», und wie sie kreischte und das Fräulein küßte und sie nicht weiterlesen konnte, als sie ankündigte: «Jetzt kommt's aber.»

Karl sah unbemerkt vom dunklen Gang in das Zimmer. Klein-Julie hing am Hals des Fräuleins, das am Pult im schwarzen Sonntagskleid saß, und starrte Wange an Wange mit dem Fräulein außer sich in das Buch, offenbar auf ein Bild. Seitwärts, von der Tür gedeckt, mußte Klein-Karl arbeiten, man hörte ihn klopfen und jetzt rannte er einer aufgezogenen Lokomotive nach schräg durch den Raum; die Lokomotive fuhr dem Fräulein gegen den Schuh, sie lachte herunter, Klein-Karl drehte wortlos unten an dem Apparat weiter. Da räusperte sich Karl, machte einen Schritt und trat, die Tür ganz öffnend, in das Zimmer.

Ein Ruck. Eine Erstarrung, als wären alle drin bei einer Sünde betroffen. Das Fräulein vor dem Pult strich an ihren Haaren und an dem Rock, den das Mädchen zerknittert hatte. Klein-Julie neben ihr hatte den Kopf gesenkt und blickte zu Boden. Klein-Karl kniete in der Ecke bei seiner Lokomotive, die Hände hatte er unnatürlich auf den Rücken gelegt. Was wollte der Vater? Inspektion war doch schon gewesen. Karl ging durch den Raum, stellte sich an das Fenster: «Lesen Sie doch ruhig weiter, Fräulein. Was haben Sie denn gelesen?» Das Fräulein fand nicht gleich Worte, dann sagte sie mit belegter Stimme: «Sag du, Julchen.» Das Kind antwortete nicht. Karl: «Na, sag doch.»

Das Kind blickte nur auf den Boden. Plötzlich – stürzte es zur Tür und war hinaus. Das Fräulein: «Sie schämt sich. Ich hole sie.» Sie raschelte hinaus. Karl war mit dem Jungen allein. Der hatte sich noch nicht erhoben. «Na, Karl, hast du zugehört, was Fräulein gelesen hat?» Jetzt stand der Junge auf, ernst, den Vater fest anblickend, aber die Hände, die nämlich mit Öl beschmiert waren, noch immer auf dem Rücken. Er schüttelte energisch den Kopf. «Du hast wohl schmutzige Hände?» Er schüttelte wieder den Kopf, dann hauchte er: «Ich wasch sie mir», und auch er graden Schritts zur Tür hinaus. Da stand Karl allein am Fenster. Ein merkwürdiger Sonntag. Man läuft vor mir davon. Ich muß mich zusammennehmen, ich habe wohl ein zu bitteres Gesicht. Da kam das Fräulein, an jeder Hand ein Kind, wieder. Julchen mußte gezogen werden und heulte nach rückwärts. Klein-Karl ließ sofort seine Bahn Parade fahren, zu Ehren des hohen Gastes; er stand militärisch stramm am Spielregal, holte auch die Maschine nicht zurück, erwartete ein Lob, und Karl nickte. Da strahlte der Junge. Klein-Julie beobachtete, nahm, als Klein-Karl sein Lob weghatte, resolut ihre Riesenpuppe vom Pult, trug sie zu Karl hin, hielt sie ihm hin, Karl wischte ihr die Tränen. Das waren seine Kinder; wie groß sie sind, wie selbständig sie sich bewegen. Man müßte lieb zu ihnen sein, aber versuche man mal, jetzt zu lachen. Der Junge zog Karl von dem Mädchen weg: «Kannst du mir die Signalstange festmachen?» Und Karl mußte an dem Blechstück klopfen, dann machte er sich auch die Finger an der Maschine ölig und lachte; Klein-Karl zeigte ihm strahlend seine neubeölten Hände. Das Fräulein warf ihm einen strengen Blick zu. Der Herr hämmerte aber weiter und erklärte: «Ja, ohne Öl läuft keine Maschine.»

Friedlich erhob er sich schließlich: «Jetzt hab ich aber zu tun.» Klein-Julie sprang vor ihm zur Tür, da rauschte grade im hellen Morgenkleid die Dame im Gang vorbei. Sie drehte sich um: «Was, Karl, du hier?» Sie gähnte: «Entschuldige, ich habe so fest geschlafen.» Er bat um Entschuldigung, daß er ihr die Hand nicht geben könne, seine sei ölig. Sie schnalzte verwundert mit der

Zunge. Im Zimmer war er freundlich, nachdenklich, erzählte von den Kindern, während er, den Kopf aufgestützt, ihr am Tisch gegenübersaß, wie sie, so ganz gegen die Regel, allein langsam ihren Kaffee trank. Sie betrachtete ihn erwartungsvoll. Schade, daß ich so spät herausgekommen bin, ich hätte ihn gern mit den Kindern spielen sehen, vielleicht denkt er auch einmal, daß ich die Mutter dieser Kinder bin.

Aber er – war allein durch die Wohnung gegangen, das Zimmermädchen hatte ihn begleiten müssen, es war Sonntag, zuletzt hatte er bei den Kindern Zuflucht genommen, der Schlag saß.

In der Küche gab es großes Klatschen, das Zimmermädchen stand strahlend neben der Köchin am Herd, der Herr war gar nicht so böse, er hat sich alles zeigen lassen, oh ist der penibel, aber fein, mit dem könnte man zehnmal besser auskommen als mit der faulen Gnädigen, die spielt Migräne, weil sie sich drükken will. Zimmermädchen und Köchin waren erregt und gespannt. Und dann kam das Kinderfräulein mit dem Frühstückstablett der Kleinen heraus, die war nun perplex, die beiden andern betrachteten neugierig die Feine, die sich einmal herabließ. Ja, kann der Junge nun mit Öl arbeiten oder nicht, er zeigt dem Herrn seine schmutzigen Hände, der lacht, und jetzt sagt der Lümmel, er darf schmutzige Hände haben, werden Sie daraus klug. Die Köchin arbeitete, das Zimmermädchen tat, als ob sie nichts hörte, beide überließen das Fräulein ihrer Empörung. Und am Abend dieses Sonntags fand der Bräutigam das Zimmermädchen, wie er sie abholte, herrlich aufgekratzt, sie schwamm in Wonne wie lange nie. Die Schwester des Kinderfräuleins kam zu Besuch, sie fand das Fräulein in Tränen, Ärger mit der Herrschaft, die Kinder hatten Klapse bekommen und saßen in den Ecken.

Nachmittags nahmen der Herr und die Dame den Wagen zu ihren Eltern, und auf dem Wege erfuhr sie, daß sich nichts bei ihm verändert hatte. Sie plauderte tastend von der Krise. Er antwortete oberflächlich: man muß jetzt eng zusammenhalten, die Situation in ihrer Schwere nicht unterschätzen, man riskiert mit Gleichgiltigkeit, das Chaos heraufzubeschwören. Sie sah ihn ernst neben sich und fühlte, er litt, sie mochte ihn doch, er war ja ihr Mann, aber da saß er nachdenklich, gequält und doch unerbittlich. Ja, Karl nach diesem Vormittag ließ die Schultern hängen, er ahnte, er war jetzt so weit wie vor der Ehe, allein, eigentlich noch schlimmer als vorher, denn die Mutter hielt zu Julie [o peinliche alte Erinnerungen, er sah sich als Junge, die Mutter gegen ihn]. Aber – er öffnete die Augen – was heißt schlimmer, jetzt war er an der Macht, er hielt das Ruder, er hatte sich in keines Hände gegeben, nicht in der Fabrik und nicht zu Hause. Das sprach er zu sich. Das wollte er glauben.

Und immer wieder kommt nach den schweren mahlenden Tagesstunden die Nacht. Denn die Menschen können noch mehr als tun, als zu sich reden und sich besänftigen, sie können den Zugang zu dem Lebensquell, Born der ewigen Jugend, finden in der Schlafversunkenheit. Und mit dem ersten Schluck sind ihre Sorgen und Runzeln der Haut verschwunden, und was sie jetzt tun ist: atmen, liegen, fühlen. Und obwohl sie sie selbst sind, ist kein Unterschied zwischen ihnen und den andern, sie regnen mit dem Regen, scheinen mit dem Sonnenlicht, sind der hohe Lindenbaum, das grüne Gras, der Klee in seinem Schatten. Dann schlägt eine Glocke, das Weltall ist vorgerückt, die Lebendigen sickern zusammen. Wie ein Vogelschwarm, der frei ausgeflattert war und sich auf einen Schuß zusammenballt, schrumpfen sie, und da rundet sich ihr Kopf, der sich auf dem Kissen müde umdreht; auf der Bettdecke formen sich zwei Hände, ein Leib ist auf dem Laken ausgestreckt, und zwei Augen spähen im Halbdunkel das Fensterkreuz, ein Vogelbauer mit dem schlafenden Stieglitz. Da sind wir, wieder angekommen, dieselben wie gestern.

Der korrekte Major hatte eine schwierige Nacht hinter sich. Er hatte lästige Gespräche mit seiner Frau geführt, sie drängte, da die Krise jeden Tag wachse und der Geldmarkt immer schlechter werde, die Unterhandlungen mit Karl zum Abschluß zu bringen, man hatte schon auf dem Ministerium wegen der Lieferungen Fühlung genommen, aber nun wurde es ernst, und er wollte alles zurückziehen!

«Mein Lieber, du willst als Versicherungsagent enden.» «Armut schändet nicht.» Sie keifte: «Jawohl, Armut schändet! Ich werde nicht dein Dienstmädchen sein. Außerdem ist es mein Geld.»

Am frühen Morgen stürmte der Major in Karls Büro. Vor ein paar Tagen, als der Major mit dem Vorschlag kam, war Karl erschüttert. Jetzt dachte er kühler. Zuerst ist man verblüfft, dann gehen einem die Augen auf, man nimmt die Dinge, wie sie sind, immer scharf gradeaus gehen [wenn man immer wüßte, was gradeaus ist].

Der Major schlug ihm vor, das Geld scheinbar in die Fabrik hineinzunehmen, das sei für die Steuer nötig, denn irgendwohin muß doch das Geld gekommen sein, wenn sie nachforschen. Karl sah die Angst des Mannes, es machte ihm eine grausame Freude. Dann müsse man also einen Vertrag machen, überlegte er, es können irgendwelche Unklarheiten entstehen. Aber der Major rang die Hände: «Um Gotteswillen, Unklarheiten, es entstehen keine Unklarheiten, wir sind zwei Ehrenmänner, es gilt Manneswort und Handschlag.» Es war schwer, ihm klar zu machen, daß es eine Transaktion sei; er wollte einfach die Papiere Karl bringen und der sollte mit ihnen alles Weitere machen, der Major wollte um Himmelswillen von dem Augenblick an nichts mit der Sache zu tun haben. Karl staunte über diesen komischen Heldenmut. Er war bereit, alles zu übernehmen, aber ordnungsmäßig. Der Major bettelte: «Ach jeh, Ordnung.» Karl quälte ihn sehr. Schließlich begriff er doch, dankte Karl, daß er die Scheinaktion machen wollte. Karl lachte: «Aber ich möchte nicht, Herr Major, daß Sie etwas erzählen und daß andere denken, ich muß fremdes Geld hineinnehmen.» Darauf verlief alles glatt. Der Major war stiller, allerstillster Teilhaber geworden, Karl übernahm die Papiere, den halben Besitz des Majors. Und wirklich, von dem Augenblick an wollte der verängstigte Major auch von nichts wissen! Er floh geradezu Karl. Karl mußte ihm ein einziges Mal erklären, daß er «im Sinne der ersten Besprechungen» mit dem Geld verfahren wolle [der Major vermied sogar anzuhören, in welchem Sinne], und dann waren alle zufrieden: der Major und seine Frau, daß das Geld sicher untergebracht war, eine Hälfte des Restes wollten sie nächstens noch hinzulegen, und Karl, weil er sich den Mann verpflichtet hatte, nach einem schlimmen Blick in diese Welt.

Denn wahrhaftig: da stand er.

Sehr wohl hatte ihm der ängstliche Herr Major getan, der kleine Schwindler. Sehr zur rechten Zeit war er gekommen. So sah die ganze Welt drüben aus. Daß der ehrenwerte alte Herr, den Säbel umgeschnallt, zu ihm kam und dies verlangte, war erfreulich. Es machte den Weg frei. Es zeigte die klare Realität, und in der wollen wir leben, nicht in der Welt der aussichtslosen Wünsche. Durch Kleinigkeiten lassen wir uns nicht umwerfen. Vielen Dank, Julie.

Wenn Julie am Sonntag morgens nicht erschien oder sonst zu Tisch nicht da war, so war die Tischordnung geändert. Karl aß allein mit den Kindern. Klein-Julie saß am Platz der Mutter, sprach das Tischgebet, das Fräulein führte die Kinder herein und holte sie ab. Mit eiserner Ruhe, keinem Hauch von Lächeln präsidierte Karl vor den stummen Kindern.

Er war nicht gewillt, sich sein Haus, seine Burg, von wem auch immer, umstürzen zu lassen.

NOTSTANDSBAUTEN

DIE Industrie, auch die Holzindustrie Karls, hatte das größte Interesse an den Arbeitsplänen, und das drückte sich darin aus, daß in den Verbänden nicht davon gesprochen wurde. Man war ein gefestigtes Land von alter Tradition, mit Schmiergeldern war nicht zu arbeiten, genauer noch nicht; dagegen ließen höhere Instanzen sich gern von höheren Gesichtspunkten leiten, wozu an erster Stelle die staatstreue Gesinnung des Lieferanten gehörte. Und da an Staatstreue, wenn es sich um größere Aufträge handelte, kein Mangel war, so gaben Beziehungen den Ausschlag. An Karls Gesinnung und Tatkraft war nicht zu zweifeln, dieser Mann war aus dem guten Holz der alten Provinz, der alte Major sang sein Lob, er war Schatzmeister eines großen Verbandes, ein fetter Bissen fiel für ihn ab.

Welcher Auftrag an Karl kam? Bei Notstandsbauten für die Unterkunft obdachloser Familien mitzuwirken; für die Barackenlager, die man nicht zu nah bei der Großstadt errichten wollte, in Serien einfachste Gebrauchsmöbel herzustellen.

Denn die Dinge hatten sich bedauerlich zugespitzt. Was lebt, schützt sich. Wie die Arbeitslosigkeit um sich griff und die Schwermut über die Millionen kleiner Stuben fiel, aber die mächtigen Fabriken standen unverändert da, die Bankgebäude zeigten ihre prunkenden Fronten, die Eisenbahnen fuhren noch, kein Krieg verheerte das Land – da begann, nachdem die Professoren und Schriftgelehrten gefragt und geantwortet hatten, auch in den Köpfen der vielen unfreiwilligen Spaziergänger das große Fragen. Die früher im heiligen Jerusalem gesessen hatten und an den Wassern Babylons in der Verbannung weinten, schlugen sich an die Brust: ihre Sünden hatten sie hierher gebracht. Aber was hatten sie hier verbrochen? Sie hatten nicht zu üppig gelebt, hatten keine Störung im Land hervorgerufen, der Regierung, der Industrie und dem Handel keine Knüppel zwischen die Beine geworfen. Da begann die Radikalisierung in der Arbeiterschaft. Die Arbeiterpartei und die Gewerkschaften waren in der Zeit der Konjunktur noch stiller und sanftmütiger geworden, denn wo nichts zu verteidigen ist, rosten die Waffen, die Muskeln werden schlaff und man wird fett. Jetzt erfolgte die lange prophezeite Spaltung: wer satt war und sich nur ängstigte, blieb bei den Alten, wer mit den Zähnen knirschte, ging zu den Neuen. Die Neuen sahen ihren Feinden, denen von drüben, in die Augen und stellten sich ihnen gegenüber. Hier wurde Kampf und Krieg gewollt. Die Neuen waren andere als zur Zeit von Karls Jugend: nicht mehr Einzelne, die sich einen von drüben aufs Korn nahmen, sondern eine Masse, geschlossen wie das, was ihnen gegenüberstand. Es gab bald militärähnliche Formationen unter ihnen.

Man mußte ihnen entgegenkommen. Eine Wohnungsnot hatte sich eingestellt. Wie kam das? Denn eine übermäßige Zunahme der Bevölkerung in den vorigen Jahren war nicht eingetreten, die Häuser der Stadt waren auch nicht so überaltert, daß man sie grade jetzt hätte einreißen müssen. Nein, es lag an den Mieten. Die Hausbesitzer hatten ihre Hypotheken und sonstige Zinsen zu bezahlen. Die bezahlten sie aber von der Miete. Was nun tun, wenn die Mieten zu tief sanken? Sie konnten die Mieten nicht zu tief sinken lassen, verbanden sich gegen die Entwertung ihrer Häuser, die Mieter wiederum – zogen aus und zogen in billigere Wohnungen. Da konnte das Merkwürdige entstehen, daß große Häuserreihen halbleer wurden, daß die herrlichen Villenviertel zu veröden anfingen und innerhalb der Großstadt und zwischen den Provinzstädten eine Völkerwanderung begann. Das war das Sinken der Schichten, die Vernichtungsschlacht, die die Krise gegen die Klassen führte. Und weil man die Maschinen so vervollkommnet hatte, die Arbeit so sorgfältig durchdacht hatte, daß man mit Leichtigkeit ein Haus aus Beton in zwei Wochen bauen konnte, zogen Menschenmassen aus hellen in dunkle Räume, aus weiten in enge, aus luftigen in dumpfe. Man floh wie die Pest die soliden gesunden Neubauten und zog in die kümmerlichen Altwohnungen. Für die Scharen der Arbeitslosen aber mußte man anders helfen, nachdem auf der einen Seite die Wirte zu schützen waren, auf der andern Seite die Mieterverbände drohend wurden. Man stellte abseits von den Häusern der Wirte [die freilich leer blieben] Wohnbaracken auf.

Saal um Saal öffnete sich darauf in Karls Fabrik. Das herrliche

Surren und Kreischen der Sägen begann wieder, ach dieser schmerzliche zerreißende Anblick der blitzenden Apparate, die hatten ruhen müssen, der Wahnsinn hatte sie ruhen heißen, und wie die Motoren wieder brummten, fühlte man und atmete, es war doch noch ein bißchen Vernunft in der Welt. Die Serienarbeit für einfachste, allereinfachste Gebrauchsmöbel, für die Inneneinrichtung der Baracken begann, eine gewisse, nicht zu große Zahl Arbeiter wurde frisch eingestellt. Karl tat, als ob er fühlte: Arbeit und sich behaupten in dieser Welt, wie sie nun einmal ist, ist die Hauptsache, wenn auch das Haus einem keine Freude macht, und die Kinder wachsen auch ohne einen heran. Er war bisher mit seiner ruhigen, glücklichen Familie eine Ausnahme gewesen, jetzt marschierte er in Reih und Glied, warum nicht.

Karls große und schmuckreiche Wohnung nahm nun öfter abends eine kleine kräftige Gruppe Industrieller auf, die sich zu Beratungen über die Krise zusammengetan hatte. Bei einer dieser Sitzungen – in Karls Museum, Frau Julie deckte persönlich den Teetisch, man wahrte den Schein –, bei solcher Unterhaltung, einem Kriegsrat, äußerte Karl, seinen alten blechernen Ritter hinter sich, zu seinen Freunden: «Die Krise ist schlimm. Wir haben sie nicht gerufen. Sie soll ein Fehler in unserm Wirtschaftssystem sein. Haben wir dies System gemacht? Weiß einer ein fehlerloses System? Man kann lesen und sich überzeugen: wenn da irgendwo der Haken heute nicht sichtbar ist, dann morgen. Man soll uns in Ruhe lassen mit Utopien. Wir sitzen nicht da und verzehren bequeme Renten. Man soll uns mit Weltbeglückungsideen verschonen. Die Zeit ist zu ernst für Phantasien und aus der Reihe tanzen. Wenn man hungert, fragt man nach Brot und nicht nach dem Himmelreich. Zur Sache. Man kann sich über Fürsorgemaßnahmen nicht beklagen. Es sind Gesetze gemacht, die tief in unsern Beutel greifen und beinah die Produktion lahmlegen. Wir sind an dem Punkt, wo wir, die Industrie, der Regierung sagen müssen: bis hierher und nicht weiter. Man soll nun, wo wir bis jetzt stillgehalten haben

und uns – ich übertreibe nicht – uns haben ausplündern lassen, einmal in die andere Richtung blicken und uns die Ruhe geben, die wir brauchen. Noch ein zwei Jahre der fortschreitenden Krise und inneren Bedrohung, und alles Geld ist in die Strümpfe gekrochen oder ins Ausland geflohen. Wir sind dann fertig, das Land ein Trümmerfeld. Die Regierung hat dann nur noch ihre Armee, die sie nicht bezahlen kann.»
Der Weißbärtige betrachtete Karl unruhig und neugierig; wirklich, dieser Mann war ein anderer Schlag als sein gemütlicher Onkel, sympathisch war er mit seinem gereizten Ton auch heute nicht. «Also, lieber Kollege, was schlagen Sie vor?» Karl umfaßte mit einem Blick die Gegenstände in seinem Prunkzimmer, die kostbaren Schränke, die byzantinische Lampe [was hielt und trug denn dies alles, wessen Sprache redete das?], und da in der Ecke hinten stand der Tisch mit dem zinnernen Leuchter – das Kerzenlicht in diesem dunkeln Winkel warf den schwarzen hohen Schatten einer Büste, eines Menschenkopfes gebrochen über Wand und Decke; über Karl hauchte ein Bild, aber er faßte die Erinnerung nicht mehr, an die Mutter in der Küche, die Mutter, verzweifelt, hilflos auf die Straße geworfen, auf dieselbe Straße, auf der er dann irren sollte.
«Die Art, wie neuerdings in der großen Masse mit der Krise, Krisenfolgen, Ursachen der Krise gearbeitet wird, ist weit davon entfernt, bloß die Krise zu meinen. Man schlägt den Sack und meint den Esel. Der Esel sind wir. Man will keine Verbesserung der Produktion, keine Regelung und Verständigung in der Produktion. Man will unsere Köpfe. Man sage doch offen, daß man die Hand auf die Produktion legen will. Dazu gehören zwei. Der Staat muß verhindert werden, eine Politik zu treiben, die in friedlichen Zeiten möglich war. Es ist unwahr, daß man den Schein wahren muß. Wie eine klare Politik, die sich auf uns und die militärische Macht stützen kann, sich zu den Angriffsparteien verhält, ist klar. Man zwingt die Angreifer drüben frühzeitig, die Masken abzuwerfen. Das Weitere wird sich ergeben» [Straße frei].

Karl hatte ein graues schlaffes Gesicht, er sah übermüdet aus, zeigte schwere Augensäcke. Er sprach, den blechernen Ritter hinter sich, an dem runden Tisch, den Julie selber abgeräumt und mit Aschbechern und Zigarettenschachteln besetzt hatte. Die zierliche Person, so zart neben dem robusten Hausherrn, huschte freundlich hinter den Stühlen durch den Raum, die sechs Herren freuten sich über ihren Anblick, dann verschwand sie, und sie hörten die eisigen Worte ihres Mannes. Es blieb einige Sekunden still nach seinen Ausführungen. Ein großer rundlicher Herr der Eisenindustrie, der friedlich wie ein Säugling an seiner Zigarre zog, sprach, als hätte Karl persönlich zu ihm geredet: «Sehr drollig. In der Tat, da sind Sie ein Mann des weichen Holzes und geben uns vom Stahl solche Ratschläge. In der Sache sind wir einig, unbedingt, das ist Punkt um Punkt zu unterschreiben, unbedingt. Warum Sie aber so wild vorgehen wollen, versteh ich nicht. Ich bin für Samthandschuh, lieber Freund. Es hat auch den Vorteil: man beschmutzt sich nicht. Zu Hause hab ich ein Pack kleiner Kinder, bei denen kann man allerhand lernen. Die verschiedenen Kinderfräulein beißen sich verschieden die Zähne bei ihnen aus, aber wer gut zuredet am wenigsten, das ist mal klar, unbedingt. Warum nicht zureden? Kostet doch nichts. Man muß das Selbstgefühl der Menschen schonen. Jeder möchte so tun, als wenn er alles gemacht hätte. Dann ist ihm wohl. Also soll er sich wohl fühlen. Ich für meine Person habe nichts gegen die Versöhnungsregierung, man hört doch auch mal andere Leute reden, ist doch ganz lustig.» Und schmauchte friedlich weiter und dachte an seine Kinder.
Der kluge weißbärtige Herr aus Karls Verband lächelte, mit dem Blick auf mehrere stumme Gesichter, im Kreis herum: «Ob wir uns mit solchen Debatten nicht übernehmen? Daß die Unruhe im Land zunimmt, ist sicher. Nur müssen wir sie um Gotteswillen nicht größer werden lassen. Vor Streik und Militär graut mir. Stellen Sie sich das vor in heutiger Zeit. Kann sein, die Leute sind aufgewiegelt, aber zu denken, daß die Arbeitslosen und ihr verhungerter Anhang auf die Straße gehn und wir

Militär gegen sie schicken: grauenhaft, nur das nicht.» Karl unterbrach: «Richtig. Grade das müssen wir verhindern. Lassen wir es aber so wie jetzt weitertreiben, wie wollen Sie es verhindern?» «Mit Ruhe und Nachgiebigkeit, wir müssen alles dransetzen, zu einer versöhnlichen Stimmung zu kommen. Der moralische Nutzen liegt auf der Hand.» Beide Arme hatte Karl auf den Tisch gelegt, schüttelte trübe den Kopf: «Und warum? Um das Gesicht zu wahren? Wir sollten ein anderes Gesicht zeigen.» Der Weißbärtige: «Sie meinen blaue Bohnen?» «Es geht unter Menschen nicht ohne Furcht.» Der rundliche Eisenunternehmer lachte heraus: «Ganz falsch. Grade umgekehrt. Mit Furcht geht es nicht.» Karl unbeirrt: «Wir brauchen eine starke Hand, die den einen Furcht, den andern, den Besonnenen, Vertrauen einflößt.» Er wurde plötzlich heftig und seine Arme stießen vor: «Denn Sie müssen nicht vergessen, daß wir bedroht sind, wir wissen noch nicht, in welchem Ausmaße. Wissen wir denn, wie weit die andern bewaffnet sind, jawohl, schon bewaffnet? Da sitzen wir hier und beraten. Ich bin dagegen, ihnen Zeit zu lassen, die Zeit arbeitet für sie und nicht für uns.»
Der Eisenmann lächelte nicht mehr, seine Zigarre drückte er in den Aschbecher, er pfiff zwitschernd vor sich: «Es scheint, Sie wollen von uns direkt Beschlüsse?» Karl schüttelte den Kopf. Der Eisenmann war unsicher, der Weißbärtige ebenso, die andern sprachen nicht. Der Anwalt des Verbandes räusperte sich, dann sagte er auch nichts. Langsam setzten sich private Zwischengespräche in Gang. Das Thema trat zurück. Alle Beteiligten waren nachdenklich.
Angeregt verließ eines Winterabends Karl zusammen mit Julie den Vorortzug, der sie aus einer großen, auch mit Offizieren stark durchsetzten Gesellschaft draußen in die Nähe ihrer Wohnung brachte. Es war spät geworden, man hatte sich heiß geredet, schließlich waren alle Unterhaltungen auf den einen Ton gestimmt gewesen, daß man sich nicht ohne Widerstand werde verschlingen lassen. Ein freudiges ‚im Gegenteil' hatte viele Gespräche durchklungen. Es gab immerhin noch etwas,

was man zu verteidigen hatte! Groß war die Tradition des Landes. Mit Erschütterung dachten sie an die gewaltigen historischen Ereignisse, an die machtvollen Personen, die die Säulen dieses Staates, ihres Vaterlandes, errichtet hatten. Sollten welche kommen und es ihnen gelingen, dieses herrliche geliebte Gebäude anzugreifen oder zu unterwühlen, so würde man sich lieber von den Säulen des Hauses begraben lassen, als es übergeben. Zum ersten Male hatten viele eine starke Angriffsstimmung gespürt, ohne daß man sagen konnte, von wem sie ausging.

Nachdem Karl und Julie in Pelzen den Bahnsteig passiert hatten, bogen sie in die ungeheure Schalterhalle ein, von der eine pompöse Treppe abwärts auf die Straße führte. Diese Schalterhalle, sonst von Scharen Reisender bevölkert, lag jetzt nach Mitternacht fast leer, die großen Mattlampen an der hochgewölbten Decke brannten einsam in langer Reihe. Von den vielen Schaltern, etwa dreißig, zeigten nur drei noch Licht. Wie sie im breiten Mittelgang hier durchgingen, kreischte Julie plötzlich leise und drängte sich an Karl. «Was ist?» Sie zeigte auf einen Schalter. Der war geschlossen. Aber auf der Bank, die die Zugangs- und Abgangsseite zum Schalter trennte, lag ein Lumpenhaufen mit hängenden Schuhen. Karl zuckte die Achsel: «Der schläft. Daß man das hier läßt.» Sie hielt ihn fest, ihre Hand zeigte auf andere Schalter, sie drehte sich um, überall lag auf den Bänken solch Menschenbündel, die Gesichter nach unten gegen das Holz gewandt. Die wenigen Passanten gingen achtlos an ihm vorüber. An einigen Schaltern lag unter der Bank auf dem Steinboden oder saß gekrümmt noch ein Mensch, ein Menschenbündel in Lumpen und Säcken. Julie sah zu Karl auf, hielt sich den Pelz am Hals zu: «Es ist ja entsetzlich. Hier schlafen sie.» «Ja. Bis zwei etwa. Dann heißt es wandern. Es wird saubergemacht.» «Es ist entsetzlich. Wo gehen sie hin?» «Dazu sind Asyle da.» Er ging in das noch offene Hotelcafé, dessen einer Ausgang auf diese Halle mündete, um sich Zigaretten zu holen; Julie blieb draußen an der Tür, blickte in die weite stumme Halle zurück. Da gab es an der Wand breite einladende Schilder: ‚Zu den lachenden Gefilden des Strandes.' ‚In das Gebirge mit seiner stählenden Luft, dem Schnee, dem Sport.' Gegenüber hinter einem noch erleuchteten Schalter bewegten sich zwei Beamte, volle ruhige Gesichter. Da erhob sich dicht bei ihr etwas von der Bank, saß auf, blickte sich gähnend in der Halle um, faßte nach dem Sack, auf dem es lag, holte ein Stück Brot heraus und kaute. Es war nicht viel. Dann blickte es sich seine Hand an, strich sich über das Gesicht – sie konnte dies Gesicht im Dunkel nicht erkennen –, gähnte wieder und legte sich auf das Holz.

«Ein Mensch», dachte sie, fühlte sie. Karl kam mit einer Zigarette im Mund frisch und stark zurück. Sie stiegen die Treppe zu den Autos herunter. «Sie müssen alle nachher raus, Karl?» Er lächelte, blies den Rauch der Zigarette von sich, nahm zart und höflich für die Stufen ihren Arm: «Nur kein Mitleid nach der falschen Seite, Julie, sie finden sich schon zurecht.» Dabei lächelte er höhnisch. Er ist ein Ungeheuer. Sie haßte ihn.

Die Krise mähte weiter.

Sie schwang ihre gewaltige Hacke monoton und mit unverminderter Kraft gegen die Mauern des Gebäudes, in dem die Menschen es sich – jedenfalls teilweise – so bequem gemacht hatten. Man hatte die Fundamente lange nicht geprüft, sie legte die morschen Stellen bloß.

Karl war reich, gefürchtet, wenig beliebt auch im Verband. Sein Geld, das wußte man, unterstützte eine Reihe ihm nahestehender Gruppen. Da er Schatzmeister seines Verbandes war, so ließ sich nicht unterscheiden, ob er oder die Industrie seine Politik trieben, eine Klärung mußte noch kommen. Sein Einfluß war so groß geworden, daß er es wahrhaftig nicht mehr nötig hatte, einen guten alten Major wegen Aufträge zu bemühen; es war bekannt, daß Karl die Türen weit offen standen zu dem Staatssekretär, der die Wirtschaft betreute, er hatte auch Fäden zum Innenministerium. Überblickt man dies, so kann

man verstehen, daß er sich sagte: die Krise hat mir nichts angetan – auch wenn Julie sich von ihm entfernte, die würdelose Frau, und wenn sein Haus öde geworden war. Er war jetzt eigentlich frei, sein eigener Herr.
Es ist sicher: er fühlt sich körperlich nicht ganz frisch, aber der Siegeslorbeer rauscht um ihn. «Karl der Große» nennt ihn sein Bruder, der ihn selten zu Gesicht bekommt.

EIN LIEBESABENTEUER

ER gefiel der Mutter schon lange nicht mehr. In seiner Wohnung war er abends selten zu treffen, meist traf man auch Julie nicht, auf Fragen bekam man ausweichende Antworten. Die Mutter hörte, daß er auch wenig in der Fabrik erschien. Als sie ihn einmal in seinem Museum abends bei einer seiner ‚Besprechungen' fand, war sie betroffen über die ‚Freunde', unter denen ihr Karl da saß. Es waren ziemlich junge Leute dabei, auch Offiziere. Sie hatte nur hineingeblickt und ihn begrüßt, im Wohnzimmer fragte sie Julien: «Töchterchen, was sind das für Leute?» Julie nannte kalt einige Namen, die sie kannte. «Kind, und das läßt du zu? Es sind Raufbolde, die Leute sind doch nichts.» Julie zuckte die Achsel und deckte das Tischchen. «Wenn ich du wäre, Julie, setzte ich die ganze Gesellschaft vor die Tür.» «Aber, Mutter, es ist dein Sohn. Versuch du es doch einmal.» Sie hatte einen harten Ausdruck, als sie die Täßchen schob, der die Mutter erschreckte. Als die Mutter nachher Karl beiseite ziehen konnte, fuhr sie ihn an: «Du achtest nicht auf dich. Man hat auch keine Gesellschaft, über die die Frau sich mokiert.» «Julie? Das ist mir neu. Eine Frau soll sich da besser nicht einmischen.» «Es sind Offiziere, Adlige, was willst du von denen? Das ist nichts für unsereins. Sie werden dich hochnehmen.» Sie war außer sich darüber, wie hart Karl war, welchen Haß er über seine Gegner goß. «Aber um Gotteswillen, was haben sie dir getan. Weißt du nicht mehr, wie es uns früher ging. Und grade du: wer hat sich denn so an die Armen gehängt und mir das Leben deswegen schwer gemacht?» «Wenn ich dir für etwas dankbar bin, Mutter, so dafür, daß du mich davon befreit hast.» Was freilich das Geld anlangte, das ihn seine neue Passion kostete, so schwieg er, er griff ziemlich gedankenlos in den Beutel.

Er mußte sich um Erich kümmern. Es liefen Gerüchte über ihn, die Karl peinlich waren. Es sollte sich bei Erich politisches Gesindel herumtreiben. Zuzutrauen war ihm das schon. Wie nun eines abends Karl auf dem Weg nach Hause – es lockte ihn nicht – war, kam ihm der Gedanke, zu Erich hinauszufahren, um nach dem Rechten zu sehen. Dann war er da und ging mit Erich aus dem Laden nach hinten durch den Vorratsraum. «Sind das lauter Gifte?» Erich antwortete: «Was so eine Apotheke aufstapelt. Wunderbare Sachen. Ob sie einem helfen?» In dem kleinen Laboratorium saßen sie nebeneinander, die Brüder. Erich schwammig mit feinen freundlichen Zügen, Karl straff, gealtert. Es war keine Rede von Politik. Sie rauchten und tranken. Erich fragte: «Wo ist Julie?» «Bei ihrer Mutter.» Aha, wie gleichgiltig er spricht, sie tanzen jetzt auch schon jeder für sich. Inzwischen erschien, mit dem vorrückenden Abend, allerhand ‚Gesindel' in der Wohnung, Männlein und Weiblein, fünf sechs Personen. Karl ließ sie sprechen, lenkte das Gespräch auf private Dinge, sie wollten den gehaßten Mann in Harnisch bringen. An diesem Abend begleitete er ein Fräulein nach Hause, das er schon irgendwo in Gesellschaft getroffen hatte. Auf dem langen Fußweg durch die winterlich kalten Straßen sagte sie, sie finde übrigens den Heimweg auch allein. Erich hatte ihn gebeten, mit dem Fräulein zu gehn. Als Karl ohne Interesse fragte, ob sie etwas gegen ihn habe, sagte sie: «So ziemlich alles, was man gegen einen Menschen haben kann.»

Immerhin fand sie Karl auch nach ein paar Tagen bei Erich. Wieder gelangen den mokanten Gästen keine Anzapfungen bei Karl, er war das nonchalanteste, passivste Wesen der Welt. Man

fragte sich daher, ob er spionieren wolle, aber sie mußten zugeben, er nahm an ihren Erörterungen gar nicht teil. Oberflächlich hörte er hin, betrachtete dies Gesicht, dies Gesicht, es war wie der Anblick und der Geruch von Erichs Kräutern, nicht unangenehm. Auch das Fräulein: gleichgiltig, aber nicht lästig. Das Fräulein, schlank, jung, mit braunen aufgewundenen Zöpfen, betrachtete ihn im Laboratorium, wohin er sich zurückgezogen hatte. «Wie lange sind Sie eigentlich verheiratet?» «Zehn, zwölf Jahre.» «Sie wissen es nicht genau?» «Doch, aber warum, es werden zwölf.» «Was treiben Sie eigentlich hier? Warum kommt Ihre Frau nicht mit? Ich habe Sie beobachtet in der Gesellschaft. Sie sind hinter Ihrer Frau, hinter Julie her.» «Sie kennen meine Frau?» «Von meiner Schwester, sie waren in derselben Schule. Wir sind aber lange nicht so feine Leute. Zwölf Jahre, und da haben Sie's noch immer mit Ihrer Frau.» Karl lachte friedlich: «Zwölf Jahre. Mir kommt's gar nicht so lange vor.» Sie hielt einen Bunsenbrenner in der Hand und drehte die Flamme gegen Karl: «Da müssen Sie ja tüchtig verbrannt sein.» «Mag sein.» «Wo ist sie denn jetzt?» «Irgendwo.» «Und Sie haben keine Angst um sie? Daß sie Ihnen untreu wird?» Karl blickte träumerisch in die Flamme: «Wir sind schon so lange verheiratet.» Sie suchte seine Augen, dann sagte sie: «Schaf.» Heute ging sie früher und er vermißte sie ein bißchen beim Nachhauseweg.
Und in Gedanken an Julie – und immer in der Gedankenunterhaltung, der endlosen hoffnungslosen, mit ihr wegen ihrer Ehe, wegen der Familie und wegen vieler Dinge, die sich nicht zu Worten formten – und da er Julie nicht sprechen konnte, malte er eines Tages einen Brief an das Fräulein, mit der Frage, ob sie die Besuche bei Erich eingestellt habe. Er dachte an Julie, die er nicht sah. Er malte das hin, ein alberner Brief, auch überflüssig, ich brauchte bloß bei Erich anrufen, aber – es war nun einmal geschehen, so schloß er das Kuvert: warum soll ich nicht diesen Brief schreiben, wenn es mir Spaß macht? [Sonderbar, wie mich diese Affäre mit Julie stumm macht.]

Es klingelte abends an seiner Wohnungstür, vielleicht war es Julie, Karl öffnete erwartungsvoll die Tür seines Museums, da schritt leichtfüßig das Fräulein über den Läufer, nickte ihm zu, die Pelzkappe in der Stirn, reichte ihm die Hand. «Ich wollte Ihnen danken. Weiter nichts.» Sie mußte in das Museum hinein. «Hier sitzen Sie allein? Wo ist Ihre Frau?» «Irgendwo. Setzen Sie sich doch.» «Hier bieten Sie also Ihre Bosheiten aus, und sie läßt Sie sitzen.» «Es ist kein Vergnügen mit mir.» «Leiden Sie?» «Reden Sie auch schon so?» «Wer redet denn so?» «Julie. Grade heute fragte mich Julie, ob ich krank sei.» Das Fräulein trat zurück, hob sich den Muff an den Mund: «Ist das wahr?» «Ja.» Er sah sie an: «Warum denn?» «Ich hatte nicht geglaubt, daß sie es sieht.» Sie stand schweigend da, ging rasch ans Fenster. Er näherte sich ihr. Sie drehte sich nicht zu ihm. «Was ist?» Sie flüsterte: «Wenn sie jetzt käme, ich schämte mich. Ich schäme mich. Ich habe es doch nicht gewußt, daß sie es weiß.» Sie drehte sich um: «Gehen Sie doch zu ihr.» Ihre Augen funkelten. «Was haben Sie, um Gotteswillen.» «Es geht Sie nichts an.» Die Wohnungstür schlug hinter ihr zu.
Als sie draußen war, schüttelte er den Kopf. Es war Unsinn, ein Mißverständnis. Gott weiß, wie es dazu gekommen ist.
Wie er sich aber früh hinlegte, geschah es, daß vor dem Einschlafen ein Gefühl sich warm über sein Gesicht und seine Brust legte, es war etwas, das ihm ungemein wohltat, so daß er sich geradezu daran festsog. Was ihn berührte, war von spinnenartiger Zartheit, er hielt still, etwas schwieg an seiner Brust, so dicht, daß er glaubte, sein Arm könnte es umfassen. Auf welchen Spuren bin ich. Welche Heimlichkeit gibt es. Es flossen durch seinen Traum Bilder von Pferden, auf denen er ritt, über Äcker, ein Heuwagen, den er belud.
Vielerlei Erinnerungen schwirrten um ihn. Er ging zu Erich in die Apotheke, ließ den Duft vertrockneter Kräuter und die spitzen Worte seiner Gegner um sich wehen, sie schmerzten ihn gar nicht.
Wie er einmal in seinem kostbar und zart mit dem Holz des

schönen Vogelaugenahorns geschmückten Bett mit dem Gedanken an eine schlanke stolze angreifende Gestalt erwachte, die sich aus dem Gebüsch der Menschen erhob, löste und auf ihn zuglitt, kam ihm der betäubend süße Gedanke, warum fürchte ich mich, was erwarte ich, habe ich denn meine Sache auf nichts gestellt, auf fremde Menschen? Ich bin da. Ich bin auch da.
Das war nun ein wunderbarer, irreführender Einfall, mit dem er, wie er aufstand, durch die Wohnung tänzelte. Hart stand die Wohnung da, die hatte er geschaffen, das Museum hatte er gefüllt, das war aus seinen Wünschen geflossen, da standen sie, und dann öffnete er das Kinderzimmer, aus dem er Stimmen hörte, die beiden waren winterlich fertig gemacht für den Schulweg. Und während man ihnen die Schulmappen umband, die Handschuhe anzog, betrachtete er sie neugierig. Siehe da, meine Kinder, mein Blut. Siehe da, mein Leben. Da läßt es sich kämmen, bürsten, legt die Frühstückstasche um. Und jetzt gibt es mir die Hand, erst das Kleine, der Junge, stramm, das habe ich ihm gezeigt, das sind meine zehn Jahre, jetzt das Mädchen, gnädiges junges Fräulein Julie, meine zwölf Jahre, die tragen sie jetzt weg.
Und er nahm, als das Fräulein mit den Kindern hinaus war, aus der Tasche einen Kamm und trat an den Spiegel. Karl mußte sich bücken, schön elend seh ich aus, ein Mensch auf Abbruch. Ja, du hast sie alle abgegeben, die Möbel, das Museum, die Kinder und die Fabrik und Julie. Heute will ich in die Fabrik gehen, beschloß er und machte ein Ende. Und zog sich im Büro den Arbeitskittel an, in den Sälen freute er sich an der Arbeit, im Büro freilich nachher machte ihn der Buchhalter und Prokurist auf Geldschwierigkeiten aufmerksam, es war die Zahlung an die Tante fällig, man überlegte, wie man es machen sollte, von den Staatsaufträgen war schon viel verbraucht. Und wie er beim Diktat saß, fiel ihm der Major ein, der alberne Kerl, der ihm sein Geld gegeben hatte, er hatte ihm einmal Zinsen überwiesen. Wir werden ihm das Fell über die Ohren ziehen, dachte er. Der Mann hatte ein übles Geschäft mit mir vor, nun ist er ein ganz

stiller Teilhaber; kommt mir einmal eine Schwierigkeit, nehme ich ihn bei den Ohren und mach ihn wirklich dazu, ob er will oder nicht. Dabei diktierte er friedlich weiter. Und erkundigte sich vor dem Weggehen beim Obermeister, was der wohl denke, ob man sich um neue Aufträge bekümmern solle, sollen wir noch ein paar Säle aufmachen? Der Mann war ungeheuer bei der Sache.

Karl rief bei dem schlanken Fräulein an. Sie kam mittags, in einer grauen mit Pelz besetzten Jacke, in das Restaurant, ihre Krimmermütze trug sie in der Hand, eine Aktenmappe in der andern. Er sah sie schon durch die Scheibe. Dies ist ja nicht wahr, ich bin der alte Mann, geachtet, gefürchtet, Julie meine Frau, ich bin getraut worden, der Onkel und die Tante waren dabei, viele Menschen aus der Gesellschaft, ich habe Julie in meinen Armen gehabt, wir haben zwei Kinder zu Hause. Sie setzte sich ihm gegenüber. Die Unwahrscheinliche. Er hatte sie erwartet, aber es rollte wie ein ferner Donner durch ihn, sie war ihm fremd, er war ihr feindlich, er hatte nichts mit ihr zu sprechen. Aber sie nahm alles in die Hand, denn nun war sie da und nicht wegzudiskutieren. Ein neues Ding aus seiner Seele saß leibhaftig vor ihm. Sein Kampf mit Julie [aber warum kämpfen wir bloß?] hatte schrecklich ihre stille Wohnung verlassen, ging schon über die Straße.

Sie hatte die graue Pelzjacke, trug einen Rock, wies ihr Gesicht, war ein Weib mit Gehirn, eigener Vergangenheit, eine fremde düstere Welt war da, warum sich mit ihr einlassen, warum sie herbeschwören? Sie saß in einer grauen Pelzjacke vor ihm, legte die Aktenmappe auf den Tisch. O Bitterkeit. Was tut Julie mir an.

Und das Fräulein fing an irgendwas zu sprechen, sein Ohr fing es nicht auf, sie wurde still, die Aktenmappe nahm sie vom Tisch, ihn betrachtete sie lange. Er zerrte an den Stricken, mit denen sein Schiff an Julie hing.

Die Fremde hatte es sich leicht gedacht. Sie war eine Junge und meinte: dies ist eine Größe der andern, er läuft mir über den

Weg, hat zu Hause ein trauriges Schicksal, wer weiß warum, er ist kein angenehmer Mensch, ich will ihm eine Falle stellen. Aber da fing er von sich an. Sie dachte: wie merkwürdig, solch großer Mensch und schämt sich nicht. Und da war er gekommen, um einen frohen Nachmittag mit ihr zu verleben, und sang ein Sehnsuchtslied für Julie. Stumm hörte das Fräulein zu. Die Scham verschwand. Wo nur einhaken. Sie sank in sich zusammen. Er erzählte, wie alles wunderbar gewesen war, wie er sie auf Händen trug, wie sie sein Leben ausfüllte. Dann habe sich alles geändert. Er wiederholte und schüttelte staunend den Kopf [der Major hat mir sein Geld zur Aufbewahrung gegeben, ich, sonderbar, werde es nächstens verwenden]. Sie blickte auf ihre Mappe, ich wollte etwas ganz anderes, ich laß ihn sitzen. «Und warum erzählen Sie mir das alles?» «Entschuldigen Sie.» Warum muß ich mit dieser sprechen? Sie saßen beide schwer auf den Stühlen, sie dachte, der Mann macht mich lahm. Da stand sie auf und wollte gehen. «Wo wollen Sie hin?» «Ich hab allerhand vor.» «Bleiben Sie doch.» «Nein.» «Dann sehe ich Sie morgen.» «Ich weiß nicht, nein.» «Bleiben Sie doch!» Sie stützte ihre Faust auf den Tisch: «Sie glauben doch nicht, mich mit Ihren öden Eheerzählungen langweilen zu können.» «Es kam mir so auf die Zunge.» Als sie ging, raffte er Hut und Mantel, legte das Geld auf den Tisch und lief ihr nach. Er traf sie bald. Sie schüttelte zornig den Kopf, als er neben ihr ging. Als er blieb, stellte sie sich an ein Schaufenster: «Nun werden Sie mich hoffentlich bald zufrieden lassen.» Sie ging wortlos weiter. Er im Gedränge neben ihr. Eine sonderbare Jagd, ein sonderbarer Tag, und ich bin Karl? Ich mache dies? Es dauerte nicht lange, da hielt sie vor einem Haus, stemmte die schwere geschlossene Haustür auf, er war im Augenblick neben ihr, im Halbdunkel des weiten Hausflurs flüsterte sie: «Hier wohne ich, machen Sie, daß Sie fortkommen.» «Ich geh sofort. Sprechen Sie nur anders zu mir.» «Was wollen Sie?» «Daß – Sie mir nicht weglaufen.» «Setzen Sie sich Ihren Hut auf. Sie sind verrückt.» «So. Das ist schon besser.» «Kann ich jetzt gehen?» «Ja. Geben Sie mir noch

die Hand?» Dies war also eine Hand, eine fleischerne Hand, die ihm entgegengestreckt wurde. Er hielt sie mit seinen beiden Händen umklammert, eine große Freude kam von dieser Hand, eine Ruhe. Sie, wie sie mit Staunen fühlte, was durch sie ging, zuckte zusammen. Und mit demselben widerstandslosen Staunen fühlte sie, wie seine Arme sich um sie legten, ihre Mappe fiel auf den Boden. Sie bewegte sich nicht in seinen Armen. Was war an sie herangetreten? Wer umschlang sie? Und das duldete sie? Er könnte mich wie ein Gänslein küssen und vergewaltigen, wie eine Dirne. Aber er streichelte ihren Pelzkragen. Da schob sie ihre Arme hoch und sprengte seine Umarmung. Sie war frei. Sie griff nach ihrer Mappe. Er lächelte, hatte die Augen klein [in solche Lage hat mich Julie versetzt. Wenn ich sie erwürgen könnte]: «Jetzt werden Sie mich schlagen.» Sie stand schon am Treppenaufgang, er sah sie nur undeutlich, durch den halbdunkeln Raum kam ihre Stimme: «Nein, Sie Jämmerlicher. Das tun Sie mit sich selber.»
Und die Treppe hinauf. Er rückte an seinem Hut, zog die Tür auf, sein Lächeln war festgefroren. Ich muß arbeiten, um mich vor Dummheiten zu bewahren. Ich komme auf erbärmliche Wege.

TRENNUNG

UM dieselbe Zeit saß Frau Julie in dem schönen neuen Appartement ihres Freundes José und erlebte ihre schlimmste Stunde. Es war ihr schon lange klar gewesen, daß er einmal für seine ‚Leistungen' die Rechnung präsentieren würde. Sie konnte ihn nicht aufgeben. Sie hätte, um sich Luft zu machen und einen Menschen zu finden, der sie als Julie nahm, auch wechseln und einen andern nehmen können. Aber welchen Vorteil bot ein anderer? Und wozu mit allen Gesprächen und Peinlichkeiten wieder von vorn anfangen? So war sie bei José geblieben, und er erwies sich als besser, als er es eigentlich vorgehabt hatte. An diesem

Nachmittag bei ihm erduldete sie schluchzend seine ersten leidenschaftlichen, ja trunkenen Küsse. Wie oft hatte sie ihn gemartert mit ihren Fragen nach seinen Geliebten. Sie zweifelte nicht, daß er eine kleine Handvoll hatte. Es war ihr gleich. Wie oft hatte sie, wenn sie bei ihm den Tee nahm, im Korridor vor ihm präsentiert, sobald er die Türe öffnete: «Melde mich zur Stelle. In Reih und Glied.» Jetzt war ihr alles gleich. Ja, eigentlich grade gut, daß er ein Schürzenjäger war, sie wollte nichts weiter. Und so konnte er sie nehmen, auf den Armen in sein Schlafzimmer tragen, sie blieb bei einem Weinen, er zog sie zitternd aus, welch wunderbar zarter Vogel in seinen Käfig geflogen war, mit Entsetzen erduldete sie seine Liebkosungen, sie schlief bald ein, er mußte sie schonen. Es war später Abend, als sie aus dem Schlafzimmer in das Herrenzimmer trat. Sie machte keine Scherze über die vorzügliche Ausstattung seines Boudoirs mit Gegenständen des weiblichen Bedarfs, ach sie wußte das schon, sie küßte ihn innig und lange, er war verwirrt und fragte sich selbst, wo sein Gefühl war. Er wollte wieder leidenschaftlich werden, sie sagte: «Es ist spät. Du magst mich nicht, José, aber ich liebe dich.»

Karl drückte auf die Nachtbeleuchtung. Der Fahrstuhl war da, er vermied ihn, er ging langsam Schritt für Schritt die Treppe hinauf. Er blieb auf jedem Absatz stehen. Die kalte Luft, die ihm von oben entgegenwehte. Er hatte eine harte politische Beratung hinter sich, diesen Nachmittag war jenes Fräulein gewesen. Oben in ihrem Zimmer gegenüber dem Kinderzimmer wird die Frau liegen, seine Frau, Julie, auf der andern Seite die Kinder, seine Kinder. Seine Frau, Julie, die ihm das Haus zerstört hatte. Er hatte nichts dazu tun können, daß sie das Haus zerstörte. Er war oben. Der Sklave senkt den Kopf, bietet den Nacken für das Joch an. Er zog den Schlüsselbund, zögerte. Er hielt den Wohnungsschlüssel, betrachtete ihn. Die Nachtbeleuchtung erlosch. Als Junge hab ich so mit dem Schlüssel gestanden, wenn ich spät heraufkam, die Mutter hatte mich geschlagen, ich verzieh es ihr nicht, da steh ich wieder mit dem Schlüssel, ich vergeß es nicht, werde hundert Jahre alt werden und es niemals vergessen. Unten schloß jemand die Haustür. Er drückte rasch den Schlüssel ins Schloß, schlich, leise die Tür schließend, hinein. Da, seine Wohnung. Völlige Stille. Man schlief. Der Hausherr, die Säule, der Schöpfer des Werks, war eingetreten. Vorsichtig öffnete er die Tür zum Wohnzimmer. Er hatte weder Mantel noch Hut abgelegt. Die Räume waren heimlich und warm. Er ließ sich nahe der Tür auf einem tiefen Ledersessel nieder. Wer hat mich von hier verjagt.

Unten kam jemand die Treppe hinauf. Nachdenklich ging er Stufe um Stufe. Es war Julie. Wenn ich nicht fürchtete, daß jemand kommt, würde ich mich auf die Treppe setzen. Und wirklich, sie setzte sich. Noch nicht nach oben, bitte, bitte, noch nicht nach oben. Sie holte tief Luft. Er wird oben sein. Wenn er doch nicht oben wäre. Meine Kinder, meine lieben Kinder, daß sie von ihm sind. Er kommandiert an ihnen herum. Wie hat er mich zugerichtet. Was ist aus mir geworden, eine schlechte Frau, schlechte Frau. Sie dachte an José und weinte vor sich. Dazu hat er mich getrieben. Henker, Henker. Seine Mutter mag ihn auch nicht.

Oben saß er im Klubsessel, grübelte. Da ging die Korridortür, sehr vorsichtig, er zuckte zusammen, was war das, Einbrecher, er duckte sich tiefer in den Sessel, so daß sein Kopf nicht über den Rand sah, zog seinen Revolver. Die Zimmertür zum Korridor stand weit auf, man knipste draußen Licht, er konnte schräg in den Korridor hinein auf einen der großen Wandspiegel blicken. Sie. Man konnte nicht sagen, daß sie ging. Sie schleppte sich in die Wohnung, er sah im Spiegel ihren müden Gang, unter ihrem Hut ihr finstertrauriges gesenktes Gesicht. Am Ausgang des Korridors drehte sie das Licht aus. Sie betrat – er bewegte sich nicht, den Revolver hielt er noch – das Wohnzimmer. Sie ging an die andere Seite des Raums, setzte sich, es war der Tisch.

Er saß mit ihr im selben Raum. Sie schluchzte leise. Was hat er aus mir gemacht, der Verbrecher.

Nach einer Weile hörte er, wie sie sich erhob. Über den Teppich strichen ihre Schritte. Sie klinkte die Türe nach dem hinteren Gang.

Am nächsten Vormittag wurde er in der Fabrik angerufen, die Frau Direktor erwarte ihn zu Tisch, ein auffälliger Anruf. Als er aber zu Tisch erschien, war sie nicht da, erschien erst, abgehetzt, als man schon aufgestanden war. Sie zog sich gleich mit Karl zurück, der auf ihrem Gesicht die Trauer von gestern, aber auch die Kälte einer Entscheidung fand. Sie setzten sich nicht. Julie war bei ihrem Arzt gewesen, sie habe sich heute besonders krank gefühlt, er habe ihr ein südliches Klima und gewisse heiße Quellen verordnet. Sie würde nun schon heute nachmittag fahren. Sie zeigte ihm ihr Billet. Er fragte sie, ob es schlimm sei, er wußte nicht, was er sagen sollte, und um den Schlag abzuwehren und ihr wohlzutun – jetzt mußte er ihr wohltun –, rief er vor ihr bei dem Arzt an, der alles bestätigte. Sie hatten eigene Privatkonten auf der Bank, mit Geld war sie schon versehen. Nach dem Abschied von den Kindern, denen sie nichts über die Dauer sagte, fuhr er mit ihr zur Bahn. Es waren qualvoll erzwungene Gespräche. Erst auf der Bahn, wo man zu früh ankam, erschien sie mit geröteten Augen wieder auf dem Perron, nachdem sie im Coupé mit dem Gepäck verschwunden war. Endlich sprach man nicht mehr die verlogenen Worte. Endlich stand und ging man stumm zwischen den Menschen auf und ab. Man sah sich nicht an. Man blickte auf die Bahnhofsuhr, ihr Sekundenzeiger schnellte vor. Die schlimmen letzten Minuten vor der Abfahrt. Sie standen vor dem Wagen, er groß und kräftig breitschultrig im schwarzen Wintermantel mit dem steifen runden Hut, sie im grauen Reisekleid, zart und blaß, das rote Haar geknotet im Nacken. Streng hielt sie den Kopf. «Auf Wiedersehen, Julie. Werde ich von dir hören?» Sie ist meine Frau, reist weg, es ist endgültig, wir stürzen in den Abgrund. «Ja.» Und sie umfaßte seine Hand, die er ihr bot, preßte sie hart, flüsterte: «Bist du nicht ein Mörder, Karl?» Ihr gequältes

überfeines Gesicht war dicht an seinem. «Willst du nicht bleiben, Julie? Warte ein paar Tage, dann begleite ich dich.» Sie gab ihm mit der Faust einen schwachen Stoß vor die Brust: «Nein, Mörder.» Sie sahen sich an, Mann und Frau, zwölf Jahre, die beiden Kinder, die warme Wohnung, und so oft Brust an Brust gelegen. «Warum nicht, Julie?» Jetzt ist der Hund feige, ich müßte ihn schlagen, wie seine Mutter getan hat. «Frag dich selbst, Karl. Ich möchte dich nie gesehen haben.»
Damit ließ sie ihn auf dem Bahnsteig. Er blieb betäubt, in Zorn, Sehnsucht, Angst. Die Wagen rollten hinaus.
Vorn im Zug saß José. Sie hatten verabredet, daß er nicht vor zwei Stunden nach der ersten Station zu ihr kommen sollte. Als er sie dann suchte, war sie nicht im Abteil und nicht im Zug. Er erfuhr, die Dame war an eben dieser Station ausgestiegen. Nach zwei Tagen erhielt er aus dieser kleinen Stadt einen Eilbrief mit ihrer Handschrift: «Ich kann nicht leben, José.» Hals über Kopf fuhr er ab. Er hatte ein Telegramm vorausgeschickt, sie war mittags nicht an der Bahn. In schrecklicher Angst flog er ins Hotel. Dem erregten fahrigen verwirrten Herrn sagte der Portier, die Dame sei auf ihrem Zimmer. Welche Nummer? Er nannte sie, hob den Hörer vom Apparat. Da raste der Fremde die Treppe hinauf. Als er auf dem Korridor war, hatte sie die Tür geöffnet, schloß sie hinter ihm ab.
Er hatte schon viel mit ihr erlebt, war von ihr durchschaut, aus dem kleinen Gesellschaftsabenteuer war eine Sache geworden, die ihn bis an die Wurzeln durchrüttelte. Sie warf sich vor ihm hin, schlug mit den Fäusten auf seine Schuhe, knirschte: «Was hast du mit mir gemacht, wie konntest du das tun, wie konntest du, wie konntest du mir das antun?» Er hob sie auf, sie sperrte sich, ihre schönen Haare hingen ihr ins Gesicht, sie war im Schlafrock, das Zimmer war nicht aufgeräumt. «Was ist geschehen, Julie, mein Leben?» Sie war völlig zertrümmert: «Du hast mir das angetan, ich bin geschändet, pfui, pfui, warum hast du das getan.» Und wand sich aus seinen Armen, sank wieder auf den Boden und wimmerte: «Ich muß mich umbringen, José,

ich kann es nicht ertragen, ich kann nicht, ich kann nicht.» Wieder hob er sie auf, sie war schwer zu halten, er schleppte sie auf den Diwan, da lag sie, er war zufrieden, daß das geleistet war. Er sah, sie war krank, durch ihn? Er kannte sie, liebte sie ja, mit ihrem wunderfeinen Gesichtchen, dem geschnittenen, mit ihren verspielten Händen. Und welche Süße, welche beschämende Unschuld hatten ihm ihre Glieder gezeigt. Er wußte viele Arten, zu ihr zu sprechen, er fühlte, sie wollte ihn locken, sein Letztes aufzubieten und ihr zu beweisen, was sie für ihn war.

Lange lange Stunden. Sie wollte zu Karl zurück. Sie wollte ihre Kinder, ihre Wohnung, ihre Eltern. Wie sollte sie dahin zurückfinden, nachdem das mit ihr geschehen war. Erst mußte sie matt werden, bis sie einen Blick auf ihn warf. Es gab keinen Richterstuhl, der grausamer, tiefer in ihn hineingriff als die zarte Frau. Wie oft hatte sie ihn ‚Sünder' genannt, darüber hatte er gelacht, denn was ist Sünde? Jetzt fühlte er, es gab Sünde. Er hatte genug Weibliches in Verzweiflung gesehen, es wurde alles nicht so heiß gegessen, wie es gekocht wurde, wer sich überrumpeln läßt, ist ein Gimpel und wird von der ersten geheiratet. Aber ihr war er auf den Leim gegangen. Wie hilflos, scheinbar tapfer überlegen, hatte sie sich ihm genähert. Wie hatte sie versucht, ihre Annäherung als Spiel aufzuziehen, um sich nicht zu demaskieren, und auch er hatte es für ein weibliches Abenteuergelüste gehalten, bis ihre schmerzlichen Blicke kamen, als er zudringlich wurde. Sie lag auf dem Diwan im Hotelzimmer, das Licht brannte, draußen war heller Nachmittag, sie spricht zu mir, weint zu mir, ich muß sie über alles hinwegführen, sie war die frühern Jahre bewußtlos wie ich selbst war. «José, hättest du das nicht getan!» Es waren meine alten Bewegungen, mit denen ich nach dir gegriffen habe, sie haben mir und anderen Lust gemacht, jetzt bin ich als Barbar entlarvt, der ich bin mit aller meiner Gelehrsamkeit, wo habe ich etwas anderes lernen können.

Er mußte in das Hotelbüro herunter, um sich ein Zimmer zu bestellen. Bald war er wieder bei ihr. Das Licht brannte noch.

Wie beglückt war er, in ihren Raum eintreten zu können. Sie lag in der alten Haltung auf dem Diwan auf der Seite, die Beine angezogen, die Hände vor dem Gesicht. Aber sie war es doch, die sein war und sein werden würde. Er würde um diesen leichten Körper, dieses rote Haar, die fragende Stimme kämpfen, wie würde sie blicken, wenn sie Arm in Arm neben einem ging. Seine – Frau. Er saß bei ihr: «Kannst du mir verzeihen, Julie? Willst du es nicht vergessen? Vergiß doch!» Er wiederholte hartnäckig: «Vergiß es!» Er preßte ihre kalte Hand: «Vergiß es. Ich will, daß du vergißt.» Er befahl. Er wollte, wollte. Durchaus. Sie bemerkte neben sich den Willen, strich sich die nassen Haare aus dem Gesicht, betrachtete ihn, der auf den Boden sah. Was wollte er, was sagte er? «Vergiß. Ich bestehe darauf.» José? Sie ließ die Beine herunter, beugte sich vor. Was sagte José? «Sieh doch her, José!» «Du sollst vergessen.» Er schämte sich. «Willst du, daß ich dir verzeihe? Wirklich? Warum denn? Dein kleines Spielzeug.» «Nicht», und er mußte auf den Boden fallen und den Boden vor ihr küssen, «du sollst anders sprechen. Schlag mich. Bestraf mich. Rede nicht so mit mir.» Sie faßte ihn bei den Schultern. Er kam herauf. Er stand mit schlaffen Armen da [ich laß mich gehen, ich bin ein Narr]. Sie umhalste ihn [wenn er mich lieben könnte, ich könnte ihn lieben]. Sie küßten sich nicht. Als sie ihn ansah, eine Frage, war er selig wie sie.
Sie gingen abends über die Plätze und durch die Geschäftsstraßen dieser zufälligen kleinen Stadt. Welch Tag. An der Tür ihres Zimmers trennten sie sich. Einen großen Blumenkorb brachte ihr der Hotelboy noch vor dem Schlafengehn. «Ein Mensch», dachte sie.

DER VERLASSENE

DURCH seine große schöne Wohnung ging Karl in Zorn. Der Anblick der friedlichen geordneten Räume steigerte seine Empörung. Eine Schande war Julie. Sie machte sich wie eine Dame auf, aber war aus demselben kläglichen Holz wie ihr Onkel, der Major, der Angstmeier, der Geldschieber. Er wütete in seinem Museum. Die Bestie hatte ihn in Händen. Er konnte nichts dagegen machen, daß sie abfuhr und ihn bloßstellte. Aber doch: der Mann bestimmt den Aufenthaltsort der Frau. Eventuell wird er sie vom Gericht holen lassen. Mitten in diese Träumereien schrillte draußen das Telefon. Man rief ihn, unwillig stolperte er an den Apparat, es war seine Mutter, Fragen nach Julie, den Kindern, sprach wie im Schlaf, bat um Entschuldigung, da er grade eine Konferenz habe, versprach morgen selbst anzurufen. Er hatte das Gespräch schon im Moment vergessen, wie er den Hörer anhing.

Und dann wieder der Marsch durch die große schöne Wohnung, von Teppich auf Läufer, von einer Tür in die andere. Er riß sich los, ging in die Fabrik. Man muß andere Räume um sich haben. Er hielt es bis zum Abend aus, dann zog es ihn wieder in die Wohnung. Die Wohnung lockte ihn. Es war etwas Menschliches an ihr. Die friedlich feierliche Abendtafel, aus dem Zimmer kamen die beiden Kinder, da sitzen wir also beisammen, wir Verlassenen, ihr wißt nichts, ihr lebt, eßt und trinkt, was man euch vorsetzt, es ist Krieg im Land, wir sind überfallen worden. Die Kinder, die ihren Vater mit einer Art schmerzlich ängstlichem Mitgefühl beobachteten, sie waren ohnmächtige abhängige Geschöpfe, hatten ihren Vater noch nie so abwesend gesehen. Wenn er sie anblickte, erregte er Furcht. Er war tiefblaß und schlaff. Auch dem Kinderfräulein gefiel er nicht. In der Küche nahm man zum erstenmal einstimmig Partei gegen die gnädige Frau. An ihre Krankheit und dringende Badereise glaubte niemand.

Karl war nicht imstande wegzugehen. Er hatte den Impuls, aber es gelang nicht. Die Kinder gingen schlafen. Es wurde völlig still. Er ließ in allen Zimmern Licht brennen. Wie er hin und her gegangen war, kam ihm vor, es müßte schon sehr spät sein, er zog die Uhr, da war der Abend erst angebrochen, die Zeit bewegte sich nicht. Das mußte er also noch lange so durchhalten, Viertelstunde nach Viertelstunde, jede Viertelstunde mit diesem

Inhalt. Und da wurde ihm vor seinem Blechritter, ihn fixierend, klar, daß er vor dem Selbstmord stand. Er blickte in den weiten Raum zurück, ein menschliches Wesen war über den Teppich eben geschlichen, das war – er, das Wesen stand jetzt hier, faltete seine Hände. Starr ergeben dachte er: Wenn mir keiner hilft, werde ich in diesen Tagen sterben. Überwältigend hatte sich aus den Klagen gegen Julie das Gefühl ‚Ich muß sterben, nun kann ich nicht mehr leben' abgelöst.

Und sogleich verwandelte sich die Wohnung. Es war, als wenn ein Nebel sich über sie legte und alle Stücke erweichte. Mit wie vielen Empfindungen hatte er diese Räume durchwandert, hatte hier gesessen, da gesessen. Zahllose Bewegungen und Stellungen von Menschen hatten diese seine Räume, die nachgiebige Luft erfüllt und geteilt, sie hatten sich wieder aufgelöst und entfernt. Sie schwebten jetzt noch wie ein Dunst in der Luft. Der Raum, leer zwischen Wänden und Schränken, er hatte seine Pflicht getan. Die Reihe der Zinnteller und Pokale auf dem Paneel hatten ihre Pflicht getan. Der herrliche geliebte alte Schrank mit den Schnitzereien hatte seine Pflicht getan. Hin gleitet alles in den Abgrund. Weg von mir. Es ist gewesen. Ich habe auf Sand gebaut. Es steht auf Rollen und fährt von mir weg.

Was hab ich versäumt? Woran liegt es?

Und er ließ den Kopf fallen: Ich weiß nicht. Man vernichtet mich. Ich kann es nicht aufhalten.

Und wieder verwandelte sich, während er vor der Wohnecke stand und in den Raum hineinhorchte, die strahlend helle Wohnung. Weggerissen war aus ihr Julie, das Wesen, das er mit aller Kostbarkeit einhüllte, die Räume hatten sie schön und heimlich gemacht. Und er zitterte körperlich: seine Ehe war weg. Was blieb? Er dachte an Fabrik, Krise, Politik mit Abscheu. Ich werde sterben müssen.

Es ist um dieselbe späte Abendstunde, in der er angezogen in seinem Schlafzimmer sitzt, ratlos sein Leben durchforscht, denkt und nicht denken kann – wo zwei Eisenbahnstunden von ihm entfernt Julie in dem Kleinstadthotel, Julie sich in Bitterkeit zerreißt [übermorgen aber wird sie vor einem Blumenkorb glücklich weinen: «Ein Mensch»].

Wie ein Töpfer geht das Schicksal um die Menschen herum, klopft an ihnen, und wenn einer lange genug lebt, erreicht es die Stelle, die den Sprung hat, und schlägt zu. Pardon wird nicht gegeben.

DEMISSION

GEWALTIG setzte sich in dieser Zeit, niemand hatte es voraussehen können, der Staat auf den Thron und nahm den Kampf auf, den man ihm aufgezwungen hatte. Man hatte, als die Krise einsetzte, vermutet, daß es zur Aufwühlung der untern Volksschichten kommen würde, was auch geschah, – daß ihre Parteien sich radikalisieren würden, was wirklich eintrat, – daß in den Höllenstrudel von Armut, Arbeitslosigkeit, Erbitterung Mittelschichten und sogar Wohlhabende hineingerissen würden und daß sich alles gemeinsam gegen den alten Staat wenden würde, zum mindesten um sich zu rächen. Und siehe da, der alte Staat erwies sich nicht als so schwerhörig, wie man vermutet hatte. Er hörte das Gebrüll und gab mit seiner kraftvollen Stimme eine Antwort, die viele überraschte. Er mischte sich erstaunlich in Dinge, die ihn bisher nichts angegangen waren. Er gab Aufträge, schickte sich an, Preise zu überwachen, Preise zu befehlen, Banken und Industrien zu kommandieren, zu reglementieren. Aus dem Landesvater wurde ein rabiater Herrscher.
Was er tat, genügte vielen noch nicht. Unmerklich schob die Krise eine schlimme Frage auf den Plan: «Wer ist der Staat, wessen Staat ist es?» Es schaukelten sich gefährliche Erregungen hoch, die Unruhe war bis in die höchsten Kreise gestiegen. In den Klüngeln, die sich in Großstadt und Provinz bildeten, sprach man vieles. In einer Gruppe, in der sich Karl bewegte, erklärte ein alter Grundbesitzer, ein Adliger [er lebte auf einem Besitz,

von dem ihm nichts mehr gehörte, die Banken hätten auch ihn schon ganz herausgesetzt, aber wer kaufte], er weinte fast: «Meine Herren! Was ist aus unserm Land geworden. Unsere Heimat, unser geliebtes Vaterland! In wessen Hände sind wir gefallen. Was ist denn plötzlich über uns gekommen? Wir leben schon gar nicht mehr auf unserm eigenen Boden, den unsere Vorfahren verteidigt haben. Wie lange, dann werden wir den Bettelstab nehmen müssen. Und warum, ich bitte Sie, meine Herren, warum? Haben wir denn Sodom und Gomorrha gespielt? Keiner von uns hat zu üppig gelebt, was sagen die paar Ausnahmen. Nun, und da stehen wir, und mit uns der Staat, den unsere Vorfahren errichtet haben. Unser geliebtes Vaterland, sie spielen Schindluder mit ihm. Es ist die Krise, sagt man. Aber das darf doch um Himmels willen nicht dahin führen, daß man das Gebäude, in dem wir mit unsern Kindern wohnen, einreißt. Der Staat mischt sich ein, aber das Übel schreitet weiter. Wer hätte diese Zustände noch vor zehn Jahren für möglich gehalten. Ich bitte Sie, ich beschwöre Sie, meine Herren, gebieten Sie dem Übel Einhalt. Mit allen Kräften. Mit der ganzen Liebe zu dem Land, das wir unsern Kindern übergeben wollen, wie wir es von den Eltern empfangen haben. Bekämpfen Sie den Aufruhr, der schon schwelt. Beim Andenken derer, die sich seit Jahrhunderten für die Heimat eingesetzt haben und unsern Boden mit ihrem Blut gedüngt haben.»
Der Angriffsgeist sprach anders, heiß und kalt, wie die Stimme dieses Offiziers, eines nicht mehr jungen Menschen, dem die Krise die Mitgift seiner Frau weggerissen hatte, sie hielten sich noch grade in ihrem Lebensbereich: «Das Klagen nützt nichts. Die Untätigkeit hat immer nur geschadet. Der Staat ist nur noch eine Sache auf dem Papier. Ich weiß nicht, was er noch tut und ob er noch andere Aufgaben kennt als die Armee grade erhalten, die Polizei auch und Unterstützungen für Arme geben. Dazu ein paar Kleinigkeiten, Pfuscherei. Inzwischen schmilzt das Fleisch weg. Von oben bis unten schmilzt es weg. Es ist handgreiflich. Machen wir uns nichts vor. Ein paar von uns haben noch ihre

Güter, andere ihre Häuser, sie werden bald lieber in der Portierwohnung sitzen, um Beleuchtung zu sparen und ohne Personal auszukommen. Das geht von oben bis unten. Denn die Bürger haben die Läden leer, weil keiner kaufen kann, die Arbeiter liegen auf der Straße. Wie kann man da zusehen ohne einen Handschlag? Wenn ein Regiment fahrlässig in einen Hinterhalt geht, hängt man den Oberst, wenn man ihn faßt. Wenn aber ein ganzes Volk so ausgeplündert wird, wie wir es werden, man möchte fast sagen: Stunde um Stunde, und man uns nur Beruhigungspillen gibt, da soll der Deibel dreinschlagen. Das Herrscherhaus aus dem Spiel. Die Regierung aber ist ein Jammerpack. Die Beamten soll man zum Teufel jagen. Man sieht nicht, wozu sie nötig sind. Wir haben ein reiches, fleißiges Land, wir haben Millionen kräftiger Arme, Maschinen in Hülle und Fülle, Köpfe mehr als wir brauchen. Man schließe die Grenzen. Man stelle alle zehn Schritt einen Wachtposten und schieße jeden tot, der heraus oder herein will. Wir sind eine Festung. Stacheldraht und Schützengraben rum. Und jetzt heißt es: gearbeitet, was das Zeug hält. Alle Arbeitslosen her. Wenn gearbeitet wird, ist zu fressen da. Der Acker wächst nicht von Geld, sondern von Arbeit. Zum Teufel noch mal, daß man das sagen muß. Eine Räuberbande hat uns überfallen. Das Geld ist ein einziger Betrug, um die Arbeit wegzustehlen; Börsen schließen, Banken schließen, Wucherer aufhängen, alles Geld offen dem Staat hingelegt, und da wäre es ein merkwürdiges Ding, wenn wir uns nicht erhalten könnten.»

Wie die Kälte redete, wissen wir schon: «Durchhalten. Keine Experimente machen. Die Krise macht schon genug mit uns. Die Regierung muß die Entschlossenheit und Brutalität selbst sein. Die Arbeiter sind stark, aber radikal. Das ist ihre Schwäche. Man muß diese Schwäche steigern. Sie stellen gegen unsere Polizei Formationen auf. Das ist gut. Man muß das Geschwür reifen lassen. Sie wollen den Staat mit Streiks unterwühlen und sturmreif machen. Sie wollen sich auf unsere Stühle setzen. Die Masse der ruhigen Arbeiter wird nicht mitmachen. Die Aufrührer, wenn

sie kommen, schlagen wir nieder und schaffen dann ein für allemal Ruhe im Haus.»
Man zog heran, was helfen konnte, organisierte die öffentliche Meinung, zeigte die Güter der Vergangenheit, rief zur Einheit auf, die Stunde der Gefahr nahe. Haufen junger Patrioten machten sich selbständig und taten sich geheim zusammen. Was sie wollten, war nicht klar. Sie wollten im entscheidenden Augenblick da sein und das Vaterland retten. Sie nannten sich Schutzwehren und traten bald gegen die Formationen auf, die sich unabhängig von den Parteien und Gewerkschaften und von diesen mit einer gewissen Unruhe betrachtet drüben gebildet hatten.
Da erlebte Karl etwas, was ihn nicht mehr überraschte. Sein Verband legte ihm nahe, von dem Posten als Schatzmeister zurückzutreten. Der Verband wollte ihn nicht desavouieren, erklärte aber, dem Druck einer Anzahl kleiner und mittlerer Mitglieder nachgeben zu müssen. Karl sagte sich, den Brief in der Hand: Die Spießer wollen ernten, was andere gesät haben, wollen neutral bleiben. Sie sind und bleiben feige Ofenhocker. Sie sind bestimmt, unter die Räder zu kommen.
Zum erstenmal bemerkte Karl, daß er sich von seiner Klasse entfernt hatte. Zu weit vorgewagt.

Seine Demission hatte üble Folgen. Zunächst mußte Karl die Verbandsgelder zurückgeben, was mit einiger Unbequemlichkeit gelang. Und dann galt man drüben, bei den Männern seines jetzigen Umgangs, jetzt nicht mehr so viel, es stand nicht mehr genug Macht hinter einem, Karl merkte es mit einiger Bitterkeit, und zum Ausgleich mußte er tiefer in seinen Geldbeutel greifen. Außer seinem Prokuristen ließ er damals niemanden wissen, welche enormen Summen er an die ‚Sache' setzte. Es war nicht mehr bloß ein ‚Spiel', vielleicht hatte es einige Züge der Leidenschaft davon, es war schon mehr: Karl baute, nach seiner Schlappe in der Ehe, diese Burg, die Ersatzburg aus.
Als die Zeitungen seinen Rücktritt vom Verbandsvorsitz mitteilten, eine Nachricht, die ‚versöhnlich' wirken mußte, wie man

schrieb, rief ihn Erich in der Frühe an, aber Karl hatte nach dieser Nachricht selbst vor, zu Erich, ‚meinem angeborenen Doktor', zu gehen. Es war das neue Jahr, die nasse neblige Witterung des Februars, Erich ging fröstelnd und schnaubend in seinem Laboratorium hin und her, Karl kauerte in Hut und Mantel auf einem Drehsessel an dem kleinen elektrischen Ofen in der Ecke. Erich hielt die Notizen für einen schweren Schlag gegen Karl, er war betroffen, Karl ruhig, ja sanft. Karl meinte, der Schritt sei nötig geworden: «Es war eine unklare Situation, mir ist sie klar: was ich tue, tue ich auf eigene Rechnung und Verantwortung, ohne meine Konkurrenten.» Er ließ es nicht zu einer Erörterung dieser Sache kommen: «Ich bin froh, einmal in Ruhe bei dir zu sein. Schade, daß es hier so kühl ist.» Darauf nötigte ihn Erich in sein kleines, Karl wohlbekanntes Wohnzimmer. Einen heißen Punsch brachte der Apothekerbruder bald zur Welt.

Und Karl, nun ohne Hut und Mantel, abgespanntes tiefblasses Gesicht, begann sofort mit einem merkwürdig bitteren Lächeln um die Mundwinkel von Julie zu sprechen. Sie sei, wie Erich gewiß schon von der Mutter gehört habe, verreist, ins Bad. Aber man könne es wohl nicht verheimlichen, sie kommt wahrscheinlich nicht als meine Frau zurück. Das war sonst ein richtiges Kapitel für Erich. Jetzt, und nach der politischen Ärgerlichkeit, war er beängstigt. Als er Karl, der sich völlig zur Verfügung stellte, ausfragte, ergab sich der unheimliche und ihm wohlbekannte Befund, daß die Ehe ohne Grund zusammengebrochen war. Karl hatte nichts verbrochen, Julie nichts; kein Streit, ein friedlich freundliches Zusammenleben war, schien es, wie eine Kerze verdämmert. Erich schwatzte hilflos einiges, um sich zu beruhigen, als er dieses Leiden bei seinem Bruder, seinem geliebten Bruder, seinem Helfer, Führer, Vater festgestellt hatte. Ach, wenn er doch nicht Karl anzusehen brauchte. Wie es ihn schmerzte. Der Dicke lief in die Apotheke, schluckte eine Beruhigungsperle, dann konnte er sich besinnen, ließ sich die kalte Luft vor seiner Ladentür eine Minute ins Gesicht blasen. Er setzte sich dem Bruder gegenüber, der friedlich seinen Punsch trank [es zerriß Erich beim

Eintreten das Herz, als er ihn da sitzen sah, er mußte sich zusammennehmen, so war er betroffen, er wußte nicht wovon].
Auf dem Stuhl gegenüber Karl lächelte er: «Aber Mann Gottes, in Frauensachen bin ich ja kein Anfänger. Da gibt es für dich etwas sehr Einfaches: entweder du bleibst so wie du bist, also unverheiratet, oder du heiratest.» «Ja, ich bin doch verheiratet.» «Noch. Aber man kann sich scheiden lassen.» Karl murmelte über seinem Glas: «Das ist unmöglich.» «Es gibt Männer, die können nicht ohne Ehe leben, sie wollen herrschen oder beherrscht sein, dazu brauchen sie die Autorität der Ehe, dann haben sie ihren regelmäßigen Krach oder ihre Ordnung. Du gehörst zu ihnen, Karl, du hast uns schon zu Hause bevatern müssen, man kann sich dich nicht ohne die Toga der Ehe vorstellen. Also fix, Karl, ich besorg dir einen Anwalt, falls du deinen dazu lieber nicht willst, und wir suchen für dich eine Neue, Bessere, eine Zuverlässigere, die mehr ausdauert.» In Karl zog es sich zusammen: «Unmöglich.» «Du liebst sie? Ich kenne sie wenig.» Karl zuckte die Achsel: «Ich weiß nicht.»
Erich sah ihn an, er wollte es nochmal hören, das war die schlimmste aller Antworten: «Du wirst doch wissen, ob du sie liebst?» «Manchmal hab ich Lust, sie totzuschlagen, manchmal ist mir zum Weinen, daß ich sie neben mir habe. Manchmal...» «Manchmal?» Karl sprach sehr leise mit zusammengezogenen Augenbrauen. «Immer ist es mir unmöglich zu denken, daß ich sie nicht habe. Seit sie weg ist, doppelt unmöglich.» «Du bist eifersüchtig?» «Auf wen? Ändert das übrigens etwas, ob ich Grund zur Eifersucht habe?» Und Karl duckte sich in sich hinein: «Eins ist sicher, Erich: unerträglich ist mir, zu denken, daß sie ohne mich lebt. Es ist niederschmetternd für mich. Verflucht, daß ich das nicht von mir abwälzen kann. Daß ich das wehrlos ertragen muß.» «Aber denk doch, sie ist ein Mensch. Wenn es mit euch nicht geht, muß man doch auseinander.» «Sag du das nicht auch, Erich. Es ist ein Unsinn. Keiner von uns ist ein Mensch. Ich bin, was ich bin, durch Geburt, durch unser Schicksal, ich habe Vater ersetzen müssen, mich hat keiner gefragt, wir haben alle unsern

Weg und den müssen wir weitergehen. Sie schreit nach ‚Freiheit'. Vielleicht war ich ihr nicht hitzig genug. Aber ich habe ihr Sicherheit gegeben, ihr und den Kindern, sie hat mit mir gelebt, ich habe die Ehe nicht zerstört, sie zerstört sie. Sie kennt die Welt nicht, ich hoffe das, sonst würde sie das, was wir miteinander hatten, achten, es nicht so beschmutzen, mit den Füßen drauf trampeln, und wenn es tausendmal nicht nach ihrem Geschmack wäre.»

Der Dicke saß in seiner Haltung, die beiden Hände angehoben, die zitternden Finger betrachtend. Er sagte trauervoll: «Oh, schwere Sache. Man sollte Ehen nicht mehr haben. Was ist mit uns, Karl? Vater ist früh weggegangen, ich kann mich nicht auf ihn besinnen, Mariechen ist weg, ich bin ein Bündel von Schwächen, jetzt kommst du, unser Stolz. Mutter ist noch die einzige, die standhält.»

Sie saßen eine Weile stumm. Erich fing wieder an: «Wie geht es in der Fabrik? Du mußt etwas anderes anfangen. Das hilft. Was ganz neu ist. Julie muß weg, mit Gewalt, durchaus, sie muß weg von dir, und dann weiter, Karl.» «Was dann?» «Entsetzlich, was dann, es gibt Milliarden Menschen, du bist nicht mit der Julie zur Welt gekommen, Karl, soll ich dir was sagen, aber mißversteh mich nicht: komm öfter zu mir und hör dir ein paar von den Leuten an, sprich mit ihnen. Es geht ihnen allen tausendmal besser als uns! Sie sind arme Leute, sagen sie, und erzählen furchtbaren Unsinn, ich versteh es nicht recht, aber wieviel reicher sind sie als wir. Sie wollen uns zum Teufel jagen, und ich hoffe, daß es ihnen glückt. Sieh sie dir an. Sie haben etwas, sie glauben etwas, sie stehen sich bei. Mich hat schon erschüttert, Karl, daß sie alle Du zueinander sagen. An mich haben sie sich nicht damit herangewagt, aber jetzt ist das Eis gebrochen.»

Karl lächelte ihn an: «Ich kenne doch Arbeiter. Und ich kenne das doch sehr gut von früher.»

«Und warum willst du es nicht wieder kennen lernen? Du mußt, siehst du, doch aus dem allen heraus. Du wirst sehen: mit Julie gibt es nur die Scheidung.»

Karl stand auf. Er war weiß im Gesicht: «Nein!» Er schrie. «Sag das nicht noch mal, Erich.»
Erich erschrak. Was ist das. Karl ging in das Laboratorium, nahm Hut und Mantel, umarmte den Bruder: «Lieber Junge, du verstehst etwas von Kräutern, Menschen sind noch etwas anderes.»
«Aber du kommst bald wieder?»

DIE ENTHÜLLUNG

ERICH alarmierte die Mutter. Sie war am Nachmittag bei ihm. Sie hatte Karl am Vormittag zu Hause und in der Fabrik gesucht, nach der Zeitungsnotiz, aber er war nicht aufzutreiben. Der Dicke ließ sich von der Mutter nicht auf die politischen Klagen führen. «Was tut Julie, Mutter? Wo ist sie?» «Warum? Warum wirklich?» «Ich bitte dich, festzustellen, ob sie ihn schon hier betrogen hat.» «Warum?» «Wegen nichts und wieder nichts verläßt eine Frau ihren Mann nicht. Sie betrügt ihn.» «Das Wort ‚betrügen' in deinem Mund, Erich! Das ist neu. Warum so böse?» «Weil es sich um meinen Bruder handelt. Um Ihren ältesten Sohn, gnädige Frau.» «Ich habe nie etwas gehört. Jetzt ist sie verreist.» «Mit wem?» «Pfui.» «Mit wem? Das Weib ist nicht allein gefahren.» «Wie redest du von Julie?» «Das Weib zerstört uns alle. Ich setze mich zur Wehr. Ich weiß, was wir Karl schuldig sind. Du doch auch.» «Laß das bitte, Erich. Und rede nicht so von Julie. Sie ist krank. Sie war immer eine zarte Person. Karl weiß es selbst. Er hätte nicht so streng zu ihr sein sollen.» «Da kommst du heraus. Du verteidigst sie.» «Ach was. Mein Sohn Karl ist ein guter Mann und der beste Ehemann. Aber er hat den Kopf mit tausend Dingen voll, und dabei entgeht ihm solch Frauchen.» «Rührend, Mutter.» «Sie ist ein Kind, man muß es hätscheln.» Erich ging qualmend hin und her: «Du nimmst offen Partei für sie. Er soll sich scheiden lassen.» Sie stand auf: «Du bist wahnsinnig. Hast du ihm das gesagt?» «Er will nicht. Er soll aber. Die

Schlechtigkeit des Weibes muß ihm bewiesen werden.» «Erich, du bist wie ausgetauscht.» «Meinetwegen ihre angeborene, unbewußte, unwillkürliche Schlechtigkeit. Ich kenne so was. Ich werde ihm mit Beweisen kommen.» «Beweise. Was macht er sich aus Beweisen.» Erich zog verblüfft die Pfeife aus dem Mund: «Wie kommst du darauf? Das hat er auch gesagt.» Sie lächelte: «Ein bißchen kenne ich meinen Sohn Karl doch auch.» Erich war unsicher: «Also es bleibt dabei.» Die Mutter lächelte.

Erich nahm sich spätnachmittags das Kursbuch vor, da er nicht zur Ruhe kommen konnte. Er hatte festgestellt, wo Julie sich aufhielt [er spekulierte, sie wird nicht da sein], und hatte sich ein möglichst vernünftiges, ernstes Fräulein als Begleitung herbestellt. Sie wollten die Detektive hinter Julie spielen. Das Fräulein war eine Apothekerstudentin, die bei ihm etwas gelernt hatte, er hatte sie aber woanders untergebracht, denn sie war viel zu gut dazu, um bei ihm bloß Apotheker zu lernen, andererseits konnte man bei ihm überhaupt schlecht lernen, weil die Apotheke klein und seine Ausdauer minimal war.

«Ach, wie schön», sagten sie beide im Schlafwagen, «könnte doch das Leben zwischen allen, Mann und Frau sein, wenn sie sich so vernünftig verhielten wie wir beide hier im Schlafwagen, Erich und Ilse, Ilse und Erich. Wie wohltuend ist es, wenn man sich umarmt. Es sind keine Konflikte möglich.» Und sie sahen, während der Zug pfeilschnell fuhr und sanft und regelmäßig unter ihnen federte, weit um sich verstreut im Dunkel der Nacht zahllose Männer und Frauen liegen und sich umarmen, Millionen Menschen, eine einzige Besänftigung, Lösung aller Fragen. Und der Wolf ruht beim Schaf, der Fuchs schläft neben dem Hasen, der Löwe neben dem Rind.

Der berühmte Gebirgsort mit seinen heißen Quellen war völlig in Schnee versenkt. Die meisten Hotels waren geschlossen, ein einziges großes hatte geöffnet, mehrere mittlere und ganz kleine Touristengasthöfe. Erich mußte in ein mittleres Hotel, in dem großen wohnte Julie und von heute ab Ilse.

Das war nun eine entzückende, stille, einsame Frau, die ihr in dem Hotel als Julie gezeigt wurde. Wirklich, sie verhält sich eher wie eine Witwe als wie eine Frau, die auf Abenteuer aus ist. Der Portier, mit dem Erich ein langes Gespräch in einer Bar hatte, berichtete, daß die Dame völlig allein angekommen sei, völlig für sich lebe. Nur erhalte sie täglich einen Telefonanruf aus der Großstadt, und bisweilen warte sie eine Stunde darauf, aber er komme pünktlich Abend um Abend. Eine Männerstimme, ja. Das konnte auch ihr Vater sein. Briefe hätte sie nur zweimal erhalten, der Portier erinnerte sich zufällig noch, es war aufgedruckt eine pompöse Architektenfirma. Das war nun sicher der Vater.

Was Ilse brachte, war ergiebiger. Sie schwärmte von dem süßen Frauchen, das wirklich morgens in aller Frühe ins heiße Bad steige, sie käme gleich hinter ihr dran; da im Warteraum in aller Frühe hätten sie, jede in Pyjama und Bademantel und Pantoffeln, Bekanntschaft geschlossen, aber es sei, jedenfalls seitens Ilses, jetzt schon viel mehr als Bekanntschaft. «Es ist ein Erlebnis. Sie ist himmlisch, Erich. Und ich habe auch ein Telefongespräch belauscht. Er heißt José. Ach, liebt sie ihn! Sie küßt nachher den Hörer.» «Sie ist eine Ehebrecherin.» «Lächerlich. Du müßtest sie weinen sehen.»

Um sicher zu sein, belauschte Erich – Ilse arrangierte es – in dem großen Hotel noch ein Telefongespräch Juliens, es waren zwei Telefonzellen nebeneinander. Ilse holte ihn heraus, er schwitzte, die Tränen standen ihm in den Augen: «Es ist eine Schande. Ich weiß nicht, was mein Bruder angerichtet hat. Aber wir wollen heute weg. Ich opfere hier meiner Familie meine körperliche und seelische Gesundheit.» Sie fuhren mit dem Schlitten zu dem tiefgelegenen Bahnhof hinunter. «Dein Bruder ist ein trockener Geschäftsmann, jetzt ist er in die Ecke gedrängt von ihr und in seiner Eitelkeit gekränkt.» Sie tröstete Erich nicht.

Die Brüder sprachen sich am Vormittag der Ankunft Erichs. Erich wagte etwas: «Ist es dir unangenehm, wenn ich dich einiges frage?» «Mir ist nichts lieber. Ich komme ja selbst nicht von der Stelle.» Er lächelte fade, trübe zur Seite. Erichs Erregung stieg. «Höre, soviel ich weiß, Karl, ist Julie ein gut erzogener, empfindlicher Mensch, der bestimmt nichts Böses tut.» «Trotzdem verläßt sie mich.» «Dann hast du ihr etwas getan.» «Nichts.» «Hast du sie wirklich lieb gehabt, Karl? Verzeih mir.» «Wir waren doch verheiratet. Zwölf Jahre. Zwei Kinder.» «Hast du sie lieb gehabt?» Karl saß ihm gegenüber auf dem Sofa, er hob die Hände, seine Lippen zitterten: «Quäl mich nicht.» «Du hast sie – also lieb gehabt?» Karl ballte die Fäuste: «Du willst die Schuld auf mich schieben. Tu's nicht. Ich weiß nicht. Ich bin zu ihr gewesen, wie ich's konnte. Sie war meine Frau und hat mich verlassen, sie soll wiederkommen, es ist nichts geschehen.» «Sie kann nicht. Sie wird nicht wollen.» «Ich hab ihr nichts getan. Ich hab ihr alles gegeben, was ich hatte. Sie kann mich nicht büßen lassen, daß ich bin, wie ich bin.» «Warum bist du nur so, Karl? Du bist doch zu mir gut, du warst doch zu Marie gut.» In unregelmäßigem Rhythmus zitterten die Fäuste Karls auf dem Tisch: «Ich bin nicht schuld dran. Ich bin, wie ich bin. Man hat mich so werden lassen. Ich weiß selbst, daß ich versage. Aber man kann es mich doch nicht entgelten lassen, nachdem ich doch mein Leben hinwerfe, so wie es ist, schlecht wie es ist; ich kann nicht dafür, daß es so ist, schlecht ist es, ich weiß es selbst, ich habe mir aber die Haut abgerissen dafür, man hat mich nicht leben lassen.» «Wer denn, Karl? Warum denn? Reg dich doch nicht so auf. Um Gottes willen.»

Die Fäuste Karls trommelten auf der blanken Tischplatte, was gab es für ein Wirbeln und Drehen in Erichs Ohren. «Hältst du mich für so schlecht, Erich, wo du doch weißt, wie ich zu dir bin? Steh mir lieber bei, wo du es besser gehabt hast. Ihr habt es alle besser gehabt, außer Mariechen, die man hat sterben lassen. Und jetzt laßt ihr mich im Stich und verflucht mich, wegen Julie. Ihr Richter, ihr.» «Ich richte nicht.» Wenn er nur bald aufhört, ich weiß nicht, was hier geschieht. Karl schob den Tisch beiseite, stand auf: «Man soll nicht richten. Man soll sich selber anklagen.» Sein alter unvergänglicher Haß auf die Mutter war wieder da, ob sie recht hatte oder nicht, er haßte sie. «Schlagt mich kaput, ihr habt es immer getan, ich war euer Packesel, verlangt dann, daß ich tanzen soll wie ihr; ich kann es nicht, ich bin darum doch ein Mensch, den man achten soll, wenn ich auch nur euer dummer Karl bin.»

Nein, nein, das war nicht anzusehen, nicht anzuhören, in Erichs Ohren schäumte es, er wollte vor diesem verkrampften bösen Gesicht, sein Bruder, «nein nein» sagen, es wurde aber nur ein gequetschtes langes tönendes «nnn», dann öffnete sich der Ton, und es war ein heller greller markerschütternder Schrei, in den er sich bewußtlos hineinstürzte.

Er glitt unter den Tisch. Man kam aus der Apotheke zu Hilfe. Man trug Erich zu Bett. Als er sich nach zehn Minuten blaß aufrichtete, saß Karl kläglich weinend neben ihm. «Was hab ich getan, Erich? Verzeih mir.»

Sie setzten am nächsten Vormittag [graues Schneegestöber draußen] ihr Gespräch fort. Erich, der blaß übernächtig aussah, richtete sich im Bett auf, bat den Bruder um die Flasche Kölnischwasser, die auf dem Tisch stand: «Woher hab ich nur diese merkwürdige Schwäche? Und diesen ganzen jämmerlichen Körper? Ich bin ein Spiel von jedem Hauch der Luft.»

Und da fing Karl an, ihm von früher zu erzählen. Erich schaltete einiges ein. Die Erzählung wurde breiter und breiter. Karl erzählte von Onkels Fabrik, von Onkel und Tante, und wie sie in die Großstadt kamen. Er erzählte von der Familie und ihrer großen Armut nach Vaters Tod. Er erzählte von Vater, den er geliebt habe, aber Vater habe ja niemanden gesehen. Vorsichtig sprach er von der Selbstmordnacht, er fürchtete einen Ausbruch bei Erich, aber der horchte gespannt, mit inniger Teilnahme, zu. Dann wurde Karl gezwungen, mehr von sich zu sprechen. Sonderbar, sonderbar, wie anders alles war, was er erzählte, als wie er es im Innern trug. Die Dämmerung nahm zu, es wurde dunkel, von draußen fiel das helle Laternenlicht in das Zimmer, Karl saß noch immer auf dem Bett Erichs und erzählte. Es war alles, was er sagte, grau und klar, ein Gewebe, so deutlich und so fest geknüpft, darin steckten und lebten sie. Einmal unterbrach Erich Karl. Es war, als Karl von dem Schicksal seiner damaligen Freunde erzählte, mit denen er nicht bleiben durfte, wie er an ihnen gehangen hatte, es sei ihm nichts im Leben begegnet, was so schön und wahr – und [er schluchzte beinah] so edel gewesen wäre wie seine Freundschaft mit Paul und den andern, aber wie weit liegt das zurück. Oft sage er sich, wenn es ihm einfiele, es seien Jugendeseleien, dann... Erich äußerte nachdenklich: «Sie hat dich gezwungen, und es wurde dir furchtbar schwer, ich verstehe schon. Sie hat es barbarisch einfach gemacht. Aber wenn du damals in so gefährliche Gesellschaft geraten bist, hat dir die Mutter doch das Leben gerettet. Rückblickend mußt du es doch sagen.»

Es war das einzige Mal, wo Karl bei dem langen langen Gespräch seine Stimme hob: «Nein. Nichts hat sie getan für mich. Sie hat es mir auch gesagt. Dann hätte sie mich zugrunde gehen lassen sollen. Es wäre meine Schuld gewesen, ich war kein Kind mehr. So – so hat sie mir – die Liebe aus dem Leib gerissen. Für mein ganzes Leben.» Erich legte den Kopf ins Kissen, ah, Julie hatte recht.

Und langsam enthüllte sich Erich ein Geheimnis, hinter das er nie gekommen war: die Familie. Er war mit Ilse gefahren, und sie hatten sich alles so einfach vorgestellt und kamen sich klug dabei vor: die Millionen glücklicher Männer und Millionen glücklicher Frauen lagen ausgesät um ihn. Sie hatten sich an dem entlegenen Wort gelabt: daß die Männer und die Frauen sich nicht wohl fühlten, weil sie eigentlich eins waren. Es gab, so schien es, ja gar keine Männer und Frauen! Es gab nur Familien. Sie wuchsen in Familien auf, sie lebten und kämpften in Familien, sie wurden geformt in Familien. Welche stumme ungeheure pressende Macht, die Familie! Lautlos wirkend, unheimlich geheimnisvoll am hellen Tag. «Ich verstehe die korrekten Männer nicht», hatte Erich im Schlafwagen zu Ilse gesagt, «sie haben so merkwürdige Vorstellungen von der Ehe.» Jetzt dämmerte es ihm. Ja, auch über sich wurde er klarer. Karl war gekommen, um die Klage, die lange fällige, gegen die Mutter endlich anzubringen. Siehe, es war zu etwas anderem gekommen. Je breiter er seine Geschichte ausführte, füllte, hinzufügte, je wahrer sie wurde, je lebendiger alles hervortrat, um so deutlicher wurde es: die Mutter war keine Schuldige. Der Kläger selber zog seine Klage zurück. Er erlebte, heimlich staunend, wozu sie sich verwandelte: ja, Familie, die Familie. Aber die Frage rüttelte an ihm wie an Erich: Mußte es so sein?

Erich schob sich im Pyjama aus dem Bett, warf seinen Bademantel um sich, ging in Pantoffeln zum Schalter, machte Licht. Auf dem Sofa saßen sie noch eine halbe Stunde nebeneinander. Erich fand keine Worte.

ABSAGE AN DIE HERREN

KARL konnte nicht leugnen, daß ihm nach dem langen Gespräch bei Erich wohler war. Er wartete nicht mehr auf einen Brief, ein Telegramm, einen Anruf von Julie. Er ging mit größerer Ruhe durch seine Wohnung, er konnte mit den Kindern spielen, die Kinder aus der Ehe mit ihr, aber was wußten sie, ein dunkles Kapitel.

Als er eines Morgens in der Fabrik erschien, wartete der Herr Major auf ihn. Das Gespräch, in Karls Büro geführt, schleppte sich hin, da der Major viel Politisches und Gesellschaftliches Revue passieren ließ. Karl war geduldig und ließ ihn kramen. Endlich rückte der Gast damit heraus, daß er in Schwierigkeiten geraten sei und Geld mobilisieren müsse, er log eine unklare Geschichte vor; Karl wußte, die Kündigung seines Schatzmeisterpostens hatte seinen Kredit auch hier erschüttert. Er zeigte sich kalt und ruhig, fragte nach dem Datum, für welches der Major den Betrag benötigte, und verabschiedete den Herrn aufs höflichste.

Er hatte das Geld nicht ins Ausland geschoben, es lief auf seinem

Konto. Der Betrag war enorm. Das Datum ließ sich vier, sechs Wochen hinausschieben, kaum länger. [Warum aber hatte er das Geld nicht wie verabredet an eine Auslandbank weitergegeben, was ihm bei seinen Auslandbeziehungen leicht gefallen wäre? Das Geld war liegen geblieben, eine vergessene Sache, aber er hatte es nicht vergessen, sowenig der Major es vergessen hatte, obwohl er nicht gern daran dachte. Das Geld war gut, in vieler Hinsicht, auch um sich damit an dem Baron zu rächen, daß er den Boden unter ihm erschüttert hatte, nach Julien er.]
Karl saß mit seinem Prokuristen vor den Büchern. Kalt überlief es ihn: auch die Zahlung an die Tante war fällig. Als er auf die Bank fuhr, sprach er allgemein über Kredite, man hielt sich reserviert, seine Ausschiffung aus dem Verband hatte nicht gut gewirkt; man wußte hier bereits, daß er bei dem nächsten Regierungsauftrag nicht beteiligt würde, es war außerdem fraglich, ob die Regierung den bisherigen Arbeitsplan innehalten würde, jedenfalls war die Bank zur Vorsicht genötigt. Von dem großen Betrag des Majors konnte er nicht sprechen. Darauf ließ er dem Major sofort die Hälfte des schuldigen Betrags überweisen, mit einer brieflichen Erklärung: da sich die Bankoperationen im Ausland nicht prompt abwickeln, wolle er dem Major jedenfalls selbst zur Verfügung sein. Es war ihm ein Vergnügen, als der alte Herr hocherregt nach drei Tagen auch in seiner Wohnung erschien: er möchte um Himmelswillen nicht das Wort ‚Ausland' schriftlich oder mündlich gebrauchen. Karl hatte den Brief gedankenlos geschrieben, er bat um Entschuldigung. Er dachte froh: Das ist ein Wink, man will mich drosseln, in die Enge treiben. Das wird nicht einfach sein. Mit Betrügern werde ich kalt umgehn.

Es war in letzter Zeit ein verdammtes Ding für Karl, das Pläneschmieden in seiner Wohnung zusammen mit den entschlossenen Männern. Er spürte etwas Besonderes, Herausforderndes in diesen Gesichtern der Männer, die ihn besuchten, in ihren Stimmen. Etwas Fernes klang in ihm an. Eine Kulisse schob sich zurück. Sie

waren eine andere Schicht Menschen, eine, die er schon kannte, eine, die er schon erlitten hatte. Sie hatten Gesichter wie er, aber sie sahen furchterregend aus. Ihre Stimmen klangen grausam. Er dachte: Mutter hatte nicht unrecht, als sie mich neulich vor ihnen warnte. Sie sind etwas anderes als wir.
Er biß die Zähne zusammen. Er gab Geld für ihre gemeinsame große Aufgabe, unterhandelte in alter Weise mit ihnen, ohne seinen Worten zu glauben.

Wie ein Baum im Herbst, den die Kälte anfällt, anfängt sich zu verfärben, zu trocknen, Blatt um Blatt abzuwerfen, tote Blätter, er streut sie von sich, der Wind wirbelt sie, der Fußgänger tritt sie in die Erde, so hatte das Land Geschäfte, Fabriken, ganze Industrien von sich abgeworfen und ließ sie zugrunde gehen. Ganze starke Äste brachen und folgten den verwesten Blättern auf den Boden. Nun spalteten sich auch Wurzeln, das Wasser wollte nicht mehr hochsteigen, es stockte im Innern des Baumes.
Der Verfallstermin einer Zahlung an die Tante näherte sich. Woher nehmen? Unter dieser Presse lag Karl seit dem Tage, wo er um sein Ansehen bei Julie gekämpft hatte. Die Tante lebte noch. Was würde es auch ausmachen, wenn sie nicht lebte, sie hätte Erben [merkwürdige Einfälle hat man, wenn man bedroht ist, man denkt sogar an Töten]. Er fing Unterhandlungen mit ihrem Anwalt an, der wußte, daß Karl Prozesse um Prozesse mit säumigen Zahlern führte, daß die Konkurse regneten. Karl wand sich. Noch bin ich nicht verloren. Der Betrag, unter schwerer Demütigung vor der Bank, ging ab. Es war zum Erliegen. Als hätte man sich ein Stück Fleisch vom lebendigen Körper abgeschnitten. Als Karl nach Verlassen der Bank aufatmend die eisige Straße betrat, auf der es von Bettlern wimmelte [sie haben's gut], und in sein Auto stieg [noch fahre ich, bin Alleinherrscher in der Fabrik], lächelte er lahm vor sich, Julie kommt mich teuer zu stehen. Bald werde ich der König sein, der seinen Degen dem andern hoch zu Roß hinaufträgt.
Vor Karl dehnten sich wie ein Morast die Liquidationen und

Zahlungseinstellungen aus. In seinen Rücken schlugen die Schulden und stießen ihn. Die Schulden begannen sich so über ihn zu erheben, wie sie sich einmal über seine Mutter erhoben hatten, als sie in die Stadt kamen. [Karl fielen, wie er bedrängt alles überdachte, die fernen alten Dinge ein. Wohin werde ich gehen, wenn man mich vertreibt? Jetzt werde ich nicht mehr auf die Märkte gehen, Fleisch und Gemüse tragen, schöne Zeit, wo man noch Hoffnungen hatte. Für mich wird kein Kind arbeiten.]
Als der Major mehrmals vergeblich bei Karl angerufen hatte und brieflich eine Auskunft über die ‚schwebende Angelegenheit' erbeten hatte, zeigte er sich, bedroht von seiner Frau, in Karls Büro. Es war Tauwetter, Karl, aufgeräumt, hatte einen ergiebigen Fußgang hinter sich, seine Parole war: Laufen, schade, daß jetzt keine Jagd ist, Nachdenken nutzt nichts. Breitschultrig und groß stand er vor dem stämmigen, ebenso langen Major, dem er aus dem Mantel geholfen hatte. Karl war entschlossen, ihn niederzuschmettern.
Der alte Herr schimpfte auf das Wetter, Karl lobte es. Dann steckte man sich Zigarren an, setzte sich und kam zum Thema. Dem Major war es von vornherein unheimlich, weil Karl seine Briefe und Anrufe mit keiner Entschuldigung bedachte, auch setzte sich Karl mit einer ärgerlichen, herausfordernden Jovialität; Teufel, ich bin doch hier kein Bittsteller. Karl klingelte nach der Sekretärin, flüsterte ihr etwas zu, sie brachte augenblicklich einige schon vorbereitete Papiere: «Dies, Herr Major, damit Sie nicht glauben, man tut bei uns nichts. Ich habe mir sagen lassen, daß Sie anriefen, und Sie schrieben ja auch. Nun ist der Termin der Abrechnung selbstverständlich noch lange nicht da. Wenn ich verrechne, was ich Ihnen freundschaftlich sofort überwies, werden Sie oder würden Sie voraussichtlich in diesem Jahr und vielleicht im nächsten überhaupt keine Auszahlung mehr erhalten. Das ist bei dem kläglichen Geschäftsgang ohne weiteres klar. Aber ich bin bereit, nach reiflicher Überlegung – wobei ich natürlich die Fabrik nicht gefährden darf, von der hunderte Existenzen abhängen, aber angesichts unserer persönlichen Bezie-

hungen –, mit Ihnen eine Abmachung über nächstes Jahr zu treffen. Dies natürlich nur unter zwei Voraussetzungen, Herr Major: erstens daß Sie überhaupt dann eine Auszahlung wünschen, zweitens daß der Geschäftsgang es erlaubt.»

Dem alten Mann fiel die Mütze von den Knien, Karl sah es und blieb ruhig. Sie blickten sich Aug in Aug. Der Major: «Was machen Sie da?» «Die Kontrolle der Finanzbehörden in den großen Fabriken ist sehr scharf. Begreiflich nach einigen bedauerlichen Vorkommnissen, erfreulicherweise Ausnahmen. Wir müssen jeden Posten ausweisen und belegen, besonders natürlich den Auslandverkehr. Die Auszahlung größerer Summen, die geschäftlich nicht gerechtfertigt wäre, würde unsere Fabrik, an deren Prosperieren Sie ja auch interessiert sind, in Verdacht bringen, daß wir Gelder verschieben.» «Ja, was, was soll das?» Karl stieß ein gutmütiges Lachen aus: «Da sieht man, wenn man mit Laien arbeitet. Also: Sie sind doch Teilhaber meiner oder unserer Fabrik, Herr Major. Oder nicht?» Karl bückte sich seitlich zu seinem Schreibtischschrank hinüber, schloß auf, holte eine amtliche Akte heraus, es war der Notariatsvertrag zwischen ihm und dem Major. Er blätterte darin, während ihn der Major immer anstarrte, las die Paragraphen über die Termine für die Auszahlung der Gewinne vor. Er lachte, mit der Hand auf das Papier schlagend: «Gewinne heutzutage. Ein Märchen aus uralten Zeiten.»

«Um Gottes willen», flüsterte der Major, der sich seine Mütze aufgehoben hatte und an ihr rieb: «Sie können doch das nicht im Ernst sagen. Nach dem, was wir besprochen haben.» Karl schnitt mit aufgehobenem Arm den Satz ab: «Ich bewahre das Geheimnis unserer Unterhaltungen. Sie können absolut sicher sein.» Und er lachte vorgebeugt zum Major hinüber. «Sie können übrigens Gott danken, daß ich durch allerlei Umstände, unter anderm durch die Lässigkeit meines Vertreters draußen, verhindert war, nach Ihrem drolligen Einfall damals zu handeln. Wo wären wir jetzt, Sie auch!» Und er lachte heftig und schnüffelte an seiner Zigarre: «Gutes Kraut, was?»

Der Major atmete, rieb an seiner Mütze, saß. Hilflos brachte er, mit einem armseligen Blick auf Karl, hervor: «Sie sind doch mein Verwandter, der Gatte Juliens.» «Freut mich, daß Sie daran denken. Ich wußte, daß Sie mir dankbar sind.»
Kein Wort hatte der Major mehr. Er konnte aufstehen. Karl erhob sich mit ihm. Der Major stotterte: «Was soll geschehen?» Karl war erstaunt, legte mit besorgter Miene seine Zigarre hin: «Sind Sie in Not?» «Heute nicht. Vielleicht morgen.» «Wer weiß von morgen, mein verehrter Herr Major!»
Der Major wandte sich zur Tür, tonlos: «Auf Wiedersehen.»

DER GEGENANGRIFF

AM nächsten Tag frühmorgens war die Frau Major in Karls Wohnung. Karl zog sie in sein Museum, das er abschloß. Sie schrie nach ihrem Geld. Als sie das Wort Betrüger gebrauchte, fand Karl die Genugtuung, die Adlige, die er kalt zur Tür begleitete, wegen der Falle, die sie und der Major ihm gestellt hätten, zu verwarnen, die Industrie kenne noch ihre Pflicht. Der Major, beschimpft von seiner Frau, niedergebrochen, verzweifelt und rasend, beriet sich mit Freunden, denen er sich offenbarte. Es erwies sich zu seiner Freude, daß sie Verständnis für seine Lage hatten. Der Major stellte es dar, als hätte er den Betrag seinem Verwandten zu irgendeiner sicheren Anlage übergeben, statt dessen hätte er die Summe in seinen eigenen schlecht gehenden Laden gesteckt. «Er hat es gleich darauf angelegt», log der Alte in seiner Angst, «er zwang mich in meiner Ahnungslosigkeit, mit ihm einen Geschäftsvertrag zu machen, wodurch ich, stellen Sie sich vor, ich, Teilhaber von der Fabrik wurde! Natürlich verließ ich mich auf sein Ehrenwort.» «Also Ausnützung einer Notlage», erkannten die Freunde, sie standen selbst in ähnlichen Affären. Gar zu sehr wollten sie sich mit der immerhin fatalen Sache nicht einlassen, wer hatte heute nicht Dreck am

Stecken und verhielt sich daher am besten still. Aber auf eine so vertrauliche Bitte mußte man reagieren. Man saß da, ein Ministerialbeamter, ein Offizier und ein Großgrundbesitzer, Verwandter der Frau des Majors, und versprach zu überlegen, was zu machen sei. Das Geld war, das sagten sie dem verzweifelten Major gleich, so und so verloren. Denn wenn Karl sich zu einem solchen Manöver hinreißen läßt, muß es ihm schon sehr jämmerlich gehen. Immerhin kann man auf den hartgesottenen Schuft einen Druck üben. Diesem Pack, den Kaufleuten, steckt nun mal der Betrug im Blut, das Gesindel kann man nur mit dem Staatsanwalt klein kriegen. Dieser Karl, der Schuft, hatte sich an sie herangeschmissen, ein Mann aus der kleinsten Handwerkerfamilie, und das benimmt sich jetzt so. Er sollte nicht im unklaren darüber belassen werden, mit wem er angebändelt hatte.
Rascher als Karl ahnte, kam der Gegenschlag des Majors, den er glaubte niedergeworfen zu haben. Es begann mit unbedeutenden Dingen. Zuerst trug der erschrockene Prokurist Karl Gerüchte von einer nahen Insolvenz ihrer Firma zu, die hatte er von der Konkurrenz gehört, aber jetzt sagte es einer vom andern. Dann flog ihm ein Revolverblatt auf den Tisch des Büros, in dem eine merkwürdige Erzählung von einem kuriosen Betrugsmanöver berichtete, Überschrift: «Wer betrügt wen?» Es war die Geschichte mit dem Major, aufgezogen als Sittenbild aus der heutigen feinen Gesellschaft, der Gegenspieler des ‚reichen Kaufmanns' war ein ‚junger Marineleutnant'.
Um sich mit jemand auszusprechen, rief Karl seinen Bruder ins Büro. Er ließ ihn die Geschichte lesen. Dann gab er Erklärungen. Der Dicke hörte vieles zum ersten Male. Wahrhaftig, in dem vornehmen Villenvorort, wo die Reichen wohnten, wehte eine andere Luft als hier, wo sie arbeiteten. Was war das? Was sagte sein Bruder kalt? Das war doch wirklich Betrug. Bei jedem andern würde er von Niederträchtigkeit sprechen. Dem Dicken war die Verwirrung anzusehen. Karl höhnte: «Junge, du sitzt da draußen friedlich und fidel und verkaufst den Leuten deine Pillen. Glaubst du, das Geld wächst auf dem Baum? Oder wir leben

im Paradiesgarten? Es geht hier mistig zu. Warum es nicht zugeben.» «Hast du dir auch überlegt», Erich stotterte, nie hatte er seinen Bruder in Geldschwierigkeit gekannt, und dieser Anblick, wie die Leute mit einander umsprangen, «daß das gefährliche Leute sind?» «Sie sind mundtot, bevor sie anfangen. Sonst würden sie doch nicht mit solchen Naivitäten kommen. Im Ernstfall, aber das wagen sie nicht, geht man an das Gericht, und dann beginnt ein bitteres Schwören.» Erich staunte: «Seid ihr böse.» Das freute Karl: «Der Major ist mir vor den Wagen geraten, sein Pech, er wird davon nicht krepieren, ich hab ihm doch noch einen guten Batzen hingeworfen. Mit den Zeitungspfuschern werde ich schon fertig, das kostet nicht mehr als ein Butterbrot.» «Und mit dir, Karl, wie soll es mit dir weitergehen?» «Ehrlich gesagt: ich weiß es auch nicht. Ich rechne damit, daß es den andern nicht besser geht. So fest wie meine Konkurrenten und so schlau wie sie bin ich ja auch noch.» Und er stand auf und marschierte mit starken Schritten durch das Büro: «Es ist gut, daß du das einmal siehst, Erich, da merkst du, so schleppen wir uns hin. Jeder rennt, und den Letzten beißen die Hunde. Du müßtest die Banken sehen. Die sind hart und stolz, soweit sie noch leben. Sie möchten uns am steifen Arm verhungern lassen. Kann sein, daß es ihnen gelingt. Sie sollen nur so weitermachen, die Dividendenjäger.» «Um Gotteswillen, ich habe ja keine Ahnung gehabt.» «Immer Ruhe, Junge. Kein Mißverständnis. Die Bude klappert noch, du hörst ja. Wir schränken uns ein. Julie muß aus dem Bad zurück. Für solche Späße habe ich kein Geld mehr. Wenn sie Ehetragödie spielen will, soll sie's auf eigene Kosten. Wir haben neue Aufträge, wir müssen uns, wenn das Inland schlecht ist, ans Ausland halten, hier müssen die Löhne mächtig herunter, ob die Leute wollen oder nicht.» Erich hörte nichts, schüttelte den Kopf, das Revolverblatt in der Hand, flüsterte: «Diese Niedertracht.» Karl marschierte stark weiter, lachte kurz auf: «Recht haben sie. Es ist Krieg. Kommt darauf an, wer durchhält.»

Aber sie hatten drüben starke Karten im Spiel. Die Gerüchte, die über Karls geschäftliche Schwierigkeiten und allerhand unlautere Manipulationen umliefen, waren schon ärgerlich. Aber da gab es noch seine Auslandsgeschäfte. Es waren ihm tatsächlich größere Auslandsabschlüsse gelungen. Was er an Lohnpressung tat, um diese Abschlüsse möglich zu machen, erregte immerhin in der Arbeiterpresse ein Geheul; zu jeder andern Zeit wäre er gnadenlos bestreikt worden, jetzt hatte er Arbeiter an der Hand, die in die sauersten Äpfel bissen, und die Konkurrenz dachte von seinem Vorgehen zu profitieren. Aber wie stand es mit den hartnäckigen Gerüchten von einer Auslandsfiliale, die Karl unbemerkt aufgezogen habe? Hieß es nicht, und die Gerüchte kamen von Karls eigenen Angestellten, die ihrem Scharfmacherchef etwas gönnten, daß er sich eigentlich zu einer Flucht ins Ausland vorbereite, indem er [es ist zu beweisen] mit Hilfe einer Maschinenfabrik draußen große Anlagen einrichte, die Maschineningenieure verhandelten mit ihm über die Pläne, es würden sogar gewisse Spezialmaschinen in der Fabrik abmontiert?

KARL UND DIE KINDER

SPÄTABENDS. Bei Erich füllten die Menschen Wohnzimmer, Bibliothek, Laboratorium, sie hockten in seinem Schlafzimmer. Es waren Männer und Frauen.

Zwischen ihren Schultern trugen sie aufrecht ihre Köpfe. Aber diese Köpfe waren nicht sie, und wer diese Köpfe abmalte, malte nicht sie ab. Unter ihren Hälsen bewegte sich auf den Säulen der Beine der Leib und hatte in sich das Herz, die Lungen, Därme und das Geschlecht, und was oben auf dem Hals saß, war ein Wächter, Späher, Hüter, Sucher. Der Kopf war die Spinne, die wußte, was dieser Leib verlangte, die Spinne begab sich auf die Jagd, drehte ihre Augen, streckte ihre Fühler aus, öffnete die Kieferzangen.

Sie trugen ihren Kopf mit dem Leib ahnungslos und offen mit

sich, und sie konnten es, denn weder der Kopf noch der Leib waren ‚sie'. Denn ‚sie' gab es garnicht. Zu sehen waren Menschen, die offenbarten, woher sie kamen, wohin sie gingen, wer sie schickte. Und ihre Kleider, Worte und Gesten ergänzten es. Wer schickte sie, wer hieß die Spinne ihre Fühler dahin und dorthin strecken? Das Haus, in dem sie geboren waren, die Geschwister, zwischen denen sie gespielt hatten, die Eltern, die sie gestreichelt und die ihnen gezürnt hatten oder denen sie fremd gewesen waren, die Stadt, der Winkel der Stadt, der ihre Häuser getragen hatte. Was sie flüsterten, verschwiegen, begehrten, war – die Geschichte ihrer Eltern, das Dulden, Ringen und Kämpfen ihrer Klasse. Sie sprachen, schwiegen, glaubten zu wissen, warum sie sprachen und schwiegen. Sie glaubten gar, sich, ihre Vergangenheit, Absicht, ihren Namen verbergen zu müssen, Brust und Leib verhüllen zu müssen. Aber es war klar, wessen Geschicke sie erfüllten, mit ihrem schmerz- und lustvollen kurzen Dasein. Jetzt war Krise. Das große Gebirge von Menschen war im Rutschen, hier in das Haus warf das Gebirge Sandbröckel hinein und jedes Körnchen kollerte, rieb sich, stieß, wurde gestoßen, klagte und lachte.

Erich arbeitete, er braute Tee und eine Art Punsch. Er war fröhlich. Karl war erschienen, und zwischen ihnen spannte sich ein neues Band. Als Karl unter der Lampe in der Mitte des Wohnzimmers stand, hörte er rechts und links sprechen. Hatte er nicht ähnliche Worte schon oft gehört, vor wievielen Jahren? Die Mühle klapperte noch. Er horchte hin. Es waren unbekannte und, wie man ihm sagte, verdächtige Leute. Ein angenehmes Gebrodel. Als wenn man ein erfrorenes Gesicht hat und den Kopf über warmen Dampf hält. Lauter Hoffnungen und Wünsche der kleinen Leute. Wahrscheinlich beneideten sie ihn, mochten an seinem Platz sein, verachteten ihn, haßten ihn. Ach, auf den Märkten, den engen Straßen hatte er das zuerst gehört, fernes Glockenläuten, die Märkte waren längst abgerissen, zugebaut, vor einem Asyl für Obdachlose hatte er viel gestanden. Es gab in der Gesellschaft bei Erich durcheinander Leute, denen man

den Arbeiter ansah, und andere mit weicheren bequemeren Gesichtern in besseren Sachen. In einer Gruppe von Arbeitern fluchte man über Partei und Gewerkschaft, die faul seien. Als einer riet, um jeden Preis die Geschlossenheit der Organisation zu wahren, fixierte diesen Redner ein grauhaariger Mann, der schwerhörig mit beiden Händen hinter den Ohrmuscheln stand: «Das hör ich gern, Geschlossenheit der Organisation. Mit der Einigkeit sind wir lange genug gefüttert worden. Bist du davon dick geworden, Kollege? Unsere Leute, wenn sie oben sind, machen's wie die andern. Mit dem Knüppel sollte man dreinschlagen.» Karl zuckte die Achsel, seufzte, hoffnungslose Mühle, eigentlich bedauernswerte Leute.
In der Ecke des Wohnzimmers drehte sich die Unterhaltung um Erziehung. Das Wort ‚Kinderhölle' fiel. Man hatte Untersuchungen in Fürsorgeheimen vorgenommen, schreckliche Zustände, Willkürakte sadistischer Lehrer festgestellt [ich bin an einem Haus vorbeigekommen, in dem wohnten zwei zänkische Familien mit vielen Kindern, eine Mutter stieß ein kleines Kind mit dem Fuß in den Leib]. Es war der Dicke, Erich, der Hausherr, der, auf dem Stuhl neben der Heizung, das Gespräch bei der ‚Familie' festhielt, denn er wollte da vieles, vieles wissen, es war seine große Frage, seit Karl dagewesen war.
Ein buckliger Mann bewegte sich den ganzen Abend nicht aus der Ecke, ein Maler, ein freundlicher älterer Mann, die Hände vorn an seinen Rockaufschlägen. Er meinte: er könne sich aus dem Lärm wegen der Fürsorgezöglinge nichts machen. «Es ist wie mit den Verbrechern, man redet von ihnen zuviel. Ich möchte mal den von uns sehen, der garantieren kann, daß er nicht irgendwann auch mal ein Verbrechen begeht. Den einen trifft's, den andern nicht. Die Starken haben die Justiz und sagen, was recht ist, und die andern begehen dann die Verbrechen. Da sollte man doch offen das Recht des Stärkeren proklamieren, aber das wagen sie wieder nicht. Am schlimmsten sind natürlich Kinder dran. Eltern sind immer stärker. Woher kommen die zehntausend Fürsorgezöglinge? Doch wohl aus den Familien. Da zeigen

die Eltern, was sie sind. Mich haben sie, wie ich klein war, verkrüppeln lassen. Es gibt viele Bucklige, die schämen sich, von ihrem Buckel zu sprechen. Warum? Ich hab ihn mir nicht gemacht. Eine Mutter hatte ich nicht, mein Vater hatte keine Zeit, sich um mich zu kümmern. Er mußte verdienen, und ich bin rumgelaufen, bis es zu spät war.»
«Was soll man also tun?» fragte ein einfaches Fräulein, ein unscheinbares Wesen, das mit dem Blick nach unten dastand. Der Bucklige fuhr fort: «Es liegt nicht daran, daß Vater böse ist oder Mutter böse ist, warum sollen sie eigentlich böse sein. Sie haben's von draußen. Sie sind nicht wie die Schornsteinfeger, die sich abends abbaden können. Immer trägt man den Ruß von draußen ins Haus rein. Soll ich euch erzählen, seit wann ich von meinem Buckel offen spreche? Seit zu mir Jungens gekommen sind, ich bin Zeichenlehrer in einer Fortbildungsschule, und die großen Burschen haben mir von Haus erzählt, und dann sind die Eltern gekommen und haben sich wieder über die Burschen beschwert. Da habe ich gesehen: die haben auch nichts zu lachen, die tragen ihren Buckel an einer anderen Stelle.» Und dann wurde der kleine Mann hitzig, er ließ die Hände von seinen Rockaufschlägen und gestikulierte, seine Stimme bekam den blechern scharfen kehligen Ton der Buckligen: «Es gibt eben in dieser Gesellschaft nur Plünderer und Geplünderte. Sie plündern draußen und plündern drin, die Geplünderten setzen sich zur Wehr, das ist das Familienleben. Die Familie ist die Brutstätte des meisten Unheils, die Pest, die sich in die Wohnstuben versteckt. Was täglich in den Familien gesündigt wird, machen tausend Schulen nicht gut. Aber an der Familie ist nichts zu ändern, denn sie ist Fleisch vom Fleisch dieser Gesellschaft. Es – gibt ja keine Gesellschaft.»
Gott, dachte Karl, da reden ein Buckliger und ein junges Mädchen aufgeregtes Zeug, natürlich leben wir in keiner Welt, wo es die Buckligen und moralischen jungen Mädchen leicht haben. Aber sollten sie etwas von Familie verstehen? Wieder krampfte es sich in ihm zusammen, der Haß auf Julie brannte ihm wie

Säure in der Kehle. Sie verstehen nichts von realer Politik, nichts von einem Geschäft, sind gefühlvolle Dummköpfe, damit gibt sich Erich ab, für die braut er seinen guten Glühwein. Karl sah sich um. Ihm fiel jenes schlanke Fräulein ein. Eigentlich wäre es schön, wenn sie da wäre. Sie kam nicht mehr, er hatte sie verscheucht.

Das Gespräch plätscherte weiter. Plötzlich achtete Karl auf. Man hatte es mit ‚feinen' Familien zu tun. Einer, der mit Kneifer und Spitzbart wie ein Journalist aussah, stellte ‚Erziehungsmethoden bei Reichen' an den Pranger. Karl schien es, als ob der Mann ihn ansah und auf ihn zielte. Der Mann redete kälter über die ‚einfache Sachunkenntnis' der Bürger. «Sie durchdenken», sagte er, «ihre wichtigsten Dinge nicht – den Staat natürlich nicht, sonst würden sie auf allerhand stoßen, was sie mit ihrer Moral in Einklang bringen müßten, und da lassen sie lieber den Finger davon, aber auch ihre Familien, ihre Ehen durchdenken sie nicht. Dafür werden sie an ihrem eigenen Leibe bestraft. Sobald die Herrschaften ihre Fabriken und Büroräume verlassen und sich die Importzigarre ins Gesicht schieben, werden sie wie durch einen Zauber aus den gerissensten Kalkulatoren die blödesten Stumpfböcke. Man sehe sich einmal das Gelumpe an, das man in der Zeit der Großtechnik, der Rationalisierung bürgerliche Familien nennt, – Urväterhausrat, Gerümpel, das man noch nicht mal auf den Boden stellen möchte. Was machen sie mit ihren Kindern? Ein bißchen Vaterliebe, Mutterliebe aus dem Tierreich, jeder Affe auf dem Baum macht's besser; dann beliebiges Personal, das man an der nächsten Ecke aufgabelt, das kein Mensch auf Charakter, Fähigkeit prüft, das nimmt man, setzt es in seine eleganten modernen Stuben mit Dampfheizung, Elektrizität, Fahrstuhl, Telefon, Radio, und jetzt heißt es: Ran an die Kinder, erzieh sie! Wenn es sich in der Fabrik darum handeln würde, zum Schmieren einer Maschine einen beliebigen Mann heranzulassen, dann würden sie mit dem Hammer dreinschlagen. Aber hier sind's ja keine Maschinen, bloß Menschen, Kinder. Da geht's. Warum? Warum machen sie solchen Unsinn, die schlauen Herren? Na, wir wissen's ja. Weil sie überall versagen, wo's sich nicht um Profit handelt. Das ist beschäftigt, ganztägig, bis auf die Verdauungspausen. Der Mann hat sein Büro, Klub, Politik, die gnädige Frau wälzt Eheprobleme. Übrigens», fuhr der spaßige Mann nach einer Lachpause fort, «unter uns gesagt, ist es ganz egal. Sie sollen nur für ihre Profitjagd bezahlen, das sind Geschäftsspesen, und was würde dabei herausspringen, wenn der Herr und seine Dame noch anfingen zu erziehen. Es ist schon gut, wenn er sich sein geehrtes Mundwerk mit der Importe verstopft. Die Jöhren wachsen noch früh genug in seine herrliche Welt hinein.» «Wie kommen wir weiter?» fragte das unscheinbare Fräulein.

Während dieses lästigen Geredes ging Karl mit Erich hinaus und schob sich zwischen kleine Gruppen, die in den beiden Stuben und im Laboratorium ziemlich laut debattiert hatten, sich aber jetzt bei der Annäherung Karls Winke gaben und fast augenblicklich verstummten. Erich lächelte ihnen zu, reichte dem und jenem die Hand, an Karl sah man ostentativ vorbei. Karl war über die Anrempelei dieses Journalisten ergrimmt. Aber das war nicht alles. Wie er hinausging, überfiel ihn ein Schreck: man sprach von Kindern, Kinder hatte er ja auch zu Hause! Was war mit seinen Kindern, eigentlich hatte er nie an sie gedacht, sie sollen wichtig sein. Sofort stieg ihm – unerträglich, peinigend – die Erinnerung an seine Kindheit und Jugend auf, wie er herumlief, und der Vater. Verblüfft dachte er, eine Helligkeit, daß seine Kinder auch so waren wie er, heranwachsende kleine Menschen mit einem Bewußtsein und mit Gefühl. Klein-Julie und Klein-Karl waren Menschen. Und Julie spielte in ihrem Leben [was ist das für ein Leben] die Rolle der ‚Mutter', und er die Rolle des ‚Vaters'! Es war unglaublich. Er hatte allerhand Anweisungen gegeben. Respekt, Sauberkeit, Ordnung. Habe ich was versäumt?

Es drängte ihn nach Hause. Der Schreck, die Entdeckung. Erich ging mit ihm Arm in Arm zur Tür: «Bist du auf Mutter böse? Sie wollte dich besuchen.» Karl war in Eile. Er nahm, als gäbe es sofort etwas einzuholen, ein Auto, scheußlich, wie die Leute eben geflucht haben. In heller Erregung ging er durch seine stillen weiten Räume: Schuld, Schuld, ich hab mich nicht um die Kinder gekümmert! Wie konnte ich sie in die Welt setzen, wie konnte ich, hohl wie ich bin, eine Familie gründen? Und es schob sich, wie er sich auf seinen Platz in der Wohnecke setzte, an ihm vorbei: wie er gleichgiltig war, was waren ihm Frauen, Kinder, was waren ihm Menschen; er kannte nur Käufer und Verkäufer, und so habe ich sie in die Welt gesetzt mit ihr [der Bucklige, diese bösen Mäuler haben schon recht]. Und er preßte das Kinn auf die Brust: mit ihr, ich hatte mich mit ihr zusammenkuppeln lassen, sie hatte Geld, war aus gutem Haus, sie hätten mir auch eine andere zuschieben können, und jetzt sind die Kinder da, was bereitet sich vor. Seine Hand berührte unabsichtlich den Radioknopf, es war eine gewohnte Bewegung; ferne Tanzmusik, schöne ferne Welt, Julie ist weit weg, die Last fällt auf mich. Und wirklich saß er, zur Verblüffung der Kinder und des Fräuleins, früh morgens in ihrem Zimmer, fragte dies und das, sah zu; es war etwas Gequältes in ihm, die Kinder verstanden nicht, das Fräulein wußte nicht, was der Herr wollte. Ach, und wie die Kinder ihn sahen, fragten sie nach der Mutter. Und auch seine Gedanken waren verdunkelt von der Erinnerung an Julie. Wie war es schrecklich: er kam nicht an die Kinder heran! Ich muß erst das mit Julie bereinigen. Ohne sie kann ich es nicht schaffen mit den Kindern. Aber wie mache ich es nur. Es ist alles verloren für die Kinder, für mich. Aber das ist ja nicht möglich! Ich bin am Ende meines Lebens, habe nichts mehr zu erwarten, verpfuscht ist verpfuscht, aber die Kinder! Die Schuld der Väter kann doch nicht heimgesucht werden an den Kindern. Er dachte nicht mehr. Er knirschte nur mit den Zähnen.

In der Nacht aber – hatte er gelegen, und im Schlaf hatte ihn etwas berührt! Denn es gibt Menschen, die schon in früher Kindheit weggerissen werden, andere sterben mitten in ihrer Arbeit, andern aber ist es beschieden durchzuhalten, und wenn sie auch noch so sehr mit sich gespart haben, schließlich müssen sie zahlen, ja wollen zahlen. Es klingt in ihr Ohr eine Frage, und ihre un-

geübte Zunge setzt sich zu einem Lallen in Bewegung. Der allertiefste, freudige, sehnsüchtige Friede hatte im Schlaf über Karl gelegen. Erst als er nach dem Büro schlenderte, erfaßte es ihn wieder. Es war ein Gefühl, das schon kein Gefühl mehr war, sondern ein körperliches Drängen, das Wachsen, Entstehen einer Traumgestalt aus einem Menschen; plastisch löste es sich aus dem Innern ab und belebte ihn am Tage, so daß ihm vorkam, als ob er hinterher ging. Er sah sich auf der Straße um, von wem ihm diese Sehnsucht beschert war, aber da gab es nichts. Sonderbar, dachte er, wie er sich dem roten Fabrikgebäude näherte: nun schlägt das schon in meinen Tag hinein. Er war gebannt von der Erkenntnis: es ist kein Nervenzustand, ich stehe an einem Kreuzweg.
Es waren damals nicht mehr Wochen, sondern Monate, daß Julie fort war. Man hatte einige förmliche Briefe gewechselt, die Mutter Juliens war nach dem Süden gefahren, Julie war ihr an das Meer gefolgt. Ihr Gesundheitszustand, schrieb Julie, hatte sich erheblich gebessert, kein Wort weiter.

JULIE UND DIE KINDER

JOSÉ besuchte Julie in der stillen Schneelandschaft. Er kam im klingelnden Schlitten den Berg heraufgefahren, auf der Terrasse sah er sich um, nur eine einzelne Dame stand da, die sich jetzt auf ihn zu bewegte, aber das war nicht Julie. Sie trug wie eine Bäuerin dieser Gegend ein schweres tiefblaues Tuch mit gelben und roten Arabesken, es bedeckte ihren Kopf und fiel bis zur Kniehöhe herab. Gebräunt und frisch sah sie den Besucher an, der stutzte, sie reichte ihm die Hand, ja, das war Julie, die lächelte und ihn ohne Erregung begrüßte. Er küßte verwirrt ihre Finger. Sie sagte, als hätte sie ihn gestern gesehen und erwarte ihn zu einer Skitour: «Du hast dir ein Wetter ausgesucht, José!» Er, neben ihr in das Hotel schreitend: «Ja, ich staune. Unten ist ein einziger

Matsch. Man ist hier wie in einer andern Welt.» «Das wirst du wirklich erleben. Du hast doch gut geschlafen im Zug?» «Es geht, Julie. Mir bekommt das Eisenbahnfahren nicht gerade glänzend.» Man riß die Hoteltür vor ihnen auf, der Empfangschef dienerte, Julie stellte vor, und dann lächelte sie wieder unter ihrem mächtigen Tuch, in dem ihr Figürchen verschwand: «Der Herr wird also gleich schlafen gehen. Wir sehen uns doch bei Tisch?» Er machte eine stumme Verbeugung. Sie nickte gegen den Empfangschef und ihn, und leichtfüßig hinaus auf die Terrasse, wo er sie beim Einschreiben in das Gästebuch in ihrem blauen Tuch sich bewegen sah.

Fassungslos stand er in dem bequemen, warmen Zimmer am Tisch, als der Zimmerdiener ihn verlassen hatte. Was war geschehen? Gestern hatte er nicht wie sonst angerufen, es war nicht mehr möglich, aber er hatte ein langes Telegramm geschickt, sie mußte es erhalten haben, sie erwartete ihn ja zur richtigen Zeit. Sie sah wohl aus, von einer geradezu fremden Gesundheit. Hatte er etwas verfehlt? Was? Es war bis vorgestern alles gut, sie hatte innig in den Apparat ein kleines Lied der Bauern hineingesungen, er mußte sich entzückt seinen Sessel herbeiziehen, er hatte sie nie singen hören. Jetzt...

Er hielt es keine Stunde im Zimmer aus. Er machte sich fertig, im Touristenanzug stürmte er herunter, sie konnte sagen, was sie wollte. Da saß sie – allein, dicht an der Treppe – in der kleinen Empfangshalle, ein Buch auf ihrem Schoß. Er setzte sich an die andere Seite des Tischchens, sie begleitete mit den Blicken jede seiner Bewegungen. «Ich sitze hier, José, und bewache und hüte deinen Schlaf, hast du's bemerkt?» Endlich. Seine Schultern wurden schlaff. Er schob unsicher seine Hand unter den Tisch, sie sah sie kommen und fuhr leicht über sie: «Aber mein Wachen scheint nicht gewirkt zu haben.» Es war doch Julie.

Nachmittags fuhr sie im Schlitten mit ihm abwärts bis dicht oberhalb des Bahnhofs, dann gingen sie in den Hochwald. Schnee, Schnee, Schnee. Sie warnte: «Wir wollen nicht tief hineingehen, es wird früh dunkel, vor ein paar Tagen hat sich ein

Fräulein verlaufen; als sie um sieben nicht da war, hat das Hotel Leute geschickt mit Laternen wie zu einer Rettung ins Bergwerk, sie war ganz verfroren, sie haben sie getragen, sie liegt noch heute zu Bett.» Dann erzählte José, daß er seine Versetzung betreibe, er provoziere Unstimmigkeiten mit seinem Chef. Sie überhörte es. «Was macht Karl, José?» «Ich sehe, du liest auch hier keine Zeitungen, Julie. Karl setzt sich enorm ein, es scheint aber, nicht mit Glück. Er hat seinen Posten im Verband verloren, sie wollen sich von ihm distanzieren.»
Sie spazierten Arm in Arm, Julie blieb stehen: «Gottes Willen.» «Betrübt es dich?» «Es wird ein schwerer Schlag für ihn sein. Er hängt daran. Was tut er nun?» «Seine Fabrik, seine Arbeit.» «Und die Kinder? Ich habe solche Sehnsucht nach ihnen. Ich muß mich so zwingen, hier zu bleiben. Jeden Abend ertappe ich mich dabei, wie ich nach dem Kursbuch greife und sage: morgen fahr ich zu ihnen. Ich kann es bald nicht mehr aushalten.» «Aber so komm doch.» «Es hat keinen Zweck, es tut mir gut hier. Denn, verzeih mir, José, es wird mir doch furchtbar schwer, mich von ihnen allen zu trennen, und es muß doch sein. Sag's mir, José!» Zum erstenmal umarmte er sie, sie wollte ihren Kopf nicht von seiner Brust nehmen, ihr Gesicht war verweint: «Verzeih, José. Es ist furchtbar schwer. Ich dank dir so, daß du mir hergeholfen hast, zu Hause hätte ich es nicht durchkämpfen können. Nur die Kinder, die Kinder. Jetzt hocken sie allein in der Wohnung und fragen nach mir und er kommandiert an ihnen herum. Ich hatte gehofft, ich würde hier besser von ihm denken, aber ich kann's nicht. Er spioniert hinter mir her. Sein Bruder, der Apotheker, war neulich hier oben. Er hat woanders gewohnt, ich hab ihn erkannt, den Dicken. Was sie für kleine Leute sind. Mein Vater höhnt über ihn.» «Laß ihn doch, Julie. Komm weiter. Zeig mir deinen Wald.» «Nur die Kinder, meine lieben Kinder, ich kann sie ihm nicht überlassen. Wie sie ihn fürchten, wie sie ihn schon hassen. Ich kann wegfahren, und die armen kleinen Wesen laß ich sitzen. Was machen wir, José?» Man schritt lautlos im Schnee, köstlich frisch war die Luft, von den Ästen wehte der dichte

weiße Staub und setzte sich an ihnen fest. «Wir müssen nachdenken, Julie.»

Julie war schon von José orientiert, welche Gerüchte über Karl umliefen. Der herrliche Frühling im Süden am Meer – die Mutter kam auch – war ihr nicht zuviel geworden. Das Leiden, das eine falsche Ehe mit sich gebracht hatte, kam erst langsam zum Ausbruch, sie mußte sich mit allem, auch mit José, innerlich neu einrichten; sie dachte manchmal alle Brücken zu ehemals abzubrechen und auch José wegzuschicken, aber das war ein Übermaß, schließlich wuchs das neue Leben aus dem alten, schließlich bleibe auch ich ja dieselbe, die den falschen Weg gegangen war. Karl hatte geschrieben, daß Einschränkungen nötig seien, auch häusliche, ob und wie lange ihre Kur noch nötig sei.
Als sie in der Großstadt ankam, wohnte sie, ohne sich bei Karl anzumelden, in ihrem alten Mädchenzimmer bei den Eltern. Der Anblick der Großstadt tat ihr grausig weh. Sie erklärte José, sie würde zur Abwickelung aller Geschäfte, die notwendig seien, nur wenige Tage bleiben, und wenn er könne und wolle, so möchte er sie begleiten. José war noch nicht auf eine so schnelle Entscheidung eingerichtet, aber er konnte Urlaub nehmen. Ach, daß er seine schöne Junggesellenwohnung so rasch verlassen mußte, durch sie hatte er Julien kennengelernt, aber sie besuchte ihn da nicht, es waren schlimme Erinnerungen.
Sie rief Karl eines Morgens im Büro an. Als er fragte, wo sie sei, antwortete sie, bei ihm zu Hause. Ja, sie war da, hatte das Personal begrüßt, die Kinder waren erst in der Schule. Die Kinder, denen sie Geschenke mitgebracht hatte, waren außer sich vor Freude. Dann kam mittags Karl, man gab sich die Hand, das Mädchen meldete, daß der Tisch gedeckt sei, und man setzte sich. Karl wartete, wohin sich Julie setzen würde, aber sie nahm wieder den alten Platz ein, nach einigem Zögern, der ihrer ein Jahrzehnt über gewesen war. Karl, der sichtlich in tiefer Erregung war und kaum sprach, schien dadurch sehr erleichtert. Julie erzählte den Kindern viel Lustiges, dann schickte man sie mit dem

Fräulein in ihr Zimmer. Karl und Julie gingen in die Wohnecke, wo man den Kaffee servierte. Als das Mädchen aus dem Zimmer war, sagte Julie, sie möchte, da sie seelisch krank gewesen sei [Karl: Und bin ich gesund?], im Augenblick keine lange Unterhaltung führen über das, was gewesen sei. Ein klares Bild von der Zukunft könne sie sich noch nicht bilden. Er, durch ihre Anwesenheit verstört, durch ihre Kühle gereizt, erklärte, er freue sich zu sehen, daß es ihr wenigstens äußerlich wohl gehe, es täte ihm leid, daß er ihr mit Ersparungen kommen müsse, aber auch er sei nicht von der Zeit verschont worden. Sie lächelte ihren Sklavenhalter an [daß er sich herabließ, ihr ein Wort von seinen heiligen Geschäften zu gönnen], ihre Mutter hatte ihr auch jenes Schmierblatt gegeben, es ist ja ein merkwürdiger Ton, in dem man jetzt von einander spricht. Er hielt sich [wie böse sie ist, sie hat sich nicht geändert, sie ist nur schlimmer geworden]: «Ich denke, es wird sich alles wieder einrichten.» «Was mich anlangt [er denkt doch nicht, daß ich mich einrichte], so will ich nachher deine Mutter besuchen.» «Ich danke dir.» «Und dann will ich vor Abend noch mit den Kindern spielen. Sie haben doch nachmittags frei?» «Du mußt das Fräulein fragen. Ich werde sie rufen.» Er klingelte, das Fräulein wurde geholt, Julie fragte sie lange nach den Kindern aus. Als sie gegangen war, nahm Karl seinen letzten Schluck Kaffee, und Julie fragte: «Du warst mit ihr immer zufrieden?» «Ich habe einen vorzüglichen Eindruck von ihr.» Er stand auf, sah nach der Uhr, ganz eisig, in Furcht vor Kälte umzukommen, gab ihr, kaum sie anblickend, die Hand, nahm draußen rasch Hut und Mantel und hinaus. Eine tolle Vorstellung, dachte er, wie er die Treppe hinunterlief, daß das da oben in meiner Wohnung steht, wenn es nur sich rasch davonmacht. Er arbeitete ruhig in seinem Büro, zwischendurch grauste ihm, um dieses Leben hatte er gelitten.

Die sehr kurze Unterhaltung Juliens mit Karls Mutter. Julie hatte keinen sachlichen Grund, die Mutter aufzusuchen, die Frau war nur eine Zeitlang die einzige gewesen, die etwas von ihrem Kummer zu verstehen schien. Ich möchte nicht, dachte Julie, daß sie schlecht von mir denkt. Sie wurde aufmerksam aufgenommen, man sprach über das Vogelbauer, Julie erkundigte sich nach Erich; die Mutter fragte, ob sie sich nun genug erholt habe, es sei eine schwere Zeit, ein Mann könne es heute schon gebrauchen, jemanden neben sich zu haben. Julie wagte sich vor diesen ernsten alten Frauenaugen nicht heraus, das ist die Frau, die ihn am Wickel gehabt hat; sie sagte, sie sei ja nun hier. «Und ich hoffe, Julie, es wird sich zwischen zwei erwachsenen vernünftigen Menschen, die Kinder haben, schon eine Möglichkeit finden, mit einander auszukommen. Es ist ja eine fürchterliche Zeit. Man muß alles tun, um sich über Wasser zu halten.» Also so schlecht steht's um ihn, aber keine Silbe hat er mir geschrieben, bis es nicht mehr ging, jetzt will man mich wer weiß wozu ködern. Julie nickte, sie wollte gar keine Zeit verlieren und sich gleich mit den Kindern beschäftigen. «Ja, Julie, die haben's auch nötig.» Nötig, nötig, und ich habe nichts nötig, ihr Menschenfresser. Sie fuhr erst zu ihrer Mutter, dann nach Hause zu den Kindern.

DIE RETTUNG DER KINDER

ALS Karl abends zu seiner üblichen Stunde nach Hause kam und finster, der kommenden Unterhaltung gewärtig, klingelte [er schloß nicht auf, er wollte sich ihr anzeigen], öffnete ihm das Hausmädchen und sah ihn, nachdem sie hinter ihm die Tür geschlossen hatte, fragend an. Ob die gnädige Frau nachkomme? Das wisse er nicht. Da er abweisend sprach, fragte sie weiter nicht. Er ging in das Eßzimmer, der Tisch war gedeckt, er blickte nach der Uhr, klingelte und gab den Auftrag, die Kinder zu bringen. Das Zimmermädchen war verblüfft: «Aber die gnädige Frau ist doch mit den Kindern gegangen. Sie wollte sich mit dem Herrn Direktor treffen.» Er, allein an dem gedeckten weißen Tisch – vor ihr Gedeck hatten die Mädchen einen großen Blumenstrauß gestellt –, war einen Moment starr, dann nahm er sich zusammen, zog die Uhr: «Sie wird wohl bald kommen. Wir warten noch etwas.» Das Mädchen ging mit großen Augen hinaus. Karl rückte an seinem Stuhl, setzte sich gedankenvoll hin; sie wollte mich treffen, sie geht mit den Kindern, vielleicht ist sie bei ihrer Mutter oder bei ihren Leuten. Er telefonierte, ohne sich zu verraten. Julie war frühnachmittags bei der Mutter gewesen, bei ihrer Mutter [er rief widerwillig die an], ja, ja, entdeckte die Hausangestellte am Apparat, die Frau Direktor sei mit den Kindern vor einigen Stunden dagewesen, aber dann sind sie doch abgereist. Abgereist? Ja, Frau Direktor erzählte, Herr Direktor käme nach, sie fährt mit den Kindern voraus. Karl, automatisch, bestätigte es, er wollte nur wissen, mit welchem Zug und von welcher Bahn sie gefahren wäre. Aber dies wußte die Person am Telefon nur ungenau.

Also was hat sie getan. Mal überlegen. Laß uns mal überlegen. Sie ist mit den Kindern abgereist. Und blitzschnell Karl in das Kinderzimmer, das Fräulein ist nicht drin, wo ist das Fräulein; sie kam aus der Küche gelaufen, stand im Gang zitternd erschrokken vor dem Herrn. «Wie lange war die gnädige Frau da?» Antwort. «Die Kinder sind mit?» «Ja natürlich. Sie wollten ja zusammen zum Herrn Direktor.» «Haben sie etwas eingepackt?» Das Fräulein faßte sich an die Brust, ihr ahnte etwas, sie stammelte: «Sie haben sich ein paar Spielsachen mitgenommen, jedes seine liebsten.» «In der Hand?» «Nein, jedes in seinem Täschchen.» O Gott, was ist geschehen. «Kommen Sie mit ins Kinderzimmer. Morgen ist doch Schule. Sind die Schulmappen da?» Sie riß vor ihm die Tür zum Kinderzimmer auf: «Da liegen sie, das ist die vom Mädchen und das ist seine.» Ja, was ist denn geschehen. Ist ihnen was passiert, ich hab nichts gemacht, ich weiß von nichts. Er fragte wieder: «Morgen ist doch Schule?» Sie stammelte: «Morgen ist Mittwoch. Wie jeden Tag.» Er stand, sah sich im Zimmer um, zog seine Uhr. Man wartet eben noch etwas. Kann auch alles falsch sein.

In dem Augenblick klingelte es. Das Kinderfräulein lief mit einem Aufleuchten des Gesichts, sie traf draußen mit dem Hausmädchen zusammen, die schon geöffnet hatte. Sie hielt einen Brief, Expreßbrief in der Hand, an den Herrn. Die Mädchen blickten sich stumm an, die Handschrift der gnädigen Frau. Das Hausmädchen hob kopfschüttelnd die Hände hoch, sie wollte dem Fräulein den Brief geben, die nahm ihn nicht, hielt sich beide Hände vor den Mund. Der Herr erwartete sie im hellen Korridor vor dem Kinderzimmer. Das Hausmädchen gab ihm den Brief, er hatte ihn schon von weitem in ihrer Hand gesehen, da kommt ein Schlag, was wird es sein, er riß sofort auf.

«Lieber Karl, die Kinder habe ich abgeholt und fahre mit ihnen weg. Sie sind selig. Und ich auch. Ich denke, du wirst es ohne mich und ohne sie auch sein. Meine Adresse ist in Händen von Vaters Anwalt. Julie. PS. Ich erwarte keine Geldsendungen. Was die Kinder brauchen, regeln wir später.»

Da steht er, der Herr Direktor, groß, breitschultrig, auf dem langen Korridor gegenüber dem Kinderzimmer, er hat den Brief in der Hand und liest und liest, als wenn es sich um ein großes Schriftstück handelt. Aber er liest nicht, seine Hand verharrt nur in der Haltung, seine Augen sind erstarrt in dieser Bewegung, schon lange sagen diese Schriftzüge nichts mehr und nichts bewegt sich bei ihrem Anblick in seinem Gehirn. Er sieht gelb und welk und überarbeitet aus. Und dann sinkt der Arm mit dem Brief, und er wendet und geht mit hochgezogenen Schultern steif und langsam den Korridor entlang, Schritt um Schritt, bis zum Wohnzimmer, dessen Tür noch offen ist. Das Stubenmädchen und das Fräulein sehen ihn vom hintern Korridor unnatürlich langsam dahinspazieren, das Kuvert mit dem Brief der gnädigen Frau in der angehobenen Hand, und dann stelzt er durch die offene Tür in das strahlend beleuchtete Speisezimmer, wo sie den Tisch für alle gedeckt haben, und wandert an dem hohen Blumenbüschel vorbei und zieht schräg herüber zu der leeren Wohnecke. Das Seitentischchen mit dem Röster wartet schon da, auch hier haben sie blühende Blumen in eine riesige Vase gestellt, und er steht davor, aus welchem Grund, weil sich die Knie jetzt nicht beugen, die Füße nicht schleifen, sonst hat alles keinen

Grund. Dann schiebt er sich doch wieder fort, und nun ist es das Museum, dem er sich nähert, auch diese Tür steht offen, aber der weite Raum ist stockfinster, Licht fällt vom Wohnzimmer hinein, und da liegt der Schatten der Figur am Boden. Er bleibt auf der Schwelle, die Schultern angezogen, steht, steht, lehnt am Türrahmen.

Eine halbe Stunde hören sie in der Küche und auf dem hintern Korridor nichts. Nichts. Ißt der Herr heute nicht, sollen wir melden, daß der Tisch gedeckt ist, wer soll hineingehen, das Fräulein will auf keinen Fall, das Hausmädchen ist älter und wagt sich schließlich forsch in das Wohnzimmer. Pause. Dann ein Schrei, und sie kommt von vorne den Korridor hergestolpert, ruft die Köchin bei Namen. Der Herr, ja was ist, der Herr steht da, am Museum, an der Tür, und er dreht sich nicht um, sagt nichts, er steht mit dem Rücken, ich weiß nicht, was er macht. Aber wie sie zu dritt, was soll denn sein, sich verstört gegenseitig Mut machen und den großen Korridor hinaufgehen, bewegt sich drin etwas und der Herr kommt groß durch die Tür heraus und zieht langsam und steif, unnatürlich, mit hochgezogenen Schultern den Korridor entlang; sie sehen, er trägt noch den Brief, die Augen hat er niedergeschlagen, der Mund ist eigentümlich gespitzt, die Stirn gerunzelt. Er macht vor dem Kinderzimmer halt. Es ist grauenhaft, sie können es nicht ansehen, man muß jemand rufen, ihm ist etwas passiert; da öffnet sich seine Hand, das Kuvert gleitet auf seinen Stiefel, der Brief vor seine Füße, seine Schultern senken sich, man hört ihn seufzen, der Kopf bewegt sich. Und dann ist es, als ob er sich ganz herunterlassen will, um den Brief aufzuheben, die linke Hand langt danach, aber da geben die Knie zu sehr nach, er hört nicht auf, sich zu senken, und rutscht die Wand herunter, die Beine rutschen ihm auf dem Läufer weg, er sitzt, neigt sich und fällt um. Jetzt laufen sie herzu. Sie suchen ihn aufzuheben, aber er ist eine gewaltig schwere Masse. Das Fräulein läßt den Arm los, um einen Arzt zu holen. Da hat er am Boden – sie haben ihm fast die Jacke ausgezogen – die Augen geöffnet, seine Hände fahren über den Boden, er dreht den Kopf, erkennt das Hausmädchen und läßt sich nun aufstützen, zieht sich sitzend die Jacke zurecht und steht schwerfällig auf. Er geht schwankend, rechts und links geführt, in das Kinderzimmer und läßt sich tief atmend auf Klein-Juliens Bett nieder, da sitzt er, bittet leise um Wasser. Er trinkt, blickt sinnend um sich und läßt sich das Papier da im Korridor, den Brief, herholen. Es möchte auch eine von ihnen bei seinem Bruder, dem Apotheker, anrufen, er möchte kommen. Die Mädchen gehen hinaus, das Fräulein wacht an der Tür. Er sitzt ruhig auf dem Bettrand, wie nachsinnend nach einem Gespräch, läßt die Hände zwischen den Beinen baumeln. Der Brief und das Kuvert liegen neben ihm auf der Bettdecke.

Nach zehn Minuten klingelt es Alarm, es ist Erich, das Hausmädchen flüstert ihm beim Öffnen zu, dem Herrn sei nicht wohl. Wie Erich im Gang die verstörten Gesichter sieht und es herrscht eine so merkwürdige Atmosphäre in den überhellen Räumen, muß er sich sehr zusammennehmen. Wo ist der Herr denn? Sie zeigen ihm die Tür. Da sitzt Karl auf dem Bett, reibt sich den Kopf und lächelt wortlos Erich von unten an. Dann frottiert er seine Knie, sie wollen nicht recht, nimmt Erichs Arm und steht auf. Er läßt sich von ihm hinausführen. An der Tür aber dreht er sich noch einmal um, zeigt auf den Brief, und das Kinderfräulein bringt ihn. Sie gehen, Karl und Erich, langsam in Karls Zimmer. Karl seufzt im Gehen. In seinem Zimmer sitzen sie neben einander auf der Chaiselongue, und lächelnd gibt Karl dem Bruder den Brief, den er sich eben mit dem Kuvert in die Tasche gestopft hat. Er meint gähnend: «Ist etwas zerknautscht. Von Julie. Sie ist jetzt hier, das heißt, sie ist schon wieder verreist.» Und nickt, während Erich das Papier glattstreicht: «Sie hat's aber eilig.»

Erich liest und beißt sich auf die Unterlippe. Er muß etwas sagen. «Die Kinder?» «Die hat sie mitgenommen. Das schreibt sie doch auch. Zeig mal. Ja, da steht's. Selig, warum eigentlich selig, ich hab ihr gar nichts getan.» Er zuckt die Schultern. Und wiederholt kopfschüttelnd mehrmals: «Eilig hat die es.» Wie er immer

die Stirn runzelt und scharf vor sich blickt, merkt Erich, daß Karl keine Gedanken fassen kann, und hilft dem Bruder, der ruhig mit sich tun läßt, sich ausziehn und hinlegen.
Er selbst geht, wie Karl liegt, nach hinten und läßt sich von dem Hausmädchen die Rotweinflasche bringen und trinkt Zug um Zug zwei Glas hinunter. Dann wartet er, denn er fühlt sich eiskalt und tot, Karl ist über ihn Herr geworden; er hat sich nicht mehr, er setzt sich vorn in die leere Wohnecke und hängt schlaff im Fauteuil, wieder einmal geschlagen von dem Unheil, das andere hinterlassen haben. Und allmählich fühlt er seine Hände und Füße sich wärmen, es ist der Wein, und jetzt sieht er auch den Blumenstrauß und drüben auf dem Eßtisch das herrliche Büschel. Die festlich schöne Wohnung, ein Schlachtfeld der Dämonen. Was sich die Dämonen für Schauplätze aussuchen. Und da bewegt er sich und zieht langsam dahin, wo er Menschliches vermutet, in die Küche. Auch möchte er etwas essen. In der Küche steht das weibliche Rudel, Hausmädchen, Fräulein und Köchin, stumm gespannt beieinander, wie er anschnauft, dann bittet er um ein Butterbrot, wenn möglich mit kaltem Fleisch oder einem zarten Käse. Das bringt alle in bessere Verfassung. Hausmädchen und Köchin beteuern eindringlich, es gäbe ja warm zu essen, alles stünde noch auf dem Herd; da setzt sich Erich gefügig an den Tisch und läßt sich, nachdem er überlegt hat, wie groß sein Appetit ist und es noch nicht feststellen kann, nach und nach das ganze Menu bringen, während er mit dem Rudel spricht und sich nach vielen Dingen erkundigt, wie sie heißen, wie lange sie da sind, ob sie selber schon gegessen haben und was jede von ihnen am liebsten esse. Er entschuldigt sich beim Löffeln, daß er jetzt äße, obwohl er eigentlich schon Abendbrot hinter sich habe, aber es war nur kalt. Einige Leute essen, wenn sie aufgeregt sind, wie Wilde, die merken nicht, was sie essen, andere werden appetitlos, er zwinge sich zum Essen und dann stellt sich der Appetit nach und nach ein, ein gutes Essen ist mindestens soviel wert wie eine schöne Unterhaltung. Das, freundlich und verständlich vorgetragen, machte auf alle drei Mädchen einen vorzüglichen

Eindruck. Zwischendurch erzählte er auch, daß er die Nacht hier bleibe, sein Bruder sei krank, er fragt, wie es angefangen habe. Sie flüstern durcheinander, wir haben noch die gnädige Frau und die Kinder erwartet, das Fräulein weint, die Gnädige habe nachmittags die Kinder zurechtmachen lassen, sie hätte sich nichts dabei gedacht, und jetzt bringt sie sie nicht wieder, der Herr ist pünktlich gekommen, wir haben Blumen hingestellt, dann kommt der Brief. «Was hat der Herr da gemacht?» «Gelesen, und dann ist er merkwürdig herumgegangen, und dann haben wir Angst gekriegt, weil er im Eßzimmer an der Tür stand, und im Korridor ist er umgefallen. Was hat der Herr denn, einen Schlaganfall?» «Unsinn, er ist überarbeitet, und die Erregung.» Erich denkt, ich kann mich hier nicht mit den Mädchen unterhalten, sie sind vernünftige Wesen, aber es schickt sich nicht in diesem Hause. Da meldet sich schon die ältere Person, das Hausmädchen, und faucht: «Das darf er sich nicht gefallen lassen von der Gnädigen, sich die Kinder wegschnappen lassen, erst ist die monatelang im Bad, dann schwindelt sie uns was vor.» Die Köchin fällt ein: «Junger Herr – Gott, so jung bin ich ja nicht –, gehen Sie auf die Polizei, sonst verschleppt sie unsere Kinder noch wer weiß wohin.» Das Fräulein weint immer. Erich fragt: «Warum weinen Sie?» Das Hausmädchen: «Es ist das Fräulein, sie ist schon zwei Jahr bei den Kindern, die kommen schon wieder, Fräulein. Und tun Sie was, junger Herr, die Polizei hinter der...»
Erich legt beschwörend den Finger auf die Lippen, er verzehrt schweigend zwei Teller Kompott, dann verabschiedet er sich von ihnen, gibt jeder die Hand und dankt, dem Fräulein klopft er begütigend auf den Rücken. «Ein reizender Herr ist das», sagt die Köchin, während sie den Tisch abräumt. Er kommt noch einmal zurück und bittet, man möchte ihm aus der Apotheke sein Nachtzeug holen.

Und dann ist die ganze große Wohnung still und finster.
Weit weg auf offener Strecke rast der Zug mit Julie durch die Nacht, die grellen Lichter durchbohren die Schwärze und tasten

die metallenen Schienen ab. Signale, Weiher, Dörfer, Wälder rauschen vorbei, weiter und weiter flieht die Großstadt zurück. Die ewige Nacht. Der Sternenhimmel oben. Die Frau hat ihre Kinder gerettet, sie könnte das Fenster des Zuges aufreißen und in die sprießende Frühlingsnacht hinausjubeln, wie selig sie ist. Unter ihr im Bett des Schlafwagens liegen die beiden Kleinen, schlafen bei einander, das Spielzeug an den Boden gestrampelt, sie liegen in ihren Kleidern, sie haben keine Nachtwäsche. Es ist ein Raub, jubelt Julie, ich habe sie geraubt, mich geraubt, ich habe uns gerettet, er sieht uns nie wieder.

EIN ZERTRÜMMERTER MENSCH ERWACHT

KARL, im Morgengrauen aufwachend, lag da, und kein Glied an ihm wollte sich bewegen. Was sollte sie auch biegen? Er lag nach einem Fall, schwer und muskellos. Der hier aufwachte, ist jener Fabrikbesitzer, dem sein Haus, das er mühsam mit eigenen Händen aufgebaut hat, die Höhle, in der er sich versteckt hat, eingestürzt ist. Er hält sich aber tapfer. Er tastet ab, was noch an ihm ist. Er sucht, nicht sich, er sucht seinen Platz unter den Menschen.

Wie sich ein Mädchen auf dem Korridor bewegt, knipst Erich das verdeckte Lämpchen an seiner Chaiselongue, um nach der Uhr zu blicken. Da spricht jener vom Bett herüber: «Nun, Erich? Guten Morgen.» Erich im Pyjama klettert zu ihm: «Gut geschlafen, Karl?» «Es geht. Vielleicht ziehst du die Vorhänge auf, ich bleibe noch eine Stunde.» «Aber natürlich, ich verordne dir den ganzen Vormittag.» «Setz dich zu mir. Die Nacht war schon lang genug.» «Ich hol dir ein Schlafmittel, und du verdämmerst den ganzen Tag.» Karl schüttelte den Kopf: «Sie hat mir das Haus ausgeräumt. Es tut furchtbar weh. Sie hat alles vor mir in Sicherheit gebracht, erst sich, dann die Kinder. Wie vor

einem Pestkranken. Bin ich das, Erich?» «Ach, Karl.» «Sag ehrlich, du weißt es.» Erich stöhnte, bedeckte das Gesicht mit der Hand: «Es ist ein Unglück.»
«Sie hat mich beschimpft wie noch kein Mensch. Ich bin vielleicht für sie eine Null, nicht elegant und nicht zierlich genug, sie hat höhere Ambitionen; wir sind kleine Leute aus der Provinz, Erich, ich kann nicht Späße machen, ich habe immer arbeiten und mich quälen müssen, du weißt, was für eine Last auf mir gelegen hat. Aber man darf mich darum doch nicht so strafen, einiges wird doch noch an mir sein, oder nicht? Sag's offen. Ich hab dir neulich die Geschichte erzählt, was man mir einmal angetan hat.» Karl unterbrach sich, sann. Erich: «Du hast ihr etwas davon erzählt?» «Ich habe etwas fallen lassen, bevor der Vertrag mit der Tante kam, ich hätte es nicht sollen. Ich sagte, daß Mutter mich noch als Großen geschlagen hat.» «Was sagte sie?» «Ich habe mir eine Blöße gegeben. Ich wollte ihr zeigen, daß man trotz allem an der Familie festhält und nicht auf ihr herumtanzt. Denn ich habe meine Familie aufgerichtet so sauber, ehrlich, ohne Hinterhalt, wie man es nur kann. Sie war meine Frau» [Was er immer mit der Familie hat, wie ein Idol, ich versteh das nicht, sie werden ganz verrückt in der Ehe].
Karl stöhnte und richtete sich auf: «Nein, das sind keine Vorzüge, auf Ehe kommt es nicht an, Familie ist nichts, das sind lauter Armseligkeiten von gestern. Du bist und bleibst der Bauernlümmel, der sich einmal hat ohrfeigen lassen. Oh, beschimpft mich das Weib.» «Bleib doch liegen, was willst du?» [Erich staunte, kein Wort sprach Karl von der Liebe, die er nicht gefühlt hatte, er verdammte nur, er schützte sich.] «Ich geh ins Badezimmer, mach mich zurecht. Ich muß sie suchen, sie muß mir die Kinder herausgeben, sie soll sich entschuldigen, dann kann sie laufen, wohin sie will.» «Ist ja alles Unsinn, Karl. Mach dich zurecht, dann gehn wir eine Stunde spazieren.» «Gut, und an dem Haus hier wird nichts geändert, hier bleibt alles, wie es ist» [ich bleibe dabei, das Haus ist nicht eingestürzt, ich befehle, es ist nicht eingestürzt].

Er war auf, straff und ruhig, ging hinüber in das Badezimmer. Er wand sich vor Schmerz, ich habe das alles aufgebaut, sie reißt es mir ein, so ist es der Mutter gegangen mit dem Vater vor zwanzig dreißig Jahren, sie konnte sich nicht wehren. Der Blitz der Zerschmetterung war auf die Mutter gefahren, das Netz der großen Verwandlung war schon nach ihr ausgeworfen, die Erde hatte sich schon nach ihr geöffnet, da entrann sie, ihr Gesicht blieb erhalten. Karl brannte noch, es war nicht sicher, ob er erhalten blieb.

Beim Frühstück sagte er zu Erich: «Wenn du hierbleiben willst, bitte, du bist willkommen, aber Hilfe brauch ich nicht.» «Willst du jetzt nicht lieber bei Mutter wohnen?» «Die Wohnung tut mir nichts» [im Gegenteil, ich habe mit ihr etwas abzumachen, ich werde die Möbel Stück für Stück besiegen]. Sie trennten sich auf dem Korridor mit alter Herzlichkeit, Karls Auto wartete unten. Das Hauspersonal nahm staunend die Wandlung des Herrn wahr, er wird es der Frau geben, die Kinder werden bald wieder da sein. Nach Erledigung einiger dringlicher Arbeiten schrieb Karl – den Kündigungsbrief für die Wohnung; es war für ihn eine einfache Sparmaßnahme, und er merkte sich vor der Kündigung zunächst eines der Mädchen, ferner Abschließen aller überflüssigen Räume. Dann dachte er an den Major und die Verleumdung und besprach telefonisch mit seinem Anwalt eine Klageandrohung, die gleich dem Redakteur zugehen sollte.

Als Erich von Karl zur Mutter gefahren war, konnte er sich nicht enthalten, wie er aufgeregt im Raume hin und her ging, ihr auch von José zu sprechen. Er wollte ihr klarmachen, es sei doch nicht so einfach mit Karl und der Julie. Da erlebte er seine Mutter. Sie schimpfte ihn aus und verfluchte Julie. Die Kanaille müßte sofort die Kinder herausgeben, mit Gewalt müßten sie ihr weggenommen werden. Erich bereute, wie sie so tobte, es gesagt zu haben, und bat sie, doch nur nicht zu Karl davon zu sprechen. «Grade, du Esel, das ist das Erste, was er hören muß. Warum sagst du's ihm nicht, bist wohl zufrieden, daß die beiden sich haben und sie ihm die Kinder stehlen, und deinem Bruder stehst du nicht bei?» «Sag nichts, Mutter, er quält sich schon so.» Aber in aller Hast rief sie nachher bei Karl an, seine Stimme tönte ruhig, sie bat ihn, gleich zu ihr zu kommen, er sagte zu. Sie umarmte ihn heftig wie lang nicht, als er ankam – Erich war fast weinend abgezogen –; sie weinte an seinem Hals, Karl merkte, vor Erbitterung. Er fragte, indem er die alte Frau langsam zum Sofa führte: «Erich hat dir wohl erzählt?» «Ja, ich bin zufrieden, daß du dich nicht unterkriegen läßt. Du weißt nicht, wo sie ist?» «Nein.» «Setz dich hin. Warum stellst du es nicht fest?» «Ich – hatte viel Arbeit heute, Mutter» [ich bin ja noch garnicht so weit]. «Du willst sie also laufen lassen. Erich hat dir natürlich nichts erzählt, was sie für eine Person ist.» «Mutter.» «Was sie für eine Person ist, was ich mir für eine Schwiegertochter ausgesucht habe. Du wirst dich von ihr scheiden lassen, du wirst sofort den Scheidungsprozeß einleiten, damit ihr die Kinder weggenommen werden.» «Willst du mich noch mehr aufregen, Mutter, ist es noch nicht genug?» «Habt doch nicht solche Nerven, ihr Männer. Du wirst doch nicht Schande auf unsere Familie kommen lassen. Morgen werden es alle erzählen: sie ist durchgebrannt, mit ihrem Liebhaber, und ihm nimmt sie noch die Kinder weg.» Karl blickte seine Mutter streng an: «Jetzt bitt ich aber, laß dies Gerede, ich will es nicht.» «Ob du willst oder nicht willst, ist gleich. Sie ist durchgebrannt, und ist auch durchgebrannt mit ihrem Strolch.» Karl stand auf. Er nahm sich zusammen: «Du weißt etwas?» «Natürlich. Erich hat es festgestellt. Es ist José.» «José, ein Name, wer ist José, ah. Der Attaché?» «Du kennst ihn doch. Erich war ins Gebirge gefahren, weil er was vermutete, und da hat er sie getroffen, mit ihm, mit ihrem Galan.» «José?» «Ja.» «Und Erich, ach so, er hat es nicht fertiggebracht, mir etwas zu sagen. Er hätte es ruhig können. Es hätte einiges abgekürzt.» «Ich denke auch, Karl.» José, ein fremder Mann, neben Julie.

Sie saßen schweigend beieinander. Die alte Frau auf dem Sofa richtete ihre scharfen Augen auf Karl: «Da ist nichts zu überlegen, Junge. Reiner Tisch, weg mit so was aus dem Haus.» Sie

schlug mit dem Knöchel auf den Tisch. «Noch heute die Scheidungsklage.» Er blieb stumm, ich bin noch nicht so weit, ein fremder Mann neben Julie, in meiner Familie. «Ist es auch wahr, Mutter, mit José?» «Die Scheidungsklage, Karl!» [Sie entzieht sich mir, sie soll nicht so leichten Kaufs davonkommen.] Sehr leise, so daß die Mutter es kaum verstand, erklärte er: «Sie muß zurückkommen.» «Du bist verrückt, Junge.» «Sie muß zurückkehren, sie gehört in mein Haus, sie hat mir nicht die Familie zu demolieren.» «Und er?» «Ich schlage ihn nieder.»
Er erhob sich: «Siehst du nicht, daß ich recht habe, Mutter? Sie muß zur Vernunft gebracht werden. Schlimmstenfalls hol ich sie bei den Haaren zurück.» «Aber um Gotteswillen, Karl, du wirst doch nicht nach so einer Person einen Finger ausstrecken?» «Sie ist meine Frau, sie muß zurück.» «Das ist verrückt, du kannst sie auch nicht zwingen.» «Sie muß einsehen, daß kein Grund für sie da ist, daß sie unrecht tut.» «Und der andere?» «Ich schlag ihn nieder.»
Aber das sagte er schon leise. Er sann [unvorstellbar] und fragte die Mutter wieder: «Ist es wirklich wahr mit José, sie war mit ihm verreist?» «Erich hat Telefongespräche gehört, die sie da zusammen geführt haben, Liebesgespräche.» «Wen hat er belauscht?» «Die Julie.» «Und das ist wahr? Mit diesem Mann?» «Frag Erich doch selber.»
Karl sank plötzlich, als wenn er von einem Gedanken losgelassen wäre, klagend über den Tisch: «Es ist schwer. Siehst du, so geht es mir, Mutter.» Sie weinten zusammen. Sie umarmte und tröstete ihn. Er war aber viel gefaßter, als sie erwartet hatte. Als sie ihn, ungewiß was er antworten würde, fragte, ob sie bald essen wollten, nickte er, er hätte gestern abend nichts genommen, warum nicht, man muß sich stark halten, was sie ganz glücklich machte, so daß sie dem großen Mann die Wangen streichelte.

Weshalb aber Karl, der einsilbig blieb, er sprach aber auch sonst nicht viel, sich so gut hielt, war leicht zu sagen: ihn beschäftigte

Julie und verwirrend dieser neu aufgetauchte José. Karl dachte nicht mehr: unvorstellbar. In einer von ihm nicht gewollten, auch nicht überblickten stürmischen und unaufhaltsamen Bewegung seines Innern waren die beiden zusammengeflossen in eins, Julie und José, José und Julie, sie waren ein einziges neues Ding, ein Stück, das ihn furchtbar aufwühlte. Eine starke, wachsende, ja ungeheure Kraft ging von diesem neuen Gebilde aus, das er in sich trug, Julie – José. Er konnte sich nicht Rechenschaft darüber geben, ob er das Gebilde, das sich plötzlich in ihm festgesetzt hatte, mit Wut, Rachsucht oder Haß betrachtete. Es war etwas Gewaltiges, Übergewaltiges an dem Gebilde, mit dem er rang, das auf ihn eindrang, und er konnte nicht fragen und rätseln. Rauschend bewegte es sich in ihm, und wenn er seine Fabrik betrat, scheuchte ihn das wallende Gefühl aus den vertrauten Räumen; es war eine glutstrahlende Bildsäule, solche Macht hatte Julie nie über ihn besessen. Er fand das Laufen in der Straße besser. Und dann betrat er ein Postamt und blätterte nach der Adresse von José, das mußte er tun, da war sie, da stand sein Name; er legte das Adreßbuch zurück, klappte zu, siehe da, da lag es, für alle, Josés Name schwelte in dem Papier, bedeckt von den andern Blättern und dem Pappumschlag.
Und Karl nahm einen Wagen, es trieb ihn in die Nähe der Wohnung Josés, er kannte das Haus, er war ja öfter mit Julie oben gewesen. Da erhob es sich vor ihm mit steinernen modernen Balkons, niedrigen breiten Fenstern; durch diese Haustüre habe ich sie hinaufgeführt, und da ist sie später allein hinaufgeschlüpft, oft, während ich auf Reisen war oder im Büro saß, und er machte ihr auf, sie trug welchen Hut, den ich nachher sah, aber es war ihm nichts anzumerken, und der andere hat oben gewartet. Es regnete, Karl stellte sich gegenüber in einen Flur und betrachtete das Haus. Da, zweiter Stock, jener Balkon gehört dazu, sie werden sich manchmal auf den Balkon gewagt haben, im Gedanken an mich und um mich zu reizen. Sie werden [das Räderwerk hatte sich in Bewegung gesetzt, es rauschte in ihm, die Maschinen stampften], sie werden [er wurde atemlos, seine Augen legten

sich starr auf das Haus, er schmolz mit den beiden zusammen, mitglühend erlebte er ihre Umschlingung, der Krampf krümmte seine Knie].

Er verließ den Hausflur, ging an der Bordschwelle entlang. Ich muß mich an ihr rächen, ich muß sie strafen. Er sah ihre feine zarte Figur, ihr rotes Haar, die Kappe schräg auf einem Ohr, sie ging schnell und elegant, sie eilte zu jenem, er schmeckte es auf der Zunge, ich muß sie strafen, und siehe da, wieder rührte es ihn an, es ging von ihr aus, von ihnen aus, ein schrecklicher, grausam scharfer, betäubender Reiz.

Dies war der regnerische Nachmittag am Tage, an dem er von José erfahren hatte. Karl bestieg einen Wagen und überraschte Erich in der Apotheke. Der freute sich ungeheuer, er hatte schon in der Fabrik angerufen. In seinem Wohnzimmer erschrak er aber, wie eingefallen Karl aussah; er verriet sich nicht, meinte nur, Karl müßte nun endlich verreisen, vielleicht mit ihm. «Mutter hat mir erzählt, du hast im Gebirge Julie gesehen. Erzähl mir davon, und von José.» So, das Wort José war auch hier ausgesprochen, es konnte wieder beginnen, was würde es geben. Erich wollte sich entschuldigen, aber Karl schnitt ihm das Wort ab: «Erzähle, was du weißt.» «Es ist ein Jammer», begann Erich, und obwohl er Karl schonen wollte, mußte er doch von dem Telefongespräch erzählen, «es ist ein Jammer, Karl, ich weiß nicht, was mit Julie und dir gewesen ist, aber böse kam sie mir nicht vor, kein häßliches Wort auf dich, und das Entsetzliche ist, daß die beiden sich anscheinend wirklich lieben.» Und wieder mußte Erich, der sich über Karls aufmerksames, ja gieriges Wesen wunderte, Einzelheiten von den Gesprächen erzählen, die Karl sich offenbar einprägte, aus Ilsens Berichten, und wie auch Ilse gerührt war. Dabei veränderte sich Karls sonderbarer Ausdruck nicht, es war, als ob er mit Erichs Worten zugleich etwas anderes hörte. Erich dachte: Wie er sie haßt, er will Material gegen sie, er frißt es förmlich in sich. Nachher entspannte sich Karls Gesicht wieder, er klopfte dem Bruder ernst auf den Arm: «Wir werden auch diese Sache überwinden.» Und blieb noch eine Weile versunken im Zimmer, während Erich in der Apotheke arbeitete. Denn Erich kümmerte sich in den letzten Monaten stärker um seine Arbeit, er hatte es mit der Angst gekriegt, seitdem er merkte, wie die Krise den Bruder anfaßte. Auch lag ein furchtbarer Druck auf dem weichen Menschen, die Sache mit dem Major, dieser Schreck mit Karls Ehe, das Liebesgespräch Julies, was geschah da mit seinem Bruder, was drohte ihnen allen. Ein Trost, daß die Mutter lebte.

DAS VORSTADTHOTEL

JOSÉ sollte Julien folgen. Sie hatte die Landesgrenze überschritten, um Karls Nachforschungen zu entgehen, und wohnte bei Verwandten ihres Vaters in einer ländlichen Kleinstadt. Sie wartete auf Josés Versetzung, aber das zog sich hin. Sie fürchtete wegen der Kinder. Sie schrieb José, er solle sich vor Karl hüten, Karl sei ein furchtbar rechthaberischer Mensch, der sich jetzt schwer gekränkt fühlen und auf Rache sinnen werde. José solle kommen und alles stehen und liegen lassen. Aber das war nicht leicht. Julie nahm zwar kein Geld von Karl an, ihre Eltern waren wohlhabend und standen für sie ein, aber das konnte nicht lange so gehen; geschieden würde sie von Karl natürlich nichts bekommen, und neu verheiratet mit José wären sie beide mittellos ohne seinen Posten. Als Julie einmal verzweifelt mit ihm telefonierte, fuhr er zu ihr. «Um Gottes willen, José, was soll werden, ich kann doch nicht zu dir in die Stadt.» «Ich weiß keinen Rat.» Immerhin beruhigte der Besuch Julie. Aber dann kam ein langer Telefonanruf von ihm aus der Stadt, sein Versetzungsgesuch war abschlägig beschieden worden, er war noch nicht lange auf diesem Platz, seine privaten Motive hatten keinen guten Eindruck gemacht, er erzählte, er werde in nächster Zeit sehr fleißig sein müssen, um nicht eines Tages überhaupt vor der Entlassung zu stehen. Als sie ihn fragte, warum er denn nicht bald mit einem neuen Gesuch kommen könne, meinte er, sein kleiner Staat werde auch hart von der Krise getroffen, man spare Stellen ein, also müsse man sich darauf einrichten. «Worauf?» fragte Julie. «Daß du herkommst.» Er hörte ein Aufschluchzen und ein «Nein», darauf hängte sie ab. Sie schrieb ihm: «Ich kann nicht die Kinder in seine Nähe bringen, wir wollen ein neues Leben beginnen, warum tust du mir das an?» Als er sie nach zwei Wochen aus dem blühenden Örtchen, aus einem himmlisch sanften Mai in die Großstadt zurückholte, war sie fast in ihren früheren Zustand zurückgefallen. Sie fürchtete sich vor Karl. Aber José quartierte sie in einem entlegenen, wenig modernen Vorort an einem kleinen See ein, sie bezogen ein billiges Häuschen, in das er seine Bücher und einfache Möbel tragen ließ. Sein elegantes Junggesellenheim in der Großstadt war ein kurzer Traum gewesen.

Aber sie, die da draußen ihr erstes Zusammenleben in der Schönheit des beginnenden Sommers genossen und ständig wegen Karl leicht geängstigt waren [einmal mußte man sich ja wegen der Kinder und wegen der Ehe auseinandersetzen], hatten wirklich keinen Grund, sich vor ihm zu fürchten. Er kannte ja Julie nicht mehr. Hatte sie jemals für ihn existiert? Sie war ihm nur das Geschenk aus der Hand der Gesellschaft gewesen, und jetzt war auch das Glück und der Stolz, den das Geschenk gab, weggewischt; Julie stand neben dem fremden Mann, Zerstörer ihrer Ehe, und sie bildeten jenes schreckliche Gebilde, die kentaurische Doppelgestalt, die er in sich trug, das Gemisch aus Reiz und Haß. Es legte ihn täglich auf die Folter. Sein Inneres, sein Innerstes war daran furchtbar erwacht. Was ihn trieb, verstand er nicht, er sah sich als Beute von etwas, das er nicht war und doch war. Aber es war die Gesellschaft, die Klasse, deren Leben er bisher geführt hatte, deren Güter er erstrebt hatte, sie ließ ihn los, stieß ihn beiseite, bald würde sie einen neuen unerträglichen Stoß [er ahnte es] gegen ihn tun; da erwachte in ihm eine Kraft, die nicht gelebt hatte, die nicht hatte leben dürfen, meldete sich, sie ließ vorne das Haus ruhig zusammenstürzen und streckte hinten im freien Gelände ihren Kopf vor. Was konnte diese Kraft, dieser Wille an-

ders, da er nicht die Worte jener Gesellschaft sprach, als dunkel, wirr, ja wüst reden, und so lallen und so handeln.
Karl hatte zu Hause alle Räume bis auf die notwendigsten abgeschlossen. Die Schlüssel trug er bei sich. Gelegentlich abends kam ihm ein Verlangen [es war schon mehr als ein Verlangen, vielleicht eine Erinnerung an den alten Inspektionsgang]. Das Mädchen saß allein hinten in der Küche. Dann stieg er vorsichtig aus seinem Schlafzimmer. Ein Zimmer nach dem andern erhellte er, so daß sie strahlten. Durch das weite Wohnzimmer ging er. Er spazierte um den großen Tisch herum, niemand saß daran. Sein Gespensterkampf begann.
Er zeigte sich ihnen. Stuhl stand bei Stuhl, von drüben winkte die Wohnecke, er ging hinüber und zeigte sich, er war da. Denn es waren mehr als Möbel. Alle waren da versammelt, er wollte es so, er sprach lächelnd über einen Sessel gelehnt, ohne den Mund zu öffnen, zu ihnen. Dies waren sie alle, Julie, die Kinder, die Vergangenheit. Dann richtete er seinen Schritt auf das Museum, zog die Schlüssel aus der Tasche, knipste Licht. Die Beschwörung nahm ihren Fortgang. Er zog durch den ganzen langen Raum, an den Wänden harrten die Begleiter vieler Jahre, die kostbaren Schränke, die Sessel, Kerzenhalter, Vasen, die Lampe hing an Stricken herunter [wie hing sie still und immer gegenwärtig sogar im Dunkeln herunter], und der blecherne Ritter, der Mann mit dem Kettenpanzer und dem geschlossenen Visier. Der Staub lag gleichmäßig dick auf der Tischplatte, Karl tippte darauf, zog eine Linie. Es war das Zeichen, daß das Geheimnis gewahrt war. Er grüßte alle mit einem leichten Zwinkern. Und leise schreitend in das Wohnzimmer zurück, da bin ich wieder, und hin vor ihr Bild an der Seitenwand, auf das er einen Blick warf, aber nur einen flüchtigen, denn ihre Stunde war nicht da, das Signal würde noch gegeben werden, wann sie zu erscheinen hätte, mit dem andern hinter ihr. Über den Korridor in das Kinderzimmer, die Luft war da dumpf, er sah sich um, es stand alles da, er zog auf dem Spielregal mit dem Finger eine Linie in den Staub, er hielt an, gewahrte alles, war zufrieden,

nickte, ging hinaus. Stumm hielt er, wartend, vor Juliens Tür. Nicht ein einziges Mal betrat er ihr Zimmer, den Schlüssel trug er nicht bei sich, nicht die Klinke berührte er, das Zimmer bewahrte sein Geheimnis. So besiegte der Verlassene an stillen Abenden seine alte Wohnung, sättigte sie mit seinem Geheimnis. Denn die Wohnung hatte ihren Herrn bisher noch nicht gesehen. Er verwandelte, verzauberte sie, sie trat neu in seine Dienste.

Als er eines einsamen Abends seine Pflicht an der Wohnung geübt hatte, öffnete er, es war ein schwüler Tag, die Balkontür und trat hinaus. Die Blumen in den Kästen waren eingegangen, die Stengel hingen trocken herunter, Blütenblätter lagen auf dem Steinboden, es erfüllte ihn mit Befriedigung. Dann blickte er die zwei Stock hinunter auf die Straße. Er wohnte noch in dem Quartier, das die Mutter nach der Reise aus der Provinz bezogen hatte. Daß er der Gegend die Treue bewahrt hatte, fühlte er, fand jetzt seine Begründung. Er stand oben, blickte vom Balkon herab. Die Straße, durch die ab und zu Wagen fuhren und nur selten ein Mensch ging, begann undeutlich zu ihm zu sprechen. Es war etwas Vertrautes, Verschollenes, was da hauchte. Wie er sich zurückdrehte und das Zimmer betrat, kam ihm vor: er hatte auch die Straße zu bestehen.

Und er nahm seinen Hut und ging verstohlen herunter, wanderte durch einige Straßen. Er bewegte sich unten wie ein Fisch, an dem blitzschnell ein Köder vorbeihuscht und der den Kopf danach wendet und die Spur sucht, aber nur einen dünnen Wasserwirbel findet. Er wohnte hier so lange, hatte nie mehr einen Blick darauf geworfen, es hatte genügt, unklar davon zu wissen. Jetzt näherte er sich, näherten sich ihm alte Straßen [wie viele gab es noch], große Plätze [wie hatten sie sich geändert]. Es stand an einer Straßenecke eine eiserne schwarze Laterne da, man blickte an ihr hoch und – erinnerte sich, fühlte etwas, faßte es halb, und das ist so, als wenn man in dem heißen Reptilienraum eines zoologischen Gartens die Baumstümpfe liegen sieht, eine feuchte reglose Landschaft, und plötzlich bewegt sich ein umgesunkener Baum und es ist ein Krokodil, das seinen Rachen gähnend aufsperrt. So schlenderte er durch lange dunkle Straßen, kam weiter und weiter hinaus, es ging sich merkwürdig gut hier, man entfernte sich von schweren Dingen und kehrte ruhiger wieder zurück. «Ich habe mich aus der Wohnung getragen», sagte er zu sich, als er wieder die Treppe hinaufstieg. «Julie geht auf Reisen und ich geh auf Reisen» [es tat ihm wieder wohl, dasselbe wie sie zu tun].

Als er sich eines Abends aus seiner Wohnung löste, kam ihm vor, daß sein Anzug nicht zu ihm paßte. «Es ist die Zeit meiner Erholungsreise», mokierte er sich über sich selbst, «ich muß mich frisch einkleiden», und betrat wirklich einen Laden in einer kläglichen Vorstadtstraße und kaufte, wie er sagte, für einen alten Hausdiener einen billigen Straßenanzug mit Mantel und Mütze. Er war glücklich, wie er das Paket draußen unter dem Arm trug, und fand dort in der Nähe ein Vorstadthotel. Da hatte er nun, er war fast außer sich, ein kahles Zimmerchen, man konnte sich da hinsetzen, sich umziehen. Aus seiner großen Wohnung trieb es ihn jetzt oft hinaus, er flog fast in das kleine Zimmer, er konnte da unbemerkt ein und aus gehen. Sein Doppelleben, sein sichtbares Doppelleben begann, er wußte kaum etwas davon.

Die lebenden Wesen sind von einer ungeheuren Zähigkeit. Das Schicksal kann mit seinem Hammer um sie herumgehen und auf sie schlagen, bis es die Bruchstelle an ihnen getroffen hat, die Scherben zeigen dann noch ihr eigenes Leben und suchen auf eigene Faust ein Dasein zu führen. In dem beutligen Anzug, mit der Mütze, die er sich gekauft hatte, schlüpfte Karl spät abends aus dem Hotel, Hände in den Taschen, und ging spazieren. Aus den ärmlichen Häusern und Torwegen kamen da wie Spinnen Frauen heraus, Mädchen, jüngere, ältere, sprachen ihn an, faßten ihn an. Das war ein merkwürdiges Ding, zum Erschauern, das man hier erfuhr, die Berührung von einer fremden Hand, und daß sie ihn ansahen, Auge in Auge. Sie nahmen einen für nichts als einen Menschen, der hier herumwanderte, für einen Menschen. Man war mit einem Schlag aus einer andern Welt geholt, nur ein Mensch. Wie eine Waage, auf die man sich stellt und die nur das Gewicht anzeigt, gleichgiltig, ob man Fürst oder Bettler, tiefsinnig oder gedankenleer ist, zeigten sie an, man war ein Mensch, ein Mann, und von dem wußten sie etwas. Vielleicht mehr als man selbst weiß. Sie brauchen nichts zu fragen, und so wie sie dich anblicken, blicken sie viele an. Es sind arme schlechte ungepflegte Personen, Frauen.

Und Karl, während ihm, Auge um Auge angeblickt, eine wilde Empfindung rings um den Gaumen lief und in die Zähne strahlte, fühlte sich am Arm berührt, ein Arm faßte ihn unter, zu dem sich ein gehender Körper und ein Frauengesicht unter einem dunklen kleinen Filzhut gesellte, und er folgte. Es war die Versuchung. Und man trat in ein imitiert bürgerliches Zimmer, es war wohnlich und die Frau fragte, ob sie schön eingerichtet wäre, und freute sich, wenn man den roten Lampenschirm und den Troddelbehang über dem Sofa lobte. «Den Schleier hab ich allein gestickt.» Sie hatte schon Du gesagt und ihm abgeschmeichelt, was sie aus dem Portemonnaie wollte. Dann erbebte man aber doch, als sie unter einem Bettschirm verschwand und in Schuh und Strümpfen, nackt, nur mit einem Brusthalter von der blauen Matte herkam und sich kokett drehte, sich zeigte und lächelte. «Kommst du?» Solch Mädchen, solche Geste hätten einen sonst kalt gelassen, man hätte die Ware nicht gekauft. Jetzt – sah man vorbei an dem breiten blassen Gesicht und der tiefeingezogenen Operationsnarbe darunter am Hals. Der weiße, wie mit Mehl bestäubte Körper war lebendig, die Haut, Haare, Hüften alles Leben, und so nahte sie vielen, so haben viele hier gesessen wie ich. Und wie ein starker Magnet zog einen das an, und man konnte und mußte sich loslassen, viele Gedanken schwanden [im Hintergrund, im tiefsten Dunkel stark und gewaltig traten Julie und José hervor]. Man hatte das Weib, welches war ihr Name, in den Armen, man triumphierte, sie war nicht verreist, und umschlang sie und glitt hin. Sie mußte Liebe und Strafe und Demütigung und Entwürdigung erleiden und zugleich geben. Dafür, daß sie – ihren Platz an seinem Tisch verlassen hatte und glaubte, ohne ihn sein zu dürfen.

Die Frau ertrug die Wildheit des Mannes, dann warf sie ihn zur Seite, stieß ihn hart, und er ertrug es und auch das war in Ordnung.

An diesen Futtertrog war er geführt. Karl saß morgens in der Fabrik, rechnete, las, unterschrieb, ging durch die Räume, orientierte sich über den Fortgang der Krise, hatte nachmittags Gespräche mit politischen Freunden. Und abends verließ er die Wohnung und verschwand draußen. Karl war nicht mehr, fand Erich, so trübe und gebrochen, wenn er zu ihm herauskam. Er plauderte rege, ja aufgeräumt, der Bruch mit Julie hatte ihm eigentlich gut getan, er war erstaunlich rasch darüber weggekommen. Aber dann gefiel Erich wieder das flackernde Wesen des Bruders nicht, das geheimnisvolle Brüten, seine Munterkeit war öfter übertrieben, und dann die weiten leeren Augen, das lange müde Sitzen auf dem Sofa und Vor-sich-stieren.

Karl war schon völlig zu Hause [ein zweites Zu-Hause] in dem kleinen zweistöckigen Vorstadthotel. Es gefiel ihm öfter, hier auch Abendbrot zu essen, seine Zeitung zu lesen, das ärmliche Zimmerchen stattete er mit seinem Koffer, Wäsche und Nachtzeug aus; für den Besitzer war er eine dunkle, aber sympathische Existenz, die prompt zahlte und wahrscheinlich in einer andern Stadtgegend zweifelhafte Geschäfte machte. Karl war wirklich zur Hälfte umgezogen, die Lösung von der herrschaftlichen Wohnung tat ihm unbeschreiblich wohl. Es gab hier allerhand, und immer forderten ihn Frauen heraus. Er täuschte sich vor, er wäre zu lange allein gewesen, immer wieder drückte sein Kampf mit Julie diesem zweiten Leben seinen Stempel auf.

Da kam eine schlank und nett über einen Platz, sie gingen zusammen, ihre Wohnung sollte ganz nah sein, aber sie führte ihn ziemlich lange, schließlich stieg man eine breite gut beleuchtete Holztreppe hinauf, die Stufen waren sauber gescheuert, eine freundliche ältere Dame saß im Korridor hinter einer Lampe und las; das schlanke Fräulein und die Frau, die ihre Hornbrille abnahm, sahen sich an, die Frau legte ihr Glas hin, öffnete im Gang ein langes schmales Zimmer, blickte prüfend hinein und wünschte dann höflich freundlich und ernst einen guten Abend. Da saß Karl am Tisch, blätterte in einer Zeitung, das Mädchen sprach, sie will natürlich ihr Geld verdienen, es geht ihr nicht gut, ihr auch nicht, dem einen so, dem andern so, ich gäbe was drum, in ihrer Haut zu stecken. Sie hatte gesagt – sie legte eben halb träumend an der Tür Hut und Mantel ab und ordnete ihr Haar –, sie wohne allein. Aber von nebenan hörte man Stimmen, eine Männer- und eine Frauenstimme, sie flüsterten rasch und heftig. Karl hatte sich erst verfinstert, dann konnte er die Worte nicht überhören, das Gespräch drüben erregte ihn, der unheimliche Strudel erwachte, der wilde gefährliche Brunnen warf seine Wasser, seine Hand wurde heiß, sein Blick unsicher; das Mädchen, diese Eva, suchte neben ihm mit einem kleinen Lächeln seine Augen, sie sah, er machte ihr keine Vorwürfe, das war ihr keine Neuigkeit. Und als sie ihre Hand auf seine legte und nebenan die Frau stöhnte, schnürte sie der Mann an sich, sein Gesicht delirierte an ihrem, sie kicherte in sein Ohr; und wie sein abwesender Blick sie streifte, hatte sie selber die Nase gekräuselt, ihre Augen waren bis auf einen Spalt geschlossen, sie streckte die Zungenspitze heraus und klemmte sie mit den Zähnen fest.

GEHEIMNISSE

EINE einwandfreie Freude erlebten damals die Mutter und Erich von Karl. Eine Geldhilfe konnten sie ihm nicht verschaffen, ihr großartiger Plan, die Tante zu bewegen, Geld herauszurücken und es wieder in die Fabrik zu stecken, war fehlgeschlagen, die Tante hatte gradezu schadenfroh geschrieben: sie sei froh, in der heutigen Zeit nichts mit einem Geschäft zu tun zu haben, Karl sei ja damals so wild gewesen, die Fabrik zu haben, und hätte Zeit genug gehabt, es sich zu überlegen; ihr toter Mann habe in früherer Zeit genug an Karls Familie getan, sie hoffe, daß Karl nicht noch zu guter Letzt das alte solide Geschäft und die

Firma ihres Mannes ruiniere. Das war nun recht roh, und Erich konnte nur trübe grübeln, die Mutter schimpfte. Aber wenigstens gab jetzt Karl ihrem Drängen, gegen Julie vorzugehen, nach. Als Karl sich gefragt hatte, was für ein Ende nimmt das noch mit mir, fiel ihm Julie ein, und nun suchte er seinen Anwalt auf und gab ihm den Auftrag zur Einleitung der Scheidungsklage. «Endlich», sagte der rundliche rotbäckige Mann mit der großen goldenen Brille, «ich habe verstanden, daß Sie zögern. Denn wenn auch eine Frau pflichtvergessen ist, so bleibt sie doch die, mit der man verheiratet war. Aber schließlich sind Sie die Klage Ihren Kindern schuldig.» Sie schüttelten sich die Hand. Karl wußte, er würde jetzt sie sehen und den andern auch. Von dem Anwalt erfuhr er am gleichen Tage ihren Wohnsitz. Er erschrak, als er hörte, daß sie so in der Nähe wohnte, er saß bestürzt in seinem Büro.

An einem Sonntag aber konnte er nicht an sich halten und fuhr hinaus. Er gab den ganzen Tag daran, sie zu sehen. Erst nachmittags – er stellte sich in ein Gebüsch – kam sie den kleinen Waldweg von ihrem Häuschen her mit den beiden Kindern. Die Kinder rannten voran, der Junge mit einem Reifen. Sie schrien fröhlich. Julie ohne Hut, im weißen leichten Kleid schritt rasch hinter ihnen her. Sie hatte nicht mehr die braune Farbe von damals, als sie aus dem Süden heraufkam, sie war wieder hell geworden, aber sah gesund aus und ging kräftig. In kaum zwei Minuten waren sie an Karl vorbei und verschwunden. Um Gottes willen, fühlte er, so steht es um mich. Es hatte ihn erleuchtet, geblendet. Dann kam noch ein langsamer schwerer Schritt, Karl wollte nicht von den Zweigen aufblicken, das wird er sein, dann sah er ihn von der Seite und bis zur Biegung des Wegs von hinten. Es sind friedliche fröhliche Leute. Er wartete noch etwas, dann trat er aus dem Gebüsch und gradeaus zur Bahn.

Ach, es war ein schlechter Einfall gewesen, Julie aufzusuchen. Und nicht weniger hart war die Verhandlung beim Anwalt, die bald kam. Karl, nach langem Schwanken, von Erich und der Mutter bestürmt, nicht zu erscheinen, denn was gab es da zu verhandeln, saß ihr im Büro gegenüber. Sie war allein gekommen. Er blickte sie an, es war seine Frau, die ganze glückliche starke Zeit mit dem Aufstieg, mit der Fabrik, das gleichmäßige ernste strenge Leben. Es war ein beendetes Leben. Julie erschrak bei seinem Anblick. Karl war schmaler geworden und ohne rechte Regsamkeit. Er widersprach ihren Wünschen nicht. Sie dachte mit Verwunderung und beängstigt, ich habe ihn doch sehr getroffen, ich habe nicht geahnt, daß ich ihn so treffen kann. Wie ist das möglich. Sie wollte die Kinder bei sich behalten, er sollte sie nach Verabredung einige Wochen haben. Der Anwalt war außer sich. Aber Karl lächelte still: «Was soll ich mit den Kindern? Ich werde sie sehen können, wann ich will.» «Aber wenn Sie sich wieder verheiraten?» Karl stieß nur ein kurzes Lachen aus. Der Anwalt aber ließ aus Gründen, die er, wie er sagte, nicht in der gemeinsamen Besprechung mitteilen wollte [er wollte Karl noch bearbeiten], diesen Punkt bis zur nächsten Zusammenkunft in der Schwebe. Sowohl Karl wie Julie, um sich zu sehen, waren damit einverstanden. Als Grund für die Ehescheidung wählte man nach der raschen Klärung des Geldpunktes, Julie verzichtete ja von vornherein auf Unterhalt, gegenseitige Entfremdung. Aber auch dies ließ der Anwalt bis zur nächsten Besprechung offen, die Schuldfrage und die Frage der Kinder waren nicht zu trennen.

Vor der nächsten Zusammenkunft – vergeblich hatte sich der Anwalt um Karl bemüht, José hatte eine rätselhafte Woche mit Julie hinter sich – unterhielt sich Julie allein mit Karl im Wohnzimmer des Anwalts. Karl hatte schon das Urteil über sich gesprochen, er hatte sich von ihr getrennt, es war vorbei. Sie war furchtbar gequält von seinem Anblick, was hatte sie mit ihm gemacht. Sie fragte ihn, da doch diese Auseinandersetzungen so friedlich verliefen, ob er nicht zu ihr sprechen wolle. «Geht es dir nicht gut, Karl?» Er hätte beinah gelacht, sie fragte nach seinem Befinden. Er suchte und suchte in ihrem Gesicht, es war seine Frau, er sagte ‚Julie‘ zu ihr [die Wohnung, der Eßtisch, der Inspektionsgang], aber es gab da eine andere mächtige Julie, wie

konnte er sie zusammenbringen. «Was ist mit dir, Karl?» drängte sie.
Sie verabschiedete sich für eine Stunde von dem staunenden Anwalt [«Man lernt immer zu»], um im leeren Restaurant unten mit Karl in einer Ecke zu sitzen. Er war ihr ruhig gefolgt. Erst schwiegen sie [wir hatten gemeinsam eine kostbare Wohnung], dann hob er den Kopf und fragte sie, wie es ihr ginge, und als er hörte «gut», wurde er munterer und es regte sich etwas in ihm. Die schmale rothaarige Frau, das Kinn aufgestützt, wurde erst langsam ganz gewahr, welcher Umschwung sich mit ihm vollzogen hatte. Dies war nicht der Karl, den sie kannte. Es war nicht ihr Festungskommandant. Er achtete, wie es schien, auch nicht mehr auf seine Kleidung, er trug einen häßlichen Schlips, den sie nicht kannte, ein ordinärer Geschmack, sein Kragen hatte eine neue Form, was war das für ein Geschmack. Und der Mann selbst, wie ließ er sich führen. Sie staunte, sie staunte. War er gedemütigt, war er unterwürfig, oder was? Man kann mit ihm sprechen, er läßt sich ausfragen, er verschließt sich nicht! «Was tust du denn, Karl, abends?» Er antwortete: «Ich gehe herum.» «Wo?» «In den Zimmern.» «In allen Zimmern?» «Nein. In deinem nicht. In den andern.» «Und was machst du da? Ist wirklich niemand bei dir?» [Ich kann ihn alles fragen.] «Da? Niemand. Ich geh herum. Und kämpfe. Und bekomme alles herunter.» Sie lehnte sich zurück. Er ist verrückt. «Du gehst allein durch die Zimmer? Und das Mädchen?» «In der Küche. Ich halte jetzt alles aus. Es war doch furchtbar schwer. Ich bezwinge alle. Auch dich. Und ihn.» «Wen?» «Den du hast.» Sie senkte den Kopf, das Blut schoß ihr ins Gesicht; es hat ihn furchtbar getroffen, aber ich versteh nichts.
Er blickte sie von der Seite an mit diesem neuen Blick [was ist denn das nur?], flüsterte: «Ihr könnt nichts über mich. Ich halte euch aus.» «Du haßt mich, Karl? Ach sieh doch, wie mich das mitnimmt. Du weißt doch, wie alles gekommen ist. Du hast nie zu mir gesprochen.» «Ich weiß, Julie. Aber ich habe dich, zusammen mit ihm, und fast alle Abend, und ich halte euch aus.»

Es fuhr kalt über sie. «Was tust du? Warum hab ich nichts von dir erfahren?» Und während sie sich die Hand vor die Brust preßte, lächelte er zu ihr herunter. Es ist ein andrer Mensch, man müßte an ihm rütteln, er ist traurig, so unheimlich gespannt. «Aber jetzt geh ich nur noch wenig durch die Zimmer, Julie. Ich hab keine Zeit. Ich bin garnicht da. Ich wohne woanders.» «Du hast doch noch die Wohnung?» «Ja, aber abends zieh ich auch um und gehe woanders hin. Wo ich als Junge war. Draußen in der Vorstadt. Da hab ich ein kleines Zimmer.» «Und?» «Ich wohne da [sein Gesicht spannte sich stärker, dieses Lächeln!]. Am liebsten wohnte ich ganz da. Am besten wäre es gewesen, ich wäre nie, nie von da weggezogen. Dann hätte ich keine Fabrik gehabt, und du und ich – wir hätten uns alles erspart.» «Was tust du da? [sie stieß gegen seinen Arm, weil er träumte]; Karl!» «Nichts, Julie. Ja doch, Frauen.» «Wer ist es?» «Ich weiß nicht.» «Du weißt nicht, wie sie heißt?» «Es ist nicht eine, Julie. Sie sind nicht schön, manchmal auch schön.» «Was ist denn mit ihnen?» «Ich – liebe sie. Es ist erst gekommen, seitdem du weg bist. Es geht aber um dich, nur um dich, aber ich hasse euch.» Wie sein Gesicht sich verzog, es war krankhaft, gierig, ängstlich. Oh, er ist krank. Und – er meint mich...

Sie kannte diesen Mann nicht, sie kannte ihn nicht, was hatte sie hier verschuldet; es erregte sie schrecklich, es war schon kein Gespräch mehr. Sie flüsterte: «Karl» [sie sagte noch Karl, und es war schaurig, und es war doch wirklich auch jener Karl, der sie getreten hatte], «was tust du mit mir, Karl?» «Merkst du es, Julie?» Seine Augen glänzten. «Berühr ich dich, Julie? Fühlst du es?» «Sprich nicht.» Sie hatte Tränen. Er sagte: «Der Kellner sieht herüber. Wir müssen zum Anwalt.» Sie weinte mit dem Kopf auf dem Tisch. Dann richtete sie sich mit einem Ruck auf, wischte sich die Augen, puderte sich: «Sag dem Anwalt, wir wollen übermorgen weiter verhandeln.» Karl war wieder erloschen. «Erlaubt er es auch, so oft zu kommen?» «Soll ich zu dir kommen, Karl?» Was sagte sie. «Julie, möchtest du? Wo? Draußen?» «Ich will – nachdenken. Ich muß dich morgen oder übermorgen wieder sprechen, hörst du.» «Ich werde hier sein.» Als sie aufstanden, gab sie ihm die Hand. Sie hatte plötzlich das Verlangen, den Kopf an seine Brust zu legen, aber vor seinen rätselhaften, starren Augen [was tut er mit mir] wich sie zurück. Sie streichelte seine Hand und blickte ihn bittend an. Da wurde einen Augenblick sein Ausdruck, der zwischen hündischer Ergebenheit und Gier hin und her schwankte, freier, ein fragender menschlicher langer Blick kam; sie fiel fast zusammen, wer ist das, was habe ich angerichtet. Sie trennten sich. Er hatte nicht nötig, sie um Stillschweigen zu bitten, sie fühlte, es war auch ihr Geheimnis, ein schreckliches eheliches Geheimnis zwischen Karl, José und ihr.

Sie war glücklich abends mit den Kindern und José, es wurde beim Lampenlicht gelacht [aber draußen ist Karl]. Am nächsten Vormittag aber rief José an, daß er zu einer Mission noch am Abend verreisen müsse; sie klagte, aber dankte innerlich der Fügung. Sie schrieb noch am Abend, im Bahnhofrestaurant, nachdem José abgefahren war, einen Brief an Erich: «Sie werden mir diesen Brief verzeihen, aber ich kenne Ihre guten Gefühle für Ihren Bruder. Ich habe ihn gestern bei einer unserer leidigen Verhandlungen gesprochen. Karl hat mir gesundheitlich nicht gefallen. Sie werden sich seiner annehmen. Ich bitte Sie sehr, Stillschweigen über meinen Brief zu bewahren.»

Und sie war wieder draußen am See, allein mit den Kindern, und konnte sich allein dem Staunen, dem großen Schreck hingeben. Was war mit Karl geschehen, wer war dieser Mensch, mit wem hatte sie die Ehe geführt, vielleicht hatte sie alles mißverstanden. Vielleicht hatte sie ihm unrecht getan und – jetzt alles falsch gemacht, die Flucht, den Raub der Kinder, die Hingabe an José. Sie konnte sich im Freien Zeit zum Grübeln gönnen. Er hat mich klein gehalten, niedergedrückt, aber jetzt kommt er selbst erst heraus, das Unglück macht es, er ist garnicht solch Tyrann, aber wie hätte ich es machen sollen? Ich müßte zu ihm, ich habe überrasch gehandelt, er ist schließlich mein Mann.

Sie besuchte ihre Eltern in der Stadt. Da war man voll von

Schmähen auf Karl, es sei gut, daß sie ihn los sei; er sei ein beispielloser Betrüger, wie er mit dem Major umgesprungen sei, der ihm Aufträge verschafft habe, aber jetzt knistere es gewaltig in seiner Fabrik. Sie gratulierten Julie, daß sie zur rechten Zeit aus dem Wagen gesprungen war.
Julie dachte: Das sind meine Eltern, wenn sie ihn herabsetzen, muß etwas Gutes an ihm sein; ich hätte bei ihm bleiben sollen, aber was soll ich jetzt tun?
Julie war so verworren, daß sie es nicht über sich brachte, zu Karl in das Restaurant zu gehen, sie ängstigte sich vor seinen Gedanken, sie sahen sich erst bei dem Anwalt. Der war froh, daß er Gelegenheit gefunden hatte, endgiltige Abmachungen zu verhindern, denn der Vater Juliens hatte für den Fall der Scheidung Ansprüche aus Juliens Mitgift angemeldet, da waren allerhand Verträge erst urschriftlich zu besorgen; Julie war entsetzt über das kalte Vorgehen ihres Vaters, Karl lächelte sie freundlich ergeben an, es schnitt ihr ins Herz.
Die Mutter lebte noch in ihrer kleinen ruhigen Häuslichkeit, sie war alt, aber kräftig, wenn auch recht zusammengefallen. Erich suchte sie eines Vormittags auf, er war verstört, der Brief von Julie brannte in seinen Händen. Karl ließ sich bei ihm nicht sehen. Und jetzt kam Erich vor der Mutter mit der Geschichte heraus, die ihm Karl erzählt hatte, von ihrer Jugend und wie es ihm ergangen war. Die Mutter hörte sich das staunend, verständnislos an: «Davon redet Karl?» Sie wußte noch gut davon, aber ganz anders. Die Mutter sah ihn an: «Ja, was ist denn mit euch beiden? Solche Geschichten erzählt ihr euch? Und du kommst her, um mir das zu erzählen?» «Ich hätte gewiß keinen Grund dazu, Mutter, auch wenn es Karl mir gesagt hätte, das wäre kein Grund gewesen. Aber du weißt ja, daß es ihm schlecht geht.» «Und ich weiß, daß du zu Julie hältst und sie entschuldigst, hast du ihm das auch gesagt?» «Grade das, Mutter. Er weiß es ganz genau. Und er entschuldigt sich nicht.» Die Mutter wurde erregt, die alte Frau schlug mit der flachen Hand auf den Tisch: «Wofür soll er sich denn entschuldigen? Hörst du nun endlich auf? Erich, es ist

wirklich nicht am Platz, daß du dich mit Menschenkenntnis von deinen Leuten her hier hinsetzt. Sie läuft ihm weg und er soll sich entschuldigen? Sie ist eine Ehebrecherin, nach Recht und Gesetz, stiehlt ihm am hellen Tag aus der Wohnung die Kinder, und er soll sich entschuldigen? Für was denn?» Der Dicke nahm sich zusammen, so erregt er selbst war: «Ich will dich doch nicht kränken, Mutter, ich berichte dir von unserer Unterhaltung, und was da gesagt wurde, habe nicht ich gesagt, sondern er.» «Und was hat er denn gesagt?» «Zum Beispiel sagte er, als er von seiner Jugend erzählte und wie schwer ihm alles geworden sei...» «Um Gott, wozu erzählt er das alles?» «Daß ihm jede Freude, wie er sagte, daß ihm die Liebe aus dem Leibe gerissen sei.»
Die alte Frau auf dem Sofa schlug mit der Faust auf den Tisch und brüllte: «Und das erzählt ihr euch, ihr Strolche? Und dazu hab ich euch erzogen und bin mit euch durch den Schmutz gegangen, damit ihr mich jetzt mit Dreck bewerft? Ist er nicht mein guter Sohn immer gewesen, der an uns gehangen hat? Hat er nicht gewußt, was seine Pflicht war, besser als sein Vater? Er war ein guter Junge, unsere Hilfe, was haben wir alles für dich getan, Erich, und jetzt sagt er, ihm ist die Freude weggenommen worden.» Sie redete Erich zu: «Er hat jetzt Unglück, und er soll das nicht anderen anhängen. Hat er dir auch erzählt, daß er jahrelang mit mir gemault hat, weil ich ihn nicht auf die Straße habe laufen lassen, mit Strolchen und Lumpen, die ihm verrückte Ideen in den Kopf setzten? Wo wäre er jetzt, der Herr Fabrikbesitzer?» «Ihm ist nicht wohl als Fabrikbesitzer.» «Lächerlich. Der ganzen Welt geht es schlecht. Die Dirne, die Julie, macht ihn verrückt. Welche Freude habe ich ihm denn genommen?» Erich hatte den Kopf gesenkt: «Daß er – eben keine Liebe in sich fühlt.»
Die alte Frau starrte ihn an, sie war fassungslos. Aber bei diesen Worten stieg doch die Erinnerung in ihr auf – an sich selbst, draußen in der Provinz, der Mann lustig, leichtfertig und sie streng, sauer und sehnte sich, ihn zu lieben, dann starb er. Und Karl? Ihr Sohn, ihr Nachkömmling? Sie fragte leise: «Und was soll ich denn getan haben, Erich?» «Ich weiß nicht, Mutter.»

Aber der klagende Brief Juliens [auch sie hatte verloren] brannte in seiner Hand, Erich saß hier und wollte nicht nachgeben. Er fühlte sich schrecklich in das Unglück des geliebten Bruders hineingerissen, er mußte helfen, jetzt war er an der Reihe zu helfen, er ging nicht von der Mutter, er mußte alles wissen. Er fragte, als sie eine Weile stumm gesessen hatten, nach dem Vater, auf den er sich nicht mehr besinnen könnte. Die Mutter nickte, brummelte, erzählte: wer der Vater gewesen war, ein leichtsinniger Mensch, der seiner Wege gegangen ist, hat Kinder in die Welt gesetzt und sich nicht um sie gekümmert. «Und ich – war für ihn Luft, auf mir hat er herumgetreten», sie sammelte mit zusammengekniffenen Augen ihre Erinnerungen, «ich bin solchem Menschen mein ganzes Leben nicht wieder begegnet, ein kleiner Fürst, und wir waren ein ordentliches Haus.» Erich tastend: «Ihr habt gut zusammengepaßt.» «Mich wollte er zu seinem Aschenputtel machen. Mein Geld brachte er durch. Dann ist er ja gestorben, Karl hat verdienen müssen. Weißt du auch, daß Karl ihm ähnlich sieht? Er wollte auch durchbrennen, und wenn er's zu was gebracht hat, hat er's mir zu verdanken.» «Und wie ist es dir denn nachher gegangen, Mutter?» «Siehst du, Erich, du bist wirklich ein guter Sohn. Glaubst du, daß Karl mich ein einziges Mal gefragt hat, wie's mir ging? Es ging uns schwer, aber es war doch eine Erholung. Warum soll ich's nicht sagen. In der Großstadt wird man frei, Junge.» Sie sann vor sich, die alte Frau, und lächelte vor sich: «Und wenn ich dir eins sagen soll: Hätte ich nach zehn Jahren den Vater wieder getroffen, hätten wir besser zusammengepaßt.»
In Erich zog es sich zusammen. Ja, Karl war geopfert, er hatte daran glauben müssen, die Mutter war die Stärkere; gewiß, sie war nicht schlecht, sie war auch ein Mensch, der seine Liebe wollte. Aber er war ihr Sohn. Die Familie, die Plünderer und die Geplünderten! Die Mutter merkte nicht, wie sie noch in Erinnerungen verloren vor sich lächelte, daß sie in diesem Augenblick einen Sohn verlor [und wie ein Gefesselter saß er da, keine Hilfe für Karl, er zerknitterte Juliens Brief in der Jackentasche].

IN dieser Zeit der Gewalt, Ratlosigkeit und Schwäche, in der die Industrien gelähmt waren, ein Land sein Leiden auf das andere warf, errichtete man die Gebäude des Wahnsinns, welche wie die Pyramiden und der babylonische Turm später ein Bild dieser Epoche geben sollten: die unsichtbaren Bauwerke der Zollmauern, der Gebäude aus Verfügungen, aber von solcher Höhe und Stärke, daß die stärksten und notwendigsten Waren sie nicht überklettern konnten.

Da besaßen einige die unerlaubte Vernunft, sich selbst zu helfen. Viele Menschen [aber nicht sehr viele] flüchteten, wenn sie es konnten, von einem Ort zum andern [aber man saß hinter Paßmauern, und wenn man herüber war, hatten die Gewerbe neue Mauern um sich], von einem Beruf zum andern, auch zum tieferen, noch tieferen [aber man täuschte sich, es waren einem schon andere zuvorgekommen]. Das Geld, das verruchte Geld, hatte schon längst die verwegenste Flucht angetreten, es flog ja auf Papieren und in Briefumschlägen über Land und Meer, es war ein neuer Zugvogel geworden, überall rannten die Fallensteller hinter ihm her, es flatterte, flatterte, suchte neuen Wohnsitz. Allein die Industriellen saßen mit dicken Köpfen in ihren Fabriken, ihre Einrichtungen waren gut, mit den schrecklich schweren Maschinen konnte man nicht fliegen.

Ein merkwürdiger, ein phantastischer Besuch beehrte Karl eines Tages in der Fabrik: der Herr Major und seine adlige Gemahlin. Sie waren unnatürlich steif, der sonst überlaute alte Herr und die leidenschaftliche Dame. Sie hatten ein Schriftstück mitgebracht, den Vertrag zwischen Karl und dem Major, aus dem hervorging, daß der Major sich um die Angelegenheiten der Fabrik kümmern und von Karl Aufklärungen jeder Art zu jeder Zeit erbitten konnte. Sie hatten schlechte Nachrichten über den Stand der Geschäfte erhalten, sie mußten einmal antanzen, damit Karl sieht, daß man seine Rechte nicht aufgibt. Karl erschreckte sie durch sein Aussehen, aber er sprach jovial. Die Besucher, die sich umsahen, wo ihre Kröten geblieben waren, machten ihm ungeheuren Spaß. Er gab ihnen schonungslos Kenntnis von der kläglichen Situation, sie sollten sich aber keine Sorgen machen, denn an diese Planke ist er gebunden, und wenn sie strandet, strandet er mit, was sie aber besonders bei dem Blick auf seine ungepflegten grüngrauen Züge nicht trösten konnte. Die Dame, die schwer ihre Wut verbarg, belehrte ihn bissig, es käme darauf an, Aufträge durch Beziehungen zu erhalten, und wenn man seine Beziehungen nicht pflegt oder gar – dann könne man sich nicht wundern. Darauf lud Karl sie ein, selber als Mitteilhaberin ihre Beziehungen spielen zu lassen. Die Dame warf stumm und verächtlich den Kopf zurück. Sie wollten nun, bat der Major, der sich von der Unterhaltung nichts versprach, die Räume sehen. Bei der nun folgenden Besichtigung erfuhren sie eine Neuigkeit. Karl hatte gewisse Produktionszweige, die sich nicht rentierten, aufgegeben und stand mit einem ausländischen Freund in Verbindung, um sie draußen aufzubauen. Die Dame gab ihrem Mann bei dieser Bemerkung einen Stoß. Genaueres teilte Karl nicht mit, er sagte ausweichend, die Sache sei noch in der Entwicklung. Und als sie nach einer halben Stunde die sehr ungastlichen Räume verließen, befragte die Dame ihren Major erregt, ob er das verstehe, Karl verschleppt die Fabrik! Er hat uns um das Geld gebracht, jetzt schleppt er noch den Rest der Fabrik hinaus. Die Fabrik gehört uns, wir sind Teilhaber, sie waren beide entsetzt, sie sahen in der Fabrik schon einen Hohlraum, als ob sie noch viel zu verlieren hätten.

Es war ein unglücklicher Hinweis von Karl gewesen. Sie konnten es ihm heimzahlen. Als die beiden geschundenen Majorsleute das Geheimnis herumflüsterten [wer dachte daran, was sie selber mit ihrem Geld vorhatten], schlug man die Hände zusammen und eine Stimme scholl: Landesverrat, Ausplünderung unseres Besitzes, da könnte ja jemand, weil ihm sein Acker nichts bringt, damit ins Ausland reisen [wie gern täte er's, wenn er's könnte]. Major und Majorin konnten zufrieden sein, Karl sollte nicht durchschlüpfen, man hatte Verbindungen zur Steuer und zum

Zoll, und wenn man sie nicht hatte, konnte man sie herstellen. Karl rebellierte gegen ihre Klasse, er sollte ihre Macht erfahren [warum hatte er übrigens, fragte man sich ganz heimlich, die Majorsleute nicht ins Geheimnis gezogen, dann wäre es ja gut gewesen].

In den armen engen und weiten Straßen, auf die Karl im Dunkel des Abends herunterstieg, bewegte sich vieles, und man merkte besser als in der Innen-Stadt, was gespielt wurde. Die Flüche und schaurigen Klagen einer Menschheit, über die ein erbarmungsloser Kriegswagen rollte, waren in der Nähe zu hören. Karl arbeitete in der Fabrik bald erregt, bald stumpf und hoffnungslos und grübelte auf einen Ausweg. Unsäglich schwer ging das Unternehmen, das er vor den Majorsleuten angedeutet hatte, das verzweifelte und, wie ihm wohlbekannt war, unerlaubte Werk, langsam gewisse Maschinen und Fabrikationsmethoden ins Ausland zu verlegen, wo sie besser rentieren würden. Bis vor einiger Zeit war das möglich, jetzt kostete es ungeheure Ablösung, wenn es nicht ganz untersagt war. Steuer und Zoll stellten sich vor einen, man suchte sie auf tausend Weisen zu umgehen, mit Filialbildung, mit Abtransport von Maschinenteilen angeblich zur Reparatur. Das Ganze blieb aber Pfuschwerk, Karl kam kein neuer Einfall.
Er führte sein Doppelleben. Er war in der Fabrik der ernste Chef, von Sorgen heimgesucht. Abends, schon beim Gedanken an die tote Wohnung, drehte sich sein Inneres um. Sein Gesicht, seine Haltung wurde anders, seine Atmung wurde langsamer und tiefer, seine Stimme nahm einen weicheren Klang an; gelegentlich fand im Büro nachmittags seine Sekretärin, daß der Herr verträumt spitzbübisch und einfältig friedlich vor sich hinlachte, auch unterhielt er sich mit dem alten Prokuristen über persönliche Dinge, was nie vorgekommen war. Wenn Karl manchmal trübe in dem Büro zum Fenster hinausblickte, war es ihm ein Entsetzen zu denken, daß er wirklich verloren sei, ohne Ehe, ohne Familie, ohne Haus, bloß dies noch, das nicht lebte noch

starb, die keuchende verreckende Fabrik. Dann loderte wieder in ihm die Besessenheit, in die er sich hineinwarf und die seine Schritte beflügelte, Julie, José. José-Julie, sie fassen, sie sind an allem schuld, herunter mit ihnen beiden – und hin zu dem Weib, zu dem Weib, ob es Julie ähnelte oder nicht [denn keine Liebe, aus ihm steigend, ihn mit der Welt verknüpfend, hatte sich seiner Triebe bemächtigt, roh und verwahrlost mußten sie in ihm ruhen wie ein ekelhafter Abfall, und nur manchmal kam ja etwas von ihnen zum Vorschein, entstellt, entstellend, tölpelhaft, lächerlich in dem gravitätischen Bürgerkleid des Ehemanns – wie hatte es Julie davor gegraust. Das Bürgerkleid war zerrissen, jetzt fraß es ihn und machte ihn zum Opfer]. Es erschöpfte ihn, ich will nicht, mach mich davon frei, erlöse mich einer davon, man kann mich doch nicht so verkommen lassen, so kommt man dazu, Menschen anzufallen oder sich selbst den Hals abzuschneiden. Und irrte, in der Wärme frierend, den Mantelkragen hochgeschlagen, durch die Straßen, in denen die Hoffnungslosigkeit und die Trübsal [kam sie nicht aus derselben Wurzel wie seine] eines andern Elends ihr altes Standquartier aufgeschlagen hatte. Er lief und irrte durch die Straßen, er sah nicht, daß Tausende und aber Tausende so liefen in diesem Stadtteil, in anderen, in anderen Städten, sie hatten alle keinen Ort, still standen nur die Häuser. Die Tausende glaubten, sie wären allein, aber das war das Kainszeichen auf der Stirn dieser Zeit, daß keiner sich in dem andern erkannte. Verhinderte Menschen, Vernichtung der Wahrheit! Die Gewalt und die eitle Wissenschaft konnten triumphieren. – Karl merkte bald: gut war auch zu trinken, viel zu trinken.

Nacht. Der gejagte arme Menschenleib lag, das Blatt, mit vielen andern abgeworfen beim großen Laubfall, es rollte sich zusammen, schrumpfte. Nichts faßte Karl jetzt an. Im Dunkeln aber wehte aus ihm eine kleine stille Flamme. Sie brannte von Woche zu Woche klarer. Es war jene Flamme, die eigentlich ‚Karl' geheißen hatte, bevor der große Bergsturz über ihn kam. Karl träumte, schön, innig, und hielt still. Er träumte von einer strengen starken Gestalt, die saß und ging und allerhand tat und sprach. Sie hatte ein donnerdunkles Gesicht und konnte ihm ganz ins Herz sehen. War dies starke Wesen, das so viele Gewalt übte, Weib oder Mann?

Ein breites, löwenmäßiges, bemähntes Gesicht hatte das Wesen, das nachts aus ihm trat, honigsüß und gewaltig sprach es, man konnte ihm nur folgen, gewitterdunkel war sein Ausdruck.

Bist du einmal im Spätherbst durch den Wald gegangen? Das Laub liegt braungelb, rot fußhoch, aber hier und da hebt dazwischen Kraut und Gras sein Grün empor. Das Laub, glaubt man, erstickt das Grün. Nein, es zerfällt, verwest, ernährt.

Es war an einem Abend, ziemlich spät, als er zu Hause die Abwesenheit des Hausmädchens dazu benutzte, um in einer fürchterlichen plötzlichen Krise in seinem Museum ein Vandalenwerk zu verrichten. Er schlug mit einem Hammer die Mosaiktüren an dem Prunkschrank in Stücke, dann schleuderte er den Hammer, wohin er wollte, gegen Bilder, Vasen. Es machte ihm keine Freude. Er verrichtete die Arbeit mit einer handwerksmäßigen Anstrengung. Eins nach dem andern erledigte er, er wußte es ganz genau, es geschah ohne Grausamkeit. Klirrend fielen Stücke der herrlichen alten Lampe auf den Tisch. Mit einem Schlag warf er den Blechritter um. Das klirrte so laut, daß er stillhielt und aufhorchte, ob jemand kam. Er richtete sich auf, ging ins Wohnzimmer, horchte in den Korridor. Alles still.

Er zog die Jacke aus und hängte sie an einen Stuhl. Da streifte er im Vorübergehen den Flügel. Er drehte sich um, blickte ihn an und umfaßte seine mächtige kostbare Decke, die Julie gestickt hatte; Vasen und Bilder kollerten auf den Teppich, er raffte das Tuch mit seinen langen Fransen hoch zusammen, hängte es sich behutsam an die Schulter und stolperte so ernst durch den Raum. Er setzte sich auf einen Stuhl in der Ecke des Museums, von wo aus er das Zimmer beobachtete. Das Zimmer war völlig ruhig. Er stellte fest, es lag alles still da, und an der Wand und an der Decke bewegte sich nichts. Da zog er die Decke über den Kopf und über das Gesicht und saß völlig starr. Die Augen hielt er geschlossen. Eine Viertelstunde ging hin, eine halbe Stunde. Er sank schlaff zusammen. Die Müdigkeit kam. Er strich die Tuchfransen vom Gesicht, blickte vor sich, gähnte. Er stand auf, schleifte das Tuch im Gehen hinter sich. Und während er lange nachdenklich und erschöpft sich am Tisch aufstützte, überfiel ihn schon wieder der Gedanke, aus dem Leeren kommend, und nahm rasch unheimliche Stärke an: sich aller Dinge hier zu erbarmen, Petroleum aus der Küche zu holen, über sie zu gießen, damit das Feuer sie verzehre, lauf, wirf das Tuch weg, hol die Kanne, Streichhölzer – und dann öffne die Balkontür, blick herunter, auf die Straße, bück dich tief, ganz tief, versuch es einmal, klettere über das Gitter, und wenn du die Arme losläßt...

Da klingelte es. An der Wohnungstür. Niemand öffnete. Das Mädchen war noch nicht da. Wer konnte es sein. Er wartete im Wohnzimmer, packte die Flügeldecke zusammen, stopfte sie in die Truhe, zog seine Jacke an. Es klingelte wieder. Wer mag es sein. Hier hat mich keiner zu suchen. Es ist spät abends. Ich warte.

Es klingelte wieder. Nicht stürmisch. Nach derselben Pause. Ob er wohl weggeht. Ein sonderbarer Mensch. Ich will auch bald weggehen. Geduld hat der. Ich bin neugierig, ob er noch viel klingelt.

Und jetzt war es das viertemal. Da bewegte sich Karl langsam an die Tür. Wir wollen einmal sagen: noch zweimal. Klingelt es noch zweimal, so mache ich auf. Er zog die Uhr. Anderthalb Minuten Pause, es klingelte. Noch einmal, anderthalb Minuten, es klingelte.

Da steckte er die Uhr ein, also wir öffnen. Er nahm im erleuchteten Korridor von dem Spiegel die Bürste, strich sich über das Haar, wischte sich das Gesicht und öffnete.

Draußen stand ein großer hagerer Herr im Strohhut, nicht jung, glattes Gesicht, unbestimmtes Alter, ein leichtes Spazierstöckchen in der Hand. Er lüftete den Hut, zeigte eine niedrige Stirn, blondes dünnes Haar und fragte, ob er die Ehre mit dem Hausherrn habe. Er sprach einen fremden Akzent. Ob er näher treten dürfe. Worum es sich handle? Es ließe sich schlecht auf der Treppe sagen. Karl ließ ihn ein. Das Mädchen war noch immer nicht da. Wenn es ein Verbrecher ist, kann er mich umbringen. Karl ging voran, der Herr, Hut und Stock in der Hand, aufrecht, den Kopf stolz und energisch zurückgebogen, mit langen langsamen Schritten, folgte in das weitgeöffnete Wohnzimmer. Karl sah, ob auch die Museumstür geschlossen war, da könnte ich ihn jetzt nicht einlassen. Der hagere blonde Herr blieb in der Mitte des Zimmers stehen, drehte den Rumpf nach beiden Seiten. Er betrachtete den Raum. Karl rückte zwei Stühle an dem großen leeren Tisch zurecht; der Herr meinte: «Das Bild ist nicht da.» «Welches Bild?» «Der Haussegen. Der Herr, der dich bei Tag bewacht, ist auch dein Hüter in der Nacht.» Wer ist das? Der Besucher hatte sich nicht vorgestellt. Der Herr fuhr in seinem harten schnarrenden Ton fort: «Aber vielleicht hängt es in einem anderen Zimmer, im Schlafzimmer.» Wie Karl näher trat, zwinkerte ihn der Fremde ironisch und schelmisch an: «Wir werden doch nicht etwa das schöne alte Familienstück weggeworfen haben.» Es ist jemand, der mich kennt. Der Fremde nickte: «Richtig. Sagen Sie nur, was Sie meinen.» «Sie sind –» «Richtig. Ich hätte Sie übrigens auch nicht wiedererkannt. Zwanzig, fünfundzwanzig Jahre sind keine Kleinigkeit, ein Vierteljahrhundert.»

Es war Paul. Dieser große hagere Mensch mit dem ironischen Lächeln, er war sehr dürr, aber was für ein tiefer Blick aus diesen weiten strahlendharten blauen Augen! Hatte der früher auch so helle Augen gehabt? Karl [wer war es jetzt? Karl? Ein Fabrikant? Ein Vierziger? Ein Ehemann, ein Irgendwer, ein Junge?] gab ihm zögernd die Hand [mit der er vor einer halben Stunde den Hammer geworfen hatte]. Der Fremde drückte sie ruhig und lange und legte Hut und Stock auf den Stuhl, aber Karl trug sie zur Garderobe hinaus, und während er den Hut aufhängte und betrachtete, dachte er: Merkwürdig, wer? Paul? Es ist beinah zum Lachen, was soll ich mit dem. Alles drehte sich um, der Marktausrufer Paul in meiner Wohnung, die Welt ist verrückt geworden, ob er Geld will, eine Erpressung? Der Fremde, es war aber Paul, saß an dem großen leeren Tisch, beide langen Arme auf den blanken Tisch gepackt, auf dem Platz von Julie. Karl aber nahm nicht seinen ein, sondern setzte sich gegenüber. «Ich zerkratze doch nicht die Tischplatte, das ist Ihr Handwerk, das Holz, schönes Furnier, und wirft sich nicht. Sie haben vielleicht Besuch, daß ich störe?» «Besuch, ja, ich hatte Besuch. Ich wartete auf das Mädchen, aber sie ist offenbar ausgegangen.» «Natürlich, schönes Wetter. Sie sollten auch ausgehen. Was tun Sie allein zu Hause? Ich bin aufs Gratewohl heraufgekommen. Merkwürdig, daß Sie nicht in den Westen gezogen sind, in die neue Gegend.» «Da wohnt ein Bruder von mir und meine Mutter.» «Sie haben recht. Es ist Luft, man hat nicht das Gefühl, eingekapselt zu sein. Wenn man sich schon nicht bewegen kann, so sollte man wenigstens darauf bestehen, daß rechts und links von einem die Gegend frei ist, eine Weile keine Menschen, bloß Bäume und Tiere, und wenn's Spinnen und Ameisen sind.» «Sie sind weit draußen gewesen?» «Sie meinen wegen meiner Aussprache? Ja, ich bin hin und her gegangen. Manchmal auch nicht. Da hatten wir bloß zehn Schritt im Karree. Unsereins wechselt rasch zwischen dem Spazieren draußen und im Kerker. Aber wir leben doch nicht in einem lebenslänglichen Gefängnis wie andere.» Er blickte Karl ruhig an, Karl hörte unbewegt zu. Der Besucher lachte ihn an: «Und Sie sind nun ein großer Mann, reich, angesehen, mächtig.» Karl winkte ab. «Vielleicht erzählen Sie mir mal, es muß nicht heute sein, wie sich ein Mächtiger fühlt. Ich hatte nur Gelegenheit, welche von fern zu bewundern oder als armer Sünder vor ihnen zu stehen.» «Es macht sich», sagte Karl, «ich bin auch nicht so reich, und von Macht ist keine Rede. Sie werden schon von der Krise gehört haben. Man hat sich zu schinden.» «Und lohnt es?» Karl zuckte die Achsel und hob die Hand.

Der Besucher setzte sich grade auf dem Stuhl. «Ich bin damals, Sie erinnern sich, weggegangen, es ging nicht leicht, aber sie haben mich nicht gekriegt. Ich habe über Ihren Mut gestaunt, dazubleiben. Es ging uns allen an den Kragen, zweien meiner

besten Freunde hat man den Kopf abgeschlagen, nur Sie wurden für andere Zwecke aufbewahrt. Ich habe mich ‚geschunden', um mit Ihnen zu sprechen, draußen in anderen Ländern, es ging schließlich über das große Wasser, sie haben mich oft gefaßt, aber klein haben sie mich nicht gekriegt; prachtvolle Leute habe ich getroffen, manchmal sind sie einem nur so zugeflogen, manchmal irrte man wie in der Wüste. Und jetzt bin ich hier, zum erstenmal seit damals, wegen der Krise, die Ihnen so Sorge macht, mir auch. Sie sind der erste Besuch, den ich mache. Sie entschuldigen, daß ich so oft geklingelt habe. Aber unsereins ist hartnäckig.» Karl verbeugte sich steif auf dem Stuhl: «Aber es ist mir eine Freude, alte Erinnerungen aufzufrischen.» Eigentlich habe ich mit dem Mann nichts zu reden, er wird sich als Hetzer betätigen, wir haben davon schon genug. Der Mann fixierte ihn scharf. Ich könnte aufstehen und erklären, daß ich leider behindert bin.
Karl fragte: «Haben Sie einen besonderen Wunsch an mich?» «In welcher Hinsicht?» «Irgendwelcher Art.» «Danke. Ich finde mich überall zurecht. Und unterkommen werde ich bei Ihrem Bruder.» Der Mann lächelte wieder ironisch: «Ja, bei Ihrem Bruder Erich, dem Apotheker. Ein junger Freund hier hat mir das verschafft. Er soll ja öfter Passanten aufnehmen. Der junge Mensch hat mich auch zu Ihnen geführt. Er wartet unten.» Ich werde aufstehen, der Mann ist unerträglich, Erich ist ein toller Bursche. «Sie entschuldigen mich wirklich», sagte Karl, «da Sie ja bei meinem Bruder wohnen, werde ich ja wohl noch das Vergnügen haben, aber ich war grade bei einer wichtigen Arbeit.» Der Mann bewegte sich nicht: «Was für einer Arbeit?» Der Mensch ist unverschämt, er kennt nicht die Gesetze der Höflichkeit [ich war beschäftigt, das Museum zu zerschlagen]. «Das gehört wohl nicht zur Sache.» «Aber ich wollte doch grade einen reichen und mächtigen Mann, meinetwegen in der Krise, in der Nähe sehen. Womit beschäftigen Sie sich denn abends?» Aber das ist doch ein starkes Stück [ich habe meine Stühle und Schränke zerschlagen], Karl schluckte, kniff die Mundwinkel ein,

brachte heiser hervor: «Mit Schreibwerk, Berichten.» «Sie sind unermüdlich, unermüdlich. Es genügt also nicht, daß Sie sich bei Tag abplacken. Ist der Anblick der Krise eigentlich so verlokkend, daß Sie noch Lust haben, sogar noch den Abend oder die Nacht dafür herzugeben? Ich will Sie nicht kränken, aber als alter Bekannter darf ich mir vielleicht ein Wort erlauben: es sollte eigentlich schon genügen, was Sie bei Tag verrichten. In der Nacht sollten Sie die Welt in Ruhe lassen.» Karl zwang sich zu einem Lächeln: «Sie spaßen.» «Ja, was. Gönnen Sie sich lieber etwas. Als ich die beiden letzten Wochen hier durch das Land zog, habe ich einen merkwürdigen Eindruck gehabt: daß hier Konjunktur und Krise, Aufschwung und Entwicklung gewesen ist, mächtige Entwicklung, alle Achtung, und daß sich hier nichts geändert hat. Diese Leute schuften und schimpfen, arbeiten und lungern auf der Straße, und keiner redet von etwas anderem als von Arbeit und Arbeit. Keiner lacht. Wenn sie trinken, besaufen sie sich. Sehen Sie, und so ist es und war es immer, ein unverbesserliches Volk von Zugtieren, Lämmern, Raubvögeln.»
Jetzt stand Karl auf, stockheiser: «Herr, Sie reden von meinem Land.» Der andere blickte ihn überrascht aus seinen stahlblauen Augen an und erhob sich langsam: «Es ist auch meins, Herr. Es wäre aber noch festzustellen, wessen Land es wirklich ist.» «Das werden wir jetzt nicht erledigen.» «Jedenfalls stehen Sie auf der andern Seite.» «Es gibt nur eine Seite und dann Böswillige.»
Der Besucher kniff schmerzlich, als hätte er einen Schlag erhalten, das linke Auge zu. Karl: «Ich habe übrigens keine Furcht davor, daß Sie die alten Dinge ausbeuten.» Der Fremde, ganz leise nach einer Pause: «Kanaille.» Und ging ruhig mit langen Schritten zur Tür, in den Korridor. Die Klinke in der Hand drehte er sich zu Karl um, der an der Schwelle des Wohnzimmers stand: «Und Sie vergessen nicht: Pardon wird nicht gegeben!»

ALS Karl später das Museum öffnete, zog er die Stirn zusammen, dachte, was sich reparieren ließe und unter welchem Vorwand. Als er seinen Prunkschrank sah, biß er sich vor Wut in den Zeigefinger. Den Blechritter richtete er auf. Er erwartete mit Unruhe den Morgen, um in der Fabrik zu arbeiten, er mußte einholen, was er in den letzten Wochen [wie er glaubte] versäumt hatte. Zwei politische Freunde rief er noch am Abend an und verhandelte mit ihnen in einem Lokal überlebhaft bis in die Nacht hinein. Weshalb dieser Mann, dieser Agitator, Paul, grade jetzt in die Stadt gekommen war, wurde ihm erst im Gespräch mit den beiden klar. Der Staat holte zu einem neuen Schlag gegen den Lohn aus, die private Wirtschaft hatte darauf gedrungen, daß der Staat wieder einmal voranginge als Großunternehmer, die betreffende Verordnung für das öffentliche Verkehrswesen würde dieser Tage herauskommen; nach allen Anzeichen würde es zu Streiks kommen, deren Ausdehnung man natürlich nicht voraussehen konnte.

Am Morgen erwachte Karl sehr früh. Er stellte fest, daß ihm das Erscheinen dieses Mannes, dieses Agitators wohlgetan hatte. Wäre er schon früher gekommen! Wegen dieses Mannes mich ein langes Jahrzehnt gegrämt! Wegen seiner Flausen! Unfaßbar. Ich muß verrückt gewesen sein. Ich kann der Mutter nicht genug dafür danken, daß sie Augen für mich gehabt hat. Und er überlegte, was gestern abend in dem politischen Gespräch gesagt war, welche Konsequenz er daraus ziehen müsse. Er schwankte zwischen zwei Möglichkeiten, einmal, einen anonymen Expreßbrief an die Polizei schicken, in dem er die Anwesenheit Pauls [siehe die früheren Attentate] der Behörde avisierte [dann hatte er es ihm heimgezahlt], denn etwas Radikales mußte geschehen, nachdem der Bursche noch gewagt hatte, seine Schwelle zu betreten [grade als er sein schönes Museum zertrümmerte, ach, daran war er letzten Endes auch schuld, er sollte büßen, er müßte büßen, für ein ganzes langes Leben und viele Menschen büßen] – oder man könnte Erich anrufen und ihn vor dem Kerl warnen.

In der Fabrik aber erhielt er mittags eine Vorladung auf das Zollamt zu einer Vernehmung. Die Vorladung war als dringlich bezeichnet und sein Erscheinen schon für den nächsten Vormittag erbeten. Karl war sich sofort klar, worum es sich handelte. Er hatte für jene ausländische Filialbildung die weitere Abmontage und Versendung bestimmter Maschinen angeordnet. Irgendeiner hatte ihn denunziert. Wer? Die Konkurrenz, zufällige Kontrolle, böswillige Arbeiter? Jedenfalls machte die Vorladung keinen Eindruck auf Karl, die Sache würde sich beilegen lassen; sich selbst ließ er sofort von seinem Arzt eine Krankheitsbescheinigung für die nächsten Tage geben, seinen Prokuristen schickte er zu der Zollstelle, um die Sache privat, eventuell durch einen metallenen Händedruck, zu erledigen. Er wollte die Arme frei haben für – er wußte nicht genau welche Abrechnung.

Was er dann, übererregt, trinkend, sich herumtreibend, mit sich tat – er will sich erschöpfen, aber sein Körper ist stark –, hatte etwas Tobsüchtiges. Er ist es selbst, der dann durch Vermittlung seines Anwalts eine Begegnung mit Julie herbeiführt, es ist ein Einfall von ihm, ein Rückfall, sie ist seine Frau, sie soll helfen; der Ekel vor den Ausschweifungen, in die er gejagt ist, läßt ihm keine Wahl, er fleht sie in dem Wohnzimmer des Anwalts, der sie allein läßt, um Rettung an. Es ist ihr Mann, der da mit grauem geängstigtem Gesicht mit dicken Augensäcken neben ihr sitzt und an der Tischdecke zupft, nicht auszudenken, daß das Karl ist. Er spricht nicht mehr so sonderbar und geheimnisvoll von seinem schrecklichen Kampf um sie, er fragt einmal [kein Wort nach den Kindern] nach José, dabei sieht sie, wie seine Augen funkeln, flackern, das hat er also noch immer in sich, und sie zittert, wenn er nur nicht José eines Tages etwas tut. Aber sie spürt, es spielen andere Dinge mit, es ist, als wenn für ihn schon ihr ganzes gemeinsames Leben in den Abgrund sinkt, man ahnt nicht, wohin er will, wohin es mit ihm will. Sie hat ihn eine Stunde flüstern, klagen lassen, sie hat es über sich gebracht, sich

von ihm die Hände küssen zu lassen [abscheulich, ich mag nicht], dann ist er friedlich geworden, sie fühlt, es war eine Wallung bei ihm, er hat mich nötig gehabt, jetzt wird er sich wieder wegschleichen; aber was mach ich mit ihm, warum kann er nicht jemand finden, der ihm hilft, ich kann es nicht sein, nein, ich will nicht mehr. Und da stehen sie auf, sie können hier in dem fremden Zimmer nicht mehr sitzen, sie fragt nach der Wohnung und den Mädchen, er ist stumm, hält den Kopf, als wenn er horcht, und da fragt er plötzlich und ganz still mit offenem Gesicht nach den Kindern, seine Augen schwimmen in Tränen; sie sagt etwas, er redet wie ein Verlorener, Sterbender, er vergißt beim Gehen ihr die Hand zu geben, sie hält ihm ihre scheu hin, da schüttelt er den Kopf und sagt: «Ach Julie, du mußt mich nicht anfassen.»
Sie kann nach dem Gespräch nicht nach Hause fahren, denkt hin und her, wen sie um Rat fragen kann, einen Fremden, nicht Erich, da fällt ihr ihr alter Schuldirektor ein, der lange pensioniert ist und öfter zu ihnen gekommen ist, es ist ein gütiger und kluger Mann. Und sie fährt vor sein Haus, es ist früher Nachmittag, der alte gebückte Herr sitzt am Fenster auf seinem Lehnstuhl und hat auf den Knien ein Buch, das sie kennt, die Prachtausgabe eines alten Philosophen, ein Geschenk von Karl an ihn zu seinem siebzigsten Geburtstag. Mit Überraschung und Freude sieht er seine Schülerin an der Tür, sie läßt ihn nicht aufstehen, rückt sich einen Stuhl heran, sie plaudern und sind bald bei der Sache. Der Gelehrte nickt: er und andere haben es kommen sehen, zwischen Karl und ihr stimmte in letzter Zeit etwas nicht, es ist ein Unglück, besonders für die Kinder. Er ist dann zufrieden, oder tut so, als er hört, wie gut es die Kinder jetzt haben. Was aber Karl anlangt, von dem er sich lange erzählen läßt, er blickt seine ehemalige Schülerin streng an: «Karl ist ein Krieger, ein tapferer Mann, der sich bis zu dem Platz durchgeschlagen hat, auf dem er steht. Jetzt fallen ihn die Dämonen an, die die Götter den Menschen senden. Kann sein, daß er siegt, kann sein, daß er erliegt. Unsere Hilfe ist belanglos.» Julie staunt ihn an, sie versteht seine Worte nicht: «Was soll ich tun?» «Sich vorsehen.

Sich nicht einmischen.» «Aber das ist doch grausam, Herr Direktor.» «Nicht grausam. Er ist nicht aus dem Holz der Wichte von heute. Seien Sie mir nicht böse, Julie: ich wünsche Ihnen Glück, daß Sie sich von ihm entfernt haben. Sie waren schon lange nicht auf dem richtigen Platz neben ihm.» «Ich verstehe nicht», stammelte Julie, «aber er ist doch krank, er ist verrückt.» Der weißgesichtige Mann mit der pergamentenen, zerknitterten Haut blickt in den aufgeschlagenen Band auf seinen Knien: «Das hat man in solchen Fällen zu allen Zeiten gesagt.»

Julie fuhr nach Hause. Die Menschen können sich nicht helfen, man läuft umeinander herum, man macht ein Buch auf, dann vergißt man wieder, wen man gesprochen hat. Aber was war wirklich mit Karl? Wie unheimlich fremd er heute war, fremder als jemals. Sie umarmte und küßte die Kinder, die sie an der Tür erwarteten. Wie gut, daß ich sie aus seinen Händen gerissen habe.

Sie schrieb an José, sie hätte in ihrer Angelegenheit noch einiges zu verrichten, aber sie könne unter keinen Umständen lange mehr mit den Kindern hier wohnen.

Damals lief durch viele Zeitungen und wurde törichterweise von allen Blättern übernommen und von bestimmten entsprechend ausgenutzt die Nachricht von furchtbaren Vorkommnissen in andern Ländern [und wer weiß, ob nicht auch bei uns?]. Es handelte sich diesmal nicht um Feuersbrünste oder Morde oder Überschwemmungen, sondern um den Schrecken von Rekordernten, um den Überfluß, den dies Jahr an Getreide, Wein und allem möglichen gebracht hatte. Die Erde hatte kein Einsehen in das Leiden der Menschheit gehabt, man hatte Arbeitskräfte in grausiger Hülle und Fülle, Maschinen zur Verarbeitung, Wagen, Schiffe und Schiffe zum Transport. Ein ungeheurer Fluch bereitete sich vor, nun noch über die Menschen zu fallen, die sich so lange gequält hatten. Schon die Schnitter auf den Feldern hatten beklommen die Garben sich häufen sehen, die Erntedankfeste hatten stattgefunden, aber es waren nur die ganz Jungen und

ganz Ahnungslosen, die dabei in alter Weise getanzt und gesungen hatten, das finstere Gesicht der Älteren hatte den Jubel herabgestimmt. An den warmen Flußufern im Süden, wo die Weinberge der Sonne ihre grünen Rücken darboten, ließ sich die Freude nicht unterdrücken, Lärm, Gelächter, Ausgelassenheit der Menschen jung und alt überschwemmte Dörfer und kleine Städte, das junge göttliche Getränk löste die Menschen. Aber dann saßen sie in den Kellern, den Gewölben, es rollte der Fluch, Faß neben Faß, die Keller nahmen die Menge nicht auf. Und da hörte man auf zu keltern, es gab Weinberge, denen man ihre goldigen Triebe ließ, damit die Vögel etwas hätten, und als die ersten Verkäufe der Lager stattfinden sollten, traten Leute zusammen, dachten nach und gossen während einiger Nächte [denn man schämte sich, obwohl alle Welt es wußte, man schämte sich vor der Sonne, die diese himmlischen Bäche geschaffen hatte], gossen Faß um Faß des beseligenden Getränks in das Wasser, das trübe und reißend floß.
Da konnten die Fische betrunken werden, und das Schilf und die Wasserpflanzen konnten mit Kröten und Fröschen und Libellen einen Gesang an die Sonne anstimmen, der dies Lied noch nicht vorgekommen war, und sie konnten die Menschen loben, die an sie dachten und ihnen von ihren Reichtümern abgaben. Ach, die Menschen waren gestraft, sie waren nicht reich, und die, die den Wein in das lehmige Wasser gossen, im Mondlicht und unter Laternenschein, waren noch mehr bekümmert darüber wie die, die später davon hören sollten. Sie fühlten, unter welchem schändlichen Muß sie standen. Aber wenn sie die Fässer nicht ausleerten, wer sollte etwas für den Wein zahlen, den es bald soviel wie Wasser gab? Und wenn man nichts zahlte, wovon wollten sie, Winzer und Gehilfen und Arbeiter, leben? Und was mit dem Wein in diesem Jahr des Fluchs geschah, geschah mit vielem Getreide. Man konnte es anzünden, man konnte es häßlich färben, daß es grade für das Vieh taugte, während Millionen Armer die Straßen füllten. Aber man mußte es tun. Denn man lebte nicht von Getreide, sondern von Geld.

Als die törichten Zeitungen diese Nachrichten verbreiteten, regte sich eine tiefe Unruhe in allen Ländern. Die Neuigkeit wirkte als Sensation auf einfältige Menschen, viele sprachen von Übertreibung oder Hetzmeldungen. Aber die Kunde wühlte unter den Menschen, und die Klugen und Sachverständigen, die auf der Bildfläche erschienen und ihre Meinung zu den Vorfällen äußerten und sie ganz begreiflich fanden, machten es noch schlimmer.
Da breitete sich das Gefühl aus, es könne doch nicht so weitergehen, Hilfe müsse kommen, und wenn es vom Teufel wäre. Das Herrscherhaus hielt sich im Hintergrund, seine Regierung aber ging nunmehr mit der Kälte und Härte vor, die für die Machthaber in diesem Land charakteristisch war, denn sie hatten eine Art Satanspakt mit dem Volk geschlossen: sie versprachen und gewährleisteten ihm Ordnung und Ruhe, das Volk zahlte mit seiner Seele. Wie die Drohung mit dem Belagerungszustand kam und die nicht mißverständliche Neubildung des Kabinetts, wo war die Opposition, ja die Neuen, Radikalen, von denen doch anfangs ein frischer Wind ausging? Sie hatten sich ‚entwikkelt', sie waren eine Partei geworden, hatten sich mit eigenen Gewerkschaften, Zeitungen komplettiert und rechtzeitig ihre Aufgabe erkannt, nämlich den anderen Parteien Mitglieder abzujagen. Wie sollte da eine Hilfe erstehen?
Paul arbeitet in der Stadt. Er unterscheidet sich von diesen Männern in vielleicht keinem Gedanken, aber darin, daß seine Gedanken seinen Willen, seine Handlungen, seine Maßnahmen bestimmen. In den Versammlungen der Straßenbahner, Autobuschauffeure, Schaffner geht Paul herum. Man kennt ihn nicht, er gilt als Fremder, Verjagter, manche vermuten in ihm einen Spitzel, er hält keine Reden, seine alte Kraft, Menschen um sich zu sammeln und zu befehlen, wirkt. Er wendet sich an Junge und an Leute, die noch nicht mürbe sind. Dies ist die Großstadt, in der in seiner Jugend Menschen neben ihm gestanden haben, die zu kämpfen und sterben wußten, hier hofft er – keinen Sieg zu erringen, aber seinen Feind in die Enge zu treiben. Die Regie-

rung hat ihren Plan bekannt gegeben, die Organisationen beraten, da hat sich um Paul aus den enttäuschten halbmilitärischen radikalen Gruppen ein Kampfbataillon gebildet, sie erhalten Zuzug aus der Provinz und verstehen, sich Waffen zu verschaffen. Pauls Gedanken haben sich in der Zwischenzeit nicht geändert. Die einzige Organisation, die drüben etwas wert ist, sagt er, ist das Heer, und sie brauchten eben das andere Heer, denn, lacht er, eines Mannes Rede ist keines Mannes Rede, man muß sie hören alle beede.

Erich, bei dem er sich die ersten beiden Tage aufhielt, war erstaunt über den Mann, der mit zwei jungen Leuten kam, die ihn wie eine Leibwache beschützten. Er hatte ihn ungern aufgenommen, weil die beiden Kundschafter durchblicken ließen, daß es sich um eine wichtige Persönlichkeit handle, und Erich, vergrämt und verängstigt wie er war, wollte sich damit nicht einlassen, duldete ihn aber, bis sie [was schon tags darauf gelang] neuen Unterschlupf gefunden hatten. Der Fremde zeigte Interesse an Erich. Er ließ sich von ihm die Apothekeneinrichtung zeigen, mit Erich und den beiden andern trank und schwatzte er die halbe Nacht durch, er war ein charmanter weltgewandter Herr. Erich setzte sich ans Klavier, der Fremde mit seiner harten Stimme sang musikalisch mit, er war unersättlich, vom Theater und neuen Büchern zu hören, die beiden jungen Leute schienen ihm blind gehorsam zu sein. Mehrere Tage später kam er noch einmal mit den beiden, fragte Erich nach seinem Bruder aus, er wollte wissen, wie Karl solch Scharfmacher und Wüterich geworden sei [er hatte nichts von seinen Beziehungen zu Karl verraten], aber Erich fürchtete sich, wie dieser Mann mit der befehlenden Art seine durchdringenden Augen auf ihn richtete, erzählte, wie herzlich gut er zu Karl stände, was die Familie ihm verdanke, in seiner eigenen Familie ginge es ihm leider nicht zum besten. «Ich höre, die Frau ist ihm mit den Kindern durchgebrannt.» Erich erschrak, der Fremde klopfte ihm auf die Schulter: «Von hohen Personen weiß man alles. Warnen Sie ihn. Er soll sich aus der Schußlinie zurückziehen. Es wird höchste Zeit.» «Was soll ich

dazu tun?» «Wir sind nicht rachsüchtig. Wir beneiden die hohen Herren und ihre schwierigen Damen nicht. Geben Sie ihm einen Wink. Sagen Sie, von wem Sie's haben.»
Darauf machte es sich der merkwürdig stolze herrische Mann auf dem Sofa bequem und schien sich für Erich zu interessieren. Wie Erich darauf komme, allerhand Leute, jedenfalls nicht seines Standes, bei sich zu beherbergen? Bloß Philanthropie? Erich gestand: es hätte sich ohne sein Zutun gemacht, eine politische Überzeugung hätte er nicht, die Leute sind gekommen, manche gefallen ihm. Das billigte der Herr außerordentlich, nickte seinen Begleitern zu: «Keine politische Überzeugung! Das ist recht. Bloß sich nicht unterkriegen lassen. Aber wenn man Sie da nun in die Zange nimmt, Sie sollen sich entscheiden, wie man sagt, was machen Sie da?» Erich lachte: «Ich bin zu fett, sie kommen nicht an mich heran, Leute meines Gewichts sind vor jeder Entscheidung bewahrt.» «Sie haben auch keine Ehe, keine Frau?» «Frauen schon, aber Ehe, nein. Auch diese Entscheidung liegt mir nicht. Es ist kein Verlaß auf mich. Ich kann es keiner Frau zumuten, keiner einzelnen mein ich, ich muß das Gewicht verteilen.» Sie lachten kräftig. Der Herr meinte: «Weiß der Himmel, Sie sind ein anderer Typ als Ihr Bruder, der Industriegewaltige, den hat der Teufel gepackt, der hier groß und klein erwischt, und er muß kommandieren. Das macht ihm Spaß. Bloß daß die Menschen kein Stück Holz sind und sich nicht auf die Dauer bloß hobeln und polieren lassen.» Und dann gerieten sie in ein weitläufiges Gespräch, das Erich in Bewegung setzte, denn er wollte Karl möglichst viel von diesem unterhaltenden Besuch erzählen. «Was wollen Sie, Herr Apotheker», meinte der gut aufgelegte Gast, der sich Erichs Schnäpse munden ließ, «Sie haben studiert, und das mußten Sie für Ihr Diplom. Wahrscheinlich sind Sie aber dabei auch um ein ordentliches Stück Ihres gesunden Menschenverstandes gekommen, nichts für ungut. Denn können Sie jetzt noch einen Menschen ohne die tausend Ideen ansehen, die man Ihnen eingetrichtert hat? Unmöglich. Ein Apotheker müßte übrigens auch ein Arzt sein, und ein Arzt ein Apotheker, von

Ihrem Kaufmannsladen hier halte ich nicht viel, verzeihen Sie.» «Ich auch nicht», seufzte Erich, «es kommt auch keiner.» Der Fremde rauchte. Er fuhr nach einer Weile fort: «Man muß mit dem Haß geboren sein oder mit ihm aufwachsen, das ist unser Abc, und man darf da nichts herankommen lassen. Denn der Haß ist ein zartes und kostbares Gewächs, und das darf man nicht mit faulem Zeug begießen, Kompromissen, Liebe und so weiter.» Wieder kamen sie auf Karl und die Industrie zu sprechen; Erich erklärte, spitzeln zu wollen, der Fremde fixierte ihn ernst: «Möglich ist alles, Motive gibt es für alles, ich führe Sie nicht in Versuchung, man könnte Sie zum Beispiel eines Tages foltern, um etwas über mich herauszupressen, jedenfalls rate ich Ihnen, kein Wort über mich zu plaudern. Sehen Sie sich doch die Herrschaften an, die Ihr Herr Bruder anbetet, wozu sie sich neben ihren Schlössern die Kasernen und Gefängnisse gebaut haben, ob sie anders als mit Unterdrückung und Schlechtigkeit auskommen. Sie müssen die Menschen auf einem erbärmlichen Niveau halten. Denn sie leben von Falschheit, sind hohl wie eine Nuß, aber sie sind doch da, dort oben, haben den Glanz von früher, sind Erben von weit her, ruhen auf den Lorbeeren und Gedanken anderer. Die Kraft, die ein Ziel und eine vernünftige Aufgabe hat, heißt Macht. Aber Kraft ohne Sinn ist Gewalt und muß Gewalt sein. Die hohen Herren sind ohne Legitimität und daher ohne Hoheit und Autorität, und daher müssen sie sich Kanonen, Gewehre und Muskeln borgen. Oh, das ist eine alte verruchte Methode, man kann lange damit existieren, man kann hundert Jahre seinen eigenen Tod überleben. Jetzt haben sie die Industrie, die Finanz, den Handel. Es läßt sich gegen die Verdiener nichts sagen, man muß ihnen nur von Zeit zu Zeit einen Fußtritt geben, damit sie merken, was sie sind. Aber grade das kann man nicht. Denn das Pack, die Verdiener, sind ja in diesem Land der eigentliche Herrscher geworden. Diesen Profitjägern, das dümmste und elendeste Gesindel, das die Erde hervorbringen kann, diesen Räubern, Verbrechern und ihrem Anhang von Schreibern haben die hohen Herren freie Hand gelassen und lassen sich dafür aus-

halten. Und das [er hob seine Stimme] ist ihr unentschuldbares Verbrechen, für das sie büßen werden.»
«Und die Massen, die kleinen Leute, die Arbeiter?» Der Herr zog die Stirn unter seinem dünnen blonden Haar kraus: «Ein trauriges Kapitel. Die lange Knechtschaft und Halbknechtschaft – die ist noch schlimmer als die ganze – hat sie verdorben, von den Gelehrten bis herunter zum Schuhputzer.» «Aber es ist unmöglich ohne die Massen, man kann von ihnen denken, wie man will, sie sind doch da.» Paul fixierte Erich: «Wer sagt das, Sie?» «Sie haben recht, ich wiederhole, was man sagt, aber es läßt sich schwer etwas darauf sagen.» «Schwer? Ich sage Ihnen, daß mit diesen Massen überhaupt nichts anzufangen ist, man kann sie nur mitnehmen. Sie sagen, es ist unmöglich ohne sie. Was ist unmöglich? Wer hat gestern gewußt, was heute möglich ist? Wer weiß, vielleicht sind Sie morgen König dieses Landes, und der heutige König läßt sich von Ihnen dekorieren.» Als Erich lächelte, wurde der Herr zornig und schrie: «Ich sage, er läßt sich von Ihnen dekorieren: dies ist so möglich, wie daß ich hier sitze und Ihren Schnaps trinke! Es gehört zu der Feigheit, die bei euch Knechten herrscht, daß Sie daran zweifeln. Hören Sie auf zu zweifeln, dann werden Sie anders denken. Man muß alles versuchen. Man muß es erst versuchen. Vorher ist es nicht wahr. Hier stehen lauter unbewiesene Größen herum. Wir werden ihnen Gelegenheit geben, sich zu beweisen. All ihren Organisationen, ihren Heeren, Behörden! Warten Sie ab, schwören Sie nicht zu früh. – Und ihre Massen, es wäre mir lieb, sie wären besser. Sie haben's nicht gut, aber sie leiden zu wenig. Das bißchen Freiheit, das sie sich verschafft haben, haben sie dazu benutzt, um ihren alten Herren nachzuahmen. Sie werden einmal sehen, Herr Apotheker, wie hier der Karren läuft. Die Dinge sind doch wahrhaft auf die Spitze getrieben. Was tun diese Massen, die doch angeblich alles sind, und ihre Führer und Parteien? Erheben sie sich mächtig, weil die Selbstsucht, Unfähigkeit und Armseligkeit der Regierenden zum Himmel schreit? Nein, sie führen ihr altes Gezänk fort, winseln und protestieren über Arbeitslosigkeit, schlechte

Löhne, und im Grunde möchten sie's nur haben wie gestern. Der Sklave fühlt sich wohl in seinem Stall. Dabei wie viel Kraft und Mut in einigen. Aber man drückt sie an die Wand. Die Parteien sind ein viel zu gut gehendes Geschäft, als daß die Führer es mit einem Kampf aufs Spiel setzen würden. Die Lage kann noch tausendmal schlimmer werden im Land, ohne daß sich etwas regt – es seien denn die Feinde, die schon wissen werden, wann ihre Stunde gekommen ist. Von der allgemeinen Faulheit und Erbärmlichkeit werden zuletzt auch die wenigen angesteckt. Und wer weiß am Ende noch, was ein Mensch und was ein bloßes Stück Vieh ist.»
Es war an dieser Stelle, wo einer von Pauls Begleitern sich aufrichtete und ihn strahlend ansah: «Ich glaube, wir wissen es.» «Meinst du, Junge? Dann wirst du's ja zeigen, wir werden es bald sehen.» Das war mit einem Anflug von Hohn und Strenge gesagt, der Junge behielt seinen strahlenden Ausdruck.

Um Karl von dem Besuch zu erzählen, machte sich Erich am nächsten Tag zum Weg in die Fabrik auf. Karl lachte ihn aus und riet ihm, sich nicht zum Parlamentär machen zu lassen: «Pardon wird nicht gegeben.» Erich schilderte dann den sonderbaren Mann. Karl horchte auf: «Der ist gefährlich.» Erich erzählte alles, von der Nacht, von den jungen Leuten, wie sie zu ihm hielten; sie hängen an seinen Lippen, dabei sagt und tut er die einfachsten Dinge. «Er gefällt mir, ich müßte lügen, wenn ich es bestreite, aber dann jagt er einem doch wieder einen Schreck ein. Merkwürdig, wie er dem jungen Menschen den Befehl gibt, sich zu beweisen, und wie der es strahlend annimmt.»
Wie sich, aus einem weißlichen Nebel kommend, das donnerdunkle Gesicht seiner Träume vor Karls Augen stellte! Der bemähnte Löwe, das Haupt schüttelnd!
Karl, der gerast hatte, weil es dieser hagere ruhige Mann gewesen sein sollte, der ihm mal das Innere zerriß, für nichts das alles, und ich war nur ein kindischer Trotzkopf, ein Schwächling, wurde stiller und stiller. Der Bruder erzählte noch von dem

sonderbaren Singen. Erich wunderte sich, als sich bei dem Bericht Karls Augen trübten. Ob Erich wüßte, wo man diesen Wundermann sehen könne. Erich bat ihn, wo er doch so gereizt sei, diese Begegnung zu lassen; schließlich versprach er, mit der Absicht, es nicht zu halten, den Mann irgendwohin zu bestellen. Aber inzwischen – hatte Karl ihn selbst schon getroffen, dort draußen.

DAS WIEDERSEHEN

DENN nach diesem Bericht konnte Karl nicht warten. Es war das Bild der jungen Leute, zu denen Paul sprach. Der Ruf! Ein Krampf seines Innern, und aus einem weißlich brauenden Nebel das donnerdunkle Gesicht [war das überhaupt Paul, überhaupt ein Mensch, und nicht eher sein Wille, jetzt mit Tod geladen? Wo sollte er hin? Dies war der Ausweg, vielleicht mehr als ein Ausweg, eine Hoffnung, vielleicht, welch Wahnsinn, doch noch eine Erfüllung].

Paul war nicht leicht zu finden. Aber in den dumpfen Versammlungen bekam man Wind von ihm. Wie die Organisierten ihn haßten, am liebsten hätten sie ihn totgeschlagen; Paul hielt sich nicht mehr bei den alten Verschwörermethoden auf, sondern bildete mit einer Handvoll Gehilfen, Leuten wie er, militärisch Bataillone aus, Bataillone von Staatsfeinden! In welche fatale Situation gerieten, eingeklemmt zwischen ihnen und ihren Feinden, den Machthabern und der herrschenden Klasse, die Organisierten. Was hatten sie, außer ihren alten gedruckten und immer wieder gedruckten und gesprochenen und immer wieder bloß gesprochenen Theorien, den Aufrufen und einfachen klaren und stolzen Worten Pauls entgegenzusetzen. «Das Land gehört uns, die Herren zusammen mit den Reichen ruinieren es, wir müssen es ihnen aus den Händen winden. Sie haben unsere Heimat, unseren Boden und unsere Städte überfallen und uns zu Sklaven gemacht. Befreit euch! Helft uns das Land befreien.»

«Sie reden von einer Krise. Es gibt keine Krise. Glaubt ihnen nicht. Die Profitjagd lohnt nicht mehr, das ist wahrhaftig nicht eure Sorge. Ihr sollt euren Blutsaugern zu Hilfe kommen. Die Verbrecher sind krank, es ist zu hoffen, daß sie bald verrecken. Wie ein Stück Fleisch, das fault und uns vergiftet, sitzt das an unserm Körper und läßt uns verderben. Da kann unser Land, reich wie es ist an fruchtbarer Erde, Bergwerken, Maschinen, kräftigen Männern und Frauen, soviel Kohle, Eisen, Wein, Getreide hergeben, wie es will – es nährt, wärmt, bereichert keinen, denn – sie wollen es nicht! Wer hat der Bande diese Macht gegeben? Seht ihre Beschützer oben, wie sie alles wissen und stillhalten. Seht die Gemeinheit, die Schamlosigkeit, die Grausamkeit, den Wahnsinn. Seht die Schande. Beseitigt sie!»

Karl erkannte Paul. Überzeugte ihn, was er da las, war er belehrt? Er las garnicht. Er hörte nur den Ton, sah einen Menschen deutlicher und deutlicher. Er mußte ihn sprechen, sehen. Merkwürdig, er dachte nicht: der ‚Fremde', der ‚Besucher', sondern seit dem Bericht Erichs dachte er wieder ‚Paul'. Und wenn er vorher, früher, abends aufgebrochen war aus seiner Wohnung, um dahin auf die Straße zu gehen, José und Julie zu bezwingen und sich über sie zu erheben – die Raserei zitterte noch in ihm, er fühlte, die Bestialität wird mit einer Vernichtung enden, denn so muß sie enden, weil sie eine Feuersbrunst ist –, so trieb es ihn nun zu etwas, was Paul hieß. Und jetzt, wo er ihn suchte und lange nicht fand, klagte er sich an und entsetzte sich, daß diese Szene neulich in seiner Wohnung möglich gewesen war, mit Paul, zu denken mit Paul. In ihm loderte der Wille, sich hier anzuklammern, sich zu rechtfertigen und, wenn es möglich war, zu genesen von demselben, der ihn krank gemacht hatte.

Karl wagte sich nicht alle Tage in die Fabrik, der Brief der Zollbehörde ängstigte ihn nachträglich, das Gesicht des Anwalts war so betroffen gewesen, als Karl ihm den Brief zeigte. Aber viel lag jetzt nicht mehr daran, ach es war ja wahr, was man da sagte, alles Schlechte stimmte, was man ihm vorwarf; ein Übel nach dem andern von dem, was er in der langen Zeit angerichtet hatte [wer war es?], mußte ja über ihn fallen, der Berg war im Rutschen, es kam nicht mehr auf einen Stein an. In der Zeit, wo die Polizei schon in seiner Fabrik nach dem Verbleib einiger maschineller Einrichtungen forschte, in seiner Wohnung feststellte, daß er weder krank lag noch gelegen hatte, suchte er verzweifelt Paul, bis er ihn eines frühen Abends, die Laternen wurden grade angesteckt, dicht bei seinem Vorstadthotel traf. Denn er trug sein Bild flammend fordernd in sich, und es konnte nicht ausbleiben, daß er ihn fand.

Da ging in dem Menschengewühl dieser Gegend – es gab an allen Ecken Gruppenbildungen und Diskussionen vor den Läden über die kommenden Kämpfe – ein großer schlanker gutgekleideter Mann in Pelz und Krimmermütze, trug einen goldenen Kneifer, hatte einen braunen hängenden Schnurrbart, und neben ihm schlenderte, eine Hand in der Tasche, ein eleganter jüngerer Herr. Der Schritt des Mannes im Pelz, der zufällig vor ihm ging, fiel Karl auf, und als er die beiden überholte und sie im Gedränge an ihm vorbei passierten, wußte er, das war, wieder einmal in Verkleidung, Paul. Er verfolgte sie, es war sehr mühevoll, er mußte sich winden, stoßen und Beschimpfungen hinter sich ertragen und sah sie schließlich in einer breiten Straße zehn Schritt vor sich in einem weitläufigen Haus verschwinden. In diesem Haus wohnte er vielleicht, möglicherweise ging er bald wieder aus. Aber da trat nach einer Stunde der junge Herr allein aus der Tür, eine Zigarette im Mund, und wollte an Karl vorbei, den er für einen Mann dieser Gegend ansah. Karl sprach den Herrn an, der die Brauen zusammenzog, die Achsel zuckte und tat, als wenn er die Sprache nicht verstand. Als Karl ihn bat, dem älteren Herrn mit der Krimmermütze und dem Pelz, mit dem er vorhin in das Haus ging, seinen Namen zu nennen, fixierte ihn der junge Mann, nahm die Zigarette aus dem Mund, überlegte und gab Karl einen Wink mit dem Kopf, ihm in den Hausflur zu folgen. Drin betrachtete er Karl noch einmal sehr aufmerksam, überlegte und erklärte schließlich, Karl möchte warten, und verschwand durch die hintere Tür des Hausflurs. Nach einigen Minuten kam er mit einem andern Mann seines Alters wieder, sie fragten Karl nochmal, wer er sei, kannten offenbar seinen Namen, schienen es aber angesichts seiner Kleidung nicht zu glauben, wollten wissen, warum er käme, ob von jemand geschickt, der eine von ihnen ging noch auf die Straße, wohl um zu sehen, ob Karl mit andern gekommen war, flüsterten abseits, und während einer bei Karl blieb, verschwand schließlich der andere nach hinten. Als er in der Tür wieder erschien, winkte er dem andern mit einer Kopfbewegung, sie wechselten zwei Worte, dann durfte Karl mit ihnen gehen. Man führte ihn über einen Hof, er mußte es sich im Hausflur gefallen lassen, daß man ihn vom Kopf bis zu den Füßen abtastete, ihm ein Tuch vor die Augen band und ihn in dem großen Gebäude einige Treppen und Korridore hin und her führte. Eine Tür wurde aufgeschlossen, und wie man ihm die Binde abnahm, stand er in einer ärmlichen Küche, in der Gas brannte, die beiden jungen Leute waren da mit etwa fünf anderen, zum Teil älteren, die starke Figuren hatten und wie Soldaten, vielleicht Offiziere in Zivil, aussahen. Sie standen und saßen um den Küchentisch, auf dem viele Papiere lagen, Straßenpläne, Tinte, Federhalter, Bleistifte. Man ließ Karl noch warten, bis aus dem Nebenzimmer ein baumlanger junger blonder Mensch trat, der im Herausgehen ein geschriebenes Papier studierte, das er in der Hand hielt und worauf er noch im Gehen mit Bleistift eine Notiz machte. Darauf war Karl an der Reihe, die Tür blieb offen, man sagte ihm, er hätte sich sofort auf den Stuhl am Ofen zu setzen.

Da setzte sich denn der zertrümmerte Mensch hin und saß mehrere Meter entfernt vor Paul. Die lange Prozedur des Wartens hatte ihm nichts ausgemacht. Nachdem er einen Blick auf den Mann hinter dem Tisch geworfen hatte – er trug jetzt keinen Schnurrbart, saß unter einem Bild auf dem roten kleinbürgerlichen Sofa, hatte den mageren strengen Kopf bequem zurückgelegt, die Augen spähend, die Mundwinkel in der Dauerhaltung des ironischen Lächelns –, erkannte Karl ihn. Ja dies war Paul, das kühne Reitergesicht, die bequeme Haltung, der strenge gespannte

Ausdruck, die niedrige Stirn, das dünne blonde langsträhnige Haar und die Augen, die sich jetzt öffneten und stählern unerhört strahlten. Um dieses Gesicht, das mokante Lächeln hatten seine Gedanken ein ganzes unvergessenes Jahrzehnt gekreist. Paul kniff wieder halb die Augen zu. Es war wie die Schlange, die auf ihr Opfer schaute. Über Karl aber fiel eine Schwäche, fast so wie in jenem Moment, wo er von Julie den Brief bekam. Er wußte einige Sekunden nichts von sich. Wie er sich wieder hatte und sich zurechtrückte und räusperte, saß der Leutnant auf dem Sofa nach vorn gebeugt und beobachtete ihn scharf.

Man blickte von der Küche herein. Da räusperte sich Karl noch einmal, stotterte, er wollte um Entschuldigung für die schlechte Art bitten, mit der er neulich Paul empfangen habe. «Wollen Sie Wasser?» fragte Paul, «ist Ihnen nicht wohl?» Als Karl dankte und noch einmal die Entschuldigung vorbrachte, nickte Paul kurz. «Ist das der Grund, weshalb Sie kommen? Ihr Bruder hat Ihnen etwas bestellt.» «Es ist nicht darum», stammelte Karl, «ich komme nur, um mich zu entschuldigen.»

Es war schon viel, daß er das sagen konnte. Er lehnte zurück, nichts will ich, es ist ja gut, und umfaßte, es war ein übervoller Schluck, mit einem trunkenen Blick den einfachen Raum, Wohnzimmer mit Gasbeleuchtung, Sofa, Tisch, Wanduhr, Kommode mit Bildaufbau, offene Tür, Paul, und das war wieder die Szene, unauslöschlich, als sie zusammen im Marktlokal Mittag aßen und ausgestreckt am See lagen bei der Ruderpartie, Gustav, der Himmel von weißen jagenden Wolken bedeckt, die leeren Boote stießen am Ufer zusammen, Paul erzählte von einem Pfarrer, sie lachten, waren ernst und alles war so dunkel, wahr und doch durchscheinend, daß schon damals der Schmerz in ihm zuckte und er sich klagen hörte: «Hätte ich dies nie erlebt.» Es würgte ihm in der Kehle, es war eine ungeheure Stunde, er schluckte, schluchzte leise, es ist geschehen, ich bin alt geworden, ich hab es nicht aufhalten können. Der ruhige Mann auf dem Sofa sagte: «Die Entschuldigung ist nun erfolgt und angenommen. Wünschen Sie noch etwas?» «Verzeihen Sie, meine

Nerven sind schwach.» Es war namenlos gut, hier zu sitzen; dies nicht stören, ich muß nachher herausgehen und dann kommt wieder Julie, die Fabrik. «Also zur Sache.» Der auf dem Sofa bewegte sich nicht, Karl suchte sich zu sammeln: «Ich bitte sehr, ich flehe Sie an, seien Sie einen Moment geduldig mit mir, ich nehme mich schon zusammen, Sie wissen ja nichts, ich wollte ja nur bei Ihnen sitzen, nachdem neulich das Gespräch so mißraten ist. Gönnen Sie's mir, wir waren einmal Freunde, ich hab an Ihnen gehangen, unsagbar, an Ihnen und an allem, was Sie sagten, Sie wissen nicht wie, inzwischen sind tausend Menschen an Ihnen vorübergegangen, Sie kennen mich ja nicht, Sie werden sich kaum auf mich besinnen, aber für mich, wenn ich hier sitze, ist es ungeheuer viel, und mir wird wieder lebendig, was mir Ihre Freundschaft bedeutet hat. Und was dann geschehen ist.» Er ballte die Fäuste, saß gebückt, mit dem Blick auf den zerschlissenen grünen Teppich, preßte die Fäuste gegen die Schläfen, murmelnd: «Schändlich ist mein Leben verlaufen, aber jetzt nichts davon. Solange Sie mich lassen, will ich nur ruhig hier bleiben» [ist es möglich, daß ich hier vor ihm sitze? Ich muß Julie dafür dankbar sein].

Die kühle Stimme vom Sofa: «Aber das ist natürlich ein Irrtum, daß Sie hier ruhig sitzen bleiben; ich habe einiges zu verhandeln, was nicht grade für Ihre Ohren bestimmt ist.» Als er nicht aufstand, legte er wieder den Kopf zurück und sagte fragend, wartend: «Bitte?» Da kam in Karl die Angst, er könnte diesen Augenblick unbenutzt lassen, und brachte hervor: «Die Umstände, unter denen wir sprechen, sind schlecht für mich, ich würde Ihnen allerhand Aufklärungen geben. Muß die Türe offen stehen?» «Wenn es Sie stört...» Paul rief einen Namen, einer der beiden jungen Menschen von vorhin war sofort da, sie flüsterten, der junge Mensch schloß die Tür und stellte sich ans Fenster. «Sie können ruhig sprechen, mein Freund hier versteht unsere Sprache schlecht. Aufklärungen sind übrigens überflüssig, Sie brauchen sich nicht anzustrengen. Warum sind Sie so eigentümlich gekleidet? Mir zu Ehren?» Der Leutnant zeigte auf Karls ordinäre Joppe, den schmutzigen weichen Kragen, den hängenden Schlips. Die Röte stieg in Karls Ohren, er rieb sich das Kinn, sprach leise: «Ich will Ihnen das auch erklären.» Und fing an, stockend von einer Ecke her zu erzählen, was er in Gedanken schon tausendmal Paul erzählt hatte, und einiges hatte er neulich Erich gesagt: wie er damals weg wollte, die Mutter ihn einsperrte, wie er Paul suchte, und dann die Fabrik [ach, er sah, während er sprach, wie schwach er gewesen war], und dann ist alles so weitergegangen, und die Ehe und jetzt die Krise. Karl sah nicht auf, während er redete, er bemerkte nicht den kalten Ausdruck Pauls, denn solche lange rührende Geschichte hatte doch der sentimentale Herr ihm schon einmal erzählt, von seinem Vater, ihrem Gut und Gasthof und wie seine Mutter sich zu quälen hatte, vielleicht plärrt er jetzt bald los. «Sie haben sich im ganzen vorzüglich gehalten, von Ihrer Fabrik habe ich schon draußen gehört, Sie selbst sind ein mächtiger einflußreicher Mann geworden, einer, mit dem man rechnen muß. Die Krise nimmt Sie mit? Es macht Ihnen keinen Spaß, daß die gnädige Frau ihrer Wege geht? Männerlos.» «Seitdem Sie damals weg sind, ich spreche es aus, ist mein Leben vorbei [Karl ließ sich ganz los, er fühlte diese Stunde]. Eine große Sünde lastet auf mir. Ich bin ein Mörder, ein Räuber. Ich habe der Frau, die mich nun verlassen hat, viele Jahre ihres Lebens geraubt, ich habe Kinder in die Welt gesetzt und konnte ihnen nichts geben, mein eigenes Leben habe ich mit Füßen getreten. Warum? Ich habe nicht gelernt, wie das ist, sich frei bewegen, und als ich die Macht bekam, es zu tun, habe ich es im Dienst von andern getan, für Fremde. Von mir ist nie die Rede gewesen, und ich mochte auch nie an mich denken, mir graute heimlich vor mir, wenn ich an mich dachte. Man spricht von Ausbeutung der Arbeiter. Man hat mich erpreßt und meines ganzen Daseins beraubt, wie eine Spinne ist man über mich gesprungen und hat mich ausgesogen, und man konnte das, denn ich war schwach und ohne Hilfe. Ich will nicht alles wieder heraufbeschwören, Sie haben damals vergeblich auf mich gewartet, hier bin ich nun.»

«Das wollten Sie sagen. Aber Sie unterschlagen einiges. Sie haben Ihrer Klasse bis zum letzten Tage ausgezeichnet gedient.» Karl biß sich auf die Lippe. Der Leutnant kniff wieder die Augen und spähte zu ihm herüber: «Das sind ja förmlich Klagen eines Reuigen. Wollen Sie in ein Kloster gehen?» «Ich bin froh, daß es mit allem, Fabrik, Familie, so weit ist, es war ja nicht aufzuhalten, es taugte nichts, die Wahrheit kommt doch an den Tag. Ich bin froh, vor Ihnen zu sitzen und Ihnen alles zu sagen. Mir ist endlich wieder, nach vielen Jahren, wohl.» «Das ist sehr erfreulich, obwohl ich Sie für einen Narren halte, daß Sie Ihr Werk verachten. Sie bestätigen, das Schiff sinkt und die Ratten schwimmen davon. Aber denken Sie doch nicht, daß damit, daß Sie hier sitzen und sich wohl fühlen, etwas geschehen ist. Sie sind unverändert der Mann Ihres Namens.» «Gewesen.» «Und Sie glauben, Herr, damit, daß Sie bereuen, sei etwas geschehen? Davon seien zum Beispiel die Verbände, die uns gegenüberstehen und die Sie bezahlt haben, entwaffnet?» «Was soll ich tun, sagen Sie es mir doch, ich bitte Sie darum, nageln Sie mich doch nicht auf das Vergangene fest.» «Lieber Herr, das ist ein großes Wort, sagen Sie es den Toten, die morgen, übermorgen auf dem Pflaster liegen werden, auch durch Ihre Schuld.» «Nageln Sie mich nicht fest, lenken Sie doch unser Gespräch...» «Es ist Ihr Gespräch.» «Ich möchte so gerne, daß es auch Ihres wäre, hören Sie mich doch an, kennen Sie mich nicht mehr; ich war ein großer Bauernbursche, wir haben uns auf dem Markt getroffen, Sie waren gut zu mir, finde ich keine Gnade mehr vor Ihnen, sehen Sie nicht, wie ich mich entwürdige.» «Sie sind erschütternd, Herr, in Ihrer Unschuld. Das Gespräch nähert sich ernsten Dingen, Sie sagen, nageln Sie mich nicht darauf fest. Ich will Sie aber festnageln, Ihren privaten Kummer will ich nicht hören.» «Es gelingt mir nicht...» «Nein, es gelingt Ihnen nicht. Ich muß erklären, warum ich zu Ihnen heraufkam. Ich wollte die Auffassung eines führenden Industriellen von der heutigen Lage erfahren. Das Land treibt den jämmerlichsten Zuständen entgegen. Daß es eine Schmach ist, sehen einige. Was denken nun Leute wie

Sie davon, was soll weiter werden, oder denken Sie, es geht endlos so weiter?» «Ich weiß nicht», stammelte Karl. «Das sehe ich. Erwarten Sie deswegen kein Lob von mir. Was wünschen Sie nun? Daß ich Ihnen Kredite für Ihre Fabrik verschaffe oder Ihnen Ihre Frau zurückführe?» «Nichts.» – «Geht es vielen von Ihnen so?» Karl richtete sich auf, strich sich die Stirn: «Wenn Sie nach der Industrie fragen, so wissen Sie selbst: wir kämpfen ums Leben. Es gibt noch einige, die glauben etwas verteidigen zu müssen, aber von den Einsichtigen glaubt es keiner. Wir treiben. Aber man hat noch Geld, um andere zu finden, die an einen glauben und einen verteidigen.» Der Leutnant strahlte: «Das ist ein gutes Wort.»
Karl stand langsam auf. Diese Stunde war vorbei. Er sah sich wieder in dem Raum um, hier hatte er gesprochen, der junge Mensch hielt bewegungslos am Fenster, der Leutnant sagte: «Bleiben Sie stehen, der Junge versteht keinen Spaß.» «Ich habe mir das Gespräch anders gedacht.» Der Leutnant schob den Tisch beiseite, erhob sich, wechselte einige Worte mit der Wache, der junge Mensch ging rasch zur Tür hinaus und machte sie hinter sich zu. Paul trat unter der Gaslampe an Karl heran: «Nun, alter Junge, wir haben uns seit damals nicht gesehen, du hast mich verraten, was meinst du, wenn ich hier diesen Revolver nehme und dir eine Kugel in den Kopf jage?» «Ich möchte wahrhaft gerne mit dir ins Reine kommen, Paul.» Karl stand aufrecht vor ihm, er hatte seine Schwäche überwunden. Paul streckte ihm die Hand hin: «Adieu, mein Junge, ich habe noch einiges zu tun, es kommen schwere Tage, schade, daß wir nicht zusammengeblieben sind.»
Sobald Karl gegangen war, trat der junge Mensch wieder in die Stube und stand, um Befehl zu erwarten, auf der Schwelle. Paul, noch unter der Lampe, nickte und lächelte ihn an: «Man hat hierzulande die Vorstellung von einem Gott, dem ein Sünder, der bereut, besser gefällt als hundert Gerechte. Ich glaube, mein alter Freund, der hier war, wendet sich besser an seinen lieben Gott.»

ES war wirklich ein schwerer Tag. In der Nacht begannen die Feindseligkeiten. Denn angesichts der Machtmittel, die sofort von den Streikenden und von Polizei und Militär angewandt wurden, konnte man nur von Kampfhandlungen reden. Die Umgebung der großen Straßenbahnhöfe war in der Nacht von einer wachsenden unruhigen Menschenmasse besetzt, von der man nicht wußte, was sie vorhatte; viele Frauen und Kinder waren dabei, ja auffällig viel Kinder. Als die ersten Arbeitswilligen erschienen und in die Tore wollten, fiel man über sie her und schlug sie, so daß nur verschwindend wenige sich drin in den riesigen Schuppen versammelten, es war auf den meisten Bahnhöfen keine Rede davon, daß man ausfuhr. Draußen aber warteten sie drohend auf die ersten Wagen. Inzwischen rollten Polizeiverstärkungen an, das langsame Zurückdrängen der Masse begann, sie ließ sich wie ein lebloses Wesen schieben, um sofort wieder in alle Lücken einzudringen. Es waren, wie der Tag heller wurde, auch nicht bloß Versammlungen um die Bahnhöfe, sondern an allen möglichen Punkten der Stadt mit Ausnahme der Innenstadt, in der sich aber vormittags nur ein lauer Verkehr bewegte, der gegen Mittag bei dem Auftauchen starker Polizeitrupps, zur Sicherheit der großen Magazine und öffentlichen Gebäude herkommandiert, noch mehr nachließ. Kleinere Geschäfte, besonders Juweliere, schlossen früh. Die Warenhäuser wagten es nicht, aber sie ließen sich nicht davon zurückhalten, ihre großen Schutzgitter hochzuziehen, ein Verfahren, das auch nicht dazu beitrug, Kauflustige herbeizulocken. Die Lähmung des Straßenbahn- und Metroverkehrs machte sich dann am Spätnachmittag in einer besonderen Weise bemerkbar. Die Straßen und Plätze, nun aber auch der Innenstadt, wimmelten von Menschen, aber von einem Publikum, das sonst nie in solchen Scharen und gar um diese Zeit die Wege belebt hatte. Sie zogen in langen Scharen, in großen Massen, die gegen Abend immer dichter wurden, die großen Verkehrsadern der Stadt waren schwarz und verstopft von ihnen, und noch immer strahlten die breiten grellen Lichter und Scheiben der großen Magazine, der Restaurants und Cafés; die Massen schienen ohne Plan sonntäglich hin und her zu fluten, aber auf dem Fahrdamm gab es eine bedenkliche Leere, es fuhren Autos, aber nicht zu viele, und Geschäftswagen waren noch weniger da. Inmitten der Fahrdämme ritten Kavalleriepatrouillen der Polizei, trappelnde starke Pferde, auf ihnen der Mann, das Gewehr am Riemen auf dem Rücken. Die Gegend der Paläste, Museen, Regierungsgebäude wurde nachmittags abgesperrt, Gerüchte liefen um, daß dort seit Tagen Truppen lagerten.

Es wurde Abend nach einem trüben feuchten Herbsttag, die Zeitungsverkäufer schrien ihre Papiere aus; man kaufte wenig, was in der Welt geschah, interessierte nicht, und was man selbst vorhatte, würde sich ja schon zeigen. Es war Abend, eine Stunde früher schlossen die Warenhäuser, die Masse ihrer Angestellten mischte sich unter die Passanten, die zentralen Straßen verloren ihr Feuer; die Menge schmolz zunehmend zusammen, bald waren es nur noch die Berittenen der Polizei, die von dem drohenden Aufmarsch auf den prächtigen Straßen und Alleen unter den Girlanden der elektrischen Lampen übrig blieben. Es war Abend und mußte Nacht werden, und jeder in der Stadt spürte, daß es eine besondere Nacht werden würde. Ganz tot lag das heilige Quartier der Siegeshalle und der Paläste, wenig belebt das gewaltige Zentrum der Theater, Magazine, Kinos; die Angst schreckte die Massen in die Häuser, vergebens strahlten die Kinos ihre Lichtreklame aus, es war nicht die Stunde für den schwelgerischen Zauber, den sich müßige Leute in ihren Ateliers ausgedacht hatten, es war nicht die Stunde für Entrückung, gewaltig und schrill rief die Gegenwart. Das Klappern der Polizei auf den Pferden, das Vorüberrennen von Menschen, die flüchtigen Geräusche erfüllten die Ohren der Menschen. Die Stadt, die sonst die rote Lohe über sich warf und sich daraus einen Dom wölbte, unter dem sie meilenweit sichtbar in dieser Ebene thronte, gab nur von ihrer Straßenbeleuchtung her einen blassen Schein von

sich. In den Arbeitervierteln wimmelte es, die Säle waren voll, in denen Versammlungen tagten, auf den Plätzen gab es Zusammenrottungen, die Wagen der Polizei flitzten unaufhörlich, Gerüchte von Verhaftungen liefen um, die Teilnahme der Eisenindustrie am Streik war bald sicher, bald unsicher, die Eisenbahner sollten beraten.
Die schwere Nacht ging vorüber, und es war nichts erfolgt! Ja, frühmorgens zeigte sich, daß es Kräfte gab, die dem Streik entgegenwirkten und ihn ausnützten. Da die Geschäfte, Fabriken und Magazine nicht streikten, würden sich ja wohl Angestellte und Arbeiter bewegen wollen, und da war über Nacht die Großstadt drei Jahrzehnte zurückgeschraubt: statt der Elektrischen, Metro und Autobusse fuhren bejahrte Kremser, Kutschen, wacklige Leiterwagen. Man sah Reihen von Autos, auch vornehme Privatautos, die von Polizeieskorten begleitet Scharen von johlenden Geschäftsangestellten, aber auch von Studenten und Schülern an ihre Arbeitsstelle führten. Das Straßenbild belebte sich, es gab elementare Bedürfnisse. Die bewegungslos verlaufene Nacht, die unausgenutzte Panikstimmung hatte dem Streik geschadet, schon meldeten die Zeitungen von Verhandlungen, die im Wirtschaftsministerium unter der persönlichen Leitung des Ministers zwischen den Streikparteien begannen, ferner daß sich politische Faktoren um den Streik bekümmerten, einsichtige Personen von hüben und drüben, denen das Wohl der Wirtschaft über persönlichen Interessen und Meinungsverschiedenheiten stand und die den Augenblick für zu ernst hielten, um prinzipielle Fragen auszutragen. Und als der Frühnachmittag da war, hörte man, daß tatsächlich Fühlungnahmen zwischen den Parteien angesichts der ernsten Situation und der Gefahr des Übergreifens des Streiks auf die Eisenbahner stattgefunden hatten. Die Vertreter des Innen- und Heeresministeriums waren bei der Beratung hinzugezogen und erklärten, gewissermaßen die Faust auf dem Tisch, daß sie das Land nicht zum Spielball egoistischer Leidenschaften und jämmerlicher Teilinteressen machen lassen würden; die Krise hätte das Land schon genug zerzaust, wenn nun

die Streikparteien glaubten, die Zerstörung der Güter von sich aus weitertreiben zu können, so irrten sie sich, in dieser Stunde stünden alle auf einem gefährdeten Schiff, und alle, die mitfahren, seien solidarisch haftbar für sein Geschick, man wird keine Meuterei zulassen. Die harten Worte hätten zu anderer Zeit die Streikparteien gleichmäßig gereizt. Jetzt war man auch auf Seiten der organisierten Streikenden nicht unzufrieden mit dem Vorfall, man sorgte selbst dafür, daß er bekannt wurde, und in den Flugblättern, die über den Stand des Streiks berichteten, stand fett und an erster Stelle von der Drohung des Militärs, vor der man keineswegs zurückweichen werde; die Säbelrasseler täuschten sich, wenn sie glaubten, die Streikenden würden ihnen das Stichwort für ihre Gewaltaktion geben, die Klarheit und Zielbewußtheit der Arbeiter sei unerschütterlich, der allzu bekannte Machtwahn eitler Generäle werde keine Triumphe feiern. Haltet Ruhe! Laßt euch nicht provozieren! Folgt nicht den Parolen eurer Feinde!
Was war der Grund für diese Haltung? Die offenbare Ausbeutung des Streiks für einen politischen Anschlag. Die Plakate, die vom zweiten Streiktage an die Mauern bedeckten, ließen an Deutlichkeit nichts zu wünschen übrig. Es war, als ob plötzlich über Nacht eine dritte, überradikale Gruppe neben den beiden Arbeiterparteien, von denen man wahrhaftig schon genug hatte, aufgetaucht wäre. Neben den Proklamationen der gemäßigten und der radikalen Organisierten klebten Aufrufe – gegen die Disziplin dieser Organisationen! Schäumend standen die Anhänger und Freunde der alten und neuen Organisation davor, nannten es bezahlte Arbeit, stellten fest, wie die Behörden mit offenbarem Vergnügen Kenntnis von der dritten Partei nahmen [«sie haben sie selbst bezahlt», schrien sie] und von einem aufgedeckten Spiel sprachen. Während die Plakate der Organisierten ernst und gesteigert scharf ihre alte Sprache redeten, von der schon bestehenden Not sprachen, daß man bald den Armen auch den letzten Bissen wegnehmen werde, daß ein furchtbarer Winter nahe, waren die Worte der Neuen mit Hohn und Stolz ge-

laden. Da redete ein anderer Geist. Man konnte die Neuen kaum neben die beiden andern stellen, obwohl sie sichtlich [oder nicht?] in einer Front kämpften. Es waren die mit Angst und Grimm empfangenen Kampfbataillone, sie nannten sich Bataillone der Befreiung. Jeder Kenner der Geschichte dieses Landes wußte, daß dies Gewächs nicht auf heimischem Boden entstanden war, seit einem Jahrhundert hatte dieses Land keinen offenen Kampf gegen die Regierung gesehen.

Die Führer der Freiheitsbataillone riefen zum Schutz des Landes und seiner Kultur auf. Das Land werde von seiner jetzigen Regierung verraten. Der heutige Staat habe abgedankt, habe das Land der Meute der Besitzer, Händler, Börsianer, Fabrikanten überlassen, und was geschieht, geschieht durch ihre Kraft. Fruchtlos waren alle sogenannten Einmischungen des Staats, fruchtlos, weil sie niemals ehrlich waren. «Die heutigen Machthaber haben keine Autorität, weil sie entlarvt sind als ausgehaltene Partei. Sie sollen jetzt auch als Partei genommen werden. Sie haben das Land in den schrecklichsten Klassenkampf getrieben. Wer hat es dazu kommen lassen, daß der Kampf um Gerechtigkeit, Vernunft und Menschenwürde zum Klassenkampf geworden ist? Schande über die Machthaber und Besitzenden dieses Landes, die den Armen und Ärmsten diesen Kampf aufbürden! Das Land und seine Güter müssen ihnen entrissen werden, die Stunde der Not fordert es, das Volk verlangt seinen Boden, seine Flüsse, Seen, seine Berge, Wälder und was darauf steht, seine Städte, Eisenbahnen, Fabriken.» Es wurde der versklavte Bürger, der getäuschte Kaufmann, alles was arbeitet und schafft, aufgerufen. An die herrlichen Werke der Kultur, die Leistungen der großen Geister der Menschheit wurde erinnert, die die Machthaber und ihre Regierung vernichten. Gegenüber den Bajonetten verharrt man in elender Furcht und Gleichgiltigkeit. «Zu den Waffen!»

Dieser schrecklich offene Aufruf war es, der in der Stadt alle zum Zittern brachte. Es gab verschiedene Fassungen des Aufrufs, die in diesen Tagen an die Mauern geklebt wurden, meist wütend abgerissen, überklebt oder bemalt, aber alle endeten mit dem furchtbaren Ruf «Zu den Waffen». Der Streik war gewiß bitter, die Krise wirkte hart und lange, ein Ausweg war nicht zu sehen, aber war der Bürgerkrieg ein Ausweg? Man hatte es mit Verrückten und Aufgewiegelten zu tun. Übrigens lächerlich anzunehmen, daß die Massen mit ihnen gehen würden. Die Organisationen betonten den Unterhändlern gegenüber, daß sie ‚ihre Leute' fest in der Hand hätten. Aber als kleine Stoßtrupps der Freiheitsbataillone sich hie und da zeigten und offenbar einen Druck und eine mächtige Anziehungskraft auf die noch trägen Massen ausübten, als neue schändliche und hetzerische Flugblätter erschienen, wurden die Einigungsverhandlungen zwischen den Streikparteien mit Hochdruck fortgeführt. Die Verkehrsgesellschaften, die die prekäre Lage der Gegenseite natürlich genau kannten, konnten mit Ruhe hart bleiben und ließen sich schließlich Kleinigkeiten abhandeln. Die Vertreter der Streikenden mußten mit diesen sogenannten Konzessionen zähneknirschend vor die Versammlungen treten, um die notwendigen Abstimmungen vornehmen zu lassen. Der Lohnkampf war von rückwärts erdolcht.

Aber am zweiten Tage, am Abend und in der Nacht, wurde in der Stadt geschossen. In diesen Tagen vollendete sich Karls Schicksal.

Als er aus dem Haus Pauls trat, ein kalter windiger Abend, war ihm, als ob er seit Jahren zum ersten Mal auf seinen Beinen ging und Menschen sah. Ihm kam alles neu vor, er war frisch, kräftig und fröhlich, ihn interessierten die Schaufenster, die einzelnen Menschen, die Plakate, die Menschengruppen. Er hatte Hunger und aß friedlich in einer Wirtschaft. Wie draußen ihn eine Frau anblickte und lockte und er vorüberging, fühlte er, wie anders und ausgewogen er war; er wäre ihr beinah nachgegangen und hätte sie für die Vergangenheit, die verworrenen Scheußlichkeiten um Entschuldigung gebeten. Er hatte hier eigentlich nichts mehr zu suchen, im Grunde, kam ihm vor, könnte er jetzt nach Hause in seine große Wohnung fahren und alles, was da kam, friedlich und auf anständige Weise regeln. Aber für den Augenblick war ihm nur sicher, daß er diese Gegend nicht verlassen wollte und gleich in sein kleines Hotel gehen würde, um dort zu schlafen. Und da lag er bald, schlief fest und ruhig ein. Frühmorgens erschien das donnerdunkle Gesicht, wir gehören zusammen, sagte er vor dem Gesicht, es ist besiegelt und abgemacht. Als er sich morgens seinen Geschäftsanzug angezogen hatte und durch die beklommenen Straßen zog, es war der erste Streiktag, fiel ihm ein, Erich zu besuchen, seinen Bruder, eine Stunde bei ihm zu sitzen; es waren allerlei Entschlüsse, er wußte noch nicht welche, zu fassen, aber er wollte sofortige Entscheidung.

Wie er in die Apotheke kam, begrüßte ihn der Provisor, sein Bruder suche und telefoniere nach ihm schon seit gestern mittag. Im Laboratorium stößt Karl mit Erich zusammen, bei seinem Anblick sinkt der Dicke im weißen Mantel auf einen Sessel, sagt mehrmals «Gott sei Dank», hält den Bruder am Arm und streichelt ihn. Er führt ihn in das Wohnzimmer, das er hinter sich abschließt. «Warst du zu Hause, bei dir? Du warst nicht da?» «Nein», meinte Karl verwundert, «aber du bist ja außer Rand und Band, du hast nach mir telefoniert.» «Setz dich doch, Karl. Gestern rief dein Prokurist bei mir an, nach Tisch, wo du wärst, ich wußte es ja auch nicht, er hatte in deiner Wohnung und bei allen möglichen Leuten angefragt und ich habe dich dann auch gesucht, du warst nicht zu finden.» «Der Prokurist?» «Man hat ihm einen Wink gegeben, Karl, von der Polizei, er hat da welche, mit denen er gut steht. Es ist wegen irgendwelcher Geschichten in deiner Fabrik, ich versteh es nicht.» «Nun?» «Klingle doch selbst einmal an, er ist jetzt schon da, oder ich werde ihn anrufen und du gehst dann an den Apparat. Du hast nichts erhalten?» «Aber was denn, Erich?» «Du mußt ihn sprechen, man will dir den Prozeß machen.» «Dann soll man ihn machen, zum Teufel, ihr seid wohl wahnsinnig geworden.» «Es ist ein Haftbefehl gegen dich da.» «Ah so, ah so.» So weit sind wir also, das nehmen sie sich heraus. «Hat er das gesagt? Aber verbinde mich doch.»

In dem Telefongespräch kam heraus, daß wegen der Zollangelegenheit und Verlegung der Maschinen ins Ausland gegen ihn, nachdem man festgestellt hatte, daß er nicht krank sei, ein Vorführungsbefehl erlassen sei, der angesichts der Umstände wohl die Festnahme bedeute. Der Prokurist fügte hinzu [er sprach sehr leise, fühlte sich offenbar beobachtet], er sei selbst in Karls Wohnung gewesen und habe – was? – nun, gesehen, daß die Luft rein sei. Im Wohnzimmer erbat sich Karl Kaffee. Er raste. Die bodenlose Schurkerei. Die Heuchelei. Natürlich verlege er die Produktion hinaus, wo solle er denn hin damit, wer nimmt mir was ab, wem nützt es, daß hier die Säle leerstehen und die Maschinen rosten. Maschinen, die keinem was nützen, herauszunehmen, ist ein Verbrechen und man steckt einen dafür ein? Und die andern, was tun die andern? «Du sollst ja nicht, Karl», drängte Erich, «deswegen suchen wir dich ja, ich war schon bei deinem Anwalt.» «Was mit dem?» «Er will die Verteidigung übernehmen und sofort alles tun [sehr freundlich], aber er meinte, im Moment sei die Sache formaljuristisch zweifelhaft, wie er dir schon angedeutet hätte. Kurz und gut: du mußt, während wir die Sache betreiben, weg, ins Ausland oder wohin du willst.» Karl lachte auf: «Gib mir zu trinken. Ich verschone dich dann mit meiner Anwesenheit, sonst, lieber Junge, machst du dich noch der Begünstigung schuldig.»
Karl saß und trommelte auf den Tisch, die Wut stand auf seinem Gesicht. Als sie getrunken hatten, fixierte er seinen verstörten Bruder. Der hatte geseufzt: «Was wird werden, Karl?» «Mit wem?» Erich blickte abwesend vor sich. Karl zog die Uhr: «Zunächst werde ich zum Anwalt gehen und rufe dich dann an. Du mußt nicht glauben, daß ich so ohne weiteres die Waffen strecke. Ich noch lange nicht.» Mit einer stummen Handbewegung schob ihm Erich eine Zeitung und ein Flugblatt zu, auf das Karl eben geblickt hatte. «Es ist Verkehrsstreik in der Stadt, Karl, du wirst schwer durchkommen.» «Streik, die Leute können streiken, was sie wollen. Das auch noch.» Es war der alte zornige Chef, der da sprach, er trug diesen Anzug, saß an diesem Platz, auf dem er oft

gesessen hatte, vor seinem Bruder in der Apotheke, die sein Werk war. Mit gerunzelter Stirn las er die Zeitung, ärgerlich wollte er den andern Wisch, den er als Flugblatt erkannte, wegstoßen, als er einige Worte las, das Blatt umdrehte, die sonderbare Unterschrift fand. Und dann las er ruhig und lange. Dabei entspannte sich sein Gesicht, seine Schultern sanken herunter, er atmete ruhiger und langsamer, sein Blut schlug einen andern Takt; er las Reihe um Reihe, hörte ihren Ton, und als er, das Blatt in der Hand, zu Erich aufsah, erkannte der verwundert und ohne es zu verstehen die Veränderung. Karl lächelte: «Hast du das Blatt gelesen, Erich?» «Ach Karl, was soll das jetzt?» Karl lächelte noch vor sich, rückte sich kräftig zurecht: «Du hast recht.» Er stand auf: «Also was wollte ich? Zum Anwalt, gut» [was soll ich beim Anwalt?]. «Sieh dich vor, Karl, ich freu mich, daß es dir so wenig ausmacht.» Sie umarmten sich. «Erich, du hörst von mir, bestimmt nicht aus dem Gefängnis.» «Du hast Geld?» Karl lachte: «Jetzt willst du mir aushelfen, danke, mein Junge, und die Mutter soll sich nicht beunruhigen.» Erich blieb betäubt im Zimmer.
Karl machte den langen Weg nach Hause zu Fuß, beobachtete die Straße von der Ecke, da war nichts Verdächtiges. In der Wohnung, das Mädchen war nicht da, öffnete er alle Türen; hier hatte er die langen Jahre gewohnt, es war sein Heim, sein Bau, das Leben eines Mannes Karl. Wie er sich hier gequält hatte. Die Wohnung unseres armen Freundes Karl, dachte er. Er riß die Fenster auf, das Mädchen kümmerte sich um nichts, die Wohnung verfiel; im Museum prallte er an der Tür zurück, welche Verwüstung, er schämte sich, es war zum Verzweifeln, ja es mußte ein Ende damit nehmen. Als er in ihr Zimmer trat, ihr Bild stand auf dem Schreibtisch, seins daneben hatte sie umgelegt, weinte er vor Scham und Reue, er bat sie flüsternd um Verzeihung. Er betrachtete ihr Bild, ja das war sie, das hatte er an sich vorüberziehen lassen, er drückte es mit Schmerz an seine Brust. Im Kinderzimmer setzte er sich auf ein Bett, laßt es euch gut gehen; an dem kleinen Pult schrieb er mit Bleistift auf ein offenes Rechen-

heft an Julie: «Ich weiß nicht, wie es mit mir ausgehen wird, aber ihr werdet keine Schande an mir erleben. Ich denke innig an dich. Was ich dir Schlimmes getan habe, Julie, ist unwissend und ohne meinen Willen geschehen, glaub es mir. Ich bin glücklich zu denken, daß es dir gut geht.» Noch etwas an die Mutter? Warum nicht, warum nicht auch an die Mutter. Er riß ein Blatt aus dem Heft heraus: «Liebe Mutter, in Eile, du weißt von Erich, was mit mir gespielt wird. Man will mich ruinieren, ich bin nicht der Mann, der dazu still hält. Ich mache mich für eine kleine Weile unsichtbar, du wirst von mir direkt oder durch Erich hören. In alter Liebe dein Sohn Karl» [wie wär's, dachte er kritzelnd, wenn ich wirklich ins Ausland ginge und die Schurken von da angreife? Geld hätte ich. Der Gedanke streichelte ihn, verschwand].

Dann ging er langsam hinüber in sein Schlafzimmer, öffnete einen in die Wand eingelassenen Stahlkasten, holte einen Revolver heraus. Er lag kühl und schwer in seiner Hand. Nicht für mich, alter Freund, nicht für mich. Und ruhig aus der Wohnung, die Treppe hinunter und mit kräftigen Schritten tief atmend in den frischen feuchten Herbsttag.

STRASSENSCHLACHT

ER kam an diesem Tage zu keinem Entschluß, sein kleines Hotelzimmer verbarg ihn für die Stunden des Nachmittags; immer wieder stellten sich die Gedanken an die Fabrik, die Flucht ins Ausland ein, der Revolver lag vor ihm auf dem Tisch. Aber alle Überlegungen verschwanden unter den Strahlen des einen tiefen Gefühls, das die Begegnung am Abend hinterlassen hatte. Es gab einen besseren Weg als seinen, es gab Menschen, die ihn beschritten, es gab [nicht zu denken] ein Leben in Freiheit und Freudigkeit, es gab Menschen, die so lebten und auch so sterben wollten. Er wurde von dieser wirbelnden Masse von Gefühlen wie in

einer Ekstase geschüttelt. Er kam zu keiner Bewegung, es war ein furchtbares Hin und Her in ihm, er war der Meinung, er müsse sich erst in seiner neuen Haut zurechtfinden. Das Zimmer dunkelte, der Abend war da, er machte Licht, er war einem Schneefall herrlicher ungekannter Gefühle preisgegeben; nicht leben wird er das neue Leben können, aber fühlen darf er es, die finstere Schlucht des unechten Lebens hatte er hinter sich, er hatte sie passiert und ihm war noch der Triumph beschert. Stolz und Frieden war in ihm, die Träumereien wiegten ihn ein, das waren himmlische Chöre, unter deren Jubel er sich hinlegte und einschlief. Tief in der Nacht wachte er auf, fuhr hoch, das Wort Pauls war in seinen Ohren: «Wir werden es ja erproben.» Der Ruf! Diesmal sollte er ihn nicht schwach finden.
Als er zum Fenster auf die finstere Straße hinaussah, bemerkte er unten Bewegung. Draußen ging etwas vor. Ah, es knallte. An beiden Straßenecken johlte man. Polizeipatrouillen liefen unten vorbei, die Menschen flohen auseinander. Er erwartete den Morgen, in der Frühe beim Anziehen warf er angewidert die alten beutligen Sachen beiseite und zog sich sorgfältig wie zu Hause an. Er fühlte sich gepanzert, ich bin ich und will auch in diesem Augenblick sein, der ich war; die Schlucht ist passiert, ich schäme mich nicht.
Als er auf die Straße kam und sich in ein Lokal setzte, hatte er noch einen Wurf aus jener Schlucht zu bestehen. Da stand vorne in der Zeitung, die man ihm gab, nach Berichten von dem Streik, von Streikversammlungen und Straßenunruhen [der Schreck fuhr in ihn] sein Name fett gedruckt, darunter: es wäre Haftbefehl gegen ihn erlassen, dann eine lange Mitteilung, die sich amtlich las, es sei hier der Beginn einer groß angelegten Reinigungsaktion; industrieller Hochverrat werde so wenig geduldet wie politischer, man habe sich grade des Falls Karl bemächtigt, weil dieser Mann geglaubt hätte, seine private Gewissenlosigkeit durch eine politische Haltung zu verdecken. Das war die Mitteilung. Im lokalen Teil fand sich noch eine Notiz, die Karl, der auf seinen Namen stieß, gradezu traumhaft vorkam. Ihm werde

abgesehen von industriellem Hochverrat noch grober Betrug vorgeworfen. Ein ehemaliger Offizier, an den sich Karl, der sich in aufdringlicher Weise in die besten Gesellschaftskreise eingeschlichen habe, im Beginn der Krise heranmachte, sei von ihm um sein halbes Vermögen betrogen worden, das er in Karls Fabrik gesteckt habe. Aber der jetzt Flüchtige habe den Betrag – garnicht angelegt, sondern ins Ausland verschoben! Karl legte mit zitternden Fingern das Blatt hin, faltete es sorgfältig. Es überlief ihn kalt. Das war der Dank. Zähneknirschend blickte er vor sich. Sie lassen mich fallen, für sie habe ich mich bemüht, sie habe ich angebetet, das sind sie leibhaftig, man opfert mich, der Fußstoß, der Mohr hat seine Schuldigkeit getan, er kann gehn, Schande, Schande. Wieder dachte er vor Wut: Ins Ausland gehen, Rache nehmen, sie torpedieren. Aber – seine Augen weiteten sich, er spuckte auf den Boden – sie sollen recht haben, es ist ihre Sache, sie alle sollen recht behalten, Julie, der Baron. Es hatte ihn aber doch so tief getroffen, daß er versunken, ohne den Tumult auf der Straße zu hören, fast eine Stunde allein in dem kleinen Lokal saß. Zum ersten Mal wieder fühlte er die grausam krallende Gewalt über den Schwachen, Besiegten. Die unabwehrbare Niedertracht der Gewalt, die unfaßbare Gemeinheit. Sie können hier auf der Straße vor aller Augen einen erschießen und dann hereinkommen und mich als Mörder abführen, sie können das Haus drüben, während ich hier sitze, in Brand stecken und sagen, ich habe es mit meinen Augen angesteckt. Das können sie. Zum ersten Mal wieder fühlte er sich mit Schauer und Wut wehrlos. Nach einer Weile suchte er in einer plötzlichen Erinnerung in seiner Tasche nach dem Flugblatt, das ihm Erich gezeigt hatte, strich es glatt, las es; jetzt las er es anders, er kniete sich hinein, in die Anklagen und Drohungen, es ist wahr, allein dies ist wahr, dies bin ich, das ist meine Sache, da stehe ich, dahin stelle ich mich, seine Fäuste ballten sich, verdammt, ich werde meinen Mann stehen. Der Wirt bat ihn, wenn er noch bleiben wolle, lieber in das Hinterzimmer zu gehen, das auch schon geheizt sei, man müsse vorne schließen, sie schlagen einem sonst die Fensterscheiben ein. Darauf zahlte Karl und ging auf die Straße.

Die beginnende Straßenschlacht. Während das heilige Quartier der Paläste und Museen in Todesstille versank, im Geschäfts- und Vergnügungszentrum die vorsintflutlichen Ersatzwagen mit Hallo begrüßt wurden, sammelten sich in der Peripherie die Haufen junger und älterer Leute, auch Frauen, und die Befestigung von Häuserblocks begann. Man schob alte Leute und Kinder in andere Gegenden ab. Große Mengen von Waffen tauchten auf, es zeigten sich Leute mit Armbinden und Abzeichen in Knopflöchern, die Befehle gaben, geschlossene kleine Trupps von Zivilisten mit Gewehren passierten; Polizei war nicht zu sehen, man hörte, es seien einige Polizeiwachen eingeschlossen und blockiert. Familien, die mit Schrecken diese Quartiere verließen, berichteten von Kanonen, die sie gesehen hätten, es waren Mitrailleusen. Gegen Abend schossen sie in den meisten Straßen die Gaslaternen in Stücke, so daß einige Häuserreihen völlig im Dunkel lagen, während andere von der Riesenfackel des brennenden, offen ausströmenden Gases beleuchtet wurden, bis die Gaswerke zentral die Leitung absperrten und die ganze Gegend in Finsternis versank. Während man in der ersten Nacht und am folgenden Vormittag im unklaren darüber war, wo eigentlich die Hauptmasse der Aufrührer saß, da sich die Bewegung in der ganzen Peripherie zeigte, entdeckte man ihre Front am zweiten Nachmittag im Norden der Stadt. Die Polizei, unterstützt von dem alarmierten zivilen Schutz, machte sich daran, den Herd einzukreisen, man verzichtete zunächst noch auf die Hinzuziehung von Militär. Es war aber wirklich eine Großstadt, in der sich dieser Aufruhr abspielte, denn während in der Peripherie und besonders im Norden regelrechte Kriegsoperationen vollzogen wurden, spielten im Vergnügungsviertel und in den besseren Vororten die Kinos und Theater und die ersten Bälle fanden statt.

Vergeblich bemühte sich Karl gegen Abend, in die Gegend der

Kämpfe einzudringen. Er hatte am Tag in der Stadt die Zusammenrottungen und kleinen Teilkämpfe miterlebt, unschlüssig und gequält hatte er dabeigestanden und war mit anderen gestoßen, vertrieben worden. Flugblätter gingen von Hand zu Hand, von Radfahrern und von Lastwagen heruntergeworfen wirbelten die Blätter auf die Straße, die verkündeten: Feinde des arbeitenden Volkes seien am Werk, Wahnsinnige betrieben einen Aufruhr und stürzten tausend Unglückliche ins Verderben, es bestünde die höchste Gefahr für die Freiheit und die errungenen Volksrechte, denn welchen besseren Vorwand könne man den alten Machthabern geben, um die schlimmste Gewaltherrschaft über das Volk aufzurichten. Die verhängnisvolle Regsamkeit in der Peripherie der Stadt ließ nicht nach. An ihren längst bestimmten Orten sammelten sich die zivilen Schutzwehren der Stadt, jüngere und ältere Männer, sie waren nicht durchwegs bewaffnet. Es hieß, man würde sie an größeren Sammelplätzen erst ordnen. In einen solchen unordentlichen Trupp, ihre Aufstellung hatte er selbst betrieben, der grade im Zentrum einen Platz verließ und in Vierergruppen zwischen stummen Massen abmarschierte, geriet Karl, der vermutete, daß man diese Leute in die Kampfzone dirigieren würde. Man ließ ihn ohne zu fragen hinten anschließen und in Reih und Glied mitmarschieren, die Kleidung der Leute unterschied sich nicht von seiner.

Nun war ihm also beschieden, doch noch mit ihnen zu gehen, nun wollte sein Fluch, daß er sogar jetzt von ihnen nicht loskam, sie sollten und mußten ihm auch diesen Augenblick seines Lebens besudeln. Er war in den ersten Momenten des Abmarschs, während es ihm zum Bewußtsein kam, geradezu körperlich gelähmt und wurde von rückwärts beschimpft und getreten. Er raffte sich zusammen, er würde mit ihnen gehen; sie sind mein Omnibus, ich werde ihnen nichts für die Fahrt bezahlen, aber vielleicht kann ich ihnen vorher noch etwas versetzen. Darauf schritt er stark aus.

Gab es in dieser Zeit nicht Personen in der Stadt, die Karl noch hätten retten können? Hatten nicht mindestens drei Menschen,

Karl nahestehend, auffallende Nachrichten von ihm erhalten, die sie über seine Absichten und die Gefahr, in der er schwebte, belehrten? Das Hausmädchen in der Stadtwohnung hatte die Niederschrift des Herrn, der in ihrer Abwesenheit dagewesen sein mußte, im Rechenheft des Kindes gefunden und war damit gleich erschreckt [sie fürchtete, Karl hätte sich etwas angetan und läge irgendwo in einem Raum der Wohnung erschossen oder erhängt] zu dem Apothekerbruder gelaufen. Der hatte nicht weniger entsetzt mit ihr die Wohnung durchsucht, aber jetzt, was nun, was sollte der schwache arme Mensch, gehetzt und furchtsam, unternehmen? Die Polizei benachrichtigen und zu Hilfe rufen, die Karl aus andern Gründen schon sowieso suchte? Der Mutter ihren Brief geben? Karl konnte schon auf der Flucht ins Ausland sein, die Niederschriften klangen zwar so entsetzlich nach etwas Schlimmem, aber das war vielleicht nur so hingeschrieben. Warum er wohl überhaupt noch einmal in die Wohnung gegangen war? Und was war denn nur hier geschehen im Museum? Das Mädchen wußte von nichts, die Räume waren immer abgeschlossen gewesen. Es sah so aus, als ob im Museum ein Kampf stattgefunden hätte. Wer war das? Andererseits diese Briefe. In seiner Ratlosigkeit wußte Erich nichts weiter, als den Brief an Julie in ein Kuvert zu stecken, zu adressieren und in einen Kasten zu werfen, aber er hatte nicht an den Streik gedacht; auch die Post war in diesen Tagen in Unordnung im Bereich der Stadt, es gingen Tage hin, bis sie die Nachricht in der Hand hatte. Er war und blieb der einzige, der ahnte, was mit Karl war, und herumlief, den Prokuristen befragte, wartete, hörte, sich tröstete, ängstigte, der Mutter auswich, verzweifelte, Betäubungsmittel nahm und die langen leeren grausigen Stunden auf sich hageln ließ.

Man marschierte erst stumm, dann unter dem Gesang von Soldatenliedern. Es war Spätnachmittag. Sie zogen in nordwestlicher Richtung aus der Stadt hinaus, andere Trupps stießen zu ihnen, auf der großen Landstraße rollten in langen Reihen Wagen mit bewaffneter Polizei, Mitrailleusen, fahrbare Küchen, auch schon

Bereits erschienen:

Jagende Rosse/Der schwarze Vorhang und andere frühe Erzählwerke (2421)
Die drei Sprünge des Wang-lun. Chinesischer Roman (2423)
Wadzeks Kampf mit der Dampfturbine. Roman (2424)
Wallenstein. Roman (2425)
Der deutsche Maskenball von Linke Poot/Wissen und Verändern! (2426)
Reise in Polen (2428)
Manas. Epische Dichtung (2429)
Unser Dasein (2431)
Pardon wird nicht gegeben. Roman (2433)
Der Oberst und der Dichter oder Das menschliche Herz/ Die Pilgerin Aetheria. Zwei Erzählungen (2439)
Hamlet oder Die lange Nacht nimmt ein Ende. Roman (2442)
Drama, Hörspiel, Film (2443)
Briefe (2444)

Es folgen:

Die Ermordung einer Butterblume. Erzählungen aus fünf Jahrzehnten
Berge Meere und Giganten. Roman
Berlin Alexanderplatz. Die Geschichte vom Franz Biberkopf. Roman
Babylonische Wandrung oder Hochmut kommt vor dem Fall. Roman
Amazonas. Romantrilogie
November 1918:
Bürger und Soldaten
Verratenes Volk
Heimkehr der Fronttruppen
Karl und Rosa
Der unsterbliche Mensch/Der Kampf mit dem Engel
Schicksalsreise
Schriften zu Leben und Werk
Schriften zu Poetik und Ästhetik
Schriften zur Politik und Gesellschaft
Kleine Schriften I. 1902–1921
Kleine Schriften II. 1921–1933
Kleine Schriften III. 1933–1957
Größere Schriften [Arbeitstitel]
Kritik der Zeit: Rundfunkbeiträge 1946–1952 [Arbeitstitel]
Zensurgutachten [Arbeitstitel]

Die Reihenfolge der Titel ist nicht mit der Erscheinungsweise identisch. Alle Bände sind einzeln erhältlich!

«Ich habe viel Ärger in meinem Leben damit gehabt, daß ich meine Gedanken nicht von anderen bezog, sondern von Anfang an selbst durchdachte; ja, ich nahm sie nicht an, wenn ich nicht auf eigenem Wege zu ihnen gekommen war. Immer gab es Menschen, die einen zu ihrer Meinung bekehren wollten, und zwar mit Haut und Haaren, und auf die Weise, die ihnen gut dünkte. Das gelang ihnen bei mir in keinem Fall ... Die Dinge müssen in *meinem* Garten wachsen! Ich kaufe nicht auf einem Markt.» Alfred Döblin

Aufgrund der von Walter Muschg begründeten und heute von Anthony W. Riley – in Verbindung mit den Söhnen des Dichters – betreuten Werkausgabe des Walter-Verlags, Olten, bringt der Deutsche Taschenbuch Verlag eine auf dreiunddreißig Bände angelegte, nach Gattungen chronologisch geordnete Werkausgabe der erzählerischen, philosophischen und kritischen Schriften von Alfred Döblin heraus.

Alfred Döblin
Werkausgabe in Einzelbänden

dtv

berittenes Militär, es war ein kriegerisches Tosen. Aber die Freiwilligen führte man dann auf einem riesigen Umweg durch den Forst gegen den Norden der Stadt. Sie sollten, hieß es, von der Vorstadt, einem Fabrikort, eindringen, nach Süden wäre alles verbarrikadiert, beim Austritt aus dem Forst würde man sie verpflegen und bewaffnen.
Was war das für ein langer beruhigender Weg. Es war die letzte Sonne, unter der man losmarschierte, sie schwebte weiß in dem blaublassen Himmel, die Schatten der Baumstämme fielen lang auf den nassen Boden. Die Erde lag morastig, man patschte durch Pfützen, gelbbraun alles von den zerfallenden Blatthaufen, Gestrüpp und Bäume, dazwischen buschige grüne Grasinseln. Eine Weile zog man unter den Drähten der Telegrafenstangen, durch diese Drähte schwirrten jetzt ängstliche Nachrichten, Hilferufe, Befehle. Ein leichter kühler Wind blies, einige Vögel zirpten noch, horch, das unaufhörliche Rollen der Eisenbahnzüge, die Eisenbahner streikten nicht, das sind Fabrikpfeifen.
Grau der Himmel, man brach sich mühsam Bahn durch das Gestrüpp, ach man war nicht eingerichtet auf den Kampf mit dem Wald, da zeigte sich überraschend die völlig weiße Scheibe des Vollmonds. Ganz ohne Glanz stand er einsam da oben, und Karl erbebte, als er ihn erblickte zwischen dem phantastischen wirren schwarzen Geäst. Denn nun war das Zeichen der Nacht gegeben, seiner Nacht, er wußte es und fürchtete sich nicht. Und das Sonnenlicht, noch über den trüben Himmel verbreitet, ließ nach, das Dunkel nahm zu, man mußte sich zusammenschließen, um sich nicht zu verlieren, das Zirpen hörte ganz auf. Und nun stand der Wald in tiefer Schwärze, und über den Baumwipfeln mit ihrem dichten Netzwerk hing strahlend und immer strahlender der weiße Mond und vergoß seinen Glanz. Sein Licht lag in den breiten Lachen, und da hinten wurde der Himmel rötlich hell, das war die Stadt, die beklommene, erbitterte Stadt, da lagen und schliefen seine Kinder, da stand die Fabrik, da lebte die Mutter, Erich, Julie. Und während sie marschierten und marschierten, wandten sich seine Gedanken rückwärts. Zu keiner Zeit sei-

nes Lebens war er so sicher und hart im Dasein gewesen. Julie, die Kinder, die Fabrik hatte es drüben gegeben, es waren gute Dinge gewesen, er hatte sie nicht recht angefaßt, es gab nichts zu entschuldigen, aber sie waren darum doch gut und kräftig und er hatte sich ihrer nicht zu schämen. Julie, die zarte rothaarige Julie, das feine Püppchen, so oft in seinen Armen gelegen, an ihn geschmiegt, Mund an Mund seine gewesen, ach sie war reizvoll, ein Segen der Erde, eine Freude für einen Mann, ich könnte mich mit José um sie schlagen, aber ich habe meinen Teil an ihr gehabt, er ist ein guter Mann, er steht ihr und den Kindern bei, so sollen sie sich ihr Nest zusammen bauen.
Sie marschierten im Forst, Haufen von trockenen stumpfbraunen Kastanien zerstampften sie, sie zeigten ein gelbweißes Mehl, die dürren Blätter zerquetschten sie unter den Sohlen. Der dumme Haß auf die da drüben, den Baron und seine Sippe, die feinen Herren verflog; sie sind was sie sind, ich steckte mit ihnen unter einer Decke, ich bin heraus, sie sind meine Gegner, wir werden sie schlagen. Das Wasser der Pfützen spritzte, die Leute johlten. Er sah sich als Junge in solchen Wasserlachen arbeiten, hatte die Mistgabel in der Hand, der Vater stieg auf ein Pferd, drehte sich um und im Galopp auf und davon, es war gut auf den Feldern, man mußte sich anstrengen, aber man schaffte es. Und immer wie ein unentrinnbares Gesicht durch das Astwerk der strahlende Mond. So hoch hatte er sich gestellt, daß man ihm nicht entrinnen konnte. Die dunklen Züge in der Scheibe traten hervor.
Die Vorortgassen waren da, von Dutzenden Pechfackeln beleuchtet, mit harten Schatten postierte die niedrige Dorfkirche, daneben der umzäunte Friedhof, und auf dem weiten Platz davor, sonst ein Marktplatz, beköstigte man viele Leute, Polizei dabei; die Essenwagen rauchten, man ging mit Emailnäpfen und lachte, und siehe da, wer sich meldete, bekam eine Flinte und Munition. Die Bewaffneten traten zusammen und rückten geschlossen ab, ein doppeltes Stacheldrahtverhau wurde von Soldaten vor ihnen geöffnet, sie rückten ein, und da waren sie! Es hieß sich in kleine Trupps auflösen. Die Gassen und Alleen, die hier begannen,

lagen völlig im Finstern, aber immer war der Mond da. Karl hatte sein Gewehr geladen, jetzt galt's. Die Alleen liefen lang, es gab viele Häuser, die meisten verstreut, aber alle verschlossen; man blieb beisammen, Karl mußte warten, bis sie in engere Straßen kamen und ausschwärmten, es konnte geschehen, daß sie ihm bei der Flucht eine Kugel nachschickten. Vor ihnen auf dieser breiten Allee, wo jetzt die Häuser dichter anschlossen, fuhren Panzerwagen der Polizei, sie hatten Scheinwerfer, mit denen sie grell die ärmlichen niedrigen Häuserfronten abtasteten, aufblitzend enthüllte sich Viereck von Fenster neben Viereck, schräges Dach und Schornstein, die langen Bänder der Fabrikmauern und Baracken. Menschen waren nicht zu sehen, sie hielten sich in Angst und Haß in den lichtlosen Stuben; aus den Fabriken waren sie vor Stunden wie glühendes Erz geflossen, hier in den Stuben zuckten sie bei den Schüssen: wen trifft es?

Sie schlichen jetzt in kleinen Trupps die finsteren Häuserreihen entlang, nirgend ein Widerstand, die Häuser, in die man eindrang, die Höfe, die man durchleuchtete, waren still, friedlich und verängstigt schien überall die Bevölkerung zu warten. War es möglich: die Aufständischen ließen diese ganze nördliche Front ungedeckt und ließen sich in den Rücken fallen? Vorsichtig schob man sich weiter, vermied die Gäßchen, man erwartete eine Meldung von vorn über die erste Sperre oder Baracke; schon hatten größere Teile der Ordnungstruppen die nördlichen Straßenkomplexe besetzt und tasteten in der Mitte der Vorstadt vor, als man hinter sich einzelne Schüsse, dann Maschinengewehrfeuer und Alarmrufe hörte; Deckung, zurück, stehen bleiben, Polizeiwagen fuhren plötzlich nach rückwärts, es war deutlich, man war mit den vordersten Gruppen in eine Falle gegangen. In einem dieser Trupps lief Karl. Er hatte seinen Hut im Forst verloren wie viele andere, der Mond, jetzt hellgelb und von unerhörtem Glanz, blickte aus dem milchweißen Himmel herunter und war neben den Scheinwerferlampen ihr einziges Licht. Wie die Schüsse hinter ihnen fielen, die Maschinengewehre ratterten und sich eine Unruhe des schleichenden Trupps bemächtigte, man war ohne Befehl, fühlte er: der Tag, der mit dem bösen Morgen und dem Eintritt in diese Freiwilligenschar begonnen hatte, war zu Ende. Die Straße, die sie hielten, war rechts und links mit Bäumen bepflanzt, von Dächern hinter ihnen krachten die Schüsse der Aufständischen, das Feuer nahm an Stärke zu, es zog sich wie ein Band von Norden die Straße entlang. Jetzt würde er fliehen, entkommen, nichts würde ihn aufhalten. In der Nische zwischen dem Pförtnerhaus einer Fabrik und der Fabrikmauer stand er, sein Gewehr stellte er auf den Boden, zwei Kameraden neben ihm lugten an der Erde die Straße entlang und fluchten über den Mond und die jämmerliche Fabrikmauer, die ihnen keine Deckung beim Rückweg gab, man müßte vielleicht über diese niederträchtig breite Allee auf die andere Seite, wo es Häuser gab. Da tastete Karl in seinem Mantel nach einem Taschentuch, da hatte er ihn, den breiten weißen Fetzen, er würde damit winken, wenn er lief, er dachte mit Schreck: werden sie das Ding auch erkennen, ich muß mich in der Helligkeit halten, die Eisenbahner winken ja auch, aber sie haben Laternen. Durch muß ich, überbrüllte er seine Angst, die Verzweiflung zuckte einen Augenblick auf, ich hätte nicht mit den Hunden gehen sollen. Da setzten sich, erst kriechend, dann aufrecht, die beiden neben ihm in Bewegung, ein Stück die Mauer entlang, dann pfeilschnell über den Damm. Den Weg über den Damm machte Karl noch mit, dann stieß er einen Schrei aus, sie hörten sein Brüllen, sie erblickten sein tobend wildes Gesicht im scharfen Mondlicht und sahen nun zu ihrer Verblüffung den starken Mann mit dem fast kahlen Schädel die Häuserreihe entlangstürmen, den Gewehrkolben erhoben, als wollte er jemand niederschlagen; aber er rannte in der falschen Richtung, gegen die Aufständischen zu, wo jetzt noch einzelne Versprengte ruckweise von Haus zu Haus hersprangen. Sie riefen ihm Warnungen zu, er brüllte etwas, es schien, als ob er sie mitreißen wollte, nach vorn zu gehen. Sie sahen, wie er ein weißes Taschentuch in der linken Hand über seinem Kopf schwenkte, wohl um ihnen Zeichen zu geben.

Den Damm der ersten Querstraße, den grade in diesem Augenblick zwei Rückzügler überschritten, passierte er im Lauf. Aber drüben war eine ganz im Schatten liegende stark besetzte Häuserecke, aus deren Fenstern es blitzte. Das sind sie, tobte es in ihm, ich habe es gleich geschafft, hinter mir schießen sie nicht, wie bringe ich nur mein Taschentuch an dem Gewehrlauf an. Blitze, Salven aus dem Eckhaus. Im Lauf drehte sich Karl um, da er einen Aufschrei hörte, er sah den einen Flüchtigen die Arme werfen, laß ihn nur, und seinem Gewehr nach über die Steine fallen. Im selben Augenblick wurde er hart gegen den Kopf [seid ihr denn verrückt] und gleich darauf gegen den Hals gestoßen. Sein linker Arm hob sich, um danach zu fassen, vorwärts, ich komme. Das Krachen einer neuen Salve aus dem Eckhaus war das letzte, was sein Ohr erreichte.
Und mit dem roten Blitzen, so fremd vor dem seliggelben Lächeln des Mondes in dem flockigen Himmelsmeer, rutschte wie ein loser Teppich das Eckhaus weg, legte sich schräg und rollte sich und löste sich unter einem tiefen Dröhnen in eine hohe blaue Stichflamme auf, die sein Bewußtsein verschluckte. Das Netz der Verwandlung war über ihn geworfen, rauschend fegte es über ihn, wie er über der harten Bordschwelle sein Blut verströmte. Er schnellte drin wie ein Fisch und schlug noch wenig um sich.
Nach zwei Tagen, als diese Gegend gesäubert war, wurde Erich telefonisch in eine Schule gerufen, wohin man einige Tote verbracht hatte. Der gefürchtete Anruf, der Provisor mußte ihn begleiten. Man führte ihn in den Zeichensaal, auf dessen nacktem Boden etwa ein Dutzend Menschenbündel lagen, im Gang draußen hämmerte man Särge. Ein Polizeioffizier geleitete Erich respektvoll in den Raum, drin zog ein kleiner einfacher Mann einem der langen, mit weißer Leinwand zugedeckten Bündel das Tuch vom Gesicht. Es war Karl. Er hatte ihm keine Hilfe bringen können. Früher hätte ich geschrien, ich kann nicht schreien, ich kann nichts empfinden. Keine Wunde am Kopf und an dem nackten Hals, wovon war er eigentlich tot. Und sonder-

bar, der Tote dort unten lag eigentlich nicht, sondern er hatte den Rücken gewölbt und richtete sich leicht auf, er hielt starr und fest den starken Kopf nach vorn vorgebeugt, es war eine drohende furchtbare Bewegung. Und da trug er hinten am Scheitel eine schwarze Blutkruste, da hatte es ihn getroffen und aus dem Leben gerufen, aber er beugte sich noch vor. Um das schrecklich eingefallene gelbe Gesicht waren schwärzliche Bartstoppeln gewachsen, eine unheimliche Gestalt, die da heraufblickte und der sie das Gesicht zudeckten. Der Gehilfe drüben blickte Erich an, der Offizier berührte leise seinen Ärmel, Erich nickte erschrocken und verzog das blutlose Gesicht zu einem krampfhaften sinnlosen Lächeln. Beim Herausgehen blickte er sich noch einmal um, also der Dritte links, über dem sich das Tuch hob, das war Karl, er bleibt hier liegen. Der Offizier drückte ihm draußen sehr fest die Hand: «Ihr Herr Bruder hat sich in unsern Reihen mannhaft geschlagen, er wollte an einer gefährlichen Stelle allein vorgehen, die Position war nicht zu halten, dabei ist er gefallen.» Erich hörte es. Hinten der Tote hob drohend den Kopf unter der Leinendecke.

Erich mußte zur Mutter, von Karls Flucht wußte sie schon aus Zeitungen. Obwohl Erich nicht wußte, was sagen, obwohl er jetzt grade der Mutter ausweichen wollte [denn wie sprechen, ohne anzuklagen], mußte er zu ihr. Sie wußte bald, ohne daß Erich sprach, was geschehen war. Er schrie nicht und weinte nicht, aber sie kannte ihren Jüngsten. Die alte gebückte Frau saß stumm tränenlos in ihrer Sofaecke. Sie verfluchte nach einer Weile die Sippe Juliens und den Major, die Karl in den Tod getrieben hätten, sie drohte Prozesse gegen sie zu führen, um Karls Andenken zu reinigen. Das erwies sich am Abend als überflüssig, denn in den Zeitungen fand sich unter den Meldungen von dem Kampf, der ja noch weiterging, eine ausführliche Schilderung von Karls Tod, von der Einkesselung einer Schutzwehrabteilung, wie sie sich zurückziehen mußte, Karl sich aber dem Strom der Rückzügler todesmutig entgegenstellte und schließlich bei einem tollkühnen Vorstoß fiel, Überschrift «Ein Held». «Laß

sein, Mutter», sagte Erich, er bezwang sich, «wir können es nicht ändern, man wird es lesen, man redet ja von den Gemeinheiten nicht mehr.» Die Augen der Mutter funkelten vor Zorn: «Pfui, die böse Gesellschaft, daß sie jetzt nicht alle gleich in den Boden sinken. Und das schlechte Weib behält seine Kinder.»
Der Kampf zog sich noch über zehn Tage hin, mehrere Teile des Landes wurden mit hineingezogen, am Ende wurde der Aufruhr blutig unterdrückt. Aber das war nur das äußere Ende. Die lethargischen Massen dieses Landes hatten sich seit mehr als einem Jahrhundert zum ersten Mal gegen ihre Knechtung bewegt, sie waren in Fluß geraten; ein mächtiges neues Gefühl von Freiheit hatte sie durchströmt, das Verlangen nach Menschenwürde war aus seinem alten Zufluchtsort, den Träumen der Dichter und einzelner Kämpfer, herabgestiegen und hatte sich der Massen bemächtigt. Es sollte sie nicht wieder verlassen.

In ihren schwarzen Kleidern warteten sie auf dem Perron des Riesenbahnhofs, die gebückte alte Mutter unter ihrem Schleier und Erich. Es war ein nebliger Herbstmittag, der Verkehr auf dem Bahnhof war wieder rege, von den Vororten strömten Menschen aus den Zügen, das Leben der Großstadt nach der grausigen Drosselung dieser Wochen begann wieder zu pulsieren. Die Mutter wollte aus der Stadt heraus. Obwohl ihr alle Genugtuung zuteil geworden war, besonders bei der erhebenden Feier der Beisetzung ihres Sohnes, haßte sie jetzt die Stadt. Es tröstete sie auch nicht, daß sie Julie, die, um mit ihr zu weinen, in ihre Wohnung gekommen war, hinausweisen konnte. Sie hatte sich in ein Altersheim ihrer Heimat eingekauft. Man rief auf dem Bahnsteig, die Schienen surrten, die Lokomotive hob ihr schwarzes Eisenschild höher und höher, im Takt ihrer Stöße schmetterten die Schienen, der Zug rollte an, gewaltig verlangsamte die Maschine ihren Atem, dampfschleudernd rückte sie an und hielt knirschend. Sie stiegen ein, die Koffer der Mutter waren aufgegeben, Erich trug ihren und seinen Handkoffer.
Und dann lag die Großstadt wieder hinter ihr, die Großstadt, vor

Jahrzehnten jung mit drei jungen Kindern betreten, lag wie das Leben hinter ihr.

Man fuhr und fuhr, Ebene, Wälder, Dörfer, Äcker. Sie saßen in der Polsterklasse allein, der aufgeschwemmte völlig stumme Erich und die Alte, die den Trauerschleier über die Schulter geworfen hatte. Es dunkelte rasch. Eintönig war die Ebene, welke Wiesen und Stoppelfelder, kleine kahle Bauminseln; viele Meilen weit, von Seen und Flußläufen unterbrochen, zog sich das hin.

Diese Äcker, um die Städte einer wüsten Menschheit gelagert, sind schon bereit, die Zehntausende von Kriegern zu empfangen, die schuldig oder nicht schuldig oder mitschuldig diese Zeit haben wachsen lassen, bis sie sich selber in den Boden legen mußten. So üppige Ernte im Sommer dieser Boden trug, die Felder waren es überdrüssig, Ähren hervorzubringen, sie sollten bald nur hölzerne Kreuze tragen.

In der tiefen Nacht stiegen sie aus, waren am frühen Vormittag beim Vater. Der weiße Himmel, die morastigen Wege, der kleine Friedhof, hinter dem Eisengitter die stolze Marmorplatte, über die dicht die Efeuranken krochen. Die alte Frau im schwarzen Kleid hielt sich mit beiden Händen am Gitter und blickte durch ihren Schleier hinüber: «Wenn er noch so wie der gewesen wäre, aber er war ein guter Junge, er hätte es besser verdient.» Sie zitterte am ganzen Körper, keine Träne erbarmte sich ihrer.

Erich war der Letzte der Familie [Julie verließ mit den Kindern bald die Heimat und löste sie von ihren Geschicken ab]. Erich blieb in der Großstadt in seiner Apotheke. Seine Freundin, in deren Obhut er sich gab, heiratete er. Er hielt sich ganz still.

NACHWORT

‚PARDON wird nicht gegeben' ist der erste Roman, den Döblin nach seiner Flucht aus Deutschland im Exil entwarf und ausführte. Er schrieb ihn 1934 in Paris, wo er mit seiner Familie Unterkunft gefunden hatte. Im Jahr darauf erschien er im Querido Verlag in Amsterdam. Er ist seither nie mehr gedruckt worden.

In der Luft der französischen Hauptstadt, wo sich der Flüchtling zugleich verloren und geborgen fühlte, entstand noch einmal ein Berliner Roman, der sehr weit vom 1929 veröffentlichten ‚Berlin Alexanderplatz' abliegt. Von dessen tumultuarischer, ins Biblische und Apokalyptische ausgreifender Schilderung des Molochs Berlin findet sich darin nichts mehr, weil sein Element nicht die laute Gegenwart, sondern die Versenkung in die Vergangenheit ist. Ein ganz anderer Döblin tritt hervor, dem die Erschütterungen dieser Jahre den Glauben an die Selbstherrlichkeit seiner Phantasie genommen haben. Er sieht sich aus seiner Welt vertrieben und versucht aus der Distanz eine erste Rechenschaft über die Katastrophe zu geben. Statt eines Massenepos mit fluktuierenden Menschenströmen und filmischer Montage der Szenen entsteht ein psychologischer Familienroman vor autobiographischem Hintergrund und von traditioneller Form. Der einzelne Mensch tritt wieder in seine Rechte. Döblin bejaht diesen älteren Stil so entschieden, daß er hier ein einzigesmal aus seinem eigenen Leben erzählt.

Von den schweren Jahren seiner Jugend in Berlin hatte er auch in dem ‚Ersten Rückblick' gesprochen, den er zu seinem fünfzigsten Geburtstag verfaßte[1]. Der Vergleich mit diesem gibt Aufschluß über die stofflichen Voraussetzungen und das künstlerische Verfahren des Romans. Der ergreifendste Teil jener Beichte ist das dreifache Porträt des Vaters, der seine Familie ins Elend stieß, indem er mit einem jungen Mädchen von Stettin nach

---

[1] Enthalten in: Alfred Döblin. Im Buch – Zu Haus – Auf der Straße. Vorgestellt von Alfred Döblin und Oskar Loerke. S. Fischer Verlag, Berlin 1928.

Amerika durchbrannte. Im Gespräch mit einem fingierten Therapeuten stellt Döblin dieses dunkelste Kapitel seiner Kindheit dreimal dar; beim drittenmal wird ihm klar, daß er den Taugenichts, der seine Frau mit fünf Kindern und einem Schuldenberg im Stich ließ, nicht verdammen darf, weil er ihm sein Dichtertum verdankt. Dieser lebenshungrige Phantast war vielseitig künstlerisch begabt, er paßte nicht zu seiner nüchternen, harten, einer geldstolzen Kaufmannsfamilie entstammenden Frau, die für künstlerische Dinge kein Verständnis hatte und ihrem Sohn das schlechte Gewissen beim Dichten vererbte. Von den künstlerischen Begabungen des Vaters ist im Roman nicht die Rede, denn in seinem Mittelpunkt steht nicht der zum Dichter geratene zweitjüngste Sohn, sondern der älteste und sein Verhältnis zur Mutter. Von ihm heißt es im ‚Ersten Rückblick': «Der älteste Sohn, Ludwig, reüssierte großartig. Er war echtes Kaufmannsgewächs mit dem Familiensinn der Mutter, der Musikneigung des Vaters. Er wurde der Ernährer der Familie, der zweite Vater. Er kam ins Geschäft zu den Holzonkels, machte sich selbständig und verließ erst die Familie, als er sich verheiratete. Auf ihn fiel die Hauptlast, die der entflohene Familiengründer abgeworfen hatte, und er trug sie brillant.»[1]

Aber nicht nur die Figur des Vaters ist verändert und zurückgedrängt. Eine Reihe weiterer Eingriffe wie die Verminderung der Zahl der Geschwister, der frühe Tod der Schwester rückt das Bild der Familie im Roman von der gelebten Wirklichkeit ab. Im ‚Ersten Rückblick' betont Döblin das typisch Jüdische am Schicksal seiner Familie: der Vater habe noch die Ehrfurcht vor dem Geist in sich getragen und sei das Opfer der Umsiedlung geworden, deren Härte seine Frau verkörperte. «Darum, darum also gedieh seine Ehe nicht. Erst in meiner Generation ist die

---

[1] Ebda. S. 37f. Die Identität Karls mit diesem ältesten Bruder hat Döblin gegenüber Robert Minder ausdrücklich bezeugt, vgl. dessen Essay ‚Doeblin en France' S. 8 in ‚Allemagne d'aujourd'hui' 1957/3 [Presses universitaires de France].

Besinnung, auch die freudige Besinnung auf die Herkunft und die alte Ehrfurcht schwer und langsam wieder aufgekommen. Ich – habe die große Umsiedlung überstanden.» Auch diese Beziehung zum Judentum ist im Roman ausgelöscht, man darf ihn nicht als die Geschichte einer jüdischen Familie lesen. Es ging dem wieder ins Bodenlose geschleuderten Flüchtling Döblin nicht um seine Person und nicht um familiäre Erinnerungen, sondern um ein Spiegelbild seiner Epoche. Deshalb sind die Personen nur mit Vornamen genannt oder heißen einfach die Mutter, der Onkel, der Major. Dafür weitet sich der Familienroman zum Zeitroman, und die Zeitgeschichte ist ebenso stark vereinfacht wie das Autobiographische. Die Handlung setzt in den neunziger Jahren mit der Übersiedlung der Mutter nach dem Tod ihres leichtsinnigen Mannes in die große Stadt ein, doch der Weltkrieg von 1914 wird übersprungen, man gleitet aus der Prosperität des Jahrhundertbeginns unmittelbar in die Wirtschaftskrise von 1930 mit ihren Arbeitslosenscharen und den Anfängen des Nationalsozialismus hinüber. Auch bei den historischen Vorgängen wird nichts mit Namen genannt. Alles ist stilisiert, sogar der Name der Stadt Berlin wird verschwiegen, so daß die Schilderung der Großstadt ohne Lokalkolorit bleibt. So entsteht ein eigentümlich typisiertes Bild der Realität. Döblin erzählt die Geschichte einer ganzen Generation am Beispiel eines erfolgreichen Mannes, der seine Seele für die Güter dieser Welt verkauft und sich damit den Untergang verdient. Wie einst Sternheim in dem Drama «1913» am Vorabend des ersten Weltkriegs den gesellschaftlichen Aufstieg des Bürgers als seinen inneren Sturz darstellte, so zeichnete er am Vorabend des zweiten im Aufstieg und Sturz des Möbelfabrikanten Karl das Drama des Bürgertums.

Karls Weg beginnt in der bitteren Armut, und es wird ihm zum Verhängnis, daß er diese Herkunft verleugnet. Als in die Großstadt verschlagener Bauernjunge, der sich hungernd in den Arbeitervierteln herumtreibt, lernt er die unter eigenen Gesetzen lebende proletarische Jugend kennen und findet hier seinen abgöttisch verehrten ersten Freund. Paul, der Führer einer Gruppe anarchistischer Revolutionäre, öffnet ihm als stolzer, mißtrauischer Lehrmeister die Augen für die Welt und weiht ihn schrittweise in die Unternehmungen seines Freundeskreises ein. Da offenbart sich dem Kind der armen Witwe die Welt der Enterbten und Leidenden, zu der es gehört. Sie läßt Karl die kleinen Sorgen des mütterlichen Haushalts vergessen, und er ist im Begriff, hier seine Heimat und sein Lebensziel zu finden. Doch die Mutter erkennt die Gefahr. Sie hat in der Stadt zuerst den Mut verloren und verzweifelt den Gashahn geöffnet, ist aber durch Karls Geistesgegenwart gerettet worden und seither entschlossen, mit seiner Hilfe doch noch das Glück zu erzwingen. Es entwickelt sich ein Kampf zwischen ihr und Paul um die Seele ihres Ältesten, und dieser wird zum Verräter am Freund und seiner Sache. Das Grauen vor der Armut macht ihn zum willfährigen Werkzeug der Mutter; er läßt es geschehen, daß sie zwischen ihn und seine Freunde tritt, ihn auf den Weg des bürgerlichen Ehrenmannes hinüberzieht und ihn zwingt, in die Möbelfabrik des reichen Onkels einzutreten. Noch jahrelang gehorcht er ihr nur widerstrebend und hält den Verratenen innerlich die Treue, aber die Mutter ist stärker, und in den zermürbenden Kämpfen mit ihr ergibt er sich schließlich. Was ihn erschüttert und beseligt hat, erstirbt und versinkt hinter ihm; die Blutschuld, die er als Abtrünniger auf sich geladen hat, scheint vergessen. Er lernt auch den Haß gegen die Mutter verheimlichen, die ihn unterjocht. Die Knabenfreundschaft mit Paul und das in der Niederlage endende Ringen mit der Mutter bilden den Hauptinhalt des ersten Buches.

Das zweite erzählt Karls Aufstieg in der bürgerlichen Welt. Er vertauscht die Werksäle in der Fabrik des Onkels mit dem Fabrikbüro, seinen Widerstand dagegen beantwortet die Mutter mit Schlägen, die den Mann in ihm zerstören und ihm für immer «die Liebe aus dem Leib reißen». Er tritt in die Fabrikleitung ein und atmet nun wie alle Herrschenden unbewußt die Luft der Menschenverachtung; nach dem Tod des Onkels wird er Besitzer der Fabrik, was seine Mutter seinen «zweiten Geburtstag» nennt. Seinen innern Abfall von sich selbst vollendet die durch Mutter und Onkel vermittelte standesgemäße Heirat. Die Ehe mit der schönen, koketten Julie ist für Karl ein Bestandteil seiner erfolgreichen Karriere, er baut sie zu einer Festung seines Ansehens aus und mauert seine Gattin als kostbarsten Besitz in sie ein. Sein von Arbeit und Geschäftssorgen aufgezehrtes Leben läuft wie auf Schienen und läßt ihm keine Zeit, Julies Hinwelken zu bemerken und sich um seine Kinder zu kümmern. Die eherne Ordnung seines Hauses, in der alle Gegenstände und Gewohnheiten unverrückbar festgeschraubt sind, dient ihm als Schild gegen die Welt und gegen das eigene Gefühl der Sinnlosigkeit. Nur im Umgang mit seinem Bruder Erich, dem faulen, heiteren, vom Leben geliebten Apotheker, behält er einen Zusammenhang mit dem Menschlichen.

Im dritten Buch geschieht der Einbruch des Gerichts. Eine große Wirtschaftskrise bringt auch Karls Fabrik in Schwierigkeiten. Die imposante gesellschaftliche Ordnung, der er sich unterworfen hat, enthüllt zusammenbrechend ihre Korruption, und Karl macht auch diese noch mit, um sich über Wasser zu halten. Sein Herz verhärtet sich ganz, er wird ein unerbittlicher Feind der Arbeiter und unterstützt im neu ausbrechenden Klassenkampf als einflußreicher Unternehmer die reaktionären Kampfverbände, die jetzt gegen das Proletariat ausgebildet werden. Aber er hat alles gegen sich, seine Machtstellung, sein Ansehen, sein Reichtum, das stolze Gebäude seiner Familie gehen in Trümmer. Julie fällt einem Verführer zum Opfer und findet ihr Glück in einer zweiten Ehe mit diesem, auch die Kinder gehen Karl verloren. Er beginnt ein Doppelleben, haust in einem billigen Vorstadthotel und verfällt den Dirnen und dem Alkohol, während seine Fabrik verendet. In dieser Tiefe erlebt er das Wiedererwachen der Seele, das alle Helden Döblins erleben. Die Rückkehr aus der Unmenschlichkeit weckt mythische Bilder; dem Verlorenen erscheint die Ahnung seines besseren Ich als strenge Gestalt mit «donnerdunklem Gesicht», die ihn ganz durchschaut und ihr folgen heißt. Sie verdichtet sich zur Gestalt Pauls, des einstigen Jugendfreundes, der jetzt im Verborgenen wieder die revolutionäre Jugend befehligt. Es gelingt Karl, zu ihm vorzudringen, um sich endlich vor ihm zu rechtfertigen, aber seine Beichte wird kühl abgewiesen. Er steht hoffnungslos zwischen der Gesellschaft und ihren Feinden; beim Ausbruch der Straßenkämpfe schließt er sich der bürgerlichen Schutzwehr an, um im Kampf zu den andern überzulaufen und so den einstigen Verrat gutzumachen, wird aber bei diesem Versuch erschossen.

Hinter diesen letzten Kapiteln steht spürbar die Erinnerung an die Berliner Revolution von 1918/19. Aber selbst hier fehlt jeder direkte Hinweis auf Deutschland. Karl ist der Repräsentant des deutschen Bürgertums, aber nicht nur des deutschen. Schon am Beginn, wo er noch heimatlos in der großen Stadt herumläuft und von der Pracht der Gebäude im Regierungsviertel geblendet wird, erhält er dieses typische Gesicht. Ein riesiges Schlachtengemälde in der ‚Siegeshalle', auf dem die Kapitulation eines Königs dargestellt ist, läßt ihn nicht mehr los und wird sein ihn heimlich berauschendes Leitbild von Macht und Ruhm. Diese namenlose Hauptstadt ist die moderne Residenz schlechthin, der die Dächer überragende monumentale Rundbau ihrer Siegeshalle das aus mehreren Vorbildern zusammengesetzte Sinnbild des Ungeistes, der die Großstaaten des Industriezeitalters regiert, und Karl der Prototyp der von Nationalismus und Materialismus vergifteten bürgerlichen Klasse. Auf allen Stufen seiner Laufbahn wird diese Perspektive sichtbar, am deutlichsten im Schlußteil, wo es von dem Zerrütteten heißt: «Er lief und irrte durch die Straßen, er sah nicht, daß Tausende und aber Tausende so liefen in diesem Stadtteil, in anderen, in anderen Städten, sie hatten alle keinen Ort, still standen nur die Häuser. Die Tausende glaubten, sie wären allein, aber das war das Kainszeichen auf der Stirn dieser Zeit, daß keiner sich in dem andern erkannte. Verhinderte Menschen, Vernichtung der Wahrheit!»

Es brennt in dieser Dichtung ein leidenschaftlicher Haß auf die verkommene Gesellschaft und ihre Machthaber, doch die Objekte dieses Hasses bleiben nicht zufällig anonym. Döblin war früh Sozialist geworden, sein Leiden unter der Ungerechtigkeit der öffentlichen Ordnung hatte ihn in die Partei getrieben, der Protest gegen ihre Bonzenwirtschaft hatte ihn mit ihr entzweit. Nach dem verpfuschten Umsturz von 1918/19 übte er vernichtende Kritik an ihren Führern, und in letzter Stunde veröffentlichte er das Manifest ‚Wissen und Verändern!', in dem er alle fortschrittlich gesinnten Deutschen aufrief, sich auf einen vom Marxismus befreiten Sozialismus zu einigen. Der soziale Gedanke sei ein biblisches Erbe, aber die Verquickung von Sozialismus und Klassenkampf ein Irrtum, der wieder rückgängig gemacht und durch eine echtere Form der sozialen Verantwortung ersetzt werden müsse, damit die von rechts und links drohende Gefahr abgewehrt werden könne. Das ist offenbar auch das Programm der von Paul angeführten jugendlichen Verschwörer, die sowohl gegen den bürgerlich-feudalen Staat wie gegen die in ohnmächtige Zänkereien verstrickten Führer der Massen kämpfen. Döblins politische Leidenschaft stammt aus der Überzeugung, daß die moderne Gesellschaft auf der Schändung des Menschen beruht. Sie hat in der Lösung der sozialen Frage versagt, sie verlangt von ihren Repräsentanten Unmenschlichkeit und hat damit eine Schuld auf sich geladen, die nicht ungesühnt bleiben kann. «Wer hat es dazu kommen lassen, daß der Kampf um Gerechtigkeit, Vernunft und Menschenwürde zum Klassenkampf geworden ist?» Nicht nur die Bourgeoisie, auch die Machthaber der Arbeiterschaft sind in Döblins Augen schuld daran. In die Jahrzehnte vor und nach der Jahrhundertwende, die er schildert, fällt auch der Niedergang der Arbeiterbewegung. «Ihr schönes flammendes herzerhebendes Ideal wagte gewiß keiner herabzusetzen, aber man trug es mit gewisser Beschwichtigung vor, angesichts des zweifellos auch nicht zu verachtenden herzerhebenden Ideals eines königlichen siegreichen Staates, in dem alles prosperierte und man selber tapfer mitprosperieren wollte.»

So ist auch der Titel des Buches zu verstehen, der es als Leitmotiv

durchzieht. Er überträgt einen militärischen Ausdruck auf den Krieg ohne Gnade, der sich zwischen Armen und Reichen abspielt, und zuletzt auf die blinde Gerechtigkeit, die das Schicksal am Einzelnen und an ganzen Völkern übt. «Die geben keinen Pardon», sagt die Mutter am Beginn zu Karl und meint damit ihre Gläubiger. «Pardon wird nicht gegeben», sagt Paul zu ihm, als er ihn zwingt, für oder gegen die Unterdrückten Partei zu nehmen; in seinem Mund gewinnt diese Losung die ganze Unentrinnbarkeit des sozialen Kampfes. Sie senkt sich wie ein Orakelspruch in Karls Seele und wird von ihm später scheinbar vergessen, bricht aber nach langer Zeit mit der Gewalt einer absoluten Wahrheit wieder in ihm auf. Sie bedeutet jetzt nicht mehr bloß ein soziales oder politisches Programm, sondern eine religiöse Schuld. «Wie ein Töpfer geht das Schicksal um die Menschen herum, klopft an ihnen, und wenn einer lange genug lebt, erreicht es die Stelle, die den Sprung hat, und schlägt zu. Pardon wird nicht gegeben.» Da haben die Worte den furchtbaren Sinn der göttlichen Vergeltung, wie sie im Alten Testament verheißen ist. Der aus seiner falschen Bahn geworfene, unter seiner Lebensschuld zerbrochene Karl kennt zuletzt nur noch die Sehnsucht nach der Vollziehung des Spruches, die ihn erlöst. Das donnerdunkle Löwengesicht des Schicksals wird zum mystischen Glanz des Vollmonds, der über seiner Todesnacht leuchtet. Man denkt an den Schluß des ‚Wang-lun', wo der abtrünnige Wang-lun zu den Seinen zurückkehrt und mit ihnen untergeht. In diesem religiösen Grundton kündigt sich der späte Döblin an. Er ist hier aber von der christlichen Wendung noch weit entfernt und verharrt in der heidnischen Schicksalstragik.
Die Luft der antiken Tragödie umwittert auch die Gestalt der Mutter, die im ersten Buch dominiert. In ihrer Verzweiflung, ihrem Wiedererwachen zum Leben, ihrem Ringen mit dem Erstgeborenen wiederholt sich ein Drama, das einer Königin des klassischen Theaters würdig wäre. «Eine Art moderne Hekuba», heißt es von ihr, wenn sie zum erstenmal wieder unter Menschen geht. «Hekuba, die Mutter, vor einem Jahr erstarrt unter dem

schwarzen Schleier, tanzend!» Und von ihrem Entschluß, sich Karls zu bemächtigen, wird gesagt: «Der Nachbarraum war eine Küche. Aber sie war im geheimen höher gewölbt als ein Dom. Und da wurde entschieden von einem schlaflosen wollenden Menschen über sein ganzes folgendes Leben und damit über viele andere Leben, die in seinen Kreis treten werden. Und gegen diesen Beschluß gab es keinen Appell.» Später verwandelt sich Karls feudale Wohnung in «ein Schlachtfeld der Dämonen. Was sich die Dämonen für Schauplätze aussuchen.» Solche mythischen Durchblicke sind hier allerdings Ausnahmen. Döblin hat den schillernden Zaubermantel seiner Phantasie abgelegt, er verzichtet zum erstenmal fast ganz auf mythologische, historische, exotische Visionen und Halluzinationen. In dieser Beschränkung zeigt sich erst recht, welch großer Dichter er ist.

Es zeigt sich in der Sicherheit, mit der er die Linie zwischen Realismus und Symbolismus innehält. Obschon der Roman durch die starke Stilisierung des Zeit- und Raumhintergrundes an die Grenze des Utopischen gerückt ist, wirkt er doch fast nirgends konstruiert, weil die Darstellung der Menschen von Leben sprüht. Der Reichtum der Eingebungen und Einfälle, der dem Menschenschilderer Döblin in die Feder fließt, ist außerordentlich. Ein seltener psychologischer Tiefblick, eine virtuose Kunst des Dialogs, eine wunderbare Gabe, auch das scheinbar Nichtige zu beseelen, und eine raffinierte Kunst des Erzählens machen das Buch zum Meisterwerk. Es ist das Besondere an Döblin, daß er als geistiger Mensch auch mit dem Denken und Sein des Proletariats vertraut ist. «Ich bin ein Arbeitsmann und ein Proletarier», sagt er im ‚Ersten Rückblick'. Daher ist er imstande, das anarchische Treiben der halbwüchsigen Vorstadtjugend, Karls Freundschaft mit Paul, die armselige Enge seiner Anfänge mit der kindlichen Verbundenheit der Geschwister unvergleichlich echt zu schildern. Aber auch der verbissene Kampf zwischen Mutter und Sohn ist mit großartiger Wahrheit dargestellt, und dieselbe Kraft zeichnet die Szenen in Karls vornehmer Wohnung aus, in denen die Entfremdung der Gatten und der Ehebruch

Julies erzählt werden. Kostbar auch die Gegenfigur des friedfertigen Bruders Erich, der sich selbst treu bleibt und deshalb, ohne es zu wollen, die Menschen anzieht und beruhigt. Er verkörpert die verträumte Unschuld des Herzens, die Karl verloren hat. Dies alles zeigt den satten Strich der Meisterschaft. Die Tiefen des Traums, des Unbewußten stehen offen und entsenden ihre unheimlichen Figuren, die auf ihre Art auch wirklich sind. Aber auch die körperliche Sinnlichkeit dieser Männer und Frauen funkelt mächtig und ordnet sie in eine biologisch gesehene Natur ein. Ihre seelischen Reaktionen werden mit Vorliebe in Bildern aus dem pflanzlichen, mineralischen, tierischen Reich dargestellt. Der von ihrem Selbstmordversuch geretteten Mutter gelten Sätze wie: «Ihr Gesicht war vielleicht ein Steinanger, aber einer, den Blumen durchbrachen.» «Wie ein Tier, das sich belauert sieht, glitt sie in ihren Bau, um ungestört über ihrem Fund zu liegen.» «Sie war durch das Eiswasser der Verzweiflung geschwommen.» «Sie hätte wie eine bittere Eichel im welken Gras zerfallen können, aber sie überlebte.» Es gibt Stellen – etwa am Beginn des Kapitels ‚Karl und die Kinder' –, wo sich die Gestalten der Menschen ganz in die Naturvision von Döblins philosophischen Büchern auflösen.

Er verfügt hier als Künstler wie spielend über alle Errungenschaften seiner früheren Werke. Sie sind ihm selbstverständlich geworden. ‚Pardon wird nicht gegeben' ist außerordentlich dicht erzählt, zeigt aber im einzelnen eine große Beweglichkeit und Freiheit der Gestaltung. Der naturalistisch treffsichere Dialog wird durch die reiche Verwendung der ‚inneren Rede' aufgelockert, die für Döblin seit dem ‚Wang-lun' charakteristisch ist. «Er blickte sich um, begriff nichts, was war hier geschehen.» Oft gibt es im gleichen Satz mehrere solche Einsprengsel bloß gedachten Sprechens. «Er flüchtete abwärts, was ist mit mir, und hielt sich am Geländer fest, er hatte eine Neigung hinzufallen, was sucht mich alles heim, ihm war übel, das Wasser lief ihm im Mund zusammen.» Manchmal sind mehrere aufeinander folgende Sätze so gebaut, und gelegentlich ist ein Gespräch so wiedergegeben, daß die Sätze zum Teil gesprochen, zum Teil nur gedacht werden. In einer Aussprache zwischen Karl und Julie: «‚Oh! Du bist in Gefahr? Brauchst Du mich? Oder die Festung?‘ Sie will mich verlocken zu sprechen, sie will unsere Stellung verschieben. ‚Dich und die Festung brauch ich immer, Julie.‘» Ein antirealistisches Element sind auch die selbständig ausgeführten Gleichnisse, die an einigen Stellen vorkommen. Am stärksten wird die vordergründige Handlung dort durchbrochen, wo der Erzähler über sie hinweg ins Weite, in die Zukunft oder in die Vergangenheit blickt. Diese Ausblicke erscheinen bald als Erinnerung, als Traum oder innerer Monolog einer der Personen, bald als Meditation des Erzählers, auch etwa als Anrede an eine Person, so bei Karls Einzug am Hochzeitstag in das festlich geschmückte Elternhaus seiner Braut: «Dies ist eine andere Treppe, Karl, als die, die du vor fünfzehn Jahren Tag um Tag zu erklettern hattest» ... Solche Vor- und Rückblenden sind nicht bloß als technische Kunstgriffe gemeint, sie sind der stilistische Ausdruck für das Gleichnishafte des Buches. Der Erzähler tritt in diesen Momenten von seinem Gewebe zurück und betrachtet es aus der Distanz, sub specie aeterni. Es erscheint der Grundgedanke des Romans, der Glaube an das Gesetz von Schuld und Sühne.

Der Erstdruck von 1935 ist ziemlich fehlerhaft, was sich zum Teil aus Flüchtigkeiten bei der Abschrift des Manuskripts erklärt. Vor allem die Interpunktion ist sehr nachlässig, aber nicht selten ist auch ein Wort falsch gelesen, eine Partikel weggefallen oder irrtümlich wiederholt, ein falsches Hilfsverb gesetzt, ein Umlautzeichen vergessen worden. In der Interpunktion habe ich namentlich die zahlreichen überflüssigen, fehlenden oder falsch gesetzten Kommata berichtigt. Die Inkorrektheiten im Text gehen teilweise auf Döblin selbst zurück, und nicht wenige sind auch hier dadurch entstanden, daß er eine Korrektur in der Handschrift zu wenig sorgfältig vornahm. Diese Unstimmigkeiten wurden von mir anhand des Manuskripts bereinigt, der Text konnte auf diese Weise an etwa fünfzig Stellen verbessert werden. Außerdem sind alle Zahlen ausgeschrieben, zusammengesetzte Verben in ein Wort zusammengezogen, veraltete Schreibungen wie Vieles, Alles, das Eine, Recht geben usw. dem heutigen Brauch angepaßt. Die für das Buch charakteristischen zahlreichen Berolinismen habe ich dagegen auch dort nicht angetastet, wo sie als grammatische Fehler mißverstanden werden können.

Walter Muschg

Walter Literarium
Herausgegeben von Bernd Jentzsch

Robert Flinker
Fegefeuer

Roman

Mit einem Nachwort von Bernd Kolf

220 Seiten
Leinen

«Zu seinen Lebzeiten hatte der Autor sich internationales Ansehen als Arzt verschaffen können – seine Beachtung als Schriftsteller erfährt er erst jetzt. Gerade im ‹Fegefeuer› erweist er sich als Entdeckung.»
Berliner Zeitung

Walter-Verlag

Alfred Döblin im dtv

Berlin Alexanderplatz
Roman · dtv 295

Die Ermordung einer Butterblume
und andere Erzählungen
dtv 1552

Ein Kerl muß eine Meinung haben
Berichte und Kritiken 1921–1924
dtv 1694

Der Überfall auf Chao-lao-sü
Erzählungen aus fünf Jahrzehnten
dtv 10005

Babylonische Wandrung oder
Hochmut kommt vor dem Fall
dtv 10035

Werkausgabe in Einzelbänden
Herausgegeben von A. W. Riley

Eine auf dreiunddreißig Bände angelegte, nach Gattungen chronologisch geordnete Werkausgabe der erzählerischen, philosophischen und kritischen Schriften von Alfred Döblin. Die ersten 13 Bände:

Jagende Rosse
Der schwarze Vorhang
und andere frühe Erzählwerke
dtv 2421

Die drei Sprünge des Wang-lun
Chinesischer Roman · dtv 2423

Wadzeks Kampf mit der
Dampfturbine
Roman · dtv 2424

Wallenstein
Roman · dtv 2425

Der deutsche Maskenball
von Linke Poot
Wissen und Verändern!
dtv 2426

Reise in Polen · dtv 2428

Manas
Epische Dichtung · dtv 2429

Unser Dasein
dtv 2431

Pardon wird nicht gegeben
Roman · dtv 2433 (Sept. 1990)

Der Oberst und der Dichter
oder Das menschliche Herz
Die Pilgerin Aetheria
Zwei Erzählungen · dtv 2439

Hamlet oder Die Lange Nacht
nimmt ein Ende
Roman · dtv 2442

Drama, Hörspiel, Film
dtv 2443

Briefe · dtv 2444

Julien Green im dtv

Junge Jahre
Autobiographie

Aufgewachsen zwischen zwei Kulturen, früh vom Tod seiner Mutter betroffen, mit siebzehn als Kriegsfreiwilliger schon an der Front, sucht ein ebenso sensibler wie arroganter junger Mann seinen Weg ... dtv 10940

Jugend
Autobiographie 1919 – 1930

In Amerika, dem Land seiner Väter, erhält der junge Julien Green den Schlüssel zu seinen geheimen Wünschen und Sehnsüchten. Doch das Bewußtwerden seiner homoerotischen Neigungen stürzt ihn in eine tiefe Krise. dtv 11068

Paris

In 19 Abschnitten streift Green durch die verschiedensten Viertel der Stadt, besucht Museen und Straßen, erlebt Jahreszeiten und Gesichter. dtv 10997

Leviathan

Als Gueret begreift, daß die »Liebe« der hübschen Angèle durchaus zu erlangen ist und daß zahlreiche Männer von dieser Möglichkeit Gebrauch machen, gerät er außer sich ... dtv 11131

Von fernen Ländern

Elisabeths Begegnung mit Jonathan, einem unberechenbaren Abenteurer und Frauenhelden, weckt unerfüllbare Wünsche in ihr. Aus dem verträumten Mädchen wird eine leidenschaftliche, zielstrebige junge Frau. dtv 11198

Foto: Isolde Ohlbaum

Meine Städte
Ein Reisetagebuch
1920 – 1984

Julien Greens Städte besitzen eine zusätzliche Dimension; die Einbildungskraft eines Dichters sorgt für Entdeckungen, die kein Reiseführer zu bieten hat.
dtv 11209

Der andere Schlaf

Die Erinnerungen eines Arztsohnes an seine Jugendtage in Paris, die verhaltene Geschichte einer ausklingenden Kindheit und einer Knabenliebe.
dtv 11217

Mont-Cinère

Ein Anwesen in der Nähe von Washington wird Gegenstand einer alles verzehrenden Leidenschaft: Der Geiz ergreift langsam von all seinen Bewohnern Besitz.
dtv 11234 (August 1990)

Horst Bienek im dtv

Foto: Isolde Ohlbaum

Die erste Polka

Ein Tag vor Ausbruch des Zweiten Weltkriegs in Gleiwitz/Oberschlesien: Im Hause des Fotographen Leo Maria Piontek und seiner Frau Valeska deuten nur die einquartierten Soldaten auf die drohende Gefahr hin... dtv 1499

Septemberlicht

Wie schon in »Die erste Polka« beschreibt Bienek mit liebevoller Genauigkeit einen Tag im Leben der Familie Piontek. Der Krieg hat begonnen. dtv 1566

Zeit ohne Glocken

»Horst Bienek ist in diesem dritten Band seiner Oberschlesien-Saga noch tiefer in die von ihrer Existenznot geprägten, oft auch korrumpierten Gestalten seiner Heimatlandschaft eingedrungen.« (Die Welt) dtv 1737

Erde und Feuer

Januar 1945 in Gleiwitz: Aus Angst vor der immer näher rückenden Roten Armee verlassen viele Bewohner die Stadt. Im letzten Augenblick entschließt sich auch Valeska Piontek zur Flucht... dtv 10374

Gleiwitzer Tetralogie

Kassetten-Ausgabe der vier oben genannten Bände. dtv 5983

Beschreibung einer Provinz

Diese Aufzeichnungen entstanden während der zehnjährigen Arbeit an der »Gleiwitzer Tetralogie«. Sie markierten den Hintergrund, vor dem die erdachten Personen erst ihre Authensität gewinnen, sind Werkkommentar und Tagebuch in einem. dtv 10567

Königswald
Eine Novelle

Mai 1945: Im Schloß Königswald in Böhmen warten acht alte adlige Damen und eine Zofe auf das Ende des Krieges. Doch amerikanische und russische Truppen nähern sich, die Waffen-SS besetzt das Schloß... dtv 10801

Die Zelle

Verzweifelt wehrt sich der Häftling in der Einzelzelle gegen die quälenden Bilder der Erinnerung. dtv 11212

Isaac B. Singer im dtv

Feinde, die Geschichte einer Liebe

Immer noch von Ängsten gepeinigt, lebt ein der Nazi-Verfolgung entkommener Jude in einer fatalen Konstellation zwischen drei Frauen. dtv 1216

Der Kabbalist vom East Broadway

Geschichten von jiddisch sprechenden Menschen, denen Singer in seiner geliebten Cafeteria am East Broadway begegnete. dtv 1393

Leidenschaften – Geschichten aus der neuen und der alten Welt

Autobiographische Erzählungen über Okkultisches, Übersinnliches und Phantastisches. dtv 1492

Das Landgut

Kalman Jacobi, ein frommer jüdischer Getreidehändler, wird 1863 Pächter eines enteigneten Landguts in Polen und gerät mit seiner Familie in den Sog der neuen Zeit. dtv 1642

Schoscha

»Eine Liebesgeschichte aus dem Warschauer Ghetto und zugleich ein Gesellschaftsroman unter Intellektuellen.« (Stuttgarter Zeitung) dtv 1788

Das Erbe

Auch Kalman Jacobis Familie wird von den politischen und sozialen Veränderungen gegen Ende des 19. Jahrhunderts erfaßt. dtv 10132

Eine Kindheit in Warschau

Singer erinnert sich an seine Kindheit im Warschauer Judenviertel. dtv 10187

Verloren in Amerika

Singer als kleiner Junge auf der Suche nach Gott, als junger Mann auf der Suche nach Liebe, und als einsamer Emigrant in New York. dtv 10395

Die Familie Moschkat

Eine Familiensaga aus der Welt des osteuropäischen Judentums in der Zeit von 1910 bis 1939. dtv 10650

Old Love

Geschichten von der Liebe
dtv 10851

Ich bin ein Leser

Gespräche mit der Literaturwissenschaftler Richard Burgin. dtv 10882

Der Büßer

Joseph Shapiro entkommt dem Holokaust und bringt es in den USA zu Vermögen, Ehefrau und obligater Geliebter. Eines Tages merkt er, daß er seine – wenn auch ökonomisch wie erotisch erfolgreiche – Existenz nicht mehr aushält ... dtv 11170

Irmgard Keun im dtv

Foto: Isolde Ohlbaum

Das kunstseidene Mädchen

Doris will weg aus der Provinz, die große Welt erobern. In Berlin stürzt sie sich in das Leben der Tanzhallen, Bars und Literatencafes – und bleibt doch allein. dtv 11033

Das Mädchen, mit dem die Kinder nicht verkehren durften

Von den Streichen und Abenteuern eines Mädchen, das nicht bereit ist, die Welt einfach so zu akzeptieren, wie sie angeblich ist. dtv 11034

Gilgi – eine von uns

Gilgi ist einundzwanzig und hat einiges satt: die Bevormundung durch ihre (Pflege-)Eltern, die »sich ehrbar bis zur silbernen Hochzeit durchgelangweilt« haben, die »barock-merkantile« Zudringlichkeit ihres Chefs und den Büroalltag sowieso. Da trifft es sich gut, daß sie sich in Martin verliebt. Doch als sie bei ihm eingezogen ist, kommen Gilgi Zweifel ... dtv 11050

Nach Mitternacht

Deutschland in den dreißiger Jahren. Ein Konkurrent hat Susannes Freund Franz denunziert. Als er aus der »Schutzhaft« entlassen wird, rächt er sich bitter, und Susanne muß sich entscheiden ... dtv 11118

Kind aller Länder

Die zehnjährige Kully und ihre Eltern verlassen Deutschland, weil der Vater als Schriftsteller bei den Nazis unerwünscht ist. Es beginnt eine Odyssee durch Europa und Amerika ... dtv 11156

D-Zug dritter Klasse

In der Zeit des Nationalsozialismus treffen in einem Zug von Berlin nach Paris zufällig sieben Menschen aus unterschiedlichsten Gesellschaftsschichten und mit unterschiedlichsten Reisemotiven zusammen ... dtv 11176

Ferdinand, der Mann mit dem freundlichen Herzen

Ferdinand ist ein Mann unserer Tage, eine provisorische Existenz, wie wir es ja mehr oder weniger alle sind. Es geht ihm nicht gut, aber es gelingt ihm, meistens heiter zu sein, das Beste aus seinem Leben zu machen. dtv 11220 (Juni 1990)

Ich lebe in einem wilden Wirbel
Briefe an Arnold Strauss
1933 bis 1947
dtv 11229 (Juli 1990)